fv Fehnland Verlag

Zehm, Carsten: Die Drachenfriedhof-Saga. Die Abenteuer von Bandath, dem Zwergling. Hamburg, Fehnland Verlag 2022

1. überarbeitete Neuauflage
ISBN: 978-3-96971-184-2

Lektorat: Ramona Engel, acabus Verlag
Umschlaggestaltung: ds, acabus Verlag
Umschlagmotiv: © grafikdesign-silva.de
Illustrationen: Karte: © Antonia Zehm, Drache: © elein - Fotolia.com

Dieses Buch ist auch als E-Book erhältlich und kann über den Handel
oder den Verlag bezogen werden.
PDF: ISBN 978-3-86282-221-8
ePub: ISBN 978-3-86282-222-5

Bibliografische Information der Deutschen Nationalbibliothek:
Die Deutsche Nationalbibliothek verzeichnet diese Publikation in der
Deutschen Nationalbibliografie; detaillierte bibliografische Daten sind im
Internet über http://dnb.d-nb.de abrufbar.

Der Fehnland Verlag ist ein Imprint der Bedey & Thoms Media GmbH,
Hermannstal 119k, 22119 Hamburg.

Carsten Zehm

Die Drachenfriedhof-Saga

Die Abenteuer von Bandath, dem Zwergling

Band 3 der Bandath-Trilogie

 Fehnland-Verlag

*All meinen Freunden gewidmet,
die mich immer wieder unterstützen,
die nachfragen und die meine Bücher
auch lesen.*

Inhalt

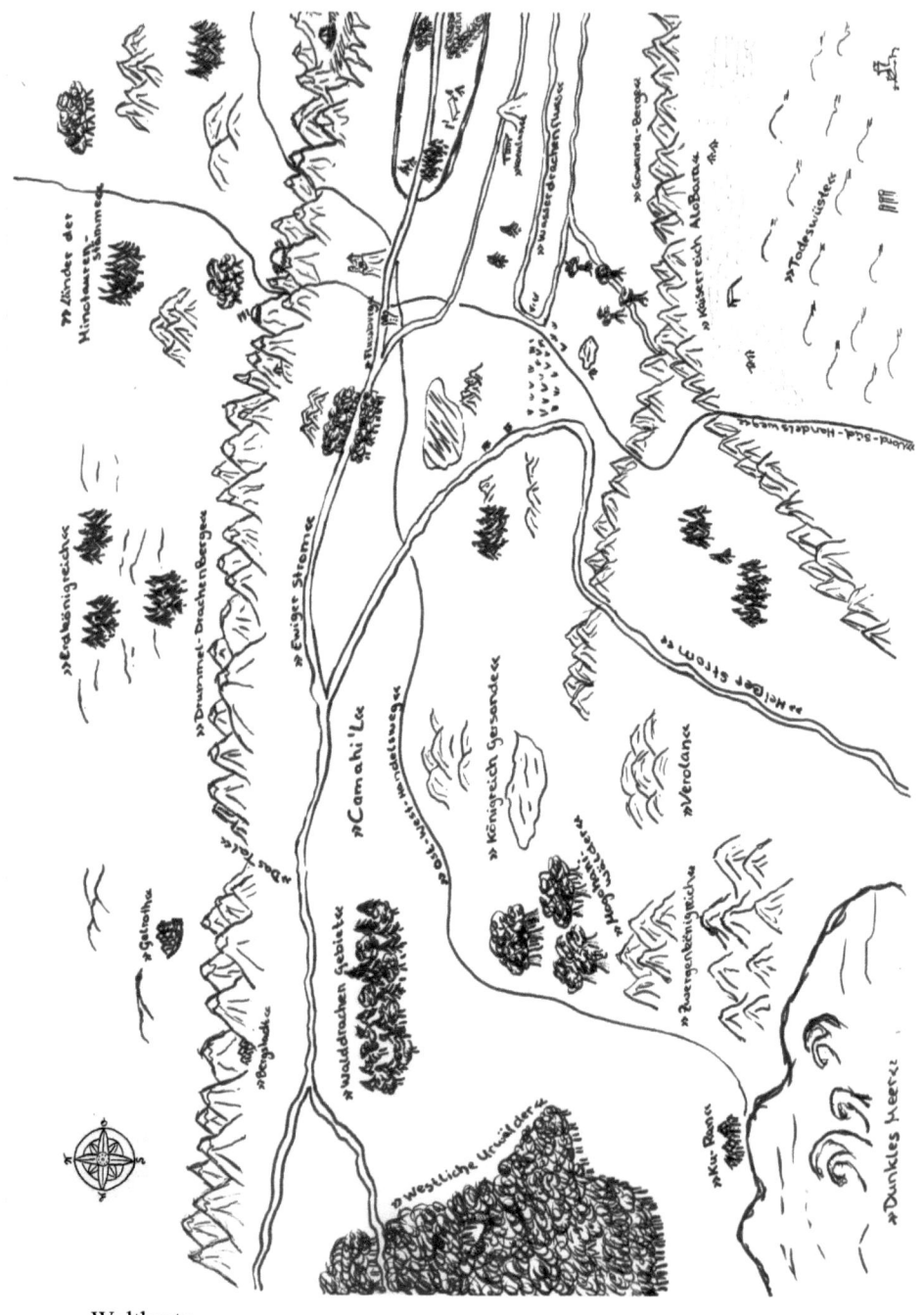

Weltkarte

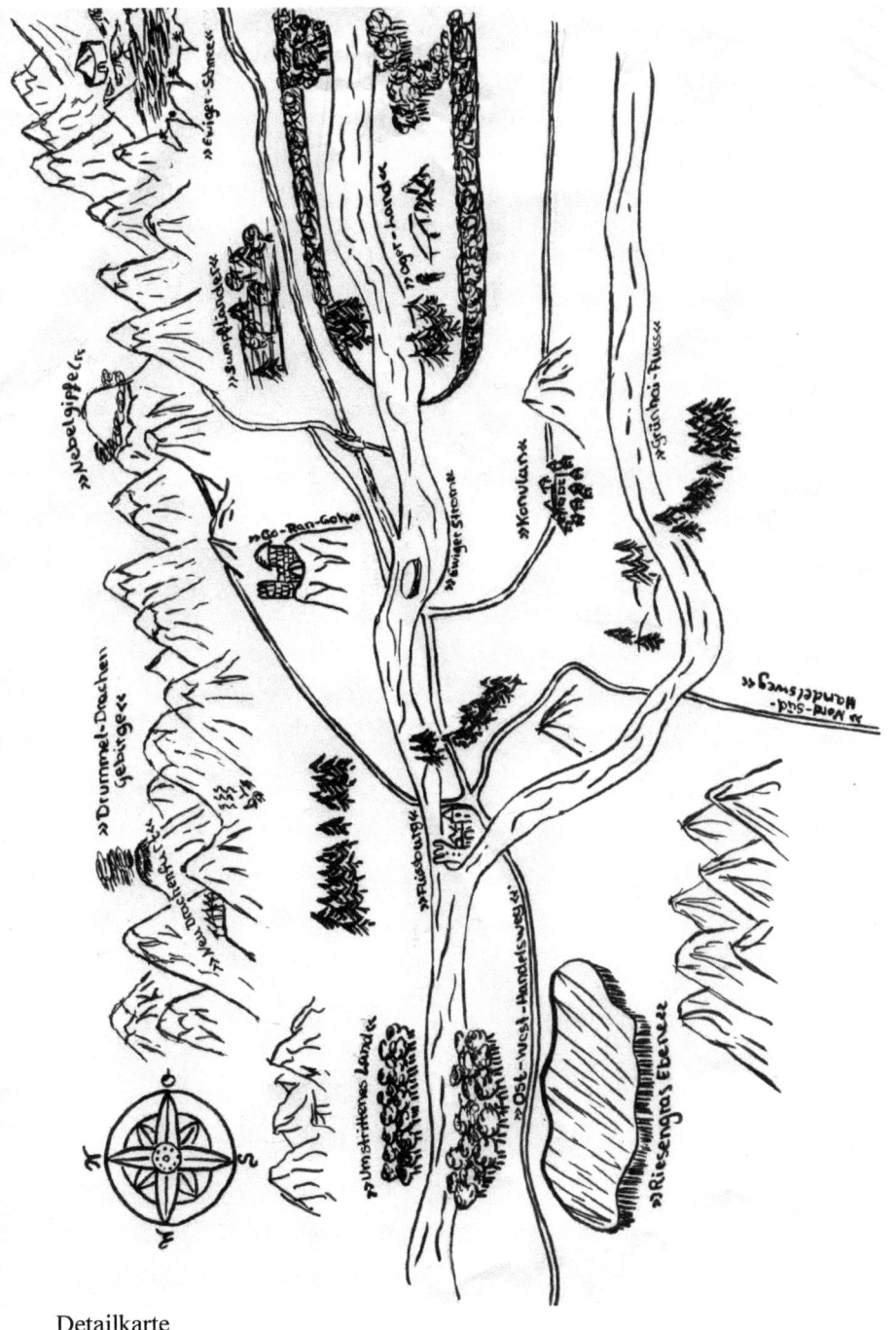

Detailkarte

„Nuzze nit de drey sorten zauberey. Gar mechtic wesen wird er-scheyn, vol bosheyt unt fillt land mit finsternis. "

Prophezeiung von Um-Ba-Tha,
1.000 Jahre vor den Drummel-Drachen-Kriegen

„Er wird etwas Wichtiges sehen! "

Ratz Nasfummel,
nach einem Besuch des Orakels der Drei Schwestern

Etwa zwei Jahre nach den Ereignissen in der Dämonenstadt Cora-Lega drangen erstmals Gerüchte über einen Krieg weit im Westen nach Neu-Drachenfurt. Am Anfang war es nicht mehr als ein Wispern, ein „Man sagt …" hier, ein „Ich habe gehört, dass …" dort. Keiner wusste etwas Genaues. Im Sommer brachten die Händler dann die ersten Informationen. Von einem gewaltigen Heer war die Rede, Gorgals aus den Weiten der westlichen Urwälder wären aufgebrochen, unter der Führung mehrerer Heerführer hätten sie die Länder überfallen … weit, ganz weit im Westen, nicht weiter interessant für die Drummel-Drachen-Berge.

Am Ende des Sommers begannen die Preise der Waren, die die Händler aus dem Westen mitbrachten, zu steigen. Nicht so schnell wie vor drei Jahren, als der Vulkan ausgebrochen war, sondern langsam, fast nicht zu merken. Zuerst fiel es auch nur den Frauen auf, die täglich auf die Marktplätze kamen. Giftpuder gegen Wollspinnen zum Beispiel, Gelbstaub zum Färben von Leinen oder die schmackhaften Gara-Nüsse. Im Herbst wurde Mogohani-Holz fast unerschwinglich teuer, andere Produkte waren plötzlich nicht mehr zu bekommen. Es gab keine Brandvogel-Salbe gegen Hautausschlag mehr, keine getrockneten Hui-Palas, keine eingelegten Dag-Eier und erst recht keinen Leo-Kraut-Tee. Walddrachenschuppen waren unbezahlbar und die Frage nach Schweißbärenfell völlig zwecklos. Die Händler zuckten entschuldigend mit den Schultern und hoben die Hände. „Der Krieg", sagten sie. Die Gorgals würden in mehreren Heeren immer weiter nach Osten vordringen und die Länder im Westen mit einem erbarmungslosen Krieg überziehen.

Das Unbehagen bei den Völkern rund um die Drummel-Drachen-Berge stieg, wurde aber nicht groß genug, etwas zu unternehmen. Was hätte man auch gegen einen Krieg so weit im Westen unternehmen können?

Anfang Winter kamen die ersten Mitteilungen über zerstörte Städte – „Hast du schon gehört? Bergstadt soll völlig zerstört worden sein." – und gefallene Reiche – „Sie sagen, Königin Gersonde sei geflohen und ihr Reich wäre an die Gorgals gefallen."

Als im darauffolgenden Frühjahr der Schnee schmolz und die Pässe nach Neu-Drachenfurt wieder frei waren, dauerte es nicht lange, und im Gasthaus *Zum Rülpsenden Drummel-Drachen* tauchten die ersten Flüchtlinge aus dem Westen auf.

Ein Abend wie kein anderer

Der Troll schmetterte die Hand auf den Tisch, dass das Holz krachte. „Ihr habt ja keine Ahnung!" Das Gespräch am Tisch, das in den letzten Minuten immer lauter geworden war und beinahe in einen Streit ausgeartet wäre, brach abrupt ab. Stille breitete sich auch im restlichen Schankraum aus und die Blicke wandten sich dem Tisch und dem Verursacher des lauten Rufes zu. Der fremde Troll griff nach seinem Bierkrug, aus dem der Schaum bei seiner heftigen Attacke geschwappt war, und nahm einen Schluck, der den Krug leerte. Krachend landete der Krug wieder auf der Tischplatte. Ein Geräusch, das unnatürlich laut in der Totenstille des Wirtshauses wirkte. Der Troll wischte sich den Schaum von den Lippen. „Keine Ahnung habt ihr." Jetzt klangen die Worte schon bedeutend leiser und eher resignierend, als zornig.

„Wir waren eine stolze Truppe, sag' ich euch, unser Hauptmann und wir – 200 Soldaten. Bis wir in den Hinterhalt der Gorgals gelaufen sind. Ich sage euch, so etwas habe ich noch nicht erlebt und ich habe schon so manchen Kampf überstanden. Gegen Wasserdrachen habe ich gekämpft und gegen Elfen", ein provozierender Blick schoss an den Nachbartisch, an dem unter anderem zwei Elfen saßen.

„Nichts hatten wir zu fürchten, kein Gegner war uns zu stark. Und jetzt? Ich bin der letzte Überlebende unserer Truppe. Die haben uns einfach aufgerieben, mit ihren langen Speeren, den großen Schilden, ihren gezackten Schwertern und ihrer höllischen Kampfweise. Kamen plötzlich von allen Seiten und haben alle niedergemacht, bis auf den letzten Mann."

„Und wie hast du überlebt?", klang eine Frage aus der Zuhörerschaft. Der Troll durchforstete den Schankraum auf der Suche nach dem Fragenden. „Ich war auf einem Botengang. Als ich zu meiner Einheit zurückkam, lagen alle erschlagen auf dem Boden der Schlucht, in die sie von den Gorgals getrieben worden waren."

Er sah zum Wirt. „Was ist? Kriege ich noch ein Bier, bevor ich mich schlafen legen muss?"

Er war ein Taglicht-Troll und die Dämmerung brach herein. Ihn würde bald die seiner Rasse eigene Müdigkeit überfallen und nichts könnte ihn dann vom Schlafen abhalten.

„Kannst du denn auch bezahlen?", fragte Kendor, der Wirt.

„Das geht auf mich", mischte sich ein kleiner Mann ein, der bei den Elfen am Tisch saß. Der Troll drehte sich ihm zu und sein Blick wanderte langsam an der kleinen Gestalt abwärts und wieder hoch.

„Wer ... was bist du? Ich sehe Halblingsfüße, dein Gesicht scheint aber eher zwergisch zu sein, wenn auch ohne Bart."

Der Angesprochene tippte sich zum Gruß mit den Fingern an das Lederband, das seine Haare über der Stirn zusammenhielt. „Bandath", entgegnete er. „Freier Hexenmeister und seit einem Jahr Ratsmitglied von Neu-Drachenfurt. Ich bin ein Zwergling."

„Ein Zauberer?", knurrte der Troll und machte Anstalten, das Bier von sich zu schieben, das Kendor in diesem Moment vor ihn hinstellte.

„Vorsicht, Freund", knurrte ein Troll, der neben Bandath am Tisch saß und knackte mit den Fingern. „Du hast gerade ein Bier von meinem Freund spendiert bekommen und ich rate dir, es nicht abzulehnen. Und außerdem ist Bandath kein Zauberer und auch kein Magier. Er ist ein *Hexenmeister*. Und das ist viel mehr, als die Strohköpfe der Magierfeste Go-Ran-Goh jemals zugeben werden."

Mit neu erwachtem Interesse nahm der Flüchtling aus dem Westen jetzt doch das Bier und musterte die Runde am Nachbartisch. Außer den beiden Elfen, dem Hexenmeister und dem Troll, der gerade mit ihm gesprochen hatte, saßen dort noch ein Zwerg, eine ausgesprochen schlanke und sehr hübsche Zwergin und auf der Tischplatte erkannte er die winzige Gestalt eines Knörgis.

Er trank einen Schluck, hob den Bierkrug dann nachträglich dem Spender entgegen und nickte Bandath zu. „Und was willst du dafür?"

„Mich morgen mit dir unterhalten, ohne großes Publikum. Ich will genau wissen, was im Westen los ist."

Der Troll nickte schweigend, leerte den Krug und stand auf. „Wenn da noch ein ordentliches Mahl für mich drin ist."

„Pass auf, Troll", tönte die Stimme des Knörgis von der Tischplatte. „Übertreib es nicht. Schon manch einer hat gedacht, uns ausnutzen zu können und es hinterher bitter bereut ... wenn er noch bereuen konnte."

Dem Troll, solcherart angesprochen, rutschten die Augenbrauen hoch.

Weil aber niemand im Umkreis über die Worte des Kleinen lachte, dachte er, dass es besser sei, die Truppe am Tisch ernst zu nehmen. Keiner von ihnen machte den Eindruck, als ließe er sich die Knack-Vogel-Eier vom Frühstückstisch stehlen. Und da ihm außerdem der Name Bandath vage bekannt vorkam, nickte er einfach einen weiteren Abschiedsgruß, gähnte und begab sich zu seinem Schlafplatz außerhalb des Wirtshauses. Er hatte nicht gelogen, was seine Flucht betraf. Und noch weniger, was die Gorgals und seine Truppe anging. Und er würde dem Hexenmeister alles erzählen, was ihn interessierte. Kein Problem. Er schätzte, dass die Gorgals spätestens Mitte des Sommers hier wären, denn die Drummel-Drachen-Berge waren das erklärte Ziel ihrer Heerführer. Aber keiner hatte es bisher hören wollen, weder auf dem Weg hierher, noch hier in den Bergen. An einigen Stellen hatte er sogar den Eindruck gehabt, mit seinen Erzählungen auf Unwillen, wenn nicht sogar Verdruss gestoßen zu sein. Es würde ja gar nicht so schlimm sein und außerdem trage sich das alles so weit im Westen zu, dass die Gegend hier gar nicht davon betroffen sein könne. Er solle nicht die Dörfler beunruhigen. Man habe noch nie davon gehört, dass ein Heer den weiten Weg aus den westlichen Urwäldern bis hier in die Drummel-Drachen-Berge zurückgelegt habe. Wieso solle das jetzt plötzlich der Fall sein? Was sollten die Gorgals hier wollen? Außerdem gäbe es zwischen den Urwäldern und den Drummel-Drachen-Bergen so manch ein wehrhaftes Reich mit einer starken Armee.

… und überhaupt …

Der Troll kratzte sich an verschiedenen Stellen seines Körpers als er sich in das trockene Laub des Vorjahres gelegt hatte, hier unter den Bäumen am Waldrand. Nun, zumindest der Hexenmeister schien ihn ernst zu nehmen. War ihm recht. Er würde erzählen, was er wusste und spätestens übermorgen weiterziehen. Irgendwo weit im Osten würde er einen Platz finden, den die Gorgals nicht erreichen mochten … so hoffte er jedenfalls.

Kurz bevor er einschlief, fiel ihm ein, dass er von einem fahrenden Musikanten über Bandath gehört hatte. Dieser Musikant hatte von einem Vulkanausbruch erzählt und der spektakulären Erlösung einer verwunschenen Oase weit im Süden, vom Finden des Dämonenschatzes. Bandath und seine Freunde hätten bei diesen Ereignissen eine herausragende Rolle gespielt. Aber dann schlief er ein, dort am Waldrand, gar nicht weit vom Wirtshaus entfernt.

Nachdem der fremde Troll das Wirtshaus verlassen hatte, griff Bandath nach dem Bierkrug und schob ihn seiner Nachbarin zu. „Was ist los, Barella? Du hast doch sonst kein Problem mit einem guten Bier?"

„Ich mag heute nicht." Sie schob das Bier zur Seite. „Lass mich einfach."

„He Schwesterlein!" Der Elf neben Bandath beugte sich nach vorn. „Du wirst doch auf deine alten Tage nicht zur Antialkoholikerin werden?"

Obwohl es auf den ersten Blick schwer zu glauben war, der Elf war der Bruder Barellas. Sein Vater hatte vor vielen Jahren ein Verhältnis mit einer Zwergin gehabt und so war sie, genau wie ihr Partner Bandath, ein Mischling. Während sie sich aber als Zwelfe bezeichnete, da ihre Mutter eine Zwergin und ihr Vater ein Elf war, nannte sich Bandath Zwergling. Sein Vater war ein Zwerg gewesen, seine Mutter eine Halblingsfrau.[1] Barellas Bruder Korbinian hatte erst vor zwei Jahren erfahren, dass er eine Schwester hat. Natürlich hängten sie das nicht an die große Glocke, denn ihr Vater Gilbath war der Fürst aller Elfen der Riesengras-Ebene. Nur wenige kannten das ganze Geheimnis.

„Lass sie!" Die Elfin neben Korbinian stieß ihn mit dem Ellenbogen in die Seite. Korbinian nickte und griff nach seinem eigenen Krug. Die Elfin To'nella hatte einen guten Einfluss auf Korbinian. Vor zwei Jahren noch war er eher ein Galgenstrick gewesen, weder Streit noch Rauferei aus dem Weg gehend, mit Schulden in jeder Stadt von den Riesengras-Ebenen im Norden bis zu der Todeswüste tief im Süden und einem Hang, sich unter Alkohol in Schwierigkeiten zu bringen. Erst ihr gemeinsam bestandenes Abenteuer in der Dämonenstadt Cora-Lega hatte die Beiden zusammen und ihn auf einen Weg gebracht, den er selbst gern als „gerade Lebenslinie" bezeichnete – im Vergleich zu dem Zick-Zack-Kurs jedenfalls, den sein Leben bis zu diesen Tagen genommen hatte.

Der Troll neben Bandath gähnte ebenfalls. „Manchmal ist das Leben als Taglicht-Troll recht lästig. Kaum geht die Sonne unter, müssen wir uns hinlegen, während ihr eure wohlverdienten Stunden im Gasthaus beim Bier absitzen könnt." Er griff nach seinem Bierkrug und leerte ihn auf einen Zug. „Euer Freund Rulgo geht noch mal für kleine Trolle und legt sich dann auf sein hübsches Ohr, das ...", er beugte sich mit einer

---

[1] Mehr dazu in den Bänden 1 („Die Diamantschwert-Saga") und 2 („Die Dämonenschatz-Saga") der Bandath-Trilogie

Schnelligkeit, die man ihm auf den ersten Blick gar nicht zutrauen würde, zu Korbinian über den Tisch und zupfte an dessen Ohrspitze, „… nicht so spitz ist wie das Ohr gewisser anderer Leute hier am Tisch." Breit grinsend erhob er sich und ließ im Vorbeigehen seine Hand auf die Schulter des Elfen krachen. Den schleuderte es nach vorn gegen die Tischkante.

„Bandath", beklagte sich Korbinian, „sag ihm, er soll das lassen."

„Sind wir wieder ein Weichelf heute?" Der Winzling auf dem Tisch hob seinen kleinen Bierkrug. Niesputz, das Ährchen-Knörgi, zwinkerte dem Troll zu, der hinter dem Rücken Korbinians die Augenbrauen hochzog und sich am Gesäß kratzte.

Der Zwerg neben Barella stöhnte genervt. „Nimmt das denn nie ein Ende mit euch?" Theodil Holznagel, Zimmermann und wie Bandath Ratsmitglied, drehte sich zu Rulgo um. „Lass ihn doch einfach in Ruhe."

„Aber keinen Elf kann man so schön ärgern wie den Sohn meines Lieblingsfeindes." Die Trolle hatten mit den Elfen der Riesengras-Ebene viele hundert Jahre lang Krieg um das Umstrittene Land geführt und Rulgo war ihr Anführer gewesen. Erst, als Frieden herrschte, ein echter Frieden, der von Bandath maßgeblich mit herbeigeführt worden war, hatte er sich nicht wieder zum Anführer wählen lassen.

Korbinian strich sich über die Ohren. „Weißt du was, Rulgo? Du bist doch nur neidisch, dass du nicht so schöne, haarlose Ohren hast wie ich."

„Ich? Neidisch?", dröhnte Rulgos Stimme. „Auf haarlose Ohren? Elfen sind von Natur aus neidisch auf Ohrenhaare. Das weiß doch jedes Ährchen-Knörgi. Stimmt's?"

Die letzte Frage galt Niesputz, doch er kam nicht zu einer Antwort, denn die Sticheleien am Tisch wurden durch ein Röcheln unterbrochen. Alle drehten sich zu Bandath. Dessen Augen waren geschlossen, die Augenbrauen tief herabgezogen, sein Mund in einem nicht ausgestoßenem Schrei halb geöffnet und seine Hände klammerten sich an die Tischkante.

„Bandath?" Barellas Stimme klang besorgt. Niesputz schlug mit seinen Flügeln und starrte Bandath an. Dann blickte er in seinen Bierkrug und stellte ihn zur Seite. Die Bemerkung jedoch, die er über die Qualität des Bieres machen wollte, erstarb ihm auf den Lippen, als zwischen Bandaths Fingern Qualm von angesengtem Holz aufstieg.

„Bandath!"

Barella wollte ihren Gefährten an der Schulter packen und ihm vom Tisch wegziehen. Ein Blitz aus Bandaths Körper fuhr ihr in die Hände noch bevor sie ihn berührt hatte, gefolgt von einem Krachen, das die Scheiben im Wirtshaus zersplittern und nach außen fliegen ließ. Barella wurde davongeschleudert und erst von vier Zwergen gestoppt, die gerade in die Schankstube getreten waren. Die sich aufrappelnden Zwerge am Eingang und die hinzueilende To'nella kümmerten sich um Barella. Menschen, Zwerge und Halblinge, hauptsächlich Bewohner Neu-Drachenfurts, die durch die Druckwelle auf ihre Stühle gedrückt worden waren, sprangen auf und drängten zu dem Tisch, an dem Bandath in einen Krampf verfallen war. Er hatte den Kopf nach hinten gerissen und jetzt die Augen weit geöffnet. Schweißperlen sammelten sich auf seiner Stirn und seiner Oberlippe. Erneut drang ein Stöhnen aus seinem Körper, ein Geräusch, das eher klang, als würde in den Tiefen der Unterwelt die Erde reißen. Der Qualm, der zwischen seinen Fingern aufstieg, wurde stärker und die ersten Flammen züngelten, bis irgendjemand auf die Idee kam, seinen Bierkrug über die Hände des Zwerglings auszuleeren. Es zischte. Bläuliche Flammen, wie sie manchmal von Seemännern des Nordmeeres an den Mastspitzen beobachtet wurden, glitten an Bandath auf und ab. Um den Hexenmeister breitete sich eine Aura der Dunkelheit aus und es schien, als würden von außen, von irgendwoher, Wellen gegen diese Aura branden. Der Stein am Lederband um seinen Hals – ein Borium-Kristall, Bandaths magischer Fokus – war aus seinem Hemd hervorgerutscht. Er glühte, wie von einem inneren Feuer erfüllt. Korbinian und Theodil standen hilflos neben ihrem Freund. Sie wollten helfen, wussten aber nicht, wie. Niesputz surrte hoch. „Fasst ihn nicht an!", rief er, handelte jedoch selbst nicht nach seiner Aufforderung, als er sich auf Bandaths Brust niederließ. Doch selbst Niesputz wurde mit einem gewaltigen Blitz quer durch den Schankraum geschleudert und flog aus dem letzten bis dahin noch nicht zerborstenen Fenster. Zusammen mit den Glasscherben wurde er weit hinaus in die Dämmerung katapultiert. Im selben Moment sackte Bandath zusammen und rutschte vom Stuhl.

„Bei dem größten Haufen, den je ein Drummel-Drachen hinter sich hat fallen lassen", sagte Rulgo, der entgegen seiner Ankündigung im Schank-raum geblieben war und das Spektakel beobachtet hatte, „Was ist denn in den Hexenmeister gefahren?" Dann fiel er der Länge nach um und krachte auf einen Tisch, der unter der Masse des Taglicht-Trolls zerschmettert wurde. Das Umfallen des Trolls allerdings war die Folge des gerade stattfindenden Sonnenuntergangs. Der Troll schlief ein und nichts konnte ihn daran hindern. Rulgo wurde ignoriert. Alle Anwesenden kümmerten sich um Barella und Bandath. Selbst an Niesputz verschwendete keiner einen Gedanken, war doch die Widerstandskraft des Ährchen-Knörgis legendär.

„Bandath?" Theodil beugte sich über den Hexenmeister und berührte ihn vorsichtig an der Schulter. Ein kleiner Blitz fuhr knisternd in die Finger des Zwerges und erschrocken zuckte er zurück. Gleich darauf fasste er seinen Freund aber doch entschlossen an. „Bandath? Was war denn das?"

Der Magier hob mühsam den Kopf und sah sich um. „Barella?" Es war mehr ein Stöhnen als eine Frage.

„Ich bin hier", sagte die Zwelfe und schob sich durch die Reihen der Umstehenden, von To'nella gestützt, die linke Hand vor den Unterleib gelegt, als habe sie Schmerzen oder wolle die Stelle besonders schützen. Sie kniete neben Bandath und legte ihm die Hand auf die Stirn. Auch in ihre Finger fuhr knisternd der winzige Blitz einer Entladung.

„Wie geht es dir?" Ihre Stimme klang zittrig, nach Angst.

„Wasser." Bandath schien zu nicht mehr als einzelnen Worten in der Lage zu sein. Der Ruf nach Wasser wurde aufgenommen und über etliche Stationen weitergegeben, bis sich jemand genötigt fühlte, mit einem Becher Wasser aus der Küche zu kommen. Bandath trank mit großen Schlucken und ein Teil des Wassers lief ihm aus den Mundwinkeln wieder heraus. Theodil stützte ihn von hinten.

„Sollen wir dir eine Decke holen?"

„Nach Hause." Bandath ließ sich zurücksinken und schloss die Augen.

„Theodil, Korbinian", sagte die Zwelfe und die Angesprochenen hoben Bandath vorsichtig hoch. Es war nicht weit zu ihrem Haus. Als sie die Tür des Schankraumes passierten und die Gäste des Rülpsenden Drummel-Drachen mit ihren Spekulationen und der Unordnung allein ließen, stieß Niesputz wieder zu ihnen. Er sah ramponiert aus und seine ehemals schulterlangen, grauen Haare waren bis auf wenige, gekräuselte Reste abgesengt.

„Meine Fresse!", rief er schon von Weitem. „Das nenne ich mal einen Schlag auf die Nase." Er schien eher begeistert von der Energie zu sein, die ihn getroffen hatte, als besorgt um Bandath.

„Was macht unser pelzfüßiger Zauberer?"

„Wir bringen ihn nach Hause", knurrte Theodil, der Bandath unter den Axeln gefasst hatte.

Niesputz setzte sich auf die Schulter des Zwerges. „Schwer?"

Theodil knurrte.

„Jaja", erklärte Niesputz im Plauderton. „Das Eheleben ist unserem Zauberer zu gut bekommen in den letzten zwei Jahren. Keine Aufregung, keine Abenteuer. Da spannen die Jacken schon ein wenig um den Bauch herum. War richtig ein bisschen langweilig hier in Neu-Drachenfurt. Aber das scheint sich ja nun zu ändern ..."

„Niesputz!", stöhnten Barella und Korbinian zeitgleich.

„Was?", fragte das Ährchen-Knörgi mit Unschuldsmiene.

Sie erreichten das Haus und schleppten Bandath in die Stube. Dort setzten sie ihn auf seinen Stuhl am Fenster. Langsam öffnete Bandath die Augen, die geschlossen gewesen waren, als sie ihn zu seinem Haus trugen.

„Geht das so? Oder willst du lieber ins Bett?" Barella beugte sich über ihn.

Bandath nickte. „Das ist gut so", flüsterte er. Barella ging zum Kamin, schürte das Feuer, legte einige Holzscheite nach, hängte einen Kessel über die Flammen und goss etwas Gewürzwein hinein. Der Geruch nach Zimt und Honig breitete sich in der Luft aus. Die anderen Anwesenden ließen sich auf den Stühlen nieder, die im Raum verteilt standen. Als der Wein heiß war, füllte sie einen Tonbecher und brachte ihn Bandath.

„Oh", sagte Korbinian und machte einen langen Hals. „Wenn du so nett wärst, mir auch einen Becher ..."

Weiter kam er nicht, weil Barella ihm mit eiskalter Miene die Kelle in die Hand drückte.

„Bedien' dich selbst!"

Bandath trank vorsichtig aus dem Becher, den Barella hielt. Dabei umfasste er ihre Hand. Seine Freunde sahen, dass die Finger des Zwerglings noch immer zitterten. Ruhe kehrte ein und alle starrten auf die zitternden Finger. Als Bandath sich dessen bewusst wurde, versteckte er die Hand unter der Decke, die To'nella über ihn ausgebreitet hatte.

„Also gut, Hexenmeister", fragte Niesputz und alle wunderten sich, dass er ihn nicht wie üblich Zauberer nannte. „Was war los?" Ton und Miene des Ährchen-Knörgis waren ungewohnt ernst.

„Es war eine …", Bandath blickte an die Decke, als suche er nach den richtigen Worten, „… eine *Entnahme* von Magie."

„Entnahme von Magie?" Theodil sah Bandath verständnislos an. Von allen Anwesenden hatte er die größten Probleme, sich in magische Dinge hineinzuversetzen.

„Könnt ihr euch an Thaim erinnern, den Hexenmeister, den wir auf der Reise nach Cora Lega getroffen haben? Er hat mir die Augen geöffnet, was Go-Ran-Goh und die magischen Kraftlinien angeht, die die Welt durchziehen. Seit dieser Zeit bin ich auf der Suche nach solchen Linien und vermerke ihren Verlauf auf einer Karte. Korbinian, wenn du so freundlich wärst?" Er wies mit der Hand auf das Bücherbord über dem Kamin. „Die Lederrolle dort, öffne sie bitte und entrolle die Karte auf dem Tisch."

Neugierig drängten sich alle um den Tisch und sahen auf die Karte, die der Elf vor ihnen ausbreitete. Die Drummel-Drachen-Berge waren zu erkennen, die Riesengras-Ebenen genauso wie der Ewige Strom, Flussburg, Go-Ran-Goh bis hinunter in das südliche Dreistromland. Über all das waren feine Linien gezogen. Einige gerade, andere gebogen wie die Ausschnitte von Kreisen, wieder andere verliefen in mehr oder weniger gleichmäßigen Wellen oder folgten einem Kurs, den niemand vorherbestimmen konnte.

„Man kann in keinem Fall voraussagen, wo sie entlangführen werden", erklärte Bandath. Mehrere gingen durch die Magierfeste, andere trafen sich im Umstrittenen Land und es führten sogar drei durch den winzigen Punkt, an den Bandath *Neu-Drachenfurt* geschrieben hatte.

„Thaim hatte mir in nur einer Nacht mehr beigebracht, als die Magier von Go-Ran-Goh in dreißig Jahren. Diese Kraftlinien sind das A und O der Magie. Dort ist für einen Magier oder Hexenmeister die Nutzung der Magie am besten möglich. Die Knotenpunkte sind die Punkte der größten Macht. Nicht umsonst steht die Magierfeste an einem Punkt, an dem sich ein knappes Dutzend Kraftlinien kreuzen. Es ist auch kein Zufall, dass das Umstrittene Land ein Ort großer Magie ist."

„Aber es ist Zufall, dass sich in Neu-Drachenfurt drei Linien kreuzen", ergänzte Korbinian, als Bandath einen Moment schwieg.

Der Hexenmeister schüttelte den Kopf. „Nein. Als ich damals mein Haus baute, hatte ich überlegt, ob ich mich direkt in Drachenfurt niederlassen sollte. Aber irgendwie habe ich mich auf der Wiese, die auf der anderen Seite des Berges lag, wohler gefühlt. Ich baute mein Haus, also abseits des alten Ortes, genau hierher." Bandath wies mit beiden Händen in die Runde, als wolle er seinen Freunden sein Haus zeigen. „Ohne es zu wissen, habe ich es auf den Kreuzungspunkt der drei Kraftlinien gestellt. Nach der Zerstörung Drachenfurts durch den Vulkan wurde die neue Siedlung rund um die Ruine meines Hauses errichtet. Es ist *kein* Zufall." Bandath nahm noch einen Schluck Gewürzwein. Zusehends fühlte er sich besser. Er richtete sich gerade in seinem Stuhl auf und sah seine Freunde an.

„In den letzten beiden Jahren ist meine Empfindlichkeit, was die Kraftlinien angeht, enorm gestiegen. Manchmal war mir, als würde ich Tag für Tag sensibler für die Magie, die in den Linien fließt ..."

„Oh, unser kleines Sensibelchen", kommentierte Niesputz, wurde aber von Bandath ignoriert.

„Ich hatte schon vor zwei Jahren das Gefühl, als ob irgendwo jemand sitzt und ab und zu an den Kraftlinien ... zupft. Ich kam mir manchmal wie eine Spinne vor, die in ihrem Netz sitzt und eine Bewegung an den Fäden spürt."

„Ich versuche mir gerade eine Spinne mit deinen behaarten Füßen vorzustellen", kommentierte Niesputz erneut. Dieses Mal fing er sich einen ärgerlichen Blick Bandaths ein.

„Und wer hat sich in den magischen Kraftlinien verfangen?" To'nella beugte sich vor.

„Niemand. Das Zupfen war eher vorsichtig, so, als würde dieser Jemand das Netz der Kraftlinien austesten, als erkunde er sie, ihren Verlauf, ihre Verknüpfungen und die Magier und Hexenmeister, die sich der Kraft der Magie bedienen, als bereite er sich auf etwas vor." Er schluckte. „Und vorhin hat dieser Jemand mit einem einzigen Schlag Magie aus den Kraftlinien entnommen."

„Aber das machst du doch auch, wenn du zauberst." Korbinian hob die Augenbrauen, doch Bandath schüttelte den Kopf.

„Wenn ich Magie wirke", entgegnete er mit einem *Ich-habe-es-euch-doch-schon-hundert-Mal-erklärt*-Ton und vermied damit das von ihm gehasste Wort *zaubern*, „dann entnehme ich keine Magie aus den Kraftlinien. Ich nutze sie wie ... wie ... wie ein Müller das Wasser eines Flusses nutzt, um sein Mühlrad damit antreiben zu lassen. Kein Magier oder Hexenmeister kann Magie *entnehmen*. Doch genau das ist jetzt passiert. Und es war kein sanftes Entnehmen. Der Vorgang hatte nichts Vorsichtiges an sich. Es war ein brutales Entreißen. Das Netz hat die Magie nicht freiwillig hergegeben. Hier hat jemand mit Gewalt etwas getan, was bisher noch nie getan worden ist." Bandath stierte auf den leeren Becher in seiner Hand.

„Ich verstehe das nicht. Ich habe gedacht, dass ich mittlerweile ein Verständnis für die Magie entwickelt habe, das weit, sehr weit über die Anfänge hinausgeht, die man uns auf Go-Ran-Goh beigebracht hat. Aber das hier ..." Er schüttelte den Kopf. „Es war, als ob die Kraftlinien ... *dünner* geworden sind. Gleichzeitig fühlte ich ein Zerren an mir selbst, wie ein Saugnapf, der an meinem Gehirn klebte ... von innen. Ich hatte beinahe das Gefühl, jemand wolle mir die Fähigkeit nehmen, Magie zu wirken. Aber ich bin mir da nicht sicher."

„Was hast du getan?" Barella goss ihm einen weiteren Schluck Gewürzwein ein und reichte nun auch den anderen Becher mit dem warmen Getränk.

„Ich habe eine Mauer um mich errichtet. Wenn ich jetzt vorsichtig in die Kraftlinien hinein fühle, dann bemerke ich eine Präsenz in der Magie. Gerade so, als würde jetzt wirklich eine Art Spinne in den Kraftlinien sitzen und alles beobachten. Und ich habe die Befürchtung, dass der Verantwortliche ganz genau merken würde, wenn ich Magie wirke und wo ich Magie wirke."

Wieder schwieg Bandath, den Blick nach innen gekehrt, als fühle er nach den Linien, die sich unterhalb des Hauses kreuzten.

„Was noch?" Barella kannte ihn gut genug, um zu merken, dass da noch mehr war.

„Die Magie hat sich ein winziges Stückchen verändert. Ich habe den Eindruck, sie ist ... dunkler geworden."

Verständnislose Blicke wanderten zwischen den Anwesenden hin und her. Bandaths Blick kehrte aus dem Irgendwo zu seinen Freunden zurück.

„Vorher war die Magie neutral, sie diente niemanden und war weder gut noch schlecht. Neutral eben, wie Regen, der auf die Erde fällt. Wenn er fällt, bewässert er die Felder der Guten genau so wie die Felder der Bösen, um es mal ganz einfach zu sagen."

„Was guckst du mich dabei so an?", fragte Korbinian empört.

„Aber Regen kann auch böse werden", meinte Theodil.

Erneut schüttelte Bandath den Kopf.

„Nein, Regen ist da, oder nicht. Manchmal gibt es zu viel oder zu wenig davon zur falschen Zeit am falschen Ort. Das ist schlecht, aber nicht böse. Die Magie aber ist jetzt ... *böser* geworden. Nur ein winziges, ein wirklich sehr kleines Stückchen. Aber ich spüre diese Veränderung. Es ist, als habe jemand eine winzige Menge Gift in einen Bach gegossen, das sich jetzt langsam ausbreitet. Derjenige, der dem Netz Magie entrissen hat und mir die Fähigkeit nehmen wollte, sie zu nutzen, verändert die Magie auch."

Schweigen breitete sich aus. Dann stöhnte Bandath genervt. „Ich muss wohl doch nach Go-Ran-Goh."

Er hatte diesen Besuch seit zwei Jahren vor sich her geschoben.

„Wieso *das* denn?" Barella sah auf.

„Es ist der einzige Punkt, an dem sich sehr viele Magier befinden. Bevor ich jetzt auf eine lange Suche nach anderen Magiern oder Hexenmeistern gehe, wende ich mich lieber an die ..."

„... verknöcherte alte Gilde, die nur ihre Meinung zulässt und jeden bekämpft, der auch nur ein klein wenig davon abweicht", leierte Niesputz wie auswendig gelernt herunter und hob dabei entschuldigend seine Hände. „Das waren deine eigenen Worte."

„Ich weiß", entgegnete Bandath düster.

„Sie sind für den Tod Malogs verantwortlich", sagte Barella. „Er war einer deiner wenigen Freunde auf Go-Ran-Goh. Auch das sind deine Worte."

„Ich weiß", wiederholte Bandath. „Aber es ist der einzige Punkt, an dem ich konzentriert Magier treffe. Es kann nicht sein, dass sie nichts von dem mitbekommen haben, was gerade passiert ist."

„Sie haben den Bann auf dich gelegt. Du bis kein Magier mehr, du bist nun ein Hexenmeister."

Jetzt nickte Bandath. „Und das ist auch gut so. Ich will gar kein Magier mehr sein."

Nach der landläufigen Auffassung der Magier gab es nichts Besseres, als die Ausbildung auf Go-Ran-Goh. Nur wer durch die Schule der Magierfeste gegangen ist, könne sich mit Fug und Recht, als Magier bezeichnen. All die aber, die auf Jahrmärkten zur Belustigung des Volkes auftraten, waren Taschenspieler und Zauberer – was zumindest in Bandaths Augen ein und dasselbe war. Hexenmeister hingegen standen seit jeher außerhalb der Magiergilde, weil sie sich weder den Anordnungen

Go-Ran-Gohs beugten, noch nach den Regeln der Gilde Magie wirken wollten. Bandath selbst hatte sich auf seiner Reise nach Cora Lega deutlich gegen die Gilde gestellt und war von ihr ausgeschlossen worden. Erst die Begegnung mit Thaim, dem reisenden Hexenmeister, hatte ihn die Augen für den wahren Charakter der Magie geöffnet. Seither war er bedeutend mächtiger geworden, was die Beherrschung der Magie anging, mächtiger und besser, als er je hätte werden können, hätte er sich an die eng gesetzten Dogmen Go-Ran-Gohs gehalten.

Trotzdem, so schien es ihm, war jetzt eine Situation eingetreten, in der all jene zusammenarbeiten mussten, die Magie wirken konnten. Irgendein unbekannter Feind schröpfte die magischen Kraftlinien, und das durfte keinen, der mit Magie zu tun hatte, unbeeindruckt lassen. Die Magier von Go-Ran-Goh mussten mit ihm reden. Und vielleicht hatte er ja doch noch einen oder zwei Freunde in der Gilde.

Nur mit Anuin Korian, dem Elf, würde er nicht reden. Er und Bolgan Wurzelbart, der Meister des Wachsens und Vergehens, hatten am Rand der Todeswüste seinen Freund Malog getötet, Malog, der Troll, der Torhüter von Go-Ran-Goh gewesen war.

„Ich werde noch einen oder zwei Tage warten", erklärte Bandath seinen Freunden. „Zuerst möchte ich noch mit dem Troll reden, der gegen die Gorgals gekämpft hat. Und dann denke ich auch, das der günstige Zeitpunkt noch nicht gekommen ist."

Niesputz verzog das Gesicht. „Wieder mal dein Bauchgefühl?"

„Wieder mal mein Bauchgefühl", bestätigte Bandath. „Und jetzt werde ich ins Bett gehen."

Das war das Zeichen zum Aufbruch.

Korbinian und To'nella wohnten zurzeit in einem Zimmer in der Herberge direkt neben dem *Rülpsenden Drummel-Drachen*. Die starke Frequentierung des Ortes durch Händler hatte den Bau der Herberge *Zum Wolkenzahnblick* notwendig gemacht. Natürlich hatte Bandath den Beiden angeboten, in seinem Haus zu wohnen, so lange sie in Neu-Drachenfurt bleiben wollten. Bandath hatte aber sein Haus für sich und Barella gebaut, so dass die hoch aufgeschossenen Elfen ständig gebückt durch die Zimmer laufen mussten, um sich nicht an diversen Lampen, Haken, Regalen und Dachbalken zu stoßen. Der *Wolkenzahnblick* bot Zimmer für Elfen und man hatte eine wunderbare Aussicht auf den Wolkenzahn, jenen Vulkan, der vor drei Jahren ausgebrochen war und der selbst jetzt, nach seinem endgültigen Erlöschen, ab und an noch einmal ein wenig Qualm rülpste.

Niesputz verzog sich durchs offene Fenster. „Ich werde im Wald schlafen. Ich kenne da eine nette Blütenfee, die gern ihr Nest mit mir teilen wird."

Auch Theodil brach auf. Sein Haus stand auf der anderen Seite des Dorfes. To'nella nahm Barella an der Haustür zur Seite. „Wirst du zurecht kommen?"

Barella nickte. „Es ist nichts weiter passiert. Ich fühle mich wohl."

„Seit wann weißt du es?"

„Noch nicht lange. Ich bin mir erst seit einigen Tagen sicher."

„Und wann wirst du es ihm sagen?"

Barella drehte den Kopf und sah zurück in den Flur, der zur Wohnstube führte. „Ich weiß noch nicht. Wenn die Situation günstig ist."

To'nella zog sich ihr Tuch enger um die Schultern. Für jemanden, der den warmen Süden gewohnt war, war es noch recht kühl, so zeitig im Frühjahr und so hoch in den Bergen. „Ich habe ein ganz mieses Gefühl, was die günstige Situation angeht."

Barella sagte nichts, ihr Gesichtsausdruck aber gab der Freundin Recht.

Der Troll hieß Thugol und Bandath lud ihn am nächsten Morgen zum Frühstück in den *Rülpsenden Drummel-Drachen* ein. Er unterhielt sich bis zum Mittag mit ihm und kehrte dann zu Barella zurück.

„Ich sehe deinem Gesicht an, dass es Ärger gibt."

Der Zwergling nickte. „Ärger ist untertrieben. Ich muss mit unseren Freunden reden. Mit allen. Jetzt gleich. Bereite bitte einen großen Kessel Tee vor, während ich sie hole."

„Das heißt, wir setzen uns draußen hin?" Die Frage war eine reine Feststellung, weil Rulgo überhaupt nicht in das Haus gepasst hätte. Bandath nickte und strich seiner Gefährtin zerstreut über das Gesicht. Er kratzte sich am Kopf und stierte aus dem Fenster. „Übel", murmelte er. „Sehr übel!" Dann ließ er Barella allein. Während Bandath losstiefelte, um ihre Freunde zu holen, entzündete sie Holz auf der Feuerstelle, die sie vor dem Haus eingerichtet hatten. Barella stellte ein schmiedeeisernes Dreibein so am Feuer auf, dass der Kessel, den sie daran hängte, genau über den Flammen hing. Sie füllte ihn mit Wasser und legte einen Leinenbeutel zurecht, in den sie verschiedene Kräuter gefüllt hatte. Sobald das Wasser kochte, würde sie den Beutel in den Kessel werfen. Die ganze Zeit jagten sich die Gedanken hinter ihrer Stirn, als würde ein Laufdrache eine Herde Springziegen verfolgen. Bandath war beunruhigt. So alarmiert hatte sie ihn noch nie zuvor gesehen. Für seine Freunde und die Bewohner Neu-Drachenfurts war das nicht so deutlich, aber sie kannte ihn mittlerweile besser als alle anderen. Nur Waltrude, Bandaths ehemalige Haushälterin, hätte es noch gemerkt, die aber war vor zwei Jahren im Kampf gegen einen Sanddämon gestorben, dort unten im Süden. Bandaths Unruhe wiederum beunruhigte sie. Eine Störung ihres Lebens konnte sie gerade jetzt nicht gebrauchen. Das aber, was Bandath aufwühlte, schien weit über eine normale „Störung" ihres Lebens hinauszugehen, und gefährlicher zu sein als alles, was sie bisher erlebt hatten. An dieser Stelle drehten sich ihre Gedanken im Kreis. Sie wusste, dass das, was gestern Abend passiert war, nie zuvor geschehen war. Hingen die Informationen, die Bandath heute bekommen hatte, damit zusammen? Oder waren sie so schlimm, dass die „Entnahme von Magie" gestern eher weniger schlimm gewesen war? Sie musste einfach abwarten. Während des Abwartens und Teekochens legte sich ein Stein auf ihr Herz, der beständig größer und schwerer zu werden schien, ihren Herzschlag verlangsamte und ihr die Luft zum Atmen nahm. Etwas Schlimmes stand bevor und sie hatte eine Ahnung, dass es sehr, *sehr schlimm* werden würde.

Barella war mit den Vorbereitungen kaum fertig, als Menach und Almo Reisigbund erschienen. Beide waren Mitglieder des Rates von Neu-Drachenfurt.

„Bandath hat jetzt nicht unbedingt Zeit für euch", versuchte Barella den Besuch abzuwimmeln.

Menach lächelte ihr zu. Der Holzfäller war ein Mensch und sehr kräftig gebaut. Er ließ sich auf einen der Baumstämme nieder, die rund um das Feuer als Sitzgelegenheiten bereitlagen. „Bandath hat uns herbestellt", sagte er. „Er hat ausrichten lassen, dass es Probleme gibt und der Rat sich treffen muss."

Almo setzte sich neben ihn. Seine Halblingsfüße baumelten kurz über der Erde. Er spreizte die Zehen und blickte auf sie, als würde er erst jetzt bemerken, dass er einen dunklen Pelz an den Füßen trug. „Nimm es uns nicht übel, dass wir dir zur Last fallen. Ich habe auch Arbeit, die zu Hause

liegenbleibt. Aber dein Mann hielt es für wichtig. Wirklich wichtig!",
betonte er noch einmal.

Kurz darauf trafen Theodil Holznagel, Korbinian und To'nella ein.
Sogar Niesputz kam angesurrt. Zum Schluss erschien Bandath in Begleitung Rulgos, der die ganze Nacht in der Schankstube geschlafen hatte.

Bandath setzte sich und Barella teilte Tonbecher mit Tee aus. Dann
kehrte Ruhe ein und alle sahen den Hexenmeister erwartungsvoll an. Der
seufzte, ließ den Blick über seine Freunde wandern und seufzte erneut. Es
war so, als müsse Bandath etwas Schlimmes sagen, von dem er nicht
wusste, wie er es in Worte fassen sollte. „Um es kurz zu machen", sagte
er dann, „die Drummel-Drachen-Berge stehen vor einem Krieg."

Es war, als hätte jemand in der Großen Bibliothek von Konulan, mitten
im allergrößten Lesesaal einen ganzen Korb voller Gläser ausgeschüttet.
Einen winzigen Moment lang herrschte absolute Stille und Bandath hörte
das Summen der Insekten vor dem Nachbarhaus. Dann redeten alle
durcheinander, ohne auf den Anderen zu hören, bis Bandath einen Stein
gegen den Teekessel warf und das hell klingende Geräusch alle zum
Verstummen brachte. Sie sahen den Hexenmeister an.

„Wie sicher bist du dir?", fragte Niesputz in die Stille. Stimmlage und
Gesicht brachten eher ein *„Jetzt ist es also soweit"* zum Ausdruck.

„Leider viel zu sicher. Und ich vermute, dass mein Erlebnis von
gestern Abend durchaus damit zusammenhängen könnte." Und dann berichtete er von dem, was der Troll Thugol ihm erzählt hatte.

Die Gorgals aus den westlichen Urwäldern seien primitive Völker gewesen, weit davon entfernt, eine Struktur aufbauen zu können, die den
Ländereien am Rande der Wälder gefährlich werden könnten. Man hätte
Handel mit ihnen getrieben und ab und zu habe es Kämpfe gegeben. Jetzt
aber dringen sie vor, in Heeren mit einer Organisation, die ihresgleichen
sucht. Knapp drei Dutzend Armeen seien zu unterschiedlichen Zeitpunkten aus verschiedenen Richtungen aus den Wäldern hervorgebrochen
und über die Länder östlich der Urwälder hergefallen. Keiner wisse, wie
das hatte geschehen können. Erbarmungslos eroberten sie eine Stadt nach
der anderen und die Länder fielen ihnen in die Hände wie einem kleinen
Kind die Äpfel, wenn es unter dem Baum steht und ein Troll am Stamm
rüttelt.

„Die Länder haben den Gorgals nicht viel entgegenzusetzen.
Selbstverständlich gibt es Armeen dort, aber die Gorgals sind auf eine

Weise organisiert und kämpfen so, dass keiner bisher eine Chance gegen sie hatte. Sogar die großen organisierten Troll-Trupps im Königreich Verolan oder der Republik Camahi'L wurden einfach überrannt." Bandath nahm einen großen Schluck Tee und sah in die Gesichter seiner Freunde.

„Die Gorgals aber geben sich mit den erzielten Erfolgen nicht zufrieden. Unser neuer Trollfreund hat mir gesagt, dass die Drummel-Drachen-Berge das erklärte Ziel der Gorgals sind."

„Aber warum?", flüsterte Menach.

Bandath zog die Schultern hoch. „Keiner scheint das zu wissen. Der Trupp, dem Thugol angehörte, hat kurz bevor er besiegt wurde, einige wichtige Gefangene gemacht. Unter anderem einen niederen Befehlshaber mit verschiedenen Papieren, aus denen Marschbefehle hervorgingen. Es wurde mehrfach das Endziel Drummel-Drachen-Berge formuliert. Thugol konnte die Passage sogar zitieren: ‚*Nach dem Fall von Verolan wird der südliche Weg in die Drummel-Drachen-Berge nur noch durch die Riesengras-Ebene und Flussburg behindert. Diese beiden sind die Aufgabe Ihrer Armee. Sie werden Unterstützung durch die Heere von Wegheld und Tandkorn bekommen. Beide Heerführer haben Order von mir erhalten, sich Ihrem Oberbefehl unterzuordnen. Der Termin Sommersonnenwende bleibt bestehen.*‘ Unterschrieben war die Botschaft mit *Pyr! Der Schwarze.* Pyr! scheint der Oberbefehlshaber der Gorgal-Armeen sein. Thugol sagt, man habe bisher nur von ihm gehört, gesehen hätte ihn noch niemand. Außerdem hätten die Gorgals irgendein mächtiges Wesen auf ihrer Seite, ein *magisches* Wesen, es wäre groß und könne fliegen. Das ist alles, was die Gerüchte dazu sagen. Nach dem, was der Troll erzählt, könnte es sich vielleicht um einen Drachen handeln."

„Ein Drummel-Drache?" Korbinians Stimme klang vor Aufregung piepsig und er musste sich räuspern.

Bandath schüttelte den Kopf.

„Niemals", sagte Niesputz ungewohnt ernst. „Kein Drummel-Drache würde sich dazu hergeben, mit einer Armee zusammen in die Drummel-Drachen-Berge einzufallen."

„Drachen gibt es auch an anderen Orten", bestätigte Bandath die Aussage des Ährchen-Knörgis. „Es könnte einer der Staub-Drachen aus den Wüsten jenseits der westlichen Urwälder sein. Das sind hochintelligente und sehr aggressive Geschöpfe. Oder ein Eis-Drache aus Ländern der

Vergessenen Könige nördlich der Drummel-Drachen-Berge. Es würde vielleicht auch erklären, wie die Gorgals sich organisieren konnten."

„Ich glaube nicht, dass es ein Drache ist", entgegnete Niesputz.

„Es ist völlig zwecklos, sich im Moment darüber zu unterhalten", unterbrach To'nella. „Die Frage ist, was wir jetzt tun sollen."

„Gleich", sagte Bandath. „Zuerst noch ein paar weitere Informationen. Zu den Gefangenen des Trupps gehörten einige Hauptmänner eines Gorgal-Heeres, die anscheinend von einer Besprechung gekommen waren. Auch sie bestätigten, dass das eigentliche Ziel der Gorgals von Anfang an die Drummel-Drachen-Berge waren."

„Das haben sie den Trollen einfach so gesagt?", fragte Theodil.

„Garantiert nicht", knurrte Rulgo und knackte mit seinen Fingerknöcheln. „Wenn wir wollen, dann können wir ganz schön überzeugend bei Befragungen sein."

„Nun", Bandath nahm den Faden wieder auf. „Unsere Trolle waren wohl *sehr* überzeugend, was die Befragung anging. Die Gorgals haben eine Menge ausgeplaudert. Die Gefangennahme der Hauptmänner schien auch der Grund zu sein, warum Thugols Trupp bei dem Angriff einer enormen Übermacht ausgesetzt war. Bevor sie ihre Erkenntnisse weitergeben konnten, wurden sie bis auf den letzten Mann niedergemacht. Thugol hat überlebt, weil er den Anführern der Troll-Trupps Bericht erstatten sollte. Als er deren Lager jedoch erreichte, lebte auch dort niemand mehr. Nur mit viel Glück konnte er sich bis hierher durchschlagen."

Bandath breitete eine Karte auf seinen Knien aus und zeigte auf die Gebiete, die er nannte. „Es gibt drei Hauptstoßrichtungen gegen die Drummel-Drachen-Berge. Ein Viertel der Gorgal-Streitmacht umgeht die Berge in einem großen Bogen und kommt aus dem Norden. Ihr Ziel wird der Markt sein. Haben sie den erreicht, werden weitere Befehle folgen. Ein weiteres Viertel der Gorgals wird die Drummel-Drachen-Berge südlich umgehen, die Hindernisse Riesengras-Ebene und Flussburg angreifen und überwinden wollen, bei Flussburg den ewigen Strom überschreiten um dann wahrscheinlich direkt auf Höhe Neu-Drachenfurt in die Berge einzudringen. Der größte Teil der Armee jedoch, die komplette zweite Hälfte, kommt fast geradlinig aus dem Westen und dringt von dort Richtung Go-Ran-Goh vor. Der Marsch der Armeen soll zur Sommersonnenwende beginnen. Bedenkt man die Größe der Armeen, dann werden sie Ende Sommer an ihren Aufmarschpunkten eintreffen. Wir haben also den Sommer über Zeit, unsere Verteidigung zu organisieren. Ich möchte trotzdem nichts auf die lange Bank schieben."

„Aber weshalb greifen sie die Drummel-Drachen-Berge an?" Barella hatte die Augen weit aufgerissen und ihre Stimme klang tonlos. Zu entsetzlich war, was Bandath hier ausmalte. „Was wollen die hier?"

„Gestern Abend kam es zu einem Angriff auf die magischen Kraftlinien. Der Angriff kam plötzlich und war ... nun sagen wir ... sehr heftig."

„Sehr heftig?" To'nella schüttelte den Kopf. „Der Angriff war brutal. Du hättest dich mal sehen sollen. Und schau dir nur mal Niesputz' neue Frisur an."

Das Ährchen-Knörgi strich sich, eitel grinsend, über die stoppligen Reste seiner Haare.

„Außerdem kannst du froh sein, das Barella nichts passiert ist, in ihrem ..."

„Hat dieser Angriff etwas mit den Gorgals zu tun?", unterbrach Barella die Freundin an Bandath gewandt und schoss der Elfe unter heruntergezogenen Augenbrauen einen strafenden Blick zu.

„Ich habe eine Vermutung", sagte Bandath, dem der Blickwechsel zwischen To'nella und Barella entgangen war. „Aber ich bin mir nicht wirklich sicher. Was gibt es hier in den Drummel-Drachen-Bergen, was es nirgends sonst gibt?"

„Mich", sagte Niesputz.

„Wegen dir würde niemand solch einen Krieg führen", brummte Rulgo. „Da reicht eine Fliegenklatsche."

„Vorsicht, Troll", entgegnete Niesputz. „Ich haue dich gleich pfundweise aus deiner grauen Haut. Leg dich bloß nicht mit Stärkeren an."

„Die Drummel-Drachen?", fragte To'nella leise.

„Du meinst", mischte sich jetzt erstmals Menach in das Gespräch ein, „die Gorgals wollen sich mit den Drummel-Drachen anlegen?"

Almo schluckte. „Aber das hat seit den Drummel-Drachen-Kriegen vor viertausend Jahren keiner mehr ..."

„Ich denke auch nicht, dass die Gorgals die Drummel-Drachen angreifen werden", unterbrach ihn Bandath. „Ich denke, es geht ihnen um etwas Anderes, Besseres, Gewaltigeres."

„Was gibt es Gewaltigeres als einen Drummel-Drachen?"

Korbinian schüttelte den Kopf.

„Die Drummel-Drachen sind gelebte Magie. Du müsstest das wissen, als Hexenmeister. Ihr seid damals auf einem geritten."

„Richtig." Bandath schöpfte sich frischen Tee aus dem Kessel, trank einen Schluck, stellte den Becher neben seine Füße auf die Erde und stopfte sich umständlich die Pfeife. Er schien überhaupt nicht zu bemerken, dass alle ihn anstarrten. Genüsslich paffte er einige Wolken in die Luft, als hätten sie alle Zeit der Welt. Nur Barella erkannte in diesem Moment, dass der Hexenmeister nicht so entspannt war, wie er tat.

„Richtig – was?", fragte Theodil schließlich. „In deiner Antwort schwingt etwas mit, das du uns noch nicht gesagt hast."

„Die Drummel-Drachen sind gelebte Magie", wiederholte Bandath Korbinians Bemerkung. „Das ist völlig richtig, es sind magische Geschöpfe. Aber nicht nur einfach magische Geschöpfe, sie sind *die* magischen Geschöpfe schlechthin, *die einzigen*, die es gibt."

„Ja", sagte Barella, „das wissen wir."

„Genau, das wisst ihr. Ihr wisst es genauso, wie ihr wisst, dass Wasser immer bergab fließt und Regen von oben nach unten fällt. Aber ist es euch auch *bewusst?*"

Schweigen. Alle starrten ihn an und keiner wusste, worauf Bandath aus war.

„Nun …", sagte Almo, „wenn ich ehrlich sein soll, dann denke ich nicht jeden Tag darüber nach. Gut, ich sehe die Drummel-Drachen an schönen Tagen, wenn sie oben um die Gipfel kreisen. Ich kenne ihren Hochzeitsflug – einmal alle paar Jahre – und ich habe sogar schon einmal einen aus der Nähe gesehen … das heißt, was man halt so Nähe nennt."

„Eben", sagte Bandath und Almo kam sich schuldig vor in diesem Moment. „Ihr seht sie, ihr wisst, dass sie hier leben, aber ihr seid euch ihrer nicht bewusst. Das könnt ihr auch nicht, da ihr keinerlei magische Begabung habt. Und das ist jetzt kein Vorwurf."

Bandath holte tief Luft, dann begann er plötzlich mit einem völlig anderen Thema.

„Die Magie in den magischen Kraftlinien ist nicht einfach nur da, wie Wasser in einem Teich. Sie fließt." Er sah in die Runde. „Das habe ich vor etwa einem Jahr festgestellt. Seitdem versuche ich, den Ursprungsort der Magie zu bestimmen. Wenn die Magie in den Kraftlinien fließt, dann muss sie irgendwo her kommen und irgendwo hin gehen."

„Und?" Rulgo sah ihn auffordernd an. „Nun lass dir doch nicht alles aus deiner knubbeligen Nase ziehen."

Bandath griff sich an die Nase, als befürchte er, Rulgo würde mit seinen riesigen Fingernägeln kommen und dort etwas herausziehen wollen.

„Ich habe festgestellt, dass die Magie in allen Kraftlinien, die ich bisher gefunden habe, von den Drummel-Drachen-Bergen weg fließt."

„Hast du denn mal probiert, einer dieser magischen Kraft-Dingsbums-Linien bis zu ihrem Ursprung zu folgen?" Rulgo sah in die Runde und machte deutlich, dass er das für eine gute Idee hielt.

„Selbstverständlich. Das ist aber nicht so einfach. Sie sind nicht gerade, sie schlagen unverhofft Haken oder beschreiben Kurven, die keiner voraussehen kann. Irgendwann führen sie durch unwegsames Gelände, eine senkrechte Bergwand hinauf, über einen reißenden Fluss, oder eine unüberwindliche Schlucht."

„Ach." Niesputz richtete sich auf. „Und weil unser Herr Hexenmeister irgendwann in seiner Ausbildung den Kurs Levionszauberei abgewählt hat, kommt er natürlich nicht weiter."

„Er hat ... was?" Menach beugte sich nach vorn, Unverständnis im Blick.

„Hat er euch das nicht erzählt?", fragte Rulgo. „Auf Go-Ran-Goh konnten die Schüler selbst bestimmen, was sie lernen wollten. Also entschied sich Bandath dazu, Levion abzuwählen und dafür einen ‚Ich-gucke-anderen-in-die-Augen'-Kurs zu belegen."

„Es heißt Levitations-Magie", korrigierte Bandath unwillig. Dass seine Freunde auch immer wieder die alten Zöpfe hervorkramen mussten. „Und ich habe mich dafür intensiver in Hypnose-Magie ausbilden lassen. Damals hielt ich das für eine gute Idee. Und jetzt genug damit."

„Die Magie fließt also aus den Drummel-Drachen-Bergen ab?" To'nella sprang Bandath bei.

„Aber ohne zu versiegen. Ich würde es auch nicht als abfließen bezeichnen. Sie fließt. Ja. In eine bestimmte Richtung. Auch *ja*. Aber sie wurde zumindest bisher nicht weniger."

„Das heißt, der Ursprungsort der Magie liegt hier in den Bergen?" Korbinian sah sich um, als müsste er neben dem nächsten Haus plötzlich eine sprudelnde Quelle entdecken, die sich als Ursprung der Magie entpuppte.

Plötzlich stöhnte To'nella auf. „Nein. Du glaubst doch nicht etwa ...“

Sie ließ den Satz unvollendet.

„Was?“, fragte Korbinian und sah To'nella an.

Niesputz, auf Rulgos Schulter sitzend, richtete sich auf. „Du denkst, die Gorgals wollten zum ...“ Auch er sprach nicht zu Ende.

Korbinian drehte sich zu Niesputz. „Was?“, fragte er ungeduldig.

Bandath nickte.

„Aber“, Barella schluckte aufgeregt. „Das ist nur eine Legende, ein Märchen. Keiner weiß, ob er wirklich existiert.“

„*Was?*“, fragte Korbinian, jetzt schon deutlich verärgert.

Rulgo knurrte: „Nicht mal der Bewahrer weiß davon – und der ist immerhin mit einem Drummel-Drachen befreundet. Die reden nämlich nicht mit Außenstehenden darüber. Und Außenstehende sind praktisch alle, die keine Drummel-Drachen sind.“

Korbinian stand auf. „Würde mir bitte *irgendjemand* sagen, worum es hier geht? Ich verstehe nicht ein einziges Wort.“

„Ich auch nicht“, meldete sich Almo schüchtern.

Bandath sah auf. „Ich vermute die Quelle der Magie hier in den Bergen. Es gibt einen Ort ...“ Er korrigierte sich: „Es *soll* einen Ort geben, hier im Gebirge, sagenumwoben, bisher von noch keinem Menschen, Halbling, Zwerg, Gnom, Troll ... was auch immer, gefunden. Das ist der Ort, an dem sich die Drummel-Drachen zum Sterben zurückziehen. Der Ort, an dem es eine unbegrenzte Menge reinster, purer Magie gibt. Der Ort, an dem sie geboren werden und von dem sie ihre Kraft erhalten.“

„Au Scheiße“, sagte Korbinian und setzte sich wieder. „Der Drachen-friedhof?“

Bandath nickte. Stille breitete sich aus.

„Und du denkst, die Gorgals kommen hierher, um den Drachenfriedhof zu erobern?“ Korbinian schüttelte den Kopf.

„Was sonst?“, sagte Bandath und klopfte seine Pfeife aus. „Was denn sonst?“

Aufbruch

Bandath lehnte sich zurück. „Ich werde diese Vermutung überprüfen müssen, auch wenn ich noch nicht weiß, wie. Aber jetzt muss ich nach Go-Ran-Goh. Das hier ist für mich allein zu groß."

„Bist du dir sicher, dass du zur Magierfeste musst?" Niesputz sah den Hexenmeister durchdringend an. „Bist du dir wirklich sicher?"

„Nein", sagte Bandath und sah dabei leidend aus. „Ich bin mir ganz und gar nicht sicher. Ich weiß nicht, ob die Magier mit mir zusammen arbeiten wollen. Ich werde keine Magie wirken können, um mich oder die zu schützen, die mich begleiten, denn dieses *Etwas* sitzt auf den magischen Kraftlinien und lauert auf jeden, der Magie wirkt. Und schlussendlich lässt mich mein Bauchgefühl völlig im Stich. Ich weiß nicht, was richtig ist. Mir kommt der Gang nach Go-Ran-Goh nur … *am wenigsten falsch* vor, wenn ihr wisst, was ich meine."

„Sei vorsichtig. Ein altes Sprichwort sagt: Wer auf der Jagd nach einem Bernsteinlöwen ist, soll sich nicht wundern, einen Bernsteinlöwen zu treffen. Manchmal trifft man aber auch einen Mantikor." Niesputz sprach völlig im Ernst.

„Altes Ährchen-Knörgi-Sprichwort, was?", frotzelte Rulgo und wandte sich dann Bandath zu. „Du brauchst keine Angst zu haben, ich komme mit. So ein Zauberer soll nur mal versuchen, an Rulgo vorbei zu zaubern."

„Es sind Magier, Rulgo", korrigierte Bandath. „Und du kommst nicht mit. Für dich und unseren neuen Freund Thugol habe ich eine andere Aufgabe. Wenn die Gorgals kommen, brauchen wir ein schlagkräftiges Heer. Nur du kannst die Trolle dazu bringen, zu den Waffen zu greifen, ohne gleich über die Elfen herzufallen. Du wirst mit Thugol in die Troll-Berge gehen und deinen Einfluss als ehemaliger Anführer nutzen. Thugol wird deinen Bericht mit den nötigen Fakten unterstützen und vielleicht habt ihr gemeinsam die eine oder andere Idee, wie dem ungewöhnlichen Kampfstil der Gorgals beizukommen ist. Ich habe schon mit Thugol gesprochen. Er ist einverstanden."

Rulgo war gar nicht damit einverstanden, seinen Freund „ohne wirksamen Schutz", also ohne ihn, in die Höhle des Mantikors zu schicken. „Das ist, als wolle ein Elf allein und unbewaffnet mit einem Bauchladen auf dem Trollmarkt Strümpfe verkaufen."

Am Ende einer längeren Diskussion aber sah er ein, dass die Mission, mit der ihn Bandath betraute, wichtiger war, als Leibwächter für einen Hexenmeister zu spielen.

„Euer Heer sollte sich so schnell wie möglich Richtung Riesengras-Ebenen in Bewegung setzen. Ihr werdet den Elfen helfen, die Riesengras-Ebenen zu halten. Wenn uns das gelingt, haben wir viel gewonnen."

„Du brauchst keine Angst um den Hexenmeister zu haben", sagte Korbinian gönnerhaft zu Rulgo. „Da du im Troll-Land unabkömmlich bist, werden wir Bandath nach Go-Ran-Goh begleiten." Mit diesen Worten legte er To'nella die Hand auf das Knie.

Sie legte ihre Hand auf die seine. „Ich glaube nicht."

„Nicht? Aber wieso? Ich verstehe nicht …" Korbinian sah von einem zum anderen.

„Elfen verstehen eben von Natur aus nicht immer alles", knurrte Rulgo.

„Ihr beide", erklärte Bandath, „geht in die Riesengras-Ebenen zu deinem Vater. Er muss gewarnt werden. Für die Elfen gilt dasselbe, wie für die Trolle. Ihr werdet mit den Trollen zusammen kämpfen."

„Mit den Trollen? Sag mal, sonst ist aber alles in Ordnung bei dir? Wie soll ich denn die Elfen dazu kriegen, mit Trollen gemeinsam zu kämpfen? Wenn die Armee der Trolle in den Riesengras-Ebenen erscheint, werden die Elfen ganz im Gegenteil erst mal gegen die Trolle kämpfen. Sie werden denken, der Friede sei vorbei …"

„Unterschätz' mal deine Artgenossen nicht, Korbinian. Ich bin ganz zuversichtlich, dass ihr das hinkriegt." Bandath drehte die Pfeife zwischen seinen Fingern. „Und dein Vater wird dabei das kleinste Problem sein."

„Ich werde nicht mit in die Riesengras-Ebene gehen." To'nella umkrampfte mit ihren Fingern Korbinians Hand. „Ich gehe nach Konulan. Mein Vater hat dort einigen Einfluss. Vielleicht kann ich etwas bewegen."

Bandath nickte zustimmend. Er drehte sich zu Menach und Almo. „Ihr beide müsst dafür sorgen, dass die Nachricht des bevorstehenden Krieges hier auf der Südseite der Drummel-Drachen-Berge verbreitet wird.

Mobilisiert die Dörfer, bewaffnet die Leute. Alle Dörfer, die nördlich und westlich von Neu-Drachenfurt liegen, sollen ihre Leute zum Markt schicken und sich dem dort angreifenden Heer entgegenstellen. Die südlich und östlich liegenden Siedlungen senden ihre Leute nach Go-Ran-Goh. Sie werden sich gegen das aus dem Westen eindringende Heer verteidigen müssen." Die Bewohner der Dörfer auf der Marschroute des Heeres aber müssten sich tief in die Berge zurückziehen. Es würde keine leichte Aufgabe werden, diese Leute davon zu überzeugen, so kurz nach dem Winter.

Menach und Almo nickten. „Und wir haben die Gorgals aus dem Süden in unserem Rücken", knirschte Menach zwischen den Zähnen hervor.

„Ihr müsst darauf vertrauen, dass die Elfen und Trolle das Heer aufhalten."

Menach zog die Augenbrauen hoch, sagte aber nichts.

„Ich gehe davon aus, dass du auch eine Aufgabe für mich hast, die mich von dir weg führt?" Theodils Stimme schwankte ein wenig und verriet seine Unsicherheit.

„Du gehst nach Flussburg. Die Bürger Flussburgs müssen die Elfen unterstützen. Sprich zuerst mit den Zwergen und den Gnomen, erst dann mit den Elfen. Wenn sie dir nicht glauben, sollen sie Boten zu Gilbath in die Riesengras-Ebene senden. Und sag ihnen", jetzt nahm Bandaths Stimme einen drohenden Klang ein, „wenn sie wieder so kneifen wie während des Vulkan-Ausbruches vor drei Jahren ... wenn sie erneut ihre Tore schließen und nicht helfen, dann werden die Elfen die Gorgals passieren lassen und sie erst aufhalten, wenn diese mit Flussburg fertig sind. Und das ist mein Ernst."

Theodil nickte. „Nur zu gerne werde ich ihnen das sagen." Er hatte vor drei Jahren zu den Flüchtlingen gehört, die vor den verschlossenen Toren Flussburgs vergeblich auf Hilfe gehofft hatten.

„Gut", Niesputz rieb sich die Hände. „Dann sind wir nur noch drei, die nach Go-Ran-Goh gehen werden."

Bandath schüttelte den Kopf. „Du wirst mich ebenfalls nicht begleiten. Wir brauchen einen Späher. Flieg nach Westen und sieh' zu, was du rauskriegst."

Niesputz surrte hoch. „Gute Idee."

Er versprühte grüne Funken, wie immer, wenn er aufgeregt war.

„Ich werde dich zu finden wissen." Dann verschwand das Ährchen-Knörgi in Richtung Westen hoch am Himmel.

„Und du", wandte sich Bandath an Barella, doch die ließ ihn nicht zu Wort kommen.

„Vergiss einfach alles, was du jetzt sagen wolltest. Wenn du denkst, ich lasse dich allein in die Magier-Feste ziehen, dann hast du noch nichts gelernt, seit wir zusammen sind."

Bandath zog den Kopf ein. Eigentlich war ihm das klar gewesen.

„Aber wir brauchen jemanden, der nach Pilkristhal oder vielleicht sogar in die Todeswüste nach Cora-Lega geht. So gering die Chance auch ist, dass sie uns helfen können, will ich nichts unversucht lassen."

„Ein altes Sprichwort sagt: *Schicke keine Boten nach Pilkristhal, wenn Pilkristhal Boten zu dir schickt*, Hexenmeister." Eine Stimme von außerhalb der Versammlung ließ alle den Kopf drehen. Nur wenige Schritte hinter ihnen stand ein Mann in einer bodenlangen Kutte, die deutlich als Tracht von Cora-Lega zu erkennen war. Er hob die linke Hand, legte sie auf sein Herz und verbeugte sich leicht. Seine schwarzen Haare wurden durch einen Silberreif zusammengehalten. Unter dem grauen Stoff seiner Kutte leuchtete eine Goldkette an seinem Hals und auch die unter der Kutte getragene Kleidung wies auf einen gewissen Wohlstand hin.

„Unser König, der Herrscher von Cora-Lega, entsendet dem großen Hexenmeister Bandath seine Grüße." Die Stimme des Fremden war tief und volltönend. Man hatte unwillkürlich den Eindruck, dass er laut und weittragend rufen könnte.

„Ratz sendet seine Grüße?" Bandath sah den Ankömmling fassungslos an. „Das glaube ich jetzt nicht."

„Ich wusste, dass du das sagen würdest. Doch glaube es ruhig, Hexenmeister."

Der Fremde trat näher und zeigte auf einen freien Platz neben To'nella. „Darf ich? Es war eine lange Reise."

„Aber ja", Bandath sprang auf, als entsänne er sich plötzlich seiner Pflichten als Gastgeber. „Kann ich dir Tee anbieten?"

„Wasser wäre mir lieber."

Barella holte einen Krug Wasser und reichte dem Fremden einen Becher. Keiner in der Runde sagte ein Wort solange der Fremde trank.

„Ah, das tat gut." Er wischte sich mit dem Handrücken über die Lippen und sah in die Runde.

Er nickte der Zwelfe zu. „Du musst Barella sein. Unser Herrscher lobte dein Können in den höchsten Tönen. Genau wie eures, To'nella und Korbinian. Er hat erfahren, dass ihr ein Paar geworden seid und freut sich darüber. Er meinte, das würde besonders dir gut tun, Korbinian."

„Da hat er recht", dröhnte Rulgo, der neben Korbinian saß und schlug dem Elf auf die Schultern. Der wurde nach vorn geschleudert und landete kurz vor dem Feuer auf Knien und Händen. Der Tonbecher in seiner Hand zerbrach.

„Rulgo!", rief Barella wütend. „Hör auf, mein Geschirr kaputt zu machen."

„Der Troll Rulgo." Jetzt nickte der Fremde dem Troll zu. „Benutzt du noch immer das riesige Insektenbein als Keule?"

Rulgo hatte in Cora-Lega seine Holzkeule gegen das Bein einer überdimensional großen Sandwespe eingetauscht, das Korbinian ihr bei einem Kampf abgeschlagen hatte.

„Jepp!", bestätigte Rulgo. „Es liegt bei meiner Ausrüstung."

„Du meinst, bei dem groben Sack mit deiner Wechselhose." Korbinian hustete mehr, als dass er sprach. „Und hör' endlich auf, mir auf den Rücken zu klopfen."

Rulgo grinste schweigend.

„Du musst Theodil der Zwerg sein, der Zimmermann mit der Axt, die den Kristall zerstörte und Cora-Lega erlöste."

„Ja." Theodil schien peinlich berührt. „Aber geführt hat die Axt euer Herrscher."

Bandath hob die Hand. „Du scheinst uns alle gut zu kennen. Wer aber bist du? Und wenn du wirklich aus Cora-Lega kommst, weshalb hat Ratz Nasfummel dich geschickt?"

„Ich bin Farael der Seher. König Ellenbogen …", er hüstelte, „unser Herrscher sendet seine Grüße und bietet seine Hilfe an. Er hat über das Orakel der Drei Schwestern erfahren, dass den Drummel-Drachen-Bergen ein Krieg droht, ein gnadenloser, gewaltiger, schrecklicher, grausamer Krieg."

„Der kann einem so richtig Mut machen", flüsterte Korbinian.

„Unser Herrscher schickt mich zur Unterstützung des Hexenmeisters. Mit meiner Fähigkeit, in die Zukunft zu sehen, kann ich zum Sieg beitragen, sagt unser Herrscher."

„Was für eine Hilfe", knurrte Rulgo abwertend. „Jemand, der das Wetter von morgen voraussagen kann. Toll."

„Ich soll dir, Bandath, in den nächsten Monden nicht von der Seite weichen, sagt unser Herrscher."

„Wie schön", flüsterte Barella. „Ich wollte schon immer einen lebenden Bettvorleger."

„Es werden schwere Zeiten auf euch zukommen ..."

„... sagt euer Herrscher", ergänzte Korbinian. „Sagst du auch mal was alleine?"

„Ich wusste, dass ihr mich nicht unbedingt mit offenen Armen empfangen werdet. Unser Herrscher hat gesagt, dass ihr ihn damals auch nicht mitnehmen wolltet. Besonders Waltrude, deine Haushälterin, Hexenmeister, hatte sich gegen ihn gestellt. Nur dir, To'nella, war es zu verdanken, dass er dem Kerker von Pilkristhal entkommen konnte."

„Womit wir die Wahrheit deiner Worte wohl bewiesen hätten. Es gibt kaum jemanden, der all diese Einzelheiten kennen sollte, außer Ratz Nasfummel selbst", murmelte Barella und legte Bandath die Hand auf das Knie. Der Tod Waltrudes hatte Bandath sehr mitgenommen, denn sie war für ihn weit mehr, als nur eine Haushälterin gewesen. Noch immer wachte er in manchen Nächten von Albträumen geplagt auf.

„Wenn du ein Seher bist, dann sag uns doch, wie der Krieg gegen die Gorgals ausgehen wird. Wo müssen wir angreifen, um sie zu besiegen? Welchen Weg werden ihre Heere nehmen?" To'nella hatte noch weit mehr Fragen parat.

„So einfach ist das nicht, hübsche Elfe. Das *In-die-Zukunft-Sehen* ist eine schwierige Kunst. Es kann nicht immer dann angewandt werden, wenn man es braucht. Manchmal kommt und geht es, wie eine launische Katze. Dann sehe ich völlig belanglose Dinge, wie zum Beispiel einen kaputten Tonbecher, ohne aber zu wissen, dass er sich in der Hand eines Elfen befand, der von dem freundschaftlichen Klaps eines Trolls nach vorn geschleudert wurde."

„Wie witzig", knurrte Korbinian.

„Du bist also gesandt worden, um dich an mich zu hängen?" Wie Barella war auch Bandath nicht begeistert von dieser Aussicht.

„Unser Herrscher ist davon überzeugt, dass ich im richtigen Moment einen entscheidenden Hinweis geben kann." Ergeben senkte Farael seinen Kopf.

„ ,*Er wird etwas Wichtiges sehen!* ', das waren seine Worte über mich, als er von den Drei Schwestern zurückkehrte. Außerdem", fuhr er fort, „sendet unser Herrscher eine kleine Streitmacht. Sie soll helfen, die Verteidigung der Drummel-Drachen-Berge zu organisieren. Zusammen mit den von Hauptmann Eneos aus Pilkristhal zugesicherten Kriegern wird sich unser Heer auf etwa siebentausend Mann belaufen. Ich denke, sie werden Mitte des Sommers da sein."

„Mitte des Sommers?" To'nella wog den Kopf. „Da können die Drummel-Drachen-Berge schon voller Gorgals sein."

„Ein Heer ist nicht so schnell wie eine kleine Gruppe. Und es ist ein weiter Weg von der Todeswüste hierher."

„Versteh' uns bitte nicht falsch." Bandath goss dem Seher Wasser nach. „Wir haben eben erst erfahren, welche Gefahr uns droht."

„Oh, ich bin euch nicht böse. Ich habe eure Reaktion vorausgesehen."

„Sicher", knurrte Korbinian. „Hätte ich auch und dazu bräuchte ich kein ... *Seher* zu sein."

„Wir haben bereits einige Entscheidungen getroffen", begann Bandath zu erklären, doch Farael unterbrach ihn.

„Ich konnte den letzten Teil der Unterhaltung verfolgen, Hexenmeister. Der Wirt eures Gasthauses war so freundlich, mir den Weg zu deinem Haus zu weisen und so lauschte ich, unbeabsichtigt natürlich, eurer Unterhaltung."

„Natürlich", grollte Korbinian und erntete dieses Mal einen Rippenstoß von To'nella.

„Ich bin kein Krieger, doch ich denke, du hast gute Entscheidungen getroffen. Wann brechen wir nach Go-Ran-Goh auf?"

„Oh." Bandaths Miene hellte sich auf. „Ich glaube nicht, dass du uns wirst begleiten können. Barella reitet auf Sokah, ihrem weißen Leh-Muhr und ich auf Dwego, meinem Laufdrachen."

„Das ist überhaupt kein Problem. Ich habe mir in Pilkristhal ein Quilin zugelegt und ich denke, dass dieses es durchaus mit deinem Laufdrachen aufnehmen kann, sowohl in Bezug auf seine Ausdauer, als auch auf die Schnelligkeit."

„Ein Quilin?" Ungewollt hob Bandath die Augenbrauen. „Nun, dann können wir ja ein ordentliches Tempo an den Tag legen."

Er stand auf und machte damit deutlich, dass alles gesagt und getan war, was zu diesem Zeitpunkt gesagt und getan werden konnte.

„Wie lange brauchen wir, um aufzubrechen?", wandte er sich an Barella.

„Wir?", fragte die Zwelfe und zog die Augenbrauen hoch.

„Das ist die Zusammenfassung von ich und du", entgegnete Bandath.

„Du?", antwortete sie. „Eine Stunde, höchstens. Ich mindestens drei. Dafür habe ich dann alles in meinem Schultersack, was *du* brauchst und vergessen hast."

„Ich habe noch nie etwas gebraucht, was ich nicht dabei hatte", entgegnete Bandath unwirsch, weil ihm das Grinsen auf den Gesichtern seiner Freunde nicht entgangen war.

Die Freunde erhoben und verabschiedeten sich voneinander. Ihnen war flau im Magen. Solch eine Trennung bei dem, was den Drummel-Drachen-Bergen bevorstand, behagte keinem einzigen. Selbst Rulgo hätte seine Freunde gern dabei gehabt, wenn er es auch nie zugeben würde.

„Ich gehe Dwego und Sokah rufen", murmelte Bandath schließlich und gab damit das Zeichen zur Trennung. Schweigend schlichen sie mehr auseinander, als dass sie gingen. Nur der Seher blieb vor dem Haus stehen und murmelte: „Das habe ich kommen sehen."

To'nella und Korbinian begaben sich zur Herberge. Sie brauchten nicht lange, um zu packen, ihre Pferde zu satteln und sich auf den Weg zu machen. Gemeinsam wollten sie bis Flussburg reisen und sich dort trennen. To'nellas Reise würde nach Osten gehen, Korbinians nach Westen.

„Ich werde euch ein Stück begleiten." Rulgo trabte neben den Pferden her, gefolgt von Thugol, dem Troll aus dem Westen. Trollen machte die Geschwindigkeit der Pferde nichts aus, sie konnten sehr ausdauernd sein. „Das wird schön: zwei Freunde zusammen auf einem Abenteuer."

„Wie jetzt: *zwei Freunde*?" Korbinian war alles andere als begeistert.

Rulgo zwinkerte To'nella zu. „Ach ja, zwei Freunde, ein fremder Troll und Korbinian auf einem Abenteuer. Ich hatte dich glatt übersehen."

Theodil sattelte sein Pony und machte sich allein auf den Weg nach Flussburg, nachdem er sich von seiner Frau und dem Sohn verabschiedet hatte. Die Elfen hatten ihm angeboten, gemeinsam mit ihm zu reisen, aber er würde sie mit seinem Pony nur aufhalten. Schließlich war ihr Weg bedeutend weiter als seiner. Es war eine undankbare Aufgabe, dachte er. Die Kaufleute, die in Flussburg das Sagen hatten, waren alles andere als entgegenkommend. Alles, was nicht ihrem Profit diente, wurde rigoros abgelehnt. Bandath hatte aus der Zeit des Vulkanausbruches noch die eine oder andere offene Rechnung mit einigen der Kaufleute. Hätte er sie inzwischen beglichen, wäre Theodils Mission nicht so schwierig. Der Zwerg schüttelte unzufrieden den Kopf als sein Pony Neu-Drachenfurt verließ. Seine Frau hatte ihn gebeten, so schnell wie möglich zurückzukommen, verständlicherweise. Ihr ältester Sohn schliff seine Axt, er wollte sich denen anschließen, die zum Markt ziehen sollten. Theodils Stirn war zerfurcht vor Sorgen. Wo sollte das alles bloß enden? Waltrude hätte wahrscheinlich eine Menge dazu zu sagen gehabt.

Lange nach Theodil verließen Barella, Bandath und Farael Neu-Drachenfurt. Ihre Reittiere waren schnell und ausdauernd. Dwego mit Bandath auf dem Rücken eilte im wiegenden Schritt auf seinen beiden kräftigen Hinterbeinen durch den Wald. Sokah, der Barella trug, folgte problemlos. Der Laufvogel konnte stundenlang neben Dwego her laufen, ohne zu ermüden. Auf ihren bisherigen Reisen hatten die Tiere sich aneinander gewöhnt und zogen auch gemeinsam durch die Wälder, wenn sie nicht gebraucht wurden. Der Quilin Faraels stampfte hinterher, schnaubte und stöhnte, als sei ihm alles zuviel. Seine beiden Geweihstangen, die aus dem mit blauen Schuppen bedeckten Kopf ragten wie die Hörner einer Ziege, rissen Zweige und Blätter von den Bäumen. Die Kopfschuppen gingen kurz hinter dem Hals in ein rötlichbraunes Fell über. Mit Beinen wie von einem Stier und gewaltigen Hufen trottete der Quilin hinter Dwego und Sokah den Weg entlang und verscheuchte mit der Quaste seines langen Schwanzes die Fliegen, denn er roch gewaltig nach „altem Pferd".

Rulgo hatte es so ausgedrückt: „Das Vieh riecht so alt, als wäre sein letzter Atemzug schon mehrere Monde her."

Farael hatte alles mit gleichmütiger Miene aufgenommen. Ich wusste, dass er das sagen würde, schien sein Blick zu bedeuten. Er hatte seine Kapuze über den Kopf gezogen, um sich vor den herumfliegenden Blattresten zu schützen und schwieg wie Barella und Bandath.

Barella sah auf Bandaths Rücken. Die Situation gefiel ihr ganz und gar nicht. Sie wusste, dass niemandem diese Situation gefiel. Sie konnte nur auf eine schnelle, wirklich sehr schnelle Verbreitung der Nachricht über den bevorstehenden Angriff der Gorgals hoffen. Ansonsten war sie völlig ratlos und das machte sie unsicher. Aber Unsicherheiten und Fehler konnten sie sich nicht leisten, schon gar nicht im Moment. Nicht in ihrer Situation und nicht mit Bandath, der unsicherer war, als sie ihn je erlebt hatte.

Bandath hatte ebenfalls ein schlechtes Gefühl. Und das war übel, denn im Normalfall verließ er sich auf sein Bauchgefühl und es hatte ihn noch nie im Stich gelassen. Intuitiv traf er Entscheidungen, die sich im Nachhinein als richtig erwiesen. Sich selbst gegenüber begründete er das mit seinem Talent für Magie, seinem natürlichen Gespür für die magischen Kraftlinien. Aber jetzt ließ ihn dieses Bauchgefühl völlig im Stich. Er wusste absolut nicht, was er machen sollte. Sein Gang nach Go-Ran-Goh entsprang eher einer logischen Überlegung, als einer bewussten und mit Überzeugung getroffenen Entscheidung.

Hinzu kam, dass er müde war, sehr müde. In den letzten Nächten hatten die Albträume wieder zugenommen. Seit Waltrudes Tod vor zwei Jahren plagten ihn diese Träume. Er sah sie, ohne ihr Gesicht zu erkennen. Das war schlimm. Viel schlimmer aber war, dass sie wie ein Geist weit draußen über dem Ozean schwebte und ihn zu rufen schien. Zumindest sah er, wie sich ihr Mund öffnete, ohne dass er jedoch etwas hörte. Sie streckte Hilfe suchend die Arme nach ihm aus, doch je mehr er sich anstrengte, um zu ihr zu gelangen, desto weiter entfernte sie sich von ihm. Und obwohl die Gestalt Waltrudes am Ende immer kleiner wurde, konnte er in seinem Traum jede Geste erkennen, ihre ausgestreckten Arme, die gespreizten Finger, sogar ihre Augen, ihre Falten um die Nase und ihren zum Rufen geöffneten Mund … ohne jedoch, und das belastete ihn sehr, ihr Gesicht noch einmal als Ganzes sehen zu können.

Waltrude war von Sergio, dem Minotaurus, ermordet worden. Durch diese Tat hatte Bandath sich zu etwas hinreißen lassen, dass er in seinem bisherigen Leben noch nie getan hatte: Er hatte getötet. Das erste und bisher einzige Mal hatte er mit Sergio ein denkendes Wesen umgebracht. Er wusste noch immer nicht, ob das richtig gewesen war. Damals aber, mit der toten Waltrude zu seinen Füßen, war es ihm richtig vorgekommen.

Hoffentlich mache ich keinen Fehler, sagte er sich, als sie die hohen Regionen der Drummel-Drachen-Berge verließen und sich vor ihnen das Hügelland ausbreitete, das bis zum Ewigen Strom reichte.

Aber er hatte keine Antwort auf die Fragen, die ihn quälten und hoffte, in Go-Ran-Goh Antworten zu bekommen.

Niesputz seinerseits flog unverdrossen Richtung Westen. Er hatte sich entschlossen in großer Höhe fast schnurgerade gen Sonnenuntergang zu fliegen. Große Heere konnte man auch aus großer Höhe sehen. Und außerdem hatte er gute Augen, viel bessere, als alle anderen Ährchen-Knörgis zusammen.

Er wusste, dass der Zeitpunkt gekommen war, an dem Bandath die größte Rolle seines Lebens spielen musste. All die anderen Abenteuer zuvor, sowohl der Vulkanausbruch in den Drummel-Drachen-Bergen, als auch der Kampf gegen den Dämon in Cora-Lega waren nur Vorbereitungen gewesen, Stationen für den Hexenmeister um ihn auf das vorzubereiten, was jetzt auf ihn zukam. Würde Bandath versagen, dann würde sich die ganze Welt verändern. Ein Zeitalter der Dunkelheit würde über die Welt hereinbrechen, von dessen Ausmaßen sich keiner eine Vorstellung machen konnte, nicht einmal er, Niesputz. Mit all dem, was Niesputz wusste und konnte, und das war eine ganze Menge mehr, als man ihm im Allgemeinen zutraute, würde er Bandath unterstützen. Aber selbst er konnte nicht voraussehen, wie sich die Dinge entwickeln würden.

Zuerst einmal, und da lag Bandath durchaus richtig, war es wichtig, sich einen Überblick zu verschaffen. Dazu wollte er beitragen.

Er sah in weiter Ferne südlich das Umstrittene Land liegen, ließ die Troll-Berge hinter sich und war bereits am dritten Tag so weit nach Westen vorgedrungen, dass er die höchsten Gipfel des Gebirges, die, auf denen die Drummel-Drachen lebten, nördlich von seiner Position aus aufragen sah.

Dann sah er etwas, ganz weit unter sich, das seine Aufmerksamkeit fesselte.

Er legte die Flügel an und ließ sich wie ein Stein nach unten fallen ... wie ein sehr kleiner grüner Stein.

༃ Burgfrieden

Er wusste nicht, wie oft er sich schon der Magierfeste genähert hatte. Die eindrucksvolle Silhouette des Go-Ran war bereits von Weitem zu erkennen, bei gutem Wetter manches Mal sogar schon, wenn er die Drummel-Drachen-Berge verließ, um nach Flussburg zu reisen. Wie ein kleiner, hellgrauer Pickel klebte er am Horizont, ein einsamer Berg in den Hügelländern nördlich des Ewigen Stroms. Und wie ein Pickel nahm Bandath ihn mittlerweile auch wahr, denn seit einiger Zeit wünschte er sich, dass jemand käme und diesen Pickel ausquetschen würde. Nur das, was er selbst erlebt hatte, wäre da schon Grund genug gewesen, die Magierfeste zu schließen. Den Magiern gehörte Hacke und Spaten in die Hand gedrückt und man sollte ihnen ein Feld zum Beackern überlassen ... weitab von allen anderen Siedlungen natürlich. Und man sollte ihnen die Magie nehmen. Sie waren nicht nur zu weltfremd geworden, wie er früher einmal gedacht hatte. Die Magier spielten ein Spiel, das er selbst noch nicht ganz durchschaute. Da war die beständige Forderung gewesen, mit dem Diamantschwert unbedingt zur Magierfeste zu kommen, obwohl die Drummel-Drachen-Berge in größter Gefahr schwebten. Wäre er mit seinen Freunden damals nicht weitergezogen, dann hätte es verheerende Vulkanausbrüche gegeben – im gesamten Gebirge.

Viel schlimmer und undurchschaubarer für Bandath war aber das Verhalten der Magier, als er in der Todeswüste weilte. Sie hatten ihm verboten, sich nach Cora-Lega zu begeben, obwohl es eher Zufall war, dass er zu diesem Zeitpunkt dorthin wollte. Andererseits hatte Waltrude immer gesagt, dass der Zufall die Maske des Schicksals sei. Die Magier waren strikt gegen eine Einmischung seinerseits und hatten ihm sogar die Fähigkeit nehmen wollen, Magie zu wirken. Nur der Hilfe eines fahrenden Hexenmeisters war es zu verdanken, dass Bandath im Endeffekt den Dämon besiegen konnte. Was aber die Magier wirklich dort gewollt hatten, war ihm bis heute nicht klar. Er war jetzt ein Geächteter, ohne Verbindung zur Gilde. Das war an sich nicht weiter schlimm, eher im Gegenteil. Bandath fühlte sich seit Cora-Lega nicht mehr an der

„langen Leine" der Magiergilde. Und das war ein gutes Gefühl. Er hatte immer vorgehabt, nach Go-Ran-Goh zu gehen und mit den Magiern dort „reinen Tisch" zu machen. Aber es war nie der richtige Zeitpunkt dafür gewesen.

War es sein Schicksal, diese Dinge zu erleben? Glaubte man den Andeutungen des Ährchen-Knörgis, dann waren das nur Vorbereitungen auf irgendeine, noch vor ihm liegende „größere" Aufgabe. Welche das aber sei, darüber schwieg Niesputz beharrlich ... wenn er es denn mal selbst wusste.

Einige Tage nachdem sie die Berge verlassen hatten, spürte Bandath den zweiten Angriff auf die magischen Kraftlinien. Erneut verfiel er in einen Krampf, konnte sich aber selbst besser schützen als beim ersten Angriff. Dieses Mal hatte er damit gerechnet, war vorbereitet.

„Alles in Ordnung?", fragte Barella besorgt, als sich Bandath langsam erholte.

„Nein, hier ist gar nichts in Ordnung", erschöpft nahm Bandath einen Schluck aus dem Wassersack. Sein Durst nach diesen Angriffen erschien ihm unendlich. „Irgendjemand greift hier die Magie an. Ich habe die Anwesenheit anderer Magier oder Hexenmeister gespürt, die versucht haben, sich zur Wehr zu setzen. Der Angriff war nicht so brutal wie beim ersten Mal, eher ...", Bandath suchte nach einem Wort, zuckte dann mit den Schultern, „... zielgerichteter. Es kam mir vor, als ob der Angreifer, die in den Kraftlinien hängende ‚Spinne', jemanden ganz bewusst angegriffen hat, irgendjemanden, der Magie webte."

„Hast du eigentlich seit dem ersten Angriff Magie genutzt?" Farael sah Bandath interessiert an.

Bandath schluckte, leckte sich die noch immer trockenen Lippen und schüttelte dann den Kopf. Er hatte sich darauf beschränkt, die Kraftlinien zu beobachten, nach ihnen zu fühlen. Da er noch immer diese fremde Präsenz in ihnen spürte, hatte er auf die Anwendung von Magie verzichtet.

Es erschien ihm einfach ... nicht günstig, in solch einer Situation durch den Gebrauch von Magie auf sich aufmerksam zu machen. Jedenfalls nicht, so lange er nicht wusste, was vor sich ging.

Go-Ran-Goh kam im Laufe der Tage näher und das Unbehagen wuchs sowohl bei Bandath als auch bei Barella. Beide waren einsilbig, ohne

Lust, sich groß auszutauschen, aber auch ohne, dass eine schlechte Stimmung zwischen ihnen herrschte, wie bei ihrer letzten Reise zur Magierfeste. Bandath grübelte, Barella grübelte, nur Farael plauderte ungezwungen, erzählte, wie das neu erwachte Leben in Cora-Lega erblühte, wie sich Handelsabkommen entfalteten, Handelswege herausbildeten und neue Siedler in der Oase eintrafen.

Jeder Versuch aber, von ihm, dem Seher, etwas über die Zukunft zu erfahren, lief ins Leere.

„Das geht nicht auf Befehl", sagte er eines Abends, als Barella am Lagerfeuer besonders drängelte. Sie hatten sich eine Springziege gebraten, die die Zwelfe geschossen hatte, und das nicht verzehrte Fleisch für den nächsten Abend eingepackt. Farael, der noch weit mehr hätte essen können, als Barella ihm zugestand, leckte sich die Finger ab und blickte zum Go-Ran hinüber, der sich dunkel gegen den Sternhimmel abhob.

„Ich habe euch das doch schon einmal erklärt: Das Sehen kommt und geht, ohne dass wir Einfluss darauf haben. Ich sehe viele Dinge, täglich. Ich weiß, dass wir morgen an einem Baum vorüberkommen werden, der vom Blitz gespalten wurde."

„Das weiß ich auch", knurrte Bandath. „Das weiß jeder, der diesen Weg nimmt."

„Ich habe diesen Weg bisher nicht genommen, Magier."

„Hexenmeister", korrigierte Bandath. Warum nur musste ihm immer jemand einen Titel verpassen, der nicht stimmte?

„Was ich damit sagen wollte, war: Es gibt Hunderte von Dingen, die ich voraussehe, aber nicht brauche. Und es gibt einige wenige, die ich sehe und die sehr, die *ausgesprochen* wichtig sind."

„Was hast du denn schon Wichtiges gesehen?" Bandath schnitzte mit seinem Messer Späne von einem Stock, die ins Feuer flogen und dort hell auflodernd verbrannten.

„Nun ...", Farael verlor plötzlich seine bisher zur Schau getragene Sicherheit. „Unser Herrscher Ratz ist der Meinung, dass ..."

„WAS hast du bisher Wichtiges gesehen, *Seher*?" Bandath betonte das letzte Wort so, dass sowohl Farael, als auch Barella klar war, wie wenig Bandath von dessen Fähigkeiten hielt.

„Ich werde etwas Wichtiges sehen, das hat unser Herrscher, als Information vom Orakel der Drei Schwestern mitgebracht."

„Aber bisher?"

„Nichts", gestand Farael kleinlaut.

Bandath warf wütend das Stück Holz ins Feuer. „Ich wusste es. Warum sollte auch nur einmal *irgendetwas* so laufen, dass wir von Anfang an Nutzen daraus ziehen können?" Er nahm seine Decke, legte sich hin und zog sie über die Schulter.

„Wir werden morgen oder übermorgen einen Magier treffen", wagte Farael noch eine halblaute Bemerkung.

„Klar", Bandaths Stimme war dem Knurren eines Mantikors nicht unähnlich. „Übermorgen erreichen wir die Magierfeste. Dort soll es, nach meinen Informationen, den einen oder anderen Magier geben."

Dann kehrte Ruhe ein. Barella beschloss, die erste Wache zu übernehmen. Bandath würde sowieso in zwei bis drei Stunden wieder wach werden, von Albträumen geplagt, schweißgebadet und keuchend. Und er würde denken, dass sie es nicht mitbekam. Sollte er schlafen, so lange er konnte. Sie wusste, was ihn quälte.

„Wir werden einen treffen", Faraels Stimme klang wieder selbstbewusster, „einen einzelnen Magier, nicht in der Feste."

Sie trafen ihn bereits am späten Vormittag. Er war ein Mensch und saß vor einem glimmenden Lagerfeuer am Rande eines Wäldchens. Hinter ihm reckte ein von einem Blitz zersplitterter mächtiger Baum seine toten Äste in die Luft.

Die Landschaft stieg leicht in Richtung Go-Ran an. Überall sprossen frische Triebe, von der ständig wärmer werdenden Frühlingsluft, der Sonne und dem warmen, aus dem Süden kommenden Wind angeregt. Vogelschwärme kehrten schon seit Tagen aus ihrem Winterquartier zurück und die Flüsse aus den Drummel-Drachen-Bergen führten enorme Mengen an Schmelzwasser mit sich. Die Gestalt des Magiers hingegen passte überhaupt nicht zu diesem Szenario. Grau war seine Kutte, grau die Asche des Feuers aus der ein einzelner Rauchfaden aufstieg, grau, wie sein Haar und die Farbe seines Gesichtes. Bandath sah sofort, dass es sich um einen Magier der Gilde handelte. Neben der sitzenden Gestalt lag der Magierstab im Gras, gefertigt aus dem Holz eines der Bäume, die im Hof der Magierfeste wuchsen. Bandath, Barella und Farael stiegen ab, grüßten und hockten sich zu dem fremden Magier. Dieser jedoch starrte geradeaus, durch Barella hindurch in eine Ferne, die die anderen nicht wahrnehmen konnten. Das Gesicht des Magiers schien von unsäglichem Leid gezeichnet. Barella kannte diesen Blick. Fast genauso hatte Bandath ausgesehen, als die Magier von Go-Ran-Goh ihn aus der Gilde ausgestoßen und seinen Magierstab zerbrochen hatten.

„Ich kenne dich", sagte Bandath. „Als ich auf Go-Ran-Goh begann, hörtest du mit deiner Ausbildung auf."

Der Magier reagierte nicht.

„Ich glaube, du heißt Kalnor."

Als hätte Bandath mit der Nennung des Namens einen Zugang gefunden, kehrte der Blick des Magiers aus der Ferne zurück, verharrte kurz auf Barellas Gesicht und wandte sich dann dem Zwergling zu. Ohne etwas zu sagen, griff er nach links, nahm seinen Magierstab und reichte ihn Bandath. Als dieser verständnislos auf den Stab sah, stöhnte Kalnor und es hörte sich an, als versuche er vergeblich, einen gewaltigen Felsen von seinem Herzen zu wälzen.

„Nimm", sagte er dann. Seine Stimme klang rau, gebrochen, leidvoll. „Ich brauche ihn nicht mehr. Nimm. Vielleicht kannst du ja etwas damit anfangen."

Bandath starrte noch immer auf den ihm dargebotenen Stab. Ein Magier würde nie, nie im Leben freiwillig seinen Magierstab hergeben. Nun gut, er hatte seinen eigenen verbrannt, aber das war eine ganz andere Situation und er war kein Magier mehr gewesen.

„Was ist passiert?", fragte er.

Kalnor ließ den Magierstab fallen. Unbeachtet landete er zwischen Bandath und ihm im Staub. „Was passiert ist? Hast du es nicht mitbekommen?" Er musterte Bandath von oben bis unten. „Du bist dieser Zwergling-Magier Bandath. Richtig? Einige Mitglieder der Gilde sind nicht gerade gut auf dich zu sprechen, seit es heißt, du hättest den Dämon dort unten im Süden freigesetzt, damit dieser Malog den Troll tötete."

„Also, das ist doch eine Verkehrung all dessen, was ...", schnappte Barella, unterbrach sich aber, als Bandath die Hand hob.

„Es ist immer gut, zwei Seiten zu hören, bevor man sich ein Urteil bildet. Das hat mir Malog beigebracht. Dir nicht auch, Kalnor?"

„Nicht alle glauben, was die Magier des Inneren Ringes über dich verbreiten." Dann sah er auf seinen Stab. „Aber das alles ist egal. Ich kann keine Magie mehr wirken. Ich war auf dem Weg nach Go-Ran-Goh, wollte Rat vom Inneren Ring der Gilde, von den Magiern der Feste. Der

Angriff vor ein paar Tagen jedoch hat mir völlig die Möglichkeit genommen, auf die Magie zurückzugreifen. Ich brauche nirgends mehr hingehen. Ich kann nichts mehr und habe nichts. Wozu bin ich jetzt noch nütze, nach einem Leben, dass ich der Magie gewidmet habe?"

Bandath erinnerte sich an seinen Zustand vor zwei Jahren, als die Magier des Inneren Ringes seinen Stab zerbrochen und ihn aus der Gilde ausgestoßen hatten.

„Vielleicht brauchst du nur einen anderen Fokus?"

Kalnor schüttelte den Kopf. „Irgendjemand sitzt dort, wo die Magie herkommt. Sitzt dort, frisst sie, vergiftet sie, wird fetter und fetter durch die Magie und schmeißt die anderen Kundigen raus. Es geht nicht und wird nie wieder gehen." Seine Faust krampfte sich vor der Brust, als wolle sie sein Herz festhalten. „Da ist etwas zerrissen worden, in mir, etwas, das vorher da war. Verstehst du? Es ist vorbei." Eine Träne rann aus seinem linken Auge und suchte sich ihren Weg durch die vielen Falten nach unten, zu dem spärlichen Bärtchen am Kinn.

„Bei dir nicht?"

„Ich habe die Angriffe gespürt, doch ich konnte mich schützen, bisher."

„Dann bist du besser als ich, besser, als die anderen Magier." Wieder krampfte sich seine Hand vor der Brust. „Mach etwas daraus, Zwergling. Ich kann es nicht mehr." Er schloss die Augen.

„Kalnor?"

„Er wird nicht mehr antworten", entgegnete Farael an Stelle des Magiers. „Er wird jetzt hier sitzen bleiben."

„Was weißt du schon?", fuhr ihn Bandath an.

„Bandath", Barella legte ihrem Gefährten die Hand auf die Schulter, wollte beschwichtigen, doch Bandath sprang auf.

„Ist doch wahr. Was weiß der schon? Kommt hierher und faselt was von Sehen und Vorhersagen, aber wirklich wichtige Dinge kann er nicht voraussagen. Soll er doch mal sagen, um was es hier geht!"

Bandath wartete keine Antwort ab, sondern sprang auf Dwego und ritt los.

„Ich nehme es ihm nicht übel", sagte Farael zu Barella und griff nach den Zügeln seines Quilins. „Ich habe gewusst, dass er so reagieren würde."

„Weißt du was?", fauchte Barella. „Halt einfach die Klappe!"

Sie schwang sich auf Sokah und folgte Bandath.

Farael starrte ihr hinterher. Irritiert kratzte er sich am Kopf. „Das habe ich nicht kommen sehen."

Plötzlich hellte sich seine Miene auf. „Ah, sie ist …" Er schlug sich mit der Hand auf den Mund. „Aber es soll noch niemand wissen. Gut, von mir erfährt keiner etwas."

Er kletterte mühsam auf den nach hinten abfallenden Rücken seines Quilins, rammte ihm die Fersen in die Flanke, bis sich das Tier widerstrebend in Bewegung setzte.

„Wenn mir einer gesagt hätte, wie störrisch so ein Quilin sein kann, hätte ich mir ein Pferd gekauft oder einen Drago-Zentauren", knurrte er unwillig. „Aber so etwas sehe ich nie voraus. Da hat Bandath recht."

Schnaufend folgte das Quilin der Spur des Laufdrachen.

Kalnor blickte zum erloschenen Feuer, unbeweglich wie ein Stein – und genauso grau.

Abends machten sie in einer Senke am Hang des Go-Ran Rast, geschützt von Sträuchern, die sich rund um sie erhoben. Sie aßen das kalte Fleisch vom Vorabend. Bandath wollte kein Feuer entzünden. „Ich will nicht, dass die von dort oben herunterkommen", er wies mit dem Daumen in Richtung Berg, wo weit über ihnen die dunkle Kontur der Magierfeste gegen den Sternenhimmel schimmerte, „und vielleicht nachschauen, wer auf ihrer Türschwelle nächtigt. Morgen früh klopfe ich und werde Einlass verlangen."

„Wir", sagte Barella lakonisch und trank einen Schluck Wasser.

Bandath sah sie fragend an.

„Du glaubst doch nicht", entgegnete sie ruhig, „dass ich mitgekommen bin, um dich allein in die Höhle des Mantikors zu lassen? Ich habe mich schon einmal von dir hier draußen abstellen lassen. Dieses Mal komme ich mit."

„Barella …", begehrte Bandath auf, doch Barella unterbrach ihn sofort.

„Vergiss es!" Ihre Stimme klang fast gelangweilt. Sie würde eine Diskussion über diesen Punkt nicht zulassen.

„Aber …"

„Und das vergiss auch gleich wieder."

Bandath schluckte, sah von unten in ihr Gesicht und grinste etwas. „Und du bist wirklich sicher, dass du nicht mit Waltrude verwandt bist?"

„Höchstens über den Ur-Zwerg." Auch Barella grinste.

„Oh, ihr versteht euch wieder", Farael klatschte wie ein kleines Kind in die Hände, „das habe ich kommen ...", unterbrach sich jedoch sofort wieder, als die Köpfe seiner Begleiter herumschossen und ihre Augen ihn anblitzten.

„Oh!" Er legte die Finger vor den Mund. „Schon gut. Ich sag gar nichts. Farael ist ganz still."

Bandath schnaufte.

Am Morgen des nächsten Tages klopfte Bandath an das Tor der Magierfeste. Als er das erste Mal hier stand, ein junger unglücklicher Zwergling an der Hand von Waltrude, hatte Malog der Troll die Tür geöffnet. Er war es auch gewesen, der das Tor hinter Bandath schloss, als dieser seine Ausbildung beendet hatte. Und Malog war es, der ihn immer wieder aufgerichtet hatte, wenn Bandath dachte, es ginge nicht mehr. Jetzt aber war Malog seit fast zwei Jahren tot – durch die Schuld zweier Magier, von denen einer im selben Moment die Sichtluke im Tor öffnete, als Bandath ein zweites Mal klopfen wollte.

„Wer begehrt Einlass?"

Bandaths Augen verengten sich zu Schlitzen. „Anuin Korian, der neue Torwächter also, nachdem ihr den alten am Rande der Todeswüste umgebracht habt. Ich hätte es mir denken können. Du bist noch nicht annähernd so gut wie dein Vorgänger, Elf. Malog musste nicht fragen, wer am Tor Einlass begehrte. Ich werde dir weder sagen, wer wir sind, noch ein weiteres Wort mit dir reden. Wenn du deine Augen nur ein wenig weiter öffnen würdest, wüsstest du, wer vor dem Tor steht. Und danke wem auch immer dafür, dass wir uns nicht auf freiem Feld begegnet sind, sondern hier in der Magierfeste, wo seit Urzeiten die heiligen Regeln des Burgfriedens gelten." Bandath musste seine Wut sichtbar zügeln. Er atmete tief durch und presste zwischen zusammengebissenen Zähnen hervor: „Melde uns Romanoth Tharothil!"

Der Hexenmeister kannte Anuin Korian nicht von Angesicht – und dieser Bandath nicht. Bandath aber wusste sofort, wen er vor sich hatte. Sie hatten dem Elf also die Stelle des Torwärters übergeben, nachdem Malog im Süden umgekommen war. Das Gesicht des Elfen blickte aus Höhe der Sichtluke auf Bandath, Barella und Farael herab, blasiert und mit halb geschlossenen Augen. Die Luke war für den Troll eingearbeitet worden. Wahrscheinlich hatte Anuin Korian sich ein Gerüst auf der anderen Seite des Tores bauen lassen, um die Luke zu nutzen und auf die Ankömmlinge herabblicken zu können. Er trug die weiße Kutte des Inneren Ringes. Von oben bis unten musterte er die vor ihm Stehenden. Wie immer hatte Bandath Dwego und mit ihm Sokah und jetzt auch das Quilin frei laufen lassen. Sie würden da sein, wenn er sie brauchte. Anuin Korian versuchte, seinem Blick einen hochmütigen Ausdruck zu geben, aber Unsicherheit flackerte hinter den halb geschlossenen Lidern wie ein Feuer, das Nahrung sucht … und findet. Dann blieb sein Blick an Bandaths Füßen hängen, den behaarten Halblingsfüßen. Die Augen des Elfen wurden riesengroß und das Gesicht verlor den mühsam zur Schau getragenen Ausdruck von Desinteresse.

„B…B…Ba…", stotterte er.

„Bandath", ergänzte Barella, doch da schlug die Sichtluke bereits zu.

„Und nun?", fragte Farael.

„Du bist der Seher." Die Zwelfe knurrte mehr, als dass sie sprach. „Sag du's mir."

„Wir warten." Bandaths Flüstern war kaum zu verstehen. Barella konnte das Knirschen seiner zusammengepressten Zähne förmlich hören, obwohl sie hinter ihm stand. Ohne sich zu bewegen, starrte er auf das hölzerne Tor der Magierfeste.

„Du wirst doch keinen Kampf auf Go-Ran-Goh provozieren?" Barella war einen Schritt an Bandath herangetreten.

„Auf Go-Ran-Goh gilt der Burgfrieden. Das ist ein geheiligtes Gebot seit Tausenden von Jahren. Alle Zwistigkeiten ruhen hier."

Es dauerte nur wenige Minuten, bis ein Torflügel knarrend aufschwang. Romanoth Tharothil der Halbling, von vielen auch der Weise Romanoth Tharothil genannt, oberster Magier der Gilde und so alt, dass er alle anderen Magier des Inneren Ringes hatte kommen und viele auch gehen sehen, stand allein im Eingang der Feste. Sein weißes Gewand reichte bis zum Boden und nicht einmal seine pelzigen Füße schauten hervor. In der rechten Hand hielt er seinen Magierstab, abgegriffen und glänzend vom jahrelangen Gebrauch und fast größer, als er selbst.

„Bandath." Seine Stimme klang rau. „Ich hätte nicht gedacht, dich noch einmal innerhalb dieser Mauern begrüßen zu dürfen." Er bewegte sich nicht eine Handbreit auf den Zwergling zu.

Auch Bandath blieb stehen, alle Sinne gespannt.

„Romanoth Tharothil. Dinge geschehen, die noch nie geschehen sind. Wir müssen reden."

„Früher hast du mich *Weiser* Romanoth Tharothil genannt." Die Stimme hatte einen kalten Ton angenommen, ohne Wärme.

„Früher!", entgegnete Bandath und auch seine Stimme hätte Glas zum Klirren bringen können. „Früher hat mich hier auch Malog begrüßt und nicht sein Mörder." Anuin Korian war nicht mehr zu sehen. Der Oberste Magier hatte ihm wohl die Order gegeben, sich zurückzuziehen.

„Was ist mit uns geschehen, Romanoth Tharothil? Du warst einst einer der Lehrer, zu denen ich aufgeblickt habe."

„Bist du deswegen hier, Bandath? Oder wegen Anuin Korian und den unerfreulichen Ereignissen unten am Rand der Todeswüste?"

Bandath hatte den Eindruck, dass ein wenig Unsicherheit in Romanoths Stimme mitschwang. Ihn durchfuhr eine Erkenntnis: Der Innere Ring hatte nicht gewusst, dass er hierher kommen würde. Es war das erste Mal, dass sie das nicht wussten. Und es war gut so.

„*Unerfreuliche Ereignisse?* Sie haben meinen Freund, eine Freundin und vielen anderen Menschen dort unten das Leben gekostet." Er lachte verbittert auf. „Heute bin ich nicht wegen der ,*unerfreulichen Ereignisse*' hier. Obwohl ich deshalb schon lange hätte herkommen sollen. Doch darüber werden wir ein anderes Mal reden. Ich komme wegen der Begebenheiten der letzten Tage. Ich komme, weil irgendjemand die Magie angreift. Wir müssen uns zusammentun, so schwer es uns auch fällt. Alle Zwistigkeiten sollten ruhen, bis wir das Problem gelöst haben."

Romanoth schwieg einen Moment, dachte nach.

„Du meinst das gewaltsame Entreißen von Magie aus dem Netz der magischen Kraftlinien?"

Es schien Bandath, als wolle der Magier testen, inwieweit Bandath in das Geheimnis um die Magie eingeweiht war.

„Ich weiß von den magischen Kraftlinien, im Gegensatz zu den Magiern, die ihr hier ausbildet. Ich weiß vom Fluss der Magie und ich habe Kenntnis davon, dass der Angriff wohl auf etwas Spezielles gerichtet ist, nicht auf die Magie schlechthin, sondern auf ihre Quelle. Ich weiß auch, dass anderen Magiern die Fähigkeit genommen worden ist, Magie zu weben. Und", jetzt hob Bandath die Stimme, „ich denke, dass die Heere der Gorgals, die sich auf den Weg in die Drummel-Drachen-Berge befinden, diesen Angreifer unterstützen sollen."

„Du glaubst, sehr viel zu wissen. Wir sollten uns unterhalten." Der Halbling trat einen Schritt zur Seite und machte mit seiner freien Hand eine einladende Geste.

Bandath trat ein, Barella und Farael folgten.

Romanoth Tharothil hob abwehrend die Hand. „Nichtmagiern ist das Betreten der Feste verboten, schon seit Urzeiten. Das ist eine Regel."

Bandath, der bereits innerhalb der Mauern stand, hob die Augenbrauen. „Auch ich bin ein *Nichtmagier*, Romanoth Tharothil. Hast du vergessen, dass ihr mich vor knapp zwei Jahren aus der Gilde ausgeschlossen und den Bann auf mich gelegt habt? Ich bin jetzt ein Hexenmeister und habe die Feste bereits betreten. Meine Gefährten werden mit mir kommen. Und zumindest Farael", er wies auf den Menschen hinter Barella, „ist als Seher eine Art Magier. Oder?"

Der Halbling zögerte einen Moment und hob dann in einer resignierenden Geste die Schultern. „Besondere Umstände erfordern außergewöhnliche Maßnahmen. Kommt denn rein und folgt. Vielleicht", murmelte er zum Schluss halblaut, „erleichtert das auch vieles."

Er führte sie an der Front des gewaltigen Burggebäudes vorbei über den riesigen Burghof, auf dem leicht ein Drummel-Drache hätte landen können. Barella und Farael hoben ihren Blick und folgten der Fassade aus rotem Backstein und Felsen, folgten den Linien der Stockwerke, betrachteten die Fenster, Erker, Vorsprünge, Türmchen und Türme. Etwas so Gewaltiges und zugleich Filigranes hatten sie noch nie gesehen und zumindest Barella konnte von sich behaupten, schon sehr weit herumgekommen zu sein. Romanoth Tharothil aber lotste sie zu einem kleinen, sehr massiv gebauten Seitengebäude. Hinter einer Tür aus fast schwarzem Holz, uralt, schwer und mit Eisenbeschlägen, öffnete sich ihnen ein Raum, der augenscheinlich zu Beratungen genutzt wurde. Bandath, der sich auf dem Weg zum Gebäude umgesehen hatte, wie jemand, der nach einer langen Abwesenheit wieder in eine bekannte Gegend kommt, blieb auf der Schwelle stehen.

„Ich sehe niemanden auf dem Burghof, Romanoth Tharothil. Wo sind die Magier und all die Schüler, die hierher gehören?"

„Wir haben wenig Schüler im Moment. Und sie sind in den Unterrichtsräumen. Bitte." Er machte eine einladende Geste. „Lass uns reden."

Bandath sah sich noch einmal um. Sein Blick streifte Barella. „Falle", formten ihre Lippen lautlos, ohne dass Romanoth Tharothil es mitbekam.

Bandath zwinkerte einmal kurz. Er hatte es auch bemerkt. Barella lockerte unauffällig ihre Messer in den Scheiden am Gürtel. Ihren Bogen hatte sie an Sokahs Sattel gelassen, was sie jetzt bereute.

Bandath machte ein paar Schritte in den Raum hinein, Barella und Farael folgten. Romanoth Tharothil trat ebenfalls ein und schloss die Tür hinter sich. Seine Hand wies auf die Stühle, die rund um einen niedrigen Tisch standen. Für Bandath und Barella hatten sie die richtige Größe. Farael sah unglücklich aus, als er sich auf einen der Stühle zwängte.

Bandath sah Romanoth Tharothil an. „Als wir uns das letzte Mal sahen, waren wir unten am Orakel. Seitdem ist viel Wasser den Ewigen Strom herabgeflossen und die Dinge haben sich geändert."

„Wohl wahr." Der Halbling nickte.

„Aber jetzt", fuhr Bandath fort, „entwickelt sich etwas, dass uns zwingt, unsere Streitigkeiten zur Seite zu schieben. Zumindest vorübergehend."

„Die Ansichten darüber gehen auseinander, wie immer, Bandath. Aber es würde mich freuen, dich auf unserer Seite begrüßen zu können."

Bandath war einen Moment sprachlos. „Die Ansichten gehen auseinander? *Eure* Seite? Ich denke nicht, dass es hier mehrere Seiten gibt. Wieso sollen die Ansichten auseinandergehen, wenn der Magie selbst Gefahr droht?"

„Du verstehst es nicht. Denke nach Bandath."

Bandaths Gesicht verfinsterte sich. „Nein", flüsterte er nach einem Moment des Nachdenkens. „Sag mir, dass das nicht wahr ist, Romanoth Tharothil. Ihr wart das?"

„Du verstehst es immer noch nicht vollständig, Zwergling. Wir haben unsere Magie genommen, Bandath. Und wir haben die Magie der Dunkel-Zwerge genutzt. Erinnerst du dich?"

„Ihr wolltet damals das Diamantschwert, ich weiß." Bandath war sichtlich irritiert. Er wusste nicht, worauf Romanoth Tharothil aus war. „Die Dunkel-Zwerge haben es gefertigt. Aber ich habe es euch nicht gebracht, ich …" Bandath erstarrte, als Romanoth Tharothil ein Glasfläschchen aus der Tasche seiner Kutte zog. In ihm häufte sich eine geringe Menge an Diamantsplittern. Barellas Blick huschte zwischen dem Glasfläschchen und Bandaths Gesicht hin und her. Sie war durch die Blässe auf Bandaths Haut irritiert. Was war so schlimm an einem Glasfläschchen mit Diamantsplittern? Es sei denn, es wären …

„Sind das …" Dem Hexenmeister versagte die Stimme.

Romanoth Tharothil nickte. „… Splitter des Diamantschwertes. Sie waren sozusagen die Eintrittskarte für Anuin Korian zur Magierfeste. Oh, du glaubst gar nicht, wozu Hass auf Trolle, Zwerge und Halblinge einen Elfen beflügeln kann."

„Und dann habt ihr ihn zur Todeswüste geschickt?" Noch immer klang Bandaths Stimme tonlos. Es schien Barella, als würde sich die Unterhaltung in eine Richtung entwickeln, die Bandath auf keinen Fall einschlagen wollte.

Der Oberste Magier nickte. „Auch diesen Auftrag hat er zu unserer Zufriedenheit erfüllt." Mit dem Eintritt in den Raum hatte sein Verhalten eine Sicherheit angenommen, die beängstigend war, gerade so, als wäre er absolut überzeugt davon, dass nichts und niemand ihn hier etwas anhaben konnte.

Ein zweites Fläschchen kam aus einer anderen Tasche seiner Kutte zum Vorschein. In ihm tobte ein Miniatur-Sandsturm und brandete vergeblich an die Wandungen seines gläsernen Gefängnisses.

„Ihr habt …", Bandath verschlug es die Sprache. Dann wurde er bleich, bleicher, als Barella ihn je gesehen hatte. Rote Flecken bildeten sich an seinem Hals, Zeichen für den enormen Stress, unter dem ihr Partner stand. Seine Stimme war jetzt nur noch ein Hauchen. „Nein!" Er stand auf. „Ihr habt drei Formen der Magie."

Romanoth Tharothil nickte. „Unsere, die der Dunkel-Zwerge und die des Dämons von Cora-Lega."

„Romanoth!" Da war ein Flehen in Bandaths Stimme, das Barella überhaupt nicht gefiel. Sie wusste nicht, worum es ging, nur, dass hier etwas Ungeheuerliches passierte, war ihr klar. Sie hatte plötzlich Schwierigkeiten durchzuatmen, ganz so, als würden sich eiserne Bänder um ihren Brustkorb legen.

Bandath räusperte sich, vergeblich. Er bekam seine Stimme nicht unter Kontrolle. „Ihr wollt … die Prophezeiung von Um-Ba-Tha … ihr könnt doch nicht …"

Er machte ein paar Schritte um den Tisch herum, als wolle er in einer Geste der Verzweiflung den Magier an der Schulter packen und zur Vernunft bringen. Romanoth Tharothil stand auf und stellte sich hinter den Stuhl. Es sah fast so aus, als bringe er sich vor Bandath in Sicherheit. Der Hexenmeister stoppte seine Bewegung.

„Sag mir, dass das nicht wahr ist. Bitte!" Jetzt flehte Bandath und Barella überlief ein Schauer, als sie ihren Gefährten so betteln sah.

Sie trat neben ihn. „Bandath? Was ist geschehen?"

Die Luft zwischen Bandath und dem Magier der Gilde schien zu gefrieren. „Romanoth! Bitte, lasst es bleiben. Es ist der Untergang."

Romanoth Tharothil entfernte sich einen weiteren Schritt von Bandath. Sein Gesicht nahm endgültig einen anmaßenden Ausdruck an.

„Wir haben die Kontrolle, Bandath. Es ist bereits vollbracht."

„Nein." Bandath stöhnte. Dann schrie er voller Pein: „Nein! Ihr Wahnsinnigen! Ihr Narren! Wisst ihr, was ihr getan habt?"

„Die anderen haben mich gewarnt." Romanoth Tharothil nickte wissend. „Du würdest es nicht akzeptieren, haben sie gesagt. Nein, entgegnete ich. Lasst es mich zumindest versuchen. Immerhin warst du einer unserer fähigsten Schüler. Alles hätte dir offen gestanden. Alles! Du und ich im Inneren Kreis der Gilde und keiner hätte uns widerstehen können. Aber es scheint schon zwecklos, mit dir überhaupt darüber zu reden." Übertrieben bekümmert schüttelte er den Kopf. „Siehst du nicht, was sich uns für Möglichkeiten dadurch bieten?"

Er drehte sich um, ließ Bandath stehen und ging zur Tür. „Die Konsequenzen für deine Weigerung, mit uns zusammenzuarbeiten, wirst du tragen müssen, Bandath, du ganz allein. Und deine beiden Begleiter."

„Wo ist *ER*?" Bandaths Stimme hatte jetzt einen eisigen Klang.

„Nicht da", antwortete Romanoth Tharothil. „Du bist zu einem ungünstigen Zeitpunkt gekommen, Bandath. Du wirst ihn nicht einmal sehen vor deinem Ende." Dann ging er durch die Tür, als bestände das massive Holz aus nichts als Nebel.

„Jetzt ist mir alles klar", hauchte Bandath und sah Barella an.

„Was?" Sein Schrecken verunsicherte sie mehr, als sie wahrhaben wollte.

„Später. Zuerst müssen wir hier raus. Und zwar schnell." Er wandte sich gegen die Tür, hob die Hände und ein Feuerball zerschmetterte die soliden Bohlen, als wären sie Zündhölzer. Im selben Moment schüttelte ein Krampf seinen Körper, kurz, aber heftig. Bandath keuchte. „ER kommt. Wenn ich Magie anwende, spürt ER mich, weiß wo ich bin und greift die magischen Kraftlinien an."

Er sah Barella an. „Du musst uns hier raus bringen, wenn ich nicht mehr kann."

Sie nickte. Das würde sie. Ganz gewiss würde sie das. Nie im Leben würde sie Bandath den Magiern überlassen ... oder dem, was sie getan hatten. Was immer das auch war. Und es musste etwas sehr Furchtbares sein.

Sie rannten zur zerschmetterten Tür. Auf dem Burghof hatten sich mehrere Magier im weiten Halbkreis um die Tür aufgestellt.

„Da seid ihr ja alle", knurrte Bandath, „oder zumindest fast alle." Er sah in die Runde, sah die Magier an, die früher seine Lehrer gewesen waren und die jetzt langsam die Hände hoben, um Magie gegen einen ihrer besten Schüler zu weben. Aus dem Nichts heraus füllte sich der Burghof mit Nebel, sehr dichtem Nebel. Die Sichtweite reduzierte sich auf wenige Schritte.

„Weg hier", flüsterte Bandath. Sie huschten mehrere Schritte zur Seite. Im selben Moment rauschte ein knappes Dutzend Feuerkugeln heran – rot, blau, gelb, groß, klein – und schlugen in den Türrahmen ein, vor dem sie soeben noch gestanden hatten. Sie donnerten in den Raum hinter der Tür, verwüsteten die Einrichtung und setzten sie in Brand. Gleich glühenden Lanzen zischten helle Strahlen hinterher, Feuerspeere schlugen in den Boden ein und Kaskaden winziger, glühender Kugeln rauschten durch die Luft.

„Burgfrieden!", rief Bandath wütend in den Nebel. Er verstand nicht, wieso die Magier den Nebel herbeigerufen hatten, wenn er sie doch behinderte. Selbst die Feuerkugeln hatten den Nebel nur aufwallen lassen, ihn aber nicht ausgedünnt.

„Der Burgfrieden gilt nicht für dich und deinesgleichen!" Die Stimme von Romanoth Tharothil klang dünn und verloren aus den gelblichen Wolken, ohne den Standort des Magiers zu verraten.

„Weiter!", flüsterte Bandath und im selben Moment, in dem sie sich in Bewegung setzten, schlugen hinter ihnen erneut Feuerkugeln in die Mauer.

„*Meinesgleichen*, also", knurrte Bandath und hob die Hände. Ein feines Gespinst aus Blitzen knisterte von seinen Fingern ausgehend über den Burghof und verlor sich im Dunst. Schmerzensschreie ertönten.

„Hiermit ist der Burgfriede beendet", keuchte Bandath und sackte auf die Knie. Barella half ihm hoch.

„Weiter an der Mauer entlang." Bandaths Stimme klang leise, aber trotzig. Die Magier würden ihn nicht klein kriegen.

„Was ist das?" Barella starrte auf Bandaths Brust. Dort bildete sich ein bläulicher Lichtfleck, das Ende eines ebensolchen Strahls, der aus der Undurchsichtigkeit des Nebels kam.

„Hierher." Es war eher ein Hauch als ein Flüstern, trotzdem konnte Bandath es sofort zuordnen.

„Moargid?" Die Heilmagierin hatte immer zu ihm gehalten.

„Schnell!" Wieder dieses Flüstern.

„Folgen wir dem Licht." Noch immer auf Barellas Arm gestützt, strebte Bandath vorwärts.

„Hilf mir", fauchte sie Farael an. Der packte Bandath auf der anderen Seite unter der Schulter und sie hasteten nach links.

Aus der Undurchdringlichkeit des Nebels schälte sich eine Gestalt die reglos stand, die Arme nach vorn gestreckt. Der Lichtstrahl führte weit links an ihm vorbei. Der Magier starrte in den Nebel und schien nicht damit zu rechnen, dass sie sich von der anderen Seite näherten. Barella ließ Bandaths Arm los, sprang nach vorn, drehte sich in der Luft und bevor die Gestalt noch reagieren konnte, knallte die Fußspitze der Zwelfe vor die Schläfe des Magiers. Mit einem dumpfen Ton sackte der zusammen. Barella landete mit Fußspitzen und Händen auf der Erde, wippte kurz und sprang wieder auf die Füße. Dann schlug sie sich den Staub von den Händen und grinste.

„Ich kann es noch", sagte sie zufrieden, würdigte die liegende Gestalt keines Blickes mehr und half Bandath, der sich bereits wieder kräftiger fühlte, an dem ohnmächtigen Mitglied des Inneren Ringes vorbei.

Bandath musterte den Mensch, der vor ihnen lag. „Gorlin Bendobath, Meister des Lebens. Er also auch."

„Nun, im Moment ist er eher der *Meister des Schlafes*." Farael kicherte.

Vor ihnen tauchte eine fast schwarze Wand aus dem Nebel auf. Der Lichtfaden von Bandaths Brust führte genau zu einer unscheinbaren Tür, die man bei Tageslicht eher übersehen hätte. Fast im selben Moment, in dem Barella die Hand nach der Klinke ausstreckte, öffnete sich die Tür lautlos. Die wohl älteste Zwergin, die Barella je gesehen hatte, erschien. Zugleich erlosch der blaue Lichtfaden.

„Schnell", murmelte die Zwergin, hielt sich am Rahmen fest und keuchte. Genau wie Bandath schien auch sie Angriffen auf der magischen Ebene ausgesetzt zu sein, wenn sie Magie wirkte. Mit der Herbeibeschwörung des Nebels, hatte sie sich dem Ring zu erkennen gegeben. Sie winkte die Bedrängten an sich vorbei, stampfte mit dem Fuß auf und erneut verdichtete sich der Nebel. Gelber Dunst quoll durch die Tür in den Raum. Moargid schloss den Eingang und murmelte etwas, während sie mit der Hand über die Steine strich, die den Türrahmen bildeten. Sie verschmolzen mit dem Holz der Tür. Als sie ihnen ihr Gesicht zuwandte, erkannte Barella die tiefe Erschöpfung der Zwergin.

„Bandath", keuchte Moargid. „Ich wünschte, ich hätte dich unter anderen Umständen wiedergesehen."

„Moargid." Bandath streckte seine Arme aus und fasste sie an den Händen. „Wie kommen wir hier raus?"

„Wir? Ich bleibe und halte dir den Rücken frei. Ihr verzieht euch. Dort hinten", sie wies auf eine kleine Öffnung im Stein der Rückwand, „ist ein Gang, der euch in die Bibliothek bringt. Bethga und ich haben ihn in den letzten Monden geschaffen. Man weiß ja nicht, wozu man so einen Gang noch gebrauchen könnte, dachten wir. Und nun ist er nützlich."

Bethga, eine Yuveika, eine Spinnendame, war die Meisterin der Bücher auf Go-Ran-Goh und als einzige Meisterin nie Mitglied des Inneren Ringes geworden. Ihre Bibliothek lag unterhalb der eigentlichen Burganlage im Berg versteckt und nur ein einziger Zugang führte – bisher jedenfalls – von der Feste in die Bibliothek.

„Bethga?" Bandath war erstaunt. Wenn er mit Hilfe gerechnet hatte, dann auf keinen Fall von Seiten der Yuveika. Doch dann sah er die Heilmagierin an. „Und was wird mit dir?"

„Kümmere dich lieber um dich und vermeide so weit wie möglich die Anwendung von Magie. ER kann dich dadurch aufspüren. Ich werde euch den Rücken freihalten und der Ring wird merken, dass die alte Moargid bedeutend mehr kann, als Brummschädel heilen und Wunden zusammenwachsen lassen."

„Ich werde dich nicht …"

„Oh doch, mein kleiner Bandath, dass wirst du sehr wohl. Du hast eine andere Aufgabe, als dich um eine alte Zwergin zu kümmern. Mach dir mal keine Sorgen, ich habe so einiges parat." Sie wies energisch zur Öffnung in der Wand. „Ich habe einen dichten Nebel über den Go-Ran gelegt, so dass keiner der *großen Meister* dort draußen ihn mit Blicken durchdringen kann. Einen sehr dichten Nebel. Nutzt ihn und verschwindet so schnell wie möglich."

Bandath nickte. Man sah ihm an, dass er alles andere als erfreut darüber war, Moargid hier zurücklassen zu müssen. Doch als die ersten magischen Schläge gegen die Tür donnerten, drehte er sich um und verschwand ohne ein Wort im Gang. Moargid hatte vorsorglich eine brennende Fackel in einer Wandhalterung vorbereitet, die er an sich nahm. Die wenigen Sekunden in Moargids Raum schienen Bandath Kraft gegeben zu haben. Barella und Farael folgten wortlos. Bevor sich hinter ihnen die Wand fugenlos schloss, wehten ihnen noch Worte der Heilmagierin hinterher: „Halte IHN auf Bandath. Nur du kannst das!"

„Wen?" Barella lief eng hinter dem Hexenmeister. „Von wem sprecht ihr?"

„Später", entgegnete Bandath. „Ich erzähl dir alles, wenn wir hier raus und auf dem Weg sind."

Auf dem Weg wohin? Wer war dieser ER, von dem Bandath und Moargid geredet hatten? In Barellas Kopf jagten sich die Gedanken fast so schnell, wie ihre Füße den Gang entlang hetzten. Aber sie wusste, dass sie von ihrem Gefährten jetzt keine Antwort bekommen würde.

Der Gang führte in engen Windungen bergab und man sah den Felswänden an, dass sie zwar mit Magie, aber in großer Eile geschaffen worden waren. Sie sahen aus, als hätte jemand mit einer gewaltig heißen Flamme ein Loch in den Fels gebrannt, ohne sich die Mühe zu machen, die Wände zu glätten. Herab getropftes und erkaltetes Gestein bildete lange Nasen und gefährliche, von der Decke ragende Spitzen. Einige von ihnen waren abgebrochen und die Reste lagen auf dem Boden. Wahrscheinlich hatte Moargid mit einem Hammer nachgeholfen, wo die Zacken zu gefährlich für die Vorüberlaufenden waren.

Nur unterbrochen von gelegentlichen dumpfen Schlägen, die wie ein leises Dröhnen durch den sie umgebenden Stein grummelten, eilten sie vorwärts. Einmal blieb Bandath stehen. Er drehte sich um, sah erst Barella und dann Farael an. „Ich kann das nicht." Sein Gesicht war vor Leid ganz grau. „Ich kann sie nicht allein lassen."

„Bandath, wenn du ihr hilfst, dann werden wir nicht entkommen können. Und ich denke, von deinem Entkommen hängt viel mehr ab, als die Sicherheit Moargids. Die Zwergin wusste das."

„Sie wird überleben", mischte sich Farael ein. „Ich weiß das … auch wenn du diesen Satz nicht hören möchtest, aber ich lüge nicht. Ich habe gesehen, dass sie überleben wird."

Nur unwesentlich beruhigt ging Bandath weiter. Farael folgte dem Paar. Er hatte das erste Mal in seinem Seher-Leben gelogen. Nichts wusste er über die Magierin.

Als sich vor ihnen die Wand öffnete, schlossen sie einen Moment geblendet die Augen. In der Bibliothek herrschte immer diffuses Zwielicht, von Leuchtkristallen und kalten Flammen so weit aufgehellt, dass man an den Arbeitsplätzen problemlos lesen konnte. Das war aber deutlich mehr, als ihnen die Fackel in der Dunkelheit des Ganges gespendet hatte.

„Bandath", knarrte eine unfreundliche Stimme von der Decke. „Ich hätte es wissen müssen. Nur du kannst für so viel Aufregung dort oben sorgen."

„Bethga", entgegnete Bandath. „Ich bin auch nicht erfreut, dich wiederzusehen."

Die Yuveika hielt sich mit ihren Spinnenbeinen an der Decke des Raumes fest. Ihr Frauenkopf mit den streng nach hinten gekämmten, grauen Haaren und der überdimensionalen Brille vor den Augen war grotesk verdreht, um die Ankömmlinge sehen zu können. Es raschelte leise, als sie an einem Bücherregal nach unten kletterte und sich vor Bandath stellte. „Hat Moargid also ihren Rettungsgang für dich geöffnet. Und ich kann jetzt sehen, wie ich sie da oben raus kriege."

„Ich habe …", begann Bandath, doch Bethga fuchtelte mit einem ihrer Spinnenbeine vor seinem Gesicht rum.

„Bla … bla … Ich will gar nichts von dir wissen. Moargid wird ihre Gründe gehabt haben, auch wenn ich sie in deinem speziellen Fall nicht nachvollziehen kann." Sie drehte sich um. „Wo sind die Zeiten, da ich dich wegen Verstoßes gegen die Nutzungsbedingungen tagelang in einen Kokon gewickelt hier von der Decke herabhängen lassen konnte?"

Flink wie nur Spinnen rennen, verließ sie den Raum. „Folgt mir!", hörten sie ihre Stimme durch den Gang hallen. „Ihr müsst schnell hier raus."

Bandath löschte die Fackel. Zu viele Bücher und Schriftrollen lagen in den Regalen rund um sie herum. Selbst in Augenblicken höchster Gefahr dachte er an die Sicherheit des hier gesammelten Wissens.

Im Licht der Leuchtkristalle hasteten sie durch die Räume, in denen Bandath vor vielen Jahren das zugängliche und zugelassene Wissen der Magie gelernt hatte. Sie holten Bethga in einem winzigen Raum ein, der mit Gerümpel aller Art vollgestellt war. Regalteile, Bretter, Besen, Eimer, Reinigungsmittel in halb zusammengebrochenen Regalen, Schränke mit herausgebrochenen Türen. Spinnweben hingen von der Decke, Staub, der sich scheinbar über Jahrhunderte angesammelt hatte, bedeckte alles. Bethga hing von der Decke und erwartete sie.

„Was soll das?" Bandath sah sich irritiert um. „Wir wollen raus. Der Weg nach draußen führt dahinten lang." Er wies mit der Hand zu einer Tür hinter ihnen.

Bethga kicherte. „Du wirst es nie lernen, Bandath. Das hier ist *mein* Reich und hier passiert nichts, was ich nicht weiß. Gar nichts. Nicht einmal, wenn du dir unberechtigt Dokumente in einen Lese-Kristall speicherst, um sie dann in der Bücherstadt Konulan zu übersetzen, entgeht mir das."

Bandath musste zwinkern und dachte an die Weissagungen des Verrückten von Pukuran. „Im Gegensatz dazu", fuhr Bethga mit einem triumphierenden Unterton fort, denn ihr war Bandaths Reaktion nicht entgangen, „entgehen allen anderen Magiern die Dinge, von denen ich denke, dass sie niemanden etwas angehen."

Sie griff mit einem ihrer Spinnenbeine durch den Schrank hindurch, als wäre er aus Luft, fasste nach etwas, das nur sie fühlen konnte, vielleicht einen an der Wand befindlichen Eisenring, und zog. In der Wand hinter dem Schrank öffnete sich ein Spalt und gab den Blick auf einen Raum voller Regale frei, die bis unter die Decke mit Büchern und Schriftrollen angehäuft waren, denen Bandath sofort ihr enormes Alter ansah.

„Das ...", stotterte er. „Das ist ..."

„... mein geheimer Raum. Gesammeltes Wissen, das dem Ring der Magier nie in die Hände fallen durfte." Bethgas Augen funkelten jetzt fiebrig. „Mit nur der Hälfte der hier vorhandenen Schriftrollen kannst du die Existenz der Magierfeste völlig in Frage stellen." Stolz wies sie über die Regale. „Hier, mein kleiner Zwergling, liegt all das über den wahren Charakter der Magie, was seit den Drummel-Drachen-Kriegen geschrieben worden ist. Alles, von dem du nur gerüchteweise gehört hast."

„Die Schriftrollen von Ku-Ran am Dunklen Meer?"

„Habe ich."

„Die Manuskripte der Weisen aus den Höhlen?"

„Genauso wie die Schriften der Drei Könige aus Gelroth."

„Aber ihr habt immer behauptet, diese Dokumente gäbe es gar nicht."

„Natürlich. Sie alle stellen allein durch ihre Existenz die Rolle des Rings der Magier in Frage. Und durch ihren Inhalt erst recht."

„Und das hast du alles vor uns verheimlicht?" Bandath sah sich fassungslos in dem Raum um. Mit zitternden Händen griff er nach einer Rolle direkt neben sich.

„Das wirst du nicht lesen können. Es ist in der alten Sprache der Dunkel-Zwerge verfasst, lange bevor sie das Diamantschwert geschaffen haben."

Bandath legte die Rolle wieder in das Regal. „Ich will ...", er schluckte, „ich würde gern all das hier studieren."

„Das kann ich mir vorstellen." Bethga kicherte. „Aber zuerst wirst du dich darum kümmern müssen, dass unsere Welt nicht in die Dunkelheit fällt. Denn ich nehme an, dass das der Grund war, weshalb Moargid sich dort oben dem Ring entgegengestellt hat."

Wie eine Antwort auf diese Worte grummelte es im Fels über ihnen und Gesteinsstaub rieselte von der Decke.

„Kommt", sagte Bethga und huschte erneut voraus.

Sie führte Bandath und seine beiden Begleiter um ein Regal herum in dem Wälzer standen, so dick, wie der Unterarm Bandaths lang war, schwarz und mit unendlich vielen Lesezeichen zwischen den Pergamentblättern. Aus den Augenwinkeln nahm Bandath eine Beschriftung wahr und blieb wie angewurzelt stehen.

„Du hast die *Chroniken der Reisenden* hier?" Von ganz allein griff seine Hand nach Band eins der *Chroniken. „Staub-Kristall*", flüsterte er den Titel.

„Alle acht Bände", erklärte Bethga. „Später, kleiner Hexenmeister, wenn alles vorbei ist und du noch lebst, dann darfst du reinschauen. Aber jetzt komm endlich!"

Er stellte den Wälzer vorsichtig wieder in das Regal und hastete der Spinnenfrau hinterher. Hinter einem Mauervorsprung strich die Yuveika über den kahlen Fels, der Stein wurde durchsichtig und öffnete sich zu einem Durchgang. Nebelschwaden wallten herein und sie erkannten wenige Schritte vor ihnen den Berghang. Bandath setzte sofort die Pfeife an die Lippen, die er an einer Kette um seinen Hals trug. Ihr unhörbarer Ton würde Dwego und mit ihm zumindest Sokah und vielleicht auch das Quilin Faraels herbeirufen.

„Beeile dich, Hexenmeister. Sieh zu, dass du verschwindest solange Moargids Nebel hält. Es wird nicht lange dauern, dann ist ER zurück. Ich gehe davon aus, dass Tharothil IHN gerufen hat, sobald er wusste, dass du vor dem Tor stehst. Solange du keine Magie wirkst, kann ER dich nicht finden. Du wirst deine Aufgabe also dieses Mal ohne Magie lösen müssen. Es sei denn, du findest die Quelle."

Nach diesen Worten schloss sich zwischen Bethga und den drei Flüchtlingen der Fels. Sie standen draußen im Nebel.

„Kannst du mir jetzt endlich sagen, was hier passiert?" Barella war angespannt. Bandath schüttelte den Kopf.

„Das ist nicht so einfach erklärt. Zuerst müssen wir hier weg. Die Magier werden recht schnell mitbekommen, dass wir die Feste verlassen haben." Wieder setzte er die Pfeife an die Lippen und blies hinein. „Wir brauchen unsere Reittiere." Er machte zwei Schritte auf dem abschüssigen Hang nach vorn, als wolle er bergabwärts fliehen. Doch plötzlich blieb er stehen, als wäre ihm etwas Wichtiges eingefallen.

„Bandath?" Barella fasste ihn vorsichtig an die Schulter. Er drehte ihr den Kopf zu und seine Augen glänzten wie im Fieber.

„Du meine Güte", flüsterte er kaum hörbar. „Diese Reinheit habe ich noch nie gespürt."

„Was?"

„Eine magische Kraftlinie, Barella, in einer Kraft und Reinheit, wie ich sie noch nie zuvor gespürt habe. Selbst vor den ersten Angriffen auf die Magie nicht. Und da ist noch etwas."

„Was?", drängte die Zwelfe, als Bandath schwieg.

„Als wir hierher kamen, haben wir mehrere andere Kraftlinien überquert und bei ausnahmslos allen floss die Magie von Go-Ran-Goh fort. In dieser hier fließt sie nach Go-Ran-Goh." Er sah sich um. „Ich glaube, wir sollten ihr folgen. Vielleicht führt sie uns zur Quelle, oder zumindest in deren Nähe."

„Dein Bauchgefühl?"

Bandath nickte mit einer Zuversicht, die er seit Tagen nicht empfunden hatte.

In der Zwischenwelt 1

Waltrude war wütend. Seit ihrer Ermordung durch das Sandmonster des Dämons befand sie sich als Geist in dieser Zwischenwelt, nicht mehr in dieser und noch nicht in jener Welt, wie sie es einmal zu sich selbst gesagt hatte. Zu sich selbst, ja. Zu wem denn sonst? Sie war die Einzige, mit der sie hier reden konnte. Und das wurde auf die Dauer recht langweilig. Die anderen anwesenden Seelen nahmen zwar gern ihre Wärme und ihren Optimismus an, aber „reden" in Form von „Hallo, wie geht's?" oder „Was machst du so den ganzen Tag, außer durch das Nichts zu schweben?" war nicht möglich. Der Herr Hexenmeister dagegen hatte es gut. Er stapfte auch weiterhin durch die Welt, vergnügte sich mit seiner Barella – nicht dass sie ihm das nicht gönnen würde – und ließ den Ur-Zwerg einen guten Mann sein.

Manchmal war ihr, als spüre sie seine Anwesenheit. Nicht die des Ur-Zwerges, die des Herrn Hexenmeisters. Und dann versuchte sie, ihn zu rufen. Denn wenn sie seine Anwesenheit wirklich spürte – wirklich im Sinne von: *nicht eingebildet* – dann könnte er ihr vielleicht helfen, hier wieder rauszukommen. Wohin, war ihr fast egal. Vielleicht sogar wieder in die richtige Welt, zu ihm, Barella und den anderen dieser eigentlich doch recht angenehmen Truppe. Aber so wirklich glaubte sie nicht an diese Möglichkeit. Der andere Weg sollte sie dann vielleicht in die Steinernen Hallen der Vorfahren bringen, dorthin, wo ein ordentlicher Zwerg hingehört, wenn er gestorben war.

Dieser verfluchte Dämon. Sie hoffte, Bandath hatte ihn gegart, geröstet und ein glühendes Eisen irgendwo hinein geschoben, bevor er ihn erledigt hatte.

Wie auch immer, sie musste Kontakt zu Bandath aufnehmen. Wenn sie nicht verrückt werden wollte, dann musste sie hier raus. Konzentriert schloss sie alle anderen anwesenden Geister aus und richtete ihre gesamte Aufmerksamkeit auf den Hexenmeister.

Verdammt, Bandath, dachte sie, *hilf mir endlich!*

„Das gibt Stress!"

„Das gibt Stress", murmelte Rulgo, als er die Truppe betrachtete, die den Hohlweg vor ihnen blockierte. Er, Thugol und Korbinian hatten sich schon vor Tagen von To'nella getrennt, die den Weg nach Konulan eingeschlagen hatte. Die drei waren am diesseitigen Ufer des Ewigen Stroms weitergezogen, wollten Richtung Troll-Land, das Umstrittene Land umgehen. Dort erst hatte Korbinian vor, auf die andere Seite des Flusses überzusetzen, um zu seinem Vater auf den Riesengras-Ebenen zu gelangen. Kurz vor dem Umstrittenen Land durchquerten sie eine Bergkette und waren hier im Hohlweg in eine Falle gelaufen. Zehn Männer versperrten ihnen den Weg. So wie sie aussahen, handelte es sich um ehemalige Soldaten eines Heeres. Heruntergekommen, einige von ihnen mit schmuddeligen Verbänden um Arme oder den Kopf – und bewaffnet. Es schien, als hätten sie bereits einen langen Weg hinter sich.

Als Rulgo und seine Gefährten stehenblieben, raschelte es hinter ihnen und vier weitere desertierte Soldaten versperrten ihnen den Rückweg.

„Gut", sagte einer der Soldaten. „Gebt uns einfach alles, was ihr habt: das Pferd, Waffen, Geld, Verpflegung. Dann können wir und ihr weiterziehen, ohne dass einer von uns jemand anderem wehgetan hat."

Rulgo leckte sich über die Lippen. Er wog seine Keule in der Hand, das Insektenbein mit dem scharfen Stachel am Ende.

„Wisst ihr", sagte er, „ihr hättet uns einfach um etwas Hilfe bitten können. Etwas Brot, ein wenig Wasser. Vielleicht hätten wir sogar Fleisch oder ein paar Silbermünzen für euch übrig gehabt. Aber jetzt habt ihr es verdorben. Außer Schlägen werdet ihr von uns nichts bekommen."

„Rulgo." Thugol zupfte ihn am Arm. „Das sind vierzehn Soldaten. Meinst du nicht, dass das Kräfteverhältnis ein wenig ungünstig ist?"

„Naja, ihr beide könnt euch ja zurückhalten. Dann ist es etwas ausgewogener."

Thugol sah Korbinian an. „Ist der immer so?" Er nickte Richtung Rulgo.

„Im Normalfall?", antwortete der Elf und sah am Troll vorbei zu den Soldaten. „Schlimmer!" Er glitt von seinem Pferd.

Rulgo ließ seinen Schultersack zu Boden rutschen. „Hört mal. Das wird jetzt gleich ein wenig unsportlich hier. Das Beste ist, ihr lasst uns einfach vorbei und wir vergessen, dass wir euch gesehen haben."

„Schnauze, Troll!", rief ein zweiter Söldner. „Gebt uns, was wir verlangt haben und ihr könnt gehen."

„Schnauze, Troll?" Rulgo stieß die Worte zwischen zusammengepressten Zähnen hervor.

„O-Oh!", flüsterte Korbinian, ließ ebenfalls seinen Schultersack auf den Boden gleiten und griff nach dem Schwert.

„Hast du eben ‚*Schnauze, Troll*' zu mir gesagt?" Rulgos Stimme war gefährlich leise, drang aber doch bis zu den Wegelagerern vor.

„Jetzt ist alles zu spät." Korbinian flüsterte noch immer. „Nimm deine Keule fest in die Hand, Thugol. Gleich rastet er aus."

„Legt einfach alles auf den Boden und tretet zehn Schritte zurück!", versuchte der erste Sprecher zu vermitteln.

„Niemand sagt zu mir ‚*Schnauze, Troll*'! Niemand!", brüllte Rulgo und rannte gegen die zehn Mann los, die den Weg vor ihnen versperrten.

„Dreimal getrockneter Zwergenmist!", rief Korbinian. „Immer dasselbe mit diesem dummen Troll."

Er zog sein Schwert, drehte sich um und griff die vier Wegelagerer hinter ihnen an. Das Schwert in Kopfhöhe, waagerecht nach vorn gereckt, den Griff neben dem rechten Ohr sprang er zwischen die Soldaten, schlug dem Ersten das Schwert aus der Hand, so dass dessen Handgelenk ein gefährlich klingendes Knacken von sich gab und dieser gepeinigt aufschrie, verpasste dem Zweiten mit der Breitseite seiner Waffe einen Schlag gegen den Kopf, der den Soldaten lautlos zusammenbrechen ließ und hieb dem Dritten eine Wunde in den Oberschenkel. Der Vierte ließ sein Schwert fallen.

„Alles in Ordnung, Elf. Wir hatten nur Hunger."

Korbinian zielte mit der Schwertspitze auf die Kehle des Mannes. „Das hättet ihr euch früher überlegen sollen. Sammle die Waffen deiner Kameraden ein und schmeiß sie auf einen Haufen! Und dann kümmere dich um die Verwundeten!" Er nickte zu den beiden Liegenden und dem Knienden hinter sich, der leise jammerte und sein Handgelenk umfasst hielt.

Thugol stand noch immer neben Memolth, dem schwarzen Hengst Korbinians, und blickte erstaunt zwischen Rulgo und dem Elf hin und her.

Das Schwert wachsam gegen seinen Gegner gerichtet, riskierte Korbinian einen Blick zu der Zehnergruppe und Rulgo. Der Troll stand ganz ruhig inmitten der auf dem Boden liegenden Männer, die sich entweder stöhnend auf der Erde wälzten oder bewegungslos rund um Rulgo herum lagen. Er hatte seinen Fuß auf die Brust eines der Liegenden gesetzt, stützte sich leicht auf sein angewinkeltes Knie und grinste dem nach Luft Schnappenden unter sich an. „Sag doch bitte noch mal ,Schnauze, Troll!' zu mir. Bitte! Ich höre das so gern von solchen Verlieren wie euch."

„Rulgo!" Korbinian ließ den Mann, der die Waffen seiner Kameraden einsammelte, nicht aus den Augen.

„Was?" Rulgo änderte nicht einmal seine Haltung, als er auf Korbinians Zuruf reagierte. Das Röcheln des Mannes unter seinem Fuß wurde immer leiser.

„Lass ihn! Er hat genug."

„Niemand sagt zu mir ,Schnauze, Troll'. Hörst du, niemand!" Jetzt drehte er doch den Kopf zu Korbinian.

Der Elf grinste breit. „Niesputz schon. Ich kann mich genau erinnern."

Rulgo richtete sich auf und verlagerte sein Gewicht auf das auf der Erde stehende Bein. Dankbar sog der Liegende Luft in seinen malträtierten Brustkorb.

„Das ist auch was anderes. Niesputz ist einer von uns." Rulgo stellte sich neben sein Opfer und sah auf ihn herab. „Ihr werdet uns jetzt ein bisschen was erzählen. Ansonsten setzen wir zwei", er wies auf Thugol und sich, „uns auf deine Brust."

Der Soldat bekam riesige Augen, nickte jedoch heftig. Er schien es den beiden Trollen durchaus zuzutrauen.

Kurz darauf versorgten sie die Ohnmächtigen und Verletzten. Die Waffen warfen sie auf einen Haufen. Rulgo ließ es sich jedoch nicht nehmen, die Schwerter und Messer zu verbiegen, die Bögen und Armbrüste zu zerbrechen und die Pfeilköcher zu zertreten. Die Soldaten beobachteten alles trübe.

Thugol fing anschließend einen Raubmull, nahm ihn aus und briet ihn über dem Feuer. In der Zwischenzeit kümmerte sich Korbinian um die Verletzten, während Rulgo sich unter einen Baum setzte und die Bemühungen des Elfen kommentierte. Nach dem Essen – sie überließen den Soldaten den größten Teil des Raubmulls – unterhielten sie sich mit ihnen.

„Die Gorgals brechen überall durch. Die Heere, die sich ihnen entgegenstellen, befinden sich in Auflösung. Zu Tausenden desertieren die Krieger, während die Gorgals ohne nennenswerten Widerstand in die Ländereien einmarschieren, die Städte plündern, die Ernte vernichten."

Der Krieger amtete schwer ein und wieder aus. Er hatte noch immer Schmerzen im Brustkorb. Wahrscheinlich hatte Rulgo ihm mehrere Rippen gebrochen. „Es ist, als wollten sie nur verwüstete Ländereien hinter sich lassen. Sie erobern das Land nicht, um es zu besitzen, sondern um es zu vernichten. Aber das Schlimmste ist das Tier, das sie bei sich haben. Ich habe es gesehen." Er blickte Rulgo, Korbinian und Thugol an. „Es ist groß wie ein Drache, schwarz, hat Beine wie ein Bernsteinlöwe, Adlerflügel und zieht einen schwarzen Nebel hinter sich her, wenn es fliegt, gerade so, als wäre es aus Staub und würde sich beim Fliegen auflösen. Keiner kann es lange ansehen, ohne dass in ihm die Angst wächst. Ein verfluchtes Ungeheuer! Als wir mit einer großen Umklammerung kurz vor dem Sieg über eine Gorgal-Armee standen, griff es ein. Wie aus dem Nichts tauchte das Tier auf und zog über unser Heer, mit seiner schwarzen Schleppe aus Rauch. Allein sein Schrei brachte viele Männer dazu, sich auf den Boden zu werfen und sich wimmernd die Ohren zuzuhalten. Männer, die ich zuvor in der Schlacht ihren Mann gegen eine Übermacht an Gorgals habe stehen sehen. Als wüsste es im Voraus, wann wir schießen, wich es den großen Pfeilen unserer Katapult-Schleudern aus. Mit seinen Tatzen pflügte es durch unsere Reihen wie ein Schnitter durch ein reifes Weizenfeld. Drei Mal überfolg es unser Heer, nur drei Mal, dann existierten unsere geordneten Reihen nicht mehr. Unsere Soldaten wurden von den Gorgals niedergemacht, nur wenige entkamen."

Er sah den traurigen Haufen an, dem er angehörte. Sie saßen oder lagen auf der Wiese und erholten sich langsam.

„Das gibt euch noch lange nicht das Recht, hier lang zu ziehen und harmlose, unschuldige Wanderer wie uns auszurauben." Rulgo musterte den Soldaten, als wolle er sich nun doch auf dessen Brustkorb setzen.

„Aber was für ein Vieh haben die Gorgals da bei sich?" Thugol sah Rulgo fragend an.

„Keine Ahnung", Rulgo zuckte mit den Schultern. „Ist mir auch völlig egal. Das Vieh soll mir nur vor die Keule kommen."

Thugol wog seinen Kopf hin und her. „Ich habe bisher nichts von diesem Vieh gehört."

„Was weißt du schon?", knurrte der Soldat.

„Ich gehörte zu Thargols Armee!"

„Thargols Armee wurde an der Hirschhöhe vernichtet."

„Ich weiß. Ich war dort und habe das Ergebnis der Schlacht gesehen."

Rulgo rieb sich die Hände und stand auf. „Wir müssen weiter!" Er griff nach seiner Keule und sah den Krieger an. „Und glaubt mir, wenn wir hören, dass ihr Ärger macht, haben wir euch eingeholt, bevor ihr ‚Huch' sagen könnt."

„Wo wollt ihr hin?" Der Soldat blieb einfach sitzen. Sein Brustkorb hob sich immer noch nur flach.

„Wir werden unsere Völker darauf vorbereiten, den Gorgals mit ihrem Schoßtier ganz gehörig eins auf die Nase zu geben."

Bellend lachte der Krieger auf, verzog aber gleich darauf sein Gesicht gequält und keuchte. „Den Gorgals eins auf die Nase geben? Hast du nicht zugehört, Troll? *Niemand* gibt den Gorgals eins auf die Nase. Ihr habt keine Chance gegen sie. Entweder ihr seid verrückter als ich dachte, oder ihr müsst unwahrscheinlich gut sein."

„Hast du das nicht gesehen, Soldat?"

„Alle eure Krieger meine ich, Troll. Da reichen keine zwei oder drei guten Kämpfer wie ihr. Dazu braucht ihr Tausende. Zehntausende."

Korbinian setzte sich auf sein Pferd. „Wenn ich meinem Vater sage, dass ihr mich als guten Kämpfer bezeichnet habt, dann wird er sich freuen. Die anderen Elfen der Riesengras-Ebene kämpfen nämlich bedeutend besser als ich."

„Und die Zwerge kämpfen auch besser als du", ergänzte Rulgo. Die drei Gefährten entfernten sich von der liegenden Truppe. Nur die Stimme des Trolls klang noch zu den Söldnern herüber. „Und die Trolle. Die Menschen. Die Halblinge. Die Gnome …"

„Es reicht", hörten die Soldaten noch den Elf, als er versuchte, den Troll zu unterbrechen, der wohl sämtliche Völker aufzählen wollte, die in der Nähe der Drummel-Drachen-Berge lebten.

„Habe ich die Zwerglinge schon genannt? Die kämpfen auch besser als du. Und die Zwelfen. Die Minotauren sind auch bedeutend besser. Die Ährchen-Knörgis. Die Baumfeen …"

„An wen muss ich mich wenden, wenn ich eine wirklich wichtige Botschaft für die Bürger Flussburgs habe?" Theodil saß an Deck der Fähre des alten Hangaith und ließ sich ans andere Ufer des Ewigen Stroms bringen. Die Häuser der Stadt auf der Landzunge zwischen den beiden großen Flüssen kamen näher.

„Was verstehst du unter ‚wirklich wichtig', Herr Zwerg? Wichtig für den Einkauf von Waren oder Lebensmitteln? Dann geh' zu den Kaufleuten am Markt. Brauchst du Informationen, dann solltest du es im Sechsten Stadtviertel versuchen. Über ein- und auslaufende Schiffe wissen die Halblinge besser Bescheid." Er musterte Theodil genauer. „Ich kenne dich, Zwerg. Du warst damals dabei, als deine Leute vor Flussburg lagerten, weil euch der Vulkan aus den Bergen vertrieben hat."

Theodil nickte wortlos.

„Du bist ein Freund Bandaths und dieser dicken Zwergin. Wie geht es ihnen?"

„Waltrude ist vor zwei Jahren gestorben, weit unten im Süden. Bandath geht es gut. Er ist seit etwa einem Jahr verheiratet. Im Moment aber ist er unterwegs."

„Freunde Bandaths sind auch meine Freunde." Hangaith lief vom hinteren Teil der Fähre nach vorn, packte das Seil und zog die Fähre an ihm ein weiteres Stück über den Fluss, indem er auf ihr entlang lief, das Seil an der Schulter. Er sah im Vorbeigehen zu Theodil. „Tot, also. Das tut mir leid. Die Zwergin hatte etwas an sich, was ich noch bei niemand sonst gefunden habe. Wie ist sie gestorben?"

„Im Kampf. Wir kämpften gegen mehrere Sandmonster und zwei abtrünnige Magier gleichzeitig."

„Gegen die Kopfgeldjäger Sergio und Claudio?"

Wieder nickte Theodil wortlos.

„Sie sind seit zwei Jahren nicht mehr gesehen worden. Es geht das Gerücht, sie wären tot."

„Es ist kein Gerücht."

„Das ist gut." Wieder lief Hangaith nach vorn, packte die nächste der am Seil befestigten Schlaufen und zog die Fähre ein weiteres Stück nach Flussburg.

„Und was willst du jetzt hier?"

„Die Gorgals kommen mit mehreren Heeren in die Drummel-Drachen-Berge. Eines davon nimmt den Weg über die Riesengras-Ebenen und

Flussburg. Bandath will ein Heer aufstellen, Elfen, Trolle und die Bürger Flussburgs, das die Gorgals in den Riesengras-Ebenen stoppen soll."

Hangaith hatte aufgehört, die Fähre über den Fluss zu ziehen und starrte Theodil an. „Bei dem größten Haufen, den je ein Drummel-Drache hinter sich hat fallen lassen. Das nenne ich mal eine schlechte Nachricht!" Als die Fähre ruckte, weil die Strömung sie gegen das Seil drückte, griff er nach der nächsten Schlaufe und zog sie weiter in Richtung Stadt. Dreimal lief er ohne ein Wort an Theodil vorbei zum Bug, um die nächste Schlaufe zu greifen. Erst dann sprach er wieder.

„So kommt der Krieg also doch bis zu uns. Einige haben es befürchtet." Er schüttelte den Kopf. „Das gibt Stress!"

Dann lief er erneut an Theodil vorbei und griff nach der nächsten Schlaufe des Führungsseiles. „Helmo Fassreiter und Rhongil Steinbeißer sind noch immer nicht gut auf Bandath zu sprechen. Zu groß war der Schaden, den sie damals davongetragen haben, als Unbekannte ihre Lagerhäuser plünderten." Er musste grinsen, war er doch damals einer der Anführer dieser „Unbekannten" gewesen.

„Selbst Gorgals vor den Toren Flussburgs würden sie nicht dazu bringen, irgendetwas zu tun, das von Bandath empfohlen wurde. Du solltest dich an den Ratsherrn der Gnome wenden, Connla Cael. Ich denke, er ist der mit dem gesündesten Verstand und dem größten Einfluss."

„Und wo finde ich ihn?"

„Setz dich ins Gasthaus *Zum schielenden Elf* im Zwergenviertel. Ich werde heute Abend dort hinkommen und dich mit jemandem bekannt machen, der dich mit ihm bekannt machen wird."

Theodil schüttelte den Kopf. „Geht das nicht unkomplizierter? Kann ich nicht einfach an seine Tür klopfen und *Hallo* sagen?"

Schnaubend griff Hangaith nach der nächsten Schlaufe und warf Theodil unter seinen buschigen Augenbrauen hervor einen Blick zu, der genau so grau war, wie die Farbe seiner Augen. „Du kommst aus den Bergen, das merkt man. Aber hier bist du in Flussburg. Das läuft so nicht. Du kannst nicht einfach zu einem Ratsherrn gehen, ihm schöne Grüße vom Magier Bandath ausrichten und ihn dann auffordern, ein Heer gegen die Gorgals aufzustellen."

„Hexenmeister"

„Was?"

„Bandath ist jetzt ein Hexenmeister, kein Magier. Er hat sich von der Truppe in Go-Ran-Goh abgewandt."

Hangaith fuhr sich mit dem Unterarm über die Stirn. „Es gibt also auch gute Nachrichten in dieser Zeit."

Der Bug der Fähre rumpelte gegen den Steg. Der Fährmann warf gekonnt einige Seile über die Poller und half Theodil beim Aussteigen.

„Zwei Stunden nach Sonnenuntergang, Herr Zwerg, im Gasthaus *Zum schielenden Elf*."

Theodil hatte das Gasthaus im Zwergenviertel schnell gefunden. Es stand in einer Seitenstraße am Hafen und jeder, der vom Hafen zum Marktplatz in der Mitte der Stadt wollte, lief an dem riesigen Elfengesicht mit den grotesk verdrehten Augen vorbei, das der Wirt auf die Wand seines Hauses gemalt hatte. Der Elf starrte auf eine Fliege, die ihm auf der Nase saß. Zwergenhumor.

Theodil bekam ein Zimmer, aß eine ordentliche Portion Braten mit Bergkäse und schwarzem Brot und unterhielt sich ein wenig mit anderen Zwergen in der Schankstube. Dann öffnete sich die Tür und ein Mann in Begleitung eines Gnoms trat ein. Im Halbdunkel waren ihre Gesichter nicht sofort zu erkennen. Augenblicklich breitete sich Stille im Schankraum aus. Bierhumpen wurden auf den Tisch gestellt und Pfeifen aus dem Mund genommen. Bis jemand „Hangaith" sagte. Da lachten einige, winkten dem Fährmann einen Gruß zu und wandten sich zu ihren Tischgenossen um. Die Gespräche an den Tischen wurden wieder aufgenommen, als sei nichts geschehen. Theodil, der jetzt erst merkte, dass er die Luft angehalten hatte, stieß einen Seufzer aus und machte sich dem Fährmann bemerkbar, indem er den Arm hob. Hangaith nickte ihm zu und lenkte den Gnom zwischen den Tischen hindurch zu Theodil. Die beiden setzten sich auf die viel zu kleinen Bänke und griffen durstig nach den Bierkrügen, die der Wirt ihnen hinstellte.

„Das ist Hisur Aedalis", sagte Hangaith nach einem kräftigen Schluck zu Theodil und nickte in Richtung des neben ihm sitzenden Gnoms. „Hisur ist der Anführer der Stadtwache der Gnome." Theodil nickte dem Gnom zu, dieser nickte schweigend zurück.

„Bitte erzähl ihm, was du mir erzählt hast", bat dann der Fährmann. Und Theodil erzählte alles, sowohl vom Angriff auf die Magie, der Bandath ausgesetzt gewesen war, als auch vom Troll Thugol, dem Flüchtling aus dem Westen und dem, was dieser erzählt hatte. Selbst von Farael erzählte er dem Gnom. Dann erläuterte er dem noch immer schweigenden Gegenüber die Pläne Bandaths.

„Ein Heer?", fragte Hisur plötzlich.

„Ja." Theodil nahm einen langen Schluck aus seinem Bierkrug. Reden machte Zwerge durstig. Diese Gefahr zumindest schien bei dem einsilbigen Gnom jedoch nicht vorhanden zu sein. „Es kommt aus dem Westen und will über die Riesengras-Ebenen und Flussburg in Richtung der Drummel-Drachen-Berge."

„Elfen?" Wieder stieß der Gnom das Wort aus als wäre es ein Knochen, dem man einem Drachenhund zuwarf.

„Die werden sich zusammen mit den Trollen den Gorgals entgegen stellen. Flussburg muss helfen."

„Connla Cael!"

„Hangaith sagte, dass er helfen könne."

„Morgen!"

Theodil lehnte sich zurück. „Ich kann es ja verstehen, wenn ihr langes Volk nicht unbedingt darauf aus seid, mit uns Zwergen zu reden. Aber ein paar Worte mehr wären schon ab und an angebracht. Was ist morgen? Sonnenaufgang? Mittag? Gibt es morgen kein Bier mehr?" Der Zwerg staunte über sich selbst. Auf diese Art und Weise hätte er noch vor zwei Jahren nicht reagiert. Es war eindeutig eine Auswirkung des ständigen Zusammenseins mit Niesputz, Rulgo und den anderen.

„Treffen", sagte der Gnom ungerührt.

„Wann und wo?" Theodil resignierte.

„Mittag. Ratshalle. Hinterer Aufgang."

„Naja. Das waren immerhin vier Worte hintereinander."

Mehr war aber nicht aus dem Gnom herauszubekommen. Er nickte Hangaith zu und wies mit dem Kopf Richtung Ausgang. Hangaith erhob sich und ließ ein paar Silbermünzen auf den Tisch fallen.

„Der Anfang ist getan, Theodil. Mach deine Sache gut, morgen, wenn du den Ratsherrn triffst."

Der Ratsherr Connla Cael erwies sich als nicht so wortkarg wie sein Artgenosse. Theodil hatte über eine Stunde an der Treppe des Hintereinganges herumgelungert. Sehr misstrauische Blicke waren bereits zwischen einigen Wachsoldaten hin und her und zu ihm gewandert. Der

Zwerg hatte sich schon gefragt, wie lange er noch ungeschoren hier würde sitzen können, als Hisur mit einem weiteren Gnom plötzlich am Eingang erschien. Der für einen Gnom sehr prunkvoll gekleidete Begleiter Hisurs stellte sich als Connla Cael vor.

„Ich habe nur wenige Minuten. Wenn Hisur es nicht so dringend gemacht hätte, wäre ich nicht hier. Du hast genau einen Satz, Zwerg, um mich davon zu überzeugen, dir zuzuhören. Also, was willst du?"

Einen Satz? Den sollte er haben. „Die Gorgals befinden sich im Anmarsch auf Flussburg. Es ist ihr erklärtes Ziel, die Stadt zu vernichten."

Der Ratsherr sah ihn an, machte den Mund auf und wieder zu, zwinkerte dann, räusperte sich und sagte: „Das … das waren zwei Sätze." Er kratzte sich an seinem haarlosen Gnomenschädel, musterte Theodil von oben bis unten und wägte wohl den Wahrheitsgehalt seiner Worte ab.

„Wer schickt dich?"

„Bandath, freier Hexenmeister und Ratsmitglied von Neu-Drachenfurt."

„Ich kenne Bandath", murmelte Connla Cael, „hab zumindest von ihm gehört, wenn auch sehr Widersprüchliches. Einige Leute sind nicht besonders gut auf ihn zu sprechen." Er wandte sich an Hisur. „Für wie sicher hältst du diese Information?"

„Sicher!"

„Gut, Zwerg, wir müssen reden. Komm mit."

Theodil folgte den beiden Gnomen in das Gebäude, durch eine Flut von Gängen mit einer unendlich anmutenden Anzahl an Türen rechts und links sowie einer nicht minder geringen Zahl an Schreibern und Gehilfen, die mit ernsten Gesichtern, Papieren unter den Armen und Schreibfedern hinter den Ohren, über die Flure eilten. Der Zwerg erwartete, dauernd mit irgendjemanden zusammenzustoßen. Doch obwohl die mit scheinbar unaufschiebbaren Angelegenheiten Betrauten ihn alle ignorierten und geflissentlich übersahen, schien sich vor ihm ein Spalt in dem Gewusel zu öffnen und hinter ihm wie von Geisterhand wieder zu schließen. Er hatte nicht einen der Papier-Träger berührt, als sie endlich das Büro des Ratsherrn im dritten Stock des Gebäudes betraten. Im Vorzimmer wurde eine ganze Gruppe von Bitt- und Antragsstellern durch zwei Schreiber hinter voluminösen Tischen am weiteren Vordringen gehindert. Ohne die Wartenden zu beachten, eilte Connla Cael durch den Raum, riss die Tür zu seinem Büro auf, schob Theodil und Hisur hindurch, folgte ihnen und schloss die Tür mit einem vernehmlichen Krachen. Dann setzte er sich hinter seinen Schreibtisch – gewaltiger, als alle Tische, die Theodil je gesehen hatte. Er sah aus, als wäre er aus einem einzigen Stück Holz geschnitzt worden, war aber länger, als ein Elf groß war. Mit einer Hand wies Connla Cael auf zwei Stühle. Hisur ließ sich auf den einen plumpsen. Theodil kletterte mühsam auf den anderen. *Wieder nur Stühle für Große*, dachte er ärgerlich.

„Rede!", forderte der Ratsherr und der Zwerg berichtete ausführlich alles, was er wusste. Nachdem er geendet hatte, lehnte sich der Ratsherr der Gnome zurück, verschränkte die Hände hinter dem Nacken und stierte minutenlang an die Decke. Theodil rutschte bereits unruhig auf der hölzernen Sitzfläche seines Stuhles umher, als Connla Cael tief durchatmete, sich mehrfach über den kahlen Schädel strich und dann den Zwerg ansah.

„Ich werde einige Erkundigungen einholen müssen." Er nahm eine Schreibfeder aus einer Ablage und während er sie mit einem feinen Messer anspitze, in ein Tintenglas tauchte und irgendetwas auf außergewöhnlich kleine Papierzettel schrieb, murmelte er an Theodil gewandt: „Nicht, dass ich dir nicht glaube. Ich habe von euren Abenteuern gehört, sowohl, was den Vulkan angeht, als auch von denen unten im Süden, in der Todeswüste. Ich weiß, dass Bandath nicht ohne Grund die Bernsteinlöwen aufscheuchen würde. Trotzdem muss ich einige Dinge überprüfen. Gestatte mir, dass ich ein paar Boten losschicke und ihre Rückkehr erwarte, bevor ich weitere Maßnahmen einleite. Dir wird von meinem redseligen Freund hier", er wies mit dem Ende der Feder beiläufig auf Hisur, „ein Quartier zur Verfügung gestellt. Ich wäre dir sehr verbunden, wenn du noch mit niemandem über das reden würdest, was du mir erzählt hast."

Er hatte während seiner Worte vier dieser kleinen Zettel beschrieben. Jetzt stand er auf und schob einen Teil der Wandverkleidung hinter sich zurück. Vor Theodils staunenden Augen öffnete sich ein Nebenraum, dessen Rückwand vom Fußboden bis zur Decke in mit Gittertüren verschlossene Abteile gegliedert war. Der Zwerg erkannte in den Abteilen kleine Drachen von der Größe eines Haushuhns. Sie stakten auf den Hinterbeinen und den Ellenbogen ihrer Flügel auf dem Boden der Käfige umher und fauchten sich mit ihren gelben Schnäbeln an, die mit ineinander greifenden Fangzähnen besetzt waren.

„Dorignathen", entfuhr es Theodil. „Ich wusste gar nicht, dass man sie zähmen kann."

„Oh, man kann, mein kleiner Freund." Der Ratsherr strich sich erneut, diesmal nicht ohne einen gewissen Stolz, über den haarlosen Gnomenschädel. „Man muss es nur geschickt anstellen." Er rollte die beschriebenen Papiere zu Röllchen und steckte sie in vier winzige Lederetuis. Dann nahm er einen Dorignathen aus dem Käfig. Der Dorignath quiekte nervös und schnappte nach der Hand des Gnoms. „Ruhig, mein Kleiner." Der Gnom setzte den Drachen vor sich auf den Tisch, streichelte dessen beschuppten Schädel und band ihm das Lederetui mit einem Riemen um den Brustkorb. Dann flüsterte er ein paar Worte, öffnete das Fenster und der Dorignath erhob sich flatternd. Nach einer Runde durch den Raum verschwand er quiekend im Blau des Himmels. Die Prozedur wiederholte Connla Cael noch drei Mal. Dann schloss er sowohl das Fenster als auch die Tür zum Dorignathen-Raum mit einer Geste, die das Ende ihres Gespräches bedeutete. „Jetzt heißt es warten, Zwerg Theo."

„Theodil", korrigierte dieser ihn.

„Entschuldige." Connla Cael senkte den Kopf und Theodil merkte, dass es dem Ratsherrn ernst war. Auch er nickte und folgte Hisur nach draußen.

Entlang der Kraftlinie

Bandath, Barella und Farael erreichten Dwego, Sokah und das Quilin nur wenige Minuten, nachdem sie den geheimen Raum der Bibliothek verlassen hatten. Die Reittiere kamen ihnen aus dem Nebel entgegen, angeführt von Bandaths Laufdrachen, dessen Fauchen sie schon hörten, bevor sie ihn sahen. Bandath hatte regelmäßig auf seiner lautlosen Pfeife geblasen und die Tiere gerufen. Sie saßen auf und Bandath gab die Richtung vor. Endlich konnten sie sich bedeutend schneller von Go-Ran-Goh entfernen als zuvor. Es schien, dass sogar das Quilin den Ernst der Situation erfasst hatte, denn dessen unablässiges widerborstiges Stöhnen und Grunzen war verstummt. Auch hatte Farael keinerlei Schwierigkeiten, es in die Richtung zu lenken, die Bandath mit Dwego einschlug.

Farael streichelte das Quilin vorsichtig am Hals. „He, haben sie dich vertauscht, als wir bei den Magiern waren?" Das Quilin schnaubte und riss den Kopf hoch. Eine Geweihstange donnerte Farael vor die Nase, die sofort zu bluten begann. Farael fluchte und hielt sich die Hand vor die Nase. „Wohl doch nicht", kommentierte Barella mitleidlos. „Hast du das nicht kommen sehen?"

Farael ignorierte den ätzenden Spott, zog ein Tuch aus seiner Tasche und hielt es sich vor die Nase.

Im selben Moment hörten sie etwas durch den Nebel knistern und unweit von ihnen schlug ein Blitz ein. Es donnerte. Der Druck der Explosion ließ den Nebel aufwallen, ohne ihn jedoch aufzulösen. Felsen polterten, und auf die Flüchtlinge ging ein Regen aus Staub und kleinen Steinen nieder.

„Sie wissen, dass wir die Feste verlassen haben, können aber nicht genau feststellen, wo wir sind." Bandath sah sich um. „Bleibt bei mir, wir dürfen uns nicht verlieren." Er gab Dwego ein Zeichen und der erhöhte das Tempo. Erneut schlug ein Blitz ein, weiter entfernt als der erste. Weitere folgten und sie konnten erkennen, dass die Magier die Blitze blind in den Nebel schickten. Sie hatten wirklich keine Ahnung, wo sich die Flüchtlinge befanden. Schon nach kurzer Zeit, in der sie unablässig mit hoher Geschwindigkeit bergab geritten waren, ließen sie das Gebiet der Blitze hinter sich. Sie konnten Baumstämme im allmählich dünner werdenden Nebel erkennen und bald schon hatte der Wald seine schützende Krone über sie ausgebreitet. Die letzten Nebelfetzen zogen zwischen den Bäumen hindurch wie ein Abschiedsgruß der Heilmagierin.

Bandath prüfte den Stand der Sonne. „Wir haben vielleicht noch drei Stunden Tageslicht. Das sollten wir nutzen und uns so weit wie möglich von Go-Ran-Goh entfernen. Die Magier werden nicht ruhen, sondern uns suchen."

„Dann sollten wir einen möglichst großen Abstand zur Feste haben, bevor wir das Nachtlager aufschlagen und unser Essen zu uns nehmen", meinte Farael und blickte auf Barellas Satteltaschen, in denen noch immer die Reste der Springziege waren, die Barella vor zwei Tagen erjagt hatte.

Bandath und Barella ignorierten den versteckten Hinweis auf den Appetit ihres Gefährten. Barella hatte Sokah neben Dwego gelenkt.

„Kannst du mir jetzt vielleicht sagen, was genau hier vorgeht?"

„Was willst du wissen?" Bandath sah seine Gefährtin an.

„Ich will wissen, worauf wir uns jetzt wieder eingelassen haben", fauchte Barella.

Farael schloss zu ihnen auf und lauschte begierig.

„Wir haben uns auf nichts *eingelassen*. Es wurde uns aufgebürdet, ohne dass man uns gefragt hat." Bandath atmete tief durch. „So wie es jedes Mal ist. Wo verdammt ist Niesputz, wenn ich ihn brauche?" Erneut atmete er tief ein, hielt die Luft einen Moment an, ganz so, als wolle er sich beruhigen und stieß sie langsam zwischen den zusammengepressten Lippen wieder aus. „Meine Worte zielten nicht darauf, dich zu kränken, Barella." Er beugte sich zu seiner Gefährtin und legte ihr kurz seine Hand auf den Oberarm. „Es ist nur so viel, was hier auf mich eingestürmt ist, dass ich gar nicht weiß, wo ich anfangen soll."

Noch einmal atmete er tief durch.

„Es gibt in der ganzen bewohnten Welt nur wenige Aufzeichnungen über die Drummel-Drachen-Kriege vor viertausend Jahren. Und es gibt noch weniger aus der Zeit davor. Gerüchte erzählen, dass die Drachen damals gegen einen Feind kämpften, der beinahe ihren Untergang bewirkt hätte. Menschen, Gnome und Minotauren kämpften auf der Seite des Feindes, Zwerge, Halblinge und Trolle auf der Seite der Drummel-Drachen. Nur die Elfen hielten sich raus."

„Typisch", knurrte Barella.

„Die Drummel-Drachen siegten und in der Folge des Sieges entstand Go-Ran-Goh, denn der Feind war aus einem Missbrauch der Magie heraus geboren worden. Der Missbrauch war so gravierend gewesen, dass die Überlebenden sich einigten, zum Schutz der Magie eine Gilde der Magier zu schaffen, deren Zentrum die Magierfeste Go-Ran-Goh sein sollte. Nur leider hat sich Go-Ran-Goh in den letzten tausend Jahren verändert. Die Einrichtung, die zum Schutz der Magie geschaffen wurde, hat die Magie benutzt, um ihre eigene Macht zu stärken." Bandath riss wütend ein Blatt von einem Baum ab, an dem sie vorüber ritten. „Es ist doch immer dasselbe. Schaffe eine Institution, um eine Idee zu schützen, dann missbraucht die Institution irgendwann diese Idee. Die Gilde und besonders der Innere Ring, die Magier, die auf der Feste das Sagen haben, haben etwas Furchtbares getan." Er schüttelte sich, wie um den Schrecken über die Enthüllung, der ihm noch immer in den Gliedern saß, abzuschütteln.

„Es gibt eine Prophezeiung, älter, als die ältesten Aufzeichnungen. Sie wird immer wieder gern in Bücher aufgenommen, die sich mit verschiedenen geschichtlichen Ereignissen beschäftigen. Das letzte Mal habe ich sie in dem Buch gelesen, das Waltrude aus dem Haus des Ratsherrn Rhongil Steinbeißer in Flussburg ... nun sagen wir mal *mitgenommen* hatte." Er lächelte traurig, als er an das Abenteuer seiner Haushälterin in Flussburg dachte. Sie fehlte ihm wieder einmal besonders. Barella hatte seinen Blick bemerkt und griff in eine ihrer Satteltaschen. Nach kurzer Suche zog sie ein Päckchen heraus. Es war das bewusste Buch, zum Schutz vor Feuchtigkeit in Ölpapier geschlagen.

„Ich sage doch, ich habe alles mit, was du so vergisst."

Bandath riss ungläubig die Augen auf. Dann schüttelte er den Kopf. „Es fehlt nur noch, dass du eines von Waltrudes weißen Taschentüchern in deinem Gepäck hast."

„Wieso?" Sie griff erneut zur Tasche. „Brauchst du eines?"

Das Lachen, das aus Bandaths Brust klang, war befreiend und nahm etwas von dem Druck, unter den er sich gesetzt fühlte.

Er blätterte eine Weile in dem Buch, sah nur einmal auf, als er Dwego kurz stoppte und ihm dann eine neue Richtung wies. „Dort entlang, mein Lieber. Die magische Kraftlinie beschreibt unerwartete Bögen." Dann hob er das Buch hoch und zeigte es Barella. „Lies!"

Barella zog die Augenbrauen hoch, starrte auf das Bild neben dem Text und las dann mit sich lautlos bewegenden Lippen.

„Lies es vor." Bandath wies auf Farael. „Er soll es auch mitbekommen." Barella sah von einem zum anderen und dann wieder in das Buch.

„Nuzze nit de drey sorten zauberey.
Gar mechtic wesen wird erscheyn,
vol bosheyt unt fillt land mit finsternis."

Sie hob ihren Blick. „Ich müsste Lügen, wenn ich sagen würde, dass ich das auf Anhieb verstehe. Gut, hier steht noch: *Prophezeiung von Um-Ba-Tha. Eintausend Jahre vor den Drummel-Drachen-Kriegen.* Aber was heißt das nun genau?"

„Die Sage geht, dass die Drummel-Drachen-Kriege damals ausbrachen, weil Magier gegen die Prophezeiung von Um-Ba-Tha verstoßen haben. Sie haben drei Arten der Magie genutzt."

„Hier steht aber was von Zauberei", widersprach Barella.

Bandath reagierte gereizt. „Damals hat man noch nicht den Begriff Magie benutzt. Der kam erst später auf."

„Ist es das, was du in der Feste erfahren hast, als der Magier von den drei Arten der Magie sprach?"

Erbittert nickte der Zwergling. „Sie haben die Magie Go-Ran-Gohs, die der Dunkel-Zwerge, mit der diese das Diamantschwert schufen, und die Magie des Dämonen aus Cora-Lega genutzt: *drey sorten zauberey.*"

„Und?"

„Und?", wiederholte Bandath. „*Gar mechtic wesen wird erscheyn ...* Sie haben ein Wesen gerufen, ein mächtiges Wesen, das bereits vor viertausend Jahren für einen Krieg gesorgt hat, den sich die Völker nicht vorstellen konnten, einen Krieg gegen die reine Kraft der Magie, einen Krieg gegen die Drummel-Drachen und ihre Verbündeten.

... vol bosheyt ... Böse wie nichts, das man sich vorstellen kann. All die Bosheit, die wir bisher erlebt haben, verblasst, gegen das, was sich uns nun entgegen stellt.

... unt fillt land mit finsternis ... es wird die Welt, wie wir sie kennen, mit Finsternis füllen, mit einer Dunkelheit, die die Seelen und Herzen der Völker vergiften wird."

Barella war blass geworden. Sie zeigte auf das Bild neben dem Text.

Bandath nickte. „Ja."

Das Bild zeigte ein Wesen mit dem Körper eines Bernsteinlöwen. Am Rücken entsprangen zwei gewaltige Flügel, deren Umrisse nicht scharf gezeichnet waren, eher so, als würden sie in Rauch übergehen. Es flog über einen Berg und zog eine Schleppe des schwarzen Rauchs hinter sich her. Der lange Schwanz diente wohl zum Steuern, auch wenn die lanzenförmige Spitze wie eine gefährliche Waffe aussah. Der Kopf jedoch war das Furchtbarste an diesem Wesen. Entfernt ähnelte er einem Menschenkopf mit langen Haaren. Die Augen schienen die einer Schlange zu sein und die Zähne hätten von einem Mantikor stammen können, so lang und scharf erschienen sie. Zusätzlich zu den beiden Beinpaaren ragten rechts und links der Brust menschliche Arme heraus.

„Ein Schwarzer Sphinx", stöhnte Farael. „Nein, keinen Schwarzen Sphinx!"

„Doch." Bandath war unerbittlich. „Ein Schwarzer Sphinx. *Der* Schwarze Sphinx! Ausgestattet mit schier unüberwindlicher magischer Macht, mit einzigartiger Kraft und Schnelligkeit, groß wie ein Drummel-Drache und in der Lage, jederzeit einige Augenblicke weit in die Zukunft blicken zu können. Jederzeit!", wiederholte er das letzte Wort und sah Farael an. „Er heißt Pyrgomon, auch Pyrgomon der Schwarze genannt. Erinnerst du dich, wie Thugol den Befehlshaber der Gorgals nannte? *Pyr! Der Schwarze.* Dass ich da nicht gleich drauf gekommen bin." Bandath schlug sich ärgerlich auf den Oberschenkel. „Ich hätte es wissen müssen, als ich den Namen von Thugol hörte."

„Hätte es etwas geändert?", fragte Barella und schwieg, als Bandath mit den Schultern zuckte. Sie ritten mehrere Minuten schweigend nebeneinander her.

„Was können wir dagegen tun?" Faraels Stimme klang unsicher.

„Gegen den Schwarzen Sphinx? Ich weiß es nicht." Bandath starrte nach vorn. „Ich weiß es wirklich nicht. Ich habe nicht die leiseste Ahnung, wie wir Pyrgomon begegnen können."

„Und trotzdem folgen wir deiner Kraftlinie?"

„Es kommt mir richtig vor. Ich sagte es bereits. Das erste Mal, dass mir etwas in diesem Zusammenhang richtig vorkommt."

Verständnislos schüttelte Farael den Kopf. „Im Kampf gegen das mächtigste magische Wesen, das man sich vorstellen kann, verlassen wir uns auf das Bauchgefühl eines Zwerglings."

„Nicht irgendeines Zwerglings", fauchte Barella. „Wir verlassen uns auf Bandaths Bauchgefühl. Und das ist viel mehr, als du bereits zu unserer Mission beigetragen hast."

Wieder schwiegen sie eine Weile. Dann begann Farael erneut zu sprechen. Sein Ton legte nahe, dass er um Entschuldigung für die letzte Bemerkung bat. „Wie sicher ist diese Prophezeiung von Um-Ba-Tha?"

„Sicherer als andere Überlieferungen die nicht halb so alt sind. Sonst hätten die Magier des Inneren Ringes nicht den Versuch gewagt, den Schwarzen Sphinx zu beschwören. Und sie mögen viele negative Eigenschaften haben, aber dumm – dumm sind sie ganz sicher nicht."

Farael grübelte einen Moment, dann schien er einen Geistesblitz zu haben.

„Wo aber liegt denn Um-Ba-Tha? Vielleicht bekommen wir dort mehr Informationen. Ich habe allerdings noch nie von so einem Ort gehört."

„Um-Ba-Tha ist kein Ort. Es heißt, Um-Ba-Tha war der Erste. Er war derjenige, der als erstes Magie zu nutzen verstand, der Urvater aller Magier und Hexenmeister."

„Der Urvater aller Magier? Ich habe von ihm gehört, wenn ich auch seinen Namen nicht kannte." Farael wirkte begeistert. „Er war einer der mächtigsten Menschen seiner Zeit."

„Um-Ba-Tha war ein Zwergling", entgegnete Bandath. „Und jetzt sollten wir uns nach einem Lagerplatz umsehen."

Barella drückte den Rücken durch. „Es war ein langer Ritt heute."

Sie hatten sich weit genug von Go-Ran-Goh entfernt, um ein paar Stunden rasten zu können. Der Wald bot ihnen Schutz und ein überhängender Felsen vermittelte ein klein wenig Geborgenheit. Sie ließen ihre Reittiere frei, damit sie sich, wie immer, ihr Futter allein suchen und jagen konnten. Schnaubend verschwanden Dwego und Sokah zwischen den Bäumen. Das Quilin brummte unzufrieden und folgte ihnen.

„Wie heißt es?" Barella sah Farael an und nickte mit dem Kopf in Richtung des verschwundenen Quilins.

„Was? Das Quilin?"

„Ja. Wie ist sein Name?"

Farael sah sie verständnislos an. „Quilin", antwortete er dann. „Es heißt einfach Quilin."

„Es *ist* ein Quilin." Barella schüttelte den Kopf. „Da kann es doch nicht Quilin *heißen*. Du heißt doch auch nicht einfach *Mensch*. Oder?"

„Äh …" Farael hob die Hände in einer hilflosen Geste.

„Siehst du." Barella öffnete ihren Schultersack. „Gib ihm einen Namen." Sie wickelte das kalte Fleisch vom Vortag aus einem Tuch und verteilte es. Das Stück, das sie Farael reichte, wurde von ihm misstrauisch begutachtet. „Ist das alles?"

„Wir sind auf der Flucht. Schon vergessen? Es wird ein wenig ungemütlich werden in den nächsten Tagen. Kein zusätzliches Fleisch." Sie roch an ihrer Portion. Plötzlich wurde sie blass und presste sich die Hand vor dem Mund.

Bandath sah auf. „Alles in Ordnung mit dem Fleisch?" Er roch an dem Stück.

Ohne die Hand vom Mund zu nehmen, nickte Barella, hielt das Fleisch am ausgestreckten Arm von ihrem Gesicht weg und zog die Luft tief durch die Nase ein. Nach einigen Atemzügen verstaute sie ihr Stück Springziegenfleisch wieder im Schultersack und nahm erst dann die Hand herunter. Nachdem sie erneut ein paar Mal tief durchgeatmet hatte, lächelte sie Bandath an. „Nein, es ist alles in Ordnung mit dem Fleisch. Der Geruch hat mich gestört, das war alles. Ich glaube, ich werde auf die Flammenbeeren dort umsteigen." Sie wies auf einen Strauch, an dem rotschwarze Beeren im Licht der untergehenden Sonne glänzten. „Möchtest du auch welche?"

Bandath nickte.

„Oh", Farael setzte sich auf. „Ich hätte auch gern ein paar Beeren", rief er mit vollem Mund.

„Dann pflück dir welche", warf ihm Barella über die Schulter hinweg zu.

Farael sackte wieder zusammen. Dann sah er Bandath an. „Machen wir kein Feuer?"

„Feuer? Wir sind auf der Flucht. Kein Feuer. Kein warmes Essen. Viel Reiten. Schnell vorwärts kommen. Und Wache halten in der Nacht."

„Na, das wird ja prickelnd", murmelte der Seher.

„Du hältst die erste Wache." Barella kam mit einer Hand voll Beeren für Bandath zurück, meinte aber Farael mit der Bemerkung.

„Ich? Warum ich?"

„Weil Korbinian nicht da ist", antwortete Bandath und musste grinsen.

Farael verstand nicht, was Bandath meinte.

In der Nacht schlief Bandath sehr schlecht, wie so oft während der letzen Monde. Er wurde irgendwann wach und übernahm freiwillig die nächste Wache. Wenn er sich richtig erinnerte, dann hatte er wieder von Waltrude geträumt. Die Zwergin hatte auf einem weit entfernten Berggipfel gestanden und ihm etwas zugerufen, das er nicht verstehen konnte, von dem er aber wusste, dass es sehr wichtig war. Er hatte gewusst, dass er die Information dringend brauchen würde – zumindest in seinem Traum. Dieses drängende Gefühl war so übermächtig geworden, dass er davon aufgewacht war. Er hatte Farael schlafen geschickt und den Rest der Nacht auf ihn und Barella aufgepasst. Lange vor Sonnenaufgang rief er mit Hilfe seiner lautlosen Pfeife Dwego. Der Laufdrache erschien schon nach wenigen Minuten, Sokah und das Quilin im Gefolge. Bandath weckte seine Gefährten und nach einem kurzen und – zu Faraels Leidwesen – sehr dürftigen Frühstück, das von kaltem Quellwasser gekrönt wurde, zogen sie weiter. Bandath rechnete damit, dass die Magier von Go-Ran-Goh in kleinen Gruppen die Gegend um die Magierfeste durchkämmen und sie suchen würden. Sie blieben jedoch vorerst unbehelligt.

Irgendwann im Laufe des späten Vormittages bemerkte Barella, wie Farael sich nach vorn beugte, dem Quilin die Hand zwischen die Hörner legte und „Belzar" sagte.

„Belzar?" Barella sah Farael an. Der nickte.

„Ich hatte als Kind einen kleinen Hund, den ich so genannt habe."

Er sah die Zwelfe verlegen an, doch die richtete ihre Aufmerksamkeit plötzlich nach vorn. Nebelfetzen hingen zwischen den Bäumen und so waren sie beinahe unabsichtlich in die Mitte einer kleineren Lichtung gelangt. Irgendetwas schien Barella aufgefallen zu sein. Sie zügelte Sokah und hob die Hand. Bandath stoppte Dwego sofort. Er hatte gelernt, sich in jeder Situation voll auf Barellas Instinkte zu verlassen. Hinter ihnen hielt Farael das Quilin an.

„Was …", begann Farael, doch ein kurzes Zischen Barellas brachte ihn zum Schweigen. Zwischen den Bäumen, noch halb vom Nebel verdeckt, wurden Gestalten sichtbar und dann tauchte plötzlich direkt vor ihnen ein Minotaurus aus dem Dunst auf. Er schnaubte und stieß einen halblauten Befehl aus. Zwei weitere Minotauren folgten. Auch rechts und links der Reisenden traten jetzt Minotauren zwischen den Bäumen hervor. Es war, als ob sie von ihnen erwartet worden wären – elf Minotauren. Schweigend bildeten sie einen Halbkreis um die Drei, hielten Speere und gewaltige Streitäxte in den Händen und starrten Bandath an, ausschließlich ihn.

Bandath nickte zum Gruß. Der erste Minotaurus, der, der Bandath direkt gegenüberstand, nickte ebenfalls, vorsichtig und abwartend. Er musterte den Zwergling von oben bis unten. Sein Blick blieb einen Moment an den Halblingsfüßen Bandaths hängen und kehrte dann wieder zu dessen Gesicht zurück. Es schien ihn nicht zu interessieren, dass Bandath auf einem Laufdrachen saß.

„Ich bin Accuso Baumbezwinger. Das hier sind meine Gefährten." Die Stimme des Minotauren klang leise und drohend.

„Ich bin Bandath", entgegnete der Hexenmeister. „Und das hier sind meine Gefährten."

„Wir wollen nach Go-Ran-Goh. Könnt ihr uns den Weg weisen?"

„Zur Magierfeste? Was wollt ihr dort? Im Moment ist es dort eher etwas … nun sagen wir ungemütlich."

„Ungemütlich? Ich suche eine bestimmte Person, die vor vielen Jahren dort die Magie studiert hat."

„Oh!", mischte sich Farael ein. „Da kann dir Bandath bestimmt helfen! Er hat selbst mal dort studiert." Die Blicke, die Bandath und Barella ihm zuwarfen, bekam er gar nicht mit. „Vielleicht kennt er denjenigen, den du suchst."

„So?" Erneut musterte der Minotaurus Bandath. Seiner Miene war nichts zu entnehmen. „Vielleicht kennst du ihn ja wirklich. Er heißt Sergio Knochenzange und ist mein Vater."

Zwerge, Gnome, Elfen, Trolle und ein Flötenspieler

Theodil starrte vor sich hin, wie so oft in den letzten Tagen. Hisur hatte ihn auf Anweisung des Ratsherrn aus dem Gasthaus, in das er sich einquartiert hatte, mitgenommen und in seiner eigenen Unterkunft innerhalb der kleinen Kaserne der Gnomenwache untergebracht. Nur ein einziges Mal noch hatte er mit dem Ratsherrn gesprochen, kurz und wenige Worte. Connla Cael hatte ihm versichert, dass er alles unternehme, um der Bitte Bandaths gerecht zu werden. Und der Herr Zwerg möge sich doch bitte gedulden. Dem *Herrn Zwerg* blieb also nichts anderes übrig, als in dem winzigen Zimmer, dass er sich mit Hisur teilen musste, zu sitzen und zu warten. Jeden Tag, den er länger in diesem Zimmer saß und sich nicht mit Hisur unterhalten konnte, denn dieser blieb auch weiterhin äußerst einsilbig, zehrte an seinen Nerven. Theodil hatte das Gefühl, ihm, und mit ihm allen, die es betraf, rinne die Zeit durch die Finger. Kostbare Zeit, die sie bräuchten, um sich gegen die Gorgals vorzubereiten. Noch lag viel Zeit zwischen dem heutigen Tag und der Sommersonnenwende, fast zwei Monde. Doch wenn sich die Armeen der Gorgals an diesem Tag in Marsch setzten, mussten sie bereit sein, sich ihnen entgegenzustellen.

Nach ein paar Tagen ereignislosen Wartens begann Theodil, Flussburg zu durchstreifen. Er beschränkte sich dabei nicht nur auf das Zwergen-Viertel. Auch durch das Halblings-, das Elfen- und das Menschenviertel spazierte er, ziellos wie eine Herde Springziegen in der Steppe. Er aß eine Kleinigkeit auf den Märkten, trank in dem einen oder anderen Wirtshaus ein paar Bier und kehrte am Abend unbefriedigt und voller Tatendrang zurück in die kleine Unterkunft, nur um sich während der Nacht genauso unzufrieden auf seinem Lager hin und her zu wälzen.

Er brachte seine Streitaxt zum Waffenschmied, ließ sie schärfen und mit einem neuen Griff aus Eisenholz versehen. Ein Schneider flickte ihm Hose und Jacke und bei einem Ledermacher besorgte er sich einen neuen

Schultersack, während er darauf wartete, dass ein Schuster ihm die Stiefel neu besohlte. Er hatte da so eine Ahnung, dass er vielleicht doch nicht sofort wieder in die Drummel-Drachen-Berge zurückkommen würde. Sein Pony ruhte sich in Hisurs Stall aus und setzte Fett an, nachdem ein Schmied ihm neue Hufeisen verpasst hatte.

„Wer weiß, wofür es gut ist, hätte Waltrude gesagt", murmelte Theodil leise vor sich hin.

Jede Frage nach Neuigkeiten beantwortete Hisur mit einem wortlosen Kopfschütteln.

„Quatsch mir bloß kein Ohr ab", sagte Theodil dann meist, aber selbst solche Provokationen prallten an der stoischen Gleichgültigkeit des Gnoms ab.

Nach einer endlos scheinenden Anzahl an Tagen begann Theodil auf den Märkten Gerüchte über einen nahen Krieg aufzuschnappen. Nur kurze Zeit später hörte er das erste Mal, dass die Ratsherren über die Aufstellung eines Heeres beraten würden. Und am Abend dieses Tages sprach Hisur ihn an, ohne das Theodil eine Frage gestellt hätte.

„Mitkommen!"

„Oh." Theodil erhob sich aus dem Stuhl, auf dem er gesessen hatte. „Ein Wort. Und gleich so ein Freundliches. Ich fühle mich fast, als würde ich von dir verhaftet werden."

Hisur sah ihn wortlos an, drehte sich um und verließ das Zimmer. Theodil seufzte, nahm seine Mütze und folgte dem Gnom, leise vor sich hin murmelnd.

„Da kann man ja schwermütig werden bei so viel Unterhaltung."

Sie trafen den Ratsherrn wieder in dessen Arbeitszimmer.

„Ich habe eine Menge Informationen gesammelt und Gespräche geführt in den letzten Tagen, Zwerg Theodil. Du hast ihre Auswirkungen ja bereits auf deinen langen Spaziergängen über die Märkte dieser Stadt mitbekommen."

Theodil stutzte.

„Ja", ergänzte der Ratsherr, als er Theodils hochgezogene Augenbrauen sah. „Informationen sind alles. Mir nützt kein Bote etwas, der im entscheidenden Moment nicht greifbar ist, um die Wahrheit einer Behauptung zu bestätigen. Allerdings musste ich nicht auf dich zurückgreifen. Meine kleinen geflügelten Boten haben deine Aussagen bestätigt. Es gibt Aktivitäten bei den Gorgals, die die Wahrheit deiner

Informationen bestätigen könnten. Es scheint, dass die Gorgals wirklich gegen die Drummel-Drachen-Berge ziehen wollen."

„Wie hast du das herausgefunden?"

„Nun sagen wir, ich habe viele Informanten, die ich gut bezahle. Wie auch immer. Mir ist es gelungen, die Ratsherren von der Gefahr zu überzeugen, die Flussburg droht. Deine Freunde sind mittlerweile bei den Elfen in den Riesengras-Ebenen angekommen. Der Beschluss ist gefallen: Wir stellen ein Heer aus unseren Wachen und aus Freiwilligen auf und schicken es zu den Elfen. Natürlich können wir Flussburg in Zeiten wie diesen nicht völlig schutzlos lassen. Ich glaube, du verstehst das. Du, Theodil, wirst mit Hisur und einigen weiteren Mitgliedern meiner persönlichen Truppe zu Gilbath, dem Fürst der Elfen reisen und ihm als offizieller Bote Flussburgs unsere Unterstützung ankündigen. Das Heer wird euch folgen, sobald es marschbereit ist."

Damit war er entlassen. Theodil hatte wirklich gehofft, nach der Erledigung seines Auftrages nach Neu-Drachenfurt zurückkehren zu können. Doch wenn er sich selbst gegenüber ehrlich war, überraschte es ihn nicht, noch weiter weg geschickt zu werden. Connla Cael ließ sich auf keine Diskussion ein.

Die Reise mit Hisur und drei weiteren Gnomen zu den Riesengras-Ebenen begann bereits am selben Abend. Hatten sich die Gnome bis dahin scheinbar unendlich viel Zeit gelassen, so schoben sie jetzt nichts mehr auf. Theodil fand sein Pony bereits aufgezäumt und mit gut gefüllten Satteltaschen vor, als er zu ihrer Unterkunft zurückkam. Drei weitere Pferde standen abmarschbereit daneben, zwei Gnome hielten die Zügel.

„Brean" und „Broan", stellten sie sich vor, zwei Brüder. Sie erwiesen sich als fast ebenso schweigsam wie Hisur, so dass Theodil befürchtete, auf der Reise zu den Elfen vorzeitig an Vereinsamung zu sterben.

Ohne Umschweife saßen sie auf und verließen kurz darauf Flussburg durch den Westhafen. Ein Kahn brachte sie flussabwärts.

„Meinst du nicht, du hättest in den letzten Jahren vielleicht das ein oder andere Mal hier hereinschauen können?"

Gilbath funkelte seinen Sohn an. Korbinians Stirn war zu mehr Falten zusammengezogen, als man auf Anhieb hätte zählen können.

„Ich bin nicht hier, um so ein Vater-Sohn-Ding mit dir auszudiskutieren, Vater. Bandath schickt mich …"

„Ich weiß. Aber ich weiß nicht, ob ich ihm glauben soll …"

„Vater!"

„Schweig, Korbinian, wenn ich etwas sage!" Die Stimme des Elfenfürsten donnerte durch den Raum und die Anwesenden, ausnahmslos Mitglieder des Rates, zuckten zusammen.

„Wage es nie wieder, mich in einer Ratsversammlung zu unterbrechen!"

Korbinian senkte den Kopf. „Verzeih", kam es halblaut von seinen Lippen, aber laut genug, dass alle Anwesenden es hören konnten.

Er wusste um die Wichtigkeit dieser Versammlung und biss sich auf die Zunge. Ratsversammlungen der Elfen unterlagen bestimmten Ritualen; Ritualen, die seit vielen tausend Jahren gleich waren und unter keinen Umständen geändert werden durften. Darüber hinaus befand sich Gilbath in einer Zwickmühle. Einerseits glaubte er seinem Sohn, doch dieser trat als Bote eines Magiers auf, der die Elfen viele Jahre lang hinters Licht geführt hatte.

„Bandath hat uns betrogen, immer und immer wieder. Auch wenn", er hob die Stimme und die Hand, um einen erneuten Einwand Korbinians zuvorzukommen, „auch wenn er es mit den Trollen genauso gemacht hat. Auch wenn wir durch seinen Betrug nicht zu kämpfen brauchten und auch wenn", und jetzt wandte er sich deutlich an die Mitglieder des Rates, „dadurch viele unseres Volkes heute leben, die sonst eines gewaltsamen Todes durch eine Trollkeule gestorben wären."

Gilbath setzte sich. „Die Rolle des Magiers ist sehr zwiespältig, mein Sohn."

Korbinian atmete tief durch. *Mein Sohn* hörte sich schon bedeutend besser an, als das gedonnerte *Korbinian* wenige Minuten zuvor.

„Seinetwegen verloren wir die Herrschaft über das Umstrittene Land", sagte eines der Ratsmitglieder.

Thranas – Korbinian kannte ihn als Unfrieden stiftendes Mitglied des Elfenrates. Beständig redete er gegen alle Vorschläge, Vorhaben und Pläne seines Vaters, versuchte aber, seinen Widerpart hinter scheinbar logischen Argumenten zu verstecken. Sein Einfluss im Rat schwankte, mal war er größer, mal kleiner. Gilbath hatte seinem Sohn jedoch vor der Ratssitzung mitgeteilt, dass es seit dem Friedensschluss mit den Trollen sehr schwer geworden war, sich der ständigen Angriffe Thranas' zu erwehren.

„Wir haben diese Macht nie wirklich vollständig ausüben können, Thranas. Das weißt du."

„Aber mit der Zerstörung des Diamantschwertes haben wir jegliche Möglichkeit verloren, jemals wieder unser angestammtes Eigentum in Besitz nehmen zu können."

„Das behaupten die Trolle ebenfalls." Der Tonfall Gilbaths verriet Korbinian, dass er diese Diskussion wohl schon mehrere Male geführt hatte.

„Dass du seit deinem merkwürdigen Ausflug in die unterirdischen Bereiche des Gebirges zu den Trollfreunden gehörst, ist uns ja hinlänglich bekannt, Fürst." Thranas sprach das letzte Wort in einem Ton aus, der fast schon an Auflehnung grenzte, fast.

„Wenigstens haben wir jetzt einen sicheren Frieden. Etwas, dass es seit vielen hundert Jahren nicht zwischen Trollen und Elfen gegeben hat."

„Und zu welchem Preis? Dem endgültigen Verlust des Umstrittenen Landes."

„Thranas. Es geht heute ausnahmsweise einmal nicht um den Frieden mit den Trollen oder das Umstrittene Land. Es geht auch nicht um meine Rolle bei der Zerstörung des Diamantschwertes. Korbinian ist zu uns gekommen und hat uns eine Botschaft gebracht, die einen baldigen Krieg verheißt. Einen Krieg, wie er seit mehr als einem Jahr bereits weit im Westen tobt. Flüchtlinge sind auf der Ost-West-Handelsstraße und täglich werden es mehr. Wir hörten von diesem Krieg. Und wir befürchteten bereits, dass er zu uns kommen würde. Nun scheint es soweit zu sein."

Da Thranas sich so zurechtgewiesen sah, wählte er sich ein neues Ziel für seine Angriffe.

„Wo bist du denn gewesen, all die Jahre, Korbinian? Und wieso fällt dir jetzt plötzlich deine alte Heimat wieder ein?"

„Wo ich gewesen bin? Ich zog durch die Welt, um zu lernen, wie es mir ältere und weisere Elfen einst rieten."

„Ich kann mich nicht erinnern, dass dir je jemand diesen Rat gegeben hat."

„Ich sagte doch, ältere und weisere Elfen."

Unterdrücktes Gelächter war in den Reihen der Ratsmitglieder zu hören. Thranas' Gesicht nahm eine leichte Zornesröte an.

„Immer witzig.“

„Ja, ich geb’ mir Mühe.“

„Und weshalb …“, mit vor unterdrücktem Zorn leicht bebender Stimme bemühte sich Thranas, ruhig zu sprechen und begann noch einmal von vorn. „Welche Gründe sollten wir haben, deinen Ausführungen Glauben zu schenken?“

„Willst du meinem Sohn unterstellen, er lüge hier, vor dem Rat?“ Erneut donnerte Gilbaths Stimme durch den Raum.

„Nein.“ Thranas, dem sein Fehltritt bewusst wurde, zog den Kopf zwischen die Schultern. „Niemand würde es wagen, vor dem Rat zu lügen. Niemand, außer Bandath!“

„Aber ich bin nicht Bandath. Und es geht um mehr, als um ein kaputtes Schwert. Es geht um die Riesengras-Ebenen. Es geht um das gesamte Drummel-Drachen-Gebirge, um die Magie an sich. Es geht um das Leben aller. Kleinliche Vorwürfe sollten da zurückstehen.“

Schweigen breitete sich einen Moment im Raum aus.

„Du sagst“, meldete sich ein anderes Ratsmitglied an Korbinian gewandt zu Wort, „dass die Trolle uns zu Hilfe kommen werden.“

Korbinian nickte, doch noch ehe er die Bewegung vollendet hatte, sprach Thranas erneut. „Und wer sagt uns, dass unsere alten Feinde das nicht ausnutzen werden, um über unsere Siedlungen herzufallen? Die Situation ist günstig. Die Elfen werden von den Gorgals angegriffen und ihre gesamte Streitmacht befindet sich im Westen, um das Land gegen die einfallenden Horden zu verteidigen. Da kann man schon mal aus dem Norden kommen. Ein paar Trolle reichen dann aus, um unsere Dörfer dem Erdboden gleich zu machen.“

„Rulgo und ich wussten, dass dieses Argument kommen würde. Wir haben uns etwas überlegt. Nicht alle Trolle werden in die Riesengras-Ebenen kommen, denn ein Teil ihrer Streitmacht wird nach Norden ziehen, um das Troll-Land vor dem Heer zu schützen, dass nördlich an ihnen in Richtung Go-Ran-Goh vorüberziehen wird. Natürlich werden die Trolle auch versuchen, die Gorgals nach Kräften aufzuhalten. Da es dort nur wenige leicht zu verteidigende Täler gibt, durch die das Troll-Land zu betreten ist, kann das Heer der Trolle relativ klein sein. Wir meinen, dass eine ausgewählte Streitmacht der Elfen die Trolle dort unterstützen sollte. Diese Streitmacht wird von den Trollen durch ihr Herzland geführt werden. Wir bekommen Karten von all ihren Wegen, allen geheimen

Pfaden und allen Höhlen. So wie sie von uns Karten von den Riesengras-Ebenen bekommen. Vertrauen gegen Vertrauen. Und", Korbinian wandte sich jetzt direkt an Thranas, „ich bin dafür, dass der Elf, der diesem Plan am kritischsten gegenübersteht, unseren Trupp im Troll-Land anführen sollte."

Sosehr sich Thranas auch drehte und wendete, er fand kein Argument gegen diesen Plan und so wurde er mit übergroßer Mehrheit des Rates angenommen. Thranas und dreihundert Elfen sollten schon morgen unter Begleitung Korbinians in Richtung Troll-Land aufbrechen. Korbinian würde den Kontakt zu den Trollen herstellen und mit dem Troll-Heer zu den Elfen zurückkehren.

Als die Ratsmitglieder gegangen waren, legte Gilbath Korbinian die Hand auf die Schulter. „Ich bin sehr zufrieden mit dir, mein Sohn." Und das war mehr, als Gilbath je zu ihm gesagt hatte.

Blut, der Drachenhund, der neben Gilbaths Sitz lag, hob ein Augenlid und knurrte leise, als wolle er den letzten Worten Gilbaths zustimmen.

Rulgo grunzte. „Blödsinn! Die tun uns nichts. Haben viel mehr Angst vor uns als wir vor ihnen. Und selbst wenn, dann werden wir doch mit dreihundert Elfen fertig werden. Oder?"

„Bist du hier der Häuptling oder ich?", brüllte der ihm gegenüberstehende Troll wütend.

Bevor sich einer der umstehenden Trolle versah, holte Rulgo mit seinem als Keule genutztem Insektenbein aus und schlug den anderen Troll nieder. Wie ein gefällter Baum fiel der Troll vor Rulgo auf die Erde. Nur seine Brust hob sich schwach und die Augenlider flatterten.

„Ich. Ab jetzt." Er sah sich um. „Jemand anderer Meinung?" Niemand in der Runde rührte sich. „Somit habe ich die Wahl gewonnen." Er wies mit der Keule auf den Liegenden. „Schleppt ihn dort rüber und kippt ihm einen Kübel Wasser über seinen Dickschädel. Und dann machen wir, was ich gesagt habe. Klar?"

„Aber", wagte sich ein Troll aus den hinteren Reihen zu melden, „meinst du nicht, wir sollten die Gelegenheit vielleicht beim Schopfe packen und den Elfen so richtig eine verpassen?"

Rulgo sprang mit einer Geschwindigkeit los, die man dem grobschlächtigen Trollkörper niemals zugetraut hätte. Er stieß die Trolle, die ihm im Weg standen, einfach beiseite, riss zwei von ihnen um und gelangte schließlich zu dem Fragenden, bevor dieser auch nur einen Schritt rückwärts hatte machen können. Kraftvoll packte er ihn an der Kehle und drückte ihn nach unten.

„Der einzige, den ich am Schopfe packe, ist der Troll, der es wagt, auch nur einen einzigen Elfen an seinen spitzen, haarlosen Ohren zu zupfen. Klar? Zwischen uns und ihnen herrscht Frieden. Geht das in eure dicken grauen Schädel? FRIEDEN! Sie beschützen unsere Nordgrenze und wir helfen ihnen an ihrer Westgrenze. Gibt es dabei irgendeinen Nachteil für uns?"

„Äh…", krächzte der Troll.

„Siehst du?", dröhnte Rulgo. „Kein Nachteil. Nur Vorteile. Begreifst du das?"

„Argh…"

„Sage ich doch! Der kleine Hexenmeister wusste seit langer Zeit, was gut für uns ist. Er wusste es besser, als wir selbst. Ich habe ihn auf zwei Abenteuern begleitet und ich weiß, dass er jemand ist, auf den man sich verlassen kann. Klar?"

„Hrgh…", krächzte der Troll erneut.

„Na, also." Ohne die Hand von der Kehle seines Artgenossen zu nehmen, drehte er sich zu den anderen um. „Sind jetzt wirklich erstmal alle Fragen geklärt?"

Keiner sagte etwas, einige nickten zaghaft, andere grinsten breit. Dann sagte ein altes Trollweib: „Schön, dass du wieder da bist, Rulgo. Jetzt kommt endlich wieder Stimmung in die Bande hier. Ich musste mich schon regelmäßig mit meinem Brunolf prügeln, so langweilig ist es seit dem Friedensschluss mit den Elfen geworden."

Rulgo erhob sich und ging wieder in die Mitte des Kreises, den überwältigten Troll an der Kehle hinter sich her schleifend, als würde er einen jungen Drachenhund an der Leine mit sich ziehen.

„Ich brauche ein paar Boten. Einer muss den Bewahrer informieren. Jemand muss mit den Nacht-Trollen reden. Und ich brauche einen, der zu den Elfen geht und ihnen sagen wird, dass die Trolle dem Plan zustimmen. Und das wirst nicht du sein", knurrte er den Troll an, den er immer noch an der Kehle hielt und der halb neben ihm hing. Rulgo öffnete erst jetzt seine Hand und der Troll rutschte auf die Erde, beide Hände gegen den Hals gepresst.

„Wir brauchen Fingerspitzengefühl im Umgang mit den Elfen. Das habe ich euch schon einmal gesagt. Elfen sind von Natur aus empfindlich." Dabei sah er seine eigenen Fingerspitzen an, mit denen er gerade dem Troll die Kehle zugedrückt hatte.

„Der Junge hat Fingerspitzengefühl im Umgang mit der Flöte." Der Elf nickte zufrieden seiner Frau zu. Im *Gasthaus zum Verirrten Wanderer* in der Bücherstadt Konulan herrschte Hochbetrieb. Ein Flötenspieler unterhielt die Gäste mit seiner flotten Musik. Wechselseitig mit nur der rechten oder der linken Hand spielend hatte er sich weit über die Tische gebeugt und sein Können auf der Flöte in den unmöglichsten Positionen dargeboten. Die Gäste waren begeistert. Er war vom Wirt eingeladen worden und spielte gegen freie Kost und Logis. Der Wirt, der Elf Farutil, stand mit seiner Frau Tharwana hinter dem Tresen, als der Musikant schwer atmend zu ihnen kam.

„Ich glaube, ich werde erst einmal eine Pause machen. Ich habe jetzt fast eine Stunde hintereinander weg gespielt." Er griff nach seinem Bierkrug, der halbvoll am Rande des Tisches stand, leerte ihn mit einem Zug und wischte sich genüsslich über die Lippen.

„Die hast du dir verdient. Wenn du wiederkommst, liegt eine dicke Scheibe Braten und frisches Brot für dich auf dem Teller." Tharwana lächelte warm.

„Ein wenig frische Luft wird mir gut tun." Mit einer gekonnten Kopfbewegung warf der Flötenspieler sein langes, schwarz gelocktes Haar über die Schultern zurück, zwinkerte Tharwana zu und wollte sich eben vom Tresen entfernen, als er plötzlich erstarrte. Eine dunkel gekleidete Gestalt mit einer Kapuze, so tief herabgezogen, dass man das Gesicht nicht erkennen konnte, trat ihm in den Weg.

„Ich glaube nicht", kam die geflüsterte Stimme unter der Kapuze hervor. Der Unbekannte entblößte seine linke Hand, in der ein Messer ruhte, dessen Klinge gefährlich spitz und scharf aussah. Er hielt es so, dass sie außer von dem Flötenspieler und den beiden Elfen von niemand sonst gesehen werden konnte. „Zumindest nicht, bis du die Geldbeutel, die du eben gestohlen hast, ihren rechtmäßigen Besitzern wiedergibst."

Tharwana, die aufbegehren wollte, erstarrte mitten in der Bewegung. Ihr Blick wanderte von dem Fremden zum Flötenspieler und ihre Augen bekamen einen eisigen Glanz. „Geldbeutel?" Die Stimme der Elfe klirrte.

„Was?", empörte sich der Flötenspieler. „Gestohlen? Geldbeutel? Ich …"

Der Unbekannte jedoch machte einen raschen Schritt auf den Flötenspieler zu. „In der versteckten rechten Innentasche deines Umhanges befinden sich mindestens drei Geldbeutel, die du den Gästen eben abgenommen hast." Die Hand des Unbekannten schoss vor und bevor der Musikant ihn noch daran hindern konnte, hatte der Vermummte nicht drei sondern fünf Geldbeutel aus einer geheimen Tasche des Musikanten gezogen.

Farutil griff unter den Tresen und holte einen Knüppel hervor. „Dankst du es mir so, Musikant, dass ich dir freie Kost und Logis bot?"

„Langsam." Der Unbekannte hob beschwichtigend die Hand. Dann zog er seine Kapuze zurück.

„To'nella", entfuhr es zeitgleich dem Elf und dem Musikanten. Dann sahen sich beide an.

„Du kennst meine Tochter?", knurrte der Elf. Er hatte den Knüppel noch nicht aus der Hand gelegt.

„Oh ja … ich … wir hatten … wir waren …"

„Baldurion Schönklang hatte eine weniger rühmliche Rolle, als wir damals in die Todeswüste zogen", erklärte To'nella ihrem Vater. Dann nahm sie die fünf Geldbeutel, drehte sich zum Schankraum und rief laut, um Aufmerksamkeit und Ruhe zu erlangen.

„Liebe Freunde. In geheimer Absprache mit Farutil dem Wirt hat unser geschätzter Musikant ein weiteres seiner Talente offenbart, welches er ausübte, während er euch seine Musik darbot." Als Ruhe einkehrte und sich alle Gesichter der Anwesenden To'nella zugewandt hatten, rief sie: „So hebt denn eure Geldbeutel und erfahrt, wer sich heute Abend über Freibier freuen darf." Erstaunt fassten die Gäste an ihre Gürtel, an denen im Normalfall die Beutel hingen, in denen sie ihre Münzen bei sich trugen. Erste Rufe wurden laut. „Man hat mich bestohlen!"

„Nein!", rief To'nella. „Ihr habt gewonnen."

Sie rief alle fünf Bestohlenen nach vorn, überreichte ihnen unter dem Applaus der Gäste die von Baldurion entwendeten Geldbeutel – die eifrig geöffnet und kontrolliert wurden – und sicherte ihnen noch einmal Freibier für den Rest des Abends zu. Dann drehte sie sich um, packte Baldurion am Ellenbogen und schob ihn an ihren verdutzten Eltern vorbei in einen Raum hinter dem Tresen. Farutil übergab die Verantwortung an einen der Schankknechte und folgte mit Tharwana. Kaum hatte er die Tür hinter sich geschlossen, schleuderte To'nella den schreckensbleichen Baldurion durch den Raum. Er riss im Fallen einen Tisch um und krachte gegen die Wand. Ein dumpfes Stöhnen entwich seiner Brust. Mühsam rappelte er sich auf. To'nella rammte ihn die Faust in den Magen und schleuderte ihn erneut quer durch den Raum.

„Mädchen", Tharwana hob die Augenbrauen. „Ich glaube, jetzt übertreibst du ein wenig."

Baldurion krächzte etwas. Blut lief ihm über das Gesicht. In Erwartung weiterer Schläge oder Tritte rollte er sich auf dem Boden zusammen. To'nella stellte den Tisch wieder hin, riss Baldurion hoch und knallte ihn mit dem Rücken auf die Tischplatte. Der Musikant stöhnte.

„Weißt du, was ich mit dir machen möchte?", zischte To'nella. Sie hatte den Kragen seines Hemdes gepackt und sein Gesicht bis auf eine Handbreit an ihr Gesicht gezogen. „Weißt du, warum ich so wütend bin?"

„Weil …", seine Stimme war kaum zu verstehen, „weil ich im Gasthaus deines Vaters gestohlen habe …"

„Dafür gehört dir die Hand abgehackt. Ich aber würde dich am liebsten umbringen!"

Jetzt räusperte sich ihr Vater. „Nun übertreibst du aber wirklich ein wenig, Schätzchen."

Sie drehte das Gesicht zu ihrem Vater, ohne Baldurion loszulassen. „Ich übertreibe? Kannst du dich an das erinnern, was ich dir von unserer Reise nach Cora Lega erzählt habe?" Energisch riss sie Baldurion vom Tisch und zerrte ihn hinter sich her zu ihren Eltern. „Der Typ, der heute eure Gäste bestohlen hat, ist derselbe, der uns an die Kopfgeldjäger verriet."

Sie ließ Baldurion fallen, der mit dem Kopf auf die Dielen schlug. Das Messer tauchte erneut in Barellas Hand auf, sie rammte ihm ihr Knie auf die Brust, die Klinge landete an der Kehle des Musikanten.

„Ich wünschte, Rulgo könnte sein Knie auf deine Brust drücken. Ich wünschte, Korbinian könnte sein Messer an deine Kehle halten. Ich wünschte, Bandath würde einen seiner Sprüche an dir ausprobieren. Doch vor allem wünschte ich, Waltrude könnte dich mit ihren glühenden Eisenstäben quälen."

„Ich …", die Stimme des so Gepeinigten war nur noch ein leises, leidvolles Krächzen, „… ich werde mich bei jedem einzelnen entschuldigen … bitte, ich werde den Schaden hier im Wirtshaus abarbeiten … das verspreche ich … und danach ziehe ich in die Drummel-Drachen-Berge und werde mich entschuldigen …"

„Du wirst den Schaden hier abarbeiten, das verspreche *ich*!", zischte die Elfe. „Und du wirst mich in die Drummel-Drachen-Berge begleiten. Auch das verspreche ich dir." Die Klinge verschwand von der Kehle Baldurions. Sie ließ den Kragen seines Hemdes los und wischte sich ihre Hände an ihrem Umhang ab, als müsse sie diese reinigen. „Genauso wie du dich entschuldigen wirst. Aber nicht bei allen", sie erhob sich, „denn Waltrude, Verräter, ist tot. Sie starb durch die Hand dessen, an den du uns verraten hast. Und *den* Schaden kannst du nicht abarbeiten!"

Sie ließ ihn liegen und drehte sich zu ihren Eltern. „Es gibt Krieg in den Drummel-Drachen-Bergen. Ich brauche eure Hilfe." Ein Tritt nach hinten traf Baldurion in der Seite. „Und du wirst mich in den Krieg begleiten."

🐉 Gorgals, Knörgis und ein paar Fragen

Niesputz saß auf dem Ast und starrte in das Lager der Gorgals hinab. Flackerndes Licht der Lagerfeuer erhellte den Raum zwischen den Zelten. Zweifelnd schüttelte er den Kopf.

„Das ist schon eine gewaltige Menge an schwarzhäutigen Ungetümen, die hier herumkriecht. Aber so wirklich glaube ich nicht daran, dass die mit dieser Truppe die Drummel-Drachen-Berge erobern können. Die werden sich vor Go-Ran-Goh ausnehmen wie eine Handvoll Elfen im Troll-Land."

„Du sagtest, dass die Gorgals in mehreren Heeren von verschiedenen Seiten in das Gebirge eindringen wollen." Neben Niesputz saß ein weiteres Knörgi. Niesputz hatte den Stamm der Steinbuchen-Knörgis in der Nähe des Gorgal-Lagers entdeckt, das ihm auf seinem Flug nach Westen aufgefallen war. Da die kleinen Flugwesen von den Gorgals kaum gesehen und auch nicht beachtet wurden, waren sie die idealen Spione, um die Lager auszukundschaften. Die Steinbuchen-Knörgis hatten sich ruhig verhalten und die Truppen an sich vorbei ziehen lassen wollen. Niesputz war es gelungen, die Anführerin der Steinbuchen-Knörgis, Aena Lockenhaar, auf seine Seite zu ziehen. Seit diesem Tag umschwärmte der Knörgi-Stamm die Gorgals und beobachtete ihr Vordringen. Dadurch waren sie in der Lage, mehrere Siedlungen rechtzeitig vor den anrückenden Kriegern zu warnen, sodass sich die Bewohner mit dem größten Teil ihres Besitzes in Sicherheit bringen konnten. Nur wenig später kündeten schwarze Rauchsäulen vom endgültigen Ende der jeweiligen Siedlung, die frustrierten Gorgals zerstörten jedes einzelne Haus und jeden Stall. Doch dann hatten die Gorgals vor einigen Tagen völlig überraschend eine Rast eingelegt, dieses Lager aufgeschlagen und sich seither nicht mehr vom Fleck gerührt.

Aena sah Niesputz an. „Was, wenn das jetzt nicht alle Krieger sind?"

Niesputz schüttelte unzufrieden den Kopf. „Unsere Information war die, dass auf diesem Weg die Hälfte des gesamten Gorgal-Heeres kommen sollte. Die Hälfte! Wenn zweitausend Gorgals die Hälfte ihres gesamten Heeres sein sollen, dann verstehe ich die ganze Aufregung nicht. Irgendetwas stimmt hier nicht. Deine Leute haben die Spur mehrere Tage lang zurückverfolgt." Er wies mit der Hand auf das Lager der Gorgals. „Denen hier folgen nur ein paar Versorgungseinheiten. Auch als wir das Suchgebiet ausgeweitet haben, haben wir keine Spur weiterer Soldaten gefunden. Dort im Westen gibt es kein zweites Heer von Gorgals, das auf diesem Weg in die Drummel-Drachen-Berge zieht. Gut, hier lagern knapp zweitausend Krieger. Damit kann man schon eine ganze Menge Unheil anrichten. Aber doch nicht Go-Ran-Goh erobern, wie es angeblich in den Befehlen für die Heerführer gestanden haben soll. Und außerdem sind die zu früh dran. Zur Sommersonnenwende sollte der Feldzug beginnen. Bis dahin sind es aber noch ein paar Monde. Die hier werden zu diesem Zeitpunkt schon tief in den Bergen sein, wo immer sie auch hin wollen."

Er zog die Stirn kraus. „Ich bin gelinde gesagt etwas beunruhigt."

Aena stupste ihn in die Seite. „Dich kann etwas beunruhigen? Ich dachte, du bist der große Niesputz, der, der Vulkane löscht und Dämonen bannt." Sie schüttelte den Kopf in gespielter Verwunderung. „Und wieso bist du beunruhigt, wenn du meinst, dass es zu wenig Gorgals sind? Lieber zu wenig als zu viel!"

Die Falten auf Niesputz' Stirn vertieften sich. „Die Frage ist nicht, ob das zu wenig Gorgals sind. Die Frage ist, ob das *schon alle* sind. Und wenn es alle sind, *wo ist dann der Rest?* Wo sind die übrigen Gorgals, die gewaltige Streitmacht, von der die Boten angeblich gesprochen haben? Wo sind die Gorgals, die im Westen ganze Reiche zu Fall gebracht haben?" Er kratzte sich seinen Haarschopf, der noch immer deutliche Spuren der Verbrennung durch Bandath aufwies. „Weißt du, meine Liebe, diese Gorgals hier …"

„*Meine Liebe* hast du mich am Tag noch nie genannt", gurrte Aena und rutschte ein Stück näher an Niesputz heran.

„Dafür haben wir jetzt keine Zeit", wehrte Niesputz ab, ärgerlich darüber, dass sie ihn unterbrochen hatte. Er rückte ein wenig zur Seite. „Ich werde euch die Beobachtung dieser Scheusale überlassen und zu meinen Freunden fliegen. Bitte haltet regelmäßig Kontakt zu mir."

„Nur zu. Wenn etwas Unvorhergesehenes passiert, informiere ich dich persönlich. Ich werde dich zu finden wissen, *mein Lieber*. So schnell entkommst du mir nicht."

Niesputz schluckte und vergrößerte den Abstand zu Aena um ein weiteres Stück. „Wir sehen uns wieder." Was als Versprechen gemeint war, klang fast wie eine Entschuldigung.

„Sicher." Aena lächelte und sah dem sich entfernenden Niesputz nach. „Wo auch immer du bist, mein Lieber, ich finde dich", flüsterte sie. Ihre Worte wiederum klangen wie ein Versprechen, fast ein wenig wie eine Drohung. Dann pfiff sie halblaut und melodiös. Zwei Knörgis kamen aus den Nachbarbäumen zu ihr herüber.

„Hat Niesputz uns verlassen?", fragte einer der beiden. Conlao Mitternachtsfuchs war einer ihrer besten Berater.

Aena schüttelte den Kopf. „Das Ganze scheint größer zu sein, als wir bisher überblicken. Wir werden das machen, was abgesprochen war: diese Scheusale da unten auf ihrem Weg nach Go-Ran-Goh begleiten und Niesputz über alle Neuigkeiten informieren."

Dass sie ein wenig mehr vorhatte, als sich auf das Beobachten zu beschränken, sagte sie den beiden noch nicht.

„Und wie willst du mit ihm in Verbindung treten, wenn er weg ist?"

„Oh, ich finde ihn."

Die Knörgis wandten ihre Aufmerksamkeit den Gorgals zu. Dort unten liefen mehrere Krieger durch das Lager und brüllten. In den Zelten begann es zu rumoren. Es schien, als würde das Lager abgebrochen werden. Fast fünf Tage hatten die Gorgals hier ausgeharrt, bis gestern zwei Boten angekommen waren.

Tandkorn fluchte, als die Hauptmänner lautstark seinen Befehl in die Tat umsetzten. Er setzte sich an den Tisch in seinem Zelt und rollte die Karte auf. In einer dünnen Linie war der Weg zur Magierfeste eingezeichnet. Mit seinem Zeigefinger fuhr er die Linie nach. „Go-Ran-Goh", knurrte er. Dann nahm er den Brief, den er gestern erhalten hatte und entfaltete ihn. Der Befehl, dem eine neue Karte beilag, war neu, überraschend und doch eindeutig. Pyrgomon der Schwarze ließ sich immer wieder etwas einfallen. Gut. Die Feldzüge begannen langweilig zu werden. Anscheinend war das jetzt eine Herausforderung, etwas ganz Neues. Den Versprechungen Pyrgomons nach, wären die Feldzüge damit beendet, mit diesem einen, letzten und größten aller Kämpfe.

Er sah durch den Eingang seines Zeltes nach draußen. Die Krieger begannen, ihre Zelte abzubauen. Die Rast hatte ihnen gutgetan.

Andererseits hoffte er, dass die Krieger schon bald wieder etwas zu tun bekämen. Irgendeine verfluchte Stadt plündern, eine dieser lächerlichen „Armeen" besiegen oder wenigstens ein paar Dörfer auf ihrem Weg ausrauben, um den Proviant etwas abwechslungsreicher zu gestalten. Aber die Gegend, durch die Pyrgomon sie schickte, schien wie ausgestorben. Drei Siedlungen hatten sie in den letzten Tagen gefunden, alle bis auf ein paar magere Hühner völlig leer geräumt. Wütend krachte die schwere Faust des Feldherrn auf den Tisch. Das Holz ächzte. Es schien, als würden sie hier in den Bergen von einem unsichtbaren Beobachter überwacht werden, der noch dazu die Bewohner in der Nähe ihrer Marschroute vor ihnen warnte.

Nun gut, so viel hätten sie so kurz nach dem Winter sowieso nicht bekommen, aber zumindest für die Krieger wäre es eine willkommene Abwechslung gewesen. Tandkorn strich sich sinnend über die beiden Hauer, die ihm aus dem Oberkiefer ragten und nach unten wuchsen. Ein Kunstschmied hatte ihm silberne Kronen auf die Zähne gesetzt und sie damit bis zum Kinn hin verlängert. Sie waren jetzt beinahe so lang, wie die Enden seiner Augenbrauen, die auf Mundhöhe nahtlos mit dem Bart verwuchsen. Kleine Knöchelchen waren hinein geflochten, wie fast überall in seinem Haupthaar, das lang und zottig bis zu den Schultern reichte. Der Bart gabelte sich vor der Brust in zwei nahezu brettharte Spitzen. Auch hier fanden sich winzige Knöchelchen, kunstvoll mit dem Haar verwoben. Gewaltige Muskelpakete um die Schultern und an den Beinen zeugten von der enormen Kraft des Feldherrn. Seine Krieger standen ihm da in nichts nach. Diese Kraft und die ausgefeilte Kampftechnik, die sie sich für diesen Feldzug angeeignet hatten, machten sie schier unbesiegbar. Doch benötigten sie Gegner, um zu siegen. Wenn die feigen Bewohner dieses Gebirges nur davonliefen, drohte Unzufriedenheit in seinem Heer. Wieder schnaubte Tandkorn. Die Krieger brauchten bald ein wenig Abwechslung, sonst …, ja, was sonst? Er würde sich dann wohl etwas einfallen lassen müssen. Und mit ein paar abzubrennenden Häusern würde er ihnen gar nicht erst kommen brauchen.

Ein kleiner Trost war, dass es Wegheld und Iziroh, den beiden anderen Heerführern, wohl noch schlimmer ging. Sie hatten den strikten Befehl, unauffällig und vor allem schnell eine riesige Wegstrecke zurückzulegen und sich bis dahin *auf gar keinen Fall* auf irgendwelche Kämpfe einzulassen. An ihren jeweiligen Zielen sollten sie sich zum vereinbarten Zeitpunkt einfinden und unter keinen Umständen von dort vertreiben lassen. Bis die Sommersonne am höchsten stehen würde, es mitten am Tage dunkel wie die Nacht wäre und der letzte Schritt getan werden konnte. Vor diesem letzten Schritt graute es Tandkorn ein wenig. Als Pyrgomon ihn erläutert hatte, wäre Tandkorn wohl blass geworden, wenn seine dunkelbraune, fast schwarze Lederhaut dies gestattet hätte. Aber auch so schien Pyrgomon seine Gedanken erraten zu haben, so wie er immer alles zu wissen schien.

„Euch wird nichts passieren", hatte er gesagt. „Hinter dem letzten Schritt erwartet euch die letzte Schlacht, die größte, die ihr je geschlagen habt und danach die absolute Herrschaft über die ganze Welt. Was dann folgt sind nur noch Geplänkel." Hätte die Stimme des Schwarzen noch einen drohenden Ton annehmen können – drohender, als er so schon war – dann wäre das bei seinen nächsten Worten der Fall gewesen. „Aber jeder Krieger, der vor diesem Schritt zögert, wird einen Tod sterben, gegen den sich alle Qualen, die ihr euch vorstellen könnt, wie ein Frühlingsspaziergang über eine Blumenwiese ausnehmen werden. Und ihr haftet mir für jeden einzelnen eurer Krieger!"

Damit hatte Pyrgomon der Schwarze sie entlassen. Oh ja, er wusste sie zu motivieren. Und entsprechend hatte Tandkorn seine Krieger vorbereitet. Er wusste, was immer sich ihnen entgegenstellte, sie würden nicht zögern, würden jeden seiner Befehle in der Schlacht ausführen … in der Schlacht. Aber wenn es keine Schlacht gab? Wenn es keinen Feind gab? Wenn die Bevölkerung feige floh?

„Feldherr!" Tapor, einer seiner Hauptmänner, erschien im Zelteingang.

„Was?", bellte Tandkorn und rollte Befehl und Karte wieder zusammen, bevor er sich beide in die Gürteltasche steckte.

Tapor zupfte aufgeregt an den vernieteten Ledergürteln, die ihn kreuzweise über der Brust hingen. „Wir sind soweit, Feldherr. In einer halben Stunde ist das Heer abmarschbereit." Er wies ungeschickt in die Runde. „Wir könnten jetzt dein Zelt abbauen und alles verladen."

Der Feldherr knurrte und trat vor das Zelt.

Hinter ihm machten sich menschliche Sklaven daran, das Zelt abzubauen. Ein unbestreitbarer Vorteil dieser Feldzüge war, dass mehr und mehr Arbeit, die die Gorgals früher selbst erledigen mussten, von den Besiegten der Schlachten übernommen wurde. Und an Nachschub mangelte es nicht. Bisher jedenfalls. Diese Gegend hier jedoch schien wie ausgestorben zu sein.

„Sind die Spähtrupps zurück?"

„Drei von den fünf ausgesandten Trupps sind bisher zurückgekommen."

„Und?", brüllte Tandkorn. „Bei den fliegenden Teufeln dieses Gebirges, jetzt lass dir nicht jede Information aus deiner schiefen Nase ziehen!"

„Nichts, Feldherr. Zwei der Spähtrupps haben kleinere verlassene Siedlungen gefunden, ohne Bewohner, ohne Vorräte. So schnell wir uns auch bewegen, irgendjemand scheint die Bewohner hier zu warnen."

„Dann müssen wir noch schneller sein! Vom nächsten Spähtrupp, der ohne Ergebnis zurückkommt, werden zwei Krieger hingerichtet, vor dem gesamten Heer! Es kann nicht sein, dass jemand schneller als die Gorgals ist. Unsere Krieger scheinen fett und langsam geworden zu sein, da sie nur leere Siedlungen finden."

„Feldherr! So ist es nicht. Die Spähtrupps geben sich alle Mühe und …"

„Mühe allein genügt nicht!" Tandkorn brüllte seinen Hauptmann so laut an, dass mehrere der in der Nähe arbeitenden Krieger stehen blieben und herüberstarrten.

„Was?" Jetzt brüllte Tandkorn in deren Richtung. „Wollt ihr dem nächsten Spähtrupp angehören?" Schnell senkten die Krieger ihre Häupter und arbeiteten weiter. Der Feldherr packte seinen Hauptmann an den gekreuzten Gürteln. „Bringe mir einen Kampf! Bringe mir eine Stadt voll mit Bewohnern! Bringe mir ein Heer! Irgendetwas. Nur sorge dafür, dass unsere Krieger ihre Waffen gebrauchen können!"

Der Abmarsch des Heeres verlief geordnet, wie nicht anders zu erwarten. Und doch spürte Tandkorn die Unruhe, die seine Männer gepackt hielt. Natürlich fanden die Spähtrupps keine bewohnten Siedlungen an diesem Tag. Tandkorn hatte seine Drohung wahr gemacht und vier Mitglieder von zwei der Spähtrupps vor dem gesamten Heer hinrichten lassen. Es hatte nichts genutzt. In den folgenden Tagen schien es sogar so, als hätten die Bewohner der Siedlungen und Dörfer mehrere Tage Zeit gehabt, zu fliehen.

„Es ist, als ob der Abstand, zwischen dem Zeitpunkt, zu dem sie die Information über unser Anrücken bekommen und unserem tatsächlichen

Erscheinen immer größer wird, Feldherr." Drei Tage nach ihrem Abmarsch hob der Hauptmann entschuldigend seine Hände. „Wir können nichts tun. Es gehen Gerüchte unter den Männern, dass die Vögel oder gar die Drummel-Drachen selbst den Bewohnern der Berge helfen."

„Blödsinn!", brummte Tandkorn. Er verzichtete mittlerweile darauf, Krieger hinrichten zu lassen und begnügte sich mit Auspeitschen. Hier schienen Kräfte am Werk zu sein, die er noch nicht kannte. Alle Spuren in den Siedlungen wiesen auf einen geordneten Rückzug hin. Die Häuser waren weitestgehend leer, die Ställe und Vorratskammern sowieso. Die Spuren der Flüchtenden verloren sich in den Bergen. Und Tandkorn hatte keine Zeit, seine Krieger auf lange Verfolgungsjagden zu schicken.

Am folgenden Morgen kam Tapor mit der nächsten Meldung.

„Feldherr!" Er hielt einen Wasserschlauch in der Hand, wie ihn die Krieger benutzten. „Sieh dir das bitte an."

Tandkorn riss seinem Hauptmann den Wasserschlauch aus der Hand. Er war völlig unbrauchbar. Als hätte jemand mit einem winzigen Messer dutzende Male auf das Leder eingestochen, zierten ihn Löcher, aus denen das Wasser herausgeflossen war.

„Was soll das?"

„Ich weiß es nicht, Feldherr. Gut die Hälfte unserer Wasserschläuche sind über Nacht so zerstört worden."

„Die Hälfte?" Die Frage war unnötig, und Tandkorn wusste das. Es war wohl eher so, dass Tapor untertrieb und deutlich mehr, als die Hälfte aller Wasserschläuche auf diese Art zerstört worden waren.

„Nur Wasserschläuche?"

Tapor nickte.

„Wie konnte das passieren. Wer war das?" Tandkorns Stimme nahm bereits wieder eine bedrohliche Lautstärke an.

„Wir wissen es nicht, Feldherr."

„Ihr wisst es nicht?" Jetzt brüllte Tandkorn nicht. Seine Stimme hatte einen leisen, gefährlichen Ton angenommen. Tapor wusste, dass sein Feldherr in diesem Moment viel gefährlicher war, als wenn er brüllte. Er zog den Kopf zwischen die Schultern. „Da spaziert in aller Seelenruhe ein Spion durch unser nächtliches Lager, zerschneidet unsere Wasserschläuche und *ihr wisst es nicht?*"

Nicht einmal eine halbe Stunde später hatte das Heer auf einem großen Acker Aufstellung genommen. Den Soldaten gegenüber waren an den

Bäumen des Waldrandes diejenigen Gorgals gefesselt, die in der Nacht Wache gehalten hatten. Tandkorn saß auf seinem Ross zwischen den Gefesselten und seinen Kriegern. „Dies sei all denen zur Warnung gedacht, die denken, dieser Feldzug würde genauso ein Spaziergang werden wie die letzten. All die hier", er wies mit weit ausholender Geste auf die Gefesselten, „haben ihre Pflichten vernachlässigt. Ich verhänge hiermit die Strafe von vierzig Peitschenhieben für jeden Einzelnen."

Da sie im Heer nur sieben Peitschen hatten, dauerte die Bestrafung der über zwanzig Krieger fast den ganzen Vormittag. Tandkorn ließ keine Gnade walten und zwang das gesamte Heer zum Zuschauen. Erst nach der beendeten Strafaktion setzten sich die Gorgals wieder in Bewegung. Ihr Feldherr war sich sicher, dass so etwas nicht noch einmal vorkommen würde.

„Ich liebe es, wenn sie sich gegenseitig auspeitschen", kommentierte Aena das Schauspiel.

Conlao neben ihr grinste breit. „Ein Anblick, an den ich mich gewöhnen könnte."

Als Tandkorn am nächsten Morgen sein Pferd bestieg, rutschte er mitsamt Sattel auf der anderen Seite wieder herunter. Eine genauere Untersuchung seines Zaumzeuges ergab, dass die Lederriemen mit ähnlich kleinen Schnitten beschädigt worden waren wie die Wasserschläuche in der Nacht zuvor.

„Na, Großer Brüller", so wurde der Feldherr der Gorgals mittlerweile von den Steinbuchen-Knörgis genannt. Aus Aenas Gesicht verschwand das Grinsen seit zwei Tagen nicht. „Wen willst du dafür bestrafen?"

Natürlich war es gefährlich für die Knörgis, im Lager herumzufliegen und Dinge zu zerschneiden. Aber es machte ihnen auch einen riesigen Spaß. Deshalb musste Aena ihre Leute zügeln. Sie würden keinen Nutzen daraus ziehen, wenn die Gorgals wüssten, wer sie beobachtete. Aus dem Verborgenen heraus jedoch könnten sie den einen oder anderen Erfolg erringen. Irgendwann im Laufe des Vormittages, als der Zorn des Großen Brüllers abgeklungen war – nachdem er immerhin vier Krieger hatte auspeitschen lassen – zog das Heer endlich weiter.

Am nächsten Tag gab es überhaupt keine Wasserschläuche mehr im Heer, die die Gorgals nutzen konnten. Und zwei Tage später saßen die meisten der berittenen Krieger – nur knapp ein Drittel des Heeres hatte

Pferde – ohne Sattel auf ihren Reittieren, denn die Riemen und Laschen des Zaumzeuges waren ebenso zerschnitten wie so manch ein Waffengurt. Die Krieger mussten ihre Schwerter in den Händen tragen. Knoten zierten ihre Ausrüstung, wo vorher ordentliche Nähte gewesen waren. Lederriemen musste durch Stricke ersetzt werden. Nach und nach glich das Heer eher einem Haufen heruntergekommener Banditen als einem Zug gefährlicher Krieger. Der Große Brüller schrie und tobte, doch umsonst. Am Abend schlichen sich die im Vergleich zu den Gorgals klitzekleinen Knörgis in das Lager und fanden immer irgendwelche Dinge, die sie mit ihren scharfen Messern und winzigen Schwertern zerschneiden konnten. Mal stürzte das Zelt über dem verdutzten Heerführer zusammen, weil die Spannseile zerschnitten worden waren, mal rutschten einem Teil der Krieger die Hosen vom Leib oder bei der Auspeitschung löste sich eine Peitsche in Wohlgefallen – sprich: in winzige Lederriemen – auf. Jedoch ließen sie die anderen Peitschen in Ruhe. Nicht, weil diese besonders gut bewacht wurden, sondern weil die Knörgis sich nicht den Genuss der täglichen Auspeitschungen verderben wollten. Für die Steinbuchen-Knörgis waren diese Aktionen ein nicht enden wollender Zeitvertreib, für die Gorgals eine zunehmende Belastung.

„Die Großen sollten die Verteidigung des Drummel-Drachen-Gebirges komplett in Knörgi-Hände legen", sagte Aena eines Abends zu Conlao Mitternachtsfuchs.

Fünf Tage später verließen die Gorgals die Straße, die sie direkt nach Go-Ran-Goh gebracht hätte und folgten Bergpfaden in Richtung Norden.

„Was soll denn das jetzt?" Aena betrachtete das Heer, das sich scheinbar aufgelöst in mehrere Dutzend Abteilungen auf verschiedenen Pfaden in die Berge vorarbeitete. „Die biegen ab, noch bevor wir nördlich der Troll-Berge sind! Ich denke, die wollen nach Go-Ran-Goh?"

„Das hat zumindest dein Liebhaber gesagt", knurrte Conlao Mitternachtsfuchs.

Aena blitzte ihn unter ihrer dichten roten Lockenmähne hervor an. „Diese Bemerkung steht dir nicht zu, Conlao. Oder höre ich da eine Portion Eifersucht?"

Conlao sah nach unten zu den Gorgals, als hätte er Aenas Worte nicht wahrgenommen. „Was tun wir jetzt?"

„Weitermachen wie bisher. Wir beobachten die Gorgals, ärgern sie und warnen die Dörfer und Siedlungen in Marschrichtung des Heeres. Behalten die Gorgals diese Richtung einige Tage bei, müssen wir Niesputz informieren."

Aena war beunruhigt. Wenn es stimmte, was Niesputz ihr gesagt hatte – und sie hatte keinen Grund an seiner Aussage zu zweifeln – dann müsste dieses Heer eigentlich nach Go-Ran-Goh unterwegs sein. Was wollten die Gorgals in den Bergen? *Wo* wollten sie hin?

Eine weitere Seltsamkeit beobachtete Aena. Hatten es die Gorgals bisher darauf angelegt, Siedlungen, die auf ihrem Weg lagen, anzugreifen, so schien es nun, als würden sie sich besondere Mühe geben, Siedlungen und Dörfer zu umgehen, gerade so, als versuchten sie, sich heimlich durch die Berge einem neuen, den Knörgis noch unbekanntem Ziel zu nähern. Aena beschloss, das „Ärgern" der Gorgals einzustellen. Sie sollten das Gefühl haben, sie würden unbehelligt durch die Drummel-Drachen-Berge ziehen, als hätten sie ihre unsichtbaren Bewacher abgehängt. Auch am fünften Tag nach ihrem überraschenden Abweichen vom Weg nach Go-Ran-Goh behielten die Gorgals ihre Marschrichtung bei. Es ging beständig Richtung Norden und Nordosten. Und sie wichen auch weiterhin allen Siedlungen aus.

„Mobilisiere alle Leute, die wir auftreiben können", sagte Aena am Abend zu Conlao. „Ich habe das Gefühl, dass wir jede einzelne Frau und jeden Mann brauchen werden. Hier stinkt etwas schlimmer als ein Haufen Trollscheiße. Du übernimmst die Beobachtung der Gorgals. Und haltet sie mit allen zur Verfügung stehenden Mitteln auf! Auch auf die Gefahr der Entdeckung hin."

Aena Lockenhaar machte sich mit achtzig weiteren Steinbuchen-Knörgis auf, Niesputz zu suchen.

In der Zwischenwelt 2

Manchmal hatte Waltrude den Eindruck, dass der Kontakt zu Bandath kurz bevorstand. Ihr war, als würde er auf ihre Bemühungen reagieren, als versuche er, zu antworten. Doch dann, ganz plötzlich, brach der fast bestehende Kontakt ab. Nichts. Wie sollte sie jemals der Zwischenwelt entfliehen, wenn der Herr Hexenmeister es nicht für nötig hielt, ihr zu antworten? Sie sah ihn förmlich vor sich, irgendwo am Ufer eines imaginären Meeres, während sie weit draußen über dem Wasser schwebte, ihn rief und das Land nicht erreichen konnte. Er schien sie ja nicht einmal zu hören.

„Mist! Dreimal getrockneter Zwergenmist!", wie der Herr Hexenmeister immer in seinen abgebrannten Bart gebrummt hatte.

Wahrscheinlich ließ er es sich irgendwo gut gehen, vergnügte sich mit Barella oder betrank sich in der Kaschemme, die sie in Neu-Drachenfurt gegen Waltrudes Willen gebaut hatten.

Wenn sie schon nicht in die Welt der Lebenden kommen konnte, dann wollte sie doch wenigstens in die Steinernen Hallen der Vorväter gelangen. Aber selbst das blieb ihr verwehrt. Dieser verdammte Dämon aber auch, damals, dort unten in der Todeswüste. Musste er sie in diese Zwischenwelt verbannen? Jetzt schwebte sie hier, irgendwo im Nirgendwo, noch nicht in jener und nicht mehr in dieser Welt und kam weder vor noch zurück.

Gab es wirklich keine Gelegenheit für sie und die anderen armen Seelen, diese Zwischenwelt zu verlassen? Mussten sie auf ewig hier bleiben?

Tage? Monde? Jahreszeiten? Fehlanzeige. Nichts davon war hier zu erkennen. *Ewig* konnte eine verdammt lange Zeit sein, wenn es keine Möglichkeit gab, diese zu messen.

🐉 Minotauren

„Und du hast wirklich mit meinem Vater zusammen die Magie studiert?"

Sie saßen unter einem Felsüberhang. Rund um sie lag Geröll, vom Wetter vergangener Winter aus dem Stein gesprengt. Bandath, Barella und Farael mit dem Rücken am Stein, Sergios Sohn Accuso Baumbezwinger und ein weiterer Minotaurus ihnen gegenüber. Hinter den beiden Minotauren öffnete sich die Lichtung, auf der sie sich begegnet waren. Rechts standen Dwego, Sokah und das Quilin Belzar. Links ruhten die Minotauren zwischen den Bäumen.

Bandath sah den Minotaurus an. Er wusste nicht, wie er mit der Situation umgehen sollte. Ein einziges Mal in seinem Leben hatte Bandath jemanden getötet, nur einmal. Und das im Kampf, als er sich und andere verteidigte. Sergio war verantwortlich für Waltrudes Tod, er hatte das Leben eines Kindes bedroht. Bandath hatte damals gar keine andere Möglichkeit gehabt. Und jetzt saß der Sohn des Minotauren vor ihm, den er getötet hatte.

„Mit deinem Vater *zusammen*? Nun, das ist vielleicht etwas eng formuliert", sagte er vorsichtig. „Wir waren zur selben Zeit auf Go-Ran-Goh, das ist wahr. Er hat vor mir angefangen und seine Ausbildung auch vor mir … die Magierfeste zumindest vor mir verlassen."

„Ich habe meinen Vater viele Jahre nicht gesehen. Einzig seine Nachrichten erreichten uns."

Barella mischte sich ein. „Für ein langes Gespräch ist die Situation im Moment eher ungünstig. Die Magier von Go-Ran-Goh sind hinter uns her. Sie haben ein magisches Wesen beschworen, das sich mit den Gorgals verbündet hat. Von denen marschieren mehrere Heere auf die Drummel-Drachen-Berge zu."

Der Minotaurus starrte sie an. Bandath bezweifelte einen Moment, ob es klug gewesen war, ihm das alles zu sagen. Seine Erfahrungen mit Minotauren – nun gut, mit einem einzigen Minotaurus – waren nicht besonders positiv. Er dankte dem Ur-Zwerg, dass die Stämme der Minotauren auf der Nordseite der Drummel-Drachen-Berge lebten und ihre Vertreter hier auf der Südseite eher selten auftraten. Dass sie jetzt ausgerechnet elf Minotauren in die Arme gelaufen waren, war ein unglaublicher Zufall. Und ein unglaublich *dummer* Zufall noch dazu. Der Hexenmeister hoffte zumindest, dass es ein Zufall war, denn wenn nicht … Er wagte nicht, diesen Gedanken zu Ende zu denken. Das konnte er auf keinen Fall jetzt auch noch gebrauchen.

„Gorgals?" Sergios Miene, die die ganze Zeit ausdruckslos gewesen war, verdunkelte sich. „Ich habe Nachrichten aus meiner Heimat erhalten, dass unsere Stämme wiederholt in Kämpfe mit ihnen verwickelt waren. Was wollen diese widerlichen Scheusale in den Drummel-Drachen-Bergen?"

„Das ist eine lange Geschichte." Bandath erhob sich. „Ich habe keine Zeit, sie dir jetzt zu erzählen. Nicht jetzt und nicht hier. Wir müssen weiter. Wo führt euch euer Weg hin, Accuso?"

„Wie gesagt", auch der Minotaurus stellte sich hin und sah auf Bandath herab. „Wir wollten nach Go-Ran-Goh. Auf Grund deiner Bemerkungen aber und da ich nach langer Zeit jetzt endlich jemanden getroffen habe, der meinen Vater kannte, werde ich dich ein Stück deines Weges begleiten."

Ein Schatten zog über Bandaths Gesicht. Begleiten? Das passte ihm gar nicht. Es schien sein Schicksal zu sein, dass er immer, wenn er auf Reisen war, Leute traf, die es darauf anlegten, ihn zu begleiten.

„Du sprichst in der Vergangenheit von deinem Vater?" Barella hatte die Bemerkung des Minotauren genau gehört. Sie stand ebenfalls auf. Auch Farael erhob sich.

Der Minotaurus senkte seinen gewaltigen Schädel. „Er ist tot. Seine Spur führte mich bis zur Todeswüste im Süden. Dort starb er. Habt ihr davon gehört?"

„Wir sollten aufbrechen", wiederholte Bandath. Die Situation war mehr als ungünstig. Sollte er dem Minotaurus sagen, dass er seinen Vater getötet hatte? Eher nicht. Er wusste nichts über das Verhältnis von Accuso und Sergio. Und neben den Magiern wollte er nicht auch noch eine Gruppe wütender Minotauren auf seinen Fersen haben. Aber er wollte auch nicht, dass Accuso ihn begleitete.

„Wir können dir nichts zu seinem Tod sagen, Accuso. Ich habe nichts darüber gehört. Unser Verhältnis war auch nicht so, dass wir dauernd Kontakt miteinander hielten. Ich …" Eine Bewegung hinter Sergios Sohn lenkte ihn ab. Schlich dort einer der Minotauren durch den Wald? Bandath trat einen Schritt zur Seite, um besser sehen zu können.

„Ist das einer deiner Leute?"

Barella folgte seinem Blick. Accuso drehte sich um. Zwischen den Bäumen auf der anderen Seite der Lichtung war jetzt deutlich eine Gestalt zu erkennen.

„Nicht, dass ich wüsste."

„Ein Magier!", zischte Farael.

Im selben Moment, als sich Accusos Kamerad erhob und sich ebenfalls zu der Gestalt umdrehte, hob diese die Arme. Bandath konnte den Feuerstrahl nicht sehen, der aus den Fingerspitzen des Magiers im Wald schoss, denn Accusos Freund versperrte ihm die Sicht. Das war Bandaths Glück. Der Minotaurus wurde in die Brust getroffen und von der Wucht der Flammen gegen den Hexenmeister geschleudert. Accuso brüllte auf und seine Minotauren brachen aus dem Wald hervor, als hätten sie nur auf einen Befehl gewartet.

„Bleib liegen", fuhr Barella Bandath an, als dieser sich unter der Masse des bewegungslos auf ihm liegenden Minotauren vorarbeiten wollte. Sie selbst kniete sich hin, spannte ihren Bogen und schickte fast im selben Atemzug einen ersten Pfeil gegen ihren Angreifer. Der Magier ließ ihn in der Luft verbrennen und schleuderte Blitze gegen die angreifenden Minotauren. Einige gingen zu Boden, doch ein großer Teil der Gruppe erreichte den Waldrand, drang zwischen die Bäume vor und schon fiel der Angreifer unter den wuchtigen Axtschlägen der Minotauren.

Barella half Bandath unter dem Minotaurus hervor. Accusos Gefährte war tot und hatte durch sein abruptes Aufstehen Bandath wahrscheinlich das Leben gerettet. Der Blitz hatte eine schreckliche Wunde in seinen Brustkorb gerissen. Es stank nach verbranntem Haar und angesengtem Fleisch. Mitten auf der Lichtung stand Accuso. Zu seinen Füßen lagen vier weitere getötete Minotauren. Er atmete schwer und sein Gesicht war vor Wut verzerrt. Ein Schrei brach aus seiner Brust, laut und animalisch. Bandath hatte nie zuvor einen Minotaurus so brüllen hören.

„Bringt ihn her!", rief Accuso. Zwei Minotauren schleppten den Angreifer auf die Lichtung vor ihren Anführer. Bandath eilte hinzu. „Tut ihm nichts! Ich will ihn befragen!"

Als er die Minotauren erreichte, drehte sich Accuso zu ihm um. „Der wird dir nicht mehr antworten." Vor Bandath lag ein toter Magier auf der

Wiese. Mehrere Axthiebe hatten ihn übel zugerichtet, trotzdem erkannte der Hexenmeister einen seiner ehemaligen Lehrer wieder.

„Gorlin Bendobath, er war der Meister des Lebens auf Go-Ran-Goh."

„Meister des Lebens? Er greift dich an, tötet fünf meiner Leute und nennt sich selbst *Meister des Lebens*?"

Bandath sah zu dem wesentlich größeren Minotauren auf. „Wir müssen hier weg."

„Ich werde diesen Magiern zeigen, was es heißt, Minotauren zu töten!"

„Was willst du tun? Nach Go-Ran-Goh ziehen und an das Tor klopfen?"

„Ich werde nicht klopfen. Wir werden ihnen das Tor eintreten!"

„Unabhängig davon, Accuso, dass ihr alle zusammen das Tor der Magierfeste nicht eintreten könntet, solltest du in diesem Fall einen deiner Leute zurück in euer Dorf schicken."

„Warum?" Noch immer hob und senkte sich die mächtige Brust des Minotauren vor Wut.

„Weil er euren Freunden und Verwandten euren sicheren Tod mitteilen soll." Bandath winkte Dwego zu sich. Barella glitt auf ihren Leh-Mur und Farael bestieg das Quilin. „Ich jedenfalls werde nicht hier bleiben."

Irritiert sah sich Accuso um.

„Wenn ihr wirklich gegen die Magier ziehen wollt", erklärte Bandath, „dann habt ihr Null Chancen. Null! Verstehst du? Ein einziger von ihnen hat fünf deiner Männer getötet. Was meinst du, was passiert, wenn ihr auf sechs oder sieben von ihnen trefft?" Er bestieg seinen Laufdrachen. „Und außerdem wirst du nicht nach Go-Ran-Goh ziehen müssen. Es reicht, wenn du mit deinen Leuten einfach hier auf der Lichtung stehen bleibst. Ich schätze, dass spätestens in einer halben Stunde die ersten Magier hier eintreffen."

„Aber du bist ein mächtiger Hexenmeister, denke ich. Du könntest …"

„Ich werde garantiert *nicht* hier auf diese Typen warten. Erstens habe ich Besseres zu tun, als mich mit ihnen zu prügeln und zweitens kann ich im Moment keine Magie anwenden. Der Schwarze Sphinx kontrolliert die Magie. Er würde mich aussaugen, mir meine magischen Fähigkeiten nehmen."

Accuso schleuderte seinen Speer auf die Erde. „Warte wenigstens noch ein paar Minuten. Ich will meine Freunde nicht so liegen lassen."

In aller Eile trugen die Minotauren ihre toten Kameraden zu der Felswand und bedeckten sie mit Steinen. Dabei sangen sie ein Lied, halblaut, dessen Melodie traurig wirkte und dessen Worte Bandath nicht verstand. Als die letzten Töne des Liedes wie Fetzen von Nebel zwischen den Bäumen verklangen, hoben sich fünf Steinhügel vor der Felswand. Accuso pfiff und eine Gruppe Gargyle kamen zwischen den Bäumen zum Vorschein. Sättel und Gepäck an den Seiten identifizierte sie als die Reittiere der Minotauren. Dwego schnaubte unruhig und Bandath verzog das Gesicht. *Gargyle natürlich. Was sonst?*

„Na toll", flüsterte Barella, sodass nur Bandath es hören konnte. „Gargyle! Ich kann diese Viecher nicht leiden."

„Rulgo würde wahrscheinlich das Wasser im Munde zusammenlaufen", erwiderte Bandath und musste unfreiwillig grinsen. Auch Barellas Mundwinkel rutschten bei dieser Bemerkung ein wenig nach oben.

Accuso schien die Reaktion der beiden auf ihre Reittiere mitbekommen zu haben. Er schwang sich auf seinen Gargyl, zog fest an den Zügeln und trabte mit ihm zu Bandath. Dwego schnaubte erneut unwillig und begann, auf der Stelle zu tänzeln.

„Ruhig, mein Guter", flüsterte Bandath und legte ihm die Hand zwischen die Hörner. Sokah trabte um Dwego herum und brachte so den Laufdrachen zwischen sich und den Gargyl.

„Ich weiß, dass Gargyle auf dieser Seite der Berge nicht sehr beliebt sind." Accuso hatte sein Tier kurz vor dem Laufdrachen gestoppt. „Aber unsere Gargyle kommen aus einer Jahrhunderte alten Zuchtlinie. Wir Minotauren vom Großen Beerberg sind berühmt für unsere Gargylen-Zucht. Und keiner unserer Gargyle wird euch in irgendeiner Art und Weise Probleme bereiten."

Bandath nickte. „Gut, wenn du das sagst. Dann wollen wir mal."

Er gab Dwego ein Zeichen mit den Fersen und der Laufdrache setzte sich in Bewegung. Barella und Farael folgten. Dann die Minotauren. Jeder von ihnen führte einen reiterlosen Gargyl am Zügel mit sich.

„Was ist das Ziel deiner Reise, Hexenmeister?" Accusos Stimme drang problemlos bis zu Bandath nach vorn.

„Darüber reden wir heute Abend, bei der Rast. Und jetzt würde ich dich bitten, nicht den ganzen Wald zusammenzubrüllen. Wir haben ein paar ungnädige Magier auf den Fersen. Und wenn sie ihren toten Kumpan auf der Lichtung finden, dann werden sie noch ungnädiger werden."

„Und versucht, so wenig Spuren wie möglich zu hinterlassen", ergänzte Barella, als sie hinter sich das Brechen eines Astes hörte.

„Oh", Farael hüstelte. „Das war meine Schuld. 'tschuldigung."

Barella stöhnte. Allmählich glaubte sie zu verstehen, wieso Ratz Nasfummel ausgerechnet Farael zu ihnen geschickt hatte. In ihrer Ungeschicklichkeit waren sie sich auf einer gewissen Ebene ähnlich.

Bandath führte sie den ganzen Tag durch den Wald, der die Ebene nordöstlich des Go-Ran bedeckte. Meist konnten sie Pfaden folgen, die Tiere oder die wenigen Reisenden dieser Gegend im Unterholz hinterlassen hatten. Hintereinander wie die Perlen einer Kette folgten sie Bandath und Dwego, die beständig an der Spitze ritten. Bandath fühlte die magische Kraftlinie, die klar und fast silbern auf ihn wirkte. Reine, unverdorbene Magie. Der Hexenmeister genoss dieses Gefühl, auch wenn er die Möglichkeit, selbst Magie zu wirken, schmerzlich vermisste. Stundenlang ritten sie durch den Wald und entfernten sich dabei in einem weiten Bogen von der Magierfeste.

Am späten Nachmittag näherten sie sich einer Siedlung, die Bandath von einer seiner früheren Reisen her kannte. Es war ein eher armseliges Dörfchen in dem Tal vor ihnen, mit einem kleinen Markt und ein paar Feldern außerhalb der Holzpalisade, die sie sich zum Schutz vor wem auch immer um ihre Häuser gebaut hatten. Menschen lebten dort und nannten ihre Siedlung Goldbach, weil man angeblich in dem Bach, der durch die Siedlung floss, früher einmal einen Goldklumpen gefunden hatte.

„Wir könnten uns dort mit frischem Proviant versorgen. Und den hätten wir auch nötig", teilte Bandath Barella seine Überlegungen mit. Die anderen hatten aufgeschlossen und ihre Reittiere hinter dem Hexenmeister und seiner Gefährtin zum Halten gebracht. Stumm verfolgten sie die Unterhaltung und starrten zwischen den Bäumen hervor auf die kleine Siedlung hinunter.

„Andererseits", wandte sie ein und wies auf ihre Begleiter, „glaube ich nicht, dass wir besonders unauffällig sind. Ein Laufdrache, Minotauren, Gargyle. Spätestens nach dem kleinen Zwischenspiel an der Felswand ist den Magiern klar, dass wir neue Begleiter haben. Und so groß ist die Siedlung nicht, dass wir in der Menge der Reisenden untergehen."

Bandath stimmte zu. „Ich weiß nicht, wie lange sie uns verfolgen werden. Wir sollten den Inneren Ring nicht unterschätzen."

„Wenn wir wenigstens ein einziges stinknormales Pferd bei uns hätten, könnte jemand, ohne aufzufallen, dort runter reiten und uns Vorräte besorgen", knurrte Barella.

„Ich sehe kaum Bewohner", wandte Accuso ein. „Niemand auf den Feldern und zwischen den Hütten nur einige Gestalten."

„Es gibt nicht viele Bewohner in Goldbach." Bandath beschattete die Augen zum Schutz vor der tief stehenden Sonne mit seiner Hand. „Etliche sind weggezogen in den letzten Jahren, meist nach Flussburg oder Konulan. Hier gibt es nichts als Wald und noch mehr Wald. Sie erhoffen sich in den Städten ein besseres Leben. Geblieben sind nur ein paar Jäger mit ihren Familien, die Felle, Leder und Fleisch an die Magierfeste verkaufen."

Am Ende einigten sie sich, dass Barella und Farael den Ort zu Fuß aufsuchen sollten. Sie würden so viel Proviant wie möglich kaufen und zu ihnen zurückkehren. Niemand war wirklich zufrieden mit dieser Entscheidung, aber es schien die unauffälligste Wahl zu sein.

„Wir warten hier", sagte Bandath und sie mussten lange warten. Sie sahen, wie die Sonne sich zum Horizont bewegte und ihn berührte. Weder kamen Barella und Farael zurück, noch bemerkten sie irgendein Zeichen von ihnen.

„Braucht deine Gefährtin immer so lange, bis sie ihre Besorgungen erledigt?" Accuso hatte sich neben Bandath gestellt, der fast unbeweglich im Sattel Dwegos saß und auf das Dorf starrte. Sorge verdunkelte sein Gesicht.

„Oh, wenn wir auf dem Markt sind schon. Doch in solchen Situationen, wie der unseren im Moment, eher nicht. Es muss etwas passiert sein."

„Jemand sollte gehen und nachschauen. Und wir sollten nicht bis zur Dunkelheit warten." Er neigte seinen Kopf in Richtung der untergehenden Sonne.

Bandath nickte, ohne seinen Blick vom Dorf zu wenden.

„Das gefällt mir nicht. Wenn Barella könnte, hätte sie uns ein Zeichen gegeben."

„Es sollte wirklich jemand …"

„Und wer?", unterbrach ihn der Hexenmeister.

„Welchen Weg werden wir nach dem Dorf einschlagen?", antwortete der Minotaurus mit einer Gegenfrage.

„Ich weiß es nicht. Ich folge einer magischen Kraftlinie, einer ganz bestimmten. Die können ihre Richtung unvermittelt ändern. Ich kann unsere Richtung nur angeben, wenn ich mich auf dieser Linie befinde."

„Dann sollten wir alle gehen." Es war als Frage gemeint. Der Minotaurus wollte wirklich von Bandath die Zustimmung. Erst als Bandath das begriff, nickte er.

„Gut. Lass uns gehen. Wir sollten uns auf alles vorbereiten. Aber ich werde keine Magie anwenden können."

Er zog Sokah zu sich heran, dessen Zügel er die ganze Zeit gehalten hatte, beugte sich zu Barellas Sattel und zog das Schwert, das sie in der Scheide am Sattel befestigt hatte. Er legte sich die Klinge quer über den Schoß. Ungewohnt fühlte sich das an, hatte er doch noch nie mit einer solchen Waffe gekämpft. Doch wenn man als Hexenmeister keine Magie anwenden kann, muss man auf andere Mittel zurückgreifen. Es ging um mehr als seine Abneigung gegen Waffen. Im Moment ging es vorrangig um Barella, aber hinter ihr stand bedeutend mehr. Er vermutete, dass er selbst noch gar nicht richtig begriffen hatte … noch gar nicht richtig begreifen *wollte*, um wie viel es eigentlich bei diesem Abenteuer ging.

Letzte Reste des Tageslichtes erhellten die Umgebung, als sie das weit offen stehende Tor in der Palisadenwand durchritten. Die Minotauren hielten ihre Speere und Doppeläxte in den Händen, jederzeit bereit, sie zu benutzen. Niemand begrüßte sie, keiner fragte nach dem Woher oder Wohin. Keine versteckten Blicke aus halb geschlossenen Häusertüren verfolgten sie. Die Straßen lagen leer und ausgestorben vor ihnen und führten direkt zu dem winzigen Marktplatz. Barella und Farael standen mitten auf dem Platz, auf einem Podest an Pfähle gefesselt. Die Köpfe hingen ihnen bewegungslos nach unten, und Bandath glaubte, das dunkle Schimmern von Blut auf Barellas Stirn erkennen zu können.

„Eine Falle!", rief er. Im selben Moment stürmten Gestalten aus den umliegenden Häusern, groß und kräftig wie die Minotauren, mit Gesichtern, die eher an Trolle erinnerten, Haaren und Bärten, die weit über die Schultern hingen, Hauern, die aus dem Oberkiefer bis zum Kinn ragten und einer Haut, die fast schwarz erschien – Gorgals. Es mussten um die vierzig sein. Die Minotauren gingen sofort zum Angriff über. Accuso bellte einen Befehl und innerhalb weniger Augenblicke hatten sich sie zu einer Dreiecksformation gefunden. Mit hochgehaltenen Speeren und schwingenden Äxten jagten sie auf den dicksten Pulk der

Gorgals zu. Die reiterlosen Gargyle folgten ihnen, peitschten mit ihren Schwänzen, hatten die Mäuler mit ihren nadelspitzen Zähnen weit aufgerissen und gegen die Angreifer gereckt. Ein infernalischer Lärm brach los. Zu den Rufen der Minotauren gesellten sich das Brüllen der Gorgals und die Schreie der Gargyle.

Bandath beugte sich nach vorn. „Dwego! Zu Barella! Schnell!" Der Laufdrache reagierte sofort. Mit langen Schritten raste er über den Platz und riss dabei einige Gorgals um. Bandath schwang ungelenk das Schwert, traf irgendetwas Hartes, es klirrte und die Waffe wurde ihm aus der Hand geschleudert. Sokah und das Quilin Belzar trampelten die auf dem Boden liegenden Gorgals gnadenlos nieder. Belzar ging sogar so weit, mit gesenkten Hörnern in eine Gruppe Gorgals zu stürmen, die sich anschickten, den Reittieren den Weg zum Podest zu versperren. Seine dicke Lederhaut schützte ihn vor den Speeren, die die Angegriffenen wirkungslos gegen ihn schleuderten. Rasend vor Wut schnaubte das Quilin, trampelte auch diese Gorgals nieder und mit roten Augen sah es sich auf dem Platz nach weiteren Opfern um. Dwego stoppte am Podest und Bandath sprang ab. Sofort griff auch der Laufdrache die heran-eilenden Gorgals an und zusammen mit Sokah und Belzar hielten sie Bandath den Rücken frei. Der Hexenmeister wusste, dass er sich auf seinen Laufdrachen und Barellas Leh-Mur verlassen konnte. Er zückte sein Messer. Barella stöhnte, als er die Stricke durchgeschnitten hatte und sie in den Arm nahm. Es war tatsächlich Blut an ihrer Stirn. Die Gorgals mussten sie mit einer Keule niedergeschlagen haben. Vorsichtig ließ Bandath sie zu Boden gleiten, wischte ihr das Blut von der Wunde und träufelte etwas Wasser aus seinem Trinkschlauch zwischen ihre Lippen. Barellas Augenlider flatterten. „Bandath", hauchte sie und ihre linke Hand legte sich auf den Unterleib.

„Ich bin hier", flüsterte Bandath. Dann legte er sie vorsichtig auf den Boden und befreite Farael. Im selben Moment stürmten Dwego und Sokah über das Podest und griffen vier Gorgals an, die sich von hinten heranschleichen wollten.

Im Gegensatz zu Barella bewegte sich Farael nicht und reagierte auch nicht, als er Wasser in den Mund geträufelt bekam. Bandath richtete sich auf. Der Platz war mit bewegungslosen Gorgals übersät. Die Minotauren, von denen noch drei auf ihren Gargylen saßen, wehrten sich gegen eine Übermacht von noch etwa fünfzehn Angreifern. Der Hexenmeister steckte zwei Finger in den Mund und pfiff schrill. Dwego, der wütend auf einem am Boden liegenden Gorgal herumgetrampelt war, ließ von diesem ab und sprang zum Podest. „Hilf den Minotauren!", rief Bandath. Ohne zu zögern stürmte der Laufdrachen los und stürzte sich in den Pulk um ihre gehörnten Reisegefährten. Sokah folgte. Belzar senkte erneut seinen mächtigen, gehörnten Schädel und raste ohne zu bremsen zwischen die Gorgals, die schreiend zu Boden gingen. Innerhalb weniger Minuten war der Kampf entschieden. Die Gorgals waren besiegt, von den Minotauren saßen noch drei auf ihren Reittieren, unter ihnen Accuso. Auch mehrere Gargyle lagen erschlagen auf dem Boden.

Bandath kümmerte sich wieder um die Verletzten. Faraels Hinterkopf zierte eine riesige Beule, sein Atem ging schwach aber gleichmäßig. Der würde wieder auf die Beine kommen. Auch Barellas Wunde entpuppte sich auf den zweiten Blick als nicht so gefährlich, wie es zuerst erschienen war.

„Der hier lebt noch", keuchte Accuso und schleuderte einen verletzten Gorgal zu Bandath auf das Podest. „Willst du ihn befragen?"

Bandath beugte sich über den fremden Krieger.

„Wie heißt du?"

Der Gorgal schwieg, sah ihn nur hasserfüllt an.

„Was habt ihr hier gewollt?"

„Pyrgomon wird kommen und euch alle vernichten", spukte der Verletzte Bandath entgegen.

Der Hexenmeister nickte. „Er wird es zumindest versuchen. Aber ob er es schaffen wird, steht in den Sternen. Was habt ihr hier gemacht?"

„Euch eine Falle gestellt. Die Magier haben gesagt, wir sollen euch fangen, wenn ihr von Go-Ran-Goh entkommen solltet."

„Ihr solltet also das tun, was den Magiern misslang? Habt ihr euch nicht überlegt, dass das schwierig werden könnte?"

Der Gorgal hustete Blut, keuchte und griff sich mit fahrigen Händen an die Brust. „Pyrgomon wird euch vernichten!"

„Du wiederholst dich. Gibt es noch mehr von euch hier in der Gegend?"

„Überall … wir sind überall und werden euch kriegen …" Mit einem weiteren Husten brach ein Schwall von Blut über seine Lippen. Der Gorgal keuchte noch einmal und sackte dann zusammen. Bandath richtete sich auf.

„Was ist mit deinen Leuten?"

„Drei sind gefallen." Der Minotaurus knirschte vor Wut mit den Zähnen.

„Das tut mir leid." Bandath senkte den Kopf.

„Wie geht es deinen Gefährten?" Accuso nickte zu den beiden Liegenden.

„Sie kommen wieder auf die Beine. Aber wir sollten so schnell wie möglich weiter. Trotzdem brauchen wir Proviant. Könnt ihr nachsehen, was mit den Bewohnern dieses Dorfes ist?"

Accuso nickte. Die Minotauren sprangen von ihren Gargylen und durchsuchten die nächstgelegenen Häuser. Es dauerte nicht lange, bis sie mit Proviant beladen wieder am Podest standen.

„Es liegen einige Erschlagene in den Häusern", berichtete Accuso, während er die Säcke mit den Nahrungsmitteln an den Gargylen befestigte, „aber nicht genug für ein ganzes Dorf. Ich hoffe, die Bewohner konnten fliehen, ansonsten haben die Gorgals sie sicherlich versklavt."

Barella hatte sich in der Zwischenzeit aufgesetzt. Mit Bandaths Hilfe verband sie sich die Wunde an der Stirn. „Hoffentlich sind sie geflohen. Wir haben keine Zeit, uns um sie zu kümmern. Sowohl die Magier, als auch andere Gorgals werden kommen. Nachdem sie uns gefangen hatten, haben sie Boten losgeschickt."

„Ich verstehe", sagte Accuso. Zusammen mit seinen Kriegern holten sie die gefallenen Minotauren und legten sie auf das Podest. „Wir würden sie gern verbrennen."

Sie hoben den noch immer ohnmächtigen Farael auf das Quilin. Barella setzte sich auf Sokah, die Hand wieder vor den Unterleib gelegt.

„Bist du verletzt?", fragte Bandath und wies auf die Hand.

„Nein", wehrte Barella unwirsch ab. „Es ist nichts."

Accuso hatte die kurze Szene beobachtet und wollte etwas sagen, schloss jedoch den Mund, als Barella ihm einen Blick unter ihren Locken hervor zuschoss.

Seine Leute häuften Reisig unter dem Podest an und entzündeten es. Als eine dünne Rauchfahne emporstieg, traten sie zurück. Wieder stimmten sie den Totengesang an, den Bandath und Barella schon nach dem Kampf mit dem Magier gehört hatten. Als die Flammen höher züngelten und der Rauch sich schwarz färbte, drehten die Minotauren dem Podest den Rücken zu, nahmen die drei reiterlosen Gargyle am

Zügel, die den Kampf überlebt hatten und jetzt mit Lebensmitteln bepackt waren, bestiegen ihre eigenen und gesellten sich zu Bandath. Der Hexenmeister nickte. Er hob die Hand Richtung Nordwesten, dorthin, wo das gewaltige Gebirge einen Bogen schlug. „Wir müssen wohl in die Drummel-Drachen-Berge."

Accuso reichte Bandath das Schwert, das ihm aus der Hand geschlagen worden war. „Deine Waffe. Du hast sie verloren."

Barella bekam große Augen. „Du hast mit meinem Schwert gekämpft? Du hast *gekämpft?*"

Ungewohnt schwer lag die Waffe in Bandaths Händen. „Wenn mir die Magie fehlt ...", murmelte er.

„Dir fehlt auch Technik", entgegnete der Minotaurus. „Wenn du erlaubst, würde ich dich gern ein wenig unterweisen. Es geht nicht an, dass jemand gleich beim ersten Schlagabtausch sein Schwert verliert. Auch wenn sein Reittier uns den Sieg gesichert hat."

Das Schwert wurde wieder an seinem Platz verstaut, die Gefährten saßen auf und setzten sich in die von Bandath gewiesene Richtung in Bewegung.

„Welchem Wegweiser folgst du?", fragte Accuso, der sich neben dem Hexenmeister an die Spitze der Truppe gesetzt hatte. Eine blutende Wunde am Arm hatte er mit einem Verband bedeckt.

„Ich weiß nicht, ob du alles hören willst, was ich weiß, oder ob du mit deinen Leuten lieber nach Hause aufbrechen solltest."

„Hexenmeister. Meine Freunde und ich sind vor zwei Jahren losgezogen, meinen Vater zu suchen. Nicht einer von uns kam bisher ums Leben. Jetzt habe ich endlich jemanden gefunden, der meinen Vater kannte und innerhalb eines Tages sterben acht meiner Kameraden. Du glaubst doch nicht, dass ich das auf sich beruhen lasse? Du wirst mir erzählen, was hier los ist. Und danach entscheide ich, was ich machen werde."

Und Bandath erzählte.

Während der Hexenmeister und Accuso sich unterhielten, kam Farael wieder zur Besinnung. Sie hatten ihn in seinem Sattel festgebunden, damit er nicht vom Quilin fiel. Als wüsste Belzar, dass es seinem Reiter nicht gut ging, lief er ohne zu bocken oder plötzlich die Richtung zu wechseln. Barella ritt neben ihm. „Wie geht es dir?"

Farael stöhnte. „Mein Kopf." Er fasste sich an die Stirn. „Ich habe das Gefühl, die ganze Welt würde schwanken."

„Du reitest auf Belzar", kommentierte Barella trocken, „da ist es normal, wenn alles schwankt. Hast du Kopfschmerzen? Ist dir übel?"

Anstatt zu antworten beugte sich Farael zur Seite und übergab sich.

„Womit das auch geklärt wäre." Barella zog leicht am Zügel, so dass Sokah den Abstand zum Quilin etwas vergrößerte. „Das wird einen oder zwei Tage so bleiben. Du hast eine Kopferschütterung durch den Schlag mit der Keule davongetragen. Das kann einige deiner Kopffunktionen vorübergehend einschränken. Wenn dort überhaupt etwas ist, das eingeschränkt werden kann. Außerdem bleiben Übelkeit, Kopfschmerzen und Erbrechen. Eigentlich gehörst du ins Bett. Und Waltrude hätte sicherlich auch das ein oder andere Mittel gegen die Schmerzen und die Übelkeit für dich. Nur leider lässt sich das in unserer Situation nicht realisieren."

Farael übergab sich erneut. „Es hört sich fast so an, als ob dir das Spaß macht", stöhnte er mehr, als dass er sprach.

„Erwecke ich diesen Eindruck? Schade, ich dachte, ich wäre nicht so leicht zu durchschauen." Barella grinste und schloss zu Bandath auf.

Elfen und Trolle

Nur wenige Tage später erreichte Niesputz die Westgrenze der Riesengras-Ebenen. Er fand das Heerlager der Elfen recht schnell, da es sich unübersehbar am westlichen Rand der Riesengras-Ebenen erstreckte.

„Ui", rief Niesputz aus. „Ich wusste gar nicht, dass sich so viele Spitzohren hier zwischen den Grashalmen verstecken."

Zelt an Zelt und Kochfeuer an Kochfeuer zog sich das Lager fast drei Meilen weit hin, dazwischen Pferdekoppeln mit mehreren tausend Pferden. Ab und an konnte Niesputz schon von weitem die Gestalten der Trolle zwischen den Elfenzelten sehen. Patrouillen kehrten im gestreckten Galopp in das Lager zurück und der Rauch der vielen Kochfeuer zog in dünnen Schlangen in den Frühlingshimmel, der sich klar und wolkenlos über den Riesengras-Ebenen ausbreitete. Von Gorgals war weit und breit nichts zu sehen.

Niesputz fand Gilbath im Gespräch mit mehreren Elfen und Trollen. Korbinian und Rulgo befanden sich unter ihnen.

„Da ist ja mein Lieblings-Spitzohr!", rief Niesputz erfreut und platzte mitten in ein scheinbar wichtiges Gespräch, das Gilbath gerade mit dem Anführer einer zurückgekehrten Patrouille führte. Ungeniert ließ sich das Ährchen-Knörgi auf der Schulter des Elfenfürsten nieder. „Hallo Blut", sagte er zu dem Drachenhund, der zu Füßen des Elfenfürsten lag und hechelte. Dann drehte Niesputz von diesem Aussichtspunkt aus seinen Kopf in alle Richtungen, gerade so, als suche er einerseits etwas, wartete aber gleichzeitig darauf, dass sich ihm alle Aufmerksamkeit zuwandte. „Na, seid wenigstens ihr hier fleißig am Gorgal-Zerhackstückeln?"

Die Augenbrauen Gilbaths waren nach oben gewandert. „Ich denke, du bist irgendwo in den Drummel-Drachen-Bergen, die gewaltigen Heere ausspähen, die der Hexenmeister auf uns hat zukommen sehen?"

„Genau das ist unser Problem. Dort tapst eine verlorene Einheit von gerade mal zweitausend Gorgals durch das Unterholz und verbrennt leer stehende Dörfer. Ich glaube nicht, dass das die Heere sind, die die Gorgal-Boten unserem Freund Thugol gebeichtet hatten."

„Es gibt diese Heere!" Thugol, der hinter Rulgo gesessen hatte, begehrte auf. „Ich habe selbst gegen sie gekämpft. Und das waren dreißigmal mehr als zweitausend Gorgals."

„Seit wann können Trolle so schnell rechnen?", kam eine Elfenstimme aus dem Hintergrund. Niesputz surrte hoch, zog einen Kreis und landete auf der Schulter eines weiter hinten stehenden Elfen.

„Wenn du was zu sagen hast, Elflein, dann sag es so, dass jeder dein Gesicht sieht. Und was das Rechnen der Trolle angeht: Ich kann dich gern einen Tag mit Rulgo in eine Höhle sperren. Ich bin sicher, der wird dir eine ganze Menge vorrechnen können, mit seiner Keule, die er gerade so gelangweilt in seinen klobigen Händen hält."

Der Elf wurde rot. Ein Blick schoss zu Gilbath, ein zweiter zu Rulgo, der breit grinsend das riesige Insektenbein hob. Auch Niesputz grinste. „So, nachdem wir also die Kleinigkeiten geklärt haben", er flog wieder zu Gilbath, „können wir uns den wirklich wichtigen Angelegenheiten zuwenden. Im Ernst, ich glaube ebenfalls an die Gorgal-Heere. Fakt ist aber, dass zumindest die Streitmacht, die durch die Drummel-Drachen-Berge kommen sollte, nicht die Größe hat, die uns angekündigt war. Wie sieht es hier aus?"

Gilbath wog den Kopf. Gesicht und Stimme waren anzumerken, dass er unzufrieden war. „Keine zwei Tagesmärsche von hier lagert ein Heer der Gorgals. Ja, es ist groß. Doch wenn es fünftausend Krieger sind, ist das hoch gegriffen. Ja, sie marschieren in unsere Richtung. Sie sind früh dran, bedeutend früher, als angekündigt. Sie geben sich keine Mühe, versteckt in die Riesengras-Ebenen einzufallen, gerade so, als wollen sie gesehen werden. Und unsere Späher berichten, dass ihnen kein weiteres Heer folgt. Weit und breit ist nichts von der angedrohten, gewaltigen Streitmacht der Gorgals zu sehen."

„Werdet ihr sie aufhalten können?"

„Wer glaubt, mit solch einem Heer durch die Riesengras-Ebenen zu kommen, ist ein schlechter Feldherr", grummelte ein Troll neben Rulgo. Rulgo verpasste ihm eine Ohrfeige. „Unterschätze nie deinen Gegner, Weichbirne. Das ist immer der erste Fehler, den man auf dem Schlachtfeld macht. Und meist auch der letzte. Die Gorgals planen etwas, da bin ich mir ganz sicher. Und ich befürchte, dass es uns nicht gefallen wird."

Gilbath gab dem Troll Recht. „Genau darüber haben wir geredet, Niesputz, als du uns so effektvoll mit deinem Auftritt unterbrochen hast.

Wo sind die Gorgals? Mit denen hier werden wir fertig werden. Aber wo ist der Rest? Ich vertraue Bandath voll und ganz. Das habe ich schon mehrfach hier in dieser Runde betonen müssen. Es ändert aber nichts an einer Tatsache: Das Heer hier ist nicht so groß wie angekündigt."

„Keine weiteren Informationen oder Erkenntnisse?" Niesputz saß noch immer auf Gilbaths Schulter und dieser musste den Kopf verdrehen, um dem Ährchen-Knörgi antworten zu können. Der Elf schüttelte den Kopf. „Es ist, als wollen die Gorgals gesehen werden. Es ist, als ob …, als ob …"

„… sie uns von etwas Anderem ablenken wollen", ergänzte Korbinian den angefangenen Satz seines Vaters.

„Aber wovon?" Ratlos kratzte sich Gilbath am Kinn und ahmte dabei unbewusst die Geste Rulgos nach.

„Das ist die Frage", bestätigte Niesputz. „Wovon sollen wir abgelenkt werden?"

Später dann, als sie allein waren, unterrichteten Rulgo und Korbinian Niesputz über die Geschehnisse der letzten Tage. Das Wichtigste war wohl, dass beide, basierend auf Thugols Angaben, einen Kampfstil erarbeitet hatten, mit dem sie hofften, die Gorgals schlagen zu können. Die Krieger in den ersten Reihen der Gorgal-Heere waren mit Schilden ausgerüstet, Schilde, die so groß waren, dass sie sich komplett dahinter verbergen konnten. Sie glänzten wie edler Stahl, waren hart und an ihren Rändern gebogen, so dass jeder Speerstoß an ihnen abglitt. Eine Einkerbung an der Seite ermöglichte es den Gorgals, mit einem Schwert oder einem Kurzspeer anzugreifen, während Gorgals aus den dahinter positionierten Reihen mit langen Lanzen die Gegner attackierten. Krieger, die sich den Gorgals entgegenstellten, hatten kaum eine Chance, durch diese Abwehr hindurchzukommen und waren den Angriffen von Speeren, Lanzen und Schwertern ausgeliefert. Selbst die Hiebe von Trollkeulen wurden durch die außergewöhnlich kräftigen Gorgals mit ihren Schilden abgefangen. Korbinian wollte die in der ersten Reihe kämpfenden Elfen mit kleineren Rundschilden und Schwertern ausstatten, die durch Trolle mit Lanzen in der zweiten Reihe gedeckt werden würden. Darüber hinaus, und das war Rulgos Idee gewesen, würden die Elfen sich zwar der Angriffe der Gorgals erwehren, die ihnen direkt gegenüberstanden, angreifen würden sie aber deren Nachbarn rechts, am Schild ihres Gegenübers vorbei, sozusagen. Sie mussten sich also darauf verlassen können, dass die Trolle hinter ihnen sie ebenfalls vor den Gorgals schützten. Sollten die angegriffenen Gorgals sich dann ihrem Angreifer zuwenden, müsste der Elf sich wieder auf den Gorgal direkt vor ihm konzentrieren. So hofften Rulgo und Korbinian, die Deckung, die die gewaltigen Schilde der Gorgals boten, umgehen zu können. „Beweglichkeit!", hatte Rulgo gesagt. „Beweglichkeit ist das A und O bei diesen Gegnern. Wir dürfen uns von ihnen nicht ihre Kampftaktik aufzwingen lassen. Wir müssen von Anfang an den Ton angeben. Da gibt es kein Ausprobieren oder *Wir-werden-mal-sehen-wie-es-läuft*. Beweglichkeit! Nur so können wir ihre Reihen aufbrechen!"

Als sie diese Idee entwickelten, rechneten sie mit Widerstand von Seiten der Elfen und Trolle. Sie hatten aber nicht geahnt, *wie groß* dieser Widerstand wirklich werden würde. In dem von Trollen und Elfen gebildeten Rat zur Führung des gemeinsamen Heeres erhob sich ein Geschrei, als hätten Rulgo und Korbinian verlangt, künftig nur noch gemeinsame Ehen von Elfen und Trollen zuzulassen. Die Trolle verlangten lautstark, wie immer mit ihren Keulen kämpfen zu dürfen. Sie bezeichneten die geplanten Lanzen als Zahnstocher und betonten, noch niemals habe man einen Troll mit *so etwas* gesehen. Und kämpfen? Wie solle man denn ohne Keulen kämpfen können?

Die Elfen wiederum wehrten sich vehement, erstens mit einem Schild kämpfen zu müssen – sie wollten die Hände frei für Schwert und Bogen haben – und zweitens wollten sie keine bewaffneten Trolle hinter sich. Trolle hinter ihnen wären viel schlimmer als Gorgals vor ihnen. Wenn sie überhaupt ein Schild bräuchten, dann auf dem Rücken. Wer ahne schon, was in einem Troll vorginge, wenn er mit einer Lanze in den Händen einen ungeschützten Elfenrücken vor sich sähe.

Das wäre eine ungeheure Behauptung, begehrten die Trolle auf. Trolle hätten es nicht nötig, mit ihren Keulen Elfen von hinten platt zu klopfen, wenn man das auch von vorn machen könne. Und außerdem stünde ein ganzes Gorgal-Heer zum Verprügeln bereit. Wozu sich dann mit Elfen abgeben? Wenn überhaupt, dann würden die Elflein nur stören. Man solle doch ihnen, den Trollen allein, die Gorgals zum Austoben überlassen. Sie würden die Eindringlinge schon in geeigneter Form nach Hause schicken.

Da die Lautstärke jetzt immer weiter anstieg, brüllte Thugol seine Artgenossen an. Das *Nach-Hause-Schicken* hätten schon zwei Troll-Heere versucht, die jetzt nicht mehr existierten.

Was könne man von den Trollen aus den westlichen Wäldern auch anderes erwarten, höhnten die Trolle.

Was könne man von Trollen überhaupt erwarten, setzten die Elfen noch einen oben drauf. Die Trolle sollten mal schön den Mund halten und die Reserve bilden. Die Gorgals würden durch die Elfen nach Hause geschickt werden, und zwar *mit* Pfeil und Bogen und *mit* Schwertern.

Den Mund halten? Jetzt brüllten auch die letzten Trolle, die an der Beratung teilnahmen. *Den Mund halten?* Niemand verbiete einem Troll den Mund! Und diese Weich-Elfen aus den Riesengras-Ebenen schon gar nicht.

Mittlerweile waren sowohl Trolle als auch Elfen aus dem Lager auf den Streit aufmerksam geworden und die Menge um die Streitenden wurde immer größer. Gleichzeitig wurde der Ring immer enger. Es wurde geschubst und gedrängelt, Fäuste wurden gereckt und so manch eine nervöse Elfenhand lag am Knauf eines Schwertes, während die Griffe der Trolle um ihre Keulen immer fester wurden. An dieser Stelle wäre der Streit beinahe in eine handfeste Prügelei, wenn nicht in Schlimmeres ausgeartet.

Rulgo und Gilbath sahen sich an. Der Elfenfürst nickte und Rulgo stieß einen halblauten Pfiff aus, auf den der Drachenhund reagierte, wenn ihn auch die spitzen Elfenohren in diesem Tohuwabohu kaum wahrgenommen hatten. Blut, der die ganze Zeit unbeteiligt zu Gilbaths Füßen gelegen hatte, sprang in den von der vorhandenen Spannung frei gehaltenen Raum zwischen Elfen und Trollen im Zentrum der Menge. Er schüttelte sich kurz und dann brüllte er so gewaltig, dass man denken konnte, ein Drummel-Drache wäre gelandet und hätte sich bemerkbar gemacht. Flammen züngelten um das Maul des Drachenhundes, Qualm stieg auf und sein Nackenfell war gesträubt, dass es jedem Besen Ehre gemacht hätte.

Schlagartig war es totenstill. Jede Bewegung erstarb. „Ich bin mit einem Troll in der Wüste gewandert", war nach wenigen Augenblicken die Stimme Korbinians zu vernehmen. Er trat neben den Drachenhund und alle Augen richteten sich auf ihn. Wie eine Welle ging eine leichte Entspannung durch Trolle und Elfen, eine, an die aber noch nicht ganz geglaubt wurde. „Ich habe Rulgos Leben gerettet und er das meine, mehrfach. Und dabei hatte er mehrmals Gelegenheit, mich mit seiner Keule *plattzuklopfen*. Und ich hätte ihm im Schlaf mein Schwert in das Herz rammen können. Jede Nacht. Aber wir taten es nicht. Wir sind von Sandmonstern angegriffen worden, von Wasserdrachen, von Dämonen. Wir haben Seite an Seite gekämpft und ich würde … ich *werde* es wieder tun. Immer, wenn es nötig ist. Ich würde ihm und jedem seiner Gefährten mein Leben anvertrauen. Jederzeit!"

„Ich bin in den letzten Jahren viel mit Elfen gewandert und habe mit Elfen gekämpft." Rulgos Stimme klang ungewohnt ernst, als er sich neben Korbinian stellte. „Seite an Seite *mit* Elfen, nicht gegen sie. Und wenn ich eines gelernt habe in dieser Zeit, dann ist es nicht nur, dass Elfen von Natur aus Trolle nicht leiden können", jetzt spielte doch ein leichtes Grinsen um seine Mundwinkel, „sondern, dass man sich auf Elfen voll und ganz verlassen kann. Sie sind viel zu eingebildet, um einen Troll anzulügen. Einigen wir uns heute auf diese Kampfweise, dann lege ich mit ruhigem Gewissen mein Leben in die Hand eines jeden Elfen, der an meiner Seite kämpft!"

„Für mich gab es viele hundert Jahre lang keinen größeren Feind als die Trolle." Gilbath legte, als er zu Rulgo und Korbinian trat, seine Hand kurz auf die Schulter seines Sohnes. „Keine Wesen südlich der Drummel-Drachen-Berge hatten es mehr verdient, durch ein Elfenschwert zu sterben, als die, die uns wieder und wieder das Diamantschwert stahlen. Trolle waren, so dachte ich, von Natur aus dickköpfig, stur und hinterhältig. Bis ein kleiner Mann kam und mich eines Besseren belehrte.

Trolle bleiben zwar von Natur aus dickköpfig und stur, aber sie rösten keine Elfenkinder über dem Feuer. Trolle stehen zu ihren Kameraden. Und wenn sie der Meinung sind, dass ein Elf dieser Kamerad ist, wenn dieser Elf seine naturgegebene Arroganz und Überheblichkeit zumindest teilweise ablegen kann, hat er einen Begleiter, wie ihn die Welt nicht besser sehen wird.

Wir Elfen sind an einer Stelle, an der wir mehr tun können, mehr tun müssen, als einmal im Jahr nach Neu-Drachenfurt zum Herbstfest zu gehen. Bandath sagt, den Drummel-Drachen-Bergen drohe eine gewaltige Gefahr, eine Gefahr, wie wir sie uns noch gar nicht vorstellen können. Ich vertraue Bandath voll und ganz, und das ist die zweite Lektion, die ich gelernt habe." Er wandte sich jetzt direkt an Rulgo. „Ich gebe dir, Rulgo, dem Anführer aller Trolle, mein Wort als Elfenfürst, dass kein Elf den Trollen in irgendeiner Art und Weise schaden wird. Es wird so gekämpft, wie du, Thugol und mein Sohn Korbinian es euch überlegt habt. Und bei meiner Ehre", jetzt drehte er sich zu seinen Elfen um, „wenn einer meiner Leute mein Wort bricht, werde ich ihn persönlich an seinen spitzen Ohren zwischen den Zelten zum Trocknen aufhängen."

„Eine Kette aus getrockneten Elfen …", grummelte Rulgo halblaut und setzte dann lauter fort: „Und ich gebe dir mein Wort als Anführer der Trolle, dass wir aus der zweiten Reihe heraus *mit Lanzen* unser Bestes geben werden, die Elfen vor den Angriffen der Gorgals zu schützen, bis wir deren Reihen geknackt haben."

Dann fügte er so leise, dass nur Gilbath und Korbinian es hören konnten, zwischen zusammengepressten Zähnen und mit einem erneuten Grinsen um die Mundwinkel hinzu: „Du gibst dein Ehrenwort? Elfen haben von Natur aus keine Ehre."

„Und so kam es", beendete Korbinian den Bericht, „dass Elfen und Trolle seit zwei Tagen gemeinsam die Schlachtordnung üben, mit der wir den Gorgals gegenüber treten wollen."

Niesputz nickte und es schien, als versuche er einen weisen Eindruck zu machen. „Ja, nur gemeinsam mag es uns gelingen, diese schwierigen Prüfungen zu bestehen." Dann grinste er doch breit, auch wenn sich Sorgen in seinen Augen spiegelten. „Obwohl ich eine handfeste Prügelei zwischen Elfen und Trollen ganz gern gesehen hätte. Meine Oma hat immer gesagt: Wer nicht überzeugen kann, solle wenigstens Verwirrung stiften. Das ist dem Rat in dieser Situation ganz gut gelungen."

„Das Gute an der Situation war", dröhnte Rulgo, „dass der Elfenfürst hinterher unserem kleinen Korbinian gesagt hat, wie stolz er auf ihn ist und dass er, als er mit uns unterwegs war, wohl viel mehr gelernt hat als in den Jahren zuvor. Stimmt's?"

Und mit dem letzten Wort an Korbinian schlug Rulgo dem Elf auf die Schulter, so dass es diesen von den Füßen riss, er vor Schmerz und Schreck aufschreiend vier Schritt an Niesputz vorbei flog und mit dem Gesicht im Gras landete.

„Oh!", sagte Niesputz und folgte der Flugkurve Korbinians mit den Augen. „Das Wetter wird schlechter. Die Elfen fliegen tief."

Rulgo musterte seine Hand, als sei er wieder einmal erstaunt über die Auswirkungen seiner kleinen Klapse auf die Schultern von Elfen. Doch bevor Korbinian, der keuchend und jammernd im Gras lag und Dreck spuckte, noch darauf reagieren konnte, dröhnten weithin hallende Hörner.

Rulgo stand auf. „Es ist so weit. Die Gorgals greifen an."

„Viel zu früh." Niesputz surrte hoch. Seine Stimme klang ungewohnt ernst. „Das stimmt alles nicht!"

Über dem Hügel westlich der Riesengrasebene tauchte eine dunkle Linie auf – Gorgals in Schlachtordnung.

Drängend klang der Ton der Hörner, Rufe wurden laut, Elfen und Trolle eilten zu den Waffen und hastig formierten sich die ersten Schlachtlinien vor dem Lager. Die Gorgals ließen den Verteidigern keine Zeit. Ohne einen Ruf schwappten sie wie eine Flutwelle aus dunklem Moder über den Hügel und rannten gegen das Lager der Elfen und Trolle. Rulgo und Korbinian stürmten vorwärts. Niesputz surrte über ihnen. „Was habt ihr gesagt? Fünftausend Gorgals? Das sind höchstens dreitausend."

„Wenn das nur dreitausend sind, dann planen sie etwas. Schnell, Niesputz, flieg zu Gilbath und ..." Aber Niesputz war bereits unterwegs.

Gilbath hatte in aller Eile seine Hauptmänner um sich versammelt und gab Befehle. Die ersten Elfen eilten bereits wieder davon.

„Fürst aller Spitzohren!", rief Niesputz schon von Weitem. „Warte!" Er landete geschickt auf der Schulter des Elfen. „Das sind keine fünftausend Gorgals, die dort über den Hügel angestürmt kommen."

Gilbath drehte sich zu dem Hügel, der jetzt schwarz vor Gorgals schien. Dann wandte er sich wieder seinen Elfen zu. „Thran, deine Einheit sichert die rechte Flanke, Golbath, deine die linke. Eure Einheiten", er wies auf zwei weitere Hauptmänner, „bleiben, als Reserve. Beharkt die Angreifer mit den Langbögen, aber passt auf, dass ihr nicht aus Versehen einen von uns trefft – und damit meine ich Elfen *und* Trolle!"

Unterhalb des Hügels prallten die Gorgals auf die Reihen der Verteidiger. Und es brandete Geschrei auf.

Gorgals

Theodil Holznagel saß mit den Gnomen am Lagerfeuer. Es war eine schweigsame Reise. Gut, Theodil war nicht unbedingt ein Zwerg, der andauernd reden musste, wie es zum Beispiel Waltrude während ihrer gemeinsamen Reise in den Süden *unentwegt* getan hatte. Aber ein klein wenig Unterhaltung, wenigstens ab und an, wäre doch nicht schlecht. Waren denn alle Gnome wie seine Begleiter? Er erinnerte sich an den Ausbruch des Vulkans vor drei Jahren. Der Gnom Claudio Bluthammer war an diesem denkwürdigen Abend aufgetaucht und hatte während seines kurzen Besuches mehr Worte gebraucht, als seine drei Gefährten während ihrer gesamten bisherigen Reise. Hisur zum Beispiel sprach nicht ein einziges Wort. Die anderen beiden, die Brüder Brean und Broan beschränkten sich auf wenige Worte – untereinander. Zu ihm oder mit ihm redete niemand. Nur gut, dass sie ihn wenigstens während ihrer Mahlzeiten nicht vergaßen. Theodil befürchtete schon, gemütskrank zu werden oder an Vereinsamung zu sterben.

Sie hatten Flussburg auf einem Kahn verlassen und waren auf dem Ewigen Strom einen Tag flussabwärts gesegelt. Danach hatten sie am Südufer angelegt und waren noch vor dem Umstrittenen Land in Richtung Riesengras-Ebene aufgebrochen. Auch auf der Ebene kamen sie zügig voran. Nach nur zwei weiteren Tagen befanden sie sich südlich des Umstrittenen Landes. Bis zu den Gebieten der Elfen war es nicht mehr weit. An diesem Abend jedoch wurde ihr Plan durcheinandergebracht. Sie saßen am Lagerfeuer und die Gnome hatten tatsächlich vier Worte miteinander gewechselt: „Essen", „Fleisch", „Mehr" und „Nochmal!"

Theodil hatte mitgezählt und verbuchte es als außergewöhnlich wortreiche Plauderei seiner ihm zwangsweise zugeteilten Reisegefährten. Er sehnte sich nach Bandath, Niesputz und den anderen und machte sich Sorgen um seinen Sohn und seine Frau.

Das flatternde Geräusch von ledernen Flügeln unterbrach das Schweigen der Gnome. In der Dunkelheit schien eine fliegende Kreatur wieder und wieder ihr Lager anzusteuern, aber jedes Mal, kurz bevor sie in den Lichtkreis des Feuers geriet, abzudrehen. Hisur stand auf und reckte seinen Arm in die Dunkelheit. Flattern und dann landete ein Dorignath auf dem Gnomenarm, ein Bote des Ratsherrn Connla Cael aus Flussburg. Hisur zog eine Kette aus seinem Gürtel, dünn und silbern glänzend, hakte das Ende am Halsband des kleinen Flugdrachen fest und band das Lederetui von der Brust des Dorignathen. Er setzte ihn auf die Erde und warf ihm ein Stück Fleisch zu, das er mit dem Messer von seiner Portion abgeschnitten hatte. Anschließend wischte er sich die Hände sauber und holte das Papier aus dem Lederetui. Aufmerksam las er die Botschaft, nickte und reichte das Papier an die beiden Brüder weiter. Die lasen ebenfalls, gaben es ihm zurück und nickten. Hisur faltete das Papier zusammen, steckte es in ein Seitenfach seines Schultersackes, holte aus demselben Fach ein anderes Stück Papier, kritzelte mit der Schreibkohle ein paar Zeichen darauf, verstaute es in dem Lederetui und band dieses schließlich wieder auf der Brust des Dorignathen fest. Er löste die Kette und das Tier verschwand flatternd in der Nachtluft über ihnen.

Theodil hatte alles mit wachsendem Erstaunen und einer größer werdenden Portion Wut beobachtet.

„Gibt es Neuigkeiten?", presste er schließlich hervor.

Hisur sah ihn an, eine ganze Weile, als ob er überlegte, ob es sich lohnen würde ein oder zwei Worte an den Zwerg zu richten.

„Planänderung", sagte er schließlich. Die Variante mit einem Wort hatte wohl den Sieg davon getragen.

„Planänderung. Soso. Pass bloß auf, dass deine Zunge nicht wegen zu häufiger Benutzung einen Krampf bekommt!" Theodil war jetzt richtig wütend. „Was heißt Planänderung? Greifen wir die Gorgals nun alleine an? Gehen wir zurück nach Flussburg? Flüchten wir nach Pilkristhal? Gebt ihr euch den Elfen gefangen, damit sie euch, als *Das schweigende Trio* auf Marktplätzen herumzeigen können? Redet mit mir, bei Waltrudes ranziger Schmierkrötersuppe!"

Hisur sah erneut einige Momente schweigend zu Theodil, bevor er in seinen Schultersack griff, die Botschaft des Ratsherrn herausholte und dem Zwerg hinhielt, wortlos natürlich.

„Wenigstens etwas!", knurrte Theodil unfreundlich, riss dem Gnom das Papier aus der Hand und setzte sich so hin, dass der Schein ihres Lagerfeuers auf die Worte fiel, die Connla Cael geschrieben hatte. Gleich darauf schrie er vor Wut auf. „Was soll das sein? Schrift? Das sieht eher aus, als wären ein paar Dorignathen-Küken zuerst in ein Tintenfass geflogen und anschließend über das Papier gestolpert. *WAS STEHT HIER???*"

„Wir trennen uns", erbarmte sich Brean schließlich, nachdem sich die Gnome mehrere Augenblicke angesehen hatten und Theodils Wutausbruch ins Leere verpufft war. „Broan und ich gehen zu den Elfen. Du begleitest Hisur nach Süden. Es gibt Gerüchte über Gorgals, die sich von dort nähern. Ihr sollt herausfinden, was daran wahr ist."

Und so kam es, dass sie sich am nächsten Morgen trennten. Ohne Worte hatten die Gnome Theodil das Pony abgenommen und ihn auf eines der Pferde gesetzt. Der Zwerg hatte die erniedrigende Prozedur mit einer Schimpfkanonade begleitet, die wirkungslos an seinen Begleitern abgeprallt war. Selbstverständlich hatten sie mit keinem Wort darauf reagiert. Er sah seinem Pony nach, während es sich Richtung Westen bewegte und sie selbst sich nach Süden entfernten. Tagelang durchstreiften sie die Riesengrasebene, näherten sich ihrem südlichen Ende und trafen in dieser Zeit weder auf Elfen noch auf Gorgals. Das zweite freute Theodil. Er hatte keine Lust, sich den Gorgals entgegenzustellen. Das Erste wunderte ihn gar nicht. Lief alles nach Plan, dann würden die Elfen im Westen sein, um die Eindringlinge aufzuhalten. Er wälzte diesen Gedanken einige Zeit im Kopf hin und her. Irgendetwas daran störte ihn. Wenn die Elfen alle im Westen weilten, um sich den Gorgals entgegenzustellen, wieso sollte er dann mit Hisur südwärts ziehen? Gorgals im Süden? An dieser Stelle überlief ihn ein kalter Schauer, der von einer inneren Hitzewelle begleitet wurde. Die Riesengras-Ebenen lagen frei vor den Gorgals, die aus dem Süden kommen würden. Kleinere Trupps konnten unbehelligt nordwärts bis in die Troll-Berge ziehen und den Trollen in den Rücken fallen, die sich dort verschanzt hatten, um das Eindringen der Gorgals aus den Drummel-Drachen-Bergen zu verhindern. Sie konnten aber genauso gut dem Elfenheer in den Riesengras-Ebenen in den Rücken fallen. Oder sie konnten über den Grünhai-Fluss setzen und Flussburg angreifen. Aufgeregt teilte er Hisur seine Überlegung mit und er erlebte ein Wunder. Der Gnom antwortete mit vier Wörtern: „Deshalb sehen wir nach." Hatte Theodil aber gehofft, dass sich die Schweigsamkeit Hisurs nun legen würde, wurde er enttäuscht. In den nächsten

Tagen wechselten sie nicht ein Wort miteinander. Das heißt, Theodil sprach schon, Hisur schwieg. Der Zwerg hatte sich angewöhnt, dem Gnom ab und an längere Monologe zu halten, über den bevorstehenden Krieg, über das Verhältnis von Elfen und Trollen, oder Gnomen und Zwergen, oder einfach nur über das Wetter, das sich zumindest in diesem Teil der Welt immer mehr zu einem regnerischen Frühling veränderte, nachdem sie viele Tage lang Sonnenschein gehabt hatten. Einmal hielt Theodil dem Gnom einen längeren Vortrag über die Rolle der Sprache und den Vorteil des Informationsaustausches, zum Beispiel zwischen Gnomen und Zwergen. Hisur ließ all das schweigend über sich ergehen.

Sie verließen die Riesengras-Ebenen und kamen in Berge, die zwar weit und hoch waren, in ihrer Ausdehnung aber auf keinen Fall an die Drummel-Drachen-Berge heranreichten. Theodil erinnerte sich, diese Berge aus dem Süden gesehen zu haben, im vorletzten Jahr, als sie auf den Flößen der Holzschiffer stromabwärts Richtung Pilkristhal fuhren. Die Berge waren rau und steinig. Scharfe Täler durchschnitten sie, kahle, schneelose Gipfel verschwanden in den Regenwolken über ihnen.

„Was für eine trübe Gegend." Sie begannen, einen steinigen Berghang zu erklimmen und führten die Pferde hinter sich her. Nachdem Hisur ihn mehrere Male auf das Pferd hatte helfen müssen, hatte Theodil eine ähnliche Vorrichtung gebaut, wie sie sie schon bei ihrer Flucht aus Pilkristhal benutzt hatten. Eine kleine Leiter aus Stricken und Hölzern hing jetzt an einer Seite des Sattels, während des Reitens eingerollt. Die Steigbügel hatte Theodil gekürzt.

„Wie sollen wir hier die Gorgals finden? Sei doch mal ehrlich. Hier könnten sich in den Tälern ganze Armeen verbergen, ohne dass wir sie entdecken, wenn sie das nicht wollen. Tagelang werden wir hier durch die Einöde irren, während anderswo unsere Hilfe dringend gebraucht wird." Theodil hoffte zumindest, dass es so war. Auch wenn er sich nicht einbildete, dass bei den Mengen an Kriegern, die sich mittlerweile überall tummelten, seine Axt unersetzlich war. Inzwischen mussten ja auch die Streitkräfte Flussburgs auf dem Weg durch die Riesengras-Ebene sein. Er selbst hielt ihr Umherirren durch die hiesigen Berge für völlig sinnlos. Immer tiefer drangen sie in das Gebirge ein, und je mehr Täler und Berge sie im Laufe der Tage hinter sich ließen, desto karger und trostloser kam ihm das Gebirge vor. Obwohl kleine Bäche und Flüsse die Berghänge herabströmten und sich in den Tälern sammelten, wuchsen nur kümmerliche Kiefern und kleine Büsche zwischen den Steinen. Nachts suchten sie sich Höhlen, von denen es hier sehr viele gab, um wenigstens während dieser Stunden vor dem nicht enden wollenden Nieselregen geschützt zu sein.

Sie fanden nichts, sie trafen niemanden. Ein paar Tage lang irrten sie scheinbar ziellos durch die Berge, führten ihre Pferde an den Zügeln, ritten, wo es die Gegend zuließ oder erkundeten Täler auch mal zu Fuß.

„Hier lebt keiner, Hisur. Nicht einmal Gnome, geschweige denn Zwerge. Und Gorgals werden wir hier auch nicht treffen." Sie standen am Rande eines Tales, blickten in die trostlose Tiefe und musterten die gegenüberliegenden Hänge. Ihre Pferde hatten sie in der Höhle gelassen, die sie in der letzten Nacht als Lager genutzt hatten. Sie wollten eine weitere Nacht dort verbringen und zu Fuß einige der umliegenden Täler auskundschaften. „Was für eine Gegend. Steine, Berge, Steine, Täler, Steine, Abhänge ... und, ach ja, Steine natürlich. Oh sieh mal!" Theodil wies mit gespielter Freude auf eine Stelle auf der anderen Seite des Tales. „Ein Baum. Ich glaube, davon werde ich meinen Enkeln noch erzählen können. Ich habe einen Baum in einem ansonsten baumlosen Gebirge gesehen. Das ..." Die kräftige Hand Hisurs riss ihn zu Boden und ein Zischen unterbrach den Redefluss des Zwerges. Mit seinen klauenähnlichen Fingern wies der Gnom nach unten. Hinter einer Biegung am Ende des Tales erschienen vier Reiter. Theodil hatte noch nie zuvor Gorgals gesehen, zweifelte aber nicht einen Moment daran, dass die vier Gestalten dort unten tatsächlich Gorgals waren. Ihre schwarze Haut, die aus dem Oberkiefer wachsenden Hauer, die geflochtenen und bis in den Bart gewachsenen Augenbrauen, die Muskelpakete – genau so hatte Thugol ihnen die Gorgals beschrieben. Er erwartete, weitere Reiter hinter den ersten auftauchen zu sehen, erwartete ein Heer, zumindest eine kleine Streitmacht. Aber als die vier die Stelle direkt unterhalb von ihnen erreicht hatten, kam noch immer keine Armee hinter der Biegung des Tales hervorgeströmt.

„Vier Gorgals", flüsterte Theodil. „Nur vier."

„Späher", zischte Hisur. „Folgen!" Und das taten sie auch. Den Rest des Tages verfolgten sie die vier Reiter, immer bestrebt, sie nicht aus den Augen zu verlieren, aber auch nicht von ihnen gesehen oder gehört zu werden. Als es immer schwieriger wurde, den Gorgals schnell und unauffällig zu folgen – die Hänge wurden steiler und die Steine unter ihren Füßen loser – wuchs die Gefahr, entdeckt zu werden. Hisur zischte ärgerlich, als sich unter Theodils Fuß ein Stein löste. Theodil, nass von Schweiß und Regen, blieb stehen. Atemlos keuchte er.

„Zurück!", zischte Hisur. „Höhle!" Dann huschte er gewandt und problemlos über die Felsen von einer Deckung zur nächsten und war nur einen Augenblick später verschwunden. Theodil stand allein im Nieselregen zwischen den Felsen.

„He, Theodil", flüsterte der Zwerg und ahmte die zischelnde Stimme des Gnoms nach. „Mach dir keine Sorgen. Ich werde schon zurecht kommen. Geh du nur zurück und pass auf, dass die Gorgals dir nicht deinen Bart abschneiden." Dann verfiel Theodil in seine eigene Stimmlage. „Klar, kein Problem, Hisur, alter Kumpel. Ich geh' dann mal. Und bring mir ein Bier mit, wenn du an einem Wirtshaus vorbeikommst." Wütend trat er gegen einen Stein. „Das ist so frustrierend!"

Er brauchte mehrere Stunden, um zurück zu der Höhle mit den Pferden zu kommen. Diese genossen den Ruhetag, knabberten an den spärlichen Halmen, die Hisur und Theodil für sie zusammengesucht hatten und ließen den Ur-Zwerg einen guten Mann sein. Sie kümmerten sich nicht um Gorgals oder ähnliche Geschöpfe und begrüßten Theodil nicht einmal mit einem teilnahmslosen Schnauben.

„Warum auch", knurrte der Zwerg, holte sich aus seinem Schultersack einen Streifen Trockenfleisch, setzte sich vor die Höhle, starrte in den Nieselregen und knabberte an seinem Proviant. „Was für ein Auftrag. Na warte, Bandath. Wenn ich zurück bin, werden wir ein ordentliches Wort miteinander reden müssen. In was für eine öde Gegend schickst du mich? An welche Kumpane hast du mich verkuppelt?" Er streckte die Hand aus und beobachtete die feinen Regentropfen, die sich auf seiner Hautoberfläche sammelten. „Wenigstens haben wir das passende Wetter."

Als Hisur kurz vor dem Abend wieder zu ihm stieß, saß Theodil noch immer vor dem Eingang der Höhle und stierte missmutig vor sich hin.

„Was gefunden?", grollte er.

Hisur nickte. „Morgen."

Theodil wusste, dass er nichts weiter erfahren würde. Nachdem Hisur sich in seine Decke gewickelt und die Augen geschlossen hatte, tat der Zwerg es ihm gleich. Er hatte das Gefühl, nur wenige Minuten geschlafen zu haben, als der Gnom ihn an der Schulter rüttelte. Es war noch dunkel.

Nur vage schlich sich die Dämmerung des beginnenden Morgens über die Grate der Berge. Mit dem Kopf nickte Hisur in Richtung Ausgang und Theodil musste sich beeilen, ihm zu folgen. Mehrere Stunden eilte der Gnom durch die Berge, folgte kaum erkennbaren Pfaden zwischen den Felsen hindurch, an Bergflanken entlang, immer oberhalb bequemer erscheinender Täler. Dann näherten sie sich im Schutz einer Nebelbank dem steilen Abhang eines Berges, der im trüben Licht des verregneten Morgens nur undeutlich über ihnen aufragte. Hisur ließ sich zuerst auf alle Viere nieder und überwand den letzten Abschnitt sogar kriechend. Theodil folgte seinem Beispiel. Sie schoben ihre Köpfe vorsichtig über den Felsgrat und spähten in das darunter liegende Tal. Erkennen konnten sie nichts. Der Nebel, der sie selbst verbarg, schützte auch das Tal vor ungebetenen Einblicken. Was zu ihnen drang, waren Geräusche: der Klang von Pferdehufen, von *sehr vielen* Pferdehufen, Geräusche von Füßen, die über Steine schlurften, hier ein Husten, dort verhalten befehlende Stimmen, das Knarren von Leder oder das Klirren von Waffen. Alles machte den Eindruck, als würde eine Menge an Kriegern durch das Tal ziehen, bestrebt so wenig Lärm wie möglich zu machen – eine *große Menge* an Kriegern. Hisur und Theodil lagen vielleicht eine halbe Stunde auf dem feuchten Stein, ohne dass sich etwas änderte, derselbe Nebel im Tal, dieselben Geräusche aus dem Tal. Dann kam Wind auf, der den Nebel zerstreute – und Theodil konnte sehen.

„Das …" Der Rest blieb ihm im Halse stecken. Das gesamte Tal unter ihnen war schwarz. Schwarz von den Gorgals in ihren schwarzen Rüstungen auf ihren schwarzen Pferden und zu Fuß. In der gesamten Breite und vor allem in der vollständigen Länge war das Tal gefüllt mit Kriegern, Pferd an Pferd, Körper an Körper. Jetzt nicht mehr vom Nebel gedämpft, klangen die Geräusche des dahin ziehenden Heeres deutlicher zu ihnen hoch. Theodil sah auf die vor Nässe glänzenden Rüstungen und Körper. Dann stöhnte er gedämpft. „Das müssen Tausende sein."

„Etwa vierzigtausend."

„*Vierzigtausend?!* Dieser Streitmacht können wir nichts entgegensetzen. Die wandern über Flussburg hinweg ohne zu merken, dass dort eine Stadt war. Die werden durch die Drummel-Drachen-Berge marschieren wie ein warmes Messer durch ein Stück ranziges Springziegenfett."

Es war mehr eine Ahnung als ein wahrgenommenes Geräusch, dass Theodil in diesem Moment dazu brachte, sich auf den Rücken zu rollen und nach hinten zu sehen. Das Schwert des Gorgal-Kriegers krachte genau auf die Stelle auf den Stein, an der sich noch einen winzigen Moment zuvor Theodils Kopf befanden hatte. Steinsplitter sprangen ab und verletzten den Zwerg an der Wange. Aus den Augenwinkeln sah er, wie Hisur sich förmlich nach oben schlängelte, unter dem Schwert eines weiteren Gegners hindurch tauchte und den Gorgal mit einem Messer attackierte. Instinktiv riss Theodil seine Axt nach oben und hielt sie quer vor den Oberkörper. Der zweite Schlag des Gorgals traf den Stiel aus Eisenholz und der Zwerg schwor, sich bei dem Waffenschmied aus Flussburg, der ihm den Stiel eingesetzt hatte, persönlich zu bedanken. Theodil drehte die Axt nach links und verkantete die Klinge des Gorgals hinter dem Axtblatt. Er musste unbedingt auf die Beine kommen. Das aber wollte der Gorgal verhindern. Er riss einmal an seinem Schwert. Als er es nicht von der Waffe des Zwerges lösen konnte, trat er diesem kräftig gegen die Rippen. Etwas knackte in Theodils Brustkorb und ein stechender Schmerz fuhr ihm in die Lunge. Der Zwerg stöhnte. Er sah, dass der Gorgal zu einem erneuten Schritt ausholte und trat selbst zu, genau gegen das Knie des anderen Beines. Mit einem Schrei stürzte der Gorgal auf den Zwerg, der im letzten Moment seine Axt und das Schwert seines Gegners hoch riss. Dem Gorgal glitt der Griff seines Schwertes aus der Hand und die Klinge der um sich selbst gedrehten Waffe bohrte sich ihm unter der Achsel in den Oberkörper. Er zuckte nicht einmal mehr, als er bewegungslos auf Theodil liegen blieb. Es gelang dem Zwerg nicht, sich unter dem auf ihm liegenden Körper zu befreien. Er hatte das Gefühl, als stecke ihm ein Messer zwischen den Rippen. Mühsam keuchend holte er Luft. Er drehte den Kopf und sah Hisur, der auf dem Rücken seines Gegners hockte und ihm mehrmals das Messer oberhalb der Halsbrünne in den Nacken hämmerte. Der Gorgal kippte wie ein Baum nach vorn. Doch Hisur war, bevor der Krieger noch den Boden berührte, abgesprungen und hatte sich zu Theodil umgedreht, ohne sich weiter um seinen Gegner zu kümmern. Er zog den Gorgal von Theodil und reichte dem Zwerg die Hand. Als Theodil stand, drehte sich Hisur wortlos zur Schlucht. Auch der Zwerg blickte zum Heer ihrer Gegner. Diese schienen nichts mitbekommen zu haben, denn das Heer zog ungestört seines Wegs. Ein Stechen in der Lunge begleitete jeden Atemzug Theodils. Er musste husten und wischte sich über die Lippen. Blut blieb an seiner Hand zurück. Das war gar nicht gut. Die gebrochene Rippe hatte die Lunge verletzt.

Ohne ein Wort drehte sich Hisur um und wollte sich zurückziehen. Theodil blieb stehen, bis auch Hisur anhielt und ihn fragend ansah.

„Wir können die Beiden hier nicht so liegen lassen."

Hisur blickte sich auf dem kleinen Plateau um, als suche er den Grund für Theodils Bemerkung, dann legte er den Kopf schief und rang sich zu einem Wort durch. „Sentimental?"

Theodil schüttelte ungehalten den Kopf. „Das hat nichts mit Sentimentalität zu tun, Gnom. Wenn die dort unten mitbekommen, dass zwei ihrer Späher nicht zurückkommen, werden sie nach ihnen suchen. Wir sollten diese Hinweise auf uns nicht unbedingt hier liegen lassen und zumindest versuchen, sie zu verstecken. Wissen die, dass es hier zwei gewaltige Krieger gibt, die ihre Späher besiegt haben, werden wir das nächste Mal acht oder neun Gorgals gegen uns haben." Theodil hustete erneut, versuchte dabei, das Blut auf seinen Lippen vor Hisur zu verbergen, merkte aber am Blick des Gnoms, dass ihm das nicht gelungen war.

„Rippe?", fragte dieser. Der Zwerg nickte. Die Stirn des Gnoms verdüsterte sich. *Na prima*, dachte Theodil, *jetzt werde ich endgültig zum hemmenden Anhängsel.*

Sie zerrten die getöteten Gorgals in eine Felsenspalte und füllten diese so mit Steinen aus, dass es wie ein natürlicher Steinwall aussah. Als sie hofften, alle Spuren ihrer Anwesenheit beseitigt zu haben, zogen sie sich in Richtung ihrer Höhle zurück. Theodil selbst konnte nicht so viel helfen, wie er vorgehabt hatte. Das Stechen in seiner Lunge wurde scheinbar mit jedem Atemzug, mit jeder Bewegung schlimmer. Vielleicht war mehr als eine Rippe gebrochen. Hisur brachte Theodil bis in ihre Höhle zurück. Über einem winzigen, fast rauchlosen Feuer brachte er Wasser zum Kochen, bröselte ein paar getrocknete Blätter hinein und streute zum Schluss ein weißes Pulver in den Tee, das diesen in einen übelriechenden Sud verwandelte. Aus einem Becher flößte er Theodil einige Schlucke ein. Dann öffnete er dem Zwerg vorsichtig das Wams, zog ihm das Leinenhemd über den Kopf und betrachtete ohne das Gesicht zu verziehen die Seite, die den Tritt abbekommen hatte.

„Und?", krächzte Theodil. „Sieht schlimm aus, was?"

„Harte Knochen", sagte der Gnom und überraschte den Zwerg mit drei weiteren Worten, „härter als Trollknochen."

„Nette Unterhaltung", flüsterte der Zwerg und ließ sich wieder zurück sinken. Hisur begann, die verwundete Seite Theodils mit dem Sud, den er ihm eben zu trinken gegeben hatte, einzureiben. Theodil überlegte, ob er das kommentieren sollte, entschied sich aber, zu schweigen. Jedes Wort und jede Bewegung strengten ihn an. Doch fast zeitgleich begann er, sich leichter zu fühlen, fast so, als würde er eine Fußspanne hoch über seinem Lager schweben. Und selbst das graufaltige Gnomengesicht Hisurs erschien ihm plötzlich nicht mehr so griesgrämig wie in den Tagen zuvor. Er bemerkte das erste Mal, dass Hisur blaue Augen hatte, fast so blau, wie die Augen To'nellas … und beinahe noch schöner. Dann glaubte er sogar, in der verregneten Diesigkeit außerhalb der Höhle etwas wie einen fernen Sonnenstrahl zu sehen … und kleine blaue Schmetterlinge, die um goldgelbe Blumen tanzten.

„Was hast du mir da gegeben, altes Knittergesicht?", murmelte er, schloss ein Auge und wartete darauf, dass dem Gnom blonde Haare wuchsen. Dann schlief er ein.

Er konnte nicht lange geschlafen haben, die Schmerzen waren dieselben, er lag wieder auf seinem Lager, außerhalb der Höhle war keine Spur eines Sonnenstrahles zu sehen, geschweige denn Schmetterlinge oder Blumen. Hisur waren keine blonden Haare gewachsen und wie er dessen zusammengekniffene Augen mit dem offenen Blick To'nellas vergleichen konnte, war ihm ein Rätsel. Er wollte den Gnom lieber nicht fragen, was das für ein weißes Pulver gewesen war, das er in den Tee hatte rieseln lassen. Hisur hatte ihm ein Leinentuch um die Brust gewickelt, fest und straff. Er konnte kaum atmen und lag steif wie ein Brett auf seiner Decke.

Einen weiteren Teebecher in der Hand näherte sich der Gnom dem Zwerg, doch Theodil schüttelte den Kopf. „Ich will nicht wieder schweben und bunte Blumen sehen."

Die klauenartige Hand des Gnoms, die den Becher hielt, wanderte unerbittlich auf Theodil zu. „Nur Tee!"

Theodil setzte sich mühsam auf, nahm den Becher und trank einen Schluck. „Ähk!" Er schüttelte den Kopf. „Das schmeckt fürchterlich. Du musst mit Waltrude verwandt sein. Deren Medizin hat auch immer ekelhaft geschmeckt."

„Schlafen", unterbrach Hisur den heiseren Redeschwall des Zwerges.

„Wir sitzen hier fest, stimmt's?"

Theodil dachte gar nicht daran, Hisurs Aufforderung nachzukommen. „Die Gorgals strömen in die Riesengras-Ebene und wir sind die Einzigen, die das wissen. Aber wir sitzen hier fest, weil ich dummer Zwerg mir meine Rippen in die Lunge treten lassen musste." Theodil atmete schwer, hustete unter Schmerzen Blut und sah Hisur an, der vor dem Zwerg stand und mit unbeweglichem Gesicht auf ihn herabstarrte.

„Du musst gehen, Hisur. Du musst die Elfen warnen, die Flussbürger, Bandath, alle. Die Gorgals planen etwas. Wenn sie hier einmarschieren, dann vielleicht auch woanders. Unsere Informationen stimmen nicht. Was, wenn wir gezielt woanders hingelockt worden sind, um den Weg für die wirklich großen Gorgal-Heere frei zu machen? Die haben uns in die Irre geführt und unsere Leute müssen das erfahren. Sag ihnen ..."

„Wenn ich gehe, schaffst du es nicht." Das war eine außergewöhnlich lange Rede für den Gnom, aber sie traf genau den Punkt. Theodil hätte jetzt gern irgendetwas Heroisches gesagt. Helden in den alten Geschichten taten so etwas im Angesicht ihres sicheren Todes. Aber erstens fiel ihm nichts ein und zweitens fühlte er sich nicht als Held. Er fühlte sich als sehr verletzter Theodil, der Blut hustete, Schmerzen hatte und sich seine Frau an die Seite wünschte. „Auch wenn ich unsere langen Gespräche vermissen werde, geh!" Mehr als ein heiseres Krächzen brachte er nicht hervor. Er ließ sich wieder zurücksinken und starrte an die Decke. „Du musst sie warnen." Als an der Decke der Höhle plötzlich kleine gelbe Käfer mit rosa Punkten auf ihren Flügeln um fliederfarbene Moosbüschel flatterten, wusste er, dass Hisur ihm doch wieder dieses weiße Pulver in den Tee getan hatte. Dann schlief er ein.

Das erste, was er am nächsten Morgen sah, als er erwachte, war das erloschene Feuer mit der gefüllten Teekanne davor. Er fuhr sich mit der Hand über den Mund, die Lippen waren blutverkrustet. Mühsam holte er Luft. Irgendwo in seiner Lunge pfiff es, als würde die Luft aus ihr in seinen Körper entweichen. Theodil sah sich um. Auf halber Strecke zwischen seinem Lager und dem Höhleneingang stand sein Pferd. Es war allein. Hisur hatte ihn verlassen.

„Na prima", murmelte der Zwerg. „Ich hatte gehofft, er würde eine andere Lösung finden."

Sein Pferd schnaubte, sah ihn an, hob den Schwanz und ließ einen Haufen Pferdeäpfel hinter sich fallen.

„Na prima!", brummte Theodil noch einmal.

Kleines Ährchen-Knörgi, große Wirkung!

Irgendwie hatten sich die verfeindeten Heere an der Westgrenze der Riesengras-Ebene getrennt. Weder war es den Gorgals gelungen, die Reihen der Elfen und Trolle zu durchbrechen, noch konnten diese die Angreifer wirkungsvoll zurückdrängen oder gar deren Reihen aufbrechen. Niesputz' Information, dass nicht alle Gorgals über den Hügel gekommen waren und Gilbaths schneller Reaktion waren es zu verdanken, dass sich eine Reserve aus Trollen und Elfen den Gorgals entgegenstellen konnte, die versucht hatten, das Heer der Verteidiger durch den nördlich gelegenen Wald zu umgehen und von dort aus anzugreifen. Sobald die Heere aufeinandertrafen, fraßen sich die Linien fest. Trolle und Elfen standen, wo sie standen und die Gorgals rannten vergeblich gegen deren Linien an. Überrascht von der Kampftaktik der Verteidiger, gelang es den Angreifern nicht, einen wesentlichen Vorteil zu erringen. Andererseits mussten sie auch nicht einen einzigen Schritt zurückweichen. Nur Rulgo und Korbinian gelang es gemeinsam, die Linie der Angreifer zu durchbrechen, da ihnen aber niemand folgen konnte, zogen sie sich wieder in die eigenen Reihen zurück. Etwa zwei Stunden vor Sonnenuntergang begann der Kampf abzuflauen, und als auf dem Schlachtfeld kein Schwert mehr geschwungen wurde und kein Pfeil mehr flog, weil in einer stillschweigenden Übereinkunft die Toten und Verwundeten beider Seiten geborgen wurden, saß Gilbath mit dem Kriegsrat zusammen.

Erst nach einer langen Pause des Schweigens sagte jemand etwas. „Wir können es als Erfolg für uns verbuchen, dass die Gorgals nicht durchgebrochen sind. Bisher soll das noch keinem Heer gelungen sein." Der Elf aus dem Rat, der diese Worte gesprochen hatte, machte ein zufriedenes Gesicht

„Erfolg, Spitzohr?" Rulgo knurrte unzufrieden. „Wir können uns unsere Erfolge auch herbeireden. Und wenn wir lange genug geredet haben, putzen wir den Gorgals ihre schwarzen Stiefel, falls wir dann noch leben."

„Aber es ist …", setzte der Elf wieder an.

„… kein Erfolg", unterbrach Gilbath seinen Artgenossen. „Wir haben dreimal mehr Krieger als die Gorgals und trotzdem ist es uns nicht gelungen, das Heer der Gorgals zurückzuschlagen! Wo bitte soll da unser Erfolg sein?"

Wieder senkte sich Schweigen über die Versammlung.

„Wissen wir schon, wie hoch unsere Verluste sind?" Kopfschütteln folgte auf die Frage des Fürsten.

„Das ist so widersinnig. Das werde ich bei euch großem Volk niemals begreifen. Stundenlang schlagt ihr euch gegenseitig den Schädel ein und hinterher sammelt ihr nebeneinander eure Verwundeten und Toten ein. Und das nennt ihr dann Krieg." Niesputz schüttelte den Kopf, ohne seine Missstimmung spielen zu müssen. Niemand reagierte, doch alle bemühten sich nach dieser Äußerung, niemandem in die Augen blicken zu müssen.

Nach einer Weile meldete sich Korbinian zu Wort. „Wir müssen beweglicher werden." Seine Stimme klang leise und müde. An der Stelle, an der er mit Rulgo gekämpft hatte, hatte der Kampf besonders hart getobt. Ein Verband zierte seinen rechten Oberarm. Wie die meisten anderen auch war er direkt vom Kampf hierher geeilt, verdreckt, durchgeschwitzt und einen Becher Wasser in den zitternden Händen.

„Die Krieger der Trolle haben die Aufstellung als gut akzeptiert." Die Stimme eines alten Trolls grummelte, als er sich aus den hinteren Reihen zu Wort meldete. „Aber nicht als gut genug. Der junge Elf hat recht, auch wenn Elfen von Natur aus Unrecht haben." Ein müdes Lächeln schlich sich auf einige Lippen.

„Was wir geleistet haben, reicht nicht." Auch Gilbath stimmte seinem Sohn zu.

„Jeder Einzelne von uns muss sich noch schneller zwischen den Gorgals orientieren", nahm Korbinian den Faden wieder auf. „Und dazu ist Vertrauen nötig, absolutes Vertrauen zwischen Elfen und Trollen."

„Wir sollten kleinere Einheiten aufstellen." Rulgos Worte machten klar, dass er und Korbinian sich über diese Idee bereits unterhalten hatten. „Vielleicht zehn bis fünfzehn Elfen und genauso viele Trolle. Wenn …"

„Kriegt jetzt jeder Elf seinen persönlichen Troll?", kommentierte der Elf, der noch vor wenigen Augenblicken die Schlacht als *Erfolg* hatte verbuchen wollen.

„Schweig! Verdammt!", brüllte Gilbath und an seiner Stirn traten die Adern hervor. „Dort draußen liegen unsere Toten und du hast nichts

Besseres zu tun, als Sprüche gegen die Trolle zu klopfen. Was muss noch geschehen, bis du anfängst zu lernen? Wenn du nicht akzeptieren kannst, dass wir gemeinsam kämpfen, dann geh! Dann bist du die längste Zeit Ratsmitglied gewesen. Lerne zuzuhören, bevor du den Mund aufmachst! Und dann denkst du! Und erst *dann* solltest du reden. Klar soweit?" Er atmete tief durch. „Ich habe meinen Sohn heute kämpfen sehen. Und er hat besser gekämpft, als so manch einer von euch. Ihr alle wisst, was für ein Tunichtgut er war. Doch jetzt bin ich stolz auf das, was aus meinem Sohn geworden ist und das ist er geworden, weil er in den letzten zwei Jahren mit einem von Natur aus grobschlächtigen, dickköpfigen und sturen Troll namens Rulgo unterwegs gewesen ist. Also hören wir, was die beiden uns zu sagen haben und reden darüber, *wenn sie gesprochen haben!*"

Der gescholtene Elf senkte den Kopf und alle Blicke wandten sich Rulgo und vor allem Korbinian zu. Dieser sandte einen kurzen, dankbaren Blick zu seinem Vater. „Wir sollten kleinere Gruppen bilden. Sie sind beweglicher als ein ganzes Heer. Natürlich sind sie dem Gesamtheer unterstellt und müssen gemeinsam handeln. Aber wir denken, dass kleinere Gruppen besser gegen die Linien der Gorgals bestehen können. Es ist unserer geschlossenen Heereslinie nicht gelungen, die Reihen der Gorgals aufzubrechen. Erst als Rulgo und ich einen kleinen Trupp um uns gescharrt hatten, drangen wir in ihre Reihen ein. Wir sind zurückgekehrt, weil wir allein keine Chance gehabt hätten. Aber wenn sich überall entlang unserer Linien solche Gruppen bilden, werden wir die geschlossene Phalanx der Angreifer brechen. Wir sind uns da ganz sicher."

„Keine schlechte Idee", murmelte der alte Elf, der sich schon kurz zuvor lobend über Korbinians Beitrag geäußert hatte. „Ich erinnere mich, dass wir im Jahr des Springziegenjägers, als die große Herbsttrockenheit herrschte, eine ähnliche Taktik gegen die Trolle bei der Schlacht an den Ce'an-Bergen anwandten – sehr erfolgreich übrigens." Er wandte sich zu Rulgo. „Das sollte keine Provokation sein. Du verzeihst?"

„Oh", Rulgo grinste. „Elfen können Trolle von Natur aus nicht provozieren. Von der Schlacht hat mir mein Urgroßvater erzählt. Ihr habt die Trolle damals ganz ordentlich verprügelt …, während eine kleine Einheit der Trolle in euer Lager eindrang und euch das Diamantschwert stahl."

Jetzt lächelte der Elf etwas schief.

Niesputz klatschte in die Hände. „Vielleicht könntet ihr eure *Ach-ja-damals*-Geschichten auf später vertagen. In knapp zwei Stunden geht die Sonne unter und bis dahin sollte eure neue Taktik stehen."

„Niesputz hat recht." Rulgo nickte.

„Natürlich hab ich das, du grobschlächtige Grauhaut. Du kennst doch unsere Rollen: ich Verstand, du Muskel. Also, ich schlage vor, dass sich die Gruppen gleich jetzt bilden, aller Müdigkeit und allen Wundenleckens zum Trotz. Die Gorgals werden nicht mit dem nächsten Angriff warten."

„Wieso wollen wir eigentlich auf den Angriff der Gorgals warten?" Der Elf, der vor wenigen Minuten von Gilbath so gescholten worden war, hatte erschrocken die Hand vor den Mund gehalten, als ihm die Bemerkung rausgerutscht war. Alle starrten ihn an und er blickte verstört und ein wenig ängstlich zu Gilbath. „Ich meine …", stotterte er, brach dann jedoch ab. „'tschuldigung", murmelte er noch und senkte den Kopf in Erwartung eines weiteren Gewitters.

„Du brauchst dich nicht zu entschuldigen." Gilbath strich sich die langen Haare hinter die Ohren, deren Spitzen zuckten.

„Im Gegenteil", knurrte Rulgo und erhob sich. „Die Taglicht-Trolle werden morgen früh nicht lange brauchen, bis sie kampfbereit sind." Er bahnte sich einen Weg zum Zeltausgang durch die Anwesenden hindurch. „Wir sollten nicht so viel reden, sondern handeln. Die Nachttrolle werden die Lagerwache übernehmen. Nutzt die dunklen Stunden zum Schlafen. Bis dahin werden wir unsere Truppen umorganisieren. Kurz nach Sonnenaufgang statten wir den Gorgals einen Besuch ab und wünschen ihnen einen Guten Morgen." Er blieb kurz neben dem Elf stehen, der den Vorschlag gemacht hatte. „Gut gesprochen, Elflein", und schon krachte die Hand des Trolls auf die Schultern des Elfen. Aufschreiend wurde dieser durch die Reihen seiner Artgenossen hindurch geschleudert und kam vor Gilbath im Staub zu liegen.

„Er kann es einfach nicht lassen", murmelte Korbinian mitleidsvoll und folgte Rulgo. Der Elf vor Gilbath rappelte sich stöhnend auf und klopfte sich den Staub von der Hose. Er murmelte etwas wie „Grobschlächtig", bevor er sich den Anderen anschloss und das Zelt verließ. Nur Niesputz blieb bei Gilbath.

„Ich denke, du hast die Sache hier im Griff, Lieblings-Spitzohr." Niesputz rieb sich die Hände. „Bleibt mir, zwei Dinge anzumerken: Erstens werde ich den Gorgals heute Nacht einen Besuch abstatten."

„Wozu?"

„Nun sagen wir: vielleicht zur Informationsgewinnung und als subversives Element."

„Als sub... was?"

„Als böses Ährchen-Knörgi im Lager der lieben Gorgals. Klar? Erwartet mich kurz vor dem Morgengrauen zurück. Wir Ährchen-Knörgis sind nämlich die geborenen Spiogenten."

Surrend verschwand Niesputz durch den Zeltausgang in die Dämmerung des Abends.

„Und zweitens?", murmelte der Elf in die Leere des Zeltes. „Was hat er mit zweitens gemeint?"

Kurz vor Sonnenaufgang traf der zurückkehrende Niesputz auf ein Lager der Trolle und Elfen, das sich leise und diszipliniert auf die Schlacht vorbereitete, abgesichert von einem breiten und tief gestaffelten Ring aus Wachen gegen die Späher des Feindes.

Während die Trolle noch ihren Nachtschlaf hielten, schärften die Elfen ein letztes Mal ihre Waffen, zurrten Gurte fest, überprüften ihre Ausrüstung. Niesputz surrte in das Beratungszelt und traf dort die Elfen an. Einer der Nachttrolle schlich sich durch die Reihen der Elfen mit der Bemerkung nach draußen, er wünsche nicht, im Schlaf von Gorgals erschlagen zu werden. Die Elfen mögen sich also zusammenreißen und beim bevorstehenden Kampf den Taglicht-Trollen gehörig in den Allerwertesten treten, sollten diese nachlässig kämpfen.

„Die Bemerkung war überflüssig, Fleischklops", knurrte Niesputz, als er an dem Troll vorbei flog und sich auf seinen angestammten Platz in diesem Zelt niederließ, Gilbaths Schulter. Er klatschte in die Hände.

„Zuhören, Kinder. Onkel Niesputz will euch etwas erzählen." Es war eine genauso überflüssige Bemerkung, wie die des Trolls, denn er hatte mit seinem Erscheinen bereits die gesamte Aufmerksamkeit des Rates. Trotzdem schwieg er einen Moment.

„Nun?", fragte Gilbath schließlich, als Niesputz keinerlei Anstalten machte, sie an seinen Erkenntnissen teilhaben zu lassen und stattdessen in aller Ruhe seine Pfeife stopfte und genüsslich einige blaue Wolken in die Luft paffte.

„Gleich", bekam er zur Antwort und starrte wie gebannt – und wie alle anderen Elfen auch – auf die Rauchringe der Pfeife. Nahezu zeitgleich mit dem ersten Sonnenstrahl trat Rulgo mit seinem Beraterstab in das Zelt.

„So", sagte Niesputz. „Alle da. Dann können wir ja anfangen. Ich gehe mal davon aus, dass ihr noch keinen ausgefeilten Plan habt?"

„Nun, wir wollten mit den Feinheiten warten, bis du ...", begann Gilbath, wurde von Niesputz jedoch gnadenlos unterbrochen. „Das dachte ich mir. Aber dafür bin ich ja jetzt da. Also: Die Gorgals rechnen nicht mit einem Angriff von euch. Sie selbst wollen etwa in vier Stunden angreifen. Ich gehe davon aus, dass im Moment ihr Lager erwacht. So ganz unvorbereitet werden wir sie also nicht antreffen. Wir sollten uns so schnell als möglich auf den Weg machen, *leise und schnell*. Dann werden wir mit viel Glück, mit Können und *mit meiner Unterstützung* unentdeckt bis kurz vor das Lager kommen. Ich habe einen Hügel ausgekundschaftet, in dessen Sichtschatten wir bis auf eine Meile an ihr Lager kommen, ohne von den Posten gesehen zu werden. Dahinter jedoch gibt es Wachen der Gorgals, die uns entdecken, wenn wir sie nicht ausschalten können. Dazu brauchen wir außergewöhnlich gute Bogenschützen."

„Die haben wir", warf Korbinian ein.

„Das bringt uns mehrere hundert Schritt und einige Minuten. Das Netz der Wachen um das Gorgal-Lager ist dicht und tief gestaffelt, fast so gut, wie die Wachen um unser Lager." Er surrte auf den Tisch in der Mitte des Zeltes, auf dem eine Karte der Umgebung lag und zeigte den Anwesenden die Position des Lagers, den Hügel, den er meinte und die Stellen, an denen er Wachen der Gorgals entdeckt hatte.

„Das Lager der Gorgals liegt an diesem Fluss. Haben wir nach Ausschalten der Wachen diesen Hügel hier eingenommen, können wir sie von oben angreifen. Und wenn wir es geschickt und, wie ich sagte, schnell angehen, dann greifen wir sie in dem Moment an, in dem die Sonne hinter dem Hügel stehen und unsere Feinde blenden wird. Wir werden sie aber trotz der Vorteile nicht mit allen Kriegern angreifen. Es gibt eine Sonderaufgabe für die besten Reiter unter euch", er blickte Gilbath an, „und eure schnellsten Läufer." Jetzt sah er zu Rulgo. „Ihr habt doch *schnelle* Läufer?" Doch bevor der Troll etwas von ,*naturgegeben schneller als Elfen*' sagen konnte, redete Niesputz schon weiter: „Reiter und Läufer müssen innerhalb der nächsten Minuten aufbrechen, den Tummelplatz der Gorgals in einem weiten Bogen umgehen und auf unser Zeichen hin mit voller Wucht den Gorgals in den Rücken fallen. Denn bis dahin werden wir schon in die wüsteste Keilerei verstrickt sein, die ihr euch vorstellen könnt."

„Und wie soll dieses Zeichen aussehen?", fragte ein Elf, den Niesputz als Anführer der Elfen-Reiterei kennengelernt hatte.

„Das wirst du sehen, Spitzohr, wenn es soweit ist. Verdirb mir bitte nicht meine Ährchen-Knörgi-Spezial-Schlacht-Überraschung. Und glaube mir einfach, du wirst es *wissen*, wenn es soweit ist."

Gilbath nickte dem Elf zu, der blickte Rulgo an und dieser winkte einen Troll zu sich. „Bregor, du begleitest mit deinen Leuten die Elfen mit ihren Pferden. Aber sieh zu, dass du sie nicht abhängst."

Der Bregor genannte Troll nickte und verließ mit dem Elf zusammen das Zelt. Nur kurze Zeit später waren Hufgetrappel und die stampfenden Schritte der Trolle zu vernehmen. Schweigend hatten bis dahin alle auf die Karte gestiert. „Ach ja", rief Niesputz plötzlich laut und grinste, weil einige Elfen erschrocken zusammengezuckt waren. „Ein Drittel unserer Krieger hält sich zurück, sozusagen als ausgeruhte Reserve, falls sie nötig wird, was ich bei diesem ausgefeilten Plan nicht erwarte." Er erläuterte weitere Einzelheiten seines Planes wie den Weg, den das Heer nehmen sollte oder in welcher Reihenfolge die Wachen überwältigt werden mussten und endete schließlich mit den Worten: „So habe ich mir das gedacht."

„Wir müssen also trotz aller Planung aus der Situation heraus reagieren", zog Gilbath das Fazit aus dem Vorschlag des Ährchen-Knörgis.

„Ja." Niesputz nickte gewichtig. „Man soll die Dinge so nehmen, wie sie kommen. Aber man sollte auch dafür sorgen, dass die Dinge so kommen, wie man sie nehmen möchte. Altes Ährchen-Knörgi-Sprichwort."

„Ein guter Plan." Auch Rulgo nickte. „Kann funktionieren. Aber vielleicht sollten wir doch wissen, wie das Zeichen aussehen soll."

„Die Gorgals kämpfen zu Fuß, wie unser steinhäutiger Freund hier behauptet." Niesputz wies auf Thugol. „Und wenn ich auch sonst anfange, an seinen Informationen zu zweifeln – was nicht an dir liegt", beschwichtigte er den aufbegehrenden Troll sofort, „sondern an deinen Quellen – so hat sich zumindest diese Tatsache bestätigt: Gorgals kämpfen zu Fuß. Ihr Heer aber bewegt sich auch mit Pferden von einem Ort zum anderen. Ich sah diese Pferde auf einer Koppel am Rande des Lagers. Auf dem

Höhepunkt des Kampfes werden die Pferde in Panik geraten, aus der Koppel ausbrechen, ihre Wächter niedertrampeln, das Lager der Gorgals verwüsten und wenn alles so funktioniert, wie es geplant ist, von hinten in die Reihen der Gorgals einbrechen und dort Verwirrung stiften. Falls es also den Kleingruppen der Elfen und Trolle bis dahin nicht gelungen sein sollte, die Reihen der Gorgals aufzubrechen, dann werden das die Pferde erledigen. Das ist das Zeichen, auf das hin unsere Reiter und Trolle losschlagen werden. Und wie gesagt: Sie werden das Zeichen erkennen."

„Das denke ich auch", grummelte Rulgo. „Doch wie sollen wir diese Panik auslösen?"

„Das, gewichtiger Freund, ist die Aufgabe der anwesenden Ährchen-Knörgis. Du weißt doch: Kleines Ährchen-Knörgi, große Wirkung. Und jetzt sollten wir aufhören zu reden und aufbrechen, denn sonst nützen alle Pferdepaniken dieser Welt nichts mehr."

Gilbath stimmte zu, erteilte einige wenige, letzte Befehle und das Zelt leerte sich.

„Und zweitens?", fragte der Elfenfürst das Ährchen-Knörgi, das auf seiner Schulter sitzen geblieben war und ausgiebig gähnte. Gilbath knüpfte dabei an ihre Unterhaltung vom Vorabend an.

„Zweitens?", fragte Niesputz und fuhr fort, als hätte es keine Unterbrechung gegeben. „Zweitens werde ich euch wieder verlassen. Ich glaube, ich muss zu Bandath. Es wird eng, dort um den Hexenmeister. Nach dieser Schlacht hier kommt ihr auch ohne mich klar."

„Es gibt keine besseren Kundschafter als Ährchen-Knörgis!"

„Oh, ihr Elfen seid von Natur aus zu schmeichlerisch. Danke. Außerdem weiß ich das schon. Ich habe allerdings so eine Ahnung, dass ihr bald Besuch von weiteren Knörgis bekommen werdet. Und ihr wäret dumm, wenn ihr sie alle wieder gehen lassen würdet."

„Wirst du denn Bandath finden?"

„Ich hatte ab und zu in der Vergangenheit Probleme, ihn zu finden. Mittlerweile aber ist unsere Verbindung so eng, dass ich ihn ohne all den Hokuspokus finden werde, den er immer braucht, um selbst irgendetwas oder irgendjemanden zu finden." Er zog sein kleines Schwert und fuhr prüfend über die Klinge. „Können wir? Da draußen warten ein paar Gorgals darauf, Dresche zu kriegen!"

Nur kurze Zeit später teilte sich das Heer auf. Während ein Drittel des Heeres im Lager blieb und dem Hauptteil später langsam folgen sollte, um im Bedarfsfall doch noch eingreifen zu können, machte sich der Rest des Heeres auf den von Niesputz ausgesuchten Weg. Nachdem die Reserve, die Lagerwache und die berittenen Kräfte, die schon vorher aufgebrochen waren, sich von diesem Teil des Heeres getrennt hatten, blieb nur die Hälfte aller Waffen tragenden Krieger übrig, die sich auf das Lager der Gorgals zu bewegten. Eine Vorwegabteilung aus elfischen Bogenschützen hastete unter der Führung von Niesputz eine halbe Meile vor dem Heer her. Niesputz, weit über ihnen in der Luft, kundschaftete die Gegend aus und teilte den Elfen den Standort der Gorgal-Wachen mit. Den scharfen Augen und sicheren Händen der Bogenschützen entging niemand und so näherte sich das Heer unentdeckt dem Lager der Gorgals. Kurz vor dem Hügel jedoch stießen sie auf eine Postenkette, die sich gegenseitig absicherten und deren äußerste Posten außerhalb der Bogenreichweite der Elfen lagen. Niesputz ließ das Heer aufschließen. Er hatte das Kommando übernommen, ohne dass es ihm übertragen worden war. Aber alle folgten seinen Anweisungen.

„Es muss jetzt schnell gehen. Ihr", er wandte sich an die Bogen-schützen, „kümmert euch um die drei Posten auf dem Hügel. Egal, was passiert und was ihr hört, sind die drei erledigt, stürmt das Heer den Hügel und hält ihn. Damit haben wir unsere Ausgangsposition. Wartet nicht auf eine Reaktion der Gorgals. Spätestens wenn ihr oben seid, sehen sie euch. Nehmt sofort eure Schlachtordnung ein. Der Angriff muss direkt danach erfolgen."

„Und denkt daran", knurrte Rulgo, „beweglich bleiben. Wir kämpfen von Anfang an in kleinen Gruppen."

Die Anweisungen wurden flüsternd durchgegeben. Währenddessen verschwand Niesputz. Der Anführer der Bogenschützen zählte langsam bis fünfzig, wie Niesputz es ihm aufgetragen hatte, dann zischten drei Pfeile und die Wachen brachen lautlos zusammen. Rulgo schwenkte seine Keule und das Heer stürmte fast unhörbar den Hügel. Sie hatten den Gipfel noch nicht erreicht, da dröhnte ein Horn der Gorgals durch die Morgenluft, tief und weithin schallend. Ein zweites fiel ein, ein drittes. Sie waren entdeckt worden. Auf der Spitze des Hügels angekommen, hatten sich die Bogenschützen bereits in zwei Gruppen geteilt, nach rechts und links abgesetzt und zwei fast quadratische Blöcke gebildet, umgeben von Trollen, die sie schützen sollten, wenn Gorgals durch die Reihen brachen und den Bogenschützen gefährlich werden konnten. Sie spannten ihre Bögen und die erste Salve Pfeile zischte durch die Luft, auf dem Weg in das Lager der Gorgals. Schon spannten sie die Bögen erneut. Zeitgleich rannten die Elfen und Trolle des Heeres zwischen den Blöcken der Bogenschützen hindurch, formierten sich zu den am Vortag geübten Einheiten und stürmten den Hügel abwärts gegen das Lager. Unten aber bildeten sich in bewundernswerter Schnelligkeit und Disziplin die Abwehrreihen der Gorgals. Die ersten Krieger fielen, als die abgeschossene Salve der Elfenpfeile ihre Reihen erreichten.

Niesputz hatte mit seiner üblichen Ährchen-Knörgi-Kampfstrategie zwei Wachen ausgeschaltet. Er war ihnen mit aller Kraft und grüne Funken versprühend gegen den Kopf geflogen. Ohne eine Chance waren sie zusammengebrochen. Dann stellte er alles Funkensprühen ein und flog tief zwischen Grashalmen und niedrigen Büschen versteckt bis in das Lager der Gorgals, in dem mit den Tönen der Alarmhörner Aufruhr ausbrach, allerdings sehr geordneter Aufruhr, wie Niesputz unwillig zugeben musste. Die Gorgals verstanden ihr Handwerk, wenn es auch aus Erobern und Töten bestand. Unbeachtet suchte er sich den Weg zwischen all den stampfenden Beinen hindurch bis zur Pferdekoppel. Im selben Moment, als hinter ihm die ersten Schwerter aufeinander klirrten, überwältigte er den vordersten Wachposten an der Koppel. Der überraschende Angriff auf ihr Lager lenkte die Aufmerksamkeit der Wachposten auf die Elfen und Trolle und das Geschehen am Hang des Hügels. Mit einem Feind hier mitten im Lager rechnete niemand. Problemlos sorgte Niesputz auch für das Zusammenbrechen der anderen beiden Wachposten. Mit seinem Schwert begann er, auf die Lederriemen einzuschlagen, die das Tor der Koppel geschlossen hielten. Die hatten dem Angriff des scharfen Stahls nur wenig entgegenzusetzen. Während er zusah, wie sein Schwert sich in dem rauen Leder verbiss, dachte er grinsend an die vielen Riemen, Gürtel und Schnallen, die er im Laufe der letzten Nacht durch- und angeschnitten hatte. Sie würden ihren Besitzern jetzt beim Kampf so manch eine unliebsame Überraschung bescheren. Der Riemen zerfiel in zwei Teile und Niesputz surrte zwischen den jetzt schon unruhig stampfenden Pferdebeinen zum anderen Ende und begann mit dem, was er später den *Ährchen-Knörgi-Wirbelsturm* nennen würde. Laut schreiend, eine Mega-Menge an grünen Funken versprühend und Schwerthiebe nach allen Seiten austeilend, entfesselte er eine Panik unter den Pferden. Einer

Flutwelle gleich drückten die Tierleiber gegen das Gatter und gegen das Tor, das sich öffnete. Angsterfüllte Pferde strömten heraus, fluteten das Lager und wurden von Niesputz genau in den Rücken der kämpfenden Gorgals gelenkt. Es war schon ein *„ordentliches Stück Arbeit für so einen kleinen Niesputz"*, wie er hinterher seinen Freunden nicht ohne einen gewissen Stolz erzählte, die riesige Pferdeherde im vollen Galopp in den Rücken des Feindes zu treiben. Er surrte um die Hinterteile der Rösser, schrie, versprühte Funken, hieb mit seinem kleinen Schwert auf die Kruppen der Tiere ein, flog nach vorn, um die vorderen Pferde in die richtige Richtung zu lenken, flog wieder nach hinten, um die Panik nicht abflauen zu lassen, kurz, er übernahm die Rolle von zehn bis fünfzehn ausgebildeten Pferdehirten, die eine Herde von fast zweitausend Tieren im vollen Galopp in eine bestimmte Richtung lenken wollten.

Als die vordersten Pferde in die Reihen der Gorgals einbrachen und Verwirrung stiftend die Krieger niedertrampelten, hielt Niesputz einen Moment inne. Hinter dem Lager tauchten die berittenen Elfen auf, flankiert von den schnell laufenden Trollen. Allerdings hatten die vom Hügel aus angreifenden Trolle und Elfen schon vorher die Überhand über die Gorgals gewonnen, denen es nicht gelungen war, sich auf die neue Taktik ihrer Gegner einzustellen. Die Gruppe von Rulgo und Korbinian war die erste gewesen, der es gelungen war, die Verteidigungslinie der Gorgals zu durchbrechen. Und genau in diesem Moment zeigte sich eine deutliche Schwäche der Gorgals. Ihre Armee war eine Angriffsarmee, ausgerichtet auf Schlachten, die auf freiem Feld und in breiter Front geschlagen wurden. In die Defensive gedrängt und mit kleineren, beweglichen Einheiten als Gegner, reagierten sie irritiert. Sie konnten sich nicht darauf einstellen, dass ihre Linien aufgebrochen wurden und ihre Gegner, die doch vor sie gehörten, plötzlich zwischen und hinter ihnen agierten. Kurz nach Rulgos und Korbinians Gruppe brach eine zweite Gruppe durch, dann eine Dritte und plötzlich existierte die geschlossene Linie der Gorgals nicht mehr. Die Schlacht löste sich in eine Unzahl von Einzelgefechten auf. Natürlich war es nicht so, dass Trollen und Elfen der Sieg in die Hand fiel, dazu waren die Gorgals dann doch zu erfahren. Aber man konnte erkennen, dass die Gorgals nicht mehr die Oberhand hatten. Als dann die panischen Pferde in ihre Reihen galoppierten und gar noch die Reiterei der Elfen von hinten angriff, war das Ende der Schlacht abzusehen. Beschleunigt wurde es von Niesputz, der an vielen Stellen gleichzeitig zu sein schien. Gerieten irgendwo Elfen oder Trolle in Bedrängnis, erschien wie aus dem Nichts Niesputz, knallte den Gorgals vor den Kopf, versprühte seine grünen Funken, hieb und stach mit seinem Schwert und schon wandte sich das Blatt zugunsten der Angreifer.

Die ganze Schlacht dauerte nicht länger als drei Stunden, dann streckten auch die letzten Gorgals ihre Waffen. Völlig unerwartet für alle am Kampf beteiligten, selbst für Niesputz, auch wenn er es nicht zugab, griff kurz vor Ende der Kämpfe eine weitere Partei ein, mit der niemand gerechnet hatte. Im Tross der Gorgals befanden sich Sklaven, Gefangene aus den letzten Feldzügen, die für niedere Arbeiten herangezogen wurden, für den Auf- und Abbau der Zelte, Reinigungsarbeiten, Pflege der Pferde. Als abzusehen war, wer die Schlacht gewann, überwältigten die Sklaven ihre Wärter, befreiten sich von ihren Fesseln und griffen die Gorgals zum Teil mit bloßen Händen an.

Das gab der Schlacht den allerletzten Schub zu einem schnellen Ende. Den fassungslosen Gesichtern der überlebenden Gorgals sah man an, dass sie weder mit diesem Verlauf noch mit diesem Ende der Schlacht gerechnet hatten. Schon zu Beginn des Kampfes war alles schief gelaufen, der Angriff überhaupt – *wann hatte man bei diesem Feldzug davon gehört, dass irgendein Heer sich getraut hätte, die Gorgals anzugreifen* – ihre eigene Verteidigungsrichtung – *bergauf* – die ausgebrochenen Pferde, Feinde in ihrem Rücken, die Sklaven. Alles schien sich gegen sie verschworen zu haben. Sogar ihre eigene Ausrüstung. Dort löste sich ein Schnürriemen, hier ein Halteband. Dinge, die sonst fest waren, waren plötzlich lose. Gürtel rissen, Gurte lösten sich auf, Wassersäcke waren ausgelaufen, wenn man in der Hitze des Kampfes einen Schluck Wasser brauchte, Hosen rutschten. Es war, als sei ein böser Geist über die Ausrüstung der Gorgals hergefallen und hätte sie mit einem Fluch belegt. Sie waren genauso ratlos wie ihre Artgenossen, viele hundert Meilen weiter nördlich in den Drummel-Drachen-Bergen.

„So, Fürst aller Spitzohren." Niesputz setzte sich auf Gilbaths Schulter. „Korbinian, Rulgo", er nickte seinen Freunden zu. „Ich habe euch gezeigt, *dass* man siegen kann und *wie* man siegen kann. Jetzt muss ich zu Bandath."

„Wo wirst du ihn finden?"

„Ich weiß es noch nicht genau. Er wollte nach Go-Ran-Goh, auch wenn ich diese Idee nicht unbedingt bejubelt habe. Vielleicht hat er dort etwas erfahren, das er zuvor noch nicht wusste. Er ist ja immer so wissbegierig. Aber ich bezweifele, dass er Hilfe gefunden hat. Ich werde wohl erst einen Abstecher nach Flussburg und Neu-Drachenfurt machen, bevor ich nach Go-Ran-Goh aufbreche. Doch ihr braucht euch keine Sorgen zu machen, ich finde ihn."

Gilbath gefiel gar nicht, dass Niesputz sie verlassen wollte. „Ohne dich wäre der Sieg nicht so schnell und so endgültig gewesen."

„Ohne mich hättet ihr wahrscheinlich gar nicht gewonnen, Oberspitzohr. Ich sage doch: Kleines Ährchen-Knörgi, große Wirkung. Aber ich will nicht, dass du so egoistisch bist und mich ganz für euch behalten willst. Noch dazu, wo du mich am Anfang unserer Bekanntschaft am liebsten zerquetscht hättest."

„Du vergisst wohl nie etwas?"

Einen winzigen Moment wurde das Gesicht von Niesputz starr. „Ich wünsche mir mehr als alles andere auf der Welt, nur die Hälfte von dem, was ich erlebt habe, zu vergessen, nur die Hälfte", dann lächelte er wieder, „du arrogantes Langbein."

Gilbath lachte. „Aber du wolltest mich zerhackstückeln, damals, mich und die anderen Elfen."

Mit den nächsten Worten verschwand das Grinsen von den Lippen des Ährchen-Knörgis und machte einem ungewohnten Ausdruck auf seinem Gesicht Platz, man hätte ihn glatt als Besorgnis interpretieren können, ängstliche Besorgnis. „Ich habe es dir schon gesagt: Meiner nicht ganz unbegründeten Vermutung nach werden in den nächsten Tagen hier weitere Knörgis auftauchen. Mein Tipp und meine Bitte: Lasst sie nicht fort, sie können euch wirklich helfen."

„Wie soll man denn Knörgis aufhalten?", knurrte Gilbath.

„Da hast du allerdings recht", murmelte Niesputz, doch seine Antwort klang nicht so selbstzufrieden wie sonst, wenn er über Knörgis im Allgemeinen und über sich im Besonderen sprach. Er schien in diesem speziellen Fall eher unzufrieden mit dieser Tatsache zu sein.

In der Zwischenwelt 3

Etwas hatte sich verändert.

Hatte Waltrude ihre Situation bisher mit dem Meer verglichen und Bandath auf dem Strand gesehen, so kam es ihr mittlerweile ein wenig anders vor. Es schien ihr fast so, als befände sie sich auf einem großen Platz in der Mitte einer Stadt, bedeutend größer, älter, grauer, eisiger und ungemütlicher als Flussburg – und das war die älteste und größte Stadt, die sie kannte. Gut, gab sie sich selbst gegenüber zu, es war die *einzige* Stadt, die sie kannte. Doch das Gefühl, das sie jetzt hatte, passte *nicht einmal* zu Flussburg. Sie fühlte sich auf einem Platz stehend, ringsumher von Häusern umgeben, die so viele Stockwerke hatten, wie sie selbst sie noch nie gesehen hatte. Irgendwo weit über ihr erahnte sie die Silhouette des Hexenmeisters in einem Fenster hinter einer dicken, milchigen Scheibe. Die Häuser aus grauem, eintönigem Stein reihten sich rund um sie, eines an das andere. Es gab keine Straße, die auf diesen Platz führte, kein Fluss, der ihn durchfloss oder an ihn grenzte, keine Brücke, die einen Bogen über diese widerlichen, unüberwindbaren Häuser schlug. Alle Türen, Tore und Einfahrten waren verschlossen und die Türen schienen schwer und gewichtig zu sein – Türen, die Waltrude nie würde öffnen können.

Sie fühlte auch die Anwesenheit der anderen Seelen hier. Sie scharrten sich um Waltrude wie eine Kinderschar sich um ihre Mutter drängt. Und sie fühlten sich sicher, weil sie, Waltrude, hier war.

Doch dann – und das war neu – schlug etwas … jemand, von außen gegen eines der Tore. Es war nicht so, dass dieser Jemand Einlass begehrte oder versuchte, das Tor zu öffnen. Es war eher so, als teste er, ob er in der Lage sei, das Tor zu öffnen, als prüfe er, ob er zu einem gegebenen Augenblick das Tor würde öffnen können, wann immer er wollte. Es war nur ein einziger Schlag, aber seine Wirkung war verheerend. Waltrude selbst wurde von einer Kälte ergriffen, die sie glatt von den Haaren bis zu den Zehenspitzen durchdrungen hätte, wenn sie noch einen Körper besessen hätte. Die Seelen um sie herum waren einen winzigen Moment lang erstarrt, als wären sie selbst zu Eis gefroren, doch dann wirbelten sie um Waltrude herum wie ein Haufen Hühner, zwischen die ein Blaufuchs gesprungen ist.

Der Schlag, das wusste Waltrude, war nur ein Test gewesen. Derjenige, der den Schlag ausgeführt hatte, konnte jederzeit erneut zuschlagen und eines der Tore öffnen.

Und das machte Waltrude Angst.

Der Alte vom Berg

Etwas hatte sich verändert.

Bandath schreckte hoch. Es war dunkel und irgendwo hörte er Barellas Schritte, die während ihrer Wache ihr Lager umkreiste. Etwas war geschehen, etwas, das Auswirkungen auf die magischen Kraftlinien gehabt hatte. Der Schwarze Sphinx hatte etwas getan – oder probiert –, das eine neue Stufe im Umgang mit der Magie für ihn darstellte. Er war mächtiger geworden, viel mächtiger. Bandath zitterte – und das nicht nur wegen der zunehmenden Kälte, hier, so weit oben im Gebirge. Bisher hatte der Schwarze Sphinx den Kraftlinien Magie entrissen, hatte Magier mit ihrer Hilfe aufgespürt und ihnen die Fähigkeit genommen, Magie zu wirken. Das alles war schon schlimm genug und etwas, das nach Bandaths Wissen bisher noch nie geschehen war. Jetzt aber hatte der Schwarze Sphinx etwas probiert, etwas vorbereitet, von dem Bandath nicht im Entferntesten wusste, nicht einmal ahnte, was es ein könnte. Es fühlte sich an, als hätte er versucht, eine magische Kraftlinie *zu verbiegen*. Das aber war völlig unmöglich.

War es das wirklich? Bisher hatte Bandath auch geglaubt, dass das *Entreißen* von Magie aus den Kraftlinien unmöglich wäre. Er setzte sich auf und stöhnte. Wenige Schritte neben ihm glühten die letzten Holzstücke ihres abendlichen Feuers in der Kühle der Gebirgsluft. Sie näherten sich der Baumgrenze und es wurde empfindlich kalt. Hier oben in den Bergen lagen noch Reste von Schnee an schattigen Stellen und an den Laubbäumen und Sträuchern sprossen gerademal die ersten Knospen, während unten in den Ebenen schon alles in voller Blüte stand. Der Frühling war hier noch nicht ganz angekommen. Fröstelnd raffte sich der Zwergling die Decke über die Schultern und zog sogar seine Füße darunter. Ihm war kalt. Wenn das jedoch seine Halblingsverwandten gesehen hätten, hätten sie erneut verächtlich geschnaubt und wohl etwas von „Zwergenblut in seinen Adern" gemurmelt. Das war Bandath egal, ihm war kalt und sollte der Weg noch weiter in die Höhe führen, dann würde er sich wohl etwas für seine Füße überlegen müssen. Selbst früher in Drachenfurt hatte er im Winter immer ein paar Füßlinge aus Schweißbärenfell gehabt.

Barella kam aus der Dunkelheit, setzte sich neben ihn, griff nach der Teekanne, die noch auf der Glut stand und schenkte ihm einen Becher Tee ein.

„Wieder ein Albtraum?" Während er den Becher hielt, strich sie mit ihren Händen über seinen Rücken, knetete seine Schultern durch und massiert ihm den Nacken. Als Barella fertig war, trank Bandath seinen Tee.

„Kein Albtraum", sagte er dann. „Da geschieht etwas mit der Magie, doch ich weiß nicht, was." Bandath schüttelte den Kopf. „Beim dreimal gerösteten Krabbelkäfer, wenn ich doch nur selbst Magie einsetzen könnte. Ich bin mir sicher, ich würde mehr erfahren."

„Aber es geht nicht", flüsterte Barella und legte ihren Kopf an seine Schulter.

„Aber es geht nicht", bestätigte er und merkte, wie er ruhiger wurde. Wie Barella das nur immer wieder hinbekam? Allein ihre Nähe sorgte dafür, dass er sich besser fühlte. „Der Schwarze Sphinx wartet nur darauf, dass ich einen Fehler mache, ich spüre es. Auf magischer Ebene gibt es nur noch ihn und mich, und die Verräter von Go-Ran-Goh. Vielleicht gibt es irgendwo noch Magier oder Hexenmeister, aber die sind ihm nicht wichtig. Er sitzt wie eine fette Wollspinne in dem Netz der magischen Kraftlinien und wartet darauf, dass ich mich melde."

Barella nahm seine Hände in ihre und hauchte ihm auf die Finger, als sie spürte, wie kalt diese geworden waren. „Meinst du, deine Albträume von Waltrude hängen mit ihm zusammen?"

„Die haben schon lange vorher angefangen. Die ersten hatte ich kurz nachdem wir aus Cora Lega zurück waren."

„Das hast du mir nicht gesagt."

„Ich wollte dir die Vorfreude auf unsere Hochzeit nicht verderben. Außerdem nahm ich an, dass es zum … zum Trauern dazu gehört."

„So lange Zeit?"

„Ich weiß es einfach nicht, Barella."

„Du brauchst Schlaf. Ich denke, dass noch sehr große Belastungen vor uns liegen. Und es ist jetzt schon anstrengend genug für dich. Wir sind den ganzen Tag unterwegs und abends übst du immer noch eine Stunde mit mir oder Accuso den Umgang mit dem Schwert. Du *musst* schlafen!"

„Aber ich *kann* nicht. Ich werde nachts wach und dann liege ich da und denke an das, was uns bevorsteht. Niesputz hat mal gesagt, dass das Diamantschwert und der Dämonenschatz nur dafür da waren, mich auf eine wirklich große Aufgabe vorzubereiten. Und ich habe die Vermutung, dass diese *wirklich große Aufgabe* jetzt vor uns liegt."

„Eine wirklich große Aufgabe?" Barella lachte schallend auf, legte sich dann aber schnell die Hand vor den Mund, um ihre Gefährten nicht zu wecken. „Wenn der Vulkan oder der Dämon nicht schon wirklich große Aufgaben gewesen waren, dann weiß ich nicht, was noch größer werden könnte. Außerdem würde ich vor allem die Sache mit dem Diamantschwert nicht auf eine Vorbereitung auf irgendwelche Aufgaben reduzieren wollen. Immerhin haben wir uns dabei kennengelernt und hinterher beschlossen, dass wir zusammen bleiben wollen. Die Welt, Bandath, besteht nicht nur aus Aufgaben für Magier. Sie besteht auch aus dir und mir und …"

Sie stockte und einen kleinen Moment erschien es Bandath, als wolle sie weiterreden, ihm etwas Wichtiges sagen. Doch dann rieb sie kräftig seine immer noch kalten Finger. „Du brauchst deinen Schlaf. Ich übernehme die Wache für dich. Leg dich wieder hin und versuche wenigstens, etwas zu schlafen. Versprochen?" Sie wollte sich erheben, doch Bandath hielt seine Gefährtin fest.

„Ich habe ein schlechtes Gewissen, meine Liebe. Ich denke immerzu nur an mich, die Magie und was vielleicht passieren wird. Dabei sehe ich, dass es dir auch nicht gut geht. Du bist blass, hast Augenringe und isst zu wenig oder sehr viel. Neulich hast du dich morgens übergeben, noch bevor wir frühstückten. Du brauchst den Schlaf genauso dringend wie ich. Was ist los? Bist du krank?"

„Krank?" Barella verzog das Gesicht. „Nein, krank wirklich nicht. Mach dir keine Sorgen, mein Unwohlsein geht vorbei." Und das war nicht einmal gelogen, wie sie zugeben musste. „Ich bin nicht krank, im Gegenteil, mir geht es gut für zwei. Nur die Situation ist im Moment … nun sagen wir: *etwas ungünstig.*"

Neben ihnen rappelte sich Accuso grummelnd aus seiner Decke. „Da ihr zwei euch gegenseitig zum Schlafen animieren wollt und einfache Minotauren dabei weckt, schlage ich vor, dass ihr euch zu zweit unter die Decke kuschelt. Ich übernehme die Wache für euch." Und bevor sie widersprechen konnten, hatte er sich aufgerichtet, seine Waffen an sich genommen und war außerhalb des von der Feuerglut beschienenen Bereiches ihres Lagers in der Dunkelheit verschwunden.

Barella kuschelte sich unter Bandaths Decke und zog den noch immer Sitzenden zu sich herunter. „So ein Angebot sollten wir uns nicht entgehen lassen." Sie legte seinen Kopf an ihre Schulter, ihren Arm um ihn, wischte eine Träne aus seinem Augenwinkel und küsste ihn auf die Stirn.

„Alles wird gut", flüsterte sie.

Hoffentlich, dachte Bandath, glaubte aber nicht daran.

Am nächsten Morgen saß Niesputz auf einem Zweig über ihnen und beobachtete die Schlafenden. Barella und Bandath schliefen eng umschlungen, sie ruhig mit einem leisen Schnarchen, er mit unruhig zuckenden Beinen. Farael lag eingerollt wie ein Kleinkind auf der Seite und ein gewaltiger Minotaurus schichtete Holz für das Feuer auf. Da er die Schlafenden nicht bedrohte, bestand für Niesputz im Moment kein Grund, einzugreifen. Sie würden ihm schon erzählen, was dieser Ochsenkopf hier tat. Für ihn sah er aus wie eine jüngere Ausgabe von Sergio der Knochenzange. Das hatte aber nichts zu sagen, wahrscheinlich sahen alle Minotauren gleich aus.

„Was sammelt der Hexenmeister auch immer wieder für Gestalten um sich?" Er surrte über das noch nicht entzündete Lagerfeuer und klatschte in die Hände. „Aufstehen, Langschläfer. Ich beobachte jetzt schon über eine Stunde euren Schönheitsschlaf und …" Dann musste er zur Seite huschen, denn das Schwert des Minotauren krachte zwischen Holz, erkaltete Holzkohle, Asche und unter ihr noch verborgene Glut, die in die Luft gewirbelt wurde.

„He!", protestierte Niesputz, der hustend aus einer Aschewolke auftauchte. „Was bist du denn für ein aggressiver Hornträger. Grantig, wie alle Minotaurusse, die ich kenne."

„Es heißt *Minotauren*!" Accuso fixierte das Ährchen-Knörgi mit zusammengezogenen Brauen.

„Das ist jetzt ein schlechter Witz, oder was?"

„Stimmt." Die Stimme des Minotauren klang kein bisschen friedfertiger. „Es lacht nämlich keiner!" Erneut hob er das Schwert.

„Halt, Accuso!" Barella rappelte sich vom Schlaf noch halb benommen hoch. „Und du würdest ihn sowieso nicht treffen."

„Barella!"

Übertrieben erleichtert rief Niesputz ihren Namen und flog zu ihr, um sich auf ihre Schulter zu setzen. „Der böse Minotaurus wollte mir wehtun." Er sah zu dem Minotaurus. „Accuso also. Hau doch jetzt mal zu!" Dann drehte er sich zu Bandath. „Wie bist du denn an den gekommen? Irgendeinen Muskelberg brauchst du immer, oder? Kaum ist Rulgo nicht dabei, sammelst du dir deine Leibwächter woanders ein, oder wie?"

„Niesputz", knurrte Bandath und kämpfte sich unter der Decke vor, die sich um seine Beine gewickelt hatte. „Nur du kannst am frühen Morgen für solch eine Aufregung sorgen." Er begann, die endlich von seinen Beinen befreite Decke zusammenzurollen.

„Oh, danke der Nachfrage, mir geht es auch gut. Und *Schönen Guten Tag* auch." Niesputz grinste breit in die Runde.

„Guten Morgen", murmelte Farael.

„Ah, du musst der Nichts-sehende Seher sein, von dem mir meine Freunde Korbinian und Rulgo berichtet haben. Auch noch am Leben?"

Barella kicherte, begann die Glut mit dem von Accuso gesammelten Holz neu zu entfachen und hängte schließlich einen Kessel mit Wasser über die züngelnden Flammen. „Nachdem wir also diverse Höflichkeiten ausgetauscht haben", sagte sie während ihrer Tätigkeit, „sollten wir frühstücken und uns unterhalten. Es gibt sicherlich die eine oder andere Neuigkeit."

„Neuigkeiten austauschen?" Bandath nickte und lächelte Niesputz an. „Na, davon habe ich eine ganze Menge anzubieten. Und ich denke, du auch, mein kleiner fliegender Freund." Er setzte sich auf seine zusammengerollte Decke. „Es ist schön, dass du hier bist. Ich glaube, wir können dich gut gebrauchen."

„Und ich freue mich, euch beide bei guter Gesundheit und in mehr oder weniger zweifelhafter Begleitung zu sehen. Aber du hattest ja schon immer einen Hang zu schrägen Typen."

„Solche schrägen Typen wie dich?"

„Solche schrägen Typen wie mich", bestätigte das Ährchen-Knörgi. „Neuigkeiten gibt es eine ganze Menge und ich denke, jetzt ist der Zeitpunkt gekommen, all diese Neuigkeiten an einem Ort zu zentralisieren, also folgerichtig bei mir, um es mal klar auszudrücken."

Alle setzten sich um das Feuer zu Bandath. Niesputz machte es sich auf Barellas Schulter bequem, zündete seine Pfeife an. „Willst du die ausführliche Lagebeschreibung oder die kurze Variante?"

Bandath nahm dankbar den Tee von Barella entgegen. „Die Kurze reicht erst einmal, denke ich."

„Gut." Niesputz dehnte sich demonstrativ. „Es sieht ausgesprochen mies und unübersichtlich aus."

Bandath sah auf, seufzte. „Vielleicht doch *etwas* ausführlicher?"

Niesputz grinste leicht. „Erstens: Gorgals schleichen durch die Drummel-Drachen-Berge, aus dem Westen kommend, irgendwo nördlich des Troll-Landes. Mit Hilfe eines seit kurzem dort lebenden Stammes von Steinbuchen-Knörgis können wir alle Dörfer auf ihrer Marschroute rechtzeitig warnen und ihre Bewohner in den Bergen verstecken, bevor die Schwarzhäute um ihre Hühnerhöfe schleichen. Aber es sind nicht so viele Gorgals wie erwartet.

Zweitens: Die Elfen und Trolle verprügelten mit Hilfe und unter Anleitung eines gewissen Ährchen-Knörgis recht erfolgreich ein Heer der Gorgals am Westrand der Riesengras-Ebenen. Aber auch das waren lange nicht so viele Gorgals wie angekündigt. Kluge Köpfe – darunter natürlich meiner als einer der Klügsten – vermuten, dass die Gorgals von etwas ablenken wollen.

Drittens: Eine Armee aufrechter und rechtschaffener Flussbürger, die zum Teil aus der Stadtwache, seltsamerweise hauptsächlich aber aus den Bewohnern des verrufenen sechsten Stadtviertels besteht, trödelt am Ufer des Ewigen Stromes entlang in Richtung Umstrittenes Land, um den Elfen und Trollen beizustehen. Sie werden wohl noch eine Weile bis an die Westgrenze brauchen. Währenddessen ist Theodil mit einem Gnom aus Flussburg weiter in Richtung Süden gezogen. Wie ich von einem Boten erfuhr, wollen sie dort Gerüchten über angeblich gesehene Gorgals nachgehen.

Viertens: Die Elfen und Trolle, die im Norden das Trollgebirge abriegeln, langweilen sich unter der Führung eines völlig inkompetenten, überheblichen, unfähigen, arroganten und unwissenden Elfen namens ...", er kratzte sich am Hinterkopf. „Hab ich vergessen. Ist auch unwichtig. Aber es ist weder dein Vater, noch dein Bruder, Barella.

Fünftens: Um Neu-Drachenfurt herum sammelt sich ein zusammengewürfelter Haufen aus Bauern, Bergarbeitern, Hirten, Jägern und Holzfällern, ein Gemisch aus Menschen, Zwergen und Halblingen. In ein paar Tagen werden sie sich teilen. Die eine Hälfte wird zum Markt, die andere in Richtung Go-Ran-Goh ziehen.

Sechstens: Dort ist es im Moment eher ruhig. Magier habe ich keine gesehen, alle Türen, Tore und Fenster sind versperrt. Allerdings scheint es an einer Stelle des Go-Ran einen Bergrutsch gegeben zu haben, gerade so, als wäre ein unterirdischer Hohlraum zusammengestürzt. Ihr habt nicht zufällig etwas damit zu tun?"

Bandath schüttelte den Kopf. „Wohl nur indirekt." Er nahm einen weiteren Becher Tee von Barella entgegen und schloss beide Hände um den Becher, als wolle er sich die Finger daran wärmen. „Wir folgen einer sauberen, unverfälschten, magischen Kraftlinie, die wir bei Go-Ran-Goh entdeckten. Es ist die einzige saubere Linie, die ich fühlen kann. Alle anderen sind … verschmutzt. In unserer Linie pulst reinste Magie nach Go-Ran-Goh. Ich vermute, sie könnte uns vielleicht bis zur Quelle der Magie führen, zum Drachenfriedhof. Die Magier haben die Seiten gewechselt. Sie nutzten drei Arten der Magie und …"

„… haben den Schwarzen Sphinx beschworen." Niesputz sackte förmlich auf Barellas Schulter zusammen. „Ich habe es befürchtet, wenngleich ich hoffte, mich zu täuschen. Warum nur? Warum müssen Leute, die Macht besitzen, immer nach noch mehr Macht streben? Es ist immer dasselbe. Go-Ran-Goh und der Ring der Magier wurden geschaffen, um die Magiergilde anzuleiten und Missbrauch der Magie auszuschließen. Und was machen die Magier des Inneren Ringes? Sie missbrauchen die Magie, um noch mehr Macht zu erlangen." Er schüttelte den Kopf, klopfte seine Pfeife aus und verstaute sie in seiner Hosentasche. „Warum wiederholt sich immer alles? Wieder und wieder versuchen sie, Macht über die Magie zu bekommen. Lernen Magier das nie?"

„Vielleicht vergessen sie nur zu schnell? Vergisst du nie etwas?"

Niesputz' Augenbrauen schossen nach oben. „Das hat mich der Fürst der Spitzohren vor einigen Tagen auch schon gefragt. Habt ihr euch abgesprochen?"

„Und was hast du geantwortet?", wagte Farael einen Einwurf.

„Sag du es mir, Seher." Niesputz strich sich die nachwachsenden Haarsträhnen aus der Stirn. „Sie haben es also tatsächlich getan. Sie haben den Schwarzen Sphinx beschworen. Was hast du sonst noch herausgefunden?"

„Nur zwei Magier von Go-Ran-Goh stehen auf unserer Seite: Bethga, die Meisterin der Bücher und Moargid, die Meisterin des Heilens. Im Moment weiß ich aber weder, wo sie sind, noch wie es ihnen geht. Seit vielen Tagen schon nehme ich keinerlei magische Aktivitäten mehr über die Kraftlinien wahr. Ab und an fühlte ich, dass ein Magier oder ein Hexenmeister Magie anwandte und ich spürte die Reaktion des Schwarzen Sphinx. Er hat ihnen allen die Fähigkeit Magie zu weben, genommen. Und es war von Mal zu Mal einfacher für ihn, gerade so, als würde jemand nebenbei eine Stechfliege zerquetschen, die auf seinem Arm sitzt. Es ist, als wäre ich mittlerweile der letzte Hexenmeister – und das nicht nur südlich der Drummel-Drachen-Berge.

Östlich und südlich von Go-Ran-Goh tummeln sich Gorgals in den Wäldern der Ebene. Auf unserer Flucht von der Magierfeste trafen wir auf unsern Gefährten Accuso." Er wies auf den Minotaurus, der seine Waffe weggesteckt hatte und wie die anderen Tee trank. „Wären er und seine Kameraden nicht gewesen, so hätten wir weder den Kampf mit einem Magier, noch den mit einer Gruppe Gorgals überstanden."

„Seine Kameraden?" Niesputz drehte den Kopf. „Und wo sind die anderen Minotaurusse?"

„Es heißt *Minotauren*, Fliegenmann." Die Stimme Accusos schien nicht aus seinem Brustkorb zu kommen, sondern viel weiter unten zu entstehen, so tief knurrte er die Entgegnung. „Sie sind tot. Erschlagen von Magiern und Gorgals. Meine letzten beiden Gefährten habe ich zu den Stämmen nördlich der Drummel-Drachen-Berge gesandt. Sie sollen die Häuptlinge informieren und sie aufrufen, sich dem Kampf gegen die Gorgals anzuschließen."

„Wenn wir die Schwarzhäute denn mal finden sollten. Ansonsten keine schlechte Idee. Ich glaube, wir können jedes einzelne Schwert gebrauchen."

„Es ist sehr weit zum Markt und von dort zu den Stammesgebieten der Minotauren."

„Auch Fliegenmänner können Dinge übersehen. Es gibt alte und nur den Minotauren bekannte Pfade auf die Nordseite des Gebirges. Und auch nur Minotauren können sie schnell und ungesehen benutzen. Meine Stammesbrüder werden unsere Gebiete schneller erreichen, als ein Troll die Gebiete der Elfen."

„Accuso ist der Sohn von Sergio der Knochenzange." Bandath sah Niesputz mit unbewegtem Gesicht an. „Dank unseres gesprächigen Freundes Farael hier, hat er ziemlich schnell erfahren, dass Sergio und ich zumindest zur selben Zeit auf Go-Ran-Goh studiert haben."

„Oh!", machte Niesputz. „der Sohn von … und … das ist … zumindest interessant." Niesputz war tatsächlich einen Moment aus der Fassung gebracht. „Und jetzt begleitet er euch?"

Bandath nickte und hoffte zugleich, dass Niesputz keine weiteren Fragen in Richtung Sergio stellen würde. Es war einfach noch nicht die richtige Zeit gewesen, mit Accuso zu reden.

„Um Barella zu befreien hat Bandath sogar ein Schwert geschwungen", fühlte Farael sich bemüßigt anzumerken.

„Der redet wirklich viel", sagte Niesputz zu Bandath, ohne den Seher anzuschauen. „Hat er schon etwas Vernünftiges *gesehen*?"

„Ist ein Laufdrache schon mal geflogen?", entgegnete Barella schnaubend.

„Das dachte ich mir." Dann wechselte er das Thema. „Und ihr folgt also dieser ominösen magischen Kraftlinie?"

Bandath stützte den Kopf in seine Hände. „Wie gesagt, ich hoffe, sie führt uns zur Quelle der Magie, zum Drachenfriedhof."

„Wenn es diesen Ort denn gibt."

„Du kannst uns nicht vielleicht helfen oder weißt etwas, das wir noch nicht wissen?"

Niesputz verneinte. „Nichts, was uns im Moment hilft. Ich glaube, du gehst recht in der Annahme, dass du dort etwas findest, das dir im Kampf gegen den Schwarzen Sphinx helfen könnte. Aber das *glaube* ich nur, ich weiß es nicht." Dann sah er Bandath ernst an. „So hat dir das Schicksal also ein weiteres Mal eine Aufgabe übertragen, Hexenmeister. Doch dieses Mal liegt nicht das Wohl der Drummel-Drachen-Berge oder der Todeswüste in deinen Händen. Jetzt geht es um nicht weniger, als die Zukunft der ganzen Welt."

„Hast du das alles veranlasst, Niesputz?" Barellas Ton verriet, dass sie nicht begeistert von der Aussicht war. „Hast du dafür gesorgt, dass wir in diesen Strudel der Ereignisse hineingezogen werden?"

„Ich, schöne Zwelfe? Du überschätzt meine Fähigkeiten und meine Bedeutung. Gut, ich mag der ganzen Angelegenheit hier und da einen kleinen Schubs gegeben haben. Aber veranlasst? Ich bin nur ein kleines, unschuldiges Ährchen-Knörgi, das durch diese wilde Welt irrt. Meinst du wirklich, ich könnte das Schicksal beeinflussen?"

„Ja, das denke ich."

„So? Nun ja, wie gesagt: Du überschätzt meine Fähigkeiten."

Bevor die Diskussion in diese Richtung weiterging, begann Bandath Einzelheiten ihrer Reise zu berichten, Niesputz fragte nach und erzählte seinerseits von der Schlacht an der Westgrenze der Riesengras-Ebene. Sie diskutierten, wogen verschiedene Optionen ab, besprachen Ideen und Möglichkeiten, wie die Dinge sich entwickeln könnten, aber alle hatten das Gefühl, auf der Stelle zu treten. Als der Morgen sich endgültig verabschiedete, brachen sie auf, Bandath und Accuso vorneweg, Barella mit Niesputz auf der Schulter in der Mitte und Farael lenkte sein störrisches Quilin hinter ihnen her.

„Und wie geht es dir?", fragte Niesputz so leise, dass nur Barella ihn hören konnte.

„Bandath macht mir Sorgen. Er schläft schlecht und viel zu wenig, isst nicht genug und ist ständig am Grübeln, wie er gegen dieses schwarze Ungeheuer vorgehen kann. Sieh ihn dir doch mal an …"

„Er hat abgenommen."

„Ja, auf eine Art, die ich nicht befürworte."

„Steht ihm aber gut."

„Hast du seine Hände gesehen, heute Morgen bei der Unterhaltung?"

„Seine Finger haben gezittert. Auch wenn er versucht, es zu verbergen. Und er sieht müde aus."

„Müde? Seine Augen liegen tief in den Höhlen. Er ist der Herr der Augenringe, wenn du mich fragst. Seine Gesichtshaut ist eher grau als gesund. So schlecht ging es ihm nicht einmal als Waltrude gestorben war."

„Er wird es schaffen, liebliche Zwelfe. In seinem untersetzten Zwerglingskörper stecken mehr Reserven, als es von außen den Anschein hat, mehr als wir ahnen. Das hat er schon zweimal äußerst eindrucksvoll bewiesen. Aber ich fragte nach dir. Wie fühlst *du* dich?"

„Wie soll es mir schon gehen? Das ist nicht wichtig, Bandath ist wichtig."

„Das ist nicht wichtig? Schnuckelchen, Bandath braucht dich mehr als er weiß. Wenn alle schlapp machen, Barella, wenn alle aufgeben, dann musst *du* stark sein. Du musst da sein, um ihn zu halten. Ohne dich *funktioniert* Bandath nicht! Und was heißt überhaupt: *nicht wichtig*? Immerhin bist du …"

„Mir geht es gut", unterbrach Barella unwirsch.

„Hast du *es* ihm gesagt?"

„Woher weißt du *es*?", antwortete die Zwelfe mit einer Gegenfrage.

„Komm schon. Wer so lange seine Flügel spreizt wie ich, der sieht das. Das muss mir keiner sagen."

„Nein habe ich nicht!" Sie beantwortete damit seine vorherige Frage. „Und ich will auch nicht, dass er es jetzt erfährt."

„Warum?" Niesputz blieb hartnäckig.

„Weil …", sie hob ratlos die Hände, „… es einfach eine ungünstige Situation ist."

„Eine ungünstige Situation? Meinst du, die Situation wird in den nächsten Tagen bedeutend *günstiger*?"

„Weißt du", schnaubte Barella, „du klingst beinahe wie To'nella."

„Oh! Wirklich? Was für ein Lob." Dann grinste er. „… für To'nella."

Barella atmete tief durch. „Lass uns einfach über etwas anderes reden. Ja?"

Niesputz murmelte etwas, das Barella nicht verstand, dann nickte er zu Accuso hinüber. „Weiß er, dass Bandath seinen Vater getötet hat?"

„Du hast aber auch ein Talent, in Wunden herumzustochern", fauchte Barella. „Nein, weiß er nicht. Und er soll es auch noch nicht erfahren. Bandath meint, die Situation dafür sei im Moment … nicht günstig."

Niesputz seufzte. „Ist die Situation innerhalb eurer kleinen Gruppe für *irgendetwas* günstig? Hat hier jeder ein Geheimnis vor dem anderen?"

„Farael nicht", entgegnete Barella trocken. „Der sieht auch weiterhin nicht weiter als bis zur Nasenspitze seines Quilins."

Als hätte er auf dieses Stichwort gewartet, rief der Seher: „Accuso, halte den Bogen bereit, wir werden gleich auf eine Herde Springziegen treffen."

Blitzschnell hatten Accuso und Barella ihre Bögen gespannt und einen Pfeil aufgelegt. Eine Ergänzung ihrer Vorräte wäre nicht nur wünschenswert, sondern auch dringend erforderlich. Dann klapperte es hinter ihnen und eine kleine Herde von Berg-Springziegen brach aus den Krüppelkiefern oberhalb des Weges, kreuzte den Pass und verschwand unterhalb im Gebüsch. Barella traf eines der Tiere, Accuso fluchte, er hatte nicht schießen können, weil Farael ihm im Wege stand.

„Er kann also wirklich sehen", sagte Niesputz, als sie weiterzogen, nachdem sie das Tier ausgeweidet hatten.

„Und?" Barellas Tonfall klang abfällig. „Was bringt es uns außer einer einzigen mageren Springziege? Er sagt Accuso, dass er den Bogen spannen soll, im entscheidenden Moment steht er aber im Weg. Er sagt Quellen voraus, die wir sowieso gefunden hätten, Magier, die uns nicht helfen können, Bäume, die wir hinter der nächsten Wegbiegung selbst sehen können, Regen, wenn dicke Wolken am Himmel hängen ... lauter nutzloses Zeug." Dann äffte sie mit heruntergezogenen Brauen und verkniffenem Gesichtsausdruck die Stimme des Sehers nach: „*Er wird etwas Wichtiges sehen, hat unser Herrscher gesagt. Das ich nicht lache.*"

Niesputz kicherte. „Du magst ihn nicht", stellte er fest.

„Das ist nicht ganz richtig ausgedrückt. Einigen wir uns auf: Ich kann ihn nicht leiden. Ich halte ihn für überflüssigen Ballast. Er behindert Bandath bei seiner Aufgabe. Nur weil der *große* Ratz Nasenfummel dort unten im Süden mit den Steinsäulen gesummt hat, ist er der Meinung, wir bräuchten diesen ... diesen ..." Ihr fiel kein passender Begriff ein und sie schnaubte abfällig. „Aber Bandath will ihn dabei haben und er lässt nicht mit sich reden."

„Du klingst wie Waltrude, als es um Ratz Nasfummel ging."

„Das ist das Zwergenblut in uns, dem Ur-Zwerg sei Dank. Zwerge sind von Natur aus ehrlich, würde Rulgo sagen."

Im selben Moment bog ihr kleiner Zug um eine Felsnase. Direkt vor ihnen stand eine Gestalt auf dem Weg, die Accuso dazu brachte, sein Schwert zu ziehen. Bandath hob die Hand, um Accuso an einer unbedachten Handlung zu hindern, konnte vor Erstaunen jedoch nichts sagen. Barella schnappte nach Luft, bekam aber nicht mehr als ein „Oh!" heraus. Auch Farael atmete tief ein.

„Also, *das* habe ich jetzt nicht kommen sehen", flüsterte er.

Nur Niesputz fing an zu schimpfen. „Also, das glaube ich jetzt nicht! Das ... das ist doch ... Woher nimmst du das Recht dazu? Ich bin unverwechselbar. So was kann es doch gar nicht geben. Und überhaupt ..." Doch dann verließen auch ihn die Worte und er starrte wütend auf die Gestalt, die vor ihnen auf dem Weg stand und lächelnd eine Hand zum friedlichen Gruß erhoben hatte. Dort stand Niesputz, oder besser: irgendjemand, der wie Niesputz aussah, wie Niesputz gekleidet war und wie Niesputz grinste. Nur dass dieser Niesputz vor ihnen so groß wie ein Mensch war. Ansonsten war er völlig mit dem auf Barellas Schulter sitzenden kleinen Niesputz identisch. Sogar die unregelmäßig auf seinem Kopf nachwachsenden Haare waren vorhanden. Nur den Gürtel mit dem Messer und das Schwert in der Scheide zwischen den Flügeln fehlten.

Ansonsten war alles so, wie sie es seit Jahren kannten: die vier Beine, die grünliche Hautfarbe, die Leinenhose, die Flügel – einfach alles.

„Ich fasse es nicht!" Niesputz hatte sich als Erster gefasst. Er surrte hoch und flog eine Runde um den Fremden. „Wer bist du? Und sag jetzt nicht, dass du Groß-Niesputz heißt."

„Vielleicht müssen wir ja ab heute Klein-Niesputz zu dir sagen?" Barella hatte sich als Nächste gefangen und erntete einen bitterbösen Blick von Niesputz für diese Bemerkung.

Lächelnd schüttelte der große Niesputz den Kopf. „Ich heiße B'rk."

„Bürk?" Niesputz drehte immer noch Runden um den Fremden.

„B'rk."

Bandath sprang von Dwego und kam näher. Accuso stieg von seinem Gargyl, behielt aber das Schwert in der Hand.

„Ich bin Bandath."

„Ich weiß", entgegnete B'rk. „Und du bist in Begleitung der Zwelfe Barella, des Sehers Farael, des Minotauren Accuso und des Ährchen-Knörgis Niesputz."

„Woher weißt du das alles?"

„Ich bin B'rk." Das klang, als würde die Antwort alles erklären.

„Aber wieso siehst du aus wie ich, nur ... größer?" Noch immer schwirrte Niesputz aufgeregt seine Runden.

„Ich bin ein Gestaltwandler. Diese Gestalt erschien mir am günstigsten für eine Kontaktaufnahme."

„Am günstigsten?" Jetzt endlich blieb Niesputz drei Schritte vor dem Riesen-Knörgi in der Luft hängen. „Das kann ich allerdings verstehen. Wir Ährchen-Knörgis sind die geborenen Kontaktaufnehmer."

„Ein Gestaltwandler?" Bandath sah den Fremden nachdenklich an. „Es gibt nicht viele Gestaltwandler. Fast so wenige wie Zwerglinge."

„Ich werde auch *der Alte vom Berg* genannt."

„Der Alte vom Berg? Ich habe von dir gehört. Ich wusste gar nicht, dass du noch lebst."

„Oh, ein paar Jahre habe ich noch."

„Du sollst magische Kräfte haben."

„Die haben alle Gestaltwandler."

„Und wieso kannst du deine Gestalt wandeln? Die Magie ... funktioniert nicht mehr so wie früher."

„Ich weiß." Das Gesicht B'rks nahm einen bekümmerten Ausdruck an. „Pyrgomon greift nach der Magie. Er will sie beherrschen. Ihr seid unterwegs, um ihn daran zu hindern. Ich kann euch helfen. Meine Magie funktioniert anders. In mir ist Magie, ich muss keine Magie aus den Kraftlinien nutzen."

„Und wie kannst du uns helfen?"

Farael mischte sich ein. „Er wird uns helfen."

„Aber wie?" Bandath sah zweifelnd zwischen dem Seher und dem Gestaltwandler hin und her.

„Ich weiß es nicht", gestand Farael. „Ich weiß nur, dass er uns helfen wird."

„Kennst du den Weg zum Drachenfriedhof, Bürk?" Niesputz wandte sich B'rk zu. Der schüttelte den Kopf.

„Nein. Ich weiß, dass der Drachenfriedhof von allen für eine Legende gehalten wird, aber er existiert. Er ist der Drachenfriedhof, die Quelle der Magie, der Anfang und das Ende von allem. Vor Jahren sprach ich mit einem alten, sterbenden Drummel-Drachen, der auf dem Weg zum Drachenfriedhof hier seine letzte Rast gemacht hat."

„Dann wissen wir zumindest, dass wir keinem Gerücht auf der Spur sind." Barella nickte zufrieden.

„Und", ergänzte Bandath, „wir sind auf dem richtigen Weg."

„Gut." schnurrte Niesputz. „Aber, lieber Bürk, könntest du bitte aufhören, wie ich auszusehen? Das macht mich nervös. Wie siehst du in echt aus?"

„Gestaltwandler haben keine ursprüngliche Gestalt. Sie nehmen die Gestalt an, die für ihr Vorhaben am Günstigsten ist."

„Dann müssten ja alle Gestaltwandler aussehen wie ich", erklärte Niesputz. „Trotzdem macht es mich nervös. Und meine Beine sind lange nicht so schlaksig, wie du sie darstellst, meine Schultern etwas muskulöser, mein Hals gerader, die Nase charakteristischer und …"

„Ich denke", unterbrach Barella, „er hat dich ganz gut getroffen."

„Auf Go-Ran-Goh hat man uns erzählt, der Alte vom Berg könnte so etwas wie ein wandelndes Orakel sein." Bandath kratzte sich am Kinn.

„So wie unser alter Freund Ratz?" Wieder schwirrte Niesputz um den Gestaltwandler.

„Nein. Ratz ist eher eine Art Dolmetscher zwischen dem Orakel der Drei Schwestern und uns. Der Alte vom Berg *ist* das Orakel."

Der kleine Niesputz starrte den großen Niesputz an. „Stimmt das? Bist du ein Orakel?"

„Ich bin B'rk, der Alte vom Berg. Ich werde euch begleiten."

„Das haben wir ja jetzt schon begriffen, Bürk. Die Frage ist: Kannst du uns wirklich helfen und wenn ja, wie?"

Der Alte vom Berg lächelte, ohne zu antworten.

„Ja, klar. Warum sollte auch mal etwas einfach werden?" Niesputz warf die Arme in die Luft. „Der Typ sieht aus wie ich, aber er redet nicht einmal halb so viel! Allerdings habe ich irgendwie das Gefühl, als ob der uns noch ganz nützlich sein könnte … im Gegensatz zu gewissen Sehern, die nichts sehen."

„Ich habe schon gesagt", rechtfertigte sich Farael, „dass er uns helfen kann. Wenn es also um eine Abstimmung geht, bin ich dafür."

„Hast du überhaupt eine Stimme, wenn wir abstimmen sollten?", knurrte Barella. Dann sah sie B'rk an und anschließend Niesputz. „Von mir aus. Viel wunderlicher kann unsere Truppe jetzt auch nicht mehr werden."

Accuso steckte wortlos das Schwert in die Scheide, was wohl als Zustimmung gedeutet werden konnte. Bandath nickte.

„Also gut, Orakel-Bürk." Niesputz platzierte sich auf Barellas Schulter. „Willkommen im Club. Wir wissen nicht, wohin es geht, aber dort genau wollen wir mit aller Kraft und um jeden Preis hin. Wir haben den Schwarzen Sphinx im Nacken, alle Magier von Go-Ran-Goh und zehn Millionen Gorgals auf den Fersen. Wir sind knapp mit Proviant und haben beständig Hunger. Wir haben den fähigsten Hexenmeister dieses Zeitalters an unserer Seite, der aber im Moment keine Magie weben kann, werden von einer ausgezeichneten Diebin begleitet, die keine Gelegenheit hat, ihre Kunst zu zeigen, weil wir nichts klauen wollen, haben einen stierköpfigen Reisegefährten, der uns einfach nur kennenlernen will, und einen Seher, der nur Blödsinn voraussieht. Aber sonst – und das ist die gute Nachricht – gibt es ein echtes Ährchen-Knörgi in der Truppe." Er warf sich in die Brust.

„Mit Nahrung kann ich euch dienen", sagte der Gestaltwandler zur Überraschung aller. Er führte den Trupp ein paar Schritt weiter. Hinter einem Busch lagen vier erlegte Springziegen. „Ich fing sie, als ich beschloss, mich eurem Trupp anzuschließen."

„Als du beschlossen hast …“, begann Barella, wurde jedoch von dem in die Hände klatschenden Niesputz unterbrochen.

„Au prima! Lasst uns Springziegen zerhackstückeln. Unsere Lage scheint sich zu bessern.“

Nachdem sie die Ziegen ausgeweidet und das Fleisch verpackt hatten, zogen sie weiter. Sie näherten sich der Schneegrenze. Die Büsche und Krüppelkiefern wurde weniger. Im Sommer mochte der Schnee sich noch um mehrere hundert Schritt nach oben verzogen haben, aber jetzt, im Spätfrühling, lag die Schneegrenze noch relativ weit unten. In Senken und an sonnengeschützten Orten fanden sie Schnee. Zusätzlich dazu versteckte sich die Sonne hinter dicker und grauer werdenden Wolken. Wind kam auf, der ihnen in die Gesichter biss und kleine Eiskristalle mit sich führte. Die Kälte kroch ihnen unter die Sachen. Scharfe Grate und steile Felswände beherrschten die Landschaft sowie lose Felsen, kantig und unendlich viele. Sie mussten Berghänge passieren, durch Geröllfelder stapfen oder steile Abhänge emporkraxeln. Es gab Tage, da nächtigten sie in Höhlen, an anderen fanden sie keinen geeigneten Ratsplatz, nutzten Felswände als Windschutz. Irgendwann glaubte Bandath, nie mehr warm werden zu können. Ab und an überquerten sie bereits einzelne Schneefelder, von Barella zur Vorsicht ermahnt. Irgendwann im Laufe des Nachmittages – zum ersten Mal schneite es leicht, anstatt zu regnen – landeten sie direkt an der Kante eines senkrecht nach unten führenden Berghanges. Einige Schneebeerenbüsche reckten ihre geraden Äste weit in die Luft, noch ohne Blätter.

„Ich glaube, ich habe mich getäuscht, was das Bessern der Situation anging“, knurrte Niesputz. Er sah Bandath an. „Und du bist dir sicher?“

Der Zwergling nickte bekümmert. „Die Kraftlinie hat in den letzten Stunden mehrere unerwartete Bögen beschrieben, das hast du selbst mitbekommen. Aber jetzt führt sie geradewegs über diesen Abgrund. Ich weiß nicht, wie sie weiterverläuft und wage keine Voraussage, wo sie dort drüben“, er wies auf einen weit entfernten Berghang jenseits des Abgrundes, „ankommt und weiterführt. Niemand garantiert, dass sie nicht irgendwo in der Luft erneut einen Bogen schlägt. Der Verlauf der Linie ist nicht vorhersehbar.“

„Vielleicht könnte ja unser Riesen-Knörgi dich dort rüber tragen und uns dann nachholen, wenn du dir sicher bist, wo wir lang müssen?“

„Durch die Luft?", fragte Bandath erschrocken. „Ich denke nicht, dass ich …", doch die Reaktion des Gestaltwandlers unterbrach ihn. B'rk schüttelte den Kopf. „In dieser Gestalt könnte ich Bandath nicht tragen. Sie ist nicht optimal für das Fliegen."

„Sie ist nicht …?" Niesputz bekam Schnappatmung. „Hör mal, Orakel-Bürk. Diese Gestalt ist optimal für alles, kapierst du? Für *alles*! Ausgenommen vielleicht dafür, in meiner Größe dicke Hexenmeister stundenlang durch die Luft zu schleppen, da diese selbst ja gewisse Kurse auf Go-Ran-Goh abwählen mussten. Wenn nicht ich, wer dann anderes als ein Riesen-Knörgi soll Bandath durch die Luft tragen?"

„Also", begann Bandath erneut. „Ich will gar nicht …"

„Vielleicht kann ich ja trotzdem helfen." B'rk lächelte Niesputz an. Seine Umrisse begannen zu zerfließen. Für wenige Augenblicke nahm er das Aussehen von flüssigem Silber an, einem senkrecht stehenden, wabernden Klumpen flüssigen Silbers, in dem man nur noch mit viel Fantasie die Umrisse des Riesen-Knörgis wiederfinden konnte. Zwei der kaum noch zu erkennenden Beine wanderten am länger werdenden Körper nach hinten, die Flügel wurden größer. Oberflächenstrukturen bildeten sich und der Kopf wuchs an einem fast pferdeähnlichen Hals nach vorn. Die Farbe des Silbers verlor sich wieder und machte einem grünlichen, stählern schimmernden Gefieder Platz. Ein Raubvogel-schnabel war zu erkennen, Adlerklauen an den Vorderbeinen, Tatzen wie von Bernsteinlöwen an den Hinterbeinen.

„Ein Greif", flüsterte Barella. Dwego schnaubte unruhig.

Der Greif klackte zweimal scharf mit dem Schnabel, dann ertönte die Stimme des Gestaltwandlers: „In dieser Gestalt kann ich dich durch die Luft tragen, Hexenmeister, so lange, wie es nötig sein sollte. Und ich kann deine Gefährtin mitnehmen. Und fast alle anderen nachholen. Nur eure Reittiere sind zu schwer für mich."

„Hässlich, aber zweckmäßig", kommentierte Niesputz. „Wenigstens kann ich dich jetzt nicht mehr mit mir verwechseln."

„Fragt eigentlich irgendjemand, ob ich überhaupt durch die Luft fliegen möchte?", knurrte der Hexenmeister.

„Nein!", antworteten Niesputz und Barella im Gleichklang.

Bandath nickte ergeben. „Aha. Das dachte ich mir schon."

Plötzlich kam Niesputz eine Idee. „Sag mal, kannst du uns nicht direkt bis zum Drachenfriedhof fliegen? Du vergestaltwandelst dich einfach in einen Drachen, wir steigen alle auf und unser großer Nicht-Schwebe-Meister weist dir den Weg?"

„Das würde nicht funktionieren." B'rk schüttelte den Kopf. „Ich kann nur die Gestalt von Wesen annehmen, die in etwa die gleiche Größe haben. Würde ich mich in einen Drachen verwandeln, wäre ich nicht viel größer als jetzt."

Er sah Bandath an. „Du zuerst?"

Bandath zuckte ergeben mit den Schultern. „Da ich sowieso nicht gefragt werde, bleibt mir wohl keine Wahl?"

Anstelle der Antwort B'rks schüttelte Niesputz den Kopf.

„Gleich", sagte Bandath, wandte sich seinem Laufdrachen zu und schnallte den Schultersack von Dwego. „Es ist mal wieder soweit, alter Junge. Wir müssen uns trennen." Dwego schnaubte. Das war nichts Neues für ihn. Ständig ließ Bandath ihn irgendwo in den Wäldern zurück, um die Bewohner der Städte nicht zu verunsichern, die er besuchte. Unten im Süden war Bandath sogar mehrere Monde lang auf ein anderes Reittier ausgewichen, als sie die Wüste betraten. Wüsten, Hitze, aber auch ewiges Eis und Kälte waren keine Lebensräume, in denen sich Laufdrachen lange aufhalten konnten. Früher oder später hätte die Trennung sowieso kommen müssen. Bandath war das klar gewesen, aber bei all den Dingen, die ihm durch den Kopf gingen, hatte er diesen Fakt hartnäckig beiseite geschoben. Nachdem Bandath sein Gepäck vom Sattel genommen hatte, begann er, diesen abzuschnallen. Dwego wurde unruhig. Das war etwas, dass Bandath bisher noch nicht getan hatte. Bei keiner Trennung entfernte Bandath den Sattel. Dwego hatte gelernt, mit dem Sattel zu leben, als gehöre dieser zu seinem Körper. Das Abschnallen des Sattels hatte etwas Endgültiges. Dass Bandath diese Trennung ebenso sah, spürte Dwego.

„Was tust du?" Barella war neben ihn getreten und legte ihre Hand auf seine beiden, die in der Kälte vergebens an einer Schnalle nestelten.

„Ich will ihm den Sattel abnehmen."

„Aber warum? Ich lasse Sokah auch den Sattel. Du hast noch nie …"

„Ich war auch noch nie auf dem Drachenfriedhof. Und ich habe auch noch nie gegen den Schwarzen Sphinx antreten müssen. Ich will nicht, dass Dwego den Rest seines Lebens mit meinem Sattel auf dem Rücken herumlaufen muss, wenn ich … wenn ich nicht wiederkomme."

„Und wenn du wiederkommst …"

„Kann ich mir einen neuen Sattel besorgen. Doch Dwego …"

Barella legte ihm einen Finger auf den Mund, so dass Bandath verstummte. Dann nahm sie seinen Kopf zwischen die Hände und drehte ihn zu sich. Sie sah Tränen in seinen Augen glitzern.

„He", flüsterte sie. „Wir haben beide genug Abschiede hinter uns, genug für ein ganzes Leben, genug für zwei oder … drei Leben. Du wirst wiederkommen. *Wir* werden wiederkommen. Und dann brauchst du Dwegos Sattel. Lass es." Sie löste seine Finger von der Schnalle. „Lass Dwego seinen Sattel. Verabschiede dich von ihm wie immer und dann komm. B'rk wartet."

„B'rk wartet", wiederholte Bandath, als wäre es ein Zauberwort, das garantierte, dass er Dwego wiedersehen würde. Er streichelte Dwego über die Nüstern und dieser vergrub sie am Hals des Zwerglings. Über die vielen Jahre hinweg war ein ganz eigentümliches Verhältnis zwischen ihnen entstanden. Nicht wie Herr und Reittier, eher wie zwei gleichberechtigte Partner akzeptierten sie sich. Dwego verstand Bandath beinahe ohne Worte und dieser bemerkte die Bedürfnisse des Laufdrachen fast noch bevor Dwego selbst sie spürte. „B'rk wartet. Und du wirst auch auf mich warten, mein Großer. Geh zurück nach Neu-Drachenfurt. Verstehst du? Neu-Drachenfurt." Dort kannte man ihn. Selbst wenn Bandath etwas passieren sollte, so würde man sich dort des Laufdrachens annehmen, sollten da nicht in der Zwischenzeit Gorgals hausen.

„Nimm dich vor den Schwarzhäuten in Acht, Dwego. Und gehe nach Neu-Drachenfurt."

Der Laufdrache schnaubte bestätigend. Er hatte verstanden. Etwas abseits schnallte Farael seinen Schultersack vom Quilin und auch Accuso schickte seinen Gargyl weg, nachdem er sich die Ausrüstung genommen hatte.

„Bandath." Barella stand bereits neben dem Greif.

„B'rk wartet", flüsterte Bandath noch einmal. Dann warf er sich seinen Schultersack über und stapfte, ohne sich umzusehen zu den Wartenden. Hinter ihm schnaubte Dwego. Sokah fiel mit einem hohen, fiependen Ton ein und Bandath wurde bewusst, dass er bisher noch nie einen Ton von Barellas weißem Leh-Muhr vernommen hatte. Der Laufvogel war während ihrer ganzen bisherigen Bekanntschaft still gewesen. Dass er jetzt fiepte war vielleicht ein Zeichen, dass auch ihm und Barella der Abschied schwerer fiel, als sie Bandath gegenüber zugeben wollte.

Dann wurde ihm bewusst, was er in Angriff nahm und sein Schritt stockte. Er würde in wenigen Augenblicken auf dem Rücken eines Greifen sitzen – nun gut, auf dem Rücken eines Gestaltwandlers in Form eines Greifens und sich mit ihm über einen vielen hundert Schritt tiefen Abgrund schwingen. Er, Bandath! Er trat einen Schritt zur Seite und spähte in den Abgrund.

„Was da runterfällt", ertönte in diesem Moment die tiefe Stimme des Minotauren neben ihm, „wird wohl nicht mehr zu erkennen sein, wenn es unten aufschlägt."

„Danke", knurrte Bandath. „Das hilft mir ungemein."

„Wirklich?" Accusos Stimme verriet Erstaunen. „Du machst gar nicht den Eindruck, dass dir das helfen würde."

„So? Was für einen Eindruck mache ich denn?"

„Den Eindruck, du hättest Höhenangst. Es sieht aus, als wolltest du gar nicht über diesen Abgrund fliegen."

„Das will ich auch nicht. Aber der Einzige, der hier nicht gefragt wird, bin ja scheinbar ich!"

„Jetzt geht das wieder los." Niesputz klang genervt. „Du warst es doch, der die magische Kraftlinie verfolgen wollte."

„Ja, schon, aber ..." Bandath sah hilflos in den Abgrund und Schwindel erfasste ihn. Er schluckte krampfhaft. „Ich will ja ..." Sein Nicken wurde zu einem krampfhaften Hoch- und Herunterreißen des Kopfes. Barella legte von hinten die Hand auf seine Schulter. Sofort fühlte Bandath, wie sich seine Schultern entspannten.

„Wir fliegen zu zweit. Du machst die Augen zu und ich halte dich, genau wie damals, unten im Vulkan."

„Und wenn ich falle, dann fallen wir beide!", wagte er einen letzten Widerspruch.

„Dann fall nicht!", antwortete sie.

„Von mir ist noch niemand gefallen", hörten sie B'rks Stimme aus dem Schnabel des Greifen.

„Und wir sind dir auch nicht zu schwer?", vergewisserte sich Barella.

„Du bist sehr schlank. Zu zweit", B'rk stutzte kurz, „zu dritt ist kein Problem."

„Zu dritt?" Jetzt stutzte Bandath.

„Ja", fuhr Niesputz aufgeregt dazwischen. „*Ich* bin Nummer drei. Aber ich werde neben euch herfliegen. Es sitzen also nur zwei auf deinem

Rücken, Orakel-Bürk." Den letzten Satz hatte Niesputz übermäßig betont in Richtung Gestaltwandler gesprochen.

„Ich verstehe." Hätte der Schnabel des Greifs lächeln können, er hätte es getan, denn in der Stimme war dieses Lächeln deutlich zu hören.

„Willst du vor oder hinter mir sitzen?", flüsterte Barella ihrem Gefährten ins Ohr.

„Ich glaube", er schluckte erneut, „es ist besser, wenn ich mich festhalten kann. Aber du darfst dich nicht wieder an mir festbinden."

Bevor Bandath noch reagieren konnte, hatte Barella ihn an die Hand genommen und zu B'rk gezogen. Leicht wie eine Elfe sprang sie auf den Rücken des Greifen.

„Und nach uns wirst du alle anderen holen?"

Der Gestaltwandler nickte und senkte sein Hinterteil, um Bandath den Aufstieg zu erleichtern.

„Danke", murmelte der kaum hörbar.

„Jetzt geht mir ein Licht auf", rief Niesputz. „Du hast keine Levions-Zauberei gelernt, weil du Höhenangst hast." Bandath bekam einen roten Kopf.

„Niesputz!", knurrte Barella. „Gibt es irgendeine Möglichkeit, dich zum Schweigen zu bringen?"

„Ähhh." Niesputz kratzte sich seinen nachwachsenden Haarschopf und schien einen Moment ernsthaft nachzudenken. „Nein!", rief er dann freudestrahlend, als hätte er soeben eine weltbewegende Erkenntnis gehabt und flog einen Salto neben dem Greif. „Können wir jetzt?"

Bandath spürte, wie sich die Muskeln unter ihm bewegten. Dann wurde er emporgerissen und schloss die Augen. Gleichzeitig hatte er das Gefühl, als würde ein Teil seines Magens auf dem Plateau bleiben. Gequält stöhne er. Barella griff nach seinen Händen, die er über ihrem Bauch ineinander verkrampft hatte.

„Nicht so fest", sagte sie. Obwohl sie nicht laut sprach, drangen die Worte durch das Rauschen der Luft zu ihm. „Konzentriere dich auf die Kraftlinie. Du musst die Richtung vorgeben."

Ohne die Augen zu öffnen, fühlte er nach der Magie. Gleich einem silbernen Band in der Dunkelheit lag sie vor ihm. Es ähnelte der Fahrt auf einem Fluss. Wie auf einem Boot das Wasser sah er die Magie vor sich.

„Etwas weiter nach rechts bitte – und nicht so schnell." Als wäre die Konzentration auf die Magie in Verbindung mit Barellas beruhigender

Nähe eine Art Medizin, fühlte er, wie er sich langsam entkrampfte. Bis die Stimme des Ährchen-Knörgis zu ihm drang. „Bei Waltrudes ranziger Schmierkrötersuppe ist das tief hier! Bandath, das müsstest du sehen. Spitze Felsen, Gebirgsgrate und steinerne Zacken wie Zähne aus dem Gebiss des Erddrachen persönlich unter uns. Wenn du da runterklatschst ..."

... und das silberne Band der magischen Kraftlinie war verschwunden. Bandaths Magen verkrampfte sich, er würgte.

„Niesputz!", schrie Barella wütend. „Du bekloppter kleiner Fliegenkerl. Jetzt halt die Klappe und pass lieber auf, dass uns kein Adler angreift."

Gleichzeitig strich sie Bandath über die Hände. Der fluchte halblaut. „Dreimal getrockneter Zwergenmist!" Er unterdrückte den Würgereiz, vergrub sein Gesicht in Barellas Locken, atmete ihren Minze-Duft ein und konzentrierte sich. Da war es wieder, das silberne Band. Die Stimme von Niesputz driftete an den Rand seines Bewusstseins. Er spürte die Präsenz des Schwarzen Sphinx, aber auch die nur weit entfernt, oder eher wie hinter einer dicken Schutzmauer. Bandath war auf dieser magischen Kraftlinie für den Sphinx nicht zu erreichen. Völlig problemlos bewegte er sich auf der Linie entlang. Es war für ihn einfacher, ihr durch die Luft zu folgen, musste er sich doch nicht auf die Unebenheiten des Geländes konzentrieren. Leider konnte er nicht einfach B'rk fragen, ob er sie permanent durch das Gebirge tragen könnte. Andererseits hatte der Gestaltwandler seine Hilfe angeboten. Und sie kamen so bedeutend schneller voran, als wenn sie sich zu Fuß vorwärts quälen würden. Außerdem würde die Gegend immer unwirklicher und vor allem kälter werden. Er spürte es jetzt schon.

Problemlos lenkte Bandath den Greif durch die Luft. In großen Bögen und einmal sogar in einer Schleife führte die magische Kraftlinie sie weit weg von dem Hang mit ihren Freunden, tiefer und tiefer in das Gebirge hinein und höher in die Regionen des Ewigen Eises. Schlussendlich landeten sie auf einem Eisfeld am Rande eines Gletschers, der irgendwo weit oben im Nebel seinen Anfang nahm und so weit nach unten reichte, dass das Ende seiner Zunge von ihrem Standpunkt aus kaum zu erkennen war. Es war kalt und ein scharfer Wind riss Eiskristalle aus der Oberfläche, um sie waagerecht durch die Luft zu jagen.

Bandath stieg vorsichtig vom Greif ab. „Jetzt gehöre ich auch zu denen, die auf dir geritten sind."

„Auf mir ist noch nie jemand geritten."

„Aber …", stotterte Bandath. „Du hast doch vorhin gesagt, dass von dir noch nie jemand gefallen ist."

„Das stimmt. Wenn niemand auf mir reitet, kann auch niemand von mir runtergefallen sein. Oder?"

Dann schüttelte er sein stählernes Gefieder. „Ich hole die anderen."

„Warte", rief Barella. „Wir müssen über den Gletscher laufen. Sie sollen Zweige von den Schneebeerenbüschen schneiden, lange, kräftige Zweige." Der Greif nickte und schwang sich in die Luft. Bandath und Barella sahen sich um. Es begann zu schneien.

„Wo müssen wir lang?", fragte sie. Bandath wies mit der Hand schräg aufwärts über den Gletscher. „Erstmal dort entlang und auf halber Strecke zum anderen Ende müssen wir nach oben abbiegen." Er merkte, dass es ihm von Tag zu Tag besser gelang, die magische Kraftlinie wahrzunehmen. Am Anfang war es so gewesen, dass er sie nur wenige Schritte voraus erkennen konnte. Jetzt lag die Linie deutlich vor ihm und er „sah" sie mehrere hundert Schritt weit, wenn er sich konzentrierte. Er warf den Schultersack neben sich in den Schnee und begann, die Fellschuhe, die er daran gebunden hatte, abzuschnallen. Leise vor sich hin schimpfend zog er sich die Schuhe über und befestigte sie mit Lederriemen. Er stellte sich hin, wackelte mit den Zehen und machte ein paar Schritte. Es ging besser, als er erwartet hatte – nicht das Zehenwackeln, das Laufen. Währenddessen besprachen Barella und Niesputz – der *echte Niesputz*, wie er sich seit ihrer Begegnung mit dem Gestaltwandler gerne nannte –, dass sich das Ährchen-Knörgi gründlich umschauen sollte. Als Bandath fertig war, sah er Niesputz im langsam stärker werdenden Schneetreiben verschwinden. Er zog sich eine Pelzjacke über und Barella folgte seinem Beispiel. Sie hatte bereits in Neu-Drachenfurt die entsprechende Kleidung eingepackt. *„Alles, was du vergessen hast"*, gingen ihm ihre Worte durch den Kopf. Hinter einem großen Felsen suchten sie Schutz. Noch mehr Wolken sammelten sich am Himmel und es wurde dunkler, obwohl es noch einige Stunden bis Sonnenuntergang waren. Dann landete B'rk wieder und brachte Accuso. Farael hatte warten müssen, weil der Gestaltwandler den großen Minotauren nur allein hatte tragen können. Sein Quilin hatte sich angeblich Dwego und Sokah angeschlossen.

Barella bereitete lange Stricke vor und gab Bandath einen der Stöcke, die Accuso geschnitten und mitgebracht hatte.

Barella sah ihre Gefährten an. „Wir werden hintereinander gehen und uns gegenseitig mit den Leinen sichern. Der Abstand sollte mindestens zwanzig Schritt betragen. Ich gehe voraus, denn ich bin die Leichteste. Dann du", sie sah Bandath an, „denn du kennst den Weg. Nach dir Accuso, denn er kann uns halten, wenn wir in eine Gletscherspalte stürzen. Nach ihm Farael und am Ende B'rk, in welcher Gestalt auch immer. Wir müssen aufpassen, dass wir nicht zu dicht aufschließen und uns streng an die Spuren des Vorgängers halten. Das Seil darf nicht auf dem Boden schleifen, aber auch nicht straff gespannt sein."

Bandath nickte. Accuso sah die viel kleinere Zwelfe von oben an. „In deinem kleinen Körper steckt der Mut und die Klugheit eines Minotauren-Kriegers. Ich werde machen, was du sagst. Nur dem Seher müssen wir das mehrmals deutlich sagen."

Barella grinste. Etwas später landete B'rk mit Farael, der sich ängstlich an den Hals des Greifen geklammert und die Augen fest zusammengepresst hatte.

„Na, das nenne ich mal Höhenangst", flüsterte Barella Bandath ins Ohr.

„Schnee!", rief Farael, kaum dass er abgestiegen war und die Augen geöffnet hatte. „Schnee und Eis! Und so viel davon. Ich *wusste*, dass ich ihn sehen würde." Begeistert trat er einen Schritt nach vorn. „Ich wusste aber nicht, dass es so schön sein kann." Er bückte sich und nahm ein wenig Schnee in die Hand. Sein Gesicht strahlte wie das eines kleinen Kindes, dass zum ersten Mal im Winter Schnee sieht. Als Bewohner der Wüsten im Süden hatte er nur von Schnee gehört, bisher aber noch keinen gesehen. Die in den letzten Tagen von ihnen überquerten Schneefelder hatte er schweigend und mit weit aufgerissenen Augen gemustert. Hier war jetzt der gesamte Boden mit Schnee bedeckt. Man sah nur wenige Felsen aus dem Weiß aufragen. Plötzlich rannte er ein paar Schritte in Richtung Gletscher. „So viel Schnee!"

„Komm zurück!", fauchte Barella, bevor einer der anderen reagieren konnte. „Das hier ist ein Gletscher, kein ungefährlicher, zugefrorener See, über den man eben mal so schlendern kann."

Bandath hatte seine eigenen Ansichten über die Gefährlichkeit zugefrorener Seen, wusste aber, dass er diese nicht unbedingt jetzt äußern sollte. Er hatte noch nie etwas für gefrorene Wasserflächen übrig gehabt. Schließlich befand sich unter dem Eis eine bodenlose, kalte Tiefe, aus der man nicht so leicht wieder herauskommen würde.

„Auch wenn die Fläche glatt erscheint", sagte Barella, als Farael zu ihnen zurückkehrte, „können sich unter dem Schnee Spalten verbergen, zugeweht und verdeckt von einer nur handbreiten Schneedecke. Du brichst ein, fällst und bleibst irgendwo dort unten in der enger werdenden Spalte stecken, noch nicht am Boden zerschmettert und zu weit von oben entfernt, um gerettet zu werden. Du erfrierst bei vollem Bewusstsein, verletzt und allein. Und wer sollte dann *etwas Wichtiges sehen?*"

Das Ding mit der Spalte war nicht unbedingt das, was Bandath hören wollte. Noch eine Gefahr, Spalten unter dem Schnee, die man nicht sehen konnte. Er musterte die trügerisch glatte Oberfläche. Spalten!

Barella wiederholte die Anweisungen zum Marsch über das Eisfeld des Gletschers für Farael und den Gestaltwandler. Anschließend banden sich alle hintereinander, so wie sie es wollte.

Binnen weniger Augenblicke verschlechterte sich das Wetter noch mehr. Böiger Wind sorgte dafür, dass die Eiskristalle ihnen in die Gesichter bissen. Eine Unterhaltung würde jetzt, mit dem Abstand, den Barella ihnen gebot, nur noch durch lautes Rufen möglich sein. Die Zwölfe legte schützend die Hand an die Augenbrauen und starrte in das Schneetreiben. „Wo bleibt Niesputz?"

„Der wird uns schon zu finden wissen", antwortete Bandath. „Niesputz ist noch nie verloren gegangen. Vielleicht hat er irgendwo ein Schnee-Knörgi-Mädchen gefunden", versuchte er einen Scherz, um sich selbst von den nicht sichtbaren Spalten abzulenken. Niemand lachte.

Die Zwölfe hob ihren Holzstab, rammte ihn in den Schnee vor sich und zog ihn wieder raus. Ein Schritt weiter und die nächste Probe. Als sich das Seil straffte, folgte ihr Bandath. Der Wind pfiff und der Schnee blendete ihn, doch Barella war nahe genug, um sie trotz des Schnees noch zu sehen. Sie hatten ausgemacht, dass er am Seil ziehen sollte, um ihr eine eventuell notwendige Richtungsänderung mitzuteilen. Er drehte sich um, gewahrte hinter sich den Minotaurus, und weiter hinten die Schemen von Farael und B'rk, der sich entschlossen hatte, die Gestalt des Greifen vorerst beizubehalten. Am Anfang konnten sie der Kraftlinie ohne Probleme folgen. Der Wind führte winzige Eiskristalle und Schneeflocken mit sich, die ihnen schräg von vorn entgegengeweht wurden. Bald schon klebten sie auf den Lidern, im Haar und dem Pelz ihrer Jacken. Es wurde kälter. Dann sah Bandath, dass Barella stehen blieb, mehrfach mit dem Stock im Schnee vor sich stocherte, um anschließend in ihren eigenen Spuren zurückzugehen. Er blieb stehen und gab dem nachfolgenden Accuso ein Zeichen, der dieses nach hinten weitergab. Barella wich nach links aus. Bandath wollte erst abkürzen und den direkten Weg gehen, dann entschied er sich jedoch dafür, ihren Spuren im Schnee zu folgen. An der Stelle angekommen, an der Barella abgebogen war, erkannte er einige Schritte vor sich ein schwarzes Loch im Schnee. Ihm schauderte. Spalten! Sie wurden zu seiner fixen Idee. Langsam schritt er weiter auf Barellas neuer Spur entlang. Sie entfernten sich von der magischen Kraftlinie. Bandath zupfte an der Leine. Barella blieb erneut stehen und sah zu ihm.

„Wir müssen in diese Richtung!" Der Hexenmeister wies hangaufwärts. Barella nickte und zeigte mit dem Arm einen Bogen, den sie um den vermuteten Spalt schlagen wollte. Er wollte weitergehen, doch nach wenigen Schritten hielt ihn ein Ruck an der Leine auf. Bandath drehte sich um. Accuso stand mit dem Rücken zu ihm und zog Farael aus dem Nichts, in das er gestürzt war, weil er den Bogen abkürzen wollte, den Barella hatte schlagen müssen. Der Sturm ließ einen Moment nach und Bandath konnte bis zu B'rk sehen. Ein wenig Magie wäre jetzt nicht schlecht, dachte der Zwergling. Er könnte das Eis unter ihnen fester werden lassen, die Spalten erkennen und etwas Wärme verbreiten. Eine Wanderflamme vielleicht noch, die Barella leiten könnte und einen Schutzschirm, der den Wind abhielt. Bandath zog fröstelnd die Schultern zusammen. Ihm war nie bewusst gewesen, wie sehr er sich auf die Magie verlassen hatte, wie abhängig er von ihr war. Aber war das etwas Schlimmes? Ein Bauer verließ sich auf sein Pferd und war von seinem Acker abhängig. Theodil brauchte als Zimmermann Hammer, Nägel und Holz, ein Heiler benötigte Kräuter. Nimm ihnen das und sie sind genauso hilflos, wie er jetzt. Ein Hexenmeister brauchte eben Magie. Er wurde wütend. Was auch immer er am Ende dieses Weges finden, was auch immer geschehen würde, er würde es dafür nutzen – nutzen müssen – wieder Magie verwenden zu können. Magie gehörte zu seiner Welt, genau wie Sonnenschein, Luft, Wind und Regen. Und niemand hatte das Recht, egal wie viel Macht er auch besaß, diese für sich allein zu beanspruchen und den Anderen vorzuenthalten. Niemand!

„Pfeile!", rief Farael, als er wieder auf dem Eis stand. Direkt neben Bandath verwandelte sich ein Eisblock. Im ersten Moment fiel es Bandath gar nicht auf. Er hielt die Bewegung für das Vorübersausen von Eiskristallen. Erst als ihn aus dem Eis zwei schwarze Augen anblickten, gewahrte er auch die Pfeilspitze, die, wenn er es richtig einschätzte, genau auf seine Kehle zeigte. Ganz vorsichtig nahm er die Hand von dem Holzstab, breitete die Arme zur Seite und drehte die Handflächen nach oben. Die Gestalt war völlig weiß, von den fellbesetzten Stiefeln bis zu der Kapuze der Jacke, die aus demselben zottig-weißem Pelz bestand. Sogar die unter der Kapuze hervorschauenden Haare und der lange Bart, die die Gestalt zusammen mit der Körpergröße als Zwerg identifizierte, waren weiß. Bandath konnte erkennen, dass Accuso mitten in der letzten Bewegung, mit dem er Farael auf sicheres Terrain gezogen hatte, erstarrte. Dann wanderte seine Hand langsam zum Schwert an seiner Hüfte.

„Accuso! Nicht!", rief Bandath und die Bewegung des Minotauren kam zum Stillstand.

„Eis-Zwerge!", erschallte die Stimme von Farael. *Er hätte uns auch eher warnen können*, dachte Bandath.

Der Eiszwerg neben ihm machte mit dem Pfeil eine Geste, ohne Worte, aber sie war deutlich. Er sollte zu Barella aufschließen.

Auch die anderen wurden herangeführt. Immer mehr Eis-Zwerge tauchten aus dem Schneetreiben auf.

„Wo kommen die denn alle her?", knurrte Barella. Sie ärgerte sich, dass sie die Zwerge nicht entdeckt hatte. Auch Accuso zog ein finsteres Gesicht. Ihm gingen ähnliche Gedanken durch den Kopf. Als sie alle beisammenstanden, trat einer der Zwerge vor. Er ließ seine Waffe sinken, im Bewusstsein seiner Kameraden, die die fremden Eindringlinge mit ihren Pfeilen bedrohten. „Eure Waffen. Und keiner von euch sagt ein Wort. Bindet dem Tier", er wies auf B'rk, „die Flügel auf dem Rücken fest und den Schnabel zusammen!"

„Ich werde auf keinen Fall ...", begann Accuso, doch ein wortloses Zischen Barellas brachte ihn zum Schweigen. Nur einen Wimpernschlag später steckte ein Pfeil zwischen seinen Füßen im Eis. Barella warf ihr Schwert sowie den Bogen, den Pfeilköcher und ihre Wurfmesser in den Schnee vor den Sprecher der Eis-Zwerge. Farael schleuderte sein Messer, Bandath seines und zum Schluss warf auch Accuso mit deutlichem Knurren Schwert, Axt, Bogen und Messer vor die Füße des Eis-Zwerges.

Barella nahm das Seil, das sie mit Bandath verband und löste es von seinem Gürtel. Dabei kam sie wie unbeabsichtigt mit dem Mund nahe an sein Ohr. „B'rk ist für sie ein Tier", hauchte sie mehr, als dass sie flüsterte. „Vielleicht ist das unser Vorteil." Als würde der Gestaltwandler das genauso sehen, hatte er bisher geschwiegen und ließ auch die von Barella durchgeführte und dem Eiszwerg misstrauisch überwachte Fesselungsprozedur widerspruchslos über sich ergehen. Auf dem Rückweg zu Bandath stolperte sie und musste sich an Farael festhalten, um nicht zu fallen. Um Bandaths Lippen spielte ein feines Lächeln. Barella würde auf so einem Wegstück nie stolpern. Doch musste Farael Bescheid bekommen, dass er, was den Greif anging, keine falsche Bemerkung zu machen hatte.

Die Eis-Zwerge banden ihnen mit dünnen Stricken die Hände auf dem Rücken fest. Dann gingen zwei Zwerge voran. Die Gefangenen folgten, peinlich genau in der Spur ihrer Wärter, flankiert von mehreren Eis-Zwergen, die nicht einen einzigen Moment die Pfeile von den Sehnen ihrer Bögen nahmen. Nach einer knappen halben Stunde erreichten sie den Anfang eines Spaltes. In das nach unten führende Eis waren Stufen geschlagen worden. Sie folgten diesen und betrachteten misstrauisch die um sie herum wachsenden Eiswände des Gletschers und den schmaler werdenden Spalt Himmel. Der einzige Vorteil ihrer Situation war, dass sie jetzt vor dem eisigen Schneesturm geschützt waren, der seine Ausläufer nur noch in Form herabrieselnder Flocken zu ihnen sandte. Tiefer und tiefer wurden sie geführt. Dann öffnete sich direkt vor ihnen ein Loch in der senkrechten Wand des Eises. Die Zwerge geleiteten ihre Gefangenen hinein. Weiterhin ohne Worte führten sie die Gefährten durch ein sich vor ihnen öffnendes Eislabyrinth, in dem sie schon nach wenigen Abzweigungen den Überblick verloren. Sie durchschritten Gänge und Hallen, passierten Wegkreuzungen, liefen breite Treppen hinauf und enge Wendeltreppen abwärts. Irgendwo weit unten im Gletscher kamen sie in einen schmalen Gang. Rechts und links waren die bisher so gleichförmigen Eiswände durch hölzerne Türen unterbrochen. Sie hielten ein erstes Mal und der Greif wurde von ihnen getrennt. Zwei Zwerge durchschnitten die Leine, mit der er an Farael gebunden war und führten ihn durch eine Tür in den dahinter liegenden Raum. Den aufkommenden Protest des Minotauren beendeten die Zwerge mit knarrenden Bogensehnen und Pfeilen, die sie auf seine Augen richteten. Accuso schwieg und wurde mit den anderen drei Türen weiter geführt. Auch ihnen wurden die Fesseln abgenommen, bevor sie unsanft durch die Tür gestoßen wurden. Als sich die Tür hinter ihnen schloss, hörten sie ein „Willkommen".

Auf einem Tisch im Halbdunkel des hinteren Bereiches der Zelle befand sich ein Käfig, nur etwa einen Fuß hoch, lang und breit. Die sehr eng stehenden Gitterstäbe leuchteten matt, als würden sie vor Hitze glühen. Im Inneren des Käfigs bewegte sich etwas. Die Gefährten traten näher.

„Niesputz!", riefen Bandath und Barella zur selben Zeit. „Wie geht es dir?"

„Ich bin gefangen", knurrte dieser. Bandath griff nach dem Käfig.

„Da ist Magie am Werk", murmelte er.

„Ach?", ätzte Niesputz. „Was meinst du denn, warum ich hier rumsitze, anstatt euch vor diesen im Eis versauernden Zwergen zu warnen?"

„Ich denke, es kann keiner mehr Magie anwenden?" Accuso hob die Augenbrauen.

„Anwenden nicht. Das ist richtig. Hier aber ist Magie am Werk, die schon in diesem Käfig steckte, bevor der Schwarze Sphinx sie vergiftete."

„Es war eine Falle." Niesputz wurde richtig wütend. „Ich bin wie eine Blütenfee in eine Falle getappt. Das erste Mal in meinem Leben bin ich gefangen und komme nicht raus."

„Eine Falle? Das dachte ich mir." Bandath hielt seine Hände über den Käfig und schloss die Augen. „Ich kenne diese Art der Magie." Seine Stimme vibrierte halblaut, man hörte förmlich, wie er sich konzentrierte. Er sprach langsam und abwesend, als rede er zu sich selbst und nicht zu seinen Gefährten. „Es ist nicht die Art Magie, die ich nutze. Ich kenne sie von unserer Reise zum Erddrachen. Diese Magie hat die Tore verschlossen, die uns aufhielten. Sie nutzte die Macht des Borium-Kristalles. Die Beherrscher dieser Magie schufen das Diamantschwert!"

Bandath öffnete die Augen und sah seine Gefährten an. „Wir sind in der Gewalt der Dunkel-Zwerge."

🐉 Palaver

To'nella stand auf einem Hügel und sah in Richtung Konulan. Natürlich konnte sie die Bücherstadt schon seit mehreren Tagen nicht mehr sehen. Aber von ihr aus gesehen schlug das kleine Heer in dieser Richtung sein Lager auf. Das Heer, das sie zusammengestellt hatte – mit der Hilfe ihres Vaters, mit seinen Verbindungen und mit einer ganzen Reihe bedeutender „Gefallen", die er eingefordert hatte. Ihr war nie bewusst gewesen, wie weit seine Verbindungen in der Stadthierarchie nach oben reichten. Für sie war er bisher immer nur der einfache Wirt des *Verirrten Wanderers* gewesen. Wenn diese Angelegenheit hier ausgestanden war, dann würde sie sich mit ihrem Vater wohl einmal längere Zeit unterhalten müssen. Es interessierte sie, wie es dazu kam, dass sogar das Stadtoberhaupt von Konulan zweihundert Mitglieder der Stadtwache für ihre kleine Streitmacht bereitgestellt hatte – und wie ihr Vater es gedeichselt hatte, dass ihr, To'nella, der Schmiedin aus dem Süden, der Oberbefehl über diese Einheit übertragen worden war. Insgesamt hatte ihre kleine Einheit die Stärke von fast fünfhundert Mann. Aber es war ein bunt zusammengewürfelter Haufen. Die Jungs von der Stadtwache waren neben den fünfzig Männern der Leibgarde des Fürsten Kon-Lan III. die einzigen ausgebildeten Soldaten. Ansonsten bestand ihre Truppe aus Abenteurern von zum Teil sehr zwielichtiger Herkunft. Was nicht hieß, dass sie nicht kämpfen konnten. Bereits am ersten Abend ihres Marsches hatte es eine Schlägerei zwischen ihnen und den Soldaten gegeben. Zehn Verletzte hatte sie zurückschicken müssen, acht davon waren Soldaten. Seit diesem Tag galt strengstes Alkoholverbot. Sie wandte ihr ganzes Können – und Baldurions Musik – auf, um Ruhe im Lager zu halten. Der Verräter erwies sich als weitaus nützlicher, als sie gedacht hatte. Trotzdem ließ sie ihn nicht aus den Augen. Ein Soldat war abgestellt, ihn permanent zu bewachen. Und sein Status als Gefangener war in der ganzen Truppe bekannt.

Sie drehte sich um und sah in die andere Richtung. Das Letzte, das sie vor ihrem geistigen Auge sah, war nicht das Heer und nicht Konulan, es waren die Augen ihrer Mutter. Augen, die fragten, ob sie wirklich gerade jetzt mit solch einer Truppe gegen die Gorgals ziehen musste. Ungünstiger Zeitpunkt, übermittelte die kraus zusammengezogene Stirn der Tochter. Aber ihre Mutter hatte diese Frage nicht gestellt. Sie hatte die Antwort gekannt. Und neben der Sorge war da auch eine gehörige Portion Stolz in ihren Augen gewesen.

To'nellas Blick ging jetzt in die andere Richtung. Noch drei Tagesreisen und sie würden den Ewigen Strom erreichen. Sie wollte ihn nicht an der Geierinsel oder der Zwergenfurt überqueren. Das lag alles viel zu nahe an Go-Ran-Goh und sie hatte ein unsicheres Gefühl, was die Magierfeste anging. Natürlich würde sie sich dorthin begeben. Aber sie würde direkt aus Richtung Osten kommen. Von dort erwartete sie hoffentlich niemand. Ihr kleines Heer könnte sich tagelang durch Wälder bewegen und wäre vor Spähern sicher. Dazu aber müsste sie den Ewigen Strom an einer anderen Stelle überqueren. Es gab in zumutbarer Entfernung nur eine einzige weitere Furt, die Oger-Sandbank. Und das war ein Problem. Wenn zum Beispiel die Elfen mit den Trollen nicht konnten, so lief es doch zwischen Elfen und Menschen gut. Und auch einigermaßen zwischen Menschen und Trollen. Mit den Ogern aber konnte niemand. Und die mit Niemandem. Nun war es nicht so, dass die Oger mit allen anderen Rassen im Krieg lagen, oder irgendjemand einen Krieg gegen die Oger führte. Die Oger wollten einfach nur in Ruhe gelassen werden, und so ließ man sie in Ruhe. Niemand führte mit ihnen Handel, niemand reiste je in ihre Gebiete, niemand nutzte je die Oger-Sandbank zur Überquerung des Ewigen Stroms und absolut keiner sprach ihre Sprache. Das würde sich als das größte Problem erweisen. Barella verstand die Sprache der Oni, das hatten sie im Mangrovenwald erfahren, als sie Waltrude aus der Gewalt eines heiratswütigen Häuptlings befreien mussten. Die Oni waren mit den Ogern verwandt, vielleicht würde Barella sich auch hier verständigen können. Aber Barella war irgendwo, weit weg mit Bandath. To'nella seufzte. Barella hatte es gut. Die war nicht allein. Sie vermisste Barella, Bandath, Theodil, und Waltrude natürlich, sogar den ewig quasselnden Niesputz und Rulgo. Am allermeisten aber vermisste sie Korbinian. Sie alle waren während ihrer Reise nach Cora-Lega zu einer Truppe zusammengewachsen, die jedes Problem hatte lösen können. Jetzt gab es diese Truppe nicht mehr, jedenfalls nicht als Gemeinschaft. Sie war allein und auch die anderen waren in alle Winde verstreut. Sie hätte zu gern gewusst, wie es ihnen erging. Und ob ihre Freunde genauso oft an sie dachten, wie To'nella an sie. Jetzt stand die Elfe hier mit ihrem Heer und hatte nicht wirklich jemanden, der mit ihr die anstehenden Probleme lösen wollte. Die ihr untergeordneten Hauptmänner – sie hatte die Struktur auf Anraten ihres Vaters eingeführt – erwarteten Lösungen von ihr, keine *Problemdiskussionen*.

„Kommandantin!" Sie fuhr herum. Einer ihrer Späher kam zurück. Atemlos hetzte er sein Pferd den Hügel hinauf. Schaum troff dem Ross vom Maul.

„Kommandantin. Ein Heer! Soldaten nähern sich unserem Standort."

„Gorgals?"

„Es sind keine Gorgals, es sind Menschen. Seltsam gekleidet und mindestens zehnmal mehr als wir."

„Wo?"

„Etwa eine Stunde im scharfen Galopp fast genau Richtung Südwesten."

„Wechsel dein Pferd. Wir reiten hin."

Keine fünf Minuten später saß sie auf ihrem eigenen Pferd und wartete auf den Boten. Er kam im Galopp durch das Lager und sie schloss sich ihm an. Ihr Ritt führte sie durch einen ausgedehnten Wald. Als die Bäume spärlicher wurden, verlangsamte der Späher den Schritt seines Pferdes, um es schließlich in einer der letzten Baumgruppen anzubinden. To'nella sprang ab und band ihr Pferd ebenfalls fest.

„Ab hier gehen wir zu Fuß weiter", erklärte er. „Sie haben dort hinter dem Hügel ihr Lager aufgeschlagen." Er wies auf eine Erhebung, die sie im zügigen Schritt in etwa einer Viertelstunde erreicht hätten. „Wir werden uns von links anschleichen." Wie eine Perlenkette reihte sich dort eine Reihe von Büschen und Baumgruppen entlang eines Baches aneinander, die To'nella und dem Späher gestatten würden, sich bei einiger Geschicklichkeit nahe an das Lager anzuschleichen. Nun, zumindest an Geschicklichkeit sollte es To'nella nicht mangeln, wenigstens im Moment noch nicht.

„Du kennst den Weg?" Sie musterte den Späher kurz. Der nickte.

„Sie müssten mittlerweile einige Wachen platziert haben. Als ich sie entdeckte, begannen sie gerade, ihr Nachtlager aufzuschlagen und die Wachen einzuteilen. Mir war es wichtig, dass du sofort Bescheid bekommst. Ihr Kurs scheint direkt zur Oger-Sandbank zu führen."

„Dann wollen wir uns diese ominösen Fremden einmal anschauen."

Sie brauchten fast eine halbe Stunde, in der sie von Strauch zu Strauch huschten, größere Strecken kriechend überwanden, minutenlang hinter Baumstämmen warteten und am Ende sogar einen Wachposten umgehen mussten, bevor sie einen Blick auf das Lager werfen konnten. Der Späher hatte nicht gelogen. Dort unten lag tatsächlich ein menschliches Heer. Die etwa siebentausend Krieger waren deutlich in zwei Gruppen einzuteilen. Der bei weitem größte Teil der Kämpfer dort unten war in die weißen Burnusse der Wüstenkrieger gehüllt. Kamelodoone wurden als Reittiere genutzt, genau wie Pferde. Sie hatten ihre bunten, südländischen Zelte aufgeschlagen und brieten laut redend, wie es Brauch unter den Wüstenvölkern ist, Fleisch über großen Feuern. Abgetrennt von ihnen saß eine kleinere Gruppe, in der Uniform der Pilkristhaler Stadtwache. To'nella atmete auf. Wie auch immer der Ur-Zwerg deren Schritte hierher gelenkt hatte, es waren gut gelenkte Schritte gewesen.

„Du kannst zurückgehen, das müssten Verbündete sein. Komm mit den Pferden runter ins Lager." Sie erhob sich. „Ich gehe schon mal vor."

Dort unten wurde es plötzlich still und für Sekunden erstarb jede Bewegung, als To'nella für alle sichtbar den Hang herabkam. Sie war bereits innerhalb des Wachringes gewesen, so dass keine Posten sie hatten aufhalten können. Dann rannten einige der Krieger hektisch umher und ein eilig zusammengestellter Trupp kam ihr entgegen.

„Wer bist du?", herrschte sie der Anführer an. „Wie ist es dir gelungen, unsere Postenkette zu überlisten?"

To'nella grinste. „Eure Postenkette ist lückenhaft wie das Gebiss eines achtzigjährigen Bettlers. Ich bin To'nella, Kommandantin des Konulaner Heeres. Bringt mich zu eurem Anführer."

„Die Wüstenkrieger werden von Halef Ab-Baschura aus Cora Lega kommandiert, die Stadtwache aus Pilkristhal von Hauptmann Eneos. Beide befehlen gleichberechtigt unser Heer. Wir bringen dich zu ihnen. Zuerst wirst du uns aber deine Waffen geben."

To'nella schnaufte. „Ich komme als Freund, nicht als Feind. Meine Waffen bleiben bei mir."

„Es ist die Regel, dass Unbekannte in unserem Lager die Waffen abgeben müssen."

„Gefangene müssen die Waffen abgeben."

„Du bist unsere Gefangene."

Erneut schnaufte To'nella. „Ich kam freiwillig. Hätte ich feindliche Absichten, wäre ich zwischen euren Zelten aufgetaucht, bevor einer von euch mich gesehen hätte."

Der Wortführer zog die Augenbrauen hoch. „Du schwingst eine große Lippe, Elfenweib. Wir sind vier ausgebildete Krieger, du ..."

Weiter kam er nicht. To'nella sprang zwischen den Kriegern hindurch, rempelte zwei von ihnen an, stieß sie dabei zur Seite und stand plötzlich hinter dem Anführer. Der spürte von rechts und links kalten Stahl an seiner Kehle.

„Das sind die Messer *deiner* Leute, großer Krieger, die ihnen eben von einem einfachen Elfenweib abgenommen worden sind. Die beiden Trottel schauen ganz schön dumm aus der Wäsche."

Sie ließ den Anführer los und trat zwei Schritte zurück. Der Soldat drehte sich langsam um. Seine großen Augen richteten sich auf To'nella. Insgeheim rechnete er wohl immer noch damit, gleich von den Dolchen seiner Kameraden durchbohrt zu werden. To'nella aber hatte diese umgedreht und reichte sie ihm, die Griffe voran.

„Ihr solltet eure Überheblichkeit ablegen, bevor wir auf Gorgals treffen. Sonst muss ich eure Witwen und Waisen über eure Dummheit aufklären. Können wir jetzt zu euren Befehlshabern gehen, oder muss ich euch zuvor alle entwaffnen?"

Nur zehn Minuten später sah sie Hauptmann Eneos wieder. Sie war mit Korbinian nach ihrem Abenteuer in der Wüste noch eine Weile in Pilkristhal geblieben, bevor sie sich zur Hochzeit von Bandath und Barella aufgemacht hatten. Seitdem hatte sie Eneos nicht mehr gesehen. Halef Ab-Baschura war ein typischer Wüstenkrieger, einer von denen, dessen Familie sich wie viele andere damit rühmte, in direkter Line von Ibn A Sil abzustammen, dem sagenhaften Herrscher von Cora Lega. In weißem Burnus mit knallgelbem Turban, ein gebogenes Schwert am breiten, bunten Gürtel und einem paar weichen Lederschuhen mit nach oben gebogener Spitze saß er neben Eneos an einem Tisch. Das Gesicht wurde von einer fast schon wie ein Adlerschnabel gebogenen Nase beherrscht. Ein fein geschnittener Bart umrahmte das Kinn. Der Bart und die langen bis auf die Schulter fallenden Haare waren so schwarz, dass To'nella eine Behandlung mit Farbe vermutete.

Beide waren in ein Gespräch vertieft, als To'nella sich mit ihrer unfreiwilligen Eskorte dem Zelt näherte, unter dessen Vordach sie an einem

Tisch voller Karten saßen. Beide sahen auf und über Eneos' Gesicht zog ein freudiger Glanz.

„Welch' guter Bote schickt dich ausgerechnet zu dieser Stunde zu uns?" Er sprang auf, lief To'nella entgegen und fasste sie freudig an beiden Oberarmen. „Bei Ibn A Sils Größenwahn, das ist das Beste, was uns passieren konnte."

Auch To'nella freute sich. Eneos stellte sie dem Wüstenkrieger vor. „Wenn es jemanden gibt, der uns hier helfen kann, dann ist es To'nella. Sie stammt aus dieser Gegend."

„Was macht ihr hier?" Die Elfe wies auf das militärische Lager. „Wie kommt ihr hierher?"

Eneos wies auf den Tisch, um den drei Stühle standen. „Setz dich zu uns. Gleich kommt noch unser Berater. Wir wollten gerade überlegen, welchen Weg wir von hier zur Magierfeste einschlagen sollten." Er wies einen Soldaten an, einen weiteren Stuhl zu holen. In der Zwischenzeit er-klärte To'nella, das in wenigen Minuten ein Späher ihres Heeres hier er-scheinen würde und bat Eneos, Anweisungen zu geben, ihn zu empfang-en. Der zog die Augenbrauen hoch. „Deines *Heeres*? Ich glaube, es gibt wirklich einiges zu besprechen." Danach rief er einen weiteren Soldaten und gab entsprechende Befehle. Gleichzeitig näherte sich eine kleine Gestalt, ein Zwerg, dessen Gesicht To'nella bekannt vorkam. Bevor sie sich jedoch erinnerte, wo sie ihn schon einmal gesehen hatte, stellte Eneos ihn als Thaim vor, den Berater, von dem er gesprochen hatte.

„Hübsche Elfe." Der Zwerg lächelte gewinnbringend. „Wie geht es deinen Kameraden? Es ist lange her, dass wir uns gesehen haben."

„Hexenmeister." To'nella war überrascht, ihn hier wiederzutreffen. „Es ist viel passiert, seit du Bandath auf dem Weg zum Dämon in die Grundlagen der … *Hexenmeisterei* eingeweiht hast."

Thaims Gesicht verfinsterte sich. „Es hat sich … *ausgehexenmeistert*, To'nella. Wie vielen anderen hat man auch mir die Magie genommen. Ich hoffe, euer Hexenmeister hält stand?"

Die Elfe drehte sich zu den in der Ferne sichtbaren Drummel-Drachen-Bergen. „Das hoffe ich auch, Thaim", flüsterte sie. „Das hoffe ich auch."

Auf erneute Bitten des Hauptmanns setzten sie sich an den Tisch. To'nella erzählte zuerst von den Geschehnissen in den Drummel-Drachen-Bergen, wie sie in Konulan mit Hilfe ihres Vaters das Heer aufgestellt hatte und von ihren weiteren Plänen.

„Und deshalb will ich die Oger-Sandbank als Furt nutzen. Nenne es Bauchgefühl. Bandath vertraut seinem oft, warum soll auch ich das nicht einmal machen?"

„Und genau aus diesem Grund haben wir uns wohl auch getroffen. Sowohl, dass wir eine bewaffnete Truppe zusammengestellt haben, als auch unsere Marschroute hierher, sind eine fast schon als Anweisung formulierte Bitte des Herrschers von Cora Lega gewesen. Er hat genau diktiert, wann wir wo zu sein haben und aus welcher Richtung wir uns Go-Ran-Goh zu nähern hätten."

„Leider konnte er uns keine weiteren Angaben machen", ergänzte Thaim. „Er sagte nichts von dir oder der Oger-Sandbank. Allerdings verstehe ich jetzt, warum er darauf bestand, dass ich als Kenner der Oger-Sprache das Heer begleiten sollte."

„Ratz Nasfummel", sagte To'nella und lächelte. „Der tollpatschige Gaukler hat sich ganz schön gemacht, was?"

„Unser Herrscher", mischte sich jetzt Halef Ab-Baschura das erste Mal in das Gespräch ein, „ist ein ehrenwerter Mann. Was er sagt, sollte getan werden." Er legte die linke Hand an die Brust und verneigte sich leicht Richtung Süden.

Das Heer war auf dem Weg nach Go-Ran-Goh. Sie wussten auf Grund von Ratz Nasfummels Informationen, dass sie dort gebraucht werden würden. Und er hatte die Route vorgegeben: Westlich an Konulan vorbei in gerader Linie über den Ewigen Strom und dann Richtung Westen abbiegend durch die Wälder nach Go-Ran-Goh. Gorgals und ein mächtiges Wesen seien ihr Feind und Verbündete würden an ihrer Seite streiten. Es sei die Zeit, jenen zu helfen, die vor zwei Jahren ihnen geholfen hätten. Go-Ran-Goh wäre das Ende ihres Marsches, aber nicht das Ende der Reise. Das war das Einzige, was sie von Ratz Nasfummel, dem mächtigen Medium des Orakels der Drei Schwestern erfahren hatten. Daraufhin wurde ein Heer von Freiwilligen auf die Beine gestellt und in Marsch gesetzt.

„Der Seher Farael?" Eneos reagierte verwirrt auf To'nellas Frage. Von einem Seher wüsste er nichts.

„Farael ist ein Nichts am Hofe des Herrschers." Halef Ab-Baschura verzog das Gesicht. „Wir waren alle erstaunt, als er ihn noch lange vor dem Heer in einer angeblich sehr wichtigen Angelegenheit in die Drummel-Drachen-Berge sandte."

Womit das auch geklärt wäre, dachte To'nella. Zumindest schien Bandath dieses Mal keinen Schwindler an seiner Seite zu haben. Sie war beruhigt darüber. Und auch darüber, dass sie jetzt nicht mehr allein die Verantwortung für das Leben – und Sterben – von fünfhundert Menschen hatte.

Am nächsten Tag vereinigten sich die beiden Heere. Es wurde einvernehmlich beschlossen, dass jeder der drei Heerführer den Befehl über seine Truppen behalten würde. Den Oberbefehl aber sollte Halef Ab-Baschura übernehmen.

„Ich danke für diese Ehre", hatte er würdevoll gesagt und sich vor Thaim, Eneos und To'nella verneigt. Halef Ab-Baschura gehörte zu den Menschen, die vor sechstausend Jahren dem Fluch des ersten Ministers Ibn A Sils unterworfen worden waren. In der Zeit davor hatte er mehrfach an kriegerischen Auseinandersetzungen teilgenommen. Es bereitete To'nella leises Unbehagen, neben einem Mann zu sitzen, der über sechstausend Jahre alt war ... auch wenn man es ihm nicht ansah.

Drei Tage später kam es zu einer Konfrontation mit den Ogern. Ein Spähtrupp war von einer Gruppe Oger mit Steinwürfen und Speeren attackiert worden, als er sich einer Dornenhecke genähert hatte. Zwei der Späher waren verletzt worden. Da jedoch die Anweisung ausgegeben war, jede Auseinandersetzung mit den Ogern zu vermeiden, hatten sie sich zurückgezogen und versucht, die Gegebenheiten aus der Ferne zu erkunden. Es sah so aus, als wäre das gesamte Gebiet der Oger mit dieser Dornenhecke umgeben, eine Art primitivere und verkleinerte Variante der magischen Hecke, die das Umstrittene Land umgab. Der einzige Punkt in ihrer Nähe, an dem ein Passieren der Hecke problemlos möglich erschien, war ein Hohlweg in einer Hügelkette. Er war allerdings durch eine grobe Palisade mit eingearbeitetem Tor versperrt. Ogerpatrouillen auf der anderen Seite wiesen auf eine starke Bewachung hin. Der Angriff an der Hecke ließ darauf schließen, dass die Oger ihr Territorium aufmerksam behüteten und zu verteidigen verstanden. Eneos, Thaim, To'nella und Halef Ab-Baschura waren sich einig, dass sie ein gewaltsames Überwinden des Oger-Territoriums vermeiden wollten. Sie besorgten sich eine weiße Fahne und marschierten zu viert, unbewaffnet zur Palisade im Hohlweg. Das Heer hatten sie nur ein paar Hügel davor Halt machen und lagern lassen.

Der Hohlweg wand sich zwischen den teils schroffen, felsigen Erhebungen rechts und links des Weges hindurch. Wenige Bäume, jedoch in Mengen Brombeer- und Wildrosenbüsche, wuchsen an den Stellen, an denen etwas wachsen konnte. Ein ungemütlicher Nieselregen fiel, durch Windböen von vorn aufgepeitscht wehte er ihnen direkt ins Gesicht. Die dornigen Büsche an den Hängen rechts und links nahmen zu, bis sie nahtlos in eine Hecke übergingen, deren Überwindung durch das Heer wohl möglich wäre. Sie würde aber, mit einigen hundert Ogern auf der anderen Seite der Hecke, durchaus lange dauern und sicherlich auch sehr verlustreich werden.

„Hier würden wir ganz schön stecken bleiben", murmelte Eneos.

Die grob gezimmerte Palisade schien aus der Hecke herauszuwachsen, überquerte den Hohlweg und verschwand auf der anderen Seite wieder zwischen den weit ausgreifenden Ranken der Brombeeren und Zweigen der Rosen.

Direkt vor ihnen befand sich ein Tor. Schwarze Holzpfähle, die Spitzen im Feuer gehärtet, waren vor der Palisade in den Boden gegraben und reckten sich den Ankömmlingen entgegen. Lange Ranken von Brombeeren kletterten an ihnen aufwärts und wanden sich auf der Palisade bis zum Tor. Andere, ihnen unbekannte Büsche wuchsen zwischen den Holzpfählen. Die Zweige dieser Büsche waren mit handlangen Dornen besetzt.

„Wartet hier", murmelte Thaim, breitete die Hände aus und ging allein weiter auf das Tor zu. Vor ihm auf dem Weg wirbelte ein einschlagender Stein eine kleine Staubwolke auf. Bis dahin und nicht weiter. Kehliges Grunzen ertönte von der anderen Seite der Palisade und ein grüner Ogerschädel erschien über den Holzspitzen.

Thaim grunzte zurück. Es hörte sich an, als habe er etwas Schlechtes gegessen und würde jetzt aufstoßen müssen. To'nella verzog das Gesicht.

„Das soll eine Sprache sein?", flüsterte sie Eneos zu. Der nickte. Verunsichert schüttelte die Elfe den Kopf. „Barellas Übersetzung bei den Oni hat sich wenigstens annähernd wie eine Sprache angehört. Aber das hier?"

„Es wird noch schlimmer", flüsterte Eneos, während sich Thaim und der Oger gegenseitig angrunzten, als wollten sie sich jeden Moment um die Wette übergeben. „Die Oger haben keinerlei Strukturen innerhalb ihres Volkes, hat mir Thaim erklärt. Sie besitzen dieses riesige Gebiet hier innerhalb der Hecke, fast doppelt so groß wie das Umstrittene Land, aber es wird von niemandem verwaltet. Sie haben keine Bürgermeister, keine Hauptmänner, keinen Ältestenrat, keine Heerführer, keine Große Mutter, keinen Ober-Oger, nichts. Sie leben in Familien, ziehen herum, jagen. Wenn sie Lust haben, stehen sie ein wenig an ihrer Hecke und schleudern Steine nach denen, die ihr zu nahe kommen. Sie treiben keinen Handel und verlassen ihr Gebiet auch nicht."

„Und wie", mischte sich der Wüstenkrieger in das Gespräch, „funktioniert ihre Gemeinschaft dann?"

Eneos hob in einer vagen Geste die Hände. „Ich habe keine Ahnung. Ich dachte, dass ihr in Konulan mehr über die Oger wisst, als wir aus dem Süden", wandte er sich wieder an To'nella. Jetzt schüttelte diese den Kopf. „Die Oger haben schon vor mehreren hundert Jahren deutlich gemacht, dass sie weder Kontakt, noch Handel wünschen. Also lässt man sie in Ruhe. Niemand rückt ihnen auf den Pelz, keiner handelt mit ihnen und nie wurde ein Oger in unserer Stadt gesehen. Und daran hat sich auch nichts geändert, als ich in Pilkristhal war."

„Und wieso, holde Elfe", Halef Ab-Baschura neigte den Kopf seitwärts, „wolltest du mit deinen Soldaten dort durch?"

„Ich hielt es für eine gute Idee. Irgendwie hoffte ich, eine Möglichkeit zu finden, mich mit den Ogern zu verständigen. Wie bereits gesagt, mein Bauchgefühl sagte mir, dass das hier mein Weg sei."

Eneos zog die Brauen nach oben. „Dein Bauchgefühl. Du verlässt dich auf das, was dein Bauch sagt?"

„Wenn ich in den letzten Jahren eines gelernt habe, dann, dass man manchmal mehr auf Bauch und Herz als auf sein Hirn hören sollte. Und die Ereignisse in Pilkristhal und danach haben mir wohl Recht gegeben." Ihre Stimme hatte einen aggressiven Tonfall angenommen und ihre Augen blitzten Eneos an. Bevor dieser jedoch etwas entgegnen konnte, rülpste Thaim laut auf. Ein ähnlicher Ton kam von der anderen Seite der Palisade. Thaim und der Oger spuckten nahezu zeitgleich in den Staub der Straße und der Zwerg drehte sich zu seinen Kameraden. „Die Verhandlungen sind erst mal beendet. Der Oger kann über unser Begehren nicht entscheiden. Er muss mit seinen Leuten reden. Sie nennen das ein Palaver. Bei solch einem Problem kann das Palaver durchaus ein paar Tage dauern."

Es dauerte nicht einmal drei Stunden, bis ein Oger vor den Posten des Heeres erschien. Thaim, To'nella, Eneos und Halef Ab-Baschura empfingen ihn vor dem Zelt, das sie zu ihrem Kommando-Stützpunkt gemacht hatten. Der Oger hatte mit großen Augen das Heer gemustert und sicherlich auch die geregelte Ordnung registriert, die im Lager herrschte.

Thaim und der Oger rülpsten sich an, grunzten eine Weile, dann wandte sich Thaim an seine Leute. „Die Oger sind nicht gewillt, uns den Durchmarsch durch ihr Gebiet zu gewähren." To'nella sprang auf. „Wieso?"

„Sie sagen, es hätte in den letzten dreihundert Wintern nie ein Fremder seine Füße auf Ogerland gesetzt und es wird auch jetzt nicht passieren. Wir sollen unsere Leute nehmen und westlich von hier über den Fluss setzen. Sie könnten eine Störung an der Südgrenze ihres Landes gerade jetzt nicht gebrauchen."

„Was soll das heißen: *gerade jetzt*?"

Thaim fragte nach und übersetzte To'nella die Antwort. „Sie haben an der Nordgrenze ihres Gebietes Probleme mit schwarzen Kriegern. Gorgals, würde ich mal sagen. Mehrere Angriffe kleinerer und mittlerer Gruppen konnten sie bisher zurückschlagen. Sie wollen keine Fremden in ihrem Gebiet, man solle sie in Ruhe lassen."

„Sag ihm, wir könnten ihnen helfen. Wir wollen durch ihr Land, um gegen die Gorgals zu kämpfen. Wir bieten ihnen an, sie an ihrer Nordgrenze gegen die Gorgals zu unterstützen. Sag ihm, wir vier würden gern an einem Palaver teilnehmen, um den Ogern zu erläutern, wie wir ihnen helfen können."

„Wie wir uns gegenseitig helfen können", ergänzte Eneos. „Mach diesem fleischigen Grünling hier klar, dass die Gorgals, die sie bisher an ihrer Grenze hatten, nur die Vorhut des eigentlichen Gorgal-Heeres ist und dass sie ihr kleines Land vergessen können, wenn die Heerscharen der Gorgals heranwälzen."

Der Oger schwieg erschrocken, nachdem Thaim ihm etwas vorgerülpst hatte, sodass To'nella schon dachte, dem Zwerg wäre die letzte Mahlzeit auf den Magen geschlagen. Er blickte von einem zum anderen, musterte das Lager, die Krieger, wieder seine vier Gesprächspartner. Dann nickte er, rülpste kurz und spuckte vor Thaim in das Gras.

„Er wird unser Anliegen überbringen und uns Bescheid geben. Das kann vielleicht ein bis zwei Stunden dauern. Wir sollen uns bereithalten. Er denkt, dass wir an dem Palaver teilnehmen können." Während die

Wache den Oger davonführte, sah To'nella den Zwerg erstaunt an. „Das hast du alles aus dem letzten kleinen Rülpser des Ogers heraus gedeutet?"

Thaim grinste. „Du wärest erstaunt zu wissen, To'nella, wie informativ zum Beispiel so ein Bäuerchen ihres Kindes für eine Mutter sein kann. Und wie viele verschiedene Nuancen ein Oger in einen Aufstoßer zu legen in der Lage ist, entgeht den meisten Leuten, die die Sprache der Oger nicht kennen."

„Nun, Sprache würde ich es nicht unbedingt nennen", merkte Halef Ab-Baschura an.

To'nella war bei der Bemerkung Thaims zusammengezuckt und einen halben Schritt zurückgewichen, fasste sich jedoch schnell wieder, in der Hoffnung, dass die anderen ihre Reaktion nicht bemerkt hätten oder ihr zumindest keine Bedeutung zumaßen. Sie schüttelte unwillig den Kopf. Wie kam Thaim ausgerechnet auf diesen Vergleich?

„Sollten die Oger uns gestatten, an dem Palaver teilzunehmen", beendete Thaim die Diskussion, „würde ich euch bitten, Kontrolle über eure eigenen Rülpser zu halten. Ganz leicht könnte so ein ungewollter Aufstoßer nämlich eine tiefgreifende Beleidigung oder – im einfachsten Fall – eine völlig sinnlose Bemerkung in der Ogersprache sein."

Es dauerte keine Stunde, bis wieder ein Oger vor der Lagerwache stand, um Thaim, To'nella, Eneos und Halef Ab-Baschura abzuholen. Sie sollten am Großen Palaver der südlichen Familien teilnehmen.

„Großes Palaver?" Thaim zog die Augenbrauen hoch. „Wir werden Vorräte brauchen und sollten Decken mitnehmen. Das wird lange dauern." In aller Eile ließen sie sich ein paar Nahrungsmittel einpacken, rafften einige Decken zusammen und stolperten mehr schlecht als recht bepackt dem Oger hinterher.

„Nahrungsmittel? Ist das wirklich nötig?" Halef Ab-Baschura blieb mit seinem weißen Burnus beständig an irgendwelchen Ranken und Dornen hängen.

„Oh", Thaim lächelte leicht, „ich bin sicher, dass ihr in eurer Wüste gelernt habt, Dinge zu essen, die bei uns hier oben nicht einmal in die Nähe eines Kochtopfes kommen würden. Das aber, was die Oger essen, würdet ihr auch kurz vor dem Verhungern nicht anrühren."

Als sie sich näherten, öffnete sich das Palisadentor. Eine Phalanx von Ogern rechts und links des Weges, bewaffnet mit Speeren, Keulen und Steinschleudern, erwartete sie. Einer der Ersten, die vor ihnen standen, grunzte laut und ausführlich. To'nella erkannte in ihm den Oger wieder, der zuallererst mit ihnen gesprochen hatte. Abgesehen von ihrer dicken, grünen Haut beschränkte sich ihre Kleidung meist auf Lendenschurze aus Fell, selbst bei den wenigen Ogerfrauen, die sie sahen. Etliche Oger hatten sich das Gesicht, die Arme oder Beine mit Strichen verziert, die gerade oder in Wellenlinien deutlich und vielfarbig auf ihrer Haut prangten.

„Unser netter Gastgeber heißt Colup. Er ist das Oberhaupt der größten Familie hier im Norden."

„Sie haben also doch Strukturen und Machtverhältnisse", flüsterte Eneos, wurde aber von Thaim ignoriert.

„Er will, dass wir unsere Waffen ablegen, bevor wir zum Palaver-Platz geführt werden."

„Bitte schlage nicht wieder jemanden zusammen." Eneos legte der Elfe die Hand auf die Schulter. Mit einem Blick, der einen Gletscher zum Schmelzen gebracht hätte, schnallte sich To'nella den Waffengurt ab. „Ich weiß, wann ich mich freiwillig entwaffne, und wann ich darauf bestehen sollte, meine Waffen zu behalten."

Die Anderen folgten ihrem Beispiel. Sie wurden von den Ogern durch mehr als mannshohe Dornenhecken geführt. Der Weg beschrieb weitläufige Kurven und endete plötzlich auf einem großen Platz. Blockhäuser, die sie in dieser Qualität den Ogern niemals zugetraut hätten, säumten den Rand der riesigen Lichtung. Einige Bäume wuchsen, unter denen die Oger Tücher gespannt hatten. Dort setzten sie sich, vor dem leichten Nieselregen geschützt. Auf der weit entfernten anderen Seite der riesigen Lichtung schien sich ein Gatter zu befinden, in denen sich Tiere tummelten, die To'nella nicht erkennen konnte. Beständige Bewegung innerhalb des Gatters und immer wieder Oger, die im Weg standen, hinderten sie an einer genaueren Betrachtung.

Colup stellte sich in die Mitte des Ringes, der sich gebildet hatte, rülpste laut und Stille trat ein. Dann hielt er eine zehnminütige Rede.

„Er erklärt den Anwesenden die Situation. Colup scheint ein Oger mit einigermaßen großem Einfluss zu sein. Wenn wir ihn rumkriegen, haben wir die Erlaubnis. Konzentrieren wir uns in unserer Argumentation auf ihn."

Nachdem Colup geendet hatte, wurden die Gäste der Oger aufgefordert, zu sprechen. To'nella begann und berichtete von den Ereignissen im Westen und in Drachenfurt. Hätte sie unter normalen Umständen schon eine ganze Weile gebraucht, um alle bisher bekannten Zusammenhänge darzulegen, dauerte es beim Großen Palaver über drei Stunden. Wieder und wieder wurde sie von Ogern unterbrochen, die nachfragten. Sie musste weit ausholen, erklären, Dinge erläutern, die scheinbar nichts zur Sache beitrugen. So fragten die Oger, wieso die Magier sich auf einen Berg verschanzten, warum die Menschen in Konulan Bücher sammelten und weshalb so weit aus dem Süden Menschen kamen, um hier oben im Norden gegen die Gorgals zu kämpfen. Es schien To'nella, als würde jeder das Recht haben, Fragen zu stellen und dieses Recht auch reichlich ausnutzen.

Es wurde die längste Versammlung ihres Lebens. Nachdem Eneos und Halef Ab-Baschura ähnlich lange reden mussten, ging die Sonne auf, die während ihrer eigenen Rede untergegangen war. Das war der Zeitpunkt, an dem sie sich mit einer Decke an den Stamm des nächstgelegenen Baumes zurückzog, um ein paar Stunden zu schlafen. Als sie erwachte, die Sonne stand hoch am Himmel, standen und saßen immer noch dieselben Oger um sie herum. Eneos schlief neben ihr, Halef Ab-Baschura wankte im Sitzen und konnte nur mit Mühe die Augen offen halten. Sie ging zu ihm, legte die Hand auf seine Schulter und wies mit dem Kopf Richtung Baumstamm. Er erhob sich, taumelte zum Baum und wickelte sich in die Decke, die To'nella hatte liegen lassen.

„Wie weit sind wir?", fragte sie Thaim und wunderte sich, dass der Zwerg noch immer munter und aufmerksam wirkte.

„Die Oger erklären gerade, wie die Angriffe der Gorgals erfolgten. Wenn du Hunger hast, iss ruhig etwas."

„Mache ich. Sie sind immer noch bei den Angriffen? Das hatten sie doch schon, als ich heute Morgen schlafen ging!"

„Das war der erste Angriff. Jetzt erzählen sie gerade vom zweiten Angriff."

To'nella riss die Augen auf. „Vom zweiten Angriff? Wie viele gab es denn?"

„Sechs, glaube ich. Übrigens haben sie sich gewundert, warum ihr so schnell fertig ward mit der Darstellung der Ereignisse, die euch betrafen."

To'nella sagte kein Wort. Sie starrte Thaim mit großen Augen an.

Gegen Abend waren die Oger beim vierten Angriff angelangt und als To'nella am nächsten Morgen erwachte, beendete ein Oger aus dem

Norden gerade seine Schilderung des sechsten Angriffes. Eneos und der Wüstenkrieger schnarchten hinter ihr ganz undiplomatisch zum Rülpsen und Grunzen der Oger. Ganz kurz überlegte To'nella, ob sie während ihres Schnarchens ungewollt ein paar Ogerworte ausstießen, vielleicht eine Beleidigung oder einen schlüpfrigen Witz. Sie musste leicht grinsen. Dann beobachtete sie, wie die Oger Schüsseln weitergaben, in die sie mit den Fingern griffen und sich das Entnommene in den Mund steckten. To'nella wollte gar nicht wissen, was zwischen den Ogerfingern zappelte, bevor es hinter deren wulstigen Lippen verschwand, um schmatzend zerkaut zu werden. Ihr verging das Grinsen … und der Appetit, den sie eben noch gehabt hatte. Die Schüssel, die ihr von einer grünen Hand gereicht wurde, gab sie, ohne sie eines Blickes zu würdigen, weiter an den neben ihr sitzenden Oger. Es war eine gute Idee von Thaim gewesen, sie auf Proviant hinzuweisen. Sie würde nachher essen, in ein bis zwei Stunden.

Jetzt endlich wandte sich das Große Palaver dem zu, weshalb es einberufen worden war. Sollte einer fremden Streitmacht der Durchzug durch das Ogerland gewährt werden, oder reichte es, das Land, wie in den Jahrhunderten zuvor, in alle Richtungen abzuschirmen und zu verschließen?

Als wäre er festgewachsen, stand Colup noch immer in der Mitte des Platzes, auf seine Keule gestützt, einen mächtigen Ast, in dessen gespaltenes Ende ein Axtkopf ähnlicher Stein eingebunden war.

„Hat der sich die ganze Zeit nicht von seinem Platz bewegt?"

„Keiner von ihnen", bestätigte Thaim. „Sie alle sitzen hier rund um uns und hören, reden, streiten, fragen – kurz, sie palavern. Es scheint ihnen einen unerhörten Spaß zu bereiten."

„Und du?"

„Ich halte schon durch. Ich kenne da ein paar Hilfsmittel."

„Ich denke, du kannst keine Magie mehr weben?"

„Nicht alles, was mir hilft und nutzt, ist Magie, holde Elfe. Ich habe da ein weißes Pülverchen von einem Kräuterhändler aus dem Süden. Das hält mich wach, solange ich das will. Höre ich jedoch auf, es zu nehmen, holt sich mein Körper den verpassten Schlaf zurück, doppelt und dreifach. Ihr werdet mich wohl drei bis vier Tage in einem Karren hinter euch herziehen müssen, wenn es weitergeht."

To'nella schüttelte den Kopf. „Wie weit sind sie?"

„Sie wiegen das Für und Wider ab. Im Moment allerdings nur das Wider. Es gibt noch keinen, der wirklich zu unseren Gunsten gesprochen hat."

„Kann ich mich einmischen?"

„Jederzeit. Das hier ist das *Große Palaver*."

„Dann übersetze mir, was sie sagen."

Und To'nella begann, sich einzumischen. Zuerst mit Zwischenfragen, wie sie sie von den Ogern gehört hatte. Sie ließ sich Dinge erklären, die sie nicht verstand, fragte, hakte nach und plötzlich flogen ihr die Argumente zu. Wieder und wieder zeigte sie den Ogern die Vorteile auf, die sie hätten, wenn eine Streitmacht aus Ogern und Menschen gemeinsam aus der Hecke hervorbrechen und die Gorgals durch die waldreichen Länder vor sich hertreiben würde.

Zwischendurch drängte sich ihr allerdings die Frage auf, wieso sich dort überhaupt Gorgals rumtrieben. Nach den Plänen, von denen sie über Thugol erfahren hatten, sollten dort jetzt noch gar keine sein. Allerdings war das ein Problem, dem sie sich später zuwenden musste.

Als die Sonne erneut unterging, gingen ihr die Argumente aus. Da plötzlich stellte sich einer der Oger neben Colup, spuckte auf die Erde und rülpste kurz.

„Er ist dafür."

Ein zweiter Oger stellte sich neben ihn.

„Er auch!"

Der nächste Oger stellte sich auf die andere Seite von Colup.

„Er ist dagegen."

Jetzt kam Bewegung in die Oger, sie strömten zur Mitte des Platzes, rempelten, stöhnten, grunzten und am Ende standen deutlich mehr Oger auf der Seite derer, die für ihren Durchmarsch waren, als auf der Gegenseite.

„Das ist dein Werk, To'nella", flüsterte Thaim, dann verstummte er erschrocken, denn Colup grunzte. Er sah To'nella an. „Also gut", sagte der Oger mit seiner rauen Stimme. „Wir gewähren euch das Recht, unser Land zu durchqueren. Im Gegenzug dazu vertreibt ihr die Feinde von unserer Nordgrenze. Und ich werde euch mit dreihundert unserer Männer zum Magierberg begleiten."

To'nella riss den Mund auf und die Augen wollten ihr aus den Höhlen fallen. „Du … du sprichst unsere Sprache?"

Jetzt grinste Colup breit. „Was glaubst du, wie vorteilhaft es ist, die Sprache seiner Verhandlungspartner zu kennen, sie aber im Ungewissen darüber zu lassen."

Entgeistert schüttelte die Elfe den Kopf. „Ich fasse es nicht!", war jedoch das Einzige, was sie dazu sagen konnte.

Und noch ein weiteres Mal sollte To'nella den Mund vor Staunen nicht mehr zu bekommen. Die dreihundert sie begleitenden Oger würden beritten sein. Das Gewusel in der Koppel hinter den Ogern entpuppte sich als Drachen einer Art, die in der Größe etwa Bandaths Laufdrache entsprachen – Ziliaden. Sie hatten vier kurze aber sehr kräftige, gebogene Beine und einen muskulöser Rücken, so dass jeweils ein Oger auf ihnen reiten konnte. Das verblüffende für To'nella aber war, dass die Hälfte der Ziliaden Flügel hatte. Einhundertfünfzig fliegende Oger verstärkten ihr Heer aus der Luft – ein Vorteil, der ihnen sicherlich im Kampf gegen die Gorgals helfen würde.

„Fliegende Oger", murmelte To'nella. Eneos war ähnlich sprachlos.

„Die Oger haben geflügelte Ziliaden gezähmt", flüsterte Halef Ab-Baschura beeindruckt. „Ich habe noch nie gehört, dass man Ziliaden zähmen kann."

Nur Thaim sagte nichts. Der schlief bereits und sie würden ihn zu ihrem Lager zurück tragen müssen.

Zwerge unterwegs

Der Fels verschwamm vor seinen Augen, es schien, als könne er seinen Blick nicht fokussieren, er stellte sich jeweils vor oder hinter dem eigentlichen Fels scharf. Fieber schüttelte ihn und jagte glühendheiße oder eiskalte Schauer durch seinen Körper. War aber egal. Auch, dass er kein Wasser mehr hatte, war egal. Er würde hier sterben, das war das Einzige, was ihm klar war. Er wusste nicht, wie lange er hier schon lag. Am Anfang hatte er wenigstens den Tee gehabt, mit dem Zeug darin, das ihn an nichts denken und kleine Feen unter der Decke schweben ließ. Das Pferd musste sich irgendwann davon gemacht haben. Auch das war egal. Wenn man starb, dann brauchte man auch kein Pferd mehr. Sein Körper würde hier in dieser Höhle bleiben, nur sein Geist würde davonwehen. Der brauchte dann höchstens einen Pferdegeist. Auch für einen Geist war es ein weiter Weg bis zu den Drummel-Drachen-Bergen. Ein Kichern schüttelte Theodils ausgemergelten Körper. Die Schmerzen in der Lunge waren sofort präsent, ein roter Blutfaden tropfte von den trockenen Lippen, verklebte den ohnehin schon blutverkrusteten Bart. Trotzdem konnte der Zwerg das Kichern nicht unterdrücken, als er sich seinen Geist vorstellte, wie er auf einem Pferdegeist aus der Höhle ritt, das Gorgal-Heer in großer Höhe überquerte und sich in Richtung Drummel-Drachen-Berge in Bewegung setzte.

Die Bewegung, die Theodil jedoch in diesem Moment wahrnahm, war real. Das von außen in die Höhle flutende Sonnenlicht wurde durch einen Schatten verdunkelt, der den Eingang versperrte. *War das Pferd zurückgekommen?*

In Wirklichkeit herrschte gar kein Sonnenschein vor der Höhle. Es ging noch immer derselbe Nieselregen nieder wie vor drei Tagen, als der Gnom Theodil verlassen hatte. Theodil versuchte, seine Augen zu fokussieren. Die Gestalt am Eingang hatte zwei Beine. Aber es gab keine zweibeinigen Pferde. Und schon gar nicht welche, die ein Schwert zogen. Mit plötzlicher Klarheit erkannte er einen Gorgal, der auf ihn zugestapft kam. Verdammter Zwergenmist. Müde tastete seine Hand nach der Axt.

Nicht genug, dass einer dieser Typen ihm die Rippe zertreten hatte. Jetzt kam sein großer Bruder, um ihn hier in der Höhle zu erschlagen. So hatte er sich sein Ende nicht vorgestellt. Seine Finger krampften sich um den Axtstiel, aber irgendjemand schien die Waffe an den Boden geschmiedet zu haben, er konnte sie nicht eine Handbreit zu sich heranziehen. Plötzlich fiel einer der grauen Felsen, die von der Decke hingen, auf den Gorgal, bekam im Fallen Arme und Beine und eine lange dünne Messerklinge, die sich in den Nacken des Gorgals bohrte. Der Krieger brach zusammen. Der Felsklumpen stand auf. Er hatte braune Augen unter einem grauen Haarschopf und einen langen, gleichfarbigen Bart. Neben der gedrungenen Gestalt verwandelte sich ein zweiter Felsblock. Weiter links ein Dritter und Vierter. Alle bekamen Arme, Beine, einen Kopf und wurden schließlich zu Zwergen. Erneut kicherte Theodil. *Stein verwandelte sich in Zwerge. Sein Ende war wirklich nahe.*

Dann wurde es dunkel um ihn.

Die Welt schwankte und kam nicht zur Ruhe. Im Fieberdelirium fühlte er Hände an seiner Brust, stechende Schmerzen, Wasser auf seinen Lippen, irgendetwas wurde ihm in den Mund geschoben, weit und tief hinein, mehr und mehr Schmerzen, die aber immer weiter wegschwebten wie Nebel, der sich auf dem Wasser entfernt. Aber aus dem Nebel tauchten Gesichter auf: Bandath und Barella, To'nella und Korbinian, Niesputz und Rulgo, selbst Ratz Nasfummel und Waltrude. Es war wohl wirklich sein Ende. Sagte man nicht, dass ein Zwerg am Ende seines Lebens sein ganzes Leben noch einmal an sich vorbeiziehen sehen würde?

Wo waren dann aber seine Frau und sein Sohn? Wo seine beiden Töchter? Seine Eltern und die Schwester? Die müssten doch noch *vor* Niesputz und Rulgo aus dem Nebel auftauchen!

Erneut versank er in Dunkelheit und die Welt um ihn schwankte weiter.

Als er die Augen öffnete, schwankte die Welt nicht mehr. Das war das Erste, was ihm auffiel. Dann, dass er atmen konnte, ohne das Gefühl von gurgelnder Flüssigkeit in seiner Lunge zu haben. Keine Blutblasen bildeten sich auf seinen Lippen. Nur einatmen konnte er nicht so tief, wie er wollte. Irgendetwas presste ihm den Brustkorb zusammen. Die Decke der Höhle wurde von einem warmen Flackern erhellt. Er drehte den Kopf und sah eine Talgkerze auf einem steinernen Vorsprung, daneben einen Wasserkrug mit Tonbecher. Nichts von alldem kam ihm bekannt vor. War Hisur zurückgekommen?

Neben dem Vorsprung sah er jetzt eine Tür im Gestein der Höhle, eine Tür aus kräftigen, gut eingepassten Balken, zusammengehalten von breiten, reich verzierten schmiedeeisernen Bändern und einer aufwändig gearbeiteten Klinke. Diese Tür war definitiv nicht in ihrer Höhle gewesen. Theodil sah sich um. Er lag nackt auf einer hölzernen Pritsche, unter sich das Fell eines Springbären, mit Wolldecken zugedeckt. Einzig sein Brustkorb war in einen Verband gehüllt, der sich eng und fest um seine Rippen wand. Neben der Pritsche befand sich ein kleines Regal mit diversen Tiegeln, Flaschen und Fläschchen. Auf der anderen Seite des Raumes konnte er einen Tisch entdecken, ein dreibeiniger Hocker davor. Er sah erneut zur Tür. Er kannte diesen Raum nicht. Aber sowohl die Schmiedearbeit an der Tür, als auch die Qualität der aus dem Fels herausgearbeiteten Wände, des Bodens und der Decke sorgte dafür, dass er alles hier *erkannte*: Er war bei Zwergen untergekommen, wie auch immer das geschehen war.

Theodil schloss die Augen und schlief wieder ein. *Ein Zwerg bei Zwergen*, dachte er noch. *Auf jeden Fall besser als ein Zwergengeist auf dem Rücken eines Geisterpferdes.*

Eine Hand berührte ihn an der Schulter und weckte ihn.

„Ich denke, du bist jetzt so weit wieder hergestellt, dass du uns ein paar Dinge erklären kannst."

Vor seinem Lager standen drei Zwerge, die sich als Cumnir Donnerhammer, Galdur Felsbezwinger und Thoran Eisenfinder vorstellten.

„Theodil Holznagel", antwortete Theodil. „Wo bin ich?"

„Bei uns", antwortete Galdur. Er schien der Wortführer der drei Zwerge zu sein. Theodil glaubte, unter dem wirren, grauen Bart des Zwerges die Andeutung eines Lächelns zu sehen.

Theodil setzte sich auf, ohne ein Stechen in der Brust zu spüren, auch wenn der Verband noch immer eng um seinen Brustkorb lag. „Ich gehe davon aus, dass ich euch meine Heilung zu verdanken habe." Er legte den Kopf schief und grübelte einen Moment. „Und wohl auch die Rettung vor dem Gorgal, wenn es denn keine Halluzination war. Dafür danke ich euch."

Galdur wies auf Cumnir Donnerhammer. „Unserem Heiler musst du danken. Er ließ das Blut aus deiner Lunge ab und heilte deinen Rippenbruch."

Theodil nickte Cumnir dankbar zu. „Ich stehe in deiner Schuld."

Cumnir sah ihn an. „Der Bruch sah aus, als seiest du von einem Schmiedehammer getroffen worden."

„Es war der Fuß eines Gorgals."

„Gorgals heißen diese Typen also." Jetzt lächelte Galdur deutlich. „Auch wenn du versuchst, direkte Informationen zu umgehen – warum auch immer –, bekommen wir doch Auskünfte von dir. Nun gut. Du bist ein Zwerg, wir sind Zwerge. Wir sollten einander vertrauen. Wenn sich Zwerge untereinander nicht trauen, wem könnte man dann sonst trauen?"

Theodil stand jetzt komplett auf und schlang sich eine Decke um den nackten Körper. „Vielleicht könntet ihr mir ein wenig Brot, Käse und etwas Wasser geben. Ich bin ausgesprochen hungrig." Er lächelte ebenfalls, sah an sich herunter. „Und nackt bin ich auch. Es redet sich nicht einfach als Nackter mit Angezogenen. Meine Kleidung wäre gut. Sozusagen als vertrauensbildende Maßnahme. Und dann erzähle ich euch, was ich weiß."

„Deine Kleidung? Brot, Käse, Wasser? Wir haben Besseres zu bieten."

Nur wenig später saßen sie zusammen an einem Tisch in einem Nachbarraum. Sie hatten Theodil neue Kleidung gegeben. „Deine Sachen würdest du nicht mehr anziehen wollen, so wie sie gestunken haben. Sie wurden verbrannt." Unter einem Abzug brannte ein Feuer, über dem ein großes Stück Fleisch briet. Auf Zinntellern lagen Brot, Ziegenbutter und Käse und aus einem gigantischen, hölzernen Krug wurde Theodil dunkles Malzbier eingeschenkt. Er sprach dem Bier und dem Essen zu und genoss es, das erste Mal seit mehreren Tagen, wieder richtiges Fleisch zwischen die Zähne zu bekommen. Zwischen Abbeißen und Schlucken erklärte er seinen Gastgebern mit vollem Mund, was es mit den Gorgals auf sich hatte und wie *„die Dinge da oben auf der Oberfläche"* – wie seine Gastgeber sagten – ständen. Jedenfalls so weit, wie er das einschätzen konnte.

„Das heißt", fasste Galdur zusammen, „die Länder dort oben werden von diesen Gorgals überflutet, alles wird zerstört und die, die sich ihnen entgegenstellen, werden durch das Heer direkt über uns umgangen und von hinten angegriffen?"

„In Kurzform? Ja."

Galdur lehnte sich zurück und verschränkte die Hände hinter dem Kopf. „Wir leben seit vielen tausend Jahren hier in den Höhlen unter diesen Bergen und in den weiter südlich gelegenen Wäldern und nichts und niemand konnte uns bisher aus diesen Bereichen vertreiben."

„Und das wird sich auch nicht ändern", ergänzte der Zwerg, der Theodil unter dem Namen Thoran Eisenfinder vorgestellt worden war.

„Auch nicht in weiteren tausend Jahren", setzte Cumnir Donnerhammer nach.

„Aber sie sind, wenn ich das richtig verstanden habe, Schuld daran, dass unsere Magier keine Magie mehr weben können." Galdur änderte seine Position keinen Millimeter. „Und sie werden all unsere Handelspartner dort oben vertreiben oder vernichten."

Thorans Gesicht verfinsterte sich. „Was gehen uns die Dinge der Langbeine an? Bisher sind Zwerge noch immer gut damit gefahren, wenn sie sich um Zwergendinge kümmern!"

„Zwergendinge? Handel mit denen dort oben ist schon lange kein Zwergending mehr. Wir geben, was wir haben und nehmen, was wir brauchen. Das ist der Sinn des Handels."

„Lass sie dort oben ihre Kriege führen. Sind die Menschen weg, werden wir mit diesen Gorgals Handel treiben!"

„Handel mit denen, die das Zwergenreich Eisenklamm vernichtet haben?", entgegnete Galdur ziemlich ruhig.

„Woher willst du wissen, dass das die Gorgals waren?" Die Zwerge schienen sicher zu sein, was das Schicksal dieses Reiches anging, jedoch nicht über die Verursacher des Unterganges.

„Wo liegt Eisenklamm?" Die Frage wurde von Galdur nur gestellt, um die beiden Zwerge auf eine Antwort hinzulenken. Theodil hielt sich aus dem Disput heraus. Er wusste, dass Eisenklamm ein Zwergenreich weit entfernt im Westen war. Und wenn die westlichen Reiche der Menschen, Elfen und Trolle gefallen waren, warum nicht auch das Zwergenreich?

„Woher willst du wissen, dass Eisenklamm überhaupt untergegangen ist?"

„Keine Nachricht seit einem halben Jahr? Von Zwergen?" Galdur sah seine Gesprächspartner jetzt endlich an. „Kein Bote von uns kommt zurück? Kein Bote von ihnen erreicht uns? Das gab es noch nie! Wir hatten immer gute Verbindungen zu unseren Vettern in Eisenklamm."

Dann griff Galdur in eine Tasche seiner Hose und zog einen kleinen Gegenstand heraus, den Theodil auf den ersten Blick als wertvolle Schmiedearbeit erkannte. Ein mit Saphiren besetztes Stirnband, eindeutig Zwergenarbeit aus dem Westen ... und sehr kostbar.

„Das gehört zu den Kronjuwelen von Eisenklamm." Die Bemerkung schien überflüssig, denn die Blicke Cumnirs und Thorans machten deutlich, dass sie das Teil erkannt hatten. „Ich habe es aus dem Schultersack des Gorgals, den ich in Theodils Höhle getötet habe."

Die Nachricht hätte nicht schlimmer sein können, so erschien es Theodil. Beiden Zwergen, deren Haltung eben noch aussagte, wie wenig sie von einem möglichen Kampf gegen die Gorgals hielten, stand die pure Mordlust ins Gesicht geschrieben. Einen winzigen Moment erstarb jede Bewegung im Raum, dann sprang Cumnir auf. „Wann geht es los, Fürst?"

Galdur gab seine scheinbar entspannte Haltung auf. Er drehte sich zu Thoran. „Wie schnell können die Heere abmarschbereit sein?"

„Im Normalfall?" Thoran neigte den Kopf zur rechten Schulter. „Mindestens zwei Tage, würde ich sagen." Er starrte auf das Schmuckstück in Galdurs Hand. „Gib mir einen, dann stehen wir bereit."

Galdur, der Fürst der Zwerge, wie Theodil jetzt wusste, nickte. Thoran, der so etwas wie der oberste Heerführer sein musste, verschwand durch die Tür. Cumnir sah Theodil an. „Wenn unsere Streife nicht von einem verletzten Zwerg gesprochen hätte, hätten wir die Gorgals unbehelligt ziehen lassen. Wer weiß, Freund, wie nützlich deine Verletzung für die Völker war. Nur ein wenig später, und alles wäre anders gekommen."

„Ich weiß, dann hätte mich der Gorgal aufgeschlitzt."

Cumnir schüttelte den Kopf. „Dann hätte dich deine Verletzung getötet. Und auch meine Kunst hätte dich nicht retten können."

Keinen ganzen Tag später setzte sich das Zwergenheer in Bewegung. Theodil gelang es nicht, sich einen Überblick über die Größe des Heeres zu verschaffen. Er musste sich auf die Aussage Galdurs verlassen, der von knapp siebentausend Zwergen sprach. Und alle marschierten unterirdisch. Im gesamten Gebirge südlich der Riesengras-Ebene hatten die Zwerge während der Jahrhunderte, in denen sie hier lebten, ein wohl unendlich langes, tief verzweigtes Tunnelsystem angelegt. Theodil marschierte in einer kleinen Gruppe mit Galdur, Thoran, Cumnir und zwanzig anderen Zwergen. Diese jedoch wechselten ständig in der Zusammensetzung, denn Galdur schickte sie abwechselnd zu anderen Teilen des Heeres, während aus Seitengängen in einem stetigen Fluss Boten auftauchten, Galdur Bericht erstatteten und meist wieder weggeschickt wurden. Manchmal erreichten die Zwerge breitere Gänge, begegneten größeren oder kleineren Teilen des Heeres, die alle unermüdlich in dieselbe Richtung strebten: nach Norden.

Ihre Gruppe durchquerte unterirdische Hallen, die in ihren Ausmaßen die Größe der Hallen erreichen mussten, die Bandath auf seinem Weg zum Erddrachen entdeckt hatte. Das brachte ihn auf die Frage, ob seine Begleiter etwas von den Dunkelzwergen wussten.

„Die Dunkelzwerge aus den Drummel-Drachen-Bergen?" Cumnir kratzte sich am Kinn. „So wie wir wissen, sind die vor vielen Jahrhunderten von einer Renn-Egel-Plage befallen worden und mussten ihr angestammtes Gebiet aufgeben. Sie haben sich in die eisigen Höhen des Gebirges zurückgezogen und liefern sich einen ständigen Kampf mit den Kältern, den Schnee-Elfen. Wir haben nur einen sehr losen Kontakt zu ihnen. Sie sind ein sehr eigenbrötlerisches Volk, unfreundlich und egoistisch, seit sie ihre angestammte Heimat verlassen mussten. Wir hatten damals ebenfalls Probleme mit Renn-Egeln, konnten der Plage jedoch Herr werden."

Renn-Egel. Theodil lief ein Schauer über dem Rücken, als er an Bandaths Erzählungen vom Angriff dieser Schmarotzer dachte.

Tagelang marschierten sie in der Dunkelheit der Gänge, die durch Fackeln oder Leuchtkristalle aufgehellt wurde. Sie durchquerten steinerne Hallen, wanderten unter Stalaktiten hindurch, setzten über unterirdische Flüsse und Seen, erkletterten steinerne Hänge, überquerten Holzbrücken über bodenlosen Abgründen, umwanderten blubbernde Schlammquellen. Und immer wieder trafen sie auf Einheiten des Zwergenheeres, wanderten einige Zeit mit ihnen gemeinsam, um sie an der nächsten oder übernächsten Abzweigung wieder zu verlassen, nur um wenig später eine andere Abteilung zu treffen.

„Wie lange sind wir noch in den Höhlen?", fragte Theodil am fünften Abend ihrer Wanderung. „Müssten wir nicht bald die Riesengras-Ebenen erreicht haben?"

Galdur stieß Cumnir mit dem Ellenbogen an. Sie saßen gemeinsam um ein kleines Feuer und grinsten über die Flammen zu Theodil herüber.

„Wir sind seit zwei Tagen unter den Riesengras-Ebenen."

Theodil sah erschrocken nach oben, als erwarte er, durch die Decke der Höhle über sich plötzlich die haarigen Wurzeln des Riesengrases zu sehen.

„Und wie lange werden wir noch …"

„Das hängt von den Gorgals ab. Unsere Späher berichten uns von ihrem Vorankommen, ihrer Richtung und ihren sehr kurzen Rasten. Es ist, als wenn irgendetwas sie treibt."

Cumnir ergänzte: „Und kein einziges langbeiniges Spitzohr spaziert dort oben über die Wiese."

„Kein Wunder", knurrte Theodil. „Nach unseren Informationen sollten die Gorgals aus dem Westen auf die Riesengras-Ebenen kommen. Die Elfen werden alle dort sein. Und die Trolle ebenfalls. Von hier bis zum Umstrittenen Land gibt es höchstens einige Siedlungen voller Frauen und Kinder."

„Die Gorgals umgehen jede Elfensiedlung. Es ist, als wollten sie unbehelligt und ungesehen zumindest bis zum Ewigen Strom kommen. Wir haben Informationen bekommen, nach denen es an der Westgrenze des Elfenlandes zu einer Schlacht gekommen sein soll. Aber die war nicht so gewaltig, dass es die gesamte Elfenstreitmacht dort gebunden hätte. Da hat euch jemand ganz gehörig an der Nase herumgeführt, Theodil."

„Das befürchte ich auch", knurrte der Zimmermann und dachte an Thugol, den fremden Troll, von denen sie all ihre Informationen hatten. Sollten sie schon wieder einen Spion in ihren eigenen Reihen haben, so wie damals, als er und Waltrude diesen Flötenspieler mit in den Süden genommen hatten?

„Was werdet ihr tun?"

„Wir haben Boten zu den Elfen und nach Flussburg geschickt", erklärte Galdur. „Und wir kleben den Gorgals an ihren schwarzen Fersen. Einen Zwerg wird man so leicht nicht los."

„Wie weit reichen eure Gänge? Ich meine, irgendwann müssen wir doch sicherlich an die Oberfläche."

Jetzt grinsten sich Galdur und Cumnir wieder an. Selbst Thoran, der die ganze Zeit mit finsterem Gesicht zugehört hatte, lächelte spöttisch.

„Wenn wir wollen", murmelte er, „können wir jeden Punkt zwischen hier und dem Ewigen Strom erreichen, ohne auch nur ein Fitzelchen blauen Himmels sehen zu müssen."

Theodils Augen wurden riesig groß. „Ihr lebt seit Jahren unter den Dörfern der Spitzohren und die merken nichts davon?"

Jetzt prusteten die drei Zwerge los. Galdur fasste sich als erster wieder. „Elfen sind von Natur aus überheblich. Sie denken, weil sie schnell wie eine Springziege rennen können und mit den Vögeln um die Wette zwitschern, kann ihnen keiner was. Wir hätten ihnen schon vor vielen Jahrhunderten das Wasser abgraben können. Aber wozu? Sie stören uns nicht, wenn sie dort oben rumlaufen. Lass den Elfen die Vögel, solange sie uns die Höhlen lassen, lautet ein altes Zwergensprichwort."

Die Wanderung dauerte noch zehn weitere Tage. Theodil, der als Zwerg zwar mit der Erde verwachsen war, dessen Volk aber seit Generationen „oben" lebte, in Häusern in den Drummel-Drachen-Bergen, verlor jedwede Möglichkeit, die Entfernung zu schätzen. Zwar versuchte er sich an ungefähren Entfernungsangaben. Da aber die Riesengras-Ebenen frei von wichtigen Geländemarkierungen waren – sah man von kleineren Flüssen und Bächen ab, die keine Namen und hier unten keine Bedeutung hatten – konnte er nie genau sagen, wo exakt sie sich gerade befanden. Schließlich hatte er den Hinweg in die Berge der Zwerge auch mit einem Pferd – und einem äußerst verschwiegenen Partner – zurücklegen müssen. Fragte er nun seine bei weitem gesprächigeren Reisebegleiter nach ihrem genauen Standort, so konnte er mit Angaben wie „Drei Meilen südöstlich der Brandur-Spalte", „Etwa sechshundert Fuß über der Galbir-Halle" oder „Sieben Meilen ostwärts befindet sich der Große Bolodan-Fall" nichts anfangen.

Irgendwann jedenfalls, etliche Tage nachdem sie aus den Bergen aufgebrochen waren und Theodil das Gefühl hatte, jetzt müssten sie doch bald in den Ewigen Strom fallen, kam ein Bote, der Galdur nur einen Satz sagte: „Die Gorgals haben Halt gemacht."

„Was heißt Halt?"

„Sie haben am Rande des Umstrittenen Landes einen Lagerplatz bezogen und befestigen ihn."

Das war etwas, mit dem keiner von ihnen gerechnet hatte. Galdur ließ das Heer sofort stoppen.

Weitere Späher bestätigten, was der erste Bote gesagt hatte. Die Gorgals waren direkt an der magischen Hecke des Umstrittenen Landes in Stellung gegangen. Sie hatten das Lager errichtet und begannen es in aller

Eile zu befestigen. Und es sah ganz danach aus, als würden sie genau an dieser Stelle bleiben wollen.

Wieder andere Späher, die speziell nach Elfen, Menschen und Trollen Ausschau halten sollten, kehrten erfolglos zurück. Nichts außer Gorgals trieb sich momentan dort oben herum.

„Können wir sie von unten her angreifen?" Theodil sah seine Gefährten an. Er hielt das durchaus für eine gute Idee. Wenn die Gorgals auch mit allem rechnen würden, dann sicherlich nicht mit einem Angriff aus der Erde.

Zeitgleich schüttelten Galdur, Cumnir und Thoran den Kopf.

„Wir sind mit unseren Tunneln nie nah genug an das Umstrittene Land herangekommen." Galdur verzog das Gesicht. „Selbst unsere Magier konnten uns da nicht helfen. Irgendwann vor vielen hundert Jahren hatten wir mal den Plan, uns unter der Hecke hindurch zu graben und das Umstrittene Land zu besiedeln. Einfach nur, um den Trollen und Elfen das nächste Mal, wenn sie mit ihrem Diamantschwert kommen sollten, zu sagen: Wir sind schon hier! Du erinnerst dich: Wie in der Erzählung von dem Zwerg, der mit seinem Bruder zusammen den Elf zum Wettlauf herausgefordert hatte.

Nun, wir schafften es nicht. Mit keinem Tunnel erreichten wir das Umstrittene Land. Bereits ein paar hundert Schritt vor der Hecke ging es einfach nicht mehr weiter. So wie die Langbeine und die Fleischklopse oben nicht über die Hecke hinweg kamen, so kamen wir hier unten nicht unter ihr hindurch."

„Was uns im Moment also nicht weiterhilft", nahm Thoran den Faden wieder auf. „Was tun wir?"

Sie einigten sich darauf, die Gorgals mit kleinern Trupps anzugreifen und bei der Errichtung der Befestigungsanlagen zu stören. Es dauerte nur ein paar Tage, bis sie einsahen, dass das nicht viel brachte. Die Zwergentrupps kehrten „mit blutigen Nasen", wie Galdur es formulierte, zurück, ohne große Wirkung erzielt zu haben. Die Gorgals hatten sich an der Hecke eingegraben, ihre Anlagen – von Gräben über Palisaden, Fallgruben, spitzen Pfosten, Verteidigungstürmen bis hin zu aufgeworfenen Wällen, mit Steinen befestigt – erschienen sogar den Zwergen klug ausgetüftelt und äußerst schwer bezwingbar.

„Ich frage mich, wie die auf die Schnelle diese Anlagen hinbekommen haben." Galdur hob seinen verbundenen Arm vorsichtig an, als er sich auf sein Lager niederließ. Den letzten Angriff eines Zwergentrupps gegen die Gorgals hatte er persönlich geführt. „Innerhalb weniger Stunden müssen die sämtliche Bäume der ganzen Gegend abgeholzt haben. Die sitzen da fest, als wollten sie nie wieder weichen. Aber mehr auch nicht. Was wollen die da?"

„In das Umstrittene Land?", wagte Theodil eine Idee.

Die Zwerge schwiegen. Keinem fiel ein Grund ein, weshalb die Gorgals das wollen sollten. Aber auch keiner von ihnen begriff, wieso die Gorgals sich überhaupt hier festgesetzt hatten.

Sie beschlossen, den gesamten Bereich, den die Gorgals einnahmen, soweit es ihnen möglich war, zu untertunneln. Die Zwerge wussten nicht, ob sie diese Tunnel benötigen würden, aber wenn, dann wollten sie auch welche haben.

Nicht alle Zwerge waren an den Tunnelarbeiten beteiligt. Die meisten hielten sich bereit, einem plötzlichen Angriff der Gorgals zu begegnen. Dazu gab es beständig Patrouillen an der Oberfläche. Mitten in diese Aktivitäten platzte ein Trupp Boten, der behauptete, vom vereinigten Heer der Elfen und Trolle zu sein.

„Schickt sie zu mir", befahl Galdur und bat im gleichen Atemzug Theodil zu bleiben.

„Alle?", fragte der Zwerg, der die Nachricht von den Boten überbracht hatte. „Das sind eine ganze Menge, über fünfzig!"

„Fünfzig Elfen?" Galdur schüttelte den Kopf. „Seit wann braucht es so viele Langbeine, um eine Botschaft zu übermitteln."

„Es sind keine Langbeine, Fürst."

Es waren Knörgis aus den Drummel-Drachen-Bergen.

„Aena Lockenhaar", stellte sich die Knörgi-Frau vor, die den Trupp anführte und schüttelte ihre Haarpracht, rot und lockig, als wolle sie beweisen, dass sie diesen Namen zu Recht trug. „Wir sind Teil eines Stammes der Steinbuchen-Knörgis und haben eine Streitmacht Gorgals, die nur unwesentlich kleiner ist, als die, die euch hier gegenübersteht, bei uns in den Bergen voll im Griff."

Theodil, Galdur und die anderen Zwerge starrten Aena an. Theodil hatte immer gedacht, Knörgis wären selten und Niesputz einer der wenigen, der sich mit den großen Völkern abgab. Diese winzige, geflügelte Frau hier belehrte ihn eines Besseren. Sie erzählte, wie sie die Gorgals „geärgert" hatten und wie sie mit achtzig weiteren ihres Volkes aus den Bergen aufgebrochen war, als die Gorgals dort nicht das taten, was der „große und weise Niesputz" erwartet hatte. Theodil gewann den Eindruck von nicht unerheblicher Ironie, als er diese Worte über Niesputz hörte. Ein leises Lächeln stahl sich auf seine Lippen. Er hatte so eine Ahnung, als ob Niesputz mit dieser Knörgi-Frau an die Grenze seiner Selbstsicherheit gekommen wäre.

Aena berichtete von den Ereignissen in den Bergen und wie sie sich zu den Elfen auf den Riesengras-Ebenen aufgemacht hatte. Diese und die Trolle hätte sie in großer Ratlosigkeit gefunden, da dort wohl ebenfalls nicht so viele Gorgals angekommen waren, wie anfangs vermutet worden war. Sie gab die Einzelheiten der Schlacht wieder, wie sie sie vom Elfenfürst Gilbath erfahren hatte.

„Der Typ schien richtiggehend erleichtert, als ich ihm anbot, fünfzehn meiner Leute bei ihm zu lassen. Es scheint, dass er die Knörgis als unverzichtbaren Bestandteil seines Heeres sehen will. Kann ich verstehen, bei unseren Erfahrungen im Anti-Gorgal-Kampf.

Zur selben Zeit, als wir dort waren, kam ein einzelner Gnom als Bote zu den Elfen. Zwei seiner schweigsamen Kumpane waren wohl schon wieder auf dem Rückweg nach Flussburg. Er berichtete von euren schwarzhäutigen Kumpels da oben und dass sie sich auf dem Weg quer durch die Riesengras-Ebenen befanden. Von euch allerdings hat er nichts erzählt. Naja, Gnome haben eben von Natur aus nur zwei Augen. Kaum hatte er jedenfalls seine Information abgeliefert, da hat er sich wieder auf dem Weg gemacht. Er muss irgendwo in den Bergen südlich der Riesengras-Ebenen einen Schwerverletzten zurückgelassen haben. Zu dem wollte er wohl wieder."

Jetzt keuchte Theodil doch auf und unterbrach damit den ununterbrochenen Wortschwall der Knörgi-Frau.

„Er ist … was? Zurück in die Berge?"

Galdur hieb Theodil die Hand auf die Schulter. „Dein schweigsamer Gnom scheint doch mehr Herz zu haben, als du vermutet hast, Freund."

Aena musterte Theodil interessiert. „Du bist der Schwerverletzte? Nach Aussagen des Gnoms ständest du kurz vor dem Tod. Dafür erscheinst du mir sehr lebendig."

„Das habe ich meinen neuen Freunden hier zu verdanken."

„Gut. Dann stapft dein *alter* Freund jetzt aber umsonst südwärts in die Berge. Ich werde einen meiner Krieger losschicken, ihn hierher zu holen."

Wie selbstverständlich benahm sich Aena, als hätte sie die Führung über das Zwergenheer übernommen … von Natur aus.

Galdurs Augenbrauen rutschten nach oben. „Wird er den Gnom denn finden? Ich meine, dort oben ist doch nichts als Gras, Steine, Berge und *Weite.*"

„Ihr möget euch hier unter der Erde auskennen, Zwerg Galdur. Überlass die Welt darüber ruhig den Knörgis. Wen wir finden wollen, den finden wir. Wir sind die geborenen Findlinge. In wenigen Tagen wird der Gnom hier sein. Die Elfen und Trolle übrigens auch. Als wir die Schwarzhäute dort oben entdeckten, habe ich gleich zwei meiner Leute zu den Langbeinen geschickt und ihnen den Befehl gegeben, sich umgehend hierher auf den Weg zu machen. Alles andere, was die Gorgals getan haben, waren Ablenkungsmanöver. Die hatten nur den Zweck, uns von dem Heer hier abzulenken."

„Und was wollen die Gorgals hier?" Galdur sah Aena an, als kenne sie die Antworten auf alle Fragen.

„Das, Zwergenfürst, ist eine gute Frage. Eine, auf die noch nicht einmal wir Knörgis eine Antwort haben. Aber ich habe das Gefühl, dass sich etwas zusammenbraut."

„Ach?" Thorans Zwischenruf klang ätzender, als es beabsichtigt war.

„Und ich werde es herausfinden. Meine Reise führt mich nach Flussburg, Go-Ran-Goh und schließlich zu Niesputz und dem Hexenmeister Bandath, wo immer die sich aufhalten. Ich lasse euch fünfzehn meiner Leute hier, als Boten und als Störfaktoren und Spione im gegnerischen Lager.

Ihr solltet euer Lager oberirdisch anlegen, weiträumig um das Lager der Gorgals herum. Die können ruhig sehen, dass sie umstellt sind. Es wird noch ein paar Tage dauern, dann kommen die Langbeine mit den Fleischklopsen. Ich werde auf meinem Weg wahrscheinlich die Flussbürger treffen. Keine Ahnung, wo die solange herumtrödeln. Wahrscheinlich machen sie am Grünhai-Fluss noch ein kleines Picknick. Denen werde ich Beine machen. Dann müsst ihr zusehen, was ihr mit der Situation hier anfangt. Wenn ihr die Gorgals nicht raus lasst, wird ihnen irgendwann der Proviant ausgehen. Aushungern ist nicht die schlechteste Lösung."

Wie Aena vorgeschlagen hatte, siedelte das Zwergenheer also auf die Oberfläche um. Theodil bekam jetzt das erste Mal einen Eindruck von der

Größe des Heeres. Er war mit Galdur einer der ersten gewesen, die das Gras aus einem Loch heraus betraten, das drei Zwerge vor ihnen in die Decke ihrer Höhle geschlagen hatten. Sonne flutete herein und Theodil stieg mit Galdur, Cumnir und Thoran nach oben.

Cumnir reckte die Nase in die Sonne und sog die Luft tief ein. „Ich sollte mich sehr täuschen, wenn nicht in spätestens zwanzig Tagen Sommersonnenwende ist."

Sommersonnenwende? Theodil sah in den Himmel. Er war länger unterwegs gewesen, als er gedacht hatte.

Und plötzlich schien es, als ob bis zum Horizont die Erde aufbrach. Braune Gestalten wühlten sich nach oben, schüttelten Erdklumpen aus ihren grauen Haaren und begannen sofort damit, eine Verteidigungsstellung gegen die Linien der Gorgals zu errichten, die sich in Sichtweite, nördlich von ihnen in einem weiten Bogen erstreckte. Bald schon reckten sich angespitzte Pfähle aus dem Erdreich, zogen sich Laufgräben um die Stellung der Gorgals. Erdwälle verbargen die Stellungen vor den Blicken der Schwarzhäute. Wieder und wieder gingen Pfeilhagel auf die Gorgals nieder, die diese nur selten beantworteten. Es schien, als hätten die Gorgals überhaupt kein Interesse an einer bewaffneten Auseinandersetzung. Sie beschränkten sich darauf, die Zwerge von ihren eigenen Anlagen fernzuhalten.

Nur wenige Tage, nachdem Aena Lockenhaar mit ihren Knörgis weitergezogen war, kamen die Elfen und Trolle im Lager der Zwerge an. Theodils Freude war groß, Korbinian und Rulgo unter ihnen zu finden. Insgeheim hatte er befürchtet zu erfahren, dass sie unter den Verletzten oder gar Gefallenen der Kämpfe waren. Ihrerseits waren sie noch mehr erfreut, Theodil hier zu finden, hatten sie doch von dem Gnom Hisur von Theodils schwerer Verletzung gehört.

Kurz darauf erreichten auch die bewaffneten Flussbürger den Platz an der magischen Hecke. Ein paar Vorstöße gegen das Lager der Gorgals erbrachten nichts. Die Linien der Schwarzhäute waren so durchdacht aufgebaut und tief gestaffelt, dass die Angreifer sich auch weiterhin nicht mehr holten als blutige Nasen. Selbst mit den nächtlichen Ausflügen der Knörgis –, deren Zahl sich nun, da sich die drei Heere zusammengeschlossen hatten, auf fast fünfzig erhöht hatte – in das Lager der Gorgals und deren Arbeit an Wassersäcken, Riemen, Gürteln und diversen anderen Ausrüstungsgegenständen, stellten sich keine Erfolge ein.

„Es sind einfach zu viele. Das müssen vierzigtausend Gorgals sein, mindestens."

„Aena sagte, der Haufen in den Drummel-Drachen-Bergen, mit dem ihr zu tun hattet, wäre etwa gleichgroß gewesen", wagte Theodil einen Einwand.

„Niemals!" Das Steinbuchen-Knörgi schüttelte in einem Anfall von Ehrlichkeit den Kopf. „Vielleicht viertausend. Allerhöchstens."

„Also eher zweitausend", grummelte Rulgo. Korbinian und Gilbath nickten.

„Das deckt sich mit der Aussage von Niesputz."

„Fünfzehntausend Elfen und Trolle, siebentausend Zwerge und dreitausend Flussbürger", murmelte Conla Cael, der Ratsherr der Gnome, der es sich nicht hatte nehmen lassen, die Truppen der Flussbürger persönlich anzuführen. „Wir brauchen mehr Leute."

„Wir brauchen eine bessere Unterstützung", entgegnete Korbinian. Er drehte sich zu seinem Vater. „Ich erinnere mich an dein Abenteuer damals, als ihr zum Grauen Fürsten aufgebrochen seid." Dann blickte er zum Steinbuchen-Knörgi, das auf dem Tisch zwischen all den großen Leuten saß. „Meinst du, du findest den Bewahrer?"

Rulgo grinste breit, sehr breit. „Genau. Den Bewahrer und seinen Freund. Wir könnten die Beiden hier gut gebrauchen. Mein Freund hat von Natur aus gute Ideen." Er schlug Korbinian auf den Rücken, den es nach vorn gegen den Tisch schleuderte.

Es waren noch fünf Tage bis zur Sommersonnenwende.

Gefangen im Eis

„Was wollt ihr hier?" Der Zwerg mit dem eisgrauen Blick starrte Bandath an.

„Das habe ich dir doch jetzt schon dreimal erklärt." Bandath schüttelte den Kopf. „Kannst oder willst du mich nicht verstehen?"

Der Eiszwerg lehnte sich zurück. „Ihr seid Spione der Kälter!"

Bandath verlor langsam die Geduld. Das Gespräch dauerte schon über zwei Stunden und drehte sich im Kreis. Dieser Eiszwerg vor ihm schien überhaupt nicht an dem interessiert zu sein, was Bandath versuchte, ihm begreiflich zu machen. „Hörst du mir überhaupt zu oder wartest du so lange, bis ich die Antwort gebe, die du hören willst? Wer beim Ur-Zwerg sind die Kälter?"

„Willst du mir wirklich weismachen, dass du die Kälter nicht kennst? Die Schnee-Elfen?"

„Ich weiß nur, dass ihr die Magie der Dunkel-Zwerge nutzt. Ich wusste nicht einmal, dass es Eis-Zwerge hier oben gibt."

„Unsere Vorfahren waren die Dunkel-Zwerge. Auf der Flucht vor den Renn-Egeln landeten wir hier oben und haben dieses Land in vielen Schlachten von den Kältern redlich erobert. Der einzige Kontakt, den wir hier haben, ist der mit den Kältern. Hier kommt niemand her. Hier gibt es nichts, außer unserem Reich. Keine Friedhöfe, keine Drummel-Drachen, keine Magie. Die Magie funktioniert nicht mehr, weil wir einem Angriff der Magier der Kälter ausgesetzt sind. Unserer Meinung nach, steht ein Großangriff ihrer Krieger kurz bevor. Wir haben ihre Späher erwartet und da seid ihr auch schon. Ich glaube dir nicht, Zwergling. Ihr seid von den Kältern geschickt, uns auszukundschaften."

„Es ist völlig egal, was ich sage. Du willst mir einfach nicht glauben." Jetzt lehnte sich Bandath zurück und verschränkte die Arme vor der Brust. „Es ist zwecklos, sich weiter mit dir zu unterhalten. Lass uns ziehen."

„Ihr werdet nirgendwo hin gehen. Gebt zu, dass ihr Spione der Kälter seid und nehmt dafür die euch gebührende Strafe in Empfang."

„Oder?"

„Gebt es nicht zu und werdet bestraft!"

„Das ist ein Witz. Egal, was wir sagen, wir werden für etwas bestraft, was wir nicht sind. Und wie sieht diese Strafe aus?"

„Spione der Kälter werden zum Tode verurteilt. Immer. Wir können es uns nicht leisten, Informationen über uns oder unser Tunnelsystem an die Kälter übermitteln zu lassen."

„Na toll", knurrte der Hexenmeister. „Ich werde also zum Tode verurteilt."

„Diese Idioten", fluchte Niesputz, als Bandath, zurück in der Zelle, den anderen berichtet hatte. Als die bewachenden Zwerge ihn zurückgebracht hatten, hatten sie Barella zum Verhör mitgenommen.

„So einfach wird ein Minotaurus nicht hingerichtet", knurrte Accuso. „Schon gar nicht von Zwergen."

Farael war blass geworden. „Hinrichten? Aber ... ich habe doch noch gar nichts Wichtiges gesehen."

„Dass du das mal selbst erkennst." Niesputz wanderte in seinem kleinen Käfig unruhig auf und ab. Er hatte genügend Platz, für ein knappes Dutzend Schritte in jede Richtung. „Jetzt ist es an der Zeit, etwas zu unternehmen. Hexenmeister, kannst du nicht ein wenig Magie ..."

Bandath schüttelte den Kopf. „Es ist nicht möglich. Sobald ich Magie webe, schlägt Pyrgomon zu. Ich werde mir das bis zum Schluss aufheben müssen, vielleicht sogar bis ich ihm selbst gegenüberstehe."

„Das mag schneller geschehen, als zu befürchten ist. Doch dazu müssen wir aus diesem eisigen Gefängnis raus." Niesputz war unzufrieden.

Das Schloss der Kerkertür klirrte, als ein Schlüssel hineingesteckt wurde. Die Tür knarrte in den Scharnieren, öffnete sich und Barella stolperte hinein. Ihre Nase blutete. Bandath schrie auf und sprang den Zwerg an, der Barella am Arm führte. Ein zweiter Zwerg eilte durch die Tür, schlug Bandath nieder und zerrte seinen Kumpan aus dem Raum. Noch bevor Accuso einschreiten konnte, war die Tür wieder verschlossen. Der Stierkopf des Minotauren donnerte gegen die Holztür, die Scharniere stöhnten.

„Hört auf!", rief Barella.

Sie wischte sich das Blut aus dem Gesicht und half Bandath auf. Mit einem aus der Tasche gezogenen Tuch tupfte sie ihm auf die blutige Lippe. „Ich habe ihn provoziert."

„Das habe ich auch versucht", lispelte Bandath. „Aber mich hat er nicht geschlagen. Was hat er dir angetan?"

„Nur ein einziges Mal ins Gesicht geschlagen. Vielleicht kann ich besser provozieren als du. Aber trotzdem hat er mir nicht geglaubt."

„Wenn ich mehrmals mit dem Kopf gegen diese Tür renne", brummte Accuso, „kann ich uns befreien."

„Ach!", ätzte Niesputz. „Und gegen alle anderen Türen rennst du dann auch, während wir dazu übergehen, diesen vereisten Zwergen zu erklären, was hier so poltert?" Er tippte sich an die Stirn. „Um hier rauszukommen, braucht man *Erfahrung, Intelligenz* und *Instinkt.*"

„*Erfahrung* habe ich", meinte Barella, sah jedoch zweifelnd auf die Tür.

Niesputz grinste. „*Intelligenz* ist meine Stärke"

„*Instinkt* ist die Stärke der Minotauren", knurrte Accuso. „Von Natur aus!"

„Ach?" Bandath sah sich die Runde seiner Gefährten an. „Und was bleibt für mich?"

„Hunger?", schlug Niesputz vor und sein Grinsen wurde breiter.

„Dir scheint es ja in deinem Käfig richtig gut zu gehen, *Herr Intelligenz!*", blaffte Bandath. Das Grinsen auf dem Gesicht des Ährchen-Knörgis erlosch. „Giftzwerg", knurrte er. Er wies auf die Hörner des Minotauren. „Wir brauchen kein Minotaurus-Geweih um hier rauszukommen, wir brauchen Köpfchen, nicht Kopf."

„Und was ist in deinem winzigen Köpfchen für eine geniale Idee, die uns den Weg nach draußen weist?" Auch Accusos Stimme troff vor Spott.

Im selben Moment vernahmen sie einen kurzen Wortwechsel vor der Tür. Dann polterte es, ein kurzes „Umpf" war zu hören, ein Körper fiel gegen die Tür und rutschte an ihr herunter. Es klirrte, wie von einem Schlüsselbund und die Tür wurde aufgeschlossen.

„Ich bin es", flüsterte ein Eiszwerg und steckte vorsichtig seine Nase in die Zelle. „B'rk."

„Orakel-Bürk?", hauchte Niesputz um dann lauter hinzuzufügen: „Wer sagt uns, dass das keine Falle ist?"

Der Eiszwerg öffnete die Tür und schleifte zwei Zwerge an den Füßen hinter sich her, als er in die Zelle trat. „Das waren die Wachen vor eurer Zelle. Sie werden bestimmt zwei Stunden schlafen. Bis dahin sollten wir weg sein." Dann starrte er die Gefangenen an, die misstrauisch zurückblickten. Er schüttelte den Kopf. „Ich *bin* B'rk!" Langsam hob er die rechte Hand, die sich kurz in flüssiges Silber zu verwandeln schien, um gleich darauf wieder ihre alte Form anzunehmen.

„Alles klar!" Barella fasste ihre Erleichterung in Worte. „Du bist wohl wirklich B'rk."

„Ich habe Poltern und euren Wortwechsel gehört. Und weil zeitgleich ein *Tierpfleger* in meiner Zelle war, um mir *Futter* zu geben, schlug ich ihn nieder und nahm seine Gestalt an."

„Ich denke", Bandath lispelte noch immer und leckte sich mit der Zunge über die blutige Oberlippe, „wir fesseln und knebeln die hier. Anschließend führst du uns als Gefangene hier raus. Wir schließen die Zellen ab, hoffen auf unser Glück und suchen einen Weg nach draußen."

Das Rausführen erwies sich als nicht so einfach, wie sie es gedacht hatten. Während Accuso den Käfig mit Niesputz trug, hatten sich die anderen ein Seil locker um die Handgelenke geschlungen, um notfalls schnell zugreifen zu können. B'rk hatte sich mit den Waffen eines der Wärter ausgestattet und trieb sie mit einem langen Speer vor sich her. Eis-Zwerge, denen sie begegneten, wichen meist zur Seite aus oder beachteten sie gar nicht. Es ging etwa eine halbe Stunde gut. Kurz nachdem sie sich eingestehen mussten, dass sie sich verlaufen hatten, gab es einen Zwischenfall. B'rk wurde lautstark und mit Schulterschlag von einem kräftigen Zwerg gegrüßt, der einen Trupp Schwerbewaffneter an ihnen vorbeiführte. Alle Zwerge waren dick in Fellmäntel gehüllt.

„Rubart, alter Eiszapfen", brüllte der Anführer des Trupps. Sein unerwarteter Schlag auf die Schulter ließ B'rk stolpern. „Treffen wir uns heute Abend auf ein Bier, wenn ich von der Patrouille zurück bin?"

B'rk schluckte und zog die malträtierte Schulter nach vorn. „Gerne."

„Und wo?"

Nur einen winzigen Moment zögerte der Gestaltwandler mit der Antwort. „Bei mir."

„Bei dir? Aber gestern noch sagtest du, dass dein Fass leer ist."

B'rk kratzte sich am Kopf. „Ja, gestern. Habe mir heute eines bringen lassen."

„Von wem? Wer liefert denn so schnell?"

„Weißt du", jetzt richtete sich B'rk gerade auf. „Ich weiß ja nicht, wie es dir geht, aber *ich* habe keine Zeit zu plaudern. Mein Befehl lautet, die Gefangenen so schnell wie möglich zu verlegen."

„Aber wohin? Hier geht es zum Hafen."

„Das darf ich dir in ihrer Gegenwart nicht sagen. Sie sollen wohl Spione der Kälter sein."

Das Gesicht des Zwerges wurde düster. „Spione? Sei nicht zu nachsichtig mit ihnen." Er schlug B'rk wieder auf die Schulter. „Bis heute Abend."

Der Gestaltwandler nickte einen Gruß und trieb die Gefangenen mit groben Worten weiter. Der Wachtrupp entfernte sich in die andere Richtung. Hinter der nächsten Biegung des Ganges ging ein deutliches Aufatmen durch die Gefährten.

„Puh", flüsterte Barella. „Das war knapp."

„Ich habe schon überlegt", brummte Accuso, „welche Zwerge ich zuerst niederschlage."

„Wir sollten möglichst niemanden mehr niederschlagen", murmelte Bandath halblaut. „Die Eis-Zwerge sind nicht unsere Feinde."

„Ach?" Auch Farael sprach nur halblaut. „Sie nehmen uns gefangen, schlagen uns und wollen uns hinrichten, aber sie sind nicht unsere Feinde?"

„So schwer es mir auch fällt", zischte Barella, „muss ich unserem Seher dieses Mal zustimmen."

Sie trotteten weiter den Gang entlang.

„Zum Hafen ist eine gute Idee", meinte Bandath und lenkte vom Thema „Zwerge niederschlagen" ab.

Der Weg führte sie durch lange Gänge. Eis glitzerte an den Wänden. Der zeitweilig steinerne Boden ging wieder in Eis über. Hineingeritzte Rillen verhinderten eine zu große Glätte. Ab und an standen große hölzerne Behältnisse, mit Sand gefüllt, der auf den Weg gestreut werden konnte. Fackeln an den Wänden sorgten für Licht. Die Gefährten waren froh, dass man ihnen zumindest die Kleidung gelassen hatte, auch wenn die Eis-Zwerge ihnen alle Waffen und die gesamte Ausrüstung abgenommen hatten. Nach mehreren Abzweigungen, bei denen sie intuitiv die jeweilige Richtung wählten, kündigte sich das Ende des Ganges durch zunehmende Helligkeit und immer weniger Fackeln an den Wänden an. Schneefall verhinderte einen weiten Ausblick, als sie nach draußen traten, aber es schien, als ob sich ein weiter Talkessel vor ihnen öffnete. Ihr Gang mündete an einer Treppe, die abwärts zum Hafen führte. Der erwies sich als Steindamm, rund um die Bucht eines zugefrorenen Gebirgssees aufgerichtet. Zwischen einem Dutzend Höhlenausgängen an den umliegenden Hängen waren auch immer wieder Hütten und Häuser zu finden, aus Holz und Stein, niedrig, die Dächer mit einer Schneehaube besetzt, Eiszapfen an den Dächern. Mehrere große Segelboote lagen im Eis festgefroren im Hafen. An einer Stelle ragten die Masten von kleineren Booten hinter dem Steinwall auf. Sehen konnten sie die Boote nicht. Ein paar Eis-Zwerge arbeiteten an einem Stapel Kisten.

„Das wird wohl mit einer Flucht per Boot nichts werden", wisperte Farael. Sie waren hinter einem auf ihrer Höhe am Berghang entlang führenden Wall in Deckung gegangen.

„Wir haben nicht viel Zeit", mahnte Niesputz. „Noch scheinen sie unsere Flucht nicht bemerkt zu haben, aber lange kann es nicht mehr dauern."

Accuso wies nach unten. „Seht mal!"

Ein kleines Schiff segelte mit einem leicht geblähten Segel in den Hafen. Der Bootskörper ruhte auf einem schlittenähnlichen Gestell, dessen Kufen den Schnee auf dem Eis pflügten. Das dreieckige Segel wurde gerefft, das Boot nutzte den letzten Schwung, beschrieb eine elegante Kurve und machte an einem Holzsteg fest. Drei Eis-Zwerge stiegen aus und wurden von den anderen mit kräftigen Schulterschlägen und lautem „Hallo" begrüßt. Die Zwerge verzogen sich in eine nahe gelegene Hütte.

„Wenn, dann jetzt!" Niesputz hüpfte in seinem Käfig aufgeregt hoch und runter. „Wir sollten uns das Boot dort schnappen. Da sind noch verschiedene Bündel und Kisten drauf. Wenn wir Glück haben, ist das Proviant."

„Und was machen wir, wenn die Zwerge in diesem Moment wieder aus dem Haus kommen?" Bandath schien noch immer einer gewaltsamen Lösung abgeneigt. „Wir können diese Leute nicht einfach zusammenschlagen!"

„Wieso nicht? Die wollen uns immerhin hinrichten. Bloß weil wir die Wahrheit gesagt haben." Niesputz sah zum Hafen. „Und ein altes Ährchen-Knörgi-Sprichwort lautet: Wer die Wahrheit sagt, braucht ein verdammt schnelles Boot ... Schlitten ... Kufendings. Also, da die uns dort unten die Boote garantiert nicht freiwillig geben werden, müssen wir zuhauen." Jetzt griff er an die Gitterstäbe seines Käfigs. „Eh ... also: *ihr* müsst zuhauen."

Sie einigten sich darauf, dass Accuso sich um die Zwerge *„kümmern"* würde.

„Bring sie auf keinen Fall um", mahnte Bandath. Sie befreiten sich von ihren symbolischen Fesseln und eilten nach unten.

„Ich werde ihnen nicht wehtun", murmelte Accuso. „Also ... nicht mehr als nötig." Dann verschwand er in der Hütte. Gleich darauf polterte es drinnen, ein Lärm, der ziemlich schnell erstarb. Kurz darauf öffnete sich die Tür und der Minotaurus kehrte zurück. „Erledigt. Die schlafen ein paar Stunden. Und gefesselt sind sie auch."

„Muskelprotze sind doch für was gut", meinte Niesputz. „Er ist ein ganz brauchbarer Ersatz für Rulgo."

Geduckt schlichen sie zu dem Boot und begannen, über den Steg einzusteigen. Plötzlich stockte Barella. „Moment", zischte sie und huschte davon. Während die anderen in das Boot stiegen, eilte die Zwelfe nahe am Steinwall das Ufer entlang und betrat einen zweiten Steg. Durch das Schneetreiben hindurch beobachteten die Gefährten, wie sich Barella an den dort liegenden, kleinen Booten zu schaffen machte. Es waren die, von denen sie vor wenigen Minuten von ihrem Platz oberhalb des Hafens nur die Masten gesehen hatten. Jetzt konnten sie erkennen, dass all diese Boote, es waren ein knappes Dutzend, auf Schlittengestellen standen. Barella machte sich an jedem der Boote kurz zu schaffen und war schon wenige Minuten später wieder bei ihnen. Elegant sprang sie auf das Deck.

„Was hast du gemacht?" Bandath hatte sie aufgefangen.

„Uns sollte keiner verfolgen. Ich habe an jedem der Boote die Seile zerschnitten, die das Segel am Mast halten. Wollen sie das Segel setzen, wird es ihnen auf den Kopf fallen."

„Zerschnitten? Womit?"

Die Zwelfe grinste. Aus dem Ärmel ihrer Jacke glitt ein kleines Messer in ihre Hand. „Derjenige, der mich komplett entwaffnet, ist wahrscheinlich noch nicht geboren."

„Prima!" Niesputz klatschte in die Hände. „Kinder, denkt dran, wir sind auf der Flucht, nicht zum Kuchenessen bei Waltrude. Wir sollten jetzt so langsam die Segel setzen."

Aufgeregt lösten sie die Leinen, die ihr Boot mit dem Steg verband. Accuso stieß sie ab und langsam glitten die Kufen über das Eis. Der Steg entfernte sich ein paar Schritt, dann blieb das Boot wieder stehen. Nach den eben erlebten Minuten der eiligen Geschäftigkeit, fast schon Hektik an Bord, standen plötzlich alle herum und sahen sich gegenseitig an. Jeder schien vom anderen zu erwarten, dass dieser sagte, was jetzt getan werden musste.

„Wie jetzt?", ertönte plötzlich die verärgerte Stimme des Ährchen-Knörgis. „Erzählt mir nicht, dass noch keiner von euch gesegelt ist!"

„Es gibt keine Seen um Neu-Drachenfurt", meinte Bandath. „Und keinen Segel-Kurs auf Go-Ran-Goh", ergänzte er dann, in der Angst, wieder Zielscheibe des Spottes seiner Kameraden zu werden.

„In der Wüste auch nicht", brummte Farael.

„Aber große Seen in der Oase", ließ Niesputz das Argument des Sehers nicht gelten.

„Warum sollten wir segeln, wenn wir drum herum reiten können?"

„Minotauren segeln nicht", brummte Accuso.

„Und ich habe auch noch nie in einem Segelboot gesessen, geschweige denn in einem Segelschlitten", ergänzte Barella.

„Also ich schon wieder", seufzte Niesputz. „Prima, immer auf die Kleinen. Accuso, du gehst an das Steuerruder. Das ist der lange Holzknüppel dort, am Ende des Bootes. Setz dich am besten auf die Bank am Heck … am Ende. Wenn wir nach rechts segeln wollen, musst du das Ruder nach links drücken. Wollen wir nach links, drückst du es nach rechts. Klar?"

Der Minotaurus nickte und presste sich auf die schmale Bank neben dem Steuerruder. Es lief auf dem Eis in einer langen, scharfen Metallkufe aus, die dem Boot die Richtung vorgab. Niesputz blickte zufrieden. „Jetzt brauche ich die Geschicktesten rechts und links am Segel, also Barella und …", er stockte und sein Blick wanderte von Bandath zu Farael. „Beim Ur-Zwerg, jetzt fällt die Auswahl schwer."

„Bandath!", knurrte Barella, mit einem Augenblitzer zu Niesputz.

„Schon gut." Niesputz grinste und hob entschuldigend die Arme. „Ihr beide an das Segel. Dort gibt es drei Seile. Wenn ich es sage, zieht ihr am

Mittleren bis das Segel oben ist. Zieht ihr rechts, wird das Segel nach rechts gedreht, das linke Seil dreht das Segel nach links. Klar? Achtet auf meine Kommandos."

„Und was soll ich tun?" Farael sah etwas unglücklich aus.

„Du nimmst meine *tolle Behausung*, gehst in den Bug mit mir … in die Spitze, hältst mich hoch und machst ansonsten einen geistig unbeteiligten Eindruck. Sollte dir nicht schwer fallen."

Farael griff nach dem Käfig und stolperte zwischen Bandath und Barella am Mast vorbei nach vorn.

„Gut", kam das erste Kommando von Niesputz. „Segel hoch und etwas nach links drehen. Barella, etwas ziehen, Bandath ein wenig nachlassen, aber straff halten. Stopp. So ist es gut. Accuso, Ruder geradeaus."

Das Segel wurde ruckartig nach oben gezogen, leicht nach links gesetzt. Es flappte einmal im leichten Wind, füllte sich und das Eisboot setzte sich in Bewegung, zuerst langsam, dann schneller werdend. Im selben Moment zischte es und mit einem trockenen *Ponk* schlug ein Pfeil in die Bordwand ein. Rufe ertönten vom Ufer aus. Im Schneetreiben waren Gestalten zu erkennen, die über das Eis dem Boot hinterher eilten. Ein weiterer Pfeil durchschlug das Segel, ohne Schaden anzurichten.

„Sie haben unsere Flucht entdeckt", bemerkte Niesputz überflüssigerweise. „Das Segel etwas weiter nach links. Wir müssen zumindest schneller segeln als die rennen können. Accuso, den Kurs halten!"

Barella zog etwas an ihrer Leine, das Segel drehte sich etwas mehr in den Wind, blähte sich kräftiger und das Boot nahm Fahrt auf. Sie ließen die über das Eis eilenden Gestalten hinter sich zurück. Ein paar Pfeile schlitterten rechts und links des Bootes über das Eis, aber bald hatte das Schneetreiben sie vor ihren Verfolgern verborgen.

„Das ging überraschend glatt", meinte Niesputz und drehte den Kopf, um zum Gestaltwandler zu sehen, der sich zu Accusos Füßen niedergelassen hatte, als wolle er niemandem im Wege sein. „Orakel-Bürk, da wir außer unserem Leben, unserer Kleidung und Barellas winzigem Messer nichts weiter retten konnten, sieh doch bitte in den Truhen und Bündeln nach, ob dort etwas ist, was wir brauchen könnten."

B'rk machte sich über die an der Bordwand gestapelte Ladung her. „Salz", sagte er, als er die erste Kiste geöffnet hatte. „Salz", wiederholte er auch bei der zweiten und dritten Kiste. Salz war in allen Kisten, die sich auf dem Boot befanden. Die zwischen den Kisten befindlichen Ballen entpuppten sich als aufgewickelter, grober Wollstoff. Zwei Fässer Öl am Heck vervollständigten die Ladung.

„Prima", knurrte Niesputz. „Jetzt können wir uns einsalzen, mit Wolle umwickeln und zum Schluss mit Öl begießen."

Es gab nichts auf dem Boot, das sie wirklich gebrauchen könnten. B'rk machte den Vorschlag, dass sie, selbst auf die Gefahr hin, ihren Kurs zu verraten, die Ladung über Bord schmeißen sollten. Sie würden dadurch erheblich an Geschwindigkeit gewinnen. Gesagt, getan und schon bald zierte eine Reihe an Kisten, Ballen und Fässern die Spur des Bootes, die aber vom Schnee bereits wieder zugedeckt wurde. Nur ein paar Ballen des Stoffes behielten sie zurück. Der Geschwindigkeitszuwachs war enorm und sie eilten mit singenden Kufen über das Eis des Sees. Einmal passierten sie einen größeren Schatten, sie vermuteten eine Insel. Ansonsten verwischte der Schnee alle Unterschiede außerhalb des Bootes. Es war, als würden sie mit den durch die Luft gewehten Schneeflocken um die Wette segeln, ohne zu wissen, wohin. Denn Bandath wusste weder, wo sich die magische Kraftlinie befand, der sie solange gefolgt waren, noch wo sie selbst waren. Knurrig hielt er die Leine des Segels, fühlte mit all seinen magischen Sinnen nach außen, nahm wohl ab und an auch eine Kraftlinie oder ein Echo einer Kraftlinie wahr, wusste aber immer, dass es nicht *ihre* Linie war. Die richtungslose Flucht dauerte bis zum Abend. In der zunehmenden Dämmerung bestand allerdings die Gefahr, gegen ein Hindernis zu prallen und so beschloss Niesputz, das Segel einzuholen und mitten auf dem See zu übernachten. Sie wickelten sich in den Wollstoff aus den Ballen, stimmten die Reihenfolge der Wache ab und versuchten, auf dem unbequemen Boden des Bootes zu schlafen – mit knurrenden Mägen, denn Proviant hatten sie keinen. Lange vor Sonnenaufgang waren sie alle wieder wach und als es heller wurde, segelten sie weiter. Der Schneefall hatte nicht aufgehört, war eher in der Morgendämmerung noch stärker geworden, auch der Wind nahm zu. Streit brach aus über die einzuschlagende Richtung und Niesputz knurrte Bandath an, ob er denn nun nicht endlich die saubere Kraftlinie wiedergefunden hätte.

Bandath knurrte zurück. „Wenn du denkst, dass du es besser kannst, dann versuch es doch. Weder weiß ich, wie weit wir unter den Bergen gewandert sind, noch ob wir überhaupt noch auf derselben Seite der

Berge sind. Wir sind irgendwo, ich weiß weder, wo die Sonne steht, noch, in welche Richtung wir fahren."

„Wir sind auf der anderen Seite des Berges, an dessen Hang uns die Eis-Zwerge gefangen genommen haben." B'rk mischte sich ruhig in den Streit. „Und wir fahren geradewegs nach Norden."

„Kennst du die Gegend hier?"

B'rk schüttelte den Kopf. „Diese Seite der Berge habe ich noch nie bereist."

Und so kam es, wie es kommen musste. Nach nur wenigen Stunden, die sie mit ständig steigender Geschwindigkeit auf dem Eis dahineilten, und die sie hauptsächlich damit verbrachten, sich nicht über ihr weiteres Vorgehen einigen zu können, baute sich vor ihnen im Schneetreiben plötzlich ein dunkler Schatten auf. Obwohl Niesputz das Segel reffen ließ und „Ruder hart Backbord!" rief – ein Befehl, den Accuso nicht verstand, weil er nicht wusste, was *Backbord* war – fuhr das Schiff mit fast unverminderter Geschwindigkeit weiter und prallte auf eine Felsenküste. Das Letzte, was Bandath hörte, bevor es krachte und dunkel wurde, war Niesputz' Ausruf: „Das wird jetzt weh tun." Und dann tat es weh.

Es tat auch noch weh, als er wieder zu sich kam. Sein Kopf brummte, als würden einhundert Trolle hinter seiner Stirn irgendwelche Tänze aufführen. Sein Rücken schmerzte, seine Arme, die Beine … an der Stelle angekommen, überlegte er, welcher Teil seines Körpers *nicht* schmerzte. Seine Füße. Nun, das konnte ein gutes oder auch schlechtes Zeichen sein. Er würde es wissen, wenn es ihm gelang, die Augen zu öffnen. Das aber erschien zumindest am Anfang nicht so einfach. Er roch den kräftigen Geruch Accusos in der Nähe. Zumindest der Minotaurus war da. Dann bemerkte er, dass er sich nicht bewegen konnte, irgendetwas engte ihn ein, schnürte ihm die Arme und Beine ab. Bandath öffnete jetzt doch die Augen. Er fand sich in einer Felsengrotte wieder, lag zwischen seinen Gefährten, gefesselt, wie diese. Niesputz stand – noch immer im Käfig – zu Accusos Füßen rechts neben Bandath und blickte den Hexenmeister grimmig an.

„Guten Morgen, Herr Zauberer. Wünsche, wohl geruht zu haben."

„Hexenmeister", murmelte Bandath mit trockenem Mund, mehr gewohnheitsmäßig als aus Frust darüber, dass Niesputz nie die richtige Anrede fand. Am Eingang der Grotte stand ein Elf, von den Stiefeln bis zur Kapuze in weißes, gepolstertes Leder gekleidet. Genau wie bei den Eis-Zwergen war der Kopf von weißem Haar umrahmt, das lang und glatt bis auf die Schultern fiel. Im bartlosen Gesicht fielen zuerst die eisblauen, kalten Augen auf. Den schmallippigen Mund musste man suchen, die Stirn ragte hoch auf und die Nase war klein und unscheinbar. Der Elf war dünner und höher aufgeschossen als seine Verwandten in den Riesengras-Ebenen.

Ein zweiter Elf erschien. „Sind die Spione der Eis-Zwerge jetzt alle wach?"

Der erste nickte. „Der dicke Zwerg ist als letzter wach geworden, gerade eben."

Bandath schnaubte ungehalten. Zum einen, weil man ihn dick genannt hatte, zum anderen, weil sie den Eis-Zwergen entkommen und jetzt von den Kältern als Spione eben dieser Eis-Zwerge gefangen genommen worden waren. „Das gibt's doch nicht", zischte er.

„Ruhe!" Der erste Kälter hob drohend seinen Speer, der länger war als er selbst.

„Willkommen in der Gefangenschaft", hauchte Barella, die links neben ihm lag, als die Kälter sich wieder unterhielten. Bandath schüttelte den Kopf. Nichts lief, wie es sollte.

„Sie haben uns sofort gefangen genommen, nachdem Niesputz uns so *hervorragend* an Land gebracht hat. Du hast mal wieder am Längsten von uns allen geschlafen."

„Ich war ohnmächtig", verteidigte sich Bandath, ohne die Lippen zu bewegen.

„Sie glauben uns nicht, egal was wir sagen. Wir haben es probiert, während du schliefst. Kein Wort von uns akzeptieren sie, immerhin haben wir einen waschechten Eis-Zwerg bei uns." Sie wies mit dem Kopf vorsichtig nach rechts. Dort, hinter Accuso, konnte Bandath Farael und den noch immer als Eis-Zwerg auftretenden Gestaltwandler sehen.

„Sie denken, die Magier der Eis-Zwerge wären für das Ende der Magie verantwortlich. Und wir sind hier, um einen Großangriff der Eis-Zwerge vorzubereiten. Sie haben nach Verstärkung geschickt und wollen uns in eine ihrer Festungen bringen. Wir müssen hier weg, so schnell wie möglich. Ich habe das dumme Gefühl, dass wir dem Kerker der Kälter nicht so leicht entkommen können wie den Grotten der Eis-Zwerge."

„Dein Messer?"

„Habe ich noch. Wir müssen auf eine günstige Gelegenheit warten."

Doch die sollte nicht so bald kommen. Sie lagen noch mehrere Stunden wie zum Transport verschnürte Teppiche da. Dann endlich betraten zwei weitere Kälter die Grotte. „Wir sollen sie zur kleinen Feste an der Grenze zum Ewigen Schnee bringen. Der Erste will sie nicht in der Eisfestung haben."

Sie wurden hochgezerrt und mussten mit winzigen Schritten, weil ihre Beine bis unter die Knie gefesselt waren, einen Eispfad vor der Grotte bergauf steigen. Grobe Stöße und Hiebe mit den langen Speeren waren die Folge, wenn sie zu langsam wurden oder fielen. Besonders Farael litt unter seiner Ungeschicklichkeit und deren Folgen für seinen Rücken, das bevorzugte Ziel der Schläge mit dem Speer. Bei jedem Schlag jammerte er laut auf. Schließlich erreichten sie ein Plateau. Der Schneefall hatte etwas nachgelassen. Direkt vor ihnen standen zwei hintereinander gebundene Schlitten, mit langen Kufen, die vorn wie die Hörner eines Bergschafes gebogen waren. Am Ende gab es eine hoch aufragende Halterung, an der sich ein auf dem ersten Schlitten stehender Kälter festhielt. Von ihm führten Seile und Lederriemen zu einem vor dem Schlitten im Schnee sitzenden, riesigen Tier, mehr als doppelt so groß wie ein Pferd. Bandath sah im ersten Moment nur viel weißes Fell und einen Kopf mit winzigen Augen, einem kaum zu erkennenden Nasenfleck und kleinen Ohren. Dann schüttelte das Tier den Kopf, dass die Mähne flog und gähnte. In das Maul, das es dabei aufriss, hätte problemlos eine ganze Springziege gepasst. Und die Zähne hätten diese problemlos mit nur einem einzigen Biss zermalmen können.

„Ein Gletscher-Tiger!", rief Farael und erntete dafür einen Schlag in die Kniekehle, der ihn niederstreckte.

„Verdammt!", rief Bandath. „Macht es euch Spaß, Wehrlose zu schlagen?"

Einer der Kälter kam ganz nah an den Zwergling heran. „*Spione*, bartloser Zwerg." Seine Augen waren blau wie das Eis eines Bergsees … und erschienen Bandath genauso kalt. „Spione unserer Feinde schlagen wir so oft und so viel wie wir wollen. Wer sich heimlich in unser Land schleicht, ausgesandt von einem Volk, dass uns einen Teil desselben geraubt hat, verdient keine Milde." Er trat einen Schritt zurück. „Und um auf deine Frage zurückzukommen: Ja, es macht uns Spaß. Und jetzt flott zum zweiten Schlitten mit dir, bevor ich mir ein wenig Spaß mit *dir* gönne."

Wenn Bandath bis zu diesem Moment überlegt hatte, mit den Kältern über Pyrgomon zu reden, verwarf er den Gedanken jetzt. Es wäre wohl genauso sinnlos, wie Gespräche mit den Eis-Zwergen darüber. Diese beiden Völker schienen in ihrer Feindschaft und in ihren Ansichten noch verbohrter zu sein, als es die Elfen und die Trolle gewesen waren. Aber Bandath und seine Gefährten hatten keine Zeit, sich um diesen Konflikt zu kümmern. Er konnte nicht im Vorbeigehen alle Probleme dieser Welt lösen und allen Dummköpfen in den Drummel-Drachen-Bergen Vernunft einbläuen.

Bandath, Farael und Accuso wurden auf den zweiten Schlitten verfrachtet, Barella und B'rk auf den ersten. Auf jedem Schlitten postierten sich zwei Kälter, einer vorn, einer hinten. Der Steuermann auf dem ersten Schlitten zog an den Zügeln, rief einen kehlig klingenden Befehl und der Gletscher-Tiger erhob sich. Er schüttelte erneut seinen Kopf, ließ ein tiefes Brüllen ertönen und setzte sich in Bewegung. Die Schlitten ruckten an und wurden bergauf gezogen. Bandath war es auf Grund seiner Lage möglich, nach vorn zu sehen. Er sah den Gletscher-Tiger, der in gleichmäßigen, raumgreifenden Schritten durch den Schnee pflügte. Er konnte den vorderen Schlitten erkennen, auf dem Barella und B'rk lagen und er konnte bis auf den Kälter, der am Ende ihres Schlittens stand, den eigenen Schlitten übersehen. Nur Accuso lag noch zwischen ihm und dem Kälter, Kopf an Kopf mit Bandath, die Füße zum Kälter gerichtet. Wenn sie fliehen wollten, würde es während des Transportes geschehen müssen. Barella und B'rk müssten ein Zeichen geben. Sie waren die einzigen, die reagieren konnten. Und er würde das Zeichen erkennen und rechtzeitig seinen Gefährten mitteilen müssen. Farael würde er wohl vergessen können, so ungeschickt wie dieser war. Das Beste würde sein, wenn der Seher sich aus dem Befreiungsversuch heraushalten würde. Bandath selbst konnte auch nicht viel ausrichten. Es müsste an Accuso sein, im Rahmen seiner Möglichkeiten zu agieren. Er drehte seinen Kopf ein wenig zu dem Minotaurus. „Halte dich bereit. Wenn ich es sage, haben Barella und B'rk angefangen." Accuso nickte, ohne die Augen vom Kälter am Ende des Schlittens abzuwenden, den er grimmig anstarrte.

Bandath konzentrierte seine Aufmerksamkeit wieder nach vorn. Er hatte keine Ahnung, wie ein *günstiger Moment* für eine Flucht aussehen würde, konnte ihn sich nicht einmal ansatzweise vorstellen. Der

Gletscher-Tiger zog die beiden Schlitten in einem weiten Bogen am Hang eines Berges aufwärts. Der jetzt nachlassende Schneefall gewährte einen weiten Ausblick. Bandath sah halblinks den vereisten See, über den sie gekommen waren, mittlerweile weit unter ihnen liegen. Sie schienen wirklich fast bis an das Ende des Sees gekommen zu sein, bevor ihr Schlitten-Boot an den Felsen zerschellt war. Ringsumher erhoben sich Gipfel, einer höher als der andere, schroff und wild, von Schnee und Eis bedeckt, graue Felswände ragten senkrecht nach oben, dunkle Schluchten durchschnitten die Bergwelt. In diesem Bereich der Drummel-Drachen-Berge war er noch nie gewesen. Niemand kam in dieses wilde, öde Eisgebiet. Selbst die Drummel-Drachen wohnten weit von hier. Nun, *niemand* war wohl doch nicht ganz richtig. Immerhin hatten sich die Dunkel-Zwerge auf ihrer Flucht vor der Renn-Egel-Plage hierher geflüchtet und den Kältern einen Teil ihres Landes abspenstig gemacht. Dass diese wütend darauf reagierten, erschien nur zu verständlich.

Ein Bergrücken schob sich vor den See und versperrte den Blick in diese Richtung. An eine Felswand geschmiegt konnte Bandath eine Festung erkennen, weiß wie der Gletscher, der in der Nähe der Festung unendlich langsam vom Berg herabfloss. Schlanke Türme reckten sich in den wolkenverhangenen Himmel. Mehrere Mauern umgaben den Komplex ringförmig. Das musste die Eisfestung sein, von der der eine Kälter gesprochen hatte, denn die Schlitten nahmen nicht Kurs auf diese Burg. Der Schnee-Tiger bog auf das Signal seines Führers nach rechts ab und zog den Schlitten weiter bergauf, auf einen Pass zu, der sie weit oberhalb der Festung über einen Bergrücken zwischen zwei schroffen Gipfeln führen würde. Als sie etwa drei Stunden später diesen Bergrücken überquerten, konnte Bandath auf einen weiten, fast gleichmäßig abwärts führenden Hang sehen. Der im Schnee deutlich zu erkennende Pfad, dem die Schlitten folgten, führte bergab, um weit unten, vor einer dunklen Wetterwand, die aussah als würde dort dichter Schnee fallen, nach rechts abzubiegen und zu einer verkleinerten Ausgabe der Eisfestung zu führen. Sie schmiegte sich an den Hang eines benachbarten Berges, der im Gegensatz zu den anderen Bergen das Grau freiliegenden Gesteins zeigte.

Wenn, dann würden sie bald etwas unternehmen müssen. Abwärts eilend wurde die Geschwindigkeit des Schnee-Tigers immer größer. Die Kufen zischten unter Bandath durch den Schnee und dieser wurde in pulvrigen Wolken aufgewirbelt. Es war, als würde der Schnee-Tiger

Schwung holen wollen, um den bevorstehenden Aufstieg zur Festung leichter bewältigen zu können. Der Schlitten kam in den Anfang der großen Kurve. Direkt in gerader Linie ihres bisherigen Kurses befand sich in einiger Entfernung die ominöse Schlecht-Wetter-Schneefall-Zone. War es das, was der Kälter vor einigen Stunden als *Ewigen Schnee* bezeichnet hatte? Im selben Moment, als Bandath sah, dass sich von der Eisfeste mehrere Schlitten lösten und ihnen entgegenkamen, drehte sich Farael zu ihm um. „Bandath! Jetzt!"

Ohne über den Wahrheitsgehalt der Aussage des Sehers nachzudenken, rief Bandath: „Accuso!" Der Minotaurus bäumte sich auf und trat mit beiden Füßen den hinter ihm stehenden Kälter vor die Brust. Geräuschlos verschwand der Elf in der von ihnen aufgewirbelten Schneewolke. Im ersten Schlitten erhob sich Tumult. Barella und B'rk rangen den hinteren Kälter nieder. Eine Handbewegung der Zwelfe und die Leinen, die die beiden Schlitten miteinander verbanden, lösten sich. Sie hatte sie durchgeschnitten. Der Lenker des Schlittens hatte den Tumult mitbekommen und zerrte an den Zügeln des Schnee-Tigers. Dieser schlug einen Bogen nach rechts, wurde langsamer und bremste den Schlitten ab. Da der hintere Schlitten jetzt frei war, behielt er die ursprüngliche Richtung bei und zog hangabwärts am Ende des ersten Schlittens vorbei. Barella und B'rk sprangen zeitgleich und landeten in der Mitte ihres Schlittens. Die Zwelfe stolperte über Farael, hielt sich am niedrigen Gitter des Schlittens fest, reckte ihr Messer nach vorn und griff den Kälter an, der völlig verdattert noch immer an der Spitze ihres Schlittens saß. Als er die Zwelfe und B'rk auf sich zukommen sah, drehte er sich zur Seite und sprang vom Schlitten. Barella befreite die Gefangenen, auf dem ständig schneller werdenden Schlitten, der sich mit atemberaubender Geschwindigkeit der Grenze zum Ewigen Schnee näherte, kein leichtes Unterfangen. Bandath wies auf die sich nähernden Schlitten, die versuchten, ihnen den Weg abzuschneiden und sich zwischen sie und die Schneefallgrenze zu schieben. Barella sah die Verfolger an, blickte nach vorn und schüttelte den Kopf. „Sie werden es schaffen, wenn wir nicht bremsen!", rief sie ihm zu.

„Womit sollen wir bremsen?", schrie Farael dazwischen. Bandath ging erst jetzt durch den Kopf, dass der Seher soeben das erste Mal wirklich nutzbringend *gesehen* hatte. Er hatte ihn über Barellas bevorstehenden Befreiungsversuch informiert, bevor sie selbst aktiv geworden war.

Die Zwelfe wies auf zwei an jeder Seite des Schlittens angebrachte Hebel, die in große, breite Paddel mündeten. Zog man die Hebel hoch, so drückte man die Paddel in den Schnee, die dann den Schlitten bremsen würden.

„Sie werden langsamer!" Accuso wies auf die verfolgenden Schlitten der Kälter. Einer von ihnen hatte sich auf den Weg gemacht, ihre beiden vom Schlitten der Gefangenen *gefallenen* Artgenossen einzusammeln. Die anderen beiden hatten sie noch einen Moment verfolgt, dann aber deutlich abgebremst. Ihr Kurs führte sie in einem großen Bogen wieder weg von dem Schneefall, den sich die Flüchtlinge auf ihrem eigenen Schlitten so ungebremst näherten.

Sie haben Angst, dachte Bandath und sah nach vorn. Der Schnee erschien dunkel, fast schon grau, so dicht wie er fiel.

„Was ist das?" Der Fahrtwind riss Accuso die Worte vom Mund, trotzdem hatte B'rk sie mitbekommen.

„Der Ewige Schnee", rief er und es schien Bandath einen winzigen Moment so, als würde er B'rks Antwort nicht hören, sondern vernehmen, als würden die Worte im Kopf auftauchen, ohne den Umweg über die Ohren gemacht zu haben. „Das ist ein mystisches Gebiet, aus dem keiner wiederkehrt. Der Geburtsort von Gletschern und Lawinen."

„Und was tun wir jetzt?" Niesputz' Stimme, so klein wie er war, drang trotzdem zu ihnen durch.

„Wir ... rodeln dort rein." Barella wies ein wenig unschlüssig nach vorn.

„Das ist unser Plan?" Niesputz schüttelte den Kopf. „Hat jemand einen Reserveplan?"

„Das *ist* unser Reserveplan, Klugscheißer", fauchte Barella. „Bleib du in deinem Käfig und überlass das hier den Großen!"

Im selben Moment schoss der Schlitten über die Grenze zwischen Hell und Dunkel, zwischen normalem, leichtem Schneefall und dem Ewigen Schnee. Die Welt versank in Finsternis und rund um sie her existierte nur noch Schnee. Hatte der Sand in der Todeswüste, damals, dort unten im Süden, jede Pore besetzt, war in jedes Kleidungsstück gedrungen, in jede Körperfalte, so nahm der Schneefall ihnen hier den Atem. Es war, als würde ihnen jemand pausenlos Schnee in die Gesichter schippen. Sie verloren sofort die Orientierung. Das einzige Gefühl, das ihnen blieb, war das einer womöglich noch weiter zunehmenden Geschwindigkeit und eines sich nach vorn neigenden Schlittens, was auf einen sehr steilen Hang unter ihnen hinwies. Auch ihr Zeitgefühl versagte. Sie senkten die Köpfe, ließen sich einschneien und hofften, der Schlitten wäre schnell genug, sie durch dieses Gebiet gebracht zu haben, bevor der Schnee sie vergraben hatte. Hinterher wussten sie nicht, wie lange sie gefahren waren. Sie hatten sich an den Schlitten geklammert und angstvoll dem Zischen der Kufen gelauscht, mit der Befürchtung, es würde verstummen. Gleichzeitig fürchteten sie sich vor einem Felsen, an dem sie zerschellen konnten und erwarteten jeden Moment, dass der Schlitten in einem weiten Bogen in eine Schlucht stürzen würde, noch dunkler und abgründiger als die Dunkelheit rings umher. Das anfänglich als ganz feines Rauschen auftretende Geräusch nahmen sie erst wahr, als es an Lautstärke das Zischen der Kufen übertönte. Erst als Accuso, der von ihnen wohl noch das beste Orientierungsvermögen hatte, seinen massigen Stierschädel drehte und versuchte nach hinten zu lauschen, wurde Bandath aufmerksam. Es war unmerklich heller geworden. Vielleicht näherten sie sich ja dem Ende des Ewigen Schnees. Dann vernahm auch er das Rauschen, lauter und deutlicher als noch kurz zuvor … und schnell lauter werdend. Es schien, als würde sich ihnen etwas von hinten nähern, etwas Großes.

„Was ist das?", schrie er, in der Hoffnung, Accuso würde ihn verstehen. Der Minotaurus antwortete, doch Bandath verstand ihn nicht. Barella jedoch, die neben dem Minotaurus saß, schien die Antwort verstanden zu haben, denn Bandath sah wie sie blass wurde und sich ihre Augen weit öffneten. In diesem Moment wusste Bandath, dass er die Antwort auf seine Frage gar nicht hören wollte. Trotzdem rief er Accuso ein „WAS?" hinüber.

„EINE LAWINE!", brüllte der Minotaurus zurück. Bandath hatte gewusst, wieso er die Antwort nicht hatte hören wollen. Zeitgleich mit dieser Erkenntnis ließ der Schneefall nach. Das hieß aber nicht, dass sich ihre Situation besserte. Einen winzigen Moment gewahrte er blauen, wolkenlosen Himmel. Dann brach das Chaos aus der Schneefall-Zone hinter ihnen hervor. Zusammen mit einer gewaltigen Wolke weißen Pulverschnees, die den Himmel verdeckte, leckten riesige, bewegliche Schneezungen hervor, rechts und links des Schlittens und hinter ihm. Gleich einem Blatt, das von den Wellen eines Flusses vor sich hergetrieben wird, raste der Schlitten auf den ersten Ausläufern der anwachsenden Lawine talwärts. Die Umgebung war in eine undurchsichtige, weiße Wolke stiebenden Schnees gehüllt. Donner kam auf, der nicht vom Wetter, sondern von den in Bewegung geratenen Schneemassen hervorgerufen wurde. Nach der Fahrt durch die Dunkelheit wurde es zu einer Wettfahrt mit dem dahinrasenden Schneemassen. Riesige Wolken an Schneestaub wölbten sich auf, Eisbrocken überholten sie oder schossen mit pfeifenden Geräuschen zwischen sie. Accuso schrie etwas, das Bandath nicht verstand. Angstvoll klammerte er sich an den Schlitten. Einen Moment erschien es so, als würde der Schlitten schweben, was dem Hexenmeister sofort auf den Magen schlug. Dann setzten sie hart auf und rasten weiter. Bandath hatte das Gefühl, dass er sich noch nie zuvor so schnell bewegt hatte. Selbst der Flug auf dem Drachen damals war ihm nicht so rasend schnell vorgekommen. Das Donnern und Brausen nahm überhand, Schneefelder schoben sich an ihnen vorbei und rissen ihr Gefährt mit. Erneut verlor Bandath jedes Zeitgefühl, es konnte aber nicht so lange gedauert haben, wie die Fahrt durch den Ewigen Schnee, als er merkte, dass der Schlitten – und der Schnee um ihn herum – langsamer wurde. Sie schienen die Lawine tatsächlich *ausgeritten* zu haben. Schließlich knirschte es unter ihnen und der Schlitten kam mit einem Ruck zum Stehen. Die Kufen hatten sich auf Kies festgefressen. Mehr jedoch war noch nicht zu erkennen, denn rund um sie hing Schneestaub in der Luft, Schneepuder, aufgewirbelt in großen Wolken, der sich nur ganz langsam setzte. Bandath bemerkte, dass ihm die Wangenmuskeln weh taten, so fest hatte er die Kiefer aufeinandergepresst. Nur langsam konnte er seine verkrampften Muskeln und die Hände vom Rand des Schlittens lösen. Als fiele ein Bann von den Insassen des Schlittens, begann hier und da eine Bewegung. Accuso reckte seine Schultern, Barella drehte den Kopf wie um einen Krampf im Nacken zu lösen, Farael drückte stöhnend seinen Rücken durch und B'rk richtete sich gerade auf. Mit steifen Beinen und doch wackelig in den Knien stieg Bandath aus dem Schlitten und sah sich um.

„Könnte mich *irgendjemand* von euch vielleicht ausgraben?", ertönte dumpf die Stimme des Ährchen-Knörgis aus einem Schneehaufen zwischen Accusos Füßen hervor. Der Minotaurus griff in den Schnee, zog den Käfig hervor und schüttelte ungerührt den Schnee heraus.

„Hallo!", protestierte Niesputz. „Ich bin nicht so robust wie ihr Minotaurusse. Du hast hier ein zartes Ährchen-Knörgi vor dir!"

„Das heißt: Minotauren", brummte Accuso und stieg ebenfalls aus dem Schlitten. „Haben wir sie abgehängt?"

„Ich glaube, die sind uns nicht mal in den Ewigen Schnee gefolgt." Auch Barella verließ staksig den Schlitten, hielt sich dabei aber an dem Gefährt fest, als befürchte sie, zu fallen. „Und wenn, dann liegen unsere Verfolger irgendwo unter den weißen Bergen hinter uns." Tatsächlich wölbten sich hinter ihnen Berge von Schnee und Eis, klobig und glatt, wild und sanft im Wechsel. Die Lawine schien größer gewesen zu sein, als sie gedacht hatten. Irgendwo weit oben verdeckte eine dicke graue Wolke die Gipfel: die Zone des Ewigen Schnees. Bis zu ihnen fiel der Hang steil ab und Bandath wurde im Nachhinein noch übel, wenn er daran dachte, dass sie genau *dort* heruntergefahren waren. Felssäulen ragten aus dem von der Lawine verschüttetem Gebiet. Dass sie nicht an einer von ihnen zerschellt waren, war reines Glück gewesen. Die Sicht wurde allmählich besser und vor sich im Schnee konnte Bandath seinen doppelten Schatten sehen. Das hieße, dass die Sonne sich durch die Schneewolken kämpfte. Aber wieso ein doppelter Schatten? Bandath drehte sich um.

Barella hatte, wie alle anderen auch, ihren Blick den Hang aufwärts wandern lassen. Zum einen, um ihre Route zurückzuverfolgen, zum anderen aber auch, um zu sehen, dass sie wirklich nicht verfolgt worden waren.

„Da ist keiner durchgekommen", brummte Accuso neben ihr. Er schien ihre Gedanken erraten zu haben.

„Hoffentlich", murmelte sie und streckte den Rücken durch. Es knackte in den Wirbeln. „Und dass wir da durchgekommen sind … da hatte der Ur-Zwerg seine Hände im Spiel!"

Farael trat neben sie. „D…da sind wir …" Dann schwieg er mit bleichem Gesicht und starren Augen, musterte nur das chaotische Schneefeld. Sein zitternder Finger verharrte auf halber Höhe, als hätte er dorthin zeigen wollen, sich aber im Endeffekt nicht getraut.

„Ja", sagte B'rk. „Und diesen Weg hat vor uns noch niemand genommen." Jetzt wurde die Sicht deutlich besser. Die Sonne schien von einem strahlend blauen Himmel.

„Bandath?", sagte Niesputz plötzlich und alle Blicke richteten sich auf das Ährchen-Knörgi im Käfig in Accusos Hand. Dann wanderten ihre Augen zeitgleich zum Hexenmeister und folgten seinem Blick.

„Ach du …", flüsterte Farael und verstummte.

„Beim Ur-Zwerg!", murmelte Barella tonlos.

„Das …" Auch Accuso sprach nicht weiter.

B'rk sagte gar nichts. Nur Niesputz flüsterte noch: „Da brat mir doch einer ein paar Elfenohren!"

So wie der Hang, von dem sie gekommen waren, bergab führte, stieg ein felsiger Hang vor ihnen wieder an. Zwischen zwei Gipfeln direkt vor ihnen sahen sie am unbefleckten, blauen Himmel eine weiße Wolke. Fast im Rhythmus des Herzschlages pulste in der Wolke ein silbernes Licht auf, beinahe so hell wie die weiter rechts stehende Sonne. Dieser Puls wurde an einen Strahl weitergegeben, der aus der Mitte der Wolke entsprang, senkrecht nach unten gerichtet war und irgendwo hinter den Bergen die Erde erreichen musste. Ohne dass man es ihnen erklären musste, wussten sie, dass sie die Quelle der Magie vor sich sahen. Die Schönheit reinster, unverfälschter Magie pulsierte in dem unschuldig silbernen Strahl vom Himmel herab und verschwand hinter dem felsigen Bergrücken. Dort oben standen, dem weißen Berggipfeln ringsumher zum Trotz, grüne Bäume, nur in kurzer Entfernung zu den letzten Schneefeldern, die sich vergeblich hangaufwärts reckten, um kurz vor dem Grün zu vergehen, als würden sie von einem unsichtbaren Feuer hinweggeschmolzen werden. Völlig perplex starrten alle auf den silbernen Strahl, der aussah, als bestände er aus einer unzähligen Anzahl kleinerer Strahlen, die in einem komplizierten, sich ständig ändernden Muster miteinander verwoben waren, sich bewegten, umeinanderschlängelten und aus der Wolke am Himmel in einem beständigen Strom nach unten flossen.

„Das ist er", flüsterte Bandath dann. „Das ist der erste Strahl reinster Magie. Das ist der Ursprung, der Anfang und das Ende. Dort ist der Drachenfriedhof. Da müssen wir hin!"

Es waren noch zwei Tage bis zur Sommersonnenwende.

Der Kampf um die Magier-Feste

Die Gorgals hatten sich am Ufer eines Flusses festgesetzt. Damit stoppten sie den Vormarsch der Menschen und Oger. Relativ schnell hatten sich die Gorgals aus dem Gebiet nördlich des Oger-Landes zurückgezogen, als das vereinigte Menschen-Oger-Heer aus der Hecke herausgebrochen war. Die Oger hatten mehr heimliche Öffnungen von ihrer Seite in der Hecke, als einem unbedarften Wanderer klar war, der sich von außen dem Oger-Land näherte. Durch diese Passierstellen folgten die Menschen ihren neuen grünhäutigen Verbündeten. Unterstützt von den einhundertfünfzig Ogern auf ihren geflügelten Ziliaden griffen sie die Truppen der Gorgals an. Diese ließen sich auf keine größeren Gefechte ein. Geschickt verteidigend zogen sie sich durch den Wald zurück. Halef Ab-Baschura, Thaim, Eneos, To'nella und Colup, der die Oger befehligte, befürchteten, dass die Gorgals sie in einen Hinterhalt locken wollten. Dementsprechend vorsichtig bewegte sich das Heer durch die Wälder östlich der Magierfeste. Go-Ran-Goh war im Normalfall vielleicht acht Tagesreisen entfernt. Mit dem Heer und bei ihrem momentanen Tempo würden sie mindestens zehn bis zwölf Tage brauchen.

„Das hieße", meinte Thaim, „dass wir erst kurz nach der Sommersonnenwende dort ankämen."

„Ist das wichtig?", fragte To'nella.

„Ich weiß es nicht." Der Hexenmeister hob bedauernd die Schultern. „Ich habe nur das Gefühl, dass es wichtig ist ... dass es besser wäre, vorher dort zu sein."

„Ihr Hexenmeister immer mit euren Bauchgefühlen." Es sollte ironisch klingen, misslang aber. To'nella sah nach Westen. Dort irgendwo lag Go-Ran-Goh. Sie mussten schneller werden. So einigten sie sich, dass das Heer nicht mehr in breiter Front vorrücken sollte. Sie hatten diese Vorgehensweise bisher gewählt, um keine oder möglichst wenig Gorgals in ihrem Rücken zurückzulassen. Jetzt sollte das Heer aufgesplittert in drei *Säulen*, wie sie die einzelnen Abteilungen nannten, vorrücken. In der Mitte die fünfhundert Konulaner und eintausend Wüstenkrieger unter

To'nellas Führung. Nördlich von ihnen würden zweitausend Wüstenkrieger mit den fünfhundert Pilkristhaler Soldaten zusammen marschieren. Halef Ab-Baschura und Eneos kommandierten diese Einheiten. Und Südlich, unweit des Ewigen Stromes die einhundertfünfzig Oger die auf den Lauf-Ziliaden ritten mit den restlichen eintausend Wüstenkriegern unter Colups Befehl. Thaim hatte beschlossen, sich To'nella anzuschließen. Die geflügelte Truppe spaltete sich ebenfalls in drei Gruppen auf, die die einzelnen Heeressäulen aus der Luft unterstützen sollten. Ihre Hauptaufgabe war, die Verbindung zwischen den Abteilungen zu halten und den vor ihnen liegenden Wald auszukundschaften. Aber auch der Bereich zwischen und hinter den Säulen würde aus der Luft heraus beobachtet werden. Selbstverständlich würden die fliegenden Oger auch in Kämpfe eingreifen, sollten sich die Gorgals stellen. Diese Kämpfe aber beschränkten sich stets nur auf kleinere Geplänkel. Es hatte tatsächlich den Anschein, als würden die Gorgals den Kämpfen ausweichen und sich schnell und vor allem planmäßig zurückziehen.

Mit dieser Marschordnung kamen sie tatsächlich deutlich schneller voran. Doch drei Tagesreisen vor Go-Ran-Goh hatten die Gorgals einen Fluss überquert und sich am anderen Ufer festgesetzt. Die Kundschafter berichteten, dass die Gorgals wohl schon lange zuvor die Verteidigungsstellungen vorbereitet haben mussten.

Es nieselte und tiefliegende Regenwolken zogen nach Osten über den Himmel, als die Heerführer sich zu einer Besprechung trafen. Colup hatte angeboten, sie mit seinen fliegenden Ogern zu sich bringen zu lassen. Für To'nella war es der erste Flug ihres Lebens und sie hatte sich mit zusammengekniffenen Augen an den grünen Rücken des Ogers geklammert, der den Flug-Ziliaden ritt.

„Es ist, als hätten die Gorgals erwartet, dass ihnen ein Heer hierher folgt", berichtete der Oger. „Um den Fluss überqueren zu können, müssten wir eine Schlacht mit ungewissem Ausgang auf uns nehmen, eine sehr verlustreiche Schlacht." Colup kratzte sich ratlos den Schädel, dessen Haut von dickborstigen Stoppeln bedeckt war.

Umgehen konnten sie die Stellungen der Gorgals auch nicht. Im Süden verhinderte das der Ewige Strom, im Norden ein Sumpfgebiet, das sich über viele Tagereisen zwischen ihrem Standort und den Drummel-Drachen-Bergen erstreckte. Die Gorgals hatten auch die Brücke zerstört, die den Reisenden auf dem Ost-West-Handelsweg bisher das Überqueren des Flusses ermöglicht hatte.

Schweigend hockten alle um das Feuer. Bis jetzt hatten sie keine großen Verluste gehabt, aber auch noch keine großen Kämpfe, sah man von einigen Geplänkeln ab – auch wenn diese natürlich ihre Opfer gefordert hatten. Würden sie sich jedoch hier auf einen Kampf einlassen, so würden ihre Kräfte geschwächt und nicht mehr für einen weiteren Kampf ausreichen. Dieser ihnen wahrscheinlich noch bevorstehende Kampf jedoch würde bedeutend wichtiger sein, als ein Gefecht, um das Überqueren eines Flusses zu erzwingen. Warum sonst hinderten die Gorgals sie am Überqueren des Flusses? Die Schwarzhäute wollten sie von irgendetwas abhalten, nur wussten sie nicht, wovon.

„Niesputz liebt unkonventionelle Lösungen", sagte To'nella plötzlich. Wie ein Blitz war ihr eine Idee durch den Kopf geschossen. Mit einem Stöckchen zeichnete sie den Verlauf des Flusses in den Sand zu ihren Füßen. Dann markierte sie die Orte, an denen sich die drei Heeressäulen befanden. Sie sah in das grüne Gesicht des Ogers. „Konnten deine Kundschafter erkennen, wie viele Gorgals sich auf der anderen Seite des Flusses befinden und wie tief ihre Verteidigungslinien gestaffelt sind?"

Colup nahm ihr das Stöckchen aus der Hand. „Am Fluss selbst sind die Gorgals nicht tief gestaffelt. Ihre Posten und die Verteidigungsanlagen – Gräben, Wälle, Palisaden, Fallen – sind vielleicht fünfzig, an wenigen Stellen bis zu hundert Schritt breit und beginnen fast ausnahmslos direkt am Ufer. Aber hier, hier und hier", er machte drei Kreuze in den Sand, „befinden sich größere Lager. Ich vermute, dass die dort befindlichen Gorgals schnell an die Stellen eilen sollen, an denen wir den Übergang versuchen. Insgesamt stehen uns vielleicht eintausend, allerhöchstens zweitausend Gorgals gegenüber. Genug allerdings, um uns wirkungsvoll an der Überquerung zu hindern. Selbst mit meinen Flug-Ziliaden ein Selbstmord-Versuch."

„Die wollen uns hier aufhalten", murmelte Thaim. „Die wollen nicht, dass wir ihnen anderswo in die Quere kommen." Der Zwerg nickte bekräftigend zu seiner Erkenntnis. „Der einzige Zweck dieser Streitmacht hier ist, dass sie Go-Ran-Goh nach Osten hin abschotten, damit dort irgendetwas geschehen kann, bei dem wir ihnen nicht in die Quere kommen dürfen. Und ich verwette die Asche meines Magierstabes, die ich vor siebzig Jahren in den Ewigen Strom gestreut habe, dass die elenden Steinköpfe der Gilde ihre Hände dabei im Spiel haben. Ich habe ein mieses Gefühl, ein ganz mieses!"

Wieder schwiegen sie einen Moment. Dann richtete sich To'nella plötzlich auf. „Ich weiß, wie wir den Fluss überschreiten können, ohne uns mit den Gorgals zu prügeln!" Die Elfe blickte selbstzufrieden in die Runde.

„Prima." Thaim rieb sich ächzend den Nacken. „Damit wären wir schon ... einer."

„Und wie willst du das machen?" Eneos knurrte unzufrieden.

„Ich erinnerte mich an ein altes Kinderspiel. *Du kommst nicht drumherum*", zitierte sie und machte mit den Armen eine Bewegung, als wolle sie den Fluss umgehen, *„du kommst nicht drunter durch"*, ihre Arme fuhren in der Luft unter einen vor ihr schwebenden imaginären Fluss, *„du kommst nicht mittendurch"*, jetzt machte sie Schwimmbewegungen, *„nein, du musst drüberweg!"* Sie nahm Colup das Stöckchen wieder aus der Hand, tippte auf eine ihrer Stellungen und machte einen großen Bogen durch die Luft, bis sie weit hinter den Stellungen der Gorgals die Spitze des Stockes in die Erde bohrte. „Wir stellen einige hundert Bogenschützen ab, die die Gorgals beschäftigen und Angriffe an verschiedenen Stellen des Flusses vortäuschen. In der Zwischenzeit werden die Flugdrachen unsere Krieger im Schutz der Dunkelheit bis weit hinter die feindlichen Linien bringen. Bevor die mitbekommen, dass wir gar nicht mehr da sind, marschieren wir schon freudestrahlend durch die Tore der Magierfestung." Sie sah Colup an. Der Oger musste schließlich sagen, ob ihr Plan realisierbar wäre. Mit düsterer Miene betrachtete Colup die Sandzeichnung, rechnete im Kopf die Anzahl der Krieger durch.

„Wird es reichen?", wiederholte To'nella ihre unausgesprochenen Frage.

Der Oger rieb sich mit dem Daumen zwischen den Augen. „Es könnte sein ..."

„Ein schlichtes *Ja!* hätte mir eigentlich als Antwort gereicht."

„Es wird schwer und wir brauchen mehr als eine Nacht, um den Großteil der Krieger über den Fluss zu bringen. Aber es ist machbar."

„Ihr seid verrückt!" Eneos schlug sich mit der flachen Hand vor die Stirn. „Durch die Luft! Niemand hat je davon gehört, dass eine ganze Armee durch die Luft über einen Fluss getragen hinter dem Feind abgesetzt wird. Ihr seid verrückt!", wiederholte er.

„Hast du eine bessere Idee?", fauchte To'nella.

Eneos dachte einen Moment nach, bevor er antwortete. „Nein."

„Weißt du, obwohl es meine Idee war, hatte ich einen winzigen Augenblick gehofft, du würdest einfach *Ja* sagen. Ich hatte nämlich eine Heidenangst, da oben auf dem Ziliaden. Und das wird anderen genauso gehen."

Sie beschlossen, das Unternehmen bereits in dieser Nacht beginnen zu lassen. Die Oger hatten eine Art Netz für die Flug-Ziliaden bei sich, die zwischen jeweils zwei Ziliaden gespannt wurde. Damit transportierten sie ab und an die Lauf-Ziliaden. Jetzt würden diese Netze genutzt werden, um die Pferde der Menschen über die Linien der Gorgals zu transportieren. Der erste Trupp, der übersetzen würde, waren die Oger. Sie kannten diese Art des Transportes und würden keine Probleme machen. Auf der anderen Seite sollten sie einen Landeplatz auskundschaften und sichern, damit sich die Menschen unbehelligt einige Momente von dem für sie völlig ungewohnten Flug erholen konnten.

Während die Oger übersetzten, wurden die Menschen, die noch in dieser Nacht übersetzen würden, vorbereitet. Alles musste in völliger Lautlosigkeit vor sich gehen. Die Gorgals durften über ihren Stellungen keinerlei Waffengeklirr oder Pferdeschnauben vernehmen. Die Ausrüstung musste ordentlich befestigt und den Pferden sollten Tücher über die Nüstern gebunden werden.

„Möge der Ur-Zwerg uns ein Wunder schenken", murmelte To'nella, als sie auseinandergingen, um zu ihren Abteilungen zurückzufliegen. Dann fügte sie lauter hinzu: „Verdammt, er schuldet uns was!"

Nur knapp zwei Stunden später startete der erste Scheinangriff auf das gegenüberliegende Ufer. Halef Ab-Baschura stellte über einhundert seiner Bogenschützen ab, die gezielt einige Bereiche des gegnerischen Ufers unter Beschuss nehmen sollten, so als würden sie dort einen Überquerungsversuch vorbereiten. Unterstützt wurden sie von einigen Ogern, deren einzige Aufgabe es war, durch den Wald zu laufen, Dutzende von Lagerfeuern zu unterhalten und einen infernalischen Lärm zu veranstalten, ganz so, als würde sich hier eine große Gruppe an Kriegern sammeln. Die Gorgals reagierten mit Bogenschüssen.

Kurz vor Mitternacht starteten die ersten Flug-Ziliaden. Im Beisein der Menschen, stiegen Oger, Flug- und Lauf-Ziliaden in die Lüfte und verschwanden in der Dunkelheit. Erster Zielpunkt war eine Lichtung am Ufer eines kleinen Sees. Nach überraschend kurzer Zeit kehrten die ersten Flug-Ziliaden bereits wieder zurück, um die nächsten Krieger zu transportieren. Obwohl sie eine Heidenangst vor dem Fliegen verspürte, bestieg To'nella als eine der ersten Nicht-Oger den Rücken eines Ziliaden und hielt sich betont locker an dem vor ihr sitzenden Oger fest. Sie wollte ihren Leuten zeigen, dass es überhaupt keinen Grund zur Sorge gab und es unter den gegebenen Umständen das Normalste von der Welt sei, sich in die Luft zu erheben, um den Gegner zu umgehen. Erst als sie sich sicher war, dass keiner ihrer Männer sie mehr sehen konnte, verlor sie ihre Lockerheit und krampfte sich angstvoll an dem Rücken des Ogers fest. Dieser rülpste beruhigend. Vielleicht sollte das so viel wie „Keine Angst!" heißen. Sie wusste es nicht.

Der Wind rauschte ihr um die Ohren und kurze Zeit später schon sackte der Flugdrache nach unten durch. Noch bevor ihr Magen Gelegenheit hatte, zu rebellieren, landete der Oger seinen Ziliaden auf einer Wiese. In der Dunkelheit um sich herum erkannte die Elfe andere Oger und deren Lauf-Ziliaden. Kaum war sie abgestiegen, rauschte der Ziliade wieder in den verregneten Nachthimmel davon. Ein anderer landete und der erste ihrer Männer stieg ab. Sie glaubte, seine Blässe sogar mitten in der Nacht sehen zu können.

„Kommandantin?" Seine Stimme klang unsicher. To'nella schluckte und streckte den Rücken durch.

„Keine Schwäche, Hauptmann. Wir müssen unsere Leute in Empfang nehmen und so schnell wie möglich von der Wiese bringen, damit die Drachen ungehindert landen können."

Der Hauptmann nickte. Die nächsten Drachen landeten. Soldaten stiegen ab, die meisten grün und blass im Gesicht. To'nella glaubte einen Moment das Gesicht von Baldurion Schönklang gesehen zu haben. *Den hatte ich ja total vergessen*, schoss es ihr durch den Kopf, dann vergaß sie ihn erneut.

Als der Morgen graute und die Flug-Ziliaden ihre Flüge einstellen mussten, war ein nicht geringer Teil ihres Heeres sicher im Rücken des Feindes. Maximal zwei weitere Nächte würden sie brauchen, um das gesamte Heer über den Fluss zu bringen. To'nella ordnete eine dreistündige Pause an. Dann wollte sie mit den bereits anwesenden Kriegern den Marsch nach Go-Ran-Goh fortsetzen. Sie schickte einige Späher in

Richtung Fluss. Diese kamen kurz vor dem Ende der verordneten Rast mit der Meldung zurück, die Gorgals würden sich ruhig verhalten und auf den Fluss konzentrieren, wo die Oger ihren Angriff simulierten.

Es war derselbe Tag, an dem auch Bandath sich auf dem Rücken des Gestaltwandlers in die Luft erhob, um der magischen Kraftlinie zu folgen. Davon aber wusste To'nella nichts.

Drei Tage später erreichten sie die Magierfeste. Und sie fanden sie von Gorgals besetzt. Das hatten sie nicht erwartet, denn Bandaths Erkenntnis, dass die Magier die Seiten gewechselt hatten, war nicht bis zu ihnen gedrungen. Es war eine bittere Feststellung.

„Ich habe es doch gesagt!", fluchte Thaim nur. Dann schwieg er und starrte wütend zur Magierfeste.

Und sie fanden etwa eintausend Bewohner aus den Dörfern der Drummel-Drachen-Berge an der Feste, in Kämpfe mit den Gorgals verwickelt. Menschen, Zwerge, Halblinge stürmten gegen die geschlossenen Tore, gegen die Mauern der Festung an. Man hatte sie nicht eingelassen, als sie kamen, man hatte die Tore verschlossen gehalten. Niemand hatte mit ihnen geredet. Und erst als sie wieder abziehen wollten, wurden sie durch ankommende Gorgals angegriffen. Diese schlugen sich einen Weg durch die Einheimischen hindurch, was ihnen nicht schwerfiel, da sie an Zahl, Ausbildung und Ausrüstung mehrfach überlegen waren. Im Nachhinein wunderten sich die Einheimischen, dass ihr Heer von den Gorgals nicht komplett vernichtet worden war.

„Es war", sagte ihr Anführer zu To'nella, „als ob die Gorgals gar kein Interesse an einen Kampf mit uns hatten. Für sie war wichtig, das Innere der Burg zu erreichen und sich hinter den Mauern zu verschanzen. Wir schätzen, dass da drinnen etwa sechstausend Gorgals sitzen. Jeder unserer Angriffe wird abgewehrt, aber wir werden nicht verfolgt. Wir verlieren Leute vor den Mauern, die Gorgals dagegen haben kaum Verluste. Es gibt keine Möglichkeit für uns, dort einzudringen. Ihr kommt gerade rechtzeitig."

Im Laufe der folgenden Tage kamen weitere Einheiten ihres Heeres aus dem Wald und nur wenige Sonnenaufgänge später war fast ihre komplette Streitmacht vor Go-Ran-Goh versammelt. An der Situation vor der Magierfeste änderte das jedoch nichts. Die Oger hatten einige Erkundungsflüge über die Festung unternommen, waren aber sofort mit

Feuerkugeln und Lichtlanzen angegriffen worden. Daraufhin konnten sie die Burg nur noch in großer Höhe überfliegen. Wichtige Einzelheiten waren kaum zu erkennen. Einer der Türme der Burg, der größte und wuchtigste, beherrschte mit seiner Höhe die umliegenden Berghänge. Dort oben hatten sich ein paar Magier positioniert, die mit Lichtlanzen, Blitzen und Feuerkugeln die Heere und die fliegenden Oger auf Abstand hielten. An anderen Stellen wurden die Angreifer von den Pfeilen der Gorgals begrüßt. Schon die ersten Angriffe forderten Opfer, ohne Erfolge zu zeigen.

Sie erfuhren, dass die Gorgals in der Burg große Belagerungsmaschinen bauten: Katapulte, Rammböcke, Pfeilschleudern, Holztürme. Sturmleitern stapelten sich an einer Seite des Burghofes. Material dazu mussten die alten Burgherren, die Magier, in ihren Kellern und Scheunen vorrätig gehalten haben. Doch wozu braucht man Belagerungsgeräte, wenn man *in* einer Burg sitzt? Das ergab keinen Sinn, wie so vieles, was bisher passiert war.

Am ersten Abend, nachdem alle Heeresteile vor Go-Ran-Goh eingetroffen waren, hielten sie Rat. Die Einheimischen hatten sich nur zu gern in ihr Heer eingliedern lassen, fehlte ihnen doch jegliche Erfahrung in solchen Kämpfen.

Halef Ab-Baschura, Thaim, To'nella, Colup und Eneos saßen beisammen, um ihr Vorgehen zu beraten.

„Ich kann mich des Eindruckes nicht erwehren, dass die Gorgals und die Magier auf irgendetwas warten." To'nella stützte den Kopf in die Hände. „Warum verschanzt sich ein Heer, das angeblich das Gebirge erobern soll, in einer Burg und *tut* nichts? Warum bauen sie *dort drinnen* Belagerungsgeräte?"

„Und es sind nicht wir, auf die sie gewartet haben", bekräftigte Thaim den Gedankengang der Elfe.

Lärm und Rufe von außerhalb ihres Zeltes unterbrachen die Diskussion und gleich darauf schoss eine kleine, fliegende Gestalt durch den Zelteingang, gefolgt von einem atemlosen Wüstenkrieger, der als Posten am Lagerrand gestanden hatte.

„Verzeiht!", keuchte er und deutete in Richtung seines Fürsten eine Verbeugung an.

„Niesputz!", rief To'nella erfreut, sah jedoch im nächsten Moment ihren Irrtum, noch bevor die kleine Knörgi-Frau glockenhell auflachte.

„Nein, nicht wirklich", rief sie. „Aena Lockenhaar vom Stamm der Steinbuchen-Knörgis." Sie machte eine Verbeugung in der Luft.

„Und etwa zweihundert weitere dieser kleinen fliegenden Dinger!", erklärte der Wachposten atemlos. „Sie warten alle am Rande des Lagers."

„Nun übertreibst du aber!" Aena schüttelte den Kopf. „Wir sind nur noch knapp über dreißig. Ich habe meine Leute bei den Elfen, Trollen und in Flussburg gelassen. Und hier lasse ich auch welche, bevor ich weiterziehe, um", sie zwinkerte To'nella zu, „den großen und berühmten Niesputz zu finden."

„Du warst in den Riesengras-Ebenen?" Jetzt hielt To'nella fast nichts mehr. „Erzähle! Bist du ein Bote? Wie sieht es dort aus? Sind sie in Kämpfe mit den Gorgals verstrickt? Hast du den Fürsten gesprochen … oder seinen Sohn?"

„Langsam, Elfenfrau. Selbst wir Knörgis können nur eine Frage nach der anderen beantworten." Dann grinste sie noch breiter. „Dem Fürstensohn der Elfen geht es gut und ich soll dich grüßen, denn ich gehe bestimmt recht in der Annahme, dass du To'nella aus Konulan bist."

To'nella lehnte sich zurück. *Korbinian ging es gut.* Sie hatte nicht geahnt, wie wichtig das für sie war und wie beruhigend diese Information auf sie wirkte. Fast bekam sie ein schlechtes Gewissen, weil er ihr wichtiger geworden war, als all die Ereignisse rund um sie herum. Das hatte aber auch seinen Grund, einen Grund, über den sie allerdings im Moment nicht weiter nachdenken wollte. Sie strich sich mit dem Daumen die Falte zwischen den Augenbrauen glatt, versuchte es zumindest. Dann atmete sie tief durch und bemerkte erst jetzt, dass sie von allen angesehen wurde.

„Alles in Ordnung?", fragte Eneos teilnahmsvoll. Sie nickte erst, dann schüttelte sie den Kopf. „Nein. Nein, gar nichts ist in Ordnung. Wenn alles in Ordnung wäre, hätte ich mir irgendwo in Pilkristhal mit Korbinian ein Haus ausgesucht, in das wir einziehen würden. Stattdessen stehe ich mit einem Heer vor der Magierfeste Go-Ran-Goh und greife Magier und Gorgals an. Magier, die gegen die Menschen kämpfen, die hier in den Bergen leben und für die sie da sein müssten. Was soll diese Scheiße?" Sie hatte sich Wort für Wort mehr in Wut geredet und den letzten Satz förmlich geschrien. Eneos legte seine Hand auf ihre Schulter und reichte ihr einen Becher Wasser. Gierig, als sei sie am Verdursten, trank To'nella, ihre Hände zitterten. Dann sah sie den Hauptmann der Pilkristhaler Stadtwache dankbar an. „Besser", murmelte sie.

„Gut." Aena, die auf dem Tisch gelandet war, klatschte in die Hände, um die Aufmerksamkeit aller auf sich zu ziehen. Eine Geste, dachte To'nella, die den Knörgis wohl eigen war, denn sie kannte diese von Niesputz, wenn er etwas Wichtiges verkünden wollte. Die Steinbuchen-Knörgi-Frau begann, von der Begegnung ihres Stammes mit den Gorgals zu erzählen, vom Eintreffen Niesputz' und dessen Abreise, von ihrer eigenen Reise zu den Elfen und Trollen, vom überraschenden Auftauchen des riesigen Gorgal-Heeres auf der Riesengras-Ebene und den sie verfolgenden Zwergen. Sie berichtete vom Heer der Flussbürger, das sie irgendwo zwischen Flussburg und dem Umstrittenen Land gefunden hatte und wie sie dieses zur Eile angetrieben hatte.

„Kurz und gut", fasste sie zusammen, „nirgendwo verhalten sich die Gorgals so, wie ihr es nach den euch vorliegenden Informationen erwartet hättet. Überall, wo sie auftauchen, sind sie zu früh. Sie sind zu wenige dort, wo sie als große Heere erwartet wurden, und sie sind da, wo sie niemand erwartet hat. Liege ich richtig damit?"

Alle nickten.

„Ach ja, vergaß ich zu erwähnen, dass man überall denselben Eindruck hat wie ihr hier? Die Gorgals haben sich auf irgendeinen Platz zurückgezogen. Auf diesem hocken sie, rühren sich keinen Fußbreit zur Seite und unternehmen keinerlei Anstrengungen, um hier großflächig Eroberungen durchzuführen. Ganz im Gegensatz zu ihren bisherigen Taktiken im Westen, wo sie Länder eroberten, Städte zerstörten, Bewohner meuchelten … nicht, dass ich euch das gönnen würde. Aber ein wenig seltsam finde ich das schon."

Als Thaim und Eneos begannen, sich lautstark darüber zu unterhalten, weshalb die Gorgals so handelten, wurden sie von Aena Lockenhaar unterbrochen. „Das bringt nichts und all diese Theorien sind schon von schlaueren Leuten als euch durchgekaut worden. Was auch immer ihr tut, bleibt mit den anderen Heeren in Verbindung. Ich lasse euch dazu 15 meiner Knörgis hier. Sehr erfahren im Ausspionieren gegnerischer Stellungen und ein nicht zu unterschätzender Vorteil, wenn es darum geht, die Ausrüstung des Feindes zu sabotieren. Mit dem kläglichen Rest meiner Leute mache ich mich auf in Richtung Drummel-Drachen-Berge. Ich habe dort ein Verabredung mit Niesputz, auch wenn der davon noch nichts weiß." Jetzt grinste sie schelmisch, flog zum Abschied eine Runde um die Köpfe der Anwesenden und verschwand in der Dunkelheit hinter dem Zeltausgang. Nur wenige Augenblicke später erschien ein Steinbuchen-Knörgi-Mann, der sich als Anführer der Schar vorstellte, die ihnen zugeteilt war.

„Na prima!" Ungewohnt locker rieb sich Halef Ab-Baschura die Hände. „Dann schicke doch mal bitte ein paar deiner Leute in die Magierfeste. Ich will wissen, was dort los ist. Wie viele Gorgals und wie viele Magier stehen uns gegenüber? Und was, beim Barte des Ur-Zwerges, machen die dort hinter den Mauern? Ich meine: außer Leitern, Katapulte und Schleudern zu bauen."

Sie griffen die Magierfeste mit all ihren Kräften an, an diesem Tag, am Tag darauf und am folgenden Tag. Nachts unternahmen die Knörgis ihre „Besuche" bei den Gorgals, richteten eine Menge Unheil an, aber nicht genug, um ihrem Heer das Überwinden der Mauern zu ermöglichen. Go-Ran-Goh war für die Ewigkeit gebaut und in den letzten zweitausend Jahren hatten sich angeblich schon ganz andere Heere die Köpfe an den Mauern eingerannt.

Es kam der Morgen der Sommersonnenwende.

Weit unter den Mauern der Festung, tiefer noch als die Höhle des Orakels, rührte sich etwas in einer Felsenkammer, die so versteckt war, dass selbst die Magier des Inneren Ringes nichts von ihrer Existenz wussten … was ein Glück für die beiden war, die sich seit vielen Tagen hier versteckt hielten.

„Die magischen Suchattacken haben aufgehört."

„Ich habe es bemerkt."

„Das heißt, entweder sind sie weg oder abgelenkt."

„Nur einer könnte die gesamte Magier-Clique so ablenken, dass sie uns nicht mehr suchen. Und auf den habe ich keine Lust. Zu oft habe ich den abtrünnigen Magier in den letzten Jahren zwischen meinen Büchern gesehen." Bethga, die Spinnendame, schüttelte mürrisch den Kopf.

„Es gibt auch andere Dinge, die die Magier und diese schwarzen Scheusale ablenken können", widersprach Moargid. „Schütte nicht immer den gesamten Zorn deines Lebens über Bandath aus. Und nicht *er* ist abtrünnig geworden, die Gilde hat ihn verstoßen."

Die Spinnendame erhob sich und streckte ihre langen Gliedmaßen.

„Lass uns sehen, was in Go-Ran-Goh los ist", sagte sie, wie um die

Diskussion über Bandath abzubrechen, konnte sich aber nicht zurückhalten noch anzufügen: „Dass du deinen Lieblingsschüler immer in Schutz nimmst, ist mir klar."

Die Zwergin nickte zu der ersten Bemerkung und schloss sich ihrer Freundin an. „Bandath ist nicht mehr unser Schüler, schon lange nicht mehr", murmelte sie dabei halblaut. Bethga hatte die Worte entweder nicht gehört, oder beschlossen, sie zu ignorieren. Die Yuveika stand vor einer steinernen Wand ihres freiwilligen Gefängnisses, gestikulierte ein wenig mit einem ihrer langen Beine und die Wand vor ihr zerfiel zu Staub. Dann duckte sie sich in Erwartung des magischen Schlages, der unweigerlich folgen musste. Doch nichts geschah. Bethga und Moargid sahen sich an. „Wieso reagiert Pyrgomon nicht?" Die Spinnenfrau sah sich um, als erwarte sie, den Schwarzen Sphinx hinter dem zerfallenen Fels lauern zu sehen. Als auch nach weiteren Minuten nichts geschah, sah sie die Zwergin an. „Nicht, dass er schon besiegt ist", meinte sie, glaubte aber selbst nicht daran. „Das sähe diesem Zwergling ähnlich, besiegt Pyrgomon und lässt uns hier unten in der Gruft vermodern."

„Es wird wohl eher so sein, dass der Schwarze Sphinx gerade zu beschäftigt ist, um sich um dein bisschen Magie hier zu kümmern. Vielleicht fällt es ihm nicht einmal auf, dass du Magie webst." Dann grinste sie breit. „Wahrscheinlich bist du ihm zu unbedeutend."

„Das ist nicht gerade ein schmeichelhafter Gedanke für mich", knurrte die Yuveika. Sie ließ das Ende einer ihrer Klauen leuchten und eilte kopfüber an der Decke entlang, die Zwergin hinter sich lassend.

„Das ist nicht mehr als eine billige Rache", japste Moargid, während sie hinterherhastete und versuchte, ihre Freundin nicht aus den Augen zu verlieren. Steil aufwärts führte der Weg. Sie betraten die Bibliothek durch eine geheime Tür. Bethga hatte dann doch auf die Zwergin gewartet. Aufmerksam sah sie sich um. „Naja, entweder haben die schwarzen Scheusale Ehrfurcht vor meinen Büchern, was ich nicht glaube, oder die Magier haben sie von der Bibliothek ferngehalten."

Sie eilte an den Regalen entlang durch die Gänge, wieder schnaufte die Zwergin, als sie versuchte, den Anschluss nicht zu verlieren. Erst als die Yuveika in einer verwinkelten Nische stand, holte Moargid sie ein. Auf den Regalen an den Wänden türmten sich Bücher mit Titeln wie: „Kochen bei Zwergen – 1.000 überraschende Gerichte", „Warum Oger Würmer essen – und wie sie sie zubereiten" und „Wenn Trolle für Elfen kochen".

„Diese Bücher sorgen seit den Zeiten meiner Vorgänger dafür, dass sich wirklich niemand für diesen Raum interessiert." Bethga kicherte, griff hinter eines der Regale, es klickte und die gesamte Wand schwang zur Seite. Vor ihnen erstreckte sich ein langer Keller, in dessen Dunkelheit die Schemen große Fässer zu erkennen waren.

„Der Weinkeller!" Moargid sah sich erstaunt um. „Ich wusste gar nicht, dass es hier einen Übergang zur Bibliothek gibt."

„Du bist nicht die Einzige, die das nicht weiß."

„Ich dachte, wir wären Freundinnen."

„Nur bei den Menschen erzählen sich Freundinnen *alles* voneinander. Es ist immer gut, ein paar kleine Geheimnisse für sich zu behalten. Kommst du? Go-Ran-Goh wartet auf uns."

„Das bezweifele ich zwar, aber bitte. Lass uns ein wenig für Aufregung sorgen." Die alte Zwergin verschränkte die Finger und streckte die Arme durch, dass die Fingerknöchel knackten. „Viel zu lange habe ich geschwiegen. Viel zu lange! Lass uns ein paar alte Rechnungen begleichen."

Nebeneinander eilten die Yuveika und die Zwergin durch den Weinkeller, erreichten eine Treppe und hasteten sie hinauf in einen Raum mit drei Türen und einer weiter aufwärts führenden Wendeltreppe. Moargid nickte zu der Treppe. „Wir sind direkt unter dem Westturm. Von oben hätten wir einen prima Überblick."

Bethga stimmte zu und huschte an der Decke nach oben, Moargid folgte über die Stufen, wie „jeder normale Zwerg das tun würde", wie sie schnaufend feststellte. Als sie oben ankam, versperrten ihr drei Gorgals den Weg. Sie lagen auf den obersten Treppenstufen, die Köpfe grotesk nach unten gerichtet, als wären sie beim Fliehen von der oberen Plattform übereinander gestolpert und hätten sich das Genick gebrochen.

„Sie wollten fliehen, als sie mich sahen." Bethga sah ungerührt auf die schwarzhäutigen Krieger herab. „Das konnte ich leider nicht zulassen." Sie half der Zwergin das Hindernis zu überwinden, indem sie die Gorgals zur Seite schleifte. Dann wies sie mit einem ihrer Spinnenbeine nach draußen. „Sieh dir das an!"

Moargid sah das von Gorgals besetzte Go-Ran-Goh, sah die riesige Burganlage von Ogern auf fliegenden Drachen umschwärmt, sah Oger, Menschen, Zwerge und Halblinge vor den Mauern, sah die Gorgals auf den Zinnen, die mit ihren Bögen auf die Angreifenden schossen und sie sah den Hauptturm. Auf der obersten Plattform standen drei Gestalten. Immer wenn eine von ihnen die Arme reckte, schoss ein Feuerball, eine Lichtlanze oder ein Blitz auf die fliegenden Oger oder die Angreifer auf der Erde, Magier. Und leider trafen diese ihre Ziele ziemlich oft. Die Angreifer waren diesen Attacken schutzlos ausgeliefert, ließen aber von ihren Angriffen nicht ab.

„Was wollen diese Scheusale hier in der Feste?" Moargid meinte die Gorgals.

Bethga zuckte mit den Schultern. „Wir sollten uns ein wenig Unterstützung in die Feste holen."

Moargid nickte. „Nimmst du das Tor oder den Turm?"

Bethgas Blick wurde starr. „Überlass mir den Turm. Dort oben stehen Frontir Eisenklammer, Schin Benroi und vor allem", und jetzt begannen ihre Augen gefährlich zu glitzern, „Anuin Korian, mein *besonderer* Freund." Bandath hatte ihr erzählt, dass der Elf unten in der Todeswüste für den Tod Malogs verantwortlich gewesen war. Und der Troll war einer ihrer Freunde gewesen. Moargid nickte. „Wer steht am Tor?"

„Nur diese schwarzen Scheusale."

„Wo sind all die Magier?"

„Ich habe keine Ahnung. Vielleicht kommen sie aus ihren Löchern, wenn wir hier ein wenig für Aufregung sorgen."

Nur kurze Zeit später hatte Moargid den Turm verlassen und sich in der Nähe des Tores ein Versteck gesucht.

„Warte auf mein Zeichen", hatte Bethga gesagt. „Dann hast du genügend Zeit, das Tor zu sprengen."

Das Tor zu sprengen! Moargid schnaubte. Wie stellte sich Bethga das vor? Sie sah zu dem Turm mit den Magiern. In diesem Moment explodierte die obere Hälfte des Turmes in einem Inferno von Feuer und Steintrümmern, die in einem weiten Umkreis auf dem Burghof einschlugen. Moargid duckte sich. *Dieses* Zeichen von Bethga war nicht zu übersehen gewesen. Die Gorgals schrien auf. Verletzte und Tote lagen herum und augenblicklich brach Chaos auf dem gesamten Burggelände aus.

Moargid drehte sich zum Tor. Viele tausend Jahre hatte es gehalten, jeden Angriff von außen abgewehrt, zukünftige Magier herein-, ausgebildete herausgelassen. Und oft genug war es vor Bittstellern verschlossen geblieben, immer öfter in den letzten Jahren. Das würde sie jetzt ändern.

Sie reckte die Arme gegen das Tor. Ein Sturmwind brach los, fegte im Wege stehende Gorgals hinweg wie der Herbstwind die Blätter und donnerte gegen das Tor. Gebaut, um jeden Angriff von außen abzuwehren, ächzte es bei diesem Angriff von innen. Die Balken knirschten, splitterten und dann brach das Tor auseinander. Die Trümmer wurden etliche Schritt weit davon geschleudert und krachten zur Erde.

Moargid musterte ihre Fingerspitzen. „Donnerwetter!", murmelte sie, gebührend von sich selbst beeindruckt. „Dass ich es immer noch drauf habe ..."

Auf einem Bergvorsprung stand To'nella mit den anderen Heerführern und beobachtete die Kämpfe. Der explodierende Turm ließ sie den Atem anhalten, das aufbrechende Tor sorgte dafür, dass sie die Luft wieder ausstieß.

„Angriff auf das Tor!", riefen To'nella und Halef-Ab-Baschura zeitgleich. „Wer immer dafür verantwortlich ist, will uns helfen!" To'nella schoss herum, eilte zu ihrem nicht weit entfernt stehendem Pferd und schwang sich in den Sattel.

„Wo willst du hin?", rief Eneos.

„Das lasse ich die Krieger nicht allein machen. Die brauchen uns jetzt!" Ohne eine weitere Entgegnung abzuwarten, gab sie ihrem Pferd die Sporen. Steine spritzten unter den Hufen hervor, als das Ross mit seiner Reiterin davonstürmte. Sie erreichte die Konulaner Truppen, die unweit des Tores die Magierfeste angegriffen hatten.

„Zum Tor!", rief sie, schwang das Schwert und ritt ihren Leuten voran. „Zum Tor!", wurde der Ruf aufgenommen und weitergegeben. Wie ein großer Keil formierten sich die Krieger, To'nella an der Spitze und stürmten ein weiteres Mal gegen die Burg. „Zum Tor!" To'nella erreichte den von Holztrümmern übersäten Eingang der Magierfeste. Von links stürmte ein Dutzend Gorgals gegen sie vor. Sie sah sich kurz um. Nur zwei Krieger waren nah genug, ihr beizustehen. Ein Pfeil verfehlte sie, ein weiterer blieb in ihrem Sattel stecken, nur wenige Finger breit neben ihrem Oberschenkel. Dann waren die Gorgals in Reichweite ihres Schwertes. To'nella schlug vom Pferd aus auf die Schwarzhäute ein. Einer ging zu Boden. Ein anderer griff in den Zügel und brüllte markerschütternd. Das Pferd scheute, stieg. To'nella erhielt einen Stoß vor die Brust und fiel aus dem Sattel. Mit dem flachen Rücken knallte sie auf die

Erde und die gesamte in ihrer Lunge befindliche Luft wurde herausgetrieben. Irgendwoher kamen plötzlich weitere Kämpfer und lenkten die Gorgals von der am Boden Liegenden ab. Eine Lichtlanze stach durch die Reihen der Feinde und streckte einige von ihnen nieder. Mühsam versuchte die Elfe, gegen den Widerstand ihrer Lunge Luft zu holen, bewegte ihre Arme und Beine, ohne sie wirklich unter Kontrolle zu haben. Ein riesiger Gorgal baute sich vor ihr auf. Im Bruchteil eines Augenblickes nahm sie Details wahr, die sie sonst wohl nicht gesehen hätte. Ihr schien, als bliebe die Welt einen winzigen Moment stehen. Sie sah die Knochen im Bart des Gorgals, die silberne Schnalle an seinem Gürtel, den mehrfach geknoteten Strick, mit dem er den zerschnittenen Lederriemen geflickt hatte, der die Schwertscheide hielt. Sie konnte die Zähne sehen und die silbernen Kronen auf seinen Hauern, die aus dem Kiefer ragten, sah ihn grinsen und den Speer in seiner Hand. Dann bewegte er sich wieder und der winzige Moment war zu Ende. Der Gorgal holte weit nach hinten aus und stieß mit dem Speer nach ihrem Brustkorb. To'nella war nicht in der Lage, sich zu schützen. Noch immer röchelte sie nach Luft. *So sieht also das Ende aus*, schoss es ihr durch den Kopf. Sie sah Korbinians Gesicht vor sich und plötzlich warf sich eine dunkle Gestalt von der Seite vor ihren Körper, zwischen sie und den Speer des Gorgals. Die Gestalt schrie auf und zuckte. Zeitgleich wurde der Gorgal von drei Kriegern angegriffen und abgedrängt. Ein weiterer Krieger beugte sich zu ihr.

„Kommandantin?" Ängstlich, fast zögernd. To'nella bekam endlich wieder Luft.

„Alles in Ordnung", krächzte sie und drückte gegen die Gestalt, die noch immer auf ihr lag. Der Krieger fasste mit an und zog den Bewegungslosen zur Seite. Der Speer des Gorgals steckte in seinem Rücken und ein Blutfleck breitete sich schnell auf seinem Wams aus. Sie drehte den Mann vorsichtig auf die Seite und japste erschrocken auf, als sie sein Gesicht sah.

„Baldurion Schönklang", flüsterte sie.

Der Angesprochene hustete. Blut quoll zwischen den Lippen hervor. Flatternd öffneten sich die Augenlider. „To'nella ..." Seine Stimme war kaum zu vernehmen.

Die Hand der Elfe zitterte, als sie ihm seine Haare aus der Stirn strich.

„Verzeiht, Kommandantin." Der Krieger kniete sich neben sie. „Ihr hattet mir den Auftrag gegeben, ihn zu bewachen. Ich wusste nicht, was er vorhatte. Ständig suchte er Eure Nähe, wenn gekämpft wurde. Dabei war er gar kein Krieger. Aber Ihr wart immer ..."

„Schweig!", zischte To'nella ihn an, ohne den Blick von Baldurion Schönklang zu nehmen.

„Er hat Euch das Leben gerettet", flüsterte der Krieger noch, „hat sich für Euch geopfert." Dann schwieg er, wie befohlen.

Der Flötenspieler hustete. „Ich wollte ...", röchelte er, hustete noch einmal. Seine krampfhaften Atemzüge flachten ab. Dann bewegten sich seine Lippen, ohne dass To'nella etwas hörte. Sie neigte sich zu ihm, ihr Ohr zu seinem Mund gerichtet. „... ich wollte das nicht ... mit Waltrude ..." Plötzlich packte seine Hand mit überraschender Kraft To'nellas Schulter. „Ich wusste doch nicht ... was diese Kopfgeldjäger wollten ... ich wollte das nicht ... sag das Bandath ... es tut mir leid ..."

„Ich weiß." To'nella schluchzte. Eine Träne lief ihr die Wange herunter. „Und Bandath weiß das auch. Du kannst nichts dafür. Wir haben dir verziehen."

Baldurions Augen leuchteten auf. Frieden breitete sich auf seinen Zügen aus. Dann brach sein Blick, seine Atemzüge hörten auf und sein Herz schlug nicht mehr.

To'nella schrie auf, wütend. Sie erhob sich, sah den Krieger an. „Egal, was heute hier passiert. Du bringst seine Leiche in unser Lager und beerdigst ihn unter einem Baum." Der Krieger nickte. Er würde es tun. Und unabhängig von den Ereignissen um Go-Ran-Goh beerdigte er den Flötenspieler Baldurion Schönklang unter einer jungen Eiche, ritzte seinen Namen in die Rinde und blieb den Rest des Tages dort stehen, als Wache.

To'nella ließ ihren Blick um sich schweifen. Die Geräusche des Kampfes, die in den Hintergrund getreten waren, schlugen wieder über ihr zusammen. Überall am Tor und in der Nähe des Tores ballten sich größere und kleinere Gruppen von Kämpfern, ineinander verbissen. Einige strömten in den Burghof, die Gorgals leisteten erbitterten Widerstand. To'nella zog ihr Schwert, schrie erneut wütend auf und stürzte sich in das dichteste Kampfgetümmel.

Es war der Tag der Sommersonnenwende, kurz bevor die Sonne ihren höchsten Stand erreichte. Das fahle Licht am Himmel fiel To'nella nicht auf. Nur ein Magier, der sich versteckt hinter einer Gruppe Gorgals am Rande des Burghofes aufhielt, sandte seinen Blick hoffnungsvoll nach oben. *Nicht mehr lange*, dachte Muzor Messolan, der Minotaurus, Meister der Levitation. *Nicht mehr lange!*

Die Kristallburg

Sie brauchten den gesamten Rest des Tages und als die Sonne untergegangen war, hatten sie den Abhang des Berges noch nicht bezwungen. Noch immer erschienen die Bäume über ihnen, die sich jetzt als dunkle Silhouetten vor dem Strahl der vom Himmel fließenden Magie abhoben, unerreichbar. Erst als die anderen Bandath drängten, gab dieser auf.

„Bandath, wir müssen ruhen!" Barella legte ihrem Gefährten die Hand auf die Schulter. „*Du* musst ruhen."

Bandath blieb stehen, die Füße in das Geröll des Hanges gegraben und starrte nach oben, als wolle er sich durch bloße Willenskraft den Hang hinaufziehen.

„B'rk", murmelte er dann. „Kannst du uns nicht hinaufbringen, als Greif?"

Doch der Gestaltwandler schüttelte den Kopf. „Das Wandeln erfordert Kraft und ich bin erschöpft. Zu oft habe ich in den letzten Tagen meine Gestalt gewandelt. Und zu wenig gegessen."

„Essen?" Farael hob den Kopf. „Habt ihr noch Proviant?"

Accuso knurrte. „Nichts mehr, seit die Eis-Zwerge uns gefangen genommen haben. Das weißt du. Wenn du Hunger hast, iss Schnee!" Er wies auf den Ausläufer einer Schneewehe, die sich in der wärmer werdenden Luft an den Berghang duckte. Der Minotaurus setzte den Käfig mit Niesputz unsanft zwischen zwei Steine.

„He!", protestierte das Ährchen-Knörgi. „Warte, wenn ich hier rauskomme. Da kannst du dich hinter allen Minotaurussen der Welt verstecken, ich werde dich zu finden wissen. Und dann werde ich dich …"

„Was?", fragte Accuso. „Umschubsen?" Er legte sich hin, verschränkte die Hände hinter seinem gewaltigen Stierschädel und starrte in den Himmel.

„Dann mach mal." Er schloss die Augen. „Und außerdem heißt es *Minotauren*. Du hältst die erste Wache."

„Ich? Wieso *das* denn? Heiße ich Korbinian?"

„Keine Ahnung, wer das sein soll", murmelte Accuso schläfrig und uninteressiert. „Aber du hast den ganzen Tag faul in deinem Käfig herumgesessen, während andere Leute dich tragen durften."

„Faul herumgesessen? Also das ist doch … da kringeln sich ja die Hörner aller *Minotaurusse* der Welt! Mir fehlen die Worte! *Faul herumgesessen*! Das gibt's doch nicht. Ich sitze hier in einer Falle, aus der mich keine kräftige Hand und kein Zauberer befreien kann und muss mir so einen Gargylendreck anhören …"

„Und du kannst gar nichts dagegen machen." Accusos schläfrige Stimme war kaum noch zu verstehen, dann kündeten seine Atemzüge, lang und gleichmäßig, von seinem Schlaf.

„Der schläft! Ich fasse es nicht! He Ochsenkopf, wir sind noch nicht fertig miteinander. Steh auf und stell dich mir!" Die Stimme des Ährchen-Knörgis kippte vor Wut.

„Niesputz, bitte!" Diese zwei Worte Barellas brachten Niesputz' Schimpfkanonade zum Verstummen. Missgelaunt hockte das Ährchen-Knörgi sich auf den Boden seines Käfigs, verschränkte die Arme vor der Brust und brummte leise vor sich hin.

Barella nötigte Bandath, sich ebenfalls niederzulassen. Er legte sich aber nicht hin, sondern setzte sich mit dem Rücken an einen Fels, so dass er den magischen Strahl im Auge behalten konnte. Die Zwelfe setzte sich neben ihn.

„Er ist wunderschön, Barella", flüsterte der Zwergling seiner Gefährtin zu. „Und er verkörpert eine schier unendliche Macht. Wie viel, wird mir erst jetzt klar, da ich ihn sehe. Wenn Pyrgomon Gewalt über ihn erlangt, dann ist unsere Welt verloren. Sie wird nicht einfach nur ins Dunkel gestürzt, sie wird vernichtet. Niemand kann über die Magie gebieten. Sie hält unsere Welt zusammen. Man kann sich ihrer bedienen, man kann sie nutzen, aber man kann nicht *über sie gebieten*. Greift jemand dort ein, dann vernichtet er den Zusammenhalt der Welt. Ich habe die Magie noch nie so intensiv gefühlt wie hier, deshalb begreife ich das jetzt."

„Aber Pyrgomon …"

„… weiß das nicht. Ich glaube auch nicht, dass er es wissen will. Er will Macht. Das ist alles, was ihn interessiert. Und wenn jemand mit all seinem Wesen nach Macht strebt, wird er blind für die Dinge um ihn herum."

Bandath schwieg und sah sich das silberne Licht des Strahles an. Auf seinem Gesicht, das im Widerschein der Magie silbern schimmerte, legte sich ein Ausdruck der Ruhe.

„Er ist so schön", murmelte er noch einmal. Barella schwieg nun ebenfalls. Sie ließ ihren Kopf auf seine Schulter sinken. Unbewusst legte sie sich ihre Hand auf den Bauch. Könnte man nicht einfach so am Abend sitzen, in die Sterne sehen und *es* ihm sagen?

„Bandath?" Sie nahm all ihren Mut zusammen. Eine günstigere Gelegenheit hatte es in den letzten Tagen nicht gegeben und sie vermutete, dass es sie in den nächsten Tagen auch nicht geben würde. „Ich muss dir etwas sagen", flüsterte sie. Bandath blieb ruhig. „Weißt du, ich wollte es dir schon viel eher sagen, es passte bloß nicht. Aber jetzt, mit dieser Aussicht", sie wies den Berghang hinauf, hinter dem die Wolke in der Dunkelheit leuchtete und ihr Pulsieren auf den Strahl übertrug, „und ohne, dass wir von Farael oder Niesputz gestört werden." Sie atmete tief durch. „Ich bin schwanger, Bandath. Etwa um die Zeit der Wintersonnenwende werden wir eine Tochter bekommen. Und wenn dich alles auf der Welt nicht kümmern würde, allein wegen ihr darfst du Pyrgomon die Macht nicht überlassen."

Der Hexenmeister bewegte sich nicht. Barella hob den Kopf. „Was sagst du dazu, Bandath? Bandath?" Sie drehte ihr Gesicht dem seinen zu. Seine Augen waren geschlossen, seit Atem ging tief und gleichmäßig.

„Verdammt!" Barella verzog ihr Gesicht vor Ärger. „Da sagt man ihm das Wichtigste in seinem Leben und der Kerl pennt mir hier einfach im Sitzen ein. Das gibt es doch nicht!"

Am nächsten Morgen wurden sie durch Niesputz geweckt. „Aufstehen, Langschläfer. Es gibt kein Frühstück, nur schmutzigen Schnee als Tee-Ersatz und ein paar Felsen, hinter denen ihr kurz verschwinden dürft, bevor wir weiterziehen. Los, hoch mit euren mehr oder weniger muskulösen Körpern, schnappt meinen Käfig und auf geht's. Dort hinter dem Berghang wartet die Quelle aller Magie auf uns, der Drachen-friedhof. Und wenn ihr nicht bald …"

„Niesputz!" Barella rieb sich die Augen. „Kannst du nicht *einmal* die Klappe halten?"

„Wir könnten ihn einfach hier stehen lassen und holen ihn auf dem Rückweg wieder ab", knurrte Accuso. Er stand auf und berührte dabei wie unabsichtlich den Käfig mit dem Fuß. Der rutschte ein Stück zur Seite und blieb schräg liegen.

„He! Ihr werdet mich noch brauchen!"

„Accuso, bitte." Bandath erhob sich ebenfalls. „Bitte nimm den Käfig wieder auf."

Der Minotaurus grinste, bückte sich und hob den Käfig auf. „Auch wenn ich hinter den Felsen einmal für kleine Minotauren verschwinden muss?"

„Untersteh dich!", brüllte Niesputz panisch. „Das sind Dinge, die will ich mir gar nicht vorstellen! Stell mich ab! SOFORT!" Und dann wurde sein Ton flehend: „Bandath, hilf mir!"

Bandath kicherte, Accuso stellte den Käfig wieder hin, zwinkerte dem Hexenmeister zu und verschwand hinter den Felsen.

„Wann sagst du es ihm?", fragte Barella.

„Ich? Accuso?" Bandath sah seine Gefährtin an und blickte dann zu den Steinen hinüber, hinter denen der Minotaurus verschwunden war. „Wenn die Situation günstig ist."

„Sie war gestern Abend günstig", knurrte die Zwelfe, „aber der Herr Hexenmeister musste ja schlafen."

„Was ist denn jetzt los? Die ganzen Tage sagst du mir, dass ich schlafen soll und wenn ich dann mal schlafe, hältst du es mir vor?"

Barella verzog entschuldigend ihr Gesicht und legte die Hand auf seine Schulter. „Schon gut. Ich dachte nur, dass gestern Abend so eine günstige Gelegenheit gewesen wäre."

Kurz darauf waren sie wieder unterwegs, den Geröllhang aufwärts, auf dem kein Pfad und kein Weg zu sehen war, wo die Steine unter ihren Füßen in Bewegung gerieten und auf dem sie zehn Schritte abwärts rutschten, wenn sie fünfzehn getan hatten. Doch irgendwann war es soweit: Die Sonne hatte bereits ihren höchsten Stand überschritten und Accuso war der Erste von ihnen, der seine Hand an die Rinde eines Baumes legen konnte, der oben auf dem Grat stand. Dann erstarrte er. Auch auf Bandaths ungeduldige Frage, was er sähe, reagierte er nicht. Selbst Niesputz im Käfig in Accusos Hand bewegte sich nicht. Es war, als wäre eine Starre über sie beide gefallen. Bandath, Barella, Farael und B'rk erreichten den Baum fast zeitgleich und auch sie erstarrten, als sie in das weite, grüne Tal sehen konnten, das sich vor ihnen öffnete. Der magische Silberstrahl aus der Wolke traf den Boden nicht. Er wurde von der Spitze eines pyramidenförmigen Baues aufgefangen, der aus weißem Kristall zu sein schien und in seiner Größe das ganze Tal beherrschte. Und dieses Tal war wahrlich nicht klein. Erst weit hinten, im Dunst kaum zu erkennen, stiegen die Berge wieder an, die das Tal nahtlos mit ihren weißen Gipfeln umschlossen. Die weiße Pyramide hatte eine rechteckige Grundfläche. Die Längsseite mochte mehr als zweitausend Schritte lang sein, die Querseite höchstens fünfhundert. Der Strahl traf die Spitze des Baues und beständig lag ein feines Knistern in der Luft. Dort oben verwandelte die Magie sich in hunderte von feurigen Bächen, die an der Pyramide herabbrannten, perlten, tröpfelten und im Boden versickerten. Rings um die Kristallpyramide erstreckte sich kräftiger, grüner Rasen auf dem in einem ehrfurchtsvollen Abstand Häuser standen, winzig im Vergleich zu dem magischen Bauwerk, aber weiß wie die Pyramide, wenn auch nicht aus Kristall.

Pyramide, Häuser, ein See und ein Wald waren von einer Mauer umgeben, auch weiß aber deutlich wehrhaft, höher, als die in ihrer Nähe stehenden Bäume, alle tausend Schritte von einem robusten Turm verstärkt. Von der Pyramide zur Mauer lief ein Bauwerk, das Bandath als Aquädukt bezeichnet hätte, als gemauerte Brücke für den Transport von Wasser, wie er es in Konulan gesehen hatte. Weiß wie die anderen Bauten führte das Aquädukt aber kein Wasser. Es sah aus, als flösse ein winziger Teil der Magie, der die Pyramide herabströmte, in dieses Aquädukt. Von diesem wurde die Magie gleich einer lebendigen, silbrigen Flüssigkeit zur alles umfassenden Mauer gelenkt, auf der sie einen Ring um die gesamte Anlage bildete. Bandath hatte unterschwellig den Eindruck, als schütze die Magie sich hiermit selbst.

Hätte dieses Bild der verteidigungsbereiten Anlage nicht schon jedem Ankömmling den Atem stocken lassen, so wäre spätestens das, was der Rest des Tales bot, verantwortlich für die Starre gewesen, die die Gefährten befallen hatte. So weit das Auge reichte, war das Tal grün in den verschiedensten Tönungen, vom hellen Grün frischen Grases und sprießender Getreidefelder bis zum dunklen Grün von Nadelwäldern. Wälder, Büsche, Wiesen und Felder so weit man sehen konnte, dazwischen Bauernhöfe, Weiden, Mühlen, kleinere Siedlungen, ein Fluss. Das war wie ein eigenes, selbstständiges Land hier oben im Gebirge, abgeschottet durch den Ewigen Schnee und trotzdem wärmer als die eisbedeckten Gipfel ringsumher. Und überall außerhalb der Mauern wurden die verschiedenen Grüntöne durch das bleiche Weiß von Knochen unterbrochen. Die vollständigen Skelette von Drummel-Drachen lagen in diesem Tal – so, wie sie sich im Tode niedergelegt hatten. Die Gefährten konnten die Schädel, die Wirbel, Rippen, Beine und Flügel der gewaltigen Tiere sehen. Das hier war der Drachenfriedhof, der Ort, an den sich die Drummel-Drachen zum Sterben zurückzogen und an dem sie, wenn die Sage stimmte, auch geboren wurden.

Sie wussten nicht, wie lange sie so gestanden und gestarrt hatten. Niesputz war der Erste, der sich fasste.

„Also, da glaube ich doch, im vollen Galopp gegen ein Minotaurus-Horn geflogen zu sein", flüsterte er.

Accuso räusperte er sich. „Das ist er also?"

„Ja", hauchte Bandath. Er hatte Barellas Hand ergriffen und die ganze Zeit gehalten.

„Ich hätte ihn mir nie so ... so *mächtig* vorgestellt, wenn du weißt, was ich meine", entgegnete die Zwelfe.

„Das habe ich so nicht kommen sehen", flüsterte Farael. Nur B'rk schwieg, wie meist.

Sie brauchten bestimmt eine halbe Stunde, bevor sie so weit waren, weiterzugehen. Nicht nur die Erholung von dem langen und beschwerlichen Aufstieg, der für ihre entkräfteten Körper doppelt anstrengend war, auch die Eindrücke, die sie vom Berggrat aus aufnahmen und die verarbeitet werden mussten, sorgten für die Rast. Lange standen sie da, wiesen sich gegenseitig auf immer neue Einzelheiten hin, auf Felder, die sie entdeckten, Brücken über Flüsse, Bauernhöfe außerhalb der Begrenzung, ein außergewöhnlich riesiges Skelett, besonders prachtvolle Gebäude innerhalb der Mauer und ein Tor.

„Ich denke, dort sollten wir hin", sagte Bandath schließlich und das gab den Ausschlag. Der Abstieg gestaltete sich bei weitem einfacher als die Wanderung auf der anderen Seite des Berggrates. Der Boden war mit Gras bewachsen und eben. Auch war der Hang nicht so steil wie bei ihrem Aufstieg. Bandath hatte seine Schuhe wieder ausgezogen und genoss das Gefühl von Gras zwischen den Zehen. Ihre Stimmung besserte sich und die ständigen Streitereien zwischen Niesputz und Accuso flauten zu einem leichten Wortgeplänkel ab. Als die Schatten der Berge mächtige Zacken auf den Boden warfen, weil die Sonne sich dem Horizont zuneigte, erreichten sie den Grund des Tales.

„Heute machen wir aber keine Rast mehr", sagte Bandath, um von vornherein dem eventuellen Wunsch seiner Gefährten vorzubeugen. Er wollte unbedingt die Mauer erreichen.

„Ich glaube kaum, dass auch nur einer von uns das will", erklärte Niesputz.

Wenig später erreichten sie das erste Skelett eines Drummel-Drachen. Was sie von oben nicht gesehen hatten, offenbarte sich ihnen jetzt: Der gesamte Boden rund um das Knochengerüst war mit den nicht verrotteten Schuppen des Drachen bedeckt, zwischen denen sich Grashalme nach oben reckten. Es klirrte und knirschte, als sie darauf traten. Sofort blieben sie stehen.

Direkt vor ihnen lagen die gigantischen Knochen des Drachen. Sein Schädel rechts, auch die Flügel. Die Rippen hoben sich wie die Bögen eines ihnen unbekannten Bauwerkes direkt vor ihnen weit in den Himmel.

„Du meine Güte." Barella bekam den Mund kaum zu. „Allein in den Brustkorb passt ja fast ganz Neu-Drachenfurt."

„Nun übertreibst du, holde Zwelfe", erklärte Niesputz wichtigtuerisch. „Unter einen Flügel, ja. In den Brustkorb mag die große Bibliothek von Konulan passen, aber nicht euer aufstrebendes Dorf."

„Ich kann nicht weitergehen." Bandath schüttelte den Kopf. „Ich meine, da liegt ein *Drummel-Drache* ... ich kann nicht auf seinen Schuppen herumtrampeln."

Also kamen sie den Knochen des gewaltigsten aller Lebewesen nicht zu nahe, sondern schlugen einen Bogen um die Stelle, an der er gestorben war. Auf halber Strecke blieben sie stehen.

„Was ist das?" Accuso als der Größte unter ihnen hatte seine Hand ausgestreckt und wies auf das Skelett. Dort, wo die Rippenbögen erst kleiner wurden und dann ganz verschwanden, wo die Hinterbeine zu erkennen waren und die Wirbelsäule in den Schwanz überging, lag die Schale eines Eies, aufgeplatzt und leer, groß wie ein Haus.

„Beim Ur-Zwerg!" Barella traute sich nicht, laut zu sprechen. „Sie hat ein Ei gelegt, bevor sie starb.

„Und das Junge scheint geschlüpft zu sein." Faraels Stimme klang noch leiser als die der Zwelfe. Schweigend gingen sie weiter. Sterbebett eines Drummel-Drachen und Geburtsort eines anderen hinter sich lassend.

Erst als die Nacht ihre mittlere Stunde erreicht hatte, standen sie vor dem Tor. Irgendwo hinter der Mauer befand sich die Pyramide. Die

Mauer selbst war zu hoch, um ihr Ende zu erkennen. Nur der magische Strahl, der aus der Wolke herab pulste, schickte seinen silbernen Schein über das Tal. Unterstützt von dem halbhellen Licht, das die fließende Magie auf der Zinne der Mauer von sich gab, war es heller als bei jedem Vollmond, auch wenn der Mond erst gegen Morgen aufgehen würde, wie Farael anmerkte.

Sie standen vor dem Tor und als Bandath die Hand hob, um zu klopfen, öffnete sich der mächtige Torflügel lautlos und federleicht. Ein Mann stand auf der Schwelle, in ein weißes Gewand gekleidet, das silberweiße Haar reichte glatt bis weit über die Schultern. Er hatte seine Hände vor dem Bauch verschränkt, die weiten Ärmel aber verbargen sie. Ohne ein Wort zu sagen, musterte er die vor ihm Stehenden.

„Es ist viele hundert Jahre her, dass Leute von außerhalb des Ewigen Schnees den Weg zu uns gefunden haben."

„Wir kommen in einer wichtigen Mission." Bandath ergriff das Wort und breitete zum Gruß die Hände aus, mit den Handflächen nach oben. „Ich bin Bandath, freier Hexenmeister. Ich komme, weil es einen Angriff auf die Magie gibt." Er wies auf seine Begleiter. „Das sind meine Gefährten Barella, Accuso, Farael, B'rk und Niesputz."

„Danke, dass du mich als Letzten nennst, Zauberer!", knurrte Niesputz leise.

Der in Weiß Gekleidete nickte. Sein Gesicht nahm einen traurigen Ausdruck an. „Wir haben bemerkt, dass die Magie angegriffen wird. Und wir befürchten, dass es noch weitaus schlimmer kommen kann." Er atmete durch und sein Brustkorb hob sich dabei. Bandath konnte die Falten vieler Jahre im Gesicht des Mannes sehen. „Ich bin Ingrod, der Oberste Hüter. Willkommen auf dem Drachenfriedhof. Willkommen in der Kristallburg. Tretet ein und habt keine Angst. Die Magie wird euch prüfen." Er trat einen Schritt zurück und plötzlich perlte silbrig Magie von oben herab. Wie in feinen Fäden, an denen Wassertropfen herabrannen, floss sie von oben und verschwand glucksend im Boden. Ohne auf die anderen zu achten, streckte Bandath die Hand aus und ließ die Macht über seine Finger rinnen. Es war, als hätte er noch nie in seinem Leben so etwas Reines, Unverfälschtes berührt. Unschuldiger konnte nur der Blick eines kleinen Kindes sein. Er trat vor und ließ sich von oben bis unten von der Magie umspülen. Gleichzeitig hatte er das Gefühl, als würde sie ihn reinigen, all die Sorgen und schweren Gedanken aus seinem

Bewusstsein ziehen, oder eher noch: als würde sie ihm die Bürde erleichtern, ihm *tragen* helfen. Er wollte gar nicht weitergehen, aber irgendwann merkte er, dass die Magie ihn wieder freigab. Sie hatte getan, was getan werden musste, jetzt war der Nächste an der Reihe. Bandath tat zwei weitere Schritte. Er fühlte sich leicht, erholt, gestärkt, gereinigt ... *besser!*

Barella folgte. Auch sie blieb unter der perlenden Magie stehen, hob die Arme und drehte sich, als stünde sie unter einem Wasserfall und genösse das Wasser. Dann stellte sie sich neben Bandath. „Nichts Böses vermag dieses Tor zu durchschreiten", flüsterte sie und griff seine Hand. Farael stolperte, als er eilig unter das Tor trat. Aber auch er verharrte einen Moment, genoss das Perlen der Magie über und durch seinen Körper. Accuso folgte zögernd, den Käfig mit Niesputz in der Hand. Verkrampft blieb der Minotaurus unter dem Vorhang stehen, lockerte aber seinen Körper sofort. Niesputz stöhnte sogar genussvoll. Dann waren sie durch. B'rk stand noch auf der anderen Seite. Sein Gesicht war ausdruckslos, der Blick auf Bandath gerichtet.

„Nun komm, Orakel-Bürk", rief Niesputz. „Wir haben nicht ewig Zeit."

Der Gestaltwandler bewegte sich nicht. Seine Augen bohrten sich in die des Hexenmeisters.

„Was ist?", rief Barella ihm zu und streckte ihre Hand aus.

Bandaths Augen wurden groß, seine Gesichtsfarbe fahl. „Nein!" Seine Stimme war nicht mehr als ein leises Hauchen. Hatte er sich eben noch so wohl gefühlt wie seit langem nicht, wälzte sich plötzlich eine Last größer als die Kristallburg auf seine Schultern. „Was habe ich getan?"

B'rk hob die Hand. Der ihnen bekannte Prozess der Gestaltwandlung begann. Wie flüssiges Silber verlor die Hand ihre Form, der Arm, Beine und der andere Arm folgten. Nur der Kopf blieb der des Eiszwerges, dessen Gestalt er angenommen hatte. Der silberne Klumpen, zu dem B'rks Körper mutiert war, verlor an Glanz, wurde stumpf, waberte, als könne er sich für keine Form entscheiden. Er wuchs! Wurde größer. Und die ganze Zeit blieben B'rks Augen auf Bandath gerichtet; hielt er den Blick des Hexenmeisters mit seinem eigenen gefangen.

„Aber er hat doch gesagt, er kann seine Größe nicht verändern", ächzte Farael.

Es bildeten sich große, kräftige Hinterbeine, die Beine eines Löwen. Vorderbeine mit Tatzen wurden sichtbar, ebenfalls Löwenbeine. Und noch immer wuchs die Gestalt, größer als ein Pferd war sie schon. Ein langer Schwanz mit lanzenförmiger Spitze wuchs aus dem Körper und bewegte sich unruhig hin und her. Hinter den Schulterblättern formten sich Auswüchse, wurden größer. Erst waren es armgroße Warzen. Dann wurden sie flacher, breiter, bildeten Federn, wurden zu Flügeln. In der Zwischenzeit schien das Wachstum des Gestaltwandlers abgeschlossen. Er war jetzt mehr als viermal so groß wie das größte Pferd, das Bandath jemals gesehen hatte. Aus dem muskulösen Brustkorb wuchsen zwei Arme. Als die Mutation des Körpers abgeschlossen war, formte sich der Kopf um. Aus dem kleinen Zwergenkopf wurde der eines Menschen, in der Größe an den restlichen Leib angepasst, Haare wuchsen, aus dem Mund ragten gefährliche Raubtierhauer. Als Allerletztes verwandelten sich die Augen. Die Pupillen wurden oval, senkrecht stehend, bekamen ein reptilienhaftes Aussehen. Und dann, am Ende der Verwandlung, wurde das stumpfe Silber schwarz, die festen Umrisse verschwanden und etwas wie eine in der Luft schwebende Staubschicht umgab den Körper, so dass man die Konturen des Körpers nicht mehr genau erkennen konnte.

Bandath trat einen Schritt vor, seine Knie zitterten und er befürchtete, zu stürzen. „Pyrgomon!", murmelte er und war von seinen Freunden kaum zu verstehen.

Der Schwarze Sphinx riss sein Maul auf und lachte. „Kleiner, einfältiger Hexenmeister. Hast du wirklich gedacht, du könntest dich gegen mich stellen?" Erneut zerriss sein Lachen die ehrfürchtige Ruhe des Tales und übertönte das Glucksen der versickernden Magie. „Ich danke dir. Du hast mich zum Drachenfriedhof geführt. Ohne dich hätte ich meinen Plan nie umsetzen können. Wie es geplant war, bist du von Go-Ran-Goh entkommen und hast mich Schritt für Schritt bis zur Quelle der Magie geleitet." Er deutete eine ironische Verbeugung an. „Und deine erbärmlichen Freunde überall in diesem ebenso erbärmlichen Gebirge laufen zur selben Zeit in die Fallen, die ich ihnen gestellt habe."

Hinter Bandath befreite sich als Erster Ingrod aus seiner Starre. „Nebulon!" rief er.

Bandath schrie auf, riss die Hände hoch, doch seine heraufbeschworene Feuerkugel zerplatzte vor Pyrgomon wie ein Wassertropfen auf einem Stein. Der Schwarze Sphinx schlug mit den Flügeln und erhob sich. Im selben Moment jedoch bildete sich von den Zinnen der Mauer ausgehend ein Vorhang aus Silberlicht bis weit in den Himmel. „Nebulon" war ein magisches Wort, um den Schutzwall aufzubauen und gleichzeitig das Alarmzeichen für die Hüter gewesen. Weißgewandete eilten auf der Mauer entlang. Jetzt schrie Pyrgomon. Es klang, als würden tausende Troll-Fingernägel über Schieferplatten gezogen werden. Der Schrei hallte in den Köpfen wieder, entstand in Pyrgomons Kehle und in ihren Köpfen gleichzeitig. Der Schwarze Sphinx flog einen Scheinangriff gegen den Silbervorhang, Funkenregen gingen nieder, Pyrgomon lachte, schrie erneut und drehte eine Runde vor dem Tor in der Luft.

„Kämpft gegen jemanden, der immer einige Augenblicke in die Zukunft sehen kann. Ich werde eure Mauer bezwingen! Meine Stunde wird kommen!" Dann drehte er ab und landete am Rande des Tales auf einem Bergvorsprung. Seine Silhouette verschmolz mit der Dunkelheit der Nacht. Er wartete.

Bandath aber sank auf die Knie, schlug die Hände vor das Gesicht und begann zu weinen. *Was hatte er getan?*

Es war die Nacht vor der Sommersonnenwende.

Der Hexenmeister und seine Gefährten wurden später von Ingrod zu einem Haus in der Nähe der Mauer geleitet.

„Wir sind die Hüter", erklärte er unterwegs. Barella musste Bandath all das am späten Abend erneut erklären, er war in diesem Moment nicht aufnahmefähig. Ständig murmelte er wie abwesend: „Was habe ich getan? Was habe ich nur getan?"

„Wir sind die Hüter der Magie, die Hüter des Drachenfriedhofes und die Hüter der Kristallburg." Ingrod wies auf die gigantische Pyramide im Zentrum der Umfriedung. „Die Drummel-Drachen kommen zu uns, um zu sterben. Jeder Drummel-Drache, der stirbt, trägt in seinem Inneren ein Ei, aus dem Jahre später ein neuer Drummel-Drache schlüpft. Die Mauer wurde nach den großen Drummel-Drachen-Kriegen errichtet, als Pyrgomon das erste Mal versuchte, Gewalt über die Magie zu bekommen. Er wird es nicht schaffen, sie zu überwinden. Ein Wesen wie er kann die magische Sperre nicht bezwingen. Um die Mauern anzugreifen, bräuchte er ein Heer, ein großes Heer. So aber, wie er dort in der Dunkelheit sitzt, kann er lange sitzen. Die magische Barriere auf der Mauer hält ihn ab und die Mauer selbst ist zu stark für ihn."

Bandath saß am Tisch in ihrer Unterkunft, stierte in die Kerzenflamme und antwortete einsilbig, verstand aber Barellas Erläuterungen. Sie hatten eine Mahlzeit bekommen, aber selbst davon aß der Zwergling wenig und nur nach langem Zureden durch Barella. Irgendwann später, als sie die Müdigkeit am Tisch zu übermannen drohte und die Kerze zur Hälfte heruntergebrannt war, legte sie sich auf eines der für sie hergerichteten Lager. Bandath blieb auf seinem Stuhl sitzen, bewegte sich kaum, den Blick fest auf die Kerzenflamme gerichtet. Farael schlief schon lange. Niesputz hatte sich in seinem Käfig zusammengerollt. Nur Accuso harrte aus. Er hatte sich einen Hocker genommen, ihn neben die Tür geschoben, den Bogen neben sich gelegt und hielt den Speer in den Händen, als traue er den Hütern nicht. *Schlaf ruhig*, sagte sein Blick der Zwelfe, als sie zu ihrem Lager schlurfte, erschöpft von den letzten Tagen.

Im heller werdenden Morgenlicht öffnete Barella die Augen. Farael lag noch immer auf seinem Lager und schnarchte, dass sie dachte, die Töne würden eher zu einem Minotaurus passen. Ansonsten war der Raum leer. Sowohl Bandath als auch Accuso und das Ährchen-Knörgi waren verschwunden.

Erschrocken setzte sie sich auf, fuhr in ihre Stiefel, griff nach den Waffen und eilte nach draußen. Sie fand Bandath natürlich auf der Zinne der Mauer stehend, Accuso wie eine steinerne Wache unbeweglich einige Schritte hinter ihm. Der Blick des Hexenmeisters war auf den Bergvorsprung gerichtet, auf dem Pyrgomon thronte, schwarz und bedrohlich. Die Sonne stieg über die Berggipfel und besiegte den Nebel, der auf den Wiesen und Wäldern lag und sich irgendwohin zurückzog. Wie bleiche Finger ragten die Rippenbögen der Drummel-Drachen-Skelette aus dem Nebel und wurden nach und nach von der Sonne freigelegt.

„Wie lange steht er schon hier?"

Accuso blickte zu Barella. „Kurz nachdem du eingeschlafen bist, ist er wortlos aufgestanden. Ich folgte ihm. Seitdem steht er hier und starrt zu Pyrgomon hinüber. Und weißt du was?" Sein Blick wanderte zu dem Berg. „Ich habe den Eindruck, dass der Schwarze Sphinx zurückstiert."

Sie tat die letzten beiden Schritte und legte ihrem Gefährten die Hand auf die Schulter. Bandath rührte sich nicht, wandte den Blick nicht ab von der schwarzen Gestalt am Ende des Tales. So standen sie, bis die Sonne endgültig die Oberhand über den Nebel errungen hatte. Vor ihnen im Mauerwerk gluckste die Magie, die in einer steinernen Rinne entlangfloss. Direkt aus ihr erhob sich als fein silbern wabernder Vorhang der magische Schutzwall, behinderte jedoch den Ausblick auf die umliegenden Lande nicht. Die ganze Nacht waren Flüchtlinge aus diesen Gebieten, meist Bauern, vor den Mauern der Kristallburg erschienen, hatten um Einlass gebeten und diesen auch erhalten. Jetzt ebbte dieser Flüchtlingsstrom ab.

Ingrod trat zu ihnen. Seine Hüter waren in gleichmäßigen Abständen über die gesamte Mauer verteilt und hielten den magischen Schutzwall aufrecht.

Der Minotaurus sah ihn an, blickte hinter die Mauer, musterte die Häuser, die Kristallburg. „Wo sind eure Krieger?"

„Krieger?" Der Oberste Hüter blickte zu der Silhouette des Schwarzen Sphinx. „Wir haben keine Krieger mit Schwert und Pfeil. Ein paar Waffen, ja. Deshalb konnten wir euch ausrüsten. Aber keine Krieger. Wir sind *die Hüter*. Wir sind Magier. Sieh dich um. Wir *brauchen* keine Krieger. Hier kommt niemand her."

„Wir sind hierhergekommen. Und der Schwarze Sphinx."

Der Oberste Hüter nickte langsam. Gram umwölkte seine Stirn.

„Ich habe das Gefühl", murmelte Bandath, „dass Magier allein sehr bald nicht mehr ausreichen könnten." Es waren die ersten Worte, die er sprach und sie klangen, als wäre Bandath über Nacht um hundert Jahre gealtert.

„Er ruft mich. Ich muss mich ihm stellen, ob ich will oder nicht. Ich habe ihn hierhergebracht, ich muss ihn auch besiegen."

„Und nur du kannst es." Auch Niesputz klang ungewöhnlich ernst. Erst jetzt bemerkte Barella ihn. Sein Käfig stand auf der Zinne hinter dem Minotaurus. Der Blick des Hexenmeisters wanderte zu dem Ährchen-Knörgi.

„Ist es das?", fragte er. „Ist das die Aufgabe, für die ich vorbereitet worden bin?"

Niesputz sagte kein Wort. Langsam senkte er bestätigend den Kopf.

„Ich wollte das nicht", murmelte Bandath. „Ich habe das alles nicht gewollt. Ist es Zufall, dass ich dazu auserwählt worden bin?"

„Es sind Millionen von Zufällen gewesen, die uns hierher gebracht haben, Hexenmeister." Wieder klang die Stimme des Ährchen-Knörgis ungewohnt ernst. „Es kam nicht darauf an, was wir wollten, es waren diese Zufälle. Aber irgendwann kommt der Moment, da kommt es darauf an, was wir wollen. Und der ist jetzt!"

Barella zog den Riemen ihres Schwertgehänges fester. „Dann lass uns gehen."

Jetzt drehte sich Bandath das erste Mal zu seiner Gefährtin. „Wir?" Er schüttelte den Kopf. „Jeder Einzelne von euch, auch ihr alle zusammen, könnt nichts gegen ihn ausrichten. Ich bin der Einzige, der das kann. Niesputz hat recht. Also werde auch nur ich gehen." Er strich Barella über die Wange. Eine Träne löste sich aus ihrem Auge. Sein Blick wanderte zur Sonne. „Sommersonnenwende", murmelte er. „Wir dachten, erst heute sollte alles beginnen. Vielleicht endet es aber heute, im Guten oder im Schlechten." Wieder drehte er sich in Richtung Pyrgomon. „Ich weiß nicht, was du kannst. Und du nicht, was ich kann. Aber noch ehe die Sonne untergeht, werden wir es herausgefunden haben." Wie gegen einen inneren Widerstand atmete er tief durch. „Öffne mir das Tor, Ingrod."

An seiner Seite baumelte das Schwert, das er von Ingrod bekommen hatte, so wie auch alle anderen am Abend zuvor von einem Hüter mit neuen Waffen ausgerüstet worden waren. Obwohl Bandath versucht hatte zu widersprechen, hatte Barella ihn mit dem Schwert gegürtet. Jetzt hing es an seiner Hüfte wie ein unnützes Anhängsel, dem man schon von Weitem ansah, dass er es nicht benutzen konnte. Nur wenig später sahen sie, wie die Gestalt Bandaths immer kleiner wurde, als er sich von den schützenden Bauwerken entfernte. Barella hatte noch nie in ihrem Leben solch einen Schmerz im Herzen gespürt. Da nutzte es auch nichts, dass Accuso seine mächtige Hand auf ihre Schulter legte.

Pyrgomon regte sich nicht. Er erwartete den Hexenmeister.

Siebenhundert Schritt im Umfang, zweihundertfünfzig im Durchmesser

Der Markt am Nebelgipfel befand sich innerhalb eines gewaltigen Talkessels. Fast kreisrund und so groß, dass man zu Fuß mehrere Stunden gebraucht hätte, um ihn auf geradem Weg zu durchqueren, wurde er auf allen Seiten von senkrechten Felsen begrenzt, die zum Teil mehrere Meilen weit nach oben ragten. Unbesteigbar führte der Fels auf der einen Seite bis zu dem Berg, dessen Gipfel nur wenige Tage im Jahr zu sehen war, sich ansonsten aber hinter Wolken verbarg und dem Markt den Namen gegeben hatte: der Nebelgipfel. Der Boden des Talkessels war angefüllt mit Hunderten von Häusern, aus den Steinen der Berge errichtet und mit gewaltigen Bohlen als Schutz gegen den Winterschnee gedeckt. Die Siedlung hieß überall um die Drummel-Drachen-Berge nur *der Markt*. Händler wohnten hier seit vielen hundert Jahren und verlangten Zoll von den Durchreisenden dafür, dass sie den Pass von der Süd- zur Nordseite des Gebirges frei, begehbar und sicher hielten. Der Markt war Rastplatz, Umschlagplatz für Waren aller Art und sichere Unterkunft für alle, die sich hier aufhielten. Neben Flussburg und seit einigen Jahren jetzt auch Neu-Drachenfurt war der Markt gleichzeitig der einzige Ort, an dem Vertreter aller Rassen gleichberechtigt und vor allem friedlich nebeneinander lebten.

Nur zwei Zugänge führten zum Markt. Der Weg aus dem Süden, in den die von Flussburg kommende Nord-Süd-Handelsstraße mündete, war ein tiefes, steiles Tal. Es führte gewunden mehr als zehn Meilen durch die Berge und war so schmal, dass zwei sich begegnende Fuhrwerke nur knapp aneinander vorbeifahren konnten. So manch eine Räuberbande, die versucht hatte, in das Tal einzudringen, hatte sich hier schon die Zähne ausgebissen und ihren Angriff teuer bezahlt.

Zur Nordseite der Drummel-Drachen-Berge war ein ähnlicher Taleinschnitt in den Bergen zu finden, fast doppelt so lang und noch besser zu verteidigen.

Der Markt mit seinen beiden Tälern war auf viele dutzend Tagesreisen nach Osten und Westen hin der einzige sichere Übergang über die Drummel-Drachen-Berge.

Und natürlich war der Markt auch für Heere, wie das der Gorgals, das aus dem Norden anrückte, der einzige Weg in den Süden.

Dementsprechend froh waren die Händler und Söldner, als die Freiwilligen aus dem Süden erschienen, um den Zugang zusammen mit den Söldnern zu verteidigen – nur drei Tage nachdem das gewaltige Heer der Gorgals vor dem Nordeingang des Tales sein Lager aufgeschlagen hatte. Diese machten jedoch keine Anstalten, das Tal zu stürmen, hatten es aber gegen Norden hin hermetisch abgeriegelt. In sicherer Entfernung von den Posten der Söldner hatten sie Position bezogen. Und jetzt zeigte sich aus strategischer Sicht ein eklatanter Mangel, den das Tal bot. Genau so einfach, wie die Söldner auf Grund der Talenge ein Eindringen der Gorgals verhindern konnten, konnten diese einen eventuellen Ausbruchsversuch der Söldner aus dem Tal verhindern. Abgesehen davon, dass die im Tal zusammengezogenen Kräfte viel zu schwach gegen die riesige Masse der Gorgals waren, wäre die Menge der Söldner, die aus dem Tal strömen würden, viel zu gering. Die Armee wäre für die Gorgals kein ernstzunehmender Gegner. Nun hatten die Verteidiger allerdings gar nicht vor, die Gorgals anzugreifen. Es genügte ihnen völlig, diese vom Eindringen in das Tal abzuhalten. Sie dachten, die Gorgals würden den Markt erobern wollen und damit die Passage in den Süden. Für die Händler, die Söldner und die Freiwilligen war der Weg in den Süden frei, würde ihres Wissens nach frei bleiben und damit wäre Nachschub kein Problem, sollten die Vorräte, die sie in den Gängen gehortet hatten, in mehreren Monden wirklich dem Ende zu gehen.

Allerdings, und das verwunderte Händler wie auch Freiwillige doch sehr, versuchten die Gorgals nicht einmal ansatzweise einen Angriff auf den Markt. Sie begnügten sich damit, ihr Heerlager errichtet und den Zugang abgeriegelt zu haben, gerade so, als würden sie auf etwas warten.

Und noch etwas verwunderte die Verteidiger. Sie hatten von ihrer Position aus einen ausgezeichneten Blick auf das Heerlager am Berghang unter ihnen. Zelt drängte sich an Zelt, große für die Heerführer und Hauptmänner, Soldatenunterkünfte und die freien Plätze, auf denen die Sklaven lagern mussten. Mehrere Pferdekoppeln an den Außenbereichen, Wachposten, der für die Verpflegung verantwortliche Tross, alles konnte gesehen werden. Die Gorgals hatten mehrere Plätze innerhalb des Lagers frei gelassen, für Kochfeuer, für die täglichen Waffenübungen, Reit-plätze ... alles schien normal. Bis auf einen kreisrunden Platz, fast genau in der Mitte des Heerlagers. Dieser Platz blieb frei und wurde auch nicht betreten. Mehr als siebenhundert Schritt im Umfang und etwa zwei-hundertfünfzig im Durchmesser. Fast dreihundert Gorgals standen allein rund um diesen Platz Wache. Sie hatten alle Bäume dort gerodet, Büsche entfernt und Felsen zur Seite gerollt. Und sie wurden alle drei Stunden abgelöst.

Die Verteidiger des Tales ahnten nicht, dass sich Bolgan Wurzelbart in diesem Heer befand. Der Magier des Inneren Ringes aus Go-Ran-Goh, ein Gnom und in der Magierfeste der Meister des Wachsens und Ver-gehens, war schon vor langer Zeit vom Schwarzen Sphinx zu den Gorgals geschickt worden. Zusammen mit dem Heerführer der Schwarzhäute war Bolgan Wurzelbart das Lager abgeschritten, hierhin und dorthin, kreuz und quer, hatte gemurmelt, beinahe gesungen, die Augen halb ge-schlossen und war dann plötzlich stehen geblieben. „Hier!", hatte er ge-sagt und damit den Mittelpunkt dieses merkwürdigen Kreises bestimmt. Mit weit ausgreifenden Schritten war er den Umfang abgelaufen und hatte dem Heerführer gezeigt, wo er seine Wachen positionieren sollte. Sie alle standen mit dem Rücken zum Kreismittelpunkt, um ihren Kameraden den unbeabsichtigten Zutritt zu verwehren. Eine Aufgabe, die sich meist im Nichtstun erschöpfte, denn sobald der Kreis festgelegt worden war, mieden ihn die Gorgals, als würde dort die Gefahr bestehen, dass ihnen ihr langes Bart- und Haupthaar ausfiel oder Schlimmeres geschah. Ein einziger Gorgal hatte sein Gesicht dem Kreisinneren zugewandt und wartete. Sollte eintreten, was erwartet wurde, dann würde er so schnell es ihm möglich war, seinem Heerführer und diesem weichlichen Gnom Meldung machen. Schließlich hatte er keine Lust, zu Füßen seines Feldherrn sein Leben auszuröcheln, womöglich noch mit seinem eigenen Schwert zwischen den Rippen.

Was dieser Gorgal nicht wusste, genauso wenig wie sein Heerführer, der Magier oder sonst ein Gorgal in diesem großen und gewaltigen Heer – und was auch die Verteidiger der Schlucht nicht ahnten – war, dass sich aus dem Norden eine weitere riesige Streitmacht näherte. Die Gefährten Accusos waren erfolgreicher gewesen, als sie es selbst für möglich gehalten hatten. Sie hatten ihr eigenes Volk bereits in Unruhe vorgefunden, da es ernste Zusammenstöße mit vorrückenden Gorgal-Truppen gegeben hatte. Schneller als je in der Geschichte der Minotauren-Stämme war das Heer aufgestellt worden. Sie planten, die Gorgals in die Zange zu nehmen und an den Hängen der Drummel-Drachen-Berge zu zerquetschen.

Den Steinbuchen-Knörgis, die im Auftrag der Elfen, Trolle, Zwerge und Menschen über dem Gorgal-Lager am Südrand des Umstrittenen Landes Kundschafterflüge durchführten, bot sich ein ganz ähnliches Bild. Nachdem sie sich über die Riesengras-Ebene herangeschlichen hatten, hatten sich die Gorgals keinen Schritt weiterbewegt. Wäre Niesputz da gewesen, so wäre ihm vielleicht aufgefallen, dass das derselbe Ort war, an dem er damals mit Bandath, Barella und dem hypnotisierten Gilbath einen Eingang in das Umstrittene Land geöffnet hatte. Mit dem Rücken zur Hecke und ihrer tiefgestaffelten Verteidigungslinie saßen die Schwarzhäute auf einem Gelände, größer als Neu-Drachenfurt.

Umgeben war das Lager mittlerweile von drei Heeren, den südöstlich lagernden Flussbürgern, den im Süden lagernden, von Theodil herangeführten Zwergen und von den Elfen und Trollen, die im Südwesten ihre Zelte aufgeschlagen hatten.

Aber es tat sich nichts. Weder machten die Gorgals Anstalten, ihr Lager abzubrechen und weiterzuziehen – wo auch immer sie hin wollten – noch griffen sie an. Sie schienen ganz zufrieden mit ihrer Position zu sein und sowohl Gilbath als auch die anderen Heerführer bis hin zu den Knörgis hatten die stille Vermutung, dass sie genau *dort* hingewollt hatten. Warum, konnte allerdings niemand erklären.

Und es fand auch niemand eine Erklärung für den freien Bereich am Rand der Hecke, zweihundertfünfzig Schritt im Durchmesser und mehr als siebenhundert im Umfang.

Die Kundschafter der Steinbuchen-Knörgis hatten nur erzählt, dass eine Menschenfrau zusammen mit dem Heerführer diesen Bereich festgelegt hatte und dass er von den Gorgals bewacht würde, als gäbe es dort etwas zu stehlen. Aber es gab dort nichts zu stehlen, die Steinbuchen-Knörgis hatten genau nachgeschaut. In diesem Bereich hatten die Gorgals alle Büsche entfernt, die dort gewachsen waren und sogar einen Felsen zur Seite geräumt. Selbst das Riesengras war sorgsam niedergetrampelt worden. Nachts strengten sich die Knörgi-Kundschafter an, wenn sie durch das Lager schlichen und ihre Ohren spitzten, dass sie sich schon vorkamen wie Elfen – wobei sie immer noch Zeit fanden, den einen oder anderen Lederriemen zu zerschneiden oder Wassersäcke zu durchlöchern. Doch so sehr sie auch lauschten, sie erfuhren nichts. Nur eine Bemerkung des Heerführers fingen sie auf und gaben sie wortwörtlich an Gilbath weiter. „Dort wird es also passieren."

Die Menschenfrau, bei der es sich um die Magierin Menora, die Meisterin der Fernsicht handelte, bestätigte es dem Heerführer durch ein langsames aber gewichtiges Kopfnicken.

Elfen, Trolle, Zwerge, Menschen und Steinbuchen-Knörgis indes blieben ratlos. Die Steinbuchen-Knörgis machten sich die erzwungene Pause zunutze und arbeiteten fleißig mit ihren Messern an den Riemen, Wassersäcken und Stricken der Gorgals.

Am Morgen der Sommersonnenwende traf der Bewahrer ein, auf Blauschuppe, dem gewaltigen Drummel-Drachen reitend. Den ersten Erkundungsflug über dem Gorgal-Lager bezahlte Blauschuppe mit ein paar hässlichen Brandflecken auf seiner Unterseite. Lichtlanzen der Magierin hatten ihn dort getroffen, als er den riesigen Pfeilen auswich, die die Schleudern der Gorgals gegen ihn abschossen. Blauschuppe war irritiert. Zuerst die Veränderung der Magie und jetzt ein Angriff durch ein Mitglied der Magier-Gilde. So ließ er sich am Rande des Lagers der Trolle und Elfen nieder und der Bewahrer musste lange mit ihm reden, bevor er sich entspannte.

„Es ist nicht leicht für die Drummel-Drachen, das müsst ihr verstehen", erklärte dieser dann den Verbündeten. „Die Veränderung der Magie trifft sie viel stärker, als man glauben möchte, wenn man sie sieht. Und jetzt wurde er durch ein Mitglied der Gilde angegriffen, die geschaffen wurde um die Magie und die Drummel-Drachen zu beschützen."

„Also", knurrte Rulgo, „mich würde das wütend machen und nicht depressiv."

Korbinian stimmte ihm zu, sah aber auch keine Lösung. Er hatte, wie alle anderen auch, mehr von der Unterstützung des Drummel-Drachen erwartet.

Der einzige Ort, an dem gekämpft wurde, war Go-Ran-Goh. Das Gorgal-Heer verteidigte verbissen das aufgesprengte Tor, während die Belagerer hinein drängten. Aber noch wurde das offene Tor durch die Gorgals gehalten. To'nellas Angriff war ins Stocken gekommen. Selbst Moargids Eingriff mit Feuerblitzen half nicht viel, denn eine große Einheit der Gorgals wandte sich sofort dieser neuen Bedrohung hinter ihren eigenen Reihen zu und die Magierin hatte alle Hände voll zu tun, ihr eigenes Leben zu retten. Und es gelang ihr nur durch die Hilfe Bethgas. Da der Beschuss durch die Magier aus dem oberen Turm nach dessen Sprengung aufhörte, eroberten die fliegenden Oger sofort den Luftraum über der Burg. Mit Pfeil und Bogen beschossen sie die Gorgals auf dem Boden, wurden allerdings von denen mit denselben Waffen angegriffen, was ebenfalls Verluste mit sich brachte.

Die Gorgals hatten auf dem wirklich sehr großen Burghof der Magierfeste eine Unmenge an Belagerungswaffen gebaut, die sich jetzt hier drängten.

Der Innenhof von Go-Ran-Goh wimmelte von tausenden Gorgals. Sie drängten sich auf dem großen und den kleineren Höfen, zwischen den Gebäuden und auf den Zinnen. Nur der Bereich, den Muzor Messolan, der Meister der Levitation, zusammen mit dem Heerführer der Gorgals abgeschritten hatte, blieb frei – siebenhundert Schritt im Umfang und etwa zweihundertfünfzig im Durchmesser.

Die Gorgals, die ihr vorgegebenes Ziel nie erreichten, waren die des Trupps, der sich aus westlicher Richtung kommend durch die Drummel-Drachen-Berge hatte schleichen sollen. Und es waren die einzigen, die ihren Auftrag nicht erfüllen konnten. Zu ihrem Pech waren sie den Stein-buchen-Knörgis aufgefallen und wurden seitdem von ihnen beobachtet und heimgesucht. Der Auftrag von Aena Lockenhaar an ihre Stein-buchen-Knörgis, der mittels eines Boten vor wenigen Tagen eingetroffen war, war eindeutig gewesen: *Mit allen zur Verfügung stehenden Mitteln aufhalten.* Der Auftrag von Pyrgomon dem Schwarzen an seine Gorgals war ebenfalls eindeutig gewesen: Auf einem nur Wenigen bekannten Bergpfad sollten sie sich in Richtung Nebelgipfel durchschlagen. Wenn dort die Aufmerksamkeit aller auf das gewaltige Heer der Gorgals im Norden gerichtet war, sollten sie vom Süden her in das Tal eindringen und alle Bewohner niedermachen. Der Nord-Süd-Pass am Markt musste unter Gorgal-Kontrolle sein, um unliebsame Überraschungen aus dieser Richtung zu vermeiden.

Wahrscheinlich hätte der Plan auch geklappt, wären die Gorgals nicht auf die Knörgis getroffen.

Conlao Mitternachtsfuchs zögerte nicht einen einzigen Augenblick, als der Bote von Aena eintraf. Es war der Moment, als die Gorgals die Grenze des Ewigen Eises erreichten und nach Osten strebten ... streben wollten. Innerhalb weniger Tage gab es keine Lederriemen mehr, kein Strick, kein Seil, das nicht so oft geflickt war, dass es kaum noch benutzt werden konnte. Reiter fielen von den Pferden, weil sich die Sattelriemen im wahrsten Sinne des Wortes auflösten. Und wenn die Gorgals fielen, dann fielen sie nicht einfach auf die Erde. Die Gebirgspfade, die der Trupp benutzte, waren mittlerweile so schmal, das so manch einer der Fallenden schreiend irgendwo in den Tiefen der Täler verschwand. Pferde scheuten, aus für ihre Reiter unerfindlichen Gründen, und warfen diese ab, an Stellen, die den Reitern keine Chance auf Rettung ließen. Winzige, grün leuchtende Monster kamen angeflogen, Funken versprühend und so schnell, dass die Gorgals ihnen mit den Augen kaum folgen konnten. Sie blendeten die Krieger mit ihren Stacheln, oder womit auch immer. Blinde Krieger seien nutzlos, meinte der Heerführer und ließ diese in die Schluchten werfen. So lange, bis auch er geblendet wurde. Conlao Mitternachtsfuchs war es ein Bedürfnis gewesen, das persönlich zu erledigen. Der Heerführer wurde von seinen Kriegern eigenhändig in das nächstbeste Tal geworfen. Von diesem Moment an ging es für die Gorgals nicht mehr um ihren Auftrag, sondern um das eigene Überleben. Sie verließen die Region des Ewigen Eises und strebten wieder in Richtung Westen – Rückzug auf der ganzen Linie. Als sie eines Morgens erwachten und all ihre Sklaven verschwunden waren, kümmerte es sie nicht mehr. Auch die in dieser Nacht von den geflohenen Sklaven getöteten Wachen kümmerten die überlebenden Gorgals nicht. Jeder von ihnen dachte nur noch an das eigene Leben. Sie blieben nur deshalb zusammen, weil ihr Überleben im Trupp wahrscheinlicher war als einzeln. Dass ihre Pferde in der nächsten Nacht durchbrannten, war schon schlimmer, bedeutend schlimmer sogar. Selbst ohne Sattel und Zaumzeug hatten die Gorgals reiten können. Jetzt schleppten sie sich zu Fuß durch die unwirtlichen Regionen der Drummel-Drachen-Berge. Der Weg, den die klägliche Rest-Armee zurückgelegt hatte, war gesäumt von liegen gelassenen Ausrüstungsgegenständen, Schilden und Teilen ihrer Rüstung, die nicht mehr hielten, weil die Riemen zerschnitten waren. Am Ende begannen die

Gorgals sogar, einige ihrer Waffen wegzuwerfen. Jede Nacht nutzten die Knörgis, um sich mit ihren Messern im Lager der Gorgals zu betätigen. Bald machten sie sich in Ermangelung von Riemen und Seilen über die Kleidung der Gorgals her. Zerlumpt und zum größten Teil barfuß mussten die Gorgals eines Tages eine langgezogene Gletscherzunge überqueren. Weiter oben war der Gletscher mit mächtigen Schneeplatten bedeckt, deren Stabilität durch die Jahreszeit schon stark gelitten hatte. Es bedeutete das Ende der Armee, als Conlao Mitternachtsfuchs die Schnee-platten inspizierte und hier eine einmalige Chance für die Steinbuchen-Knörgis erkannte. Zuerst kamen nur wenige kleine Eissplitter ins Rutschen. Mit der fleißigen Hilfe der Knörgis wurden daraus bald mehr. Die von ihnen ausgelöste Lawine überlebte nicht ein einziger Gorgal. Die Knörgis im Gegensatz hatten nicht einen einzigen der Ihrigen verloren. „Tja", kommentierte Conlao Mitternachtsfuchs später die Ereignisse. „Ich sag es doch immer wieder: Kleines Knörgi, große Wirkung!"

Es war kurz vor Mittag am Tag der Sommersonnenwende.

Der Schrei des Sphinx

Bandath brauchte mehrere Stunden, bis er den Bergvorsprung erreicht hatte, auf dem Pyrgomon saß und ihn erwartete. Am Abend zuvor war ihm der Weg von den Bergen bis zur Mauer gar nicht so weit vorgekommen, aber sie hatten das Tal auch an einer anderen Stelle betreten.

„Es hat alles funktioniert!" Die Stimme Pyrgomons erklang in seinem Kopf, ohne den Umweg über die Ohren zu nehmen. Bandath erinnerte sich, diesen Effekt bei B'rk schon einmal wahrgenommen zu haben – und gestern beim Schrei des Sphinx. *Warum nur ist mir das nicht eher aufgefallen? Warum habe ich ihn hierhergeführt?*

„Weil du es solltest. Weil das von Anbeginn an mein Plan war, schon als du gedankenlos unten im Süden gegen den Dämon kämpftest und ich dessen Magie brauchte, um vollständig zu werden. Alles war geplant, armseliger Zwergling. ALLES! Dass die Magier dich auf Go-Ran-Goh angriffen – und entkommen ließen, dass ich mich euch als B'rk anschloss, nachdem ich den Gestaltwandler getötet hatte, die Informationen, die der törichte Troll in die Drummel-Drachen-Berge brachte, selbst sein Entkommen nach der Schlacht gegen sein Heer war von mir gesteuert. Das Erwachen des Dämons in der Todeswüste, als du auf dem Weg dort hinunter warst, der Tod deiner Haushälterin, Anuin Korians Aufnahme in den Ring der Magier. Alles. ALLES! Ihr solltet genau so handeln, wie ihr es getan habt! Ihr alle!"

Das Lachen des Schwarzen Sphinx brachte Bandaths Kopf zum Erbeben, während er sich bemühte, nichts zu denken und den Hang des Berges zu besteigen. Das Wort *ALLES* dröhnte in Bandaths Schädel, als wäre dieser eine Tempelglocke, die die Gläubigen zum Gebet rief.

Aber gerade wenn man sich bemühen will, nichts zu denken, dann rasen die Gedanken. Die von Bandath sprangen von Waltrude über Barella zur Kristallburg. Er dachte an die magische Sperre, die reine, vom Himmel strömende Magie, an die magischen Kraftlinien, die die Welt zusammenhielten, an seine Freunde, irgendwo dort draußen …

… und an Pyrgomon.

„So ist es recht! Konzentriere dich, Zwergling. Du willst mich besiegen, dann denke auch an mich!"

Wenn Bandath ihn wirklich besiegen wollte, würde er an ihn denken müssen. Pyrgomon hatte recht. Aber dazu würde Bandath nicht mit ihm *reden* müssen.

„Richtig", dröhnte Pyrgomons Stimme zwischen Bandaths Ohren. *„Die Zeit zum Reden ist vorbei. Für dich und für mich. Handle!"*

Der Hexenmeister hatte sich dem Schwarzen Sphinx bis auf zweihundert Schritt genähert. Der Hang stieg steil an und Pyrgomon thronte über Bandath zwischen Krüppelkiefern und Felsen. Er starrte zu dem flimmernden Vorhang rund um die Kristallburg hinüber. Unwillkürlich folgte Bandath diesem Blick.

„Sie wird fallen! In nicht einmal einer halben Stunde beginnt der Fall der Kristallburg!"

In nicht einmal einer halben Stunde? Bandath sah sich um. Was sollte sich in dieser Zeit verändern? Die Sonne näherte sich ihrem höchsten Stand, das Tal lag ruhig, beinahe friedlich unter ihnen. Er fühlte nach der Magie. Auf dem Weg hierher hatte er mehrere Kraftlinien überquert. Klar und sauber die meisten, von Pyrgomon verunreinigt die anderen. Er würde auf gute, saubere Magie zurückgreifen können. Auch hier, fast direkt unter ihnen kreuzten sich drei Kraftlinien, die sauber waren.

Zeit zum Handeln. Bandath griff nach der Magie, riss die Arme hoch und eine Feuerkugel raste auf Pyrgomon zu. Einen winzigen Moment zuvor jedoch bildete sich eine bläulich flimmernde Scheibe in der Luft und die Feuerkugel zerbarst an ihr.

„Ist das dein Ernst, Zwergling?" Pyrgomons Stimme schwankte zwischen Belustigung und Verachtung. *„Du greifst das mächtigste magische Wesen aller Zeiten mit einem lächerlichen Kugelblitz an, wie ihn die Lehrlinge auf eurer albernen Feste in ihren ersten Jahren lernen?"* Er schnaubte. *„Oder sollte das ein Test sein? Wie ich auf deinen Zugriff auf die Magie reagiere und ob du es noch kannst?"*

Nicht denken, Bandath! Der Hexenmeister befand sich in einer ungünstigen Position, sowohl, was seinen Standpunkt betraf – er musste bergauf angreifen – als auch in magischer Hinsicht.

Nicht nur, dass der Schwarze Sphinx einige Augenblicke in die Zukunft sehen konnte. Pyrgomon wühlte in seinen Gedanken herum, wie

Waltrude oder Barella auf dem Krabbeltisch eines Markthändlers herumwühlen würden.

Natürlich war es ein Test gewesen. Natürlich wollte er wissen, ob er auf die magischen Kraftlinien zugreifen konnte. Und natürlich wollte er wissen, ob Pyrgomon wieder versuchen würde, ihn bei der Anwendung von Magie, magisch *auszusaugen*, wie damals, im *Rülpsenden Drummel-Drachen*. Aber er wollte auch wissen, ob Pyrgomon einen *Drachenfleck* hatte. „Jeder Drache hat eine weiche Stelle", war ein altes Zwergensprichwort, das angeblich noch aus den Zeiten der Drachentöterei stammen sollte, in Wirklichkeit aber darauf anspielte, dass jedes Wesen irgendwo angreifbar war. Diesen Drachenfleck musste Bandath bei Pyrgomon finden … ohne aber daran zu denken.

Der Hexenmeister ließ eine Kombination aus Lichtlanzen und Blitzen folgen, gekrönt von zwei Kugelblitzen, die er hinter Pyrgomon entstehen ließ. Es war, als ob ein kleines Kind versuchte, einen Stein durch Spritzen mit Wasser zu zerstören … völlig zwecklos! Pyrgomon hielt es nicht einmal für nötig, mit einer magischen Attacke zu antworten. Bandath nahm weder eine magische noch eine körperliche Reaktion an dem Schwarzen Sphinx wahr. Oder wollte auch Pyrgomon ihn testen? Wollte er wissen, wie leicht oder schwer es Bandath fiel, Magie zu weben? Warum antwortete er nicht mit dem üblichen Entzug von Magie?

Um seine Gedanken vor Pyrgomon zu verbergen, versuchte Bandath, sie hinter einem Kinderreim zu verstecken.

„Eins, zwei, drei, ein Zwerg,

steigt auf einen Berg"

Jetzt glaubte Bandath, eine winzige Regung an der gewaltigen Gestalt über sich wahrgenommen zu haben. Sammelte er vielleicht seine magischen Kräfte für einen einzigen, gewaltigen Schlag gegen die Kristallburg und reagierte deshalb nicht auf Bandaths Angriffe? Wie kam er auf die Zeitangabe von einer halben Stunde?

„sieht dort einen Troll,

findet es ganz toll"

Bandath stampfte auf die Erde, seine Arme beschrieben einen Bogen und an der Stelle, an der Pyrgomon stand, brach eine Fontäne aus Steinen und Erde aus dem Grund hervor. Er schickte Blitze in das Durcheinander von Staub und Gestein. Doch als die Wolke sich legte und die letzten Steine zur Erde geprasselt waren, stand Pyrgomon genauso wie zuvor.

„Komm schon, Hexenmeister. Du willst mir doch nicht erzählen, dass das alles ist, was du kannst. Auch wenn du versuchst, dir dein Hirn mit Kinderversen zu verkleistern."

„findet er 'nen Drachen,

muss er mächtig lachen"

Der Borium-Kristall auf Bandaths Brust fühlte sich warm an, als er danach griff. Dann schien die Hölle aufzubrechen. Dutzende von Blitzen prasselten aus allen Richtungen gleichzeitig auf Pyrgomon nieder, Feuerkugeln rasten auf ihn zu, Lichtlanzen stachen auf ihn ein, Lähmungsmagie fiel auf ihn nieder.

„kann sich nicht niederlegen,

denn es kommt ein Regen"

Felsen rissen sich aus der Umgebung los und stürzten sich in das Chaos. Gleichzeitig griff Bandath auf der magischen Ebene an und wollte Pyrgomons Barriere aufbrechen. Er formte dazu eine Art Lanze aus reiner Magie. Doch Pyrgomon verschlang sie einfach, nahm sie auf, *saugte* sie ein und schien nur noch stärker und unangreifbarer dadurch zu werden.

„kommt an eine Quelle,

trinkt was auf die Schnelle"

Bestimmt zehn Minuten dauerte der Angriff Bandaths, dann ließ der Hexenmeister schwitzend den Borium-Kristall los.

Pyrgomon lachte amüsiert.

Barella verfolgte mit in die Mauer gekrallten Fingern das Schauspiel der Blitze in der Ferne. Sie stöhnte. Schließlich richtete sie sich auf, überprüfte die von Ingrod erhaltenen Waffen mit schnellem Blick und kundigen Griffen und sah am Ende den Obersten Hüter an. „Egal, was Bandath gesagt hat, ich lasse ihn nicht allein. Öffne mir bitte das Tor."

„Uns", ergänzte Accuso, der riesige Minotaurus stellte sich neben die zierliche Zwelfe und legte ihr seine Pranke auf die Schulter. „Öffne *uns* bitte das Tor."

Kurz darauf waren Accuso und Barella auf dem Weg durch die Tiefebene hindurch zu dem Berg, auf dem ein Gewitter zu toben schien.

Bandath keuchte, Schweiß stand ihm auf der Stirn. Er beugte sich nach vorn, stützte sich auf den Knien ab und stierte auf den Boden.

„gerät in ein Gewitter,

das ist ganz schön bitter"

Zugegeben, das Kinderlied war nicht unbedingt der Gipfel der Poesie, aber vielleicht reichte es ja gerade deshalb, Pyrgomon abzulenken.

Und vielleicht sollte er gegen den Sphinx etwas Anderes probieren. Etwas ganz Anderes!

Er zog sein Schwert und machte einen unsicheren Schritt auf Pyrgomon zu.

„Mach dich nicht lächerlich, Bandath!" Eine unsichtbare Hand riss ihm die Waffe aus den Fingern und schleuderte sie weit hinten zwischen die Felsen. *„Wolltest du Drachentöter spielen? Was ist? Mehr hast du nicht drauf, dass du schon mit einem Zahnstocher an mir herumschnitzen willst? Hast du nichts gelernt in den letzten Jahren? Du enttäuschst mich. Und deine Freunde wohl auch."*

Bandath richtete die Arme nach vorn. Aus seinen Fingern knisterten sich verästelnde Blitze, die bis an Pyrgomons Schutzschild reichten. Der Hexenmeister steuerte sie, tastete mit prasselnder Elektrizität das Schutzschild seines Gegners ab, eine halbrunde Sphäre, die sich wie eine Glocke über dem Sphinx erstreckte. Bandath fand mit seinen tastenden Blitzen keine noch so kleine Lücke. Da war kein Drachenfleck.

Farael erwachte. Alle waren weg. Er schluckte, richtete sich auf, ordnete seine Kleider und trat vor die Tür. Die Sonne stand kurz vor ihrem höchsten Punkt. „Mittag", sagte der Seher, dachte an eine Lammkeule, gebraten in einem Ofen, im eigenen Saft geschmort, mit Kräutern gewürzt, dazu ein frisch gebackenes Brot und einen ordentlichen Kelch roten Weines. Er bekam Hunger.

„Mittag?" Da war doch noch etwas gewesen, zu Mittag am Sonnenwendtag, etwas, das Ratz Nasfummel ihm gesagt hatte und das er Bandath unbedingt mitteilen sollte. Er griff einen vorbeieilenden Hüter am Ärmel. „Wo sind meine Gefährten?"

Der Hüter sah ihn irritiert an, blickte dann auf die Hand des Sehers, die noch immer seinen Ärmel hielt und antwortete erst, als Farael seinen Griff löste: „Da vorn!" Er wies mit dem Kopf in eine Richtung. „Auf der Mauer." Dann eilte er in die andere Richtung weiter. Farael wandte sich zur Mauer. *Was war zur Mittagsstunde gewesen?*

Er erreichte die Mauer, nahm einen der Aufgänge und sah den Obersten Hüter unweit stehen und zu einem Gewitter starren, das sich über einem Berghang entlud.

„Wo sind die Anderen?", fragte er Niesputz, dessen Käfig neben Ingrod auf der Brüstung stand.

„Dort", antwortete der Oberste Hüter und wies auf das Gewitter. Farael konnte jetzt verästelnde Blitze sehen, die wie in einem Tanz um einen bestimmten Punkt kreisten.

„Sie kämpfen schon?"

Niesputz nickte grimmig, die Hände um die Gitterstäbe gelegt, die selbst Ingrod mit seinen magischen Kräften nicht hatte brechen können.

„Das ist gar nicht gut. Ich fürchte, dass Pyrgomon gleich viel stärker werden wird."

„Hast du das *gesehen*?"

„Nein." Farael schüttelte den Kopf. Jetzt erinnerte er sich. „Es …", er schluckte. „Es wird gleich dunkler werden."

Als wäre das eine Aufforderung an die Sonne gewesen, veränderte sich deren Licht. Es war, als hätte jemand einen Schleier vor die Sonne gelegt, der einen bestimmten Teil des Lichtes herausfilterte.

„War das Pyrgomon?" Niesputz kniff die Augen zusammen und starrte in die Sonne, die am blauen Himmel ungehindert von Wolken ihre Bahn zog.

„Das ist … wir haben …", stotterte Farael. Dann atmete er tief durch. „Die Astronomen von Cora Lega haben berechnet, dass am Tag der Sommersonnenwende, gegen Mittag, in den Drummel-Drachen-Bergen eine Sonnenfinsternis zu beobachten sein wird."

„Eine Sonnenfinsternis?" Ingrod schrie es beinahe. „Das wird Pyrgomon ungeahnte Kräfte verleihen. Dunkelheit zur hellsten Stunde des längsten Tages …" Er schüttelte den Kopf und Verzweiflung stand ihm ins Gesicht geschrieben.

„Du wusstest es?", giftete Niesputz den Seher an. „Wann gedachtest du, es uns zu sagen?"

„Ich habe es vergessen." Faraels Stimme war kaum zu verstehen.

„Vergessen? VERGESSEN?!" Niesputz tobte. „Da weiß dieser Kerl, von einem der wichtigsten Vorteile, die Pyrgomon hat und sagt nichts. Hat es vergessen! Lässt Bandath einfach dort rausgehen und voll ins offene Messer laufen!"

Bandaths Blitze fraßen sich in die Erde, suchten unterirdisch nach einer Schwachstelle im Schild des Sphinx, nach dem Drachenfleck, wirbelten Staub und Erde auf und fanden nichts. Er ließ sie erlöschen. Die Staubwolke legte sich. Doch das Licht änderte sich nicht, es war trübe, als würde noch immer Staub in der Luft hängen.

„kam zu einem See,
traf 'ne Blütenfee"

„Schon besser, kleiner Zwergling. Aber lange nicht genug für mich."

Bandath war erschöpft und zutiefst verunsichert. Er kam an die Grenzen dessen, was er konnte, die Grenzen dessen, was er sich vorstellen konnte. Aber wieso reagierte der Schwarze Sphinx nicht? Wieso ließ er ihn ungehindert Magie ausüben.

Abgelenkt vom Licht drehte er seinen Kopf zur Sonne. Dieses Licht …

„Eine Sonnenfinsternis, kleiner Zwergling. Und jeder weiß, dass die Nutzung der Magie bei einer Sonnenfinsternis schwer bis unmöglich ist."

Aber nicht für Pyrgomon.

„Genau, nicht für mich!"

Mitten am Tag schien eine Dämmerung hereinzubrechen, eine von diesen Dämmerungen, bei der hinter jedem Baum eine magische Entladung erwartet wird.

Eine Sonnenfinsternis! Schlimmer hätte es nicht kommen können. Bandath fühlte nach der Magie und spürte, wie sie ihm bereits entglitt. Der Blitz gelang nur noch kümmerlich und verhungerte auf halber Strecke zu Pyrgomon. Bandath sackte zusammen, keuchte minutenlang. Minuten, in denen es immer dunkler wurde. Als er sich wieder aufrichtete und zu Pyrgomon sah, hatte dieser den Kopf erhoben und starrte in die Sonne. Er wartete. Er wartete, bis die Sonne komplett verschwunden war. Hinter dem jetzt als schwarzer Schatten sichtbaren Mond, drangen windende Strahlen hervor und gaben dem Mond den Anschein, als bade er in einer Krone aus Licht.

Pyrgomon schüttelte den Kopf, reckte die Flügel nach hinten. Er streckte die Brust raus. *„Und so nehme die Dunkelheit von der Welt Besitz!"*

Und dann schrie er.

Der Schrei des Schwarzen Sphinx war überall im Tal der Kristallburg zu hören. Er war anders als alle Schreie, die Bandath je zuvor gehört hatte. Es war, als schrie die Magie selbst auf, auf eine abnorme, kranke

Art, als reiße ihr Geflecht, als zerstöre jemand – Pyrgomon – das ausgewogene System der Kraftlinien. Bandath presste die Hände an die Ohren, aber der Schrei ertönte überall in seinem Körper. Hunderte glühende Nägel wurden in seinen Kopf getrieben, die Augäpfel gekocht, die Zunge geröstet. Er fühlte, wie man ihm die Haut abzog und ihn mit siedendem Pech übergoss.

Und dann war er plötzlich wieder da, der Saugnapf in seinem Kopf, Dutzende, hinter den Augen, im Ohr, an seinem Herzen. Sie saugten, sogen und entzogen ihm Kraft, die magische und die Lebenskraft. Und dieses Mal hatte Bandath nichts entgegenzusetzen. Er wurde ausgesaugt und als leere, trockene Hülle hinweggeschleudert. Irgendwo, weit entfernt von seinem Standort krachte er auf Schotter, blieb zwischen zwei Felsen liegen, den verschwimmenden Blick auf Pyrgomon und das Tal gerichtet, das er in der Dämmerung kaum erkennen konnte. Nur der magische Strahl aus der Wolke über der Kristallburg leuchtete hell und ungebrochen.

… noch!

„Sieh, Zwergling!" Pyrgomons Stimme war die personifizierte Siegesgewissheit. *„Sieh! Leide! Und dann stirb vielleicht irgendwann! Es interessiert mich nicht mehr."*

Obwohl alles vor seinen Augen verschwamm und sein Geist dabei war, sich in unerfindliche Abgründe zurückzuziehen, konnte Bandath mit unglaublicher Klarheit erkennen, was sich in etwa vierhundert Schritt Entfernung tat. Nur wenige Handbreit über der Erde bildete sich ein Fleck in der Luft. Zuerst war es nur eine kleine, grau schimmernde Scheibe, flirrend, als wäre sie heiß oder würde unendlich schnell rotieren. Es war, wie eine Öffnung in der Welt, eine Öffnung ins Nichts. Langsam wurde diese Öffnung größer.

Das kennst du, waberte es als flacher Gedanke durch Bandaths Bewusstsein, zu schwach, um wirklich registriert zu werden. *Irgendwoher kennst du das!*

Das Nichts berührte den Boden und aus dem Wabern und Flirren trat eine Gestalt ans Licht. Jede Einzelheit konnte Bandath erkennen, die grobe, fast schon rau zu nennende schwarze Haut, die langen, tiefschwarzen Haare, die geflochtenen Augenbrauen, die mit dem Bart verwachsen waren, die dort hineingeflochtenen, kleinen Knochen, die gewaltigen Muskelstränge an Brust und Armen, der ein paarmal geflickte

Lederriemen um die Brust und das gefährlich aussehende, mehrfach gezackte Schwert in der linken Hand – ein Gorgal.

„*Mein Krieger.*" Pyrgomons Worte glichen einem zufriedenen Murmeln.

In der Zwischenwelt

Waltrude schrie entsetzt auf. Es fühlte sich an, als würde ihr jemand mit einer stumpfen Lanze ein Loch in den Körper bohren … *durch* den Körper. Dann war einen winzigen Moment Ruhe. Sie versuchte, sich zurückzuziehen, so klein wie möglich zu machen. Und sie spürte eine Präsenz. Es war jemand hier, jemand absolut Böses weilte für einen Moment in der Zwischenwelt. Er hatte ein Tor aufgetan, ein Portal, durch den sein Geist hier eingedrungen war. Mit brutaler Gleichgültigkeit riss er ein weiteres Loch in ihr Sein, genau gegenüber der ersten Öffnung. Wenn man das Wort „gegenüber" überhaupt hier im Nichts verwenden konnte. Vielleicht war es eher sogar so, dass dieser Jemand einen Tunnel durch das Nichts hindurch geöffnet hatte – einen Tunnel von einem Punkt der Welt zu einem anderen.

Ein Wesen aus der wirklichen Welt betrat durch das zweite Portal den Tunnel, durchquerte ihn und verließ durch die erste Öffnung ihre Zwischenwelt wieder. Waltrude war zu keiner Reaktion, zu keinem Gedanken fähig. Angst und Schmerz beherrschten sie. Auch als ein kleiner, quirliger Funke der ersten Gestalt folgte, rührte sie sich nicht. Und dann riss dieser Jemand weitere Löcher in die Zwischenwelt.

Auf Go-Ran-Goh

Die in den Kampf mit den Gorgals verstrickten Angreifer bekamen die Veränderung inmitten des freien Areals auf dem Burghof am Anfang gar nicht mit. Die Sonnenfinsternis, die hier auf Go-Ran-Goh keine so große Dunkelheit hervorgerufen hatte wie auf dem Drachenfriedhof, hatte alle erschreckt. To'nella aber, die ihr Schwert stets in der vordersten Reihe schwang, sprach ihren Leuten Mut zu und ihr Beispiel richtete die Zagenden wieder auf. Durch die Gorgals jedoch schien ein Beben zu gehen, als sich mitten auf diesem Areal zuerst ein grau wabernder Schatten bildete und sich dann das Portal ins Nichts auftat. Der

Heerführer der Gorgals brüllte, nahm sein Schwert in die Hand, trat zu dem Portal ... und schickte als erstes seinen Stellvertreter hindurch.

Ein paar in der Nähe agierende Knörgis hatten alles beobachtet. „Das müssen unsere Kommandanten erfahren!", rief einer. Ein anderer schwang sein winziges Schwert, mit dem er gerade auf dem Rücken eines Gorgals sitzend dessen Schultergurte bearbeitet hatte, schwang es in einem kühnen Bogen durch die Luft und rief: „Nicht ohne die Steinbuchen-Knörgis!"

Grüne Funken versprühend sauste er dem Stellvertreter des Gorgal-Heerführers hinterher und verschwand im flirrenden Nichts. Rupart Lawinentänzer war sein Name und er war den Knörgis seines Stammes durch sein außergewöhnliches Draufgängertum bekannt.

Die Gorgals jedoch schienen den Druck nach außen zu verringern, als wäre die Öffnung ins Nichts ein Ventil, ein Schlupfloch, durch das sie entweichen konnten. Auf Befehl ihres Heerführers hin, formierte sich Einheit für Einheit und marschierte durch das Portal. Und sie nahmen alles mit: ihre Ausrüstung, ihre Verpflegung, die von ihnen gebauten Belagerungsmaschinen. Der Rückzug war schnell, effektiv und geplant. Muzor Messolan, der letzte Magier des Ringes auf der Feste, schloss sich dem Heerführer an.

Der Ring der Angreifer wurde immer enger, als sich Abteilung für Abteilung des feindlichen Heeres davonstahl.

Am Drachenfriedhof

Bandath wartete auf seine Ohnmacht oder den Tod, aber beides kam nicht. Er schien dazu verdammt, den Untergang der Welt bei vollem Bewusstsein erleben zu müssen. Verzweifelt sah er, wie die Horden der Gorgals aus dem Portal strömten und sofort gegen die magisch verstärkte Mauer stürmten.

Deshalb also die Magie des Dämons aus Cora-Lega.

Bandaths Gedanken flossen zäh wie kalter Zuckersirup.

Pyrgomon brauchte die Zwischenwelt als Abkürzung für seine Heere. Und vielleicht hatte er diese Heere an ganz bestimmten Punkten konzentriert, da wo die Magie am stärksten ist, wo man leicht ein solches Portal öffnen konnte.

In der vom magischen Strahl erhellten Dunkelheit der Sonnenfinsternis sah Bandath, wie sich weitere Portale öffneten, mattschimmernd, rund um die Außenmauer der Kristallburg verteilt. Drei Portale schuf Pyrgomon, drei Heere würden erscheinen. Es stand schlecht um die Kristallburg.

Dann endlich erstarb der Schrei des Sphinx.

Übergenau nahm Bandath jede Einzelheit wahr. Selbst ein winziger grüner Funken entging ihm nicht, der zwischen den Kriegern umherschwirrte und für Unruhe sorgte.

Niesputz? Aber der saß doch noch immer in seinem Käfig.

Niesputz, der natürlich noch immer in seinem Käfig saß, war genauso erschüttert wie Ingrod.

„Das ist das Ende!", hatte dieser gesagt.

Niesputz murmelte dagegen: „Die Dinge stehen schlecht!", was, wenn man es genau betrachtet, eine nicht ganz so abschließende Bemerkung wie die des Obersten Hüters war.

Der war mit einem gezischten „Ich muss die Verteidigung organisieren!" davongeeilt. Nur kurz konnte Niesputz noch sein wehendes Gewand sehen, dann verschwand es zwischen all den anderen wehenden Gewändern, die geschäftig auf der Mauer umhereilten.

„So bin ich nun also ganz allein, von all meinen Gefährten verlassen." Es klang ein wenig melodramatisch, was Niesputz von sich gab.

Farael fühlte sich genötigt zu widersprechen: „Aber ich bin doch da."

Niesputz sah ihn an, blickte wieder von der Mauer zu den anstürmenden Gorgals und nuschelte halblaut: „Ganz allein, der arme Niesputz."

„Da komme ich wohl genau richtig, Putzi", ließ sich in diesem Moment die Stimme Aena Lockenhaars über Niesputz vernehmen. Zusammen mit einer großen Schar Knörgis ließ sie sich neben Niesputz' Käfig auf der Mauer nieder. Dem Ährchen-Knörgi fiel der Unterkiefer auf die Brust.

„Wie …", stammelte Niesputz.

„Wie ich hierher komme? Oh, über die Berge. Wenn ich jedoch gewusst hätte wie grantig Eis-Zwerge und Schnee-Elfen sein können, wie stark der Sturm im Ewigen Schnee weht und das unser griesgrämiger, dunkler Freund dort hinten für seine Schwarzhäute eine Abkürzung aufmacht, hätte ich bei einem der Heere gewartet."

„Wie …"

„Wie ich dich gefunden habe? Komm schon. Du weißt doch, wir Knörgis sind geborene Findlinge. Wir finden alles und jeden, den wir finden wollen. Und irgendwann erreichen wir ihn auch. Auch wenn er sich hinter einer riesigen Barriere aus Ewigem Schnee und unendlich hohen Bergen versteckt."

„Wie …"

„Wie ich die magische Barriere überwunden habe? Also wirklich, Putzi. Wir Knörgis sind immun gegen Magie. Wer wüsste das nicht besser als du. Meinst du wirklich, so ein silberner Vorhang kann mich von dir trennen?"

„Beim Barte des Ur-Zwergs!", fluchte Niesputz. „Jetzt lass mich ausreden und höre auf, mich Putzi zu nennen!"

„Du machtest bis eben nicht den Eindruck, in vollständigen Sätzen reden zu können. Übrigens, wie bist du in diese nette Behausung gekommen? Hat dich eine deiner früheren Verehrerinnen mit einem Fluch belegt? Nun, die Zeiten, wo du Angst vor ihnen haben musstest sind ja jetzt vorbei. Jetzt hast du mich."

„Ich habe …" Wieder blieben Niesputz die Worte im Halse stecken.

„Wie auch immer." Aena wies nach draußen. Aus allen drei Portalen strömten Gorgals, Dutzende, Hunderte, schließlich Tausende. „Da kommt Arbeit auf uns zu. Wir müssen unseren kleinen Plausch leider unterbrechen. Renn nicht weg." Mit einem vielsagenden Blick auf den Käfig kicherte sie. „Ich kleiner Schelm." Sie warf ihm eine Kusshand zu, winkte ihren Leuten auffordernd und erhob sich in die Luft. Grün leuchtende, konzentrische Ringe breiteten sich auf den Stellen des magischen Schutzwalles aus, an denen die Knörgis ihn passierten. Dann erlosch das Leuchten der Knörgis, als sie ihre Schwerter zogen und sich im Schutz der Dämmerung den Gorgals näherten. Niesputz glaubte noch ein „Bis bald, Putzi" zu hören, bevor sie seinen Blicken entschwanden.

„Putzi?" Farael sah Niesputz an.

„Halt einfach die Klappe!", zischte das Ährchen-Knörgi.

Als die größte Dunkelheit der Sonnenfinsternis zu weichen begann, waren die Portale stabil und ein nicht enden wollender Strom von Gorgals ergoss sich auf die Tiefebene. Belagerungsmaschinen erschienen und schon bald flogen die ersten Felsen gegen die Mauer. Brutal wurden die seit Tau-

senden von Jahren ruhenden Gebeine der Drummel-Drachen nieder-
gewalzt. Riesige Pfeile verglühten in der magischen Barriere, Felsen
zerbröselten zu Staub, Feuerbälle zerplatzten und Lichtlanzen vergingen
an ihr. Noch hielt sie, noch war die Mauer intakt. Doch die Steinschleudern arbeiteten ohne Unterlass und die geschleuderten Felsen rissen
Wunden in das Mauerwerk.

Die zwischen den Gorgals aufgetauchten Magier des Inneren Ringes
der Gilde unterstützten den Angriff mit magischen Attacken. Eine
Schlacht bahnte sich an, der die Hüter kaum etwas entgegenzusetzen
hatten.

„Und?", knurrte Niesputz. Sein Käfig übertrug das Beben der Mauer
bei jedem Einschlag. „Es wäre so langsam an der Zeit, dass du etwas
siehst. Wir könnten es jetzt gut gebrauchen."

Farael schüttelte langsam den Kopf. Sollte sich Ratz Nasfummel so
getäuscht haben mit seiner Vorhersage, er, Farael, würde etwas Wichtiges
sehen?

Die Gorgals brandeten in Wellen gegen die Mauer. Pfeile und Speere
flogen, Leitern wurden angelegt. Aber weder Krieger, noch Steine, Pfeile
oder Speere konnten den magischen Schutzwall durchdringen. Es war ein
beängstigender Anblick, als nur wenige Schritte vor ihnen Gorgals mit
gezackten Schwertern gestikulierten, ohne sie erreichen zu können. Dann
zogen sich die Krieger zurück und die Mauer dröhnte erneut unter den
Einschlägen der Felsen. Es war eine Frage der Zeit. Irgendwann würde
die Mauer so beschädigt sein, dass der Fluss der Magie auf ihr
unterbrochen werden würde. Und dann würde der magische Schirm
zusammenbrechen.

Bandath erhob sich. Er wusste nicht, woher er die Kraft dazu nahm. Aber
da weder Tod noch erlösende Ohnmacht kamen, konnte er dem Ende
genauso gut stehend entgegensehen. Wie ein Herbstblatt fühlte er sich,
ausgelaugt, ausgezehrt und ausgetrocknet, als könne ihn jeder noch so
leichte Wind aufnehmen und davontragen. Doch wohin? Vor der
Finsternis, die hereinbrechen würde, gab es kein Entrinnen. Bandath war
ausgebrannt, kalt.

Nur wenige Schritte neben ihm glänzte etwas zwischen den Steinen.
Das Schwert. Bandath wankte dort hin und setzte sich auf einen Felsen
neben die Waffe. Überall zwischen ihm und der Kristallburg kämpften die

Krieger Pyrgomons. Steine, Feuerbälle, riesige Pfeile, Blitze und Lichtlanzen flogen gegen den Schutzwall. Der Sphinx kreiste über seinen Kriegern, schrie, feuerte sie an. Die Sonne trat allmählich wieder aus dem Schatten des Mondes hervor und der Schwarze Sphinx landete auf einem Hügel, der sich aus einem Wald erhob, von Bandath aus auf der anderen Seite der Kristallburg.

Und dann sah der Hexenmeister einen Trupp von vielleicht zwanzig Gorgals, die sich vom Heer abgesondert hatten und auf ihn zu hielten, hangaufwärts, schreiend, ihre Schwerter in die Luft gerichtet.

Sollte das jetzt also das Ende sein? Zerhackstückelt von den gezackten Schwertern der Krieger Pyrgomons? Irgendwo, ganz tief in Bandath, begann ein winziger Funke zu glühen, ein Funke, der *Nein* sagte zu dem Schicksal, das ihm bevorstand. Nein zu der Gleichgültigkeit, nein zu der Niedergeschlagenheit, die ihn erfasst hatten. Bandath dachte an Barella. Er hatte noch so viel vorgehabt mit ihr. Wie von selbst bückte er sich und seine Hand schloss sich um den Griff des Schwertes. Er hatte noch nie in seinem Leben die Waffe gegen jemanden geschwungen – sah man von dem einen Angriff auf die Gorgals im Wald ab, als er Barella befreien musste. Einen Moment schien es, als wären Klinge und Fels zu einer Einheit verschmolzen, aber die Waffe war einfach nur schwer, schwerer, als er es in Erinnerung hatte. Gegen Pyrgomon hatte er versagt. Aber vielleicht konnte er sich ja wenigstens gegen die Gorgals verteidigen.

Gegen zwanzig Gorgals?

Er stand auf, hob den Kopf und starrte den Gorgals entgegen. Und mit dieser Geste wuchs der winzige Funken in ihm zu einer kleinen Flamme, als würde das Feuer Kraft aus der Waffe schöpfen … oder aus der Geste.

Langsam hob er das Schwert. Es war noch immer schwer und lag ungewohnt in seiner Hand, ungewohnt und unhandlich. Obwohl er kaum noch stehen konnte und obwohl er dem Schwarzen Sphinx unterlegen war, wollte er sich zumindest den Gorgals nicht kampflos geschlagen geben. Der Trupp rannte schreiend den Hang herauf. Ihr einziges Ziel war der Hexenmeister. Bandath wusste, dass er gegen einen einzelnen Gorgal schon keine Chance hatte, gegen zwanzig erst recht nicht. Aber irgendwo in ihm wuchs dieser Funken. *Es konnte so nicht zu Ende gehen!* Mit zittrigen Knien richtete er sich auf und reckte sein Schwert den Kriegern entgegen. Noch dreißig Schritte. Wenn sie nicht bremsten, dann würden sie ihn einfach überrennen. Dann war es plötzlich, als würde der Gorgal, der weit vor den anderen her stürmte, gegen eine unsichtbare Mauer laufen. Es riss ihn von den Beinen und er blieb bewegungslos auf dem Boden liegen. Erst dann sah Bandath das Ende des Pfeils, das ihm aus der Brust ragte. Der zweite ging zu Boden, ein dritter. Pfeil auf Pfeil in schneller Folge dezimierte die Reihen der Anstürmenden. Der letzte Gorgal fiel keine drei Schritte vor Bandath. Der Hexenmeister ging auf die Knie. Von links näherten sich im Laufschritt zwei Gestalten, die erste klein und zierlich, die zweite hinter ihr wuchtig und mit Hörnern am Kopf. Barella und Accuso.

„Es zählt wohl nicht, wenn ich sage: *allein*?", krächzte Bandath, als sie ihn erreichten.

„Wenn wir auf dich gehört hätten, kleiner Hexenmeister", ließ Accuso seine tiefe Stimme hören, „dann wäre der letzte Hexenmeister der Drummel-Drachen-Berge jetzt nicht mehr am Leben."

Barella nahm ihm das Schwert aus der Hand. „Zumindest hast du dich verteidigen wollen." Sie nickte dem Minotaurus zu. Der senkte kurz die Augen und wandte sich ab, wenige Schritte den Hügel aufwärts, seinen aufmerksamen Blick in die Runde gerichtet.

„Er hat mich fertig gemacht, Barella. Es ist vorbei." Bandath krächzte noch immer. Ihm kam es vor, als hätte er vor Jahrzehnten den letzten Schluck Wasser getrunken.

Seine Gefährtin nestelte ihren Wassersack vom Gürtel und hielt ihn Bandath an die Lippen. „Es ist noch lange nicht vorbei. Es darf nicht vorbei sein. Ich habe noch so viel vor."

Bandath trank gierig, dann schüttelte er den Kopf. „Ich kriege ihn nicht, Barella." Er wies auf den Schwarzen Sphinx, der auf seinem Hügel thronte wie die personifizierte Drohung der ewigen Dunkelheit, die er heraufbeschwören würde. Das Licht im Tal wurde heller, die Sonnenfinsternis hatte ihren dunkelsten Punkt überschritten. Unten im Tal rannten die Gorgals gegen die Wälle der Hüter an.

„Sieh, Bandath!" Sie richtete sich auf. Aus den Rissen in der Wirklichkeit strömten noch immer Gorgals.

Bandath richtete sich etwas auf. „Was? Unser Untergang?"

Wortlos wies Barella auf den Riss, der sich am weitesten von ihnen entfernt auf der anderen Seite der Siedlung befand. Das Herausströmen der Gorgals war beendet. Die letzten Krieger tröpfelten aus dem Portal wie Wassertropfen von einem zum Trocknen aufgehängten Lappen. Die

Ränder des Risses erzitterten, der Sphinx schrie erneut und der Riss begann sich zu schließen.

In der Zwischenwelt

Sie strömten und strömten in schier endloser Zahl durch die Zwischenwelt zu den einen Portalen herein, zu anderen wieder hinaus. Waltrude konnte spüren, dass viele von ihnen Angst hatten, Angst vor dem ungewohnten Ort, vor dem Nichts, das sie umgab. Andere wiederum waren abgestumpft, auf ihr Ziel gerichtet. Die meisten von ihnen aber erwarteten dieses mit Vorfreude.

Und sie spürte noch etwas. Neben der Präsenz dieses entsetzlichen Wesens, das die Portale aufgerissen hatte, drangen andere Präsenzen zu ihr. Wie das Echo eines sehr fernen Rufes spürte sie Andere, dort draußen, viele Andere. Dort waren Menschen, Elfen, Trolle, Zwerge, Halblinge ... und ein Zwergling. Wie hatte sie auf diesen Kontakt gehofft. Dort draußen war Bandath! Und sie spürte seinen Kampf.

Halte durch, mein Lieber!

Waltrude hatte ihre Angst abgelegt. Sie wusste, was sie tun musste. Hoffentlich wussten die anderen auch, was *sie* tun mussten. Als die Zwergin bemerkte, dass der erste Riss sich schließen würde, griff sie zu. Es fiel ihr leichter als sie gedacht hatte, den Riss offen zu halten.

Umstrittenes Land

„Es ist mir egal, ob uns jemand folgt. Blauschuppe, Korbinian und ich werden auf jeden Fall den Gorgals folgen. Der Riss bleibt offen. Ich weiß nicht, ob das beabsichtigt ist und wie lange das so bleiben wird, aber ich werde diese Chance nicht leichtfertig vertun. Da ist eine Riesenschweinerei im Gange und auf der anderen Seite dieses Risses wird man unsere Hilfe brauchen!"

Rulgo kletterte am Flügel des Drummel-Drachen empor, Korbinian folgte. Sie hatten lange gearbeitet und mit Blauschuppe geredet, ohne dass sich ein Erfolg gezeigt hätte. Als sich jedoch die Sonne verdunkelte, zu einer Dämmerung, mitten am Tag und als sich das Portal öffnete, durch das die Gorgals verschwanden, richtete sich Blauschuppe auf.

„Er wird durch das Portal gehen", übersetzte der Bewahrer die Kombination aus Rauch, Feuer und Gebrüll, die die Sprache der Drummel-Drachen bildete. „Und er wird euch gestatten, auf ihm zu reiten", sagte er zu Rulgo.

„Ich bin zu alt für so etwas", murmelte er dann, „aber ihr nicht."

Blauschuppe überflog die Verteidigungslinie, setzte im Tiefflug über die Postenkette der Gorgals hinweg und zerstörte mit seinen Krallen die Befestigungsanlagen. Der Weg für Trolle, Elfen, Zwerge, Gnome und Menschen war frei.

Dann landete der riesige Drache im leeren Lager vor dem Portal, brüllte einmal und krabbelte schwerfällig in das graue Nichts.

„Beim Barte eures Ur-Zwerges", entfuhr es Gilbath. „Da muss mein Sohn mir zeigen, was zu tun ist." Er drehte sich zu seinen Hauptmännern um. „Wir folgen!"

Als wäre ein Damm gebrochen, wurde der Marschbefehl an alle Heere weitergegeben. Menschen, Zwerge, Trolle, Gnome und Elfen überwanden gemeinsam die Verteidigungslinie der Gorgals, fegten den letzten Widerstand hinweg und marschierten auf den Riss in der Wirklichkeit zu.

„Wir folgen!"

Am Drachenfriedhof

Aus dem Portal schritt ein Drummel-Drache. Die winzigen Gestalten auf seinem Rücken waren aus der Entfernung kaum zu erkennen.

„Wenn das nicht Blauschuppe ist, dann soll mir ein Bart wachsen", murmelte Barella.

Nur wenige Augenblicke später verließ ein Trupp schlanker, großgewachsener Gestalten den grau wabernden Nebel. „Das sind Elfen, Bandath. Wir sind nicht allein!"

Rupart Lawinentänzer, das Steinbuchen-Knörgi, das als erstes den Gorgals durch das Portal gefolgt war, hatte eine Beschäftigung für sich entdeckt. Mit seinem winzigen Schwert traktierte er – versteckt vor den Blicken der Gorgals – die Seile, mit denen die Baumstämme zu-sammengebunden waren, aus denen eine der großen Steinschleudern der Gorgals bestand. Als das Seil schließlich riss – mitten im Abfeuern eines besonders großen Felsens – wurde Rupart vom wegschnellenden Seilende getroffen und gegen den Kopf eines Gorgals geschleudert, der daraufhin zusammenbrach und bewegungslos liegenblieb. Der Gorgal war ein wichtiger Bote des Heerführers dieses Teiles der Angreifer gewesen und eine Botschaft, die die Konzentration des Angriffes der Belagerungsmaschinen auf einen bestimmten Mauerabschnitt zum Inhalt hatte, erreichte nie ihre Empfänger. Gleichzeitig erreichte auch der abgefeuerte Stein nie die angezielte Stelle, sondern landete weitab irgendwo im Gras, ohne Schaden anzurichten. Die Steinschleuder zerfiel unter der Wucht des fehlgegangenen Schusses in einen Haufen unnütze Baumstämme.

„Boah!", rief Rupart begeistert. „Das hat Spaß gemacht!" Und er machte sich auf die Suche nach einer neuen Schleuder.

Den Verteidigern der Kristallburg verschaffte das kostbare Minuten, denn diese Schleuder hatte mit ihren Geschossen bereits enormen Schaden an der Mauer angerichtet und es wären nur noch einige wenige Schuss notwendig gewesen, die Mauer dort zum Einsturz zu bringen.

In der Zwischenwelt

„Na also", dachte Waltrude. „Sie haben es begriffen." Jetzt kam es darauf an, diesen und die anderen Risse offen zu halten. Gegen jeden Widerstand. Und der wurde stärker.

Am Drachenfriedhof

„Wir haben keine Chance, Barella. Und ich fürchte, unsere Freunde kommen mit diesem Schritt nur zu einem schnelleren Tod!"

„Zu einem schnelleren Tod?", schnaubte die Zwelfe wütend. „Ist das der Bandath, der sich über schwindelerregende Klüfte voller Lava geschwungen hat, um den Erddrachen sein Herz zurückzubringen?"

„Ich habe mich nicht geschwungen, ich bin auf allen vieren gekrabbelt." Bandaths Stimme klang nicht mehr so heiser, wie noch wenige Augenblicke zuvor.

Farael sah auf. Sein Gesicht nahm einen verklärten Ausdruck an. *Er sah!* Endlich sah er! Er blickte auf die anstürmenden Horden, nahm aber weder Gorgals noch die wenigen Verteidiger, die den magischen Schutzwall aufrecht hielten, wahr. „Das …", murmelte er. Dann verging der kurze

Augenblick. Er griff sich mit schmerzverzerrtem Gesicht an die Brust, als hätte ihn dort ein Pfeil getroffen. „Dass es so schwer wird ..." Seine Stimme war kaum zu vernehmen. Dann, nur wenig lauter: „Wir müssen den magischen Schutzwall zusammenbrechen lassen." Er sah sich um. Wo war der Oberste Hüter? „Wir müssen den magischen Schutzwall zusammenbrechen lassen!" Das war schon lauter. Niesputz blickte dem Seher hinterher, als dieser sich eiligen Schrittes entfernte. „Jetzt dreht der durch und ich bleibe hier ganz allein mit meinem Käfig." Und in diesem Moment wünschte er sich sogar Aena Lockenhaar herbei.

„Du hast den Dämon in Cora Lega besiegt!"

„Er war nur ein kleiner, unwichtiger Dämon im Vergleich zu Pyrgomon."

„Verdammt, Bandath!", jetzt schrie Barella und Accuso blickte beunruhigt zu ihnen herüber. Barella atmete mehrmals tief durch, dann sprach sie ruhiger weiter. „Du musst ihn besiegen. Du *kannst* ihn besiegen! Ich weiß das."

„Aber wie, Barella? Wie soll ich ein Wesen besiegen können, dass immer einige Augenblicke in die Zukunft sehen kann. Ein Wesen, das jeden meiner Angriffe vorausahnt? Und *ich* habe ihn hierher geführt."

Farael schob sich zwischen zwei Magiern hindurch, die mit hochkonzentriertem Gesicht und nach vorn gereckten Händen den magischen Schutzwall stärkten.

„Wir müssen ihn zusammenbrechen lassen. Gleich! Wo ist der Oberste Hüter?"

Einer der beiden nickte mit dem Kopf nach rechts. Der Seher folgte dem Hinweis und konnte endlich Ingrod entdecken. Er stand auf einer Turmzinne und beobachtete seine Magier, bereit einzugreifen, falls einer von ihnen dem Druck nicht mehr standhalten würde. Schnell wie noch nie in seinem Leben, alle aufgesetzte Würde vergessend, rannte der Seher über die Maueranlage bis zum Turm.

„Wir müssen die magische Barriere zusammenbrechen lassen!"

„WAS?" Der Oberste Hüter sah verständnislos auf Farael herunter.

„Ja, Bandath, du hast ihn hierher geführt. Ja, das hast du! Aber nur, weil du ihn nur *hier* besiegen kannst."

„Ich bin Schuld, dass alles zugrunde geht."

„Wenn du das wirklich glaubst, dann vergrabe dich in deinem Selbstmitleid, Hexenmeister. Ich jedenfalls werde kämpfen, solange ich ein Schwert halten kann. Und die anderen auch." Sie zeigte auf den Riss, aus dem jetzt deutlich erkennbar Scharen von Trollen, Elfen, Zwergen und Menschen strömten, die die hinteren Reihen der Gorgals attackierten. Der Schwarze Sphinx schrie wütend auf, schlug mit seinen Flügeln, die Ränder des Risses zitterten, hielten aber stand.

Irgendeine Kraft stellte sich hier Pyrgomon entgegen und hielt das Portal offen.

In der Nähe des Nebelgipfels

Noch bevor die Gorgals komplett durch den Riss verschwunden waren, starteten die Minotauren ihren Angriff auf das Lager. Die Gorgals des Verteidigungsringes, die mit dieser Attacke nicht gerechnet hatten, wurden überrascht und ehe sie sich versahen, füllte sich ihr Lager mit wütenden Minotauren. Ohne zu zögern folgten sie den Gorgals durch das Nichts, wohin auch immer es sie führen würde.

Am Drachenfriedhof

Der Strom der Gorgals des zweiten Risses versiegte. Hinter den letzten Gorgals traten die ersten Minotauren aus dem Nebel, sie folgten ihren Feinden auf dem Fuß. Ohne sich lange zu orientieren, griffen sie die Gorgals an. Accuso schnaubte laut und deutlich. Da kamen seine Leute, *sein Volk.*

„Siehst du, Bandath, es werden immer mehr. Du bist nicht allein und du kannst sie nicht allein lassen!

„Aber was soll ich tun?" Obwohl er verzweifelt klang, bemerkte er, wie die kleine, winzige Flamme des Widerstandes in ihm wuchs und kräftiger wurde, fast gegen seinen Willen. Es war wie auf ihren Reisen, wenn Barella das morgendliche Feuer schürte, um sie beide zu wärmen und Tee für sie zu kochen.

„Hör mir zu." Barella atmete tief durch. Auch sie schien es zu spüren. „Er hat einfach zu lange ohne Angst gelebt. Das ist kein Gott. Das ist ein Wesen, verdammt noch mal! Und jedes Wesen ist zu besiegen!"

„Seinetwegen sind die Gorgals aus den Wäldern gekommen. Tausende Gorgals. Zehntausende." Er stöhnte.

„Was du am meisten fürchtest, hat keine Macht über dich. Es ist die Furcht selbst, die Macht über dich hat."

„Aber er hat Macht! Er hat einen ganzen Arsch voll Macht, verdammter Zwergenmist nochmal!"

„Was willst du von mir hören? Ich will dir doch nur sagen, dass er auch eine Schwäche hat. Er kämpft allein. Du nicht. Sieh dich um! Du hast Accuso, die Hüter und Niesputz in seinem Käfig. Du hast Korbinian und Rulgo, irgendwo hast du auch To'nella. Du hast Zwerge, Elfen, Trolle und Tausende von Minotauren." Ihr Arm wanderte in einer weitausholenden Geste über das Schlachtfeld. „Du hast sogar Farael und was weiß ich noch, wen du an deiner Seite hast. Und du hast *mich*, verdammt. Mich und ... und ..."

„Wir müssen die magische Barriere fallen lassen!", schrie Farael über den wachsenden Schlachtlärm hinweg."

„Warum?" Auch der Oberste Hüter schrie, um das Tosen des Angriffes zu übertönen. „Wenn wir die Barriere fallen lassen, geben wir die Quelle dem Sphinx und seinen Kriegern ungeschützt preis."

„Wie lange können deine Leute die Barriere noch halten?"

Farael zeigte auf die Angreifer. Riesige Kugeln wabernder Magie wurden von den abtrünnigen Magiern Go-Ran-Gohs gegen die Barriere geworfen.

Hunderte Pfeile, Speere und von Katapulten geschleuderte Feuerkugeln donnerten gegen die Sperre. Die Mauer dröhnte unentwegt unter den Einschlägen der Geschosse. Und sie begannen zu wanken. Das Eindringen der Gorgals war nur noch eine Frage der Zeit.

„Warum?", wiederholte der oberste Magier seine Frage.

„Weil Bandath Zugriff auf die Magie benötigt. Gleich!"

„... und was?", fragte Bandath und sah Barella unsicher an. „Was habe ich noch?"

Sie nahm seine Hand und legte sie auf ihren Bauch. „Verdammt. Ich hätte mir eine bessere Situation, als diese gewünscht. Aber du musstest ja gestern unbedingt schlafen."

Bandath erstarrte. „Du bist ... ich werde ..."

„Ja", schrie Barella gegen den sie umgebenden Lärm an. „Ja!"

„Warum hast du mir das nicht gesagt?"

„Aber ich sage es dir doch."

„Ich ... ich meine eher. Warum hast du mir das nicht *eher* gesagt?"

„Ich hatte auf eine günstige Gelegenheit gewartet."

„Du hast was?" Er sah sich um. „Ein Schwarzer Sphinx will die Magie der Welt an sich reißen. Er hat Tore zwischen den Welten geöffnet, aus denen seine Horden strömen, die die letzte Bastion der Hüter überrennen. Er hat mich fertig gemacht, wie noch nie etwas auf dieser Welt mich fertig gemacht hat. Sieh dir all das hier an. Und du hältst *das* für eine günstige Gelegenheit mir zu sagen, dass ich *Vater* werde?"

„Ja! Ja, verdammt! Und jetzt gib diesem verfluchten Vieh gehörig eins zwischen die Hörner! Es hat eine ganz gewaltige Schwäche."

„Und wo wäre die?"

„Sein Ego! Es hält sich für unbesiegbar. Greif ihn genau da an."

„An seiner Unbesiegbarkeit?"

„Jetzt hör mir doch mal zu. Er glaubt nur, dass er allmächtig ist. Tausende von Jahren war er verbannt. Niemand konnte ihn berühren, keiner konnte gegen ihn kämpfen. Und genau das macht ihn verwundbar." Sie nahm seine Hand von ihrem leicht gewölbten Bauch. „Tritt ihm in den Hintern, Bandath, aber ganz gewaltig!"

Bandath erhob sich. Aus dem einen Riss in der Wirklichkeit strömten noch immer Gorgals, aus den anderen beiden seine Verbündeten. Er sah die Kämpfe, sah die Gorgals, die die magische Barriere angriffen, sah die Verbündeten, die die Gorgals angriffen, sah den Sphinx, der wütend wieder und wieder schrie, dann plötzlich verstummte und seinen Kopf zu Bandath drehte.

„*Ja!*", ertönte die Stimme Pyrgomons zwischen Bandaths Schläfen. „*Tu es!*"

„Du willst Magie?", knurrte Bandath. „Du sollst sie haben!"

Seine linke Hand hob sich, zeigte mit zwei Fingern auf das silberne, aus dem Himmel herabschießende Strahlenbündel reinster Magie. In diesem Moment fiel die magische Barriere zusammen. Die Geschosse der Angreifer donnerten gegen die Mauern der Burganlage, rissen sie auf. Endlich flogen sie auch über die Mauer, trafen die bisher geschützten Häuser, zerstörten sie, setzten sie in Brand. Menschen schrien, rannten umher. Gorgals drängten schreiend vorwärts, erstürmten die Zinnen der

Mauer, Hüter flohen. Aus dem Strahlenbündel der Magie zweigte ein Strahl ab, bevor er die Spitze der Kristallburg erreichte, schoss in einem Bogen auf Bandath zu, berührte ihn an der Hand, floss durch ihn hindurch, kam auf der anderen Seite, an der anderen Hand wieder hervor, leicht in der Farbe verändert, schlug einen weiten Bogen über die Heere und traf den Sphinx.

„*JA! GIB MIR MAGIE! MEHR!*"

„Sollst du haben. Alle Magie, die ich dir geben kann."

Die Augen des Sphinx wurden groß. Erst jetzt sah er, was Bandath vorhatte. Er stakste einen Schritt zurück, als wolle er dem Magiestrahl ausweichen.

„*NEIN!*"

„Doch!" Mehr und mehr Magie bündelte Bandath und sandte sie dem Schwarzen Sphinx zu. „Du sollst Magie haben – mehr als du vertragen kannst!"

Magierfeste Go-Ran-Goh

Als die Gorgals sich zurückzogen, folgten Menschen, Zwerge und Oger ihnen auf dem Fuß. Fast ohne Widerstand füllte sich Go-Ran-Goh. Das Tor, von Moargid zerschmettert, gewährte endlich Einlass. Die letzten Gorgals wurden überwältigt, dann trat Ruhe ein. Alle versammelten sich auf dem Burghof und starrten den Riss in der Wirklichkeit an, in dem das Heer der Gorgals verschwunden war.

„Sie waren hier, um genau dort hinein zu gehen", flüsterte Thaim und presste eine Hand auf die blutende Wunde am Arm. To'nella nickte, atmete schwer und hielt ihr Schwert gesenkt. Eines der Kundschafter-Knörgis kam angesurrt.

„Rupart Lawinentänzer ist ihnen nach. Wir müssen folgen." Dann setzte sich der Kundschafter auf To'nellas Schulter. „Schnell, bitte. Rupart ist mein Freund. Er macht sonst Dummheiten. Ich kenne ihn."

Eneos und Halef Ab-Baschura traten neben sie. Andere folgten.

To'nella sah sich um, sah den Burghof, tote Gorgals, tote Soldaten, tote Bauern. Sie sah Moargid und Bethga auf der Mauer. Und alle blickten sie an, als warteten sie auf ihre Entscheidung.

„Wenn die Gorgals dort rein sind, dann, weil sie da etwas zu erledigen haben. Wir sind hier, um ihren Plan zu durchkreuzen, also …" Entschlossen schritt sie auf den Spalt zu. Die anderen folgten.

Am Drachenfriedhof

Noch ein Strahl und noch einer wurden aus dem Bündel abgezweigt, zu Bandath gelenkt und von diesem auf den Sphinx geschleudert. Der Lärm auf dem Schlachtfeld erstarb, als quer über allen der waagerechte Magiestrahl schoss und den Anführer der Gorgals auf seiner Hügelkuppe fesselte.

Pyrgomon zitterte, konnte sich aber nicht von der Magie losreißen. Bandaths Augen wurden starr und die Farbe der auf den Sphinx gelenkten Magie änderte sich von silbern zu einem metallischen Grün. Es knisterte und knackte. Dann begannen die Augen des Sphinx in derselben Farbe zu leuchten.

„NEIIIN!"

Als würde die schwarze Haut Pyrgomons reißen, bildeten sich gezackte Linien auf seinem Körper, aus denen Licht drang, grünmetallisches Licht. Zuerst nur eine Linie, vom Kopf über den Rücken bis zum Schwanz. Einzelne zweigten von ihr ab, liefen um die Brust herum, um die Lenden. Das Netz verzweigte sich weiter, die Risse im Körper des Sphinx wurden größer. Und dann explodierte seine Haut in einem unermesslichen Regen aus grünen Funken und schwarzen Aschewölkchen. Der magische Strahl erlosch und Bandath fiel wie ein gefällter Baum auf den Rücken. Er keuchte, hustete und wälzte sich auf den Bauch, kämpfte sich auf Arme und Knie, richtete sich auf. Auf den Knien blickte er sich um. Barella stolperte zu ihm. „Ist es vorbei?"

Als wüsste er nicht, wovon Barella sprach, stand Bandath auf und sah zu dem Hügel, auf dem sein Gegner gestanden hatte. Zurückgeblieben war Pyrgomons versteinerter Körper. Gleich einem Denkmal thronte er auf dem Gipfel und starrte aus toten Augen zu Bandath.

„Ja", knurrte Bandath, als würde er zu Pyrgomon sprechen. „Leg dich nicht mit einem Vater an!"

Der Kampf um die Burg der Hüter flammte mit unverminderter Heftigkeit wieder auf. An vielen Stellen stürmten die Gorgals die Mauer.

Sie schienen sich am Tod ihres Meisters nicht zu stören. Auch aus dem dritten Riss in der Wirklichkeit strömten jetzt keine Feinde mehr.

„Zumindest den Sphinx haben wir besiegt", flüsterte Bandath.

To'nella blieb stehen, als sie auf der anderen Seite der Zwischenwelt den Drachenfriedhof betrat. Sie betrachtete die Umgebung. „Beim Barte des Ur-Zwergs!", entfuhr es ihr.

Thaim trat neben sie. „Hier gibt es aber viel zu tun für uns." Neben ihm stand ein Zwerg und verband die Wunde am Arm. Dann hob der Hexenmeister seine Hände, betrachtete die Fingerspitzen. „Ich weiß nicht, was unser gemeinsamer Freund getan hat, aber etwas Bedeutendes ist geschehen." Kleine, bläuliche Funken spielten um die Finger des Hexenmeisters. „Verdammt", flüsterte er. „Ich kann es wieder!" Er trat einen Schritt vor, reckte die Hand aus und ein mächtiger, weit verzweigter Blitz schoss hervor, bis in die letzten Reihen der Gorgals, die vor ihnen auf die Kristallburg zustrebten, und streckte etliche von ihnen nieder. „Ich kann wieder Magie weben!", schrie Thaim und ein wilder Glanz trat in seine Augen. „Jetzt nehmt euch in Acht, Gorgals und Magier von Go-Ran-Goh. Thaim ist zurück!" Ohne zu warten ging er in Richtung Mauer, Blitze gegen die Gorgals schleudernd.

„Ich glaube", knurrte Eneos, der zwischenzeitlich zu ihnen gelangt war, „wir sollten unserem kurzen Freund folgen. Er sieht nicht nach hinten und auch ein Hexenmeister kann von einem Pfeil aus dem Hinterhalt getötet werden." To'nella nickte. Sie formierten ihre Krieger und folgten dem Hexenmeister.

Es dauerte nicht lange und versteckt aus den Reihen der Gorgals stach eine Lichtlanze nach Thaim – Muzor Messolan hatte die Bedrohung in ihrem Rücken entdeckt. Thaim wischte die Lichtlanze weg wie ein lästiges Insekt und mit drei, vier Blitzen schälte er den Minotaurus förmlich aus den Reihen der Gorgals heraus.

„Mein alter Meister also", knurrte Thaim.

„Mein abtrünniger Schüler", antwortete der Meister der Levitation. „Go-Ran-Goh war nie gut genug für dich!"

„Wozu auch? Damit ich jetzt hier an deiner Seite stehen würde?"

„So stehst du mir gegenüber und wirst im Kampf sterben."

Muzor Messolan erhob sich in die Luft und ließ Lichtlanzen auf Thaim regnen. Der Zwerg wich aus, indem er im Zickzack wie ein Kugelblitz durch die Reihen der Gorgals flog. So trafen die Lichtlanzen des Magiers die eigenen Verbündeten, die schreiend versuchten, aus dem Kampfbereich der beiden zu entkommen. Die bis dahin einigermaßen geordneten Reihen der Gorgals gerieten durcheinander.

To'nella nutzte diese Panik und griff mit ihren Kriegern gnadenlos an. Der Minotaurus, der zuerst dachte, Thaim würde planlos fliehen, begriff die Taktik des Hexenmeisters erst, als sich das Heer der Gorgals, das mit ihm aus Go-Ran-Goh gekommen war, fast komplett in Auflösung befand. Im selben Moment, als er den Beschuss mit Lichtlanzen einstellte, traf ihn ein Blitz Thaims in die Brust. Der Minotaurus taumelte zu Boden, wo er unter dem Schwert eines Wüstenkriegers ein schnelles Ende fand.

Dieses Heer der Gorgals war keine einheitlich operierende Einheit mehr. Thaim flog über den Kampfplatz und orientierte sich kurz. To'nella hatte den Heerführer entdeckt und attackierte, unterstützt von Eneos, dessen Leibwache. Einige grüne Funken summten um die Köpfe der Gorgals – Knörgis. Die schienen auch überall zu sein, sehr zum Leidwesen der Schwarzhäute. Thaim konnte erkennen, wie To'nella den Ring der Leibwache durchbrach und den Heerführer attackierte. Es dauerte kein dutzend Hiebe, da hatte die schnelle und gewandte Elfe eine Lücke entdeckt und den Heerführer mit einem einzigen Streich niedergestreckt. Das war das „Rette-sich-wer-kann"-Signal für den Rest der Armee. In hunderte von kleinen Haufen aufgelöst, strebten sie in alle Richtungen. Halef Ab-Baschura gab einigen seiner Einheiten den Auftrag, die Belagerungsmaschinen zu sichern, andere schickte er gezielt zu den größten Gorgal-Einheiten, die Thaim von oben, außerhalb ihrer Bogenreichweite schwebend, mit kräftigen Blitzen auseinandertrieb. Unterstützt wurde er dabei von den fliegenden Ogern. Am frühen Nachmittag ließ der erste der Gorgals die Waffe sinken und wollte sich ergeben. Er wurde von seinen Kameraden erschlagen. Nur wenig später ließen wieder mehrere Gorgals ihre Schwerter fallen. Schnell schlossen sich ihnen Weitere an. Der Prozess war nicht mehr aufzuhalten. Wie eine Welle setzte er sich durch das zerstreute Heer der Gorgals fort. Nicht einer von ihnen hatte die Mauer der Kristallburg erreicht. Erschöpft wurden die Gorgals zusammengetrieben und entwaffnet. To'nella befahl, sich vorerst nicht an den weiteren Kämpfen um die Kristallburg zu beteiligen. Sie hatten seit dem frühen Morgen gekämpft, groß waren die Verluste dieses Tages und noch höher die Zahl der Verletzten.

Die anderen beiden Gorgal-Heere hatten nach dem Tod Pyrgomons die Angriffe auf die Mauer verstärkt und diese schließlich erobert. Und jetzt zeigte sich der Sinn dieser Taktik: Kaum hatten die Gorgals die Mauer erreicht, öffneten sie das Tor, holten all ihre Krieger hinein, schlossen es wieder und wandten sich oben auf der Mauer stehend gegen ihre Verfolger. Plötzlich waren sie die Verteidiger, die Verbündeten wurden zu Angreifern auf das, was sie hatten verteidigen wollen und die Bewohner der Häuser innerhalb der Mauer wurden zu Eingeschlossenen. Einen großen Teil der Belagerungsmaschinen hatten die Gorgals untauglich machen können, bis auf die, die von To'nellas Heer erobert worden waren.

Die Elfe schickte einige ihrer Leute mit den Belagerungsmaschinen zur Mauer. An ein direktes Erstürmen der Befestigung war nicht zu denken, denn die Gorgals hatten die Sturmleitern zu sich heraufgezogen und die Zinnen strotzten vor Schwarzhäuten, die ihre gefährlichen Schwerter schwangen. Besonders heikel war die Lage für die Eingeschlossenen, die noch in der letzten Nacht hinter der Mauer Schutz vor dem Sphinx gesucht hatten. Unterstützt wurden die Gorgals von den letzten drei abtrünnigen Magiern Go-Ran-Gohs, Romanoth Tharothil, Bolgan Wurzelbart und Menora.

Menora, die Meisterin der Fernsicht, stand mit mehreren Bogenschützen auf dem Turm, von dem bis vor kurzem noch Ingrod seine Hüter beobachtet hatte. Von dort, dem höchsten und wehrhaftesten Punkt der gesamten Anlage, schickte sie Blitze und Feuerbälle gegen die Angreifer, in diesem Gebiet hauptsächlich Minotauren.

Aena Lockenhaar hatte mit ihren Knörgis schnell ein effizientes Meldesystem aufgebaut und sehr bald schon kristallisierte sich Gilbath als derjenige heraus, bei dem all diese Meldungen zusammenliefen.

„Wir müssen diesen verdammten Turm erobern", sagte Rulgo zum wiederholten Male zu ihm. „Wenn wir den haben, sitzen wir wie ein Stachel im Fleisch der Schwarzhäute und haben einen Ansatzpunkt für unsere Angriffe."

Gilbath schnaufte. „Und wie willst du das machen? Selbst Blauschuppe", er wies mit dem Daumen nach hinten, wo der gewaltige Drummel-Drache auf der Wiese saß und beinahe griesgrämig wirkte, „hat bei den beiden letzten Angriffen weit vor dem Turm abgedreht."

„Weil ich es ihm gesagt habe." Rulgo ritt auf dem Drachen fast wie jemand, der das schon sein ganzes Leben getan hatte. Keiner wusste, was der Bewahrer Blauschuppe gesagt hatte, aber der Drache ließ es zu. „Ich wollte nicht, dass er sich verletzt. Aber ich denke, er kann uns absetzen. Wir lassen uns hinbringen und springen von ihm auf das Dach des Turmes. Dort schalten wir die Gorgals und die Magierin aus. Wenn wir gleich darauf Unterstützung von den fliegenden Ogern bekommen, sollte es uns gelingen, uns dort festzusetzen."

„Ich höre immer *wir* und *uns* ..." Gilbath sah den Troll fragend an. Der wies mit seinem Daumen zu Korbinian, der neben ihm stand.

„To'nellas Heer kämpft seit fast einer Stunde nicht mehr." Der Elfenfürst wandte sich an das Knörgi auf seiner Schulter. „Sie haben die Gorgals an der Westflanke komplett besiegt und gefangen genommen. Fliege hin. Wir brauchen die Unterstützung ihrer fliegenden Oger. Es eilt. Wir müssen die Gorgals auf der Mauer beschäftigen, damit sie nicht auf die Idee kommen, auf die Eingeschlossenen Jagd zu machen."

Man sah Korbinian an, dass er diese Meldung am liebsten selbst überbracht hätte.

„He!" Rulgos Hand krachte auf die Schulter des Elfen und schleuderte diesen gegen seinen Vater. Beiden entfuhr ein überraschter Ausruf, wobei der Korbinians mit einer gehörigen Portion Schmerz versetzt war. Das Knörgi flog schimpfend auf und verschwand in Richtung To'nellas Heer. „Du wirst dein Liebchen schon noch rechtzeitig sehen, Drachenreiter." Rulgo grinste. „Komm, trink einen Schluck." Er nestelte eine kleine Lederflasche vom Gürtel und reichte sie Korbinian. „Das vertreibt den Schmerz."

Korbinian griff zu, setzte an und trank, ohne daran gerochen zu haben. Kaum hatte die Flüssigkeit seine Kehle erreicht, schienen dem Elf die Augen aus dem Kopf zu treten, er keuchte, riss die Flasche von den Lippen, röchelte, wollte husten, würgte, krächzte. Rulgo grinste und nahm seinem Freund die Flasche aus der Hand. „Trollschnaps weckt noch jeden auf. Nichts verschütten, das Gras geht davon ein." Er nahm selbst einen kräftigen Schluck, schraubte die Flasche zu und schob den noch immer krächzenden Korbinian zu Blauschuppe. Kurz darauf befanden sie sich in der Luft. Sie drehten eine Runde in großer Höhe, außerhalb der Reichweite der Magier. Korbinian stöhnte entsetzt auf, als er die Unmenge an Gorgals sah, die sich auf der Mauer und gleich dahinter drängte. „Es sah von unten gar nicht nach so vielen Schwarzhäuten aus." Kleinere Einheiten der Gorgals durchkämmten bereits das Gebiet innerhalb der Mauer, erste Häuser brannten und Menschen flohen, ohne Chance auf ein endgültiges Entkommen, solange sie dort eingeschlossen waren. Rulgo schlug mit der flachen Hand gegen die Schuppen. „Jetzt!"

Blauschuppe hatte eine große Runde gedreht und flog jetzt einen Scheinangriff auf eine andere Stelle der Mauer. Sie hatten ihm erklärt, was sie wollten und er schien es verstanden zu haben, auch wenn sie seine Antwort, bestehend aus Qualm, Grummeln und einem Busch, den er mit seiner Antwort in Brand setzte, nicht verstanden hatten. Pfeile und Speere flogen, prallten jedoch zum größten Teil an den Schuppen des Drachen ab. Wie nebenbei fegte Blauschuppe dutzende Gorgals von der Mauer, bevor er im Sturzflug Kurs auf den Turm mit der Magierin nahm. Von dort musste es aussehen, als würde der Drache den Turm einreißen wollen. Den gegen ihn geschickten Feuerkugeln und Blitzen konnte Blauschuppe nur Anfangs ausweichen. Dann bekamen Rulgo und Korbinian mit, dass der Drache mehrmals getroffen wurde. Jeder Treffer verursachte eine Erschütterung des Drachenkörpers, als würde ihn jemand von vorn mit einem gewaltigen Hammer treffen. Der erste Treffer hatte einen wütenden Schrei Blauschuppes zur Folge. Der zweite Schrei klang schon eher schmerzhafter, der dritte gequält und danach stöhnte Blauschuppe nur noch. Es roch nach verbranntem Fleisch. Der Drummel-Drache stieß eine gewaltige Qualmwolke aus, um die Magierin zu irritieren und ihr die Sicht zu nehmen, dann folgte eine Flammenwand, die Menora jedoch abwehren konnte und schon war Blauschuppe direkt über dem Turm. Er bremste, drehte den Körper ein wenig.

„Spring!", schrie Rulgo und stieß sich ab. Korbinian folgte selbst nur einen winzigen Augenblick später. Blitze zuckten durch den Drachen-qualm, Rulgo krachte auf einen Körper, Knochen knackten. Er griff zu, aber der Gorgal unter ihm war bereits tot.

„Wo ein Gorgal ist, sind auch andere." Der Troll sprang auf, riss die Keule hoch und ließ sie auf die Köpfe zweier weiterer Gegner krachen, die aus dem Dunst auftauchten. „Alte Troll-Weisheit."

Ein Blitz zuckte über ihm durch den Qualm und Rulgo duckte sich. Korbinian schrie schmerzgepeinigt auf. Rulgo huschte geduckt auf die Quelle der Blitze zu. Vor ihm tauchte im Qualm der Umriss einer Frau auf, die nach rechts in den Rauch starrte. Als sie die Bewegung neben sich wahrnahm, riss sie mit wutverzerrtem Gesicht ihren Magierstab hoch und drehte sich zu Rulgo. Wie viele unterschätzte auch sie die Schnelligkeit, mit der sich Trolle bewegen können. Der erste Schlag von Rulgos als Keule genutztem Insektenbein zerschmetterte ihren Magierstab und brach ihr die Handgelenke. Der zweite Schlag traf sie vor die Brust. Es riss sie von den Füßen und sie flog schreiend über die Brüstung in den Nebel. Rulgo folgte dem Schrei mit seinem Gehör, vernahm, wie sie vom Turm flog und zeitgleich mit dem Aufschlag unten auf der Erde brach der Schrei ab. Der Troll nickte zufrieden. „Ein Magier weniger."

Leichter Wind kam auf und vertrieb den Qualm.

„Korbinian?" Rulgo sah sich um.

„Hier", kam es schwach aus dem Treppenaufgang, der nach unten führte. Der Elf lag verdreht auf den Stufen, den Kopf nach unten. „He, Troll", flüsterte er. „Ich habe eine gute und eine schlechte Nachricht für dich."

Rulgo sah die Beine des Elfen. Der musste bei der Landung nach ihrem Sprung auf die Zinne der Mauer aufgekommen sein und hatte sich sowohl die Unterschenkel als auch den linken Arm gebrochen.

„Was machst du denn für Sachen?" Rulgos Stimme klang plötzlich ungewohnt sanft.

„Das ist die gute Nachricht." Korbinian nahm die rechte Hand von der Brust, auf der sie bisher gelegen hatte und zog sein Wams zur Seite. Ein Blitz Menoras hatte ihn in die Brust getroffen. Rulgo konnte Blut erkennen, viel Blut … viel zu viel Blut.

„Und das ist die schlechte. Scheiße, tut das weh", flüsterte Korbinian und hustete. Rote Bläschen bildeten sich auf seinen Lippen. Seine Hand fuhr fahrig nach oben und krallte sich in die Pranke des Trolls. Der hatte achtlos seine Keule fallen lassen, kniete neben dem Elf und fasste vorsichtig nach dessen Hand. „Nicht bewegen", murmelte er.

„Aber leise vor mich hin weinen darf ich doch?" Korbinian versuchte ein Grinsen, das misslang. „Haben wir sie erwischt? Haben wir den Turm?"

„Ja", flüsterte Rulgo, schluckte und wiederholte deutlicher: „Ja!"

„Dann müssen wir jetzt den Turm halten, bis die Oger kommen. Wo ist mein Schwert?"

„Du blutest, Korbinian."

„Ich habe keine Zeit zum Bluten. Wir müssen den Turm halten, alte Grauhaut. Tu was. Irgendetwas. Vielleicht sollte ich mich verarzten lassen." Die Stimme des Elfen wurde leiser.

„Das mache ich."

„Du?" Korbinian wollte lachen, doch das Lachen ging in Husten über. Ein dünner Blutfaden rann aus seinem Mund.

„Ja. Zuhause in unserer Sippe, wenn wir gegen euch elende Langbeine gekämpft haben, habe ich auch immer alle verarztet." Rulgo setzte sich vorsichtig auf die Treppe neben Korbinian, ohne dessen Hand loszulassen.

„Und? Haben sie es überlebt?"

Vorsichtig wischte Rulgo seinen Freund den Blutfaden vom Mund. „Nicht alle." Seine Stimme klang plötzlich belegt.

Ein Krampf schüttelte den Körper des Elfen. „Es sieht ... nicht so gut aus, was?"

„Nein ..." Rulgo konnte nicht weitersprechen. Wieder hustete Korbinian, dann fiel sein Kopf zur Seite. Der Brustkorb bewegte sich nicht mehr.

Rulgo schrie auf, schrie Wut und Trauer in den engen Wandelgang, der in die Tiefe des Turmes führte. Vorsichtig legte er die Hand des Elfen auf dessen Brust, nahm seine Keule wieder auf und stieg über den bewegungslosen Körper seines Freundes. Im selben Moment hörte er Gorgals die Treppe raufkommen.

„Ihr kommt mir wie gerufen", knurrte er, die Brauen so tief herabgezogen, dass die Augen kaum zu erkennen waren. „Kommt zu Papa!" Dann hob er die Keule und ging zum Angriff über. Die Gorgals hatten keine Chance. Schwertschwingen drängten sie aufwärts und trafen auf einen Troll, der sich durch sie hindurch oder über sie hinweg nach unten arbeitete, der keinen Schmerz zu empfinden schien und sie mit einem riesigen Insektenbein niederknüppelte. Von der ersten Welle, die den Turm zurückerobern wollte, überlebte nicht ein Einziger. Erst unten an der Tür zur Mauerkrone machte er halt. Die Gorgals waren voller Entsetzen geflohen. Und dann vernahm er eine Stimme: „Du grauhäutiger Grobian! Komm endlich her und befrei mich aus diesem Verlies!"

„Niesputz?" Rulgo folgte der Stimme und fand das Ährchen-Knörgi versteckt in einer kleinen Kammer hinter ein paar Brettern zusammen mit Farael, der auf dem Boden saß, dessen Hand auf dem Käfig lag, dessen

Augen gebrochen waren und in dessen Brust ein Gorgal-Pfeil steckte. Rulgo starrte den Seher an.

„Wir haben ihm Unrecht getan, Rulgo." Niesputz kratzte sich verlegen am Haarschopf. „Er hat wirklich vorausgesehen, dass Bandath Zugriff auf den magischen Strahl brauchte. Kurz nachdem der Schutzschild zusammengefallen war, hat er meinen Käfig geschnappt und uns hier in Sicherheit gebracht. Erst als er neben mir zusammensank, habe ich den Pfeil in seiner Brust gesehen. Er habe auch das kommen sehen, röchelte er noch, bevor er starb. Er hat den magischen Schild zusammenbrechen lassen, obwohl er seinen eigenen Tod vorausgesehen hat." Niesputz schüttelte traurig den Kopf. „Wir haben ihn wirklich unterschätzt, Rulgo." Dann sah er den Troll an. „Und was tust du hier? Ich hörte dich Gorgals verprügeln und dabei permanent Korbinians Namen brüllen."

Rulgo nahm den Käfig des Ährchen-Knörgis und trug ihn zur Mauerzinne nach draußen. Der Rauch hatte sich jetzt komplett verzogen. Unten griffen die Minotauren an, rechts und links vom Turm auf der Mauerzinne jedoch herrschte Ruhe, da sich die Gorgals zurückgezogen hatten.

„Wir haben den Turm erobert", murmelte er.

„Wer *wir*? Jetzt lass dir nicht jedes Wort aus deiner haarigen Trollnase ziehen! Und was ist mit dem Schwarzen Sphinx?"

Rulgo wies auf den Hügel, auf dem der versteinerte Pyrgomon zu sehen war.

„Oh." Niesputz gönnte sich einen Moment und genoss den Anblick. „Das gibt dem Begriff Hartherzigkeit einen ganz neuen Inhalt!" Dann drehte er sich wieder zu Rulgo. „Und der Turm?"

„Ich und …" Dann schluchzte Rulgo plötzlich. „Sie hat Korbinian getötet. Diese verdammte Magierin hat meinen Freund getötet. Er liegt oben auf dem Turm." Tränen liefen ihm übers Gesicht. Niesputz war einen Moment starr, dann krächzte er: „Bring mich hin."

Rulgo stieg die Stufen mit langsamen, schleppenden Schritten hinauf und stellte den Käfig neben Korbinian ab, vorsichtig, als bestünde er aus Glas.

„Näher", murmelte Niesputz und Rulgo schob den Käfig näher an den Toten heran. Das Ährchen-Knörgi streckte die Hand durch die Gitterstäbe und berührte Korbinians Haut. Dann explodierte Niesputz und seine Stimme überschlug sich, als er Rulgo anbrüllte: „Du blöder, alter Hauklotz! Schwerverletzt lässt du deinen Kumpel hier rumliegen. Verdammt, ich muss aus diesem Käfig raus!"

„Er lebt?", stotterte Rulgo.

„Noch, aber wenn ich nicht ganz schnell aus diesem Käfig komme, kann sich das rasch ändern. Beim Ur-Zwerg, wir brauchen einen Magier."

„Keine Zeit für Magier." Rulgo griff nach dem Käfig und stellte ihn ein Stück von Korbinian weg. „Wie bist du eigentlich da rein gekommen?", fragte er, wischte sich die Tränen aus dem Gesicht und hob die Keule.

„Das ist eine lange Geschichte. Nicht einmal Bandath konnte ... *Was hast du vor?*"

„Am besten, du hältst dich fest." Und dann schlug Rulgo zu.

Das Protestgeschrei des Knörgis ging im Krachen des Schlages und dem Knistern plötzlich auftretender, winziger Blitze unter. Dann verzog sich der Rauch, der sich durch die Blitze um den Käfig gebildet hatte und Rulgo hatte wieder freien Blick auf Niesputz. Der saß in der einen Ecke seines Käfigs und qualmte, als wäre er gebraten worden. Das Ährchen-Knörgi fasste sich an den Kopf und strich sich über den Schädel. Von den gerade nachgewachsenen Haaren war nur noch ein kümmerlicher Rest, einige wenige Büschel vorhanden.

„Nein!", fluchte Niesputz. „Nicht schon wieder!" Er stand auf, stapfte wütend einmal quer durch den Käfig und zwängte sich zwischen den verbogenen Gitterstäben hindurch nach draußen.

„Darüber reden wir noch. Du hättest mich erwischen können!"

„Hab' ich aber nicht."

„Aber du hättest!"

„He, Knörgi, mach dir Gedanken über morgen, nicht über gestern. Kümmere dich um meinen Freund, und wehe, wenn du ihm erzählst, dass du Tränen bei mir gesehen hast."

Niesputz flog hoch, die grünen Funken, die er versprühte, sahen nach Wut aus. Er ließ sich auf Korbinians Brust nieder. „Das ist mit Abstand das beschissenste Abenteuer, das ich je erlebt habe." Er legte Korbinian die Hände auf die Haut. „Halte du mir die Schwarzhäute vom Leib. Ich rette solange deinen Freund."

„Schwarzhäute?" Rulgo schulterte seine Keule. „Aber gerne. Und mit viel mehr Elan, als eben noch."

Nur wenige Minuten später, Rulgo hatte auf der Mauer einen größeren Bereich von nachdrängenden Gorgals „freigeräumt", kamen Oger auf ihren Ziliaden geflogen und warfen ihm Seile zu, an deren einem Ende

Haken befestigt waren. Anschließend griffen sie die Gorgals aus der Luft heraus an. Rulgo hakte die Seile an der Zinne fest und ließ sie außen an der Mauer herunter. Innerhalb kürzester Zeit wimmelte es auf der Mauer von heraufgekletterten Minotauren. Zeitgleich sprangen von anderen Ziliaden Oger auf die Mauer herab.

Sie hatten ihren Teil der Mauer erfolgreich erobert.

Von diesem Moment an war die Niederlage der Gorgals besiegelt. Kurz nachdem sie ihren Brückenkopf gesichert hatten, eroberten die Angreifer das Tor und öffneten es. Das war der Zeitpunkt, an dem auch Bandath wieder an der Mauer erschien, von Accuso und Barella begleitet. Als hätte er alle Macht der Kristallburg in sich vereinigt, fegte er die Gorgals zur Seite, belegte Dutzende von ihnen gleichzeitig mit Lähmungsmagie, entriss anderen mit einer Handbewegung die Waffe, schleuderte genauso viele nieder, dass sie nicht mehr aufstanden und ihnen nur noch die Waffen abgenommen werden mussten.

Aber Bandath und auch Thaim konnten nicht überall sein und so tobte der Kampf an vielen Stellen weiter heftig, wogte mit wechselndem Schlachtglück hin und her.

So hatten sich zum Beispiel mehrere hundert Gorgals in einem großen Haus verschanzt, das sie sehr erfolgreich gegen angreifende Gnome verteidigten. Aus den obersten Fenstern des Gebäudes stachen dabei regelmäßig Lichtlanzen gegen die Angreifer. Hier hatte sich einer der beiden noch lebenden Magier eingenistet. In aller Eile schafften die Gnome eine Schleuder von der Mauer herbei und belegten das Haus mit einem Steinhagel.

Zeitgleich gelang es aber den Gorgals, einen größeren Trupp zu dem Haus zu führen und plötzlich sahen sich die Gnome in die Zange genommen. Wäre nicht eine Einheit Zwerge zu ihnen gestoßen, die wiederum die neu hinzugekommenen Gorgals in die Zange nahmen, hätte es für die Gnome schlecht ausgesehen. Als der Anführer der Zwerge auf den Anführer der Gnome traf, blieb er stehen und beide sahen sich einen Moment an.

„So", sagte der Zwerg schließlich, keuchte noch immer und wischte sich den Schweiß von der Stirn. Dann stützte er seine Axt auf den Boden und lehnte sich mit beiden Armen auf den Stiel. „Sieht man sich also wieder, hier vor der Kristallburg."

Der Gnom, der noch auf der Erde lag, weil drei Gorgals ihn attackiert und niedergeworfen hatten, setzte sich auf. Hätte der Zwerg die Gorgals nicht erschlagen, dann wäre der Gnom nie wieder aufgestanden. Theodil, denn dieser war es, der die Zwerge zur Unterstützung der Gnome herangeführt hätte, lächelte plötzlich und reichte dem Gnom die Hand. „Komm schon hoch, schweigender Bruder." Hisur griff zu und zog sich an der Hand des Zwerges empor. „Danke", sagte er dann, schwieg noch einen Moment und redete weiter: „Ich suchte dich in der Nähe der Höhle, in der ich dich zurücklassen musste, als mich das Knörgi mit der Botschaft erreichte, dass du gesund auf den Riesengras-Ebenen herum-läufst. So schnell ich konnte, eilte ich dir hinterher."

Theodil riss die Augen auf und der Unterkiefer fiel ihm auf die Brust. „Er redet", flüsterte er dann. Plötzlich lachte er laut auf. „Du altes Knittergesicht!" Er schlug dem Gnom auf die Schulter und wies zum Haus.

„Bevor wir uns jetzt noch küssen, sollten wir dort drinnen aufräumen."

Eine halbe Stunde später stürmten Theodil und Hisur nebeneinander die oberste Etage des Hauses. Mühsam hatten sie sich Zimmer für Zimmer durch das Haus gekämpft, bevor sie den Raum erreichten, in dem sich der Magier verbarrikadiert hatte. Als sie die Tür aufbrachen, knallte es im Raum und eine leblose Gestalt fiel ihnen vor die Füße.

„Bolgan Wurzelbart", sagte Theodil, als er sich umgeschaut und keine weiteren Gestalten in dem Raum entdeckt hatte. Die Finger des Magiers qualmten und eine große Wunde in der Brust zeigte die Stelle an, die von dem Blitz aus seinen eigenen Fingern getroffen worden war. „Er hat sich selbst umgebracht."

Hisur spuckte auf den am Boden liegenden Magier. „Eine Schande für alle Gnome!"

„Du kannst nichts dafür, dass er ein Gnom ist. Es gab auch Zwerge unter den Magiern, Elfen und Menschen. Wichtig ist nicht das, was sie sind, sondern was sie denken und tun."

Spät am Abend legte der letzte Gorgal seine Waffen nieder und ergab sich. Es begann, was Geschichtenschreiber in Büchern gern weglassen, wenn sie Schlachten beschreiben: das *Aufräumen*, das Einsammeln der Toten und Versorgen der Verletzten, die Suche nach Freunden, die neben einem gekämpft hatten, das Hoffen und Bangen, sie lebend wiederzusehen, der Schmerz und die Trauer, wenn sie tot gefunden wurden. Weinen, Wehklagen und Trostlosigkeit senkte die Stimmung der Sieger und es gab kaum einen, der seine Freude über den Sieg an diesem Abend zeigen konnte.

Blauschuppe war durch den Angriff auf den Turm so schwer verletzt worden, dass er nach Rulgos und Korbinians Absprung taumelnd weitergeflogen und hinter den Angreifern auf ein Feld gestürzt war. Als die ersten Besorgten bei ihm eintrafen, war er bereits tot. Der Bewahrer, der Tage später die Nachricht über Blauschuppes Tod erhielt, soll gesagt haben: „Kein Drummel-Drache ist je vom Drachenfriedhof zurückgekehrt. Er wusste das. Und ich auch." Dann soll er sich in die Berge aufgemacht haben und kein Troll hat ihn je wieder gesehen.

Aber auch von Blauschuppe blieb ein Ei, als sich der Körper des Drachen zersetzt hatte und nur noch die bleichen Rippen in den Himmel ragten. Jahre später, als ein junger Drummel-Drache aus dem Ei schlüpfte, schimmerten seine Schuppen bläulich. Und irgendwann später suchte er sich einen Gefährten unter den Trollen. Etwas, das kein Drummel-Drache je getan hatte – außer Blauschuppe.

Bandath hatte am Ende der Schlacht noch eine schwierige Aufgabe vor sich. Er begab sich ganz allein zu einem der Portale, dort, wo die Gorgals aus dem Nichts gekommen waren und die Wirklichkeit betreten hatten. Noch immer waberte das Nichts, wie etwas, das real war, aber nicht in die Realität gehörte.

Der Hexenmeister blieb vor dem Riss stehen, legte seinen Kopf schief und nahm schließlich all seinen Mut zusammen.

„Waltrude?", fragte er zögernd. Lange erhielt er keine Antwort. Dann, als er schon glaubte, umsonst gewartet zu haben, vernahm er ein leises

Bandath!

in seinem Kopf.

„Du bist es also wirklich?"

Wie geht es dir?

„Ich … ich werde Vater."

Wieder schwieg Waltrude eine Weile.

Das ist gut. Dann wirst du wenigstens deine Reisen aufgeben und bei Barella und dem Kind bleiben.

Und nach einer kurzen Pause:

Schade, dass ich das nicht mehr erleben kann.

„Sag so was nicht", sprudelte es aus Bandath hervor. „Ich werde einen Weg suchen. Gib mir nur etwas Zeit. Es muss eine Möglichkeit geben, dich dort herauszuholen. Ich … ich …" Er schluchzte,

Bandath! Ihre Stimme klang tröstend. *Kleiner Bandath. Für mich gibt es kein Zurück. Das weißt du. Aber uns ist etwas vergönnt, was andere nicht haben. Wir können Abschied nehmen.*

Für einen winzigen Augenblick fühlte es sich für Bandath an, als würde Waltrude ihn über den Kopf streicheln.

Du bist dort draußen, du hast deine Frau und dein Kind. Kümmere dich um die beiden. Und kümmere dich um all die Zweibeiner in den Drummel-Drachen-Bergen. Sie werden dich brauchen. Aber vergiss dabei die alte Waltrude nicht.

„Nie!", stieß Bandath hervor. Ungehemmt liefen ihm die Tränen über die Wangen.

Und tu mir bitte einen Gefallen, ich glaube, du kannst das.

Bandaths „Ja?" war zwischen seinem Schniefen kaum zu verstehen. „Alles was du willst."

Ich hänge hier fest, genau wie hunderte andere Seelen auch. Bevor ich die Portale schließe, möchte ich einen anderen Ausweg haben. Da ich nicht zu dir kann, wäre die … andere Richtung sehr angenehm. Ich möchte in die Steinernen Hallen der Vorfahren.

Bandath nickte, schniefte, wischte sich mit dem Handrücken die Nase und nickte erneut. Dann fühlte er in die Zwischenwelt, tastete nach einem Ausgang und ohne zu wissen, was er genau getan hatte, fühlte er plötzlich Waltrudes Zufriedenheit.

Ja! Danke, mein lieber, kleiner Bandath. Lebe wohl.

„Leb wohl, Waltrude" Erneut heulte Bandath auf, doch dann unterbrach er sich selbst und sagte zwischen schniefen und schnäuzen: „Waltrude?"

Ja?

„Könntest du bitte eines der Portale offen lassen? Dann haben wir es nicht so weit, wenn wir zurück wollen."

Ich werde alle Portale offen lassen. Du kannst sie schließen, wenn du sie nicht mehr brauchst. Aber pass auf, dass keiner in der Zwischenwelt zurückbleibt. Grüße Barella von mir. Und Korbinian und Rulgo. Theodil, deinen kleinen fliegenden Freund ... und meine Kinder und Enkel. Leb wohl, Bandath, der bald Vater wird.

Und dann war Waltrude weg, endgültig.

Bandath sank auf die Knie und jetzt liefen ihm die Tränen richtig. Er hatte den Eindruck, dass er selbst bei Waltrudes Beerdigung nicht so geweint hatte. Er hatte Waltrude ein zweites Mal verloren, jetzt aber endgültig. Erst nach einer ganzen Weile, als er glaubte, keine Tränen mehr zu haben, gingen ihm ihre Worte noch einmal durch den Kopf. Sie hatten Abschied nehmen können. Und das war weitaus mehr, als er sich in den letzten beiden Jahren erhofft hatte. Langsam stellte er sich wieder hin und starrte in das wabernde Nichts. Er rieb sich die Augen, zog sich sein Taschentuch heraus – ein weißes, sauberes, von Barella, so wie auch Waltrude ihm immer welche eingepackt hatte – und schnäuzte sich.

„Mach's gut, Waltrude", murmelte er zu dem Portal. Und er wusste, dass er keine Antwort mehr bekommen würde. Aber das war in Ordnung so.

Jetzt war das in Ordnung!

Wenn alles gesagt und getan ist …

Als die Schlacht beendet war, trafen sich Bandath, Thaim, Gilbath und all die Heerführer zu einer Besprechung. Trotz des Leids rundum und des Todes Vieler herrschte Erleichterung über den Sieg. Die Sterne schienen auf das Schlachtfeld, Feuer brannten – Lagerfeuer. Wimmern, Weinen, Husten, Jammern …

Bandath und To'nella umarmten sich. Eneos wurde mit freudigem Handschlag begrüßt und Rulgo hätte wohl munter Schulterschläge an Elfen verteilt und sich an ihrem Flug erfreut, wenn er nicht in den Nachtschlaf gefallen wäre. Bevor jedoch die Erlebnisse der Einzelnen ausgetauscht werden konnten, musste über das „Wie sieht es aus?" und das „Wie weiter?" geredet werden. So stellte man zum Beispiel fest, dass alle Magier von Go-Ran-Goh getötet worden waren, bis auf Romanoth Tharothil. Weder hatte jemand von seinem Tod gehört, noch wusste einer etwas zu seinem Verbleib zu sagen. Der Oberste Magier der Gilde war verschwunden.

Ein Teil der Hüter war von den Gorgals erschlagen worden, die meisten von ihnen jedoch, darunter Ingrod, der Oberste Hüter, hatten überlebt. Genauso wie die meisten der innerhalb der Mauer Eingeschlossenen die Schlacht überlebt hatten.

Es wurde beschlossen, die überlebenden Gorgals mit Hilfe der Minotauren, die das angeboten hatten, durch das Portal zum Markt am Nebelgipfel zu bringen und von dort in ihre Heimat zu eskortieren. Sie sollten wieder in den Urwäldern verschwinden, aus denen sie mordend und plündernd aufgetaucht waren.

Eine größere bewaffnete Einheit wurde zurück nach Go-Ran-Goh geschickt. Es gab dort immer noch die Gorgals, die den Menschen und Ogern das Überqueren des Flusses hatten verweigern wollen. Eneos und Halef Ab-Baschura übernahmen das mit ihren Kriegern.

Andere Beschlüsse zu weiteren Tätigkeiten wurden auf später verschoben. Zu groß war die Müdigkeit.

Am nächsten Morgen hatten sich Bandath und seine Gefährten am Fuße der Kristallburg zusammengefunden. Direkt über ihnen knisterte die reinste, saubere Magie aus dem Himmel herab, floss als silbernes Glucksen an der Pyramide abwärts und verschwand im Boden um die Reise in Form magischer Kraftlinien fortzusetzen. Bandath genoss dieses Gefühl der Reinheit. Jede Verunreinigung, jeder Zwang, den Pyrgomon den Kraftlinien angetan hatte, war verschwunden.

Keiner von ihnen hatte ein Auge zugetan in dieser Nacht – außer Rulgo natürlich. Doch sie waren noch viel zu aufgekratzt, um ihrem Schlafbedürfnis nachzukommen. To'nella saß neben Korbinian, den die Heiler auf einer Trage zu ihnen gebracht hatten. Sie hielt seine Hand, das einzige Körperteil, das sie berühren konnte, ohne dass er vor Schmerz aufstöhnte. Rulgo hatte sich mehr als ein dutzend Mal bei der Elfe dafür entschuldigt, dass er nicht besser auf ihren Gefährten aufgepasst hatte. Bis Korbinian genervt stöhnte: „He, Troll. Du hast mir das Leben gerettet, alte Grauhaut. Nur musst du dir für die nächsten Monde jemanden anderen suchen, dem du auf die Schultern hauen kannst.

„Vergiss es", knurrte Gilbath, als der Blick des Trolls wie zufällig auf ihn fiel.

Lange erzählten sie sich ihre Abenteuer, schwiegen in Erinnerung an Blauschuppe und Farael, der am Ende seines Lebens *etwas sehr Wichtiges gesehen hatte*, ganz wie es von Ratz Nasfummel prophezeit worden war.

Bandath beendete seine Erzählung mit den Worten: „Ich werde Vater."

„Ich weiß", murmelte Niesputz.

„Ich auch", knurrte To'nella und knetete Korbinians Hand.

„Unser Seher hat es auch gewusst", meinte Barella schließlich. „Er war gar nicht so übel." Und es klang fast wie eine Entschuldigung an Farael.

„Bin ich denn der Letzte, der es erfährt?" Dann fiel sein Blick auf den abseits sitzenden Accuso.

„Der hat es auch bemerkt." Barella grinste.

Bandath erhob sich stöhnend und drückte den Rücken durch. „Ich glaube, ich muss da noch ein Gespräch führen." Er ging zu Accuso. Ohne Worte folgte ihm Barella. Bandath wollte erst widersprechen, ein Blick in ihre Augen ließ ihn jedoch den Mund schließen.

„Warum setzt du dich nicht zu uns?"

„Zu deinen Freunden?"

Bandath sah dem Minotaurus in die Augen. „Ja, denn du bist einer von ihnen, wenn du das möchtest."

„Ich würde gern."

„Aber zuvor musst du etwas wissen. Ich konnte es bisher nicht sagen, weil die Gelegenheit nicht günstig war." Er stockte kurz und ein Blick schoss zu Barella, als er ihre Worte gebrauchte. „Es hat mich belastet, Accuso. Du musst wissen, dass …"

„… du derjenige warst, der meinen Vater getötet hat", unterbrach ihn Accuso. Jetzt war es an Bandath, den Mund vor Erstaunen zu öffnen.

„Ich weiß es. Ich wusste schon lange, dass du meinen Vater getötet hast, Bandath. Er war vielleicht das, was man einen biologischen Vater nennt. Die Rolle meines Vaters aber hat der Gefährte meiner Mutter bei mir eingenommen. Sergio Knochenzange lebte vor dreißig Jahren mit meiner Mutter zusammen, nur wenige Monde. Er hat sie geschlagen, er hat sie verletzt und als sie mit mir schwanger war, hat er sie verlassen und ihr betrunken das Haus über dem Kopf angezündet. Hätte man sie nicht durch Zufall gefunden, sie wäre an ihren Verletzungen gestorben. So blieb sie am Leben und gebar mich, seinen Sohn. Vor drei Jahren nahm ich mir ein paar Freunde und machte mich auf den Weg, Sergio Knochenzange zu finden. Als ich endlich auf seine Spur stieß, war er unterwegs in den Süden. Dort unten aber, am Rand der Todeswüste, musste ich durch einen Bauern erfahren, dass er bereits tot war. Der Bauer erzählte von dem Kampf um seinen Hof, wie Sergio Knochenzange die Tochter des Bauern bedrohte, wie ein Hexenmeister sie rettete und dabei selbst eine Gefährtin verlor. Dass wir dich jedoch in der Nähe von Go-Ran-Goh trafen, war reiner Zufall."

„Der Zufall ist die Maske des Schicksals, hat Waltrude gern gesagt."

„Ich wollte dich kennenlernen. Ich wollte wissen, warum du meinen Vater getötet hast."

Bandath sah auf. „Hätte ich es vermeiden können …"

„… dann hätte ich ihn vielleicht getötet", unterbrach ihn der Minotaurus. „Glaube mir, auf der Suche nach ihm habe ich von so vielen seiner Untaten erfahren, dass in mir mehr und mehr die Überzeugung wuchs, ihn für seine Taten zur Rechenschaft zu ziehen."

Bandath nickte, schwieg. Dann stand Accuso auf und reichte dem kleinen Hexenmeister die Hand.

„Ich würde gern dein Freund sein, Bandath Sphinxbesieger."

Der Zwergling griff zu. „Und ich deiner, Accuso Baumbezwinger." Dann wies er auf die Gruppe seiner Freunde. „Dein Platz ist dort, mein Freund."

Als Bandath mit Barella und Accuso zu den Gefährten zurückging, saß Niesputz am Rande des Weges.

„Auf ein kurzes Wort, Sphinxbesieger."

Bandath blickte Barella kurz an. Die nickte, blieb stehen und Accuso ging allein weiter.

„Bittest also du heute um ein Gespräch, kleiner Freund."

„Nur ein kurzes." Niesputz grinste. „Wir haben es geschafft. *Du* hast es geschafft."

„Ohne meine Freunde und ohne dich wäre es nicht möglich gewesen, Niesputz Ährchen-Knörgi, oder was immer du bist. Du hast mich an die Hand genommen und geleitet."

„Es ist verdammt lange her, Hexenmeister, dass ich dich an die Hand genommen und die ersten Schritte zur *richtigen Magie* geführt habe. Verdammt lange. Drei ganze Jahre, wenn ich mich recht erinnere. Und es ist völlig egal, ob du laut malst oder leise, wie mal ein guter Musikant gesagt hat, es ist, also völlig egal, wie du zauberst ... Magie webst ... hexenmeisterst. Was auch immer. Hauptsache, du tust es, Bandath. Hauptsache du tust es."

„Ich stelle Barellas Frage von damals noch einmal: Hast du das alles veranlasst, Niesputz?"

„Ich?" Niesputz grinste erneut. „Und ich antworte dir noch einmal: Das Schicksal hat es veranlasst, Bandath. Ich habe mich nur um einige unwesentliche Details gekümmert."

„Niesputz. Was würde ich nur ohne dich machen."

„Du? Großer Hexenmeister, du würdest dir ein Ährchen-Knörgi suchen."

Jetzt war Bandath doch verwirrt. „Ich würde ... was?"

„He, du weißt schon, ein Ährchen-Knörgi. So groß", Niesputz hob seine Hand in Kopfhöhe, um seine Größe anzuzeigen, „grün, kann fliegen, vier Beine und immer eine Weisheit auf Lager."

Bandath schüttelte fassungslos den Kopf, fasste Barellas Hand und vorsichtig, als führe er sie über eine hauchfeine, gläserne Brücke, ging er mit ihr zu den anderen zurück.

Niesputz sah Bandath und Barella hinterher. Es war gut gegangen, wieder einmal, genau wie vor viertausend Jahren. Aber, und da war er sich sicher, auch in der Zukunft würde es Magier geben, denen die gegebene Macht nicht genug war. Sie würden erneut versuchen, den Schwarzen Sphinx zu beschwören. Und dann musste er, Niesputz, wieder bereit sein, rechtzeitig. Genau wie dieses Mal. Und wie vor viertausend Jahren. Das *Doppelleben*, als Erddrache, Magier und Ährchen-Knörgi Niesputz war schon anstrengend. Er seufzte wie eine Mutter, die weiß, dass ihre Kinder trotz aufgeschlagener Knie auch in Zukunft keine Acht beim Spielen geben werden.

Bandath und Barella waren bei den Gefährten angekommen.

„Hört mal", vernahm Niesputz die Stimme Rulgos. „Wenn wir hier ein wenig aufgeräumt haben, was haltet ihr davon, mal auf die andere Seite der Drummel-Drachen-Berge zu spazieren? Es gibt da so eine Geschichte von dem verlorenen Königreich des Erdkönigs und einem Steinriesen …"

Bandath und Barella stöhnten laut auf, Accuso, Korbinian und To'nella protestierten lautstark, Theodil sah den Troll verstört an und Gilbath, der auf einem Baumstamm saß, stützte die Ellenbogen auf die Knie und ließ den Kopf zwischen die Hände sinken.

„Niemand kriegt mich in das verlorene Reich des Erdkönigs." Accuso schüttelte den Kopf. „Selbst wenn mich eintausend …", er zögerte kurz, „… *Minotaurusse* begleiten würden."

„Was?", knurrte Rulgo. „Ich hatte einfach Angst, dass es zu langweilig wird. Man wird doch mal fragen dürfen." Und halblaut setzte er ein „Langweiler" hinterher.

„Langweiler?" Jetzt knurrte Barella. „Ich bin schwanger, verdammt. Da ziehe ich nicht über die Drummel-Drachen-Berge, um irgendeinem Steinriesen das geklaute Königreich wieder abzujagen. Bandath und ich bleiben in Neu-Drachenfurt und im Winter kommt unser Kind zur Welt. Das wird aufregend genug."

Beide setzten sich neben Gilbath auf den Baumstamm. Dieser hatte die Neuigkeit noch immer nicht richtig verdaut. „Meine Tochter ist schwanger", murmelte er halblaut und sah Barella mit großen Augen an.

Korbinian grinste von seiner provisorischen Liegestatt unter seinen Verbänden hervor. „He Mann, ich bin froh, dass ich noch lebe. Es wird eine Weile dauern, bis alles wieder so zusammengewachsen ist, dass ich es benutzen kann. Aber wenn es soweit ist, werde ich mich um meinen

Neffen oder meine Nichte kümmern, egal, ob er oder sie behaarte Füße hat oder eine Zwergenknubbelnase."

„Wenn du wieder gesund bist, wirst du dich um uns kümmern müssen", erklärte To'nella. „Ich bin nämlich ebenfalls schwanger."

Dem Verletzten entfuhr ein unartikuliertes Stöhnen. „Warum …" röchelte er dann.

„Weil vorher keine gute Gelegenheit war, es dir zu sagen, so mitten während der Kämpfe mit den Gorgals und dem Schwarzen Sphinx."

Bandath stupste Barella mit dem Finger in die Hüfte, sie ignorierte es.

„Aber …", krächzte Korbinian. „Du … ich … wann?"

„Auch im Winter. Etwa zur selben Zeit wie Barella."

Die Zwelfe schüttelte den Kopf. „Warum nur fangen alle Männer an zu stottern, wenn sie erfahren, dass sie Vater werden?"

„Ich habe damals nicht gestottert", grinste Theodil. „Ich habe mich mit meinen Kumpels betrunken."

„Eine gute Idee", knurrte Gilbath. „Sind deine Kumpels irgendwo hier in der Nähe? Es wird sich sicherlich bis heute Abend auch das eine oder andere Fass kräftigen Zwergenbieres auftreiben lassen. Schließlich erfahre ich nicht alle Tage, dass ich gleich zweimal Großvater werde."

„Opa Gilbath!", dröhnte Rulgo und schlug dem Elfenfürst freundschaftlich auf die Schulter. Der schrie auf, wurde nach vorn geschleudert und kam kurz hinter seinem Sohn auf allen Vieren im trockenen Laub auf.

„Mein Lieblingself wird Großvater. Wenn das nicht aufregend ist! Können wir mit dem Betrinken nicht schon am Tag anfangen? Wenn ihr erst abends trinkt, habe ich nicht mehr so viel davon."

Ihr Gelächter schwang sich in die Luft wie ein Vogel, den man aus seinem Käfig befreit hatte.

Selbst Niesputz lächelte. Ob er beim nächsten Mal allerdings noch einmal solche Freunde finden würde, wie er sie jetzt hatte, war fraglich. Es war schon schwer, wenn man *Der Ewige* war, derjenige, der immer auf dieser Erde wandelte, wie sich die Zeiten auch änderten. Das ging nur, wenn man so ein sonniges Gemüt wie Niesputz hatte. Er schlug einen funkensprühenden Purzelbaum in der Luft und flog zu seinen Freunden.

Vielleicht gab es ja bis dahin die eine oder andere Kurzweil. Er hatte da so eine Ahnung. Dabei sah er Barella an und dachte an das Kind, das in ihr wuchs.

Als sich allerdings von der anderen Seite Aena Lockenhaar näherte, gefror das Grinsen auf seinem Gesicht für einen Moment. *Da hatte er sich ja etwas eingehandelt.* Dann jedoch zuckte er mit den Schultern. *Ach was, es hätte ja alles viel schlimmer kommen können.*

Er wusste noch nicht, dass auch Aena ein Kind erwartete. Und Niesputz war der Vater. Das jedoch war etwas, das Niesputz in all den Jahren zuvor noch nicht passiert war.

Und siehe, sagte ein altes Ährchen-Knörgi-Sprichwort, *es kann immer noch viel schlimmer kommen!*

Vier Tage später ...

Moargid und Bethga waren bei dem, was Moargid, als *„das große Scherbenzusammenkehren"* bezeichnete. Und sie würden wohl auch noch eine Weile dazu brauchen. Die Tore von Go-Ran-Goh waren zerschmettert und gähnten wie ein zahnloser Riese in das Land unterhalb des Berges, aber sie waren allein auf der Burg, die einmal die Magierfeste gewesen war, in Zukunft aber nur noch irgendeine leere Burg sein würde. Moargid und Bethga hatten beschlossen, zu bleiben. All die Dinge, die die Magier über viele Jahrhunderte hinweg angehäuft hatten, mussten verwaltet werden. Sie sollten nicht in falsche Hände geraten. Das würde Moargids Aufgabe werden. Bethga ihrerseits hatte schließlich ihre Bibliothek, tief unten unter der Burg und zumindest ein Leser hatte sich bereits angekündigt – auch wenn sich ihre Freude über gerade diesen einen Leser in Grenzen hielt.

Im Moment kümmerten sie sich um die Ordnung in der unteren Höhle, dort wo die Stalaktiten von der Decke wuchsen, wo die Stalagmiten sich ihnen von unten entgegenreckten und wo ein einziger, großer, von der Decke bis zum Boden durchgewachsener Stalagnat einen Kristall einschloss: das Orakel von Go-Ran-Goh. Es gab viel aufzuräumen in der Höhle, schließlich hatte der Schwarze Sphinx hier unten gehaust, viel zerstört und eine Menge Unrat hinterlassen. Moargid und Bethga hatten beschlossen, unten anzufangen und sich allmählich in der Burg nach oben zu arbeiten, dorthin, wo die Kämpfe getobt hatten.

Auch sie konnten, wie all die anderen Magier, keine Magie mehr anwenden. Aber vielleicht würde das wiederkommen, irgendwann. So also schoben sie mit großen Besen all den Unrat zusammen, schaufelten ihn in Eimer und schleppten diese die Treppen nach oben.

Irgendwann, am späten Nachmittag, hielten sie plötzlich inne. Irritiert schauten sie sich an.

„Hast du das auch gespürt?" Moargids Frage war überflüssig, doch Bethga nickte. Zeitgleich drehten beide ihren Kopf zum Orakel. Der Kristall, der die letzten Tage trüb und leblos gewesen war, leuchtete von innen matt bläulich. Dann war den beiden Magierinnen plötzlich, als würden sie einen Schlag bekommen. Gleich einer Flutwelle aus ungebrochener Magie raste es aus dem Orakel, durchflutete sie bis in die kleinste Zelle ... und war vorbei, noch bevor sie begriffen hatten, was da wirklich passiert war.

„Das ...", flüsterte Moargid kaum hörbar, „... das habe ich in dieser Mächtigkeit noch nie erlebt." Und sie hatte schon viele Anrufungen des Orakels mitgemacht.

„Viel wichtiger ist", die Stimme der Spinnen-Frau klang ärgerlich, „*was* uns gerade übermittelt worden ist."

Moargid nickte zustimmend. „Werden wir es ihm sagen?"

„Was? Diesem eingebildeten Zwergling? Niemals."

„Aber es betrifft seine Tochter."

„Ich weiß." Unwillig.

„Und es betrifft das Erbe der Drummel-Drachen."

„Ich weiß." Noch unwilliger. „Ich habe gedacht, er könne sich jetzt zurückziehen, Bücher lesen, eine Familie gründen und mich *endlich* in Ruhe lassen." Bethga schmiss den Besen auf die Erde. „Beim dreimal gerösteten Krabbelkäfer. Was habe ich getan? Wieso muss das Orakel uns das mitteilen?"

„Es betrifft nicht Bandath." Moargids Stimme klang noch immer ehrfurchtsvoll leise. „Es betrifft ausschließlich seine Tochter ... und das Erbe der Drummel-Drachen ..."

🐉 Die mehr oder weniger wichtigen Personen

Neu-Drachenfurt

Bandath	ein kleiner aber fähiger Hexenmeister, ein Zwergling
Barella Morgentau	eine Diebin, Gefährtin Bandaths, Tochter Gilbaths und der Zwergin Menora
Niesputz	ein Ährchen-Knörgi – wirklich?
Theodil Holznagel	ein Zwerg, Ratsmitglied, Zimmermann
Waltrude	ehemalige Haushälterin Bandaths
Menach	ein Mensch, Ratsmitglied
Almo Reisigbund	ein Halbling, Ratsmitglied
Kendor	ein Mensch, Wirt des Gasthauses *Zum Rülpsenden Drummel-Drachen*

Go-Ran-Goh

Romanoth Tharothil	ein Halbling, der Schulleiter der Magierfeste
Malog	ein Troll, Pförtner, Bandaths Freund, in der Nähe der Todeswüste ermordet
Moargid	ein Mensch, Heilmagierin
Menora	ein Mensch, Meisterin der Fernsicht
Frontir Eisenklammer	ein Zwerg, Meister der Wettermagie
Bolgan Wurzelbart	ein Gnom, Meister des Wachsens und Vergehens
Muzor Messolan	ein Minotaurus, Meister der Levitation
Gorlin Bendobath	ein Mensch, Meister des Lebens
Schin Benroi	ein Elf, Meister der Hypnose
Anuin Korian	ein Elf, neu im Inneren Ring

| Bethga | eine Yuveika, eine Spinnendame, Meisterin der Bücher |

Riesengras-Ebenen, Troll-Berge und die ganze Gegend dort

Gilbath	ein Elfen-Fürst in den Riesengras-Ebenen
Korbinian	dessen Sohn
Rulgo	der ehemalige Anführer der Taglicht-Trolle
Aena Lockenhaar	Häuptling der Steinbuchen-Knörgis
Conlao Mitternachtsfuchs	Berater von Aena Lockenhaar
Rupart Lawinentänzer	ein Steinbuchen-Knörgi

Konulan

Farutil	Elf, Wirt des *Verirrten Wanderers*
Tharwana	dessen Frau
To'nella	deren Tochter, Schmiedin in Pilkristhal
Baldurion Schönklang	ein fahrender Musikant, ein Bänkelsänger und Flötenspieler

Aus dem Süden

Ratz Nasfummel	König „Ellenbogen", Herrscher von Cora-Lega, gleichzeitig Orakel der Drei Schwestern, ehemaliger Gaukler
Farael	Seher aus Cora-Lega
Eneos	ein Mensch, Hauptmann der Stadtwache von Pilkristhal
Halef Ab-Baschura	ein Mensch, Wüstenkrieger und Befehlshaber der Streitmacht aus dem Süden

Oger

| Colup | Familienoberhaupt der südlichen Oger |

Flussburg

Hangaith	ein Mensch, Fährmann in Flussburg
Connla Cael	ein Gnom, Ratsherr der Gnome in Flussburg
Hisur Aedalis	ein Gnom, Anführer der Stadtwache der Gnome
Brean und Broan	Gnome, Brüder

Gorgals

Pyrgomon der Schwarze	oberster Heerführer der Gorgals
Tandkorn, Wegheld, Iziroh	Heerführer der Gorgals

Kristallburg

Ingrod	Oberster Hüter

Andere

Accuso Baumbezwinger	ein Minotaurus
Thaim	ein Zwerg, ein reisender Hexenmeister
Thugol	ein Troll, Flüchtling aus dem Westen
B'rk, der Alte vom Berg	Gestaltwandler, der in den Drummel-Drachen-Bergen wohnt
Cumnir Donnerhammer, Galdur Felsbezwinger, Thoran Eisenfinder	Zwerge

Ganz Andere

Dwego	ein Laufdrache, Reittier Bandaths
Sokah	ein weißer Leh-Muhr, Reittier Barellas
Belzar	Quilin Faraels

🐉 Der Autor

Carsten Zehm, geboren 1962 in Erfurt, aufgewachsen dort und in Bad Langensalza, studierte Lehramt in Halle und arbeitet als Berufsschullehrer in Oranienburg. Er ist verheiratet und hat zwei Kinder.

Er schreibt schon seit seiner Jugend. Bereits damals entstand in einer Kurzgeschichte die Idee von der „Schwelle", die im Roman „Staub-Kristall" verarbeitet wurde. Der Schwerpunkt seines Schreibens galt immer wieder der Fantasy, auch wenn ihn Ausflüge in den Bereich der Märchen, des Krimis und der Horrorgeschichten führten.

Seit 2004 erfolgte die Veröffentlichung vieler Kurzgeschichten in Anthologien und der Tagespresse. 2009 erschien sein erstes Kinderbuch.

„Staub-Kristall", der erste Roman des Autors, erschien im März 2010 im ACABUS Verlag, 2011 folgte der erste und 2012 der zweite Teil der Bandath-Trilogie.

Weitere Informationen zum Autor sind unter www.carsten-zehm.de und www.carstenzehm.blog.de zu finden.

Danksagung

Der vorliegende Roman ist der dritte Teil der Bandath-Saga.

Die Idee für Bandath entstand, als ich im Sommer 2006 mit meinem damals 9-jährigem Sohn Matthes auf dem Radfernweg Berlin-Kopenhagen in Richtung Dänemark unterwegs war.

Damals war Bandath und das Diamantschwert nicht mehr als eine Kurzgeschichte, die sich mittlerweile mit dem dritten Band ganz schön gemausert hat.

Die Reise von Bandath, Barella und ihren Freunden ist nun zu Ende. Doch diese Reise, an der ich teilhaben durfte, wäre nicht möglich gewesen, wäre ich nicht unterstützt worden – unterstützt von meiner Frau, die mir so viel Zeit unseres gemeinsamen Lebens für meine Schreiberei lässt. Auch dafür liebe ich dich. Und dafür, dass du alles, was ich schreibe, auch liest.

Unterstützt wurde ich aber auch von meinen Kindern. Meinem Sohn Matthes, mit dem ich mich jederzeit in den letzten sechs Jahren über Zwerglinge, Trolle, Elfen, Kampftechniken, Knörgis, Drachen und so weiter unterhalten konnte. Und von meiner Tochter Antonia, die mittlerweile eigene Wege geht, aber trotz ihres Studiums noch Zeit hatte, dieses Buch als Erste probe- und korrekturzulesen und natürlich die Landkarten auch für dieses Buch zu zeichnen.

Ohne fleißige Hände und Augen in einem Verlag kann ein Buch nicht entstehen. Daniela Sechtig aus dem ACABUS Verlag begleitet mich jetzt schon das vierte Buch. Ramona Engel lektorierte und gab dem Roman an mehreren Stellen das nötige Quäntchen Feintuning.

Stefan Cernohuby schlug den Namen für Pyrgomon vor und Gerd Scherm half bei der Formulierung der Prophezeiung.

Im Namen von Bandath, Barella und all ihren Freunden: Euch allen meinen Dank. Ihr sorgtet dafür, dass auch diese Reise glücklich endete.

Die Abenteuer von Bandath und seinen Freunden sind nun zu Ende. Vielleicht kehre ich in einem späteren Buch irgendwann einmal zu den Drummel-Drachen-Bergen zurück, um zu sehen, was es mit Bandaths

Tochter und dem Erbe der Drummel-Drachen auf sich hat. Im Moment aber rufen mich andere Projekte, andere Zeiten, andere Geschichten und andere Helden, die auch ein Recht haben, ihre Abenteuer zu erleben.

Carsten Zehm